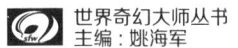

世界奇幻大师丛书
主编：姚海军

U0755532

法 庭 斗 剑 三 部 曲

弓之力

[英] K.J.帕克 著

张怡丹 译

四川科学技术出版社

The Belly Of the Bow by K. J. Parker

Copyright © 1999 by K. J. Parker

This edition arranged with Sichuan Science Fiction World Magazine Co.,Ltd.

Simplified Chinese edition copyright:

2021 SCIENCE FICTION WORLD

All rights reserved.

图书在版编目（CIP）数据

弓之力 /［英］K. J. 帕克　著；张怡丹　翻译 .
-- 成都：四川科学技术出版社，2021.10
（世界奇幻大师丛书 / 姚海军　主编）

书名原文：The Belly Of the Bow

ISBN 978-7-5727-0351-5

Ⅰ . ①弓… Ⅱ . ① K… ②张… Ⅲ . ①幻想小说—英国—现代 Ⅳ . ① I561.45

中国版本图书馆 CIP 数据核字（2021）第 203787 号

图进字：21-2020-245

世界奇幻大师丛书

弓之力

出 品 人　程佳月
丛书主编　姚海军
著　 者　［英］K. J. 帕克
译　 者　张怡丹
责任编辑　宋　齐　姚海军
特邀编辑　钟睿一
封面绘画　谢春治
封面设计　李　鑫
版面设计　李　鑫
责任出版　欧晓春
出版发行　四川科学技术出版社
　　　　　四川省成都市槐树街 2 号 出版大厦　邮政编码：610031
成品尺寸　160mm × 228mm
印　 张　28.25
字　 数　357 千
插　 页　2
印　 刷　成都市金雅迪彩色印刷有限公司
版　 次　2021 年 10 月成都第一版
印　 次　2021 年 10 月成都第一次印刷
定　 价　65.00 元
ISBN 978-7-5727-0351-5

■ 版权所有　侵权必究 ■

■本书如有缺页、破损、装订错误，请寄回印刷厂调换。

厂址：成都市龙泉驿区航天南路 18 号　邮编：610100

一

那个中士拉扯着他的袖子。"快出去，大人。"他急迫地说，声音几乎被四周的叫喊声和武器相击声盖了过去，"他们来了，您不赶快离开的话会被杀掉的。"

卡纳迪博士盯着他，一把抓住他的手腕。触感足够真实。"这不对，"他低声说，"我不该在这里。"

"快出去！" 中士大喊道，挣脱了卡纳迪，顺着走廊跌跌撞撞地逃走了，中途还撞倒了书柜，书卷散落一地。从另一个方向传来叫喊声，越来越近，听起来像是一个筋疲力尽的军官正在发号施令，但他听不清命令的内容，也不知道它来自敌人还是己方。

"这不对，"卡纳迪轻声地重复，"我根本不在这里。我在这一切发生前就离开了。"

离他几码远的一扇窗板被猛地推开，一个男人的脑袋出现在窗外，被橘红的光从身后照亮。那张脸像是噩梦的产物,陌生而危险,卡纳迪本能地退缩躲避。最符合逻辑的举动应该是拔腿就跑。勉强排得上第二位的选择是抓起地上散落的武器,抢在这个入侵者爬进窗户之前杀了他。卡纳迪哪一样都做不到。在脑海边缘,大脑记录着极度的恐惧对他这种惯于闲坐的和平主义者的影响:肢体瘫痪,膀胱失控,对眼前这一刻的感受无限延长,仿佛时间停止或者不复存在。

"这不对啊,"他提高声音,但声带不管用了,"城市陷落之前我就逃离了。我根本不在这里。"

"那就到法官面前说去吧。"敌军士兵一边把左肩挤进窗框一边嘟囔,"你是不是还要把妈妈写的请假条拿出来?"

敌军士兵说话不该带着明显的城市口音,或者使用城里的惯用语。但另一方面,佩里美狄亚难民、此刻居住在沙斯特的卡纳迪博士也不该身在此处听他说话。这不公平,有人破坏了规则,他想。但如果他被杀掉,谁还会知道呢?

尿液顺着腿流下的肮脏不适感,从窗户透进来的燃烧的骨头的气味——这一切还能更真实一点吗?我真的在这里,该死。

"求你了。"他说。敌军士兵又嘟囔了一声,一条腿跨过窗框,踩上地面。

"继续啊,"他说,"跑啊,怎么啦?"

"对不起,"卡纳迪回答,"我做不到。我好像没法动弹了。"

敌军士兵耸耸肩,伸手到背后取箭。我不在乎,他的眼神像是在说,怎样都行。你爱跑就跑吧,不然我直接杀了你也可以。反正你活不成。卡纳迪闭上双眼。眼睁睁看着箭射向自己实在是太可怕了。在这种时间被无限拉长的时候,他确信自己能看到它在空中飞行的样子,也能亲眼观察到传说中名叫弓箭手悖论的现象——在放箭的一瞬间,箭身会向弓弯曲。一位真正的科学家会想见证那一幕的。

我做不到, 他大声说, 但是话语失去了作用, 我不明白, 除非这是元理的运行过程中的糟糕错误, 意味着我没有向未来前进, 反而被扯回了过去, 也许是回到了我本该待的地方。是这样的吗? 我们本以为能够找出元理中的裂隙, 在未来重大事件发生的时间点撬开它们, 插入我们的干涉行为。但万一这一切是双向的, 而裂隙正在朝我合拢呢? 如果真是如此, 那就全是亚历克修斯的错, 我则是错在根本不该插足。也许——

不知是什么促使他睁开了眼睛。他看见那个敌军士兵正盯着他, 和他相似的恐惧扭曲了他的面庞, 他的胸口插着一支先前不在那里的箭。

“洛雷登。”他转过身。拱门下站着一个男人, 手持一把黑色短弓。让人恼火的是, 他的脸藏在阴影中。没错, 这人是洛雷登。但是是哪一个呢? 现在没危险了, 这倒不怎么重要。他知道洛雷登有两兄弟, 一好一坏。年长的那个高大些, 并且是个光头, 眼前的这个却无法辨认。

洛雷登向前走了一步, 嘟囔了一句什么, 大概是某种警告。来得太迟了, 因为卡纳迪已经看见了向他射来的箭, 在空气中优雅地绕着箭身的轴线旋转——

这么说我最终还是死在这儿了, 多讽刺啊。

有人碰了碰他的胳膊, 他猛然惊醒。那是个女孩, 他的学生之一, 虽然潜力不算最大, 但学习热情却很高。她一脸微笑, 似乎很高兴看到一个老人坐在椅子上宁静地打瞌睡。

“卡纳迪博士,”她说,“我来接受单独辅导。日子是今天, 不是吗?”

他仍然满脑子睡意, 晕头转向地回答:“大概是吧。刚才都变成过去了, 这会儿又变回了现在。”

“卡纳迪博士?”她用迷惑又担心的眼神打量着他, 看起来挺漂亮。

"我很抱歉!"他叹了口气,伸展开双腿,感到一阵针扎般的刺痛。也许正因为如此他才梦到那支箭。"都怪这可恨的椅子太舒服。每次一坐上去我就会马上睡着,想不睡都没办法。"他的头也疼得要命。

"如果您想的话,我可以晚些时候再来。"噢,她神情多失望啊,面对挫折**还想努力表现得勇敢一点**——他这辈子有对什么东西这么热切过吗?

"没事,"他说,"不用的,你可以留下。我现在清醒了。请坐吧。"

她坐姿尴尬,只挨着椅子的边缘保持平衡,好像生怕把椅子坐坏,或者椅子真正的主人随时会出现似的。她叫——他觉得自己不可能在刚醒来的状态下记起她的名字——玛基拉。

竟然记起来了。

"提醒我一下,"他说,"这周你在练习什么?"

她的背挺得更直了,简直像静止的铅垂。"投影练习,"她说,"照着您给我们演示的那样。"

哈!太讽刺了。你最好少碰投影练习,小姑娘。它们可不安全。事实上,它们可能会要了你的命。

"我明白了。"他十指合拢,做成宝塔形状,想显得胸有成竹。真相是,他教给学生的那些著名的佩里美狄亚秘密投影练习,只不过是对于之前歪打正着的拙劣模仿。但他之所以得到这份好工作,靠的就是这个。城市还没陷落的时候,他和亚历克修斯成功地进行过数次投影。虽然意外成功,但影响却是灾难性的。他现在教的这些投影练习的唯一好处就是它们毫无作用。至少,他真心希望它们没用。不然的话,他们的麻烦可就大了。

"我可以开始了吗……?"她小声地问,看起来很窘迫,像不得不在医生面前脱下衣服的病人。卡纳迪点点头,"你准备好了就行。"

"好的。"她在椅子里缩起身体,双眼紧闭,好像在下雨天没穿雨衣似的。

他简直可以感觉到她精神上付出的极大努力。当然，过分努力只能起到反作用——这再好不过了。

不过他还是开口指导："放松，尽量——"要怎么描述呢？他毫无头绪，"尽量让一切尽可能正常。说到底，你要做的只不过是在房间里或者街上安静地站着，这是再平凡不过的事。唯一的区别是你会进入过去，而不是此刻。你很可能根本不会察觉到任何区别。这不是魔法，记得吗？只是完全自然的正常现象，就像做梦一样。"

她放松了——放松得相当用力——卡纳迪差点没忍住笑出声。"啊，"她说，"噢，我看见了。是的，我觉得起作用了。"

肯定不可能。"你确定？"他强迫自己保持冷静，"看看四周，告诉我你看见了什么？"

"我不确定，"她喃喃自语，"我从没来过这儿。我能想到的和这里最相似的地方就是图书馆了。这儿有——"她抬起头，紧闭的双眼正对上他的眼睛（但他在她闭眼之后挪动过位置，她怎么知道他在哪里呢？），"卡纳迪博士，您在——"

她突然尖叫起来，痛苦又尖锐的可怕声音似乎和脑袋里搅得他头疼的神经产生了共振。他跳起身，抓住她像溺水的猫一样在空中胡乱挥舞的双手。但她抽出手来，朝卡纳迪脸上用力一推，他一屁股摔倒在地，咒骂出声。

"卡纳迪博士！"她盯着他，眼睛里带着恐惧和羞耻，瞪得像投石机的石弹一样大，"我都做了什么？"

他爬起来，幽默地假装拍了拍身上的灰土。"没事，"他说，"重要部位都没摔坏。告诉我你看见了什么？"

"可是，卡纳迪博士——"

他坐回椅子上，看着她。"告诉我，"他轻声地说，"你看见了什么？"

她从袖子里拿出一条手帕，在手里拧来拧去。"卡纳迪博士。"恐惧的神情中渗出一丝骄傲，几不可见，"我好像看见了城市的陷落。您知道的，我是说佩里美狄亚。而且——"她咽了口唾沫，深吸一口气，仿佛准备从高崖上往下跳，"我觉得我看到您被杀掉了。"

卡纳迪点点头。"我明白了，"他说，"告诉我，你的脑袋有什么感觉？"

她摸了摸后脑，"您是觉得我撞到了头才看到那些东西吗？我很确定——"

"你的脑袋有什么感觉？"

"还好。不过，"她低头看着双手补充道，"我觉得有点头疼，但除此之外——"

"我是怎么死的？"卡纳迪问。他平静地坐着，声音波澜不惊，只有紧握的手心在冒汗。"没事，"他说，"我不会被冒犯的。"

"您被射中了。"她小声回答，"一支箭射中了您的脸，直接穿了过去——"她停下话头，发出一长串令人心惊的呜咽。卡纳迪匆忙跑去找了一只平常用来装水果的铜碗，又及时赶了回来。

"没事，"他说，"压力使然，人有时候会有这种反应。我本该提醒你的。"

她抬起头，下半张脸埋在手帕里。"您真的相信我？"她说，"噢，我真高兴——噢，说什么傻话，我的意思是——"

"我懂。如果能让你好受点，"他撒谎道，"我第一次成功后也吐了，而且我甚至没看到什么可怕的东西。"

"卡纳迪博士——"她站了起来，然后坐下，又重新站起身，"我——拜托您，让我帮您把碗洗干净吧，我真的很抱歉——"

及不上我一半的抱歉。终于把她赶走以后，卡纳迪想道，灾难就像香肠匠的狗，一直跟着我转……这个天赋者可以随心所欲侵入元理。如果我是个

6

明智的人, 就该跟到她的寝室, 割断她的喉咙。可惜我不是。

"该死。"他喃喃着翻身上床, 把腿蜷起来。闭上眼睛的时候, 他想到了以前的同僚亚历克修斯。大概是某种奇迹在起作用吧, 他仍然活着, 待在远离战场的一座岛上, 应该是安全的。有好一会儿, 他考虑着用投影的方法联络他——你是疯了吗? 给木材场灭火的方法可不是点燃你邻居的油库。虽然心神不宁, 他还是很快睡着了。他做了一些栩栩如生的梦, 醒来时却什么都不记得了。

第二天晚上, 他们在一座被毁弃的农舍旁找到一棵长得笔直的白蜡树。

"不理想,"他说,"凑合能用。"

巴达斯·洛雷登任由缰绳从手中滑出去, 盯着废墟看了一会儿。石材从薄薄的积雪下露出来, 像从磨损的袖管中露出的手肘。看样子这里是被大火烧毁的, 大概发生在五六十年前。就算过了这么久, 火烧的痕迹还是看得出来。在这样的深山里, 一贯以掩盖人类的错误为己任的苔藓和常春藤等植被似乎无法完全覆盖砖石建筑。只有几撮细草从砂浆的裂缝中钻出来, 两棵山梨树苗倔强地在硬土和残垣断壁中生长, 还有就是这棵他准备砍伐的优质成熟白蜡树, 高高伫立在本该是房间中央的位置。如果他是个迷信的、沉湎于过往荣辱的人, 他大概会在房舍的倒塌和树木的生长之间找到某种联系。但他不是那样的人, 而这棵树是他两天来看见的唯一一笔直的木材。

运货马车厢里, 男孩不耐烦地挪了一下身子。

"这不是白蜡树吗?"他说,"我们不是在找紫杉木或者桑橙树吗?"

"凑合能用。"洛雷登重复道。

男孩跳下马车去照应马匹, 洛雷登在树底下转着圈, 打量它的枝干, 嘴里低声地计算着。男孩歪头看着他。

"你不是说这种玩意儿是垃圾吗?"他评论道,"吃力不讨好,你之前就是这么和我说的。"

洛雷登皱起眉头。"我可能说得比较夸张。"他回答,"去生火吧,然后来给我搭把手。"

他从车厢里拿出那把大斧子,用拇指试了试斧刃。摸上去有些钝,他用磨石磨了几下,然后脱下外套,挺直脊背,准备砍第一下。

"我生不了火,"男孩抱怨道,"所有东西都潮乎乎的。"

洛雷登叹了口气。"别管了,"他说,"伐倒树之后我来生火。拿了你的斧子吗? 好,你到对面去,试着一下一下跟着我砍,用力要均匀。看在老天的分上,拿着斧子的时候小心一点,要稳住气,别乱挥。"

他调整了一下双手的位置,左手在斧柄底部,右手握着斧头下方,然后把目光集中在落斧的位置,砍了下去。冲击力震得他肩膀生疼,背部也传来一阵刺痛,警告着他减轻力度。

"别傻站着,"他低声说,"该你了。"

男孩挥斧砍了下去,明显是想显示自己有多强壮,和所有拿到了大斧子的男孩一样。他动作野蛮,不受控制,斧头错过了目标,斧柄击打在树干上。不用说,斧头飞了出去,以令人不安的近距离擦过洛雷登的手肘,掉进一丛荨麻中。

"白痴。"洛雷登这么说着,语气却很宽容。他想起自己小时候也做过一模一样的事。当然,那时他比这男孩更小。长到男孩这个年纪时,他已经掌握了跟砍树有关的所有知识,而不只是自以为什么都懂。

"把斧头找回来。"

"它掉进荨麻丛里了。"男孩回答。

"我知道。"

他继续砍着, 以缓慢而简洁的韵律挥动斧子, 让斧头本身的重量带动自己。砍了二十下左右之后, 他绕到树的另一边重复动作, 然后继续换边。最后, 三面的切口都砍到了树干中心。他停了下来, 倚着斧柄休息。

"找到了吗?"

"没。"

"众神啊。你真磨蹭, 天都要黑了。"他说, "好了, 先别管那个, 把绳子拿过来。"

他们一起在树枝上系上绳索, 把另一头紧紧绑在留存在废墟中的门框上。"往后站,"洛雷登警告道, "别挡着我。"

他完成了最后的工作。最后一点还没有砍透, 但树本身的重量扯断了残余的心材, 树干向一侧倾倒, 被绳索拉住, 从断桩上滑下去, 倒在洛雷登计划好的位置。

"这样,"他向后退了一步, "就是砍树的正确方法。如果你用了心, 说不定能学到点有用的东西。"

"你叫我去找斧头了啊。"男孩回答, "再说砍树有什么大不了的? 一直砍, 砍倒就完事了。"

洛雷登慢慢地呼出一口气。"对极了,"他说, "把锯子拿来。趁天光再干点活。"

男孩打了个哈欠, 拿出那把两人用的弓形锯。他们一起把木材上斧头砍过的地方锯下来, 留下一个能看清年轮的平滑圆切面。

"今天就这样吧,"洛雷登说, "我们明天继续下一步, 那才是重要部分。趁我生火的时候, 你去把斧头找回来。"

"我的胳膊都被扎伤了。"男孩垂头丧气地说。

"用镰刀把荨麻丛割掉,"洛雷登耐心地说, "然后你就能找斧头了, 也不会扎着自己。"

男孩嘟哝着。"你早点告诉我啊。"他说。

洛雷登在柴火堆旁抬头微笑起来。"我本来希望你能自己琢磨出来。"他回答,"快动手吧,我们没那么多时间。"

日落后一小时,他们来了。五艘放低了帆的黑船,从海湾口的两块岩石间穿过时几乎没发出任何声音。五艘战船在暮光中驶进一个狭窄入口,显示出高超的航行技术。船员的动作也十分熟练,胸有成竹。

他们迅速而安静地靠岸,各司其职。军官们将他们分为两队,带领他们登上海滩。没有盔甲和武器的碰撞声,没有皮带的拉扯声,没有对话和粗心大意的脚步声。从埋伏的地方高戈斯数不清人数,但他估计至少有两百人,可能多达两百五。对于一次简单的回收抵押物行动[①]来说未免过于兴师动众。但如今,回收抵押物不再是简单的事了。

"比我们预料的多。"旁边的人悄声地说,听上去吓坏了,这很自然。

"我们对付得了,"高戈斯轻声回答,"闭上嘴别动。"

话说得倒是笃定,他心想。一打三的局面可不妙啊。他抬眼向山坡上的农舍望去,按照他的命令,那儿的塔楼上点着灯火。一条路从海滩一直延伸到农舍前门。按照一般逻辑,这帮人会顺着小路前进到离栅栏大概一百码[②]外的地方,然后兵分两路,一队人在前,另一队绕到后面。换成他,他就会那么做。对他们来说很自然,而且没有其他选择。

小路两旁全是岩石,突袭者的身影很难辨认。多亏高戈斯锁定了目标,才能勉强看见。借着岩石的掩护,在这里干掉他们。这种打法很简单,问题

---

① 后面的章节会对此做出解释。下文的"银行职员"也一样。

② 1 码等于 0.914 米。(由于本书为架空幻想小说,所有计量单位都无法与现实精确挂钩,故模糊处理,为方便理解,只标注部分换算关系。)

在于对方的战线拉得太长, 他的人无法攻击对方全体。如果对方殿后的人保持冷静, 没有逃窜, 他就有麻烦了。另外, 这地方实在太适合伏击, 他们肯定会提高警觉。

第一队人的首领越过了高戈斯先前测量过的离自己五十码的标记。现在他可以清楚地看见他们的脑袋和四肢, 而不再是一团团模糊的深色人影。他意识到, 这很像他小时候在森林里潜伏猎鹿。技巧就是耐心, 起身放箭之前等的时间越长越好, 但也要知道埋伏的时间越长, 不小心挪动或者发出声音暴露自己的可能性就越大。从前他一直没有耐性, 猎物刚进入射击距离就立刻放箭。幸好他已经得到了教训。

这队人走出岩石密布的区域, 步伐仍然从容流畅, 丝毫没有察觉到危险。如果他们有战斗经验, 走出适合伏击的岩石群后应该都松了一口气。现在, 离目的地只隔着一块平坦开阔的空地。他们大概觉得自己和到了家一样安全吧。

高戈斯站起身, 大喊: "放箭!"

他选的伏击点很好。小路位于一条低矮得几乎让人意识不到的山脊, 他的人则藏在两边的低矮处。向上射击的角度刚刚好, 还能避免流矢误伤另一边的自己人。距离只有五十码, 即便光线昏暗, 也没有理由射不中, 而他已经把手下的箭术训练得很出色了。第一轮齐射的效果让人相当满意。

敌方首领倒下了, 于是没有人立即下达可能会扭转局面的命令。大多数突袭者僵在原地没了主意, 这给了他们足够时间发起第二轮齐射。高戈斯意识到自己刚才搭的箭还留在弦上, 于是随意选了一个敌人, 右手拉弓, 左手向前推, 顺着箭杆瞄准。感觉到右手食指触到嘴角后, 他松开手, 不过没有花时间去看箭的去向。敌方的军官正在叫喊: **向左转, 向后转, 全体收紧队形!** 他想一鼓作气解决敌人, 所以一刻也不能浪费。抢先放了两轮箭, 这大概有助于抹平人数的悬殊差异。他叫道:"上!"

在黑暗中搏斗挺尴尬的。眼前这人大概误以为他是己方士兵,压低了盾牌开始说话。他没机会说完了。高戈斯在四码之外射中了他,听见箭杆在巨大的冲击力下折断。那人一声不吭地倒了,高戈斯快速地打量四周。他也分不清周围人是敌是友,这令他感到不安。他迅速搭上另一支箭,开始拉弓,准备好在下一个目标出现时立刻放箭。这次他没等太久。有人向他冲过来,应该是敌人。这么近的距离不能冒险。他应着弓的拉力扩张胸口,然后感到有什么东西断了。

有那么一秒钟,他不确定发生了什么。有个东西同时重重地击中了他的脸和腹部,惊恐之中他觉得敌人击中了他,他马上就要完蛋了。但他本来瞄准的那个人和他擦身而过,跑出几步,猛地倒在地上。然后高戈斯意识到拉满的弓折断了,那两记狠击来自弓臂。他激动地骂了句粗话。没丢掉性命当然值得高兴,但拉断了最爱的弓又让他气愤不已。这么多年都过来了,它今天是在干什么?他恼火地想着,扔下断弓去摸索自己的刀,怎么这么不走运……

面前一尺远的地方站着一个人。高戈斯拔出刀——该死的东西勾住了刀鞘,差点没拔出来——狠狠刺了过去。那人发出一声低号,蜷起身体倒下,刀刃随之从他身上抽出。对方滑到地上时,高戈斯才看清他确实是个敌人。

他再次环顾时,发现一切都结束了。有人拿着火把从栅栏那儿跑下山坡——那是他的后备部队,来得太晚,没了用处。他猛地反应过来,赶紧抢在手下人误伤战友之前下达命令,停止作战。这种事今晚大概已经发生了几次了,跨过刚刚杀死的那个人时,他意识到,总会发生的,黑暗中没人会知道,也没必要因此忧心。

火光照亮了的景象让他很满意。大概七十名敌人扔下武器坐在地上,刚中埋伏就放弃了抵抗。剩下的都死了，大多数是在两轮齐射中被解决的。他自己损失了七个人，另有二十来个伤员，伤势严重的只有五六个。有个人肺部中了一箭，看样子活不成了。真是不幸，因为敌人中间没有谁带着弓箭。他看到另一个人的脸从颧骨到嘴唇被割了个大口子，脸颊的肉向外翻出来，露出牙齿和下颌骨。敌人中也有受伤的，但上面对此有明确规定，给他省去了做决策的麻烦。

"好了，"他大声说，"看来可以收工了。大家睡一觉，明天早晨埋掉尸体。"他环视一周，找到那个开始时埋伏在他身边的年轻的银行职员，"把伤员转移到农场去，弄点干净的水和绷带。最好把他们安排到主屋，剩下的人去谷仓。"

年轻人点点头，匆忙跑走了。他看起来吓得不轻，这是他这种孩子第一次亲历战斗后的正常反应，给他分派任务有助于转移注意力。高戈斯跪下来，捡起两根被蜡线连在一起的木棍。

"那是你的弓啊。"头顶上有个声音说。他点了点头。

"没错，"他说，"这婊子打到一半时断在我手里了。真可惜，用了这么多年。"

先前说话的人，是替他工作的高级职员，在他旁边的地上坐下来，"行动挺顺利。"

"还好，"高戈斯回答，"不过还有一件头疼事。我最好现在就去和那农夫谈谈，毕竟我们来这儿就是为了他。"

他站起来，拿着断掉的弓走开了。出于某种原因，他怎么也做不到狠心扔掉它。

农夫和他的家人都在主屋里。他在往火里添柴，妻子忙着照顾着一个头皮受了点小伤、但血流不止的伤员。几个孩子拿着水罐、毛毯和做绷带用的亚麻布条跑来跑去。高戈斯突然间没了接受赞美和感谢的心情。但这次行动的目的就是向这些人证明，他有能力保护他们，所以他必须做做样子，说些套话：**这是不值一提的小事，我的荣幸，我们的责任就是这个，是时候让那些混蛋知道厉害了。**他平时很擅长说这些，今晚却只想尽快洗澡睡觉，明天一早回自己的房子，回到家人身边。

"这一切多亏你们，"农夫的妻子说，"都是你们的功劳。我们一辈子都不会忘掉你们冒着生命危险——"

"这没什么，"他稍微有点敷衍地回答，"就像之前说的那样，这是我们的职责。把这个告诉你的邻居们就行了。"他又想起一件事，"现在需要一块地来埋尸体。如果你们不介意的话，我们就直接在交战的地方挖坑了。我的手下想尽早离开，不想明天一大早出发时还要搬运死人。"

农夫显然不喜欢这个点子，高戈斯也能理解。现在是农闲时间，但交战地点是块平坦的好土地，作物产量应该很不错，就这么浪费掉实在可惜。他设想了一下自己的父亲听说有人想在他的田地里埋下两百具尸体，差点笑出声来。"就这么定了，"他说，"我们明早动手，不麻烦你了。"

农夫一言不发地看着他。高戈斯猜得出他在想什么。重新挖开两百座坟墓，把腐败的尸体搬进船里再驶到海上抛尸可不是易事。要花上几天甚至几周的工夫才能把那片地清理出来再犁好，还会害他们推迟把地播种冬季大麦的时间。他想得没错，这不公平。"我又想了一下，"他说，"我们还是把它们用推车运到海边吧，这也不是什么大事。"

农夫高兴起来，点了点头，明显是个不善言辞的人。他的妻子正好相反，又滔滔不绝地表达了一番感激之情。高戈斯忍着没打哈欠，转身向谷仓走去。

也许他们习惯这种事情了，他走过前院时想。这地方确实是典型的农场，每一寸空间都有各自的用处，没有装饰，全是实用的东西，但和他从小住的那种又不一样。这儿的栅栏是十二尺高的木桩,墙壁和大门十分厚重,本该是农舍的地方建着坚固的塔楼,好像每日劳作还不够辛苦似的。为什么人们要彼此攻击、彼此防备呢?这问题没什么意义,因为这里一直都是这样。"他们大概乐意这样生活吧。"他对那个职员朋友说。

"我不这么认为,"高级职员回答,"他们只是习惯了而已。你从小这么长大的话,压根儿不会注意到有什么不对——这才是让人惊奇的地方。我们家的农场和这里没什么不同。当然,比这儿大得多,"他很快补充道,"修得很体面,但大体格局是一样的。只不过建筑用的是石材,既有门楼又有塔楼。有一次,在我曾曾祖父的那个时代,我们被围困了整整六天。"他听起来很为此骄傲,高戈斯没有过问。

"这种生活方式真蠢,"高戈斯回答,一头倒在一堆稻草上,"反正不对我的胃口。"

"你说哪种,打仗还是务农?"银行职员微笑起来,"肯定不是说打仗,毕竟那是你的工作。你不是告诉过我,你是在农场长大的吗?"

高戈斯打了个哈欠。"两者分开是没问题的,"他回答,"但合在一起就受不了了。你想想,要是庄稼在收割之前很可能被一帮混蛋放火烧掉,你还能每年一次次犁田耙地播种吗?想想就让人发疯。"

银行职员耸耸肩。"害虫总会有的,"他心平气和地回答,"庄稼总会被田鼠、兔子、乌鸦和鸽子糟蹋,还有士兵。你收割的永远是剩下的东西。如果这一年你损失大,下一年就多借点钱,从头来过。"他皱起眉头,看向别处。"就是这么开始的,"他轻轻地说,"也会一直这么持续下去。幸好有我们这样准备改变这一切的人。"

"没错。"高戈斯翻了个身,回答道,"现在,如果你不介意的话,我准备睡觉了。"

职员笑了起来。"你是因为那把好弓折断了觉得难受吧。"他说,"很正常。"他补充道:"我懂的。"

高戈斯想了想。"你说对了,"他说,"确实是这样。我说过,它跟了我很多年,从小用的就是它。事实上,这是我弟弟给我做的。"

"哪个弟弟?你有好几个。"

高戈斯露出微笑。"我用这把弓射中过不少目标,"他说,"记不清它帮我逃过多少麻烦了。当然,也让我惹上了不少。但那不怪弓,完全是我的错。"他拿起断掉的弓臂,靠近油灯的黄色火光。"弓腹裂了,真不敢相信。"他说,"就在这儿,角片层里,裂缝就是从这里出现的,一直穿过木材,裂到弓背的筋丝里。"

"真的吗?"职员兴趣缺缺地回答,"唉,那可真是……"他没费心把话说完。高戈斯把弓的残骸在自己身边放好,双手垫在脑后。

"我得让他给我做一把新的。"他说。

"董事很快就会接见您。"那个男人朝一张看起来冰冷坚硬的石凳点头示意,然后走开了。

亚历克修斯想到自己的痔疮,心里一阵抱怨,在凳子上坐了下来——和他想象的一样冷硬。也许站起来还好些,但他又想起了自己的风湿病,决定不那么做。他思考了一番,认为总体来说,这把年纪已经不适合待在办公室外光秃秃的倒霉候见室里,准备面见董事之类的人物了。话说回来,不论在哪个年纪,他都不适合做这档子事。

这地方其实还不错,颇有点气势恢宏。前厅开阔,天花板很高,屋顶是悬臂托梁式的,粗大的石柱用的是表面粗糙的粉色花岗岩。室内没有装饰,连白石灰都没涂,但从建造方式可以看出,这一切背后的势力拥有充足的金钱和资源——这种感觉也是符合事实的。那位他根本不认识的董事轻而易举就把他从岛民手中买了下来，用一艘气派的快船将他运到这里。而他在岛上有钱有势的朋友甚至什么都没来得及做。至于这些人究竟是谁，拿他有什么用处，他毫无头绪。这地方的主人看上去也不像是喜好收集的哲学家。

时间流逝，石凳却并没有变得更舒服。亚历克修斯吃力地站起来，不顾双腿的抗议，一瘸一拐地走到他刚来时穿过的大门。这门倒有点眼熟，属于对佩里美狄亚大气风格的拙劣模仿，显然出自从来没去过佩里美狄亚城、也没亲眼见过佩里美狄亚建筑的工匠之手，看起来颇为怪异，几乎有点可笑。

他意识到，这地方最让他感到不安和被冒犯的，就是一切都太新了。他不是这方面的专家，但从那些利落、整洁、锋利的石料边角以及鲜艳的色彩来看，整座建筑最多不过落成了五年。空气里甚至萦绕着新灰泥潮湿的霉味，以及石粉独特的气味。看样子，他心想，这儿的人不仅有钱，还是个暴发户。这让他恼火。他试图平复心情，但成效甚微。作为佩里美狄亚公民，他受不了新建筑。从前，城里的露天厕所都有四百年历史，还是用抛光过的玄武岩建造的。

好吧，暴发户也有做正经生意的。诸如发现一条银矿脉，找到通往南边的新海路，等等。或者他的钱来自海盗勾当、革命或内战。也有可能这是一个新王朝，屋里坐的是篡权成功的军阀。但这样的话，他现在等着见的就是一位君主，而不是董事了。董事这词和某种生意相关。想到要见的是富商巨贾，他稍微安心了一点。但一般发家的商人，肯定会把自己的大宅装饰得豪华俗气，乱炖一般摆满从五块大陆搜刮来的珍宝，以及各种题材混在一起的雕塑和画作。眼前这种苦修般冷峻的风格给人的感觉完全不同，他觉得有那么一丝眼熟——看着像个注重冥思的修会，或者成功从教会分裂出来的异端。空旷简洁的装潢，让人不适的家具，以及挥金如土的建筑风格，加在一起,让他想到了他过去的学会。另一方面,装饰性物品的缺席也可能意味着某种针对图像的宗教禁忌,要不就是极度贫乏的想象力。总之,肯定离不开学术或宗教影响。

远端的门开了,一个男人走了出来。不是先前带他进来的那位,但样子差不多。不等亚历克修斯有机会清嗓子,他就消失在视野中。看来是个忙人,也就是说,做的是经商或者行政方面的工作,但他没有文职人员标志性的华丽袍子和发福的肚子。他就是董事吗?那男人看起来更像士兵,脊背笔直,行动敏捷,朴素的深褐色衣服像战场上穿在盔甲底下的那种。亚历克修斯摇摇头,再次坐了下去。他觉得又冷又饿,困惑不解,小便的欲望越来越强烈了。他不太喜欢这个地方。

*我是个哲学家,应该在这儿好好沉思一番,而不是满脑子想着屁股疼。要是有本书看就好了。*这地方唯一可读的就是董事的门上用古怪的字母刻成的一行字,就算他不是什么语言学家,也明白上面写的是:非要事请勿入内。他交叠双手,闭上眼睛,希望自己能够睡着。

让人惊奇的是,他做到了,因为他发现周边的环境变了样,自己正站在某个作坊里,盯着一个男人的后脑勺。他所处的地方光线昏暗,但光线从敞开的门射进来,罩住了那个男人。他站在工作台前,正在刨一块细长的木料。空气中充满了漂浮的灰尘,在光柱里清晰可见。

这是巴达斯·洛雷登上校,那个法庭剑士。他在这里干什么?

亚历克修斯试图开口说话,但他的声音似乎在这里不起作用。*天啊,肯定又是未来。我还以为这档子事已经结束了呢。*他注意到洛雷登耳朵上方的头发中有了几抹灰色。距离上次见面已经过了两年,而亚历克修斯对自己两年来的衰老十分清楚。他试图去看洛雷登的脸,但是挪不了位置,只能尽力伸长脖子。仍然没用。四周弥漫着一股糟糕的气味,他闻出那是在烧骨头。身后的炭火上煨着一口铁锅,烟雾缓慢上升,从茅草屋顶的一个洞飘了出去。

一个男孩出现在门口,短暂地挡住了日光,洛雷登叫他让开。

"对不起,"男孩回答,"但你不是说……"

"好吧,"洛雷登嘟囔,"放在台子上就行。"

男孩走过去,放下手里拿的东西,那是一个托盘,上面放满挽成小团的细丝,每一束都只有手指大小。"我做的还对吧?"男孩怀着希望问。

"挺好。"洛雷登头也不抬地低声说,"现在把它们摆开,摆在我能拿到的地方。我得趁胶水冷却之前把活干完。"

男孩听话地沿着工作台边缘排好细丝。洛雷登放下刨子,用手指抚摸木料表面,然后转过身。亚历克修斯看见了他的脸——

——然后觉得脑袋猛地往下一沉,原来是他靠着的那个肩膀挪开了。他睁开眼睛,嘟哝了一声。

"对不起,"身旁的人说,"我不是故意惊吓你的。"

并排坐在冷石凳上的是一个女人,也就是刚才被他当成枕头的肩膀的主人。她观察了一会儿亚历克修斯窘迫的神情,然后笑起来。

"我诚心道歉。"亚历克修斯说,他仍然因为睡意和头疼而头昏脑涨,大概是刚才睡觉时的姿势不对,"我没意识到——"

"没关系,真的。"女人说,仍然面带微笑。她的个子应该比看起来还要高,体形丰满,一张圆脸上长着光滑的胖脸颊和小巧的下巴。头发是灰白色的,这个发色似乎早来了五年左右,梳着一个整洁的圆发髻,上面插着一把没有多余装饰的鲸骨梳。发髻把头发拉得很紧,看起来就像犯人的双手被捆到了背后。她穿着一条简单的灰色罩裙,右侧肩膀上有个衣蛾蛀洞,被一双巧手缝补得很好。"我的祖父和你一样,他傍晚总是打瞌睡,和他一起坐在高背凳子上的人就得一动不动等他醒来。"她打量了他一下，微微皱眉，"说真的，你看上去很疲惫。你还好吗？"

"还好。"亚历克修斯回答，稍微挺了挺腰背。

"不需要解手？"

"不，谢谢你。"亚历克修斯坚决地说。"原谅我，"他继续道，"你知道董事有没有在办公室吗？我坐了很久，已经不大相信里面有人了。"

女人点了点头。"我刚从那里出来，"她说，"里面没人。"

亚历克修斯叹了口气。"那你觉得我现在离开不要紧吧？"他问。"天应该已经晚了，我还得找个地方过夜。把我带到这里来的士兵没透露多少，但我猜那位董事召我来并没打算提供住宿，"他继续道，"或者可能会给我一间客房，或者把我关进牢里。"

"你是来这里见董事的。"女人的语气有些奇怪，既不是疑问，也不是陈述，"没错，已经挺晚了，看起来你应该上床休息。"她站了起来，走到对面，在办公室门口停下，"你想吃点或者喝点东西吗？"

亚历克修斯考虑了一下。"想啊，"他说，"如果不麻烦你的话，我想喝点水。"

"一点也不麻烦，"女人说，"要吃点什么吗？"

"一会儿再说吧，看我还要在这儿坐多久。"

女人耸了耸肩。"没问题，"她说，"这样的话，我们最好快点开始。我们进办公室吧，里面更舒服点。"

"你就是董事？"亚历克修斯问了个愚蠢的问题。女人没有立刻回答，她推开门，走到一张巨大结实的桌子后面，一屁股坐进一张巨大结实的椅子里——就算房顶塌下来，这些家具肯定也毫发无伤——挪动身体找到最舒服的姿势。亚历克修斯跟着进了屋，在桌子对面一张同样厚重但块头稍小、造型更端正的椅子上落座。屋里光线很暗,女人摸索着用火绒盒给一只简朴的陶土油灯点火。

"这样好多了。"她说。宽敞空荡的房间里只有这盏孤灯,光线散射开来。亚历克修斯从前见过的走廊、储物间和档案室的照明都比这里强。"好啦,"她微笑着,脸颊上出现了两个酒窝,让人想起雪地里鸟类的足迹,"欢迎来到思科纳岛。"

"谢谢你。"亚历克修斯回答。他的头现在疼极了,就连油灯微弱的黄色光芒也刺得他难受。"我很抱歉,"他继续道,心里也知道话说得越多越难堪,"我之前不知道你就是董事。我还以为……"

"不要紧,"女人轻快地说,"我叫尼莎·洛雷登。我是这座银行的所有者。"

亚历克修斯点点头,想不出怎么聪明地接话。他注意到她的耳垂上有小小的瘢痕,是以前的耳洞重新愈合留下的。"我应该认识你弟弟,"他说,"巴达斯·洛雷登。"

她表情不变,点了点头。"我想你也见过我的另一个弟弟,高戈斯。"她说,"他提起过你。"

"是的,"亚历克修斯说,"没错,我和他见过一次。时间很短。"

她若有所思地注视着他,仿佛亚历克修斯是她为晚宴购买的一块昂贵的肉,而她正在考虑拿他做成什么菜。"当然了,我还有另外两个弟弟住在中邦,你不认识他们。噢,"她补充道,"我都给忘了,你的水。"

没等亚历克修斯开口,她就离开座位,拿起一个木制水杯,从一只浮雕装饰的巨大黄铜水罐里接水。水罐看着像是一件战利品,或者是邻国君主赠送的国礼。水杯却像是自家做的,不是车床上的产品,而是用凿子费心费力掏挖而成。杯沿上有个小小的裂缝。亚历克修斯接过杯子握在左手里,不确定接下来该做什么。在她对自己说话时大口喝水会显得很无礼吗?但不赶快喝掉她亲手倒的水会不会冒犯她？他突然注意到，这房间太干净、太整洁了。她的表现就像刚租下这里，对所有家具都小心翼翼，以免弄坏了什么东西之后赔钱。那水罐是南边出产的，应该有配套的陶瓷杯子，不知她是不是只肯拿给贵宾用？他脑子里浮现出女人忙碌地收拾打扫房间的场面，这可真是够古怪的。以前家里每次来客人之前，他母亲就会这么做。说不定她就是趁刚才那会儿才把这地方收拾出来的，所以才会让他坐在外面那张冷硬的石凳上可怜巴巴地等着。亚历克修斯举杯抿了一小口。"好吧，"他问，"我能帮你做什么吗？"

她又微笑起来，脸蛋活像烹饪用的那种苹果。"你是想问，"她说，"为什么我让人把你从半个世界之外硬拽到这个你可能只听说过两三次的地方，还把你扔在候见室那么长时间，是不是？这个问题合情合理。后半部分的答案是，我很忙。你要是饿了的话一定告诉我，好吗？"

亚历克修斯点点头，深吸一口气。他不知道自己究竟该不该怕她。她比他年轻三十岁左右，却让他想到自己的祖母。"前半部分呢？"

"噢，我以为你已经猜出来了。"她边回答边目不斜视地从一只陶土浅碟里拿出一把葡萄干来吃，"我想让你帮我施点魔法，拜托。"

亚历克修斯再次深呼吸。不久之前，他还有一套针对这种场合的演说，可以简洁地阐明抽象哲学家与魔法师之间的区别。但那是专门为学生和达官显贵的太太编写的。这位董事并不是这两种人，他决定即兴发挥。

"很抱歉，"他说，"但我不是魔法师，就算想施魔法也没有那样的能力。事实上，我认为没人能做到。我研究的是一种半科学、半形而上学的概念，叫作元理，和时间的结构密切相关。这些年来，我们的研究偶尔会产生不受控制的奇怪副作用，而这些副作用让人误以为是魔法。但因为我们谁也不知道这种现象究竟是——"

"当然了,"尼莎·洛雷登有些不耐烦地说,"这就是最让人恼火的地方。你们对它一无所知。"她把胖乎乎的手指交织在一起,透过这个动作,亚历克修斯意识到这女人确实是个在银行业做成巨头的能人。"你不理解魔法,但能够施法。我理解它,但不能施法——至少不能达到我想要的效果。我想和你做个交易:我教你,你帮助我。怎么样?"

很久以前,亚历克修斯曾有个开锯木厂的叔叔。叔叔锯木头是一把好手,其他方面却不怎么样,但他的妻子(第二任妻子,比他小十四岁)却有着出色的生意头脑。她教了年轻的亚历克修斯一些谈判的窍门。第一,如果对方滔滔不绝,一定要简单地总结他们的意思。第二,最好开门见山,尽快切入正题,讨论交易本身。第三,让对方知道一些你的弱点。第四,让对方觉得你已经摸清了他们的底细。第五,永远不要尝试让对方无利可图的生意。巧合的是,他那位姑姑也是矮胖身材。

"你说你理解魔法,"他说,"这很有趣。我们——我所属的学会和学者们——承认世上有天生就能理解甚至操纵元理的运行的人。我们叫他们'天赋者'。一般来说,他们似乎不会意识到自己的能力。你是说你也是天赋者吗?"

尼莎·洛雷登弹了弹舌头。"我的话你也听到了,是吧?"她责怪地说,"你们口中的'天赋者'并不理解魔法,但是能够使用它;我正好相反。你我二人之中,天赋者并不是我,教长大人,而是你。"

亚历克修斯刚想回应,但紧接着,他明白了她的意思。他安静下来。

"你说得没错,"尼莎·洛雷登继续说,"你从来都没有意识到你自己的能力。拜托,仔细想想。关于我女儿和我弟弟巴达斯的那件事,你可是用了挺强的魔法。我打赌你没法告诉我你具体是怎么做到的,对不对?"

亚历克修斯犹豫片刻,这才开口。"对,"他说,"我确实不能。好吧,我能够非常笼统地解释，但是没法描述每个步骤是怎样的。"他皱着眉说道，"你是说你能解释？"

尼莎忍住一个哈欠。"哦，当然，"她说，"道理又简单又复杂。打个比方，举起一块巨石的方法非常简单，但只有力气极大的人才能做到。我知道怎么举起东西，但没有那份力气，没法到处举石头玩。魔法也是一样的道理。"她盯着他的眼睛看了一会儿，继续道，"我看得出你对我的用词很不舒服，但我想不出更合适的词了。我想你大概可以管它叫'与元理操纵相关的异常物理现象'，但我觉得太拗口了。你拿定主意了吗？想还是不想学？"

亚历克修斯想起了他叔叔的妻子，"你是想让我买我没看见过的货物。"

"不。"尼莎回答，"我提出的交易是：我们互相同意对方的条件，然后你得到货品，之后你再付钱。毕竟，在你学会我要教给你的东西之前，你是做不成我想让你做的事的。"

"好吧，"亚历克修斯谨慎地说，"先告诉我你想让我做什么。"

回答之前，尼莎再次瞪视他。这应该是为了让他不自在。效果立竿见影。"并不比你为我女儿做的事更难。"她说。

亚历克修斯摇摇头。"虽然我不太确定，也不太明白，但我认为佩里美狄亚城之所以被攻陷，部分原因正是我为你女儿做的事。至少，它引起了一系列麻烦，还让我大病了一场。我不想再被卷进那种事了，就算这意味着我无法学到你想教给我的东西。反正，"他以一种他姑姑准会欣赏的方式耸了耸肩，补充道，"我对此也没什么兴趣。"

"很好。"尼莎说，"我告诉你一些我家族里的事吧。你已经知道，还住在中邦的时候，我弟弟高戈斯想让两个城里来的有钱年轻人强奸我，事情败露后，为了掩人耳目，他又杀了父亲和我的丈夫，还试图杀掉我和巴达斯。高戈斯逃走后，几个弟弟把这一切都怪到了我的头上——没错，我确实曾和那两个小伙子眉来眼去,想让他们把我带去佩里美狄亚。高戈斯把他们也杀了,也就是说他杀了我女儿的生父。尽管如此,"她轻轻摇头,"高戈斯和我现在关系仍然很不错,至少,我们是彼此仅有的家人了。克利法斯和佐纳拉斯因为巴达斯的原因,拒绝和我们俩和解。

"说到高戈斯,他真的很相信家人这个概念。我不怎么在意,有没有都无所谓。我把女儿锁进了牢里,因为她脑子出了毛病,一直不停地发起威胁,嚷嚷各种可怕的事。高戈斯觉得我这么做很糟糕。但她的威胁大多是针对巴达斯的——高戈斯很宠巴达斯,一直如此——他只能承认我做了正确的选择。你看,高戈斯和我都是有生意头脑的人,我们知道怎么减轻损失,怎么抛弃过去,也知道齐心协力才能开创一番事业。我们也做到了。"

尼莎停顿了片刻,让亚历克修斯消化她的话。"我想,我们两人最重要的特质,就是一心一意和讲求实际。我们对生死、爱恨和对错都很理智。对待那个被你冠以冗长名字,被我们叫作魔法的东西也一样。我们就是这样的人。如果你觉得自己还能选择帮不帮的话,"她微微一笑,"那我只能说,作为一个老人,你很天真。"

亚历克修斯点点头。"你是想让我为你杀人吧,杀很多人。"他说,"只杀一个人没必要用魔法。"

"噢,不是,"尼莎说,"你又没好好听了。仔细点,动动脑子。我们不是想让你杀人,实际上正好相反。想杀巴达斯的人,是之前的你,记得吗? 是我们阻止了你。至于现在,"她愉快地继续说,"我们想请你让巴达斯重新爱上我们。这其实是为了高戈斯,而不是我,但我也会高兴的。是时候让我们这些活下来的人重新成为家人了。而且,"她补充,"我们的生意也用得上他。你是巴达斯的朋友,你就不想看到他和他最亲近的家人重归于好吗?"

亚历克修斯用手心摸了摸胡子。"我明白了,"他说,"你想让我把你弟弟送给另一个弟弟当生日礼物。"

尼莎笑了。"为什么不呢?"她说,"毕竟,这是他想要的。"

男孩抬起头,脸被火光照得通红。

"为什么要在又冷又黑的时候干这种活?"他问,"放在夏天,我们一天就能做完。"

洛雷登凝视着火焰,没有转头。"要在树汁少的时候动手,"他说,"这样木材更容易干燥。我像你这么大的时候,都要等到地上积雪有一尺深才砍树。"

男孩看着他。"你不是城里人吧?"他问,"我是说,不是城里长大的。"

洛雷登摇摇头。"我的老家是个你没听说过的地方,"他面无表情地说,"那里会下大雪,春天的气候和现在差不多。"

男孩打了个哆嗦。"听上去真可怕。这里已经够糟了。我想我要过很久才会习惯。"他可怜兮兮地说。洛雷登微笑起来。

"必要的话,你能习惯的事情多着呢。"他说,"你现在该做的就是多加点衣服,都这么大的人了,不该需要我提醒你这个了吧。"

男孩盯着火,似乎想知道洛雷登在看什么。"你以前就是做这个的吗,"他问,"在你来城里之前?"

"不,也不算。我们都是农夫,普通人。但做农夫必须懂很多事。我们从来没有买过任何能自己做出来的东西。除此之外,我还学了很多其他手艺,也没觉得有什么。我是说,"他笑着补充,"这也不难,是吧?"

男孩拉长了脸。**"我觉得很难。"**他说。

"你当然会这么觉得。"洛雷登愉快地说,"我猜你也不会钉马掌,建房子,打铁钉,铸锅,或者编绳索。我都会。当然,技术不是特别好,但也够用了。

不过我承认,我摆弄木材的手艺比大多数人强一些。这活儿很轻松,也不枯燥,能赚不少钱。这里的人们手都特别笨。"

"笨得就像一帮农夫。"男孩说,"噢,抱歉,无意冒犯你。"

洛雷登摇摇头。"不是农夫,"他说,"是平民。两者是不同的。我以前不觉得,但事实如此。不过,这不关我们的事。我得说,幸好这儿有军队,让我们源源不断地有活干,而且交了货就能拿钱。"

男孩舔着牙齿。"他们不是要求要用紫杉木或者桑橙树的木料吗,"他说,"为什么我们要砍白蜡树?"

洛雷登低声笑了起来。"小伙子,"他说,"那帮人连紫杉树和芹菜秆都分不清。他们要紫杉木和桑橙树,也是在某本书里看来的。只要我们用生牛皮加固,白蜡树完全没问题。"

他往火堆里扔了一块木头,然后躺下来,双手垫在脑后。山谷里远远地传来狼嚎。男孩猛地坐起身。

"镇定点。"洛雷登笑道。

男孩紧张地看着他,"那是狼啊。"

"当然了。赶快睡吧。"

"但是肯定……"男孩环顾四周,好像火光边缘随时会出现发光的狼眼一样,"我们不该爬到树上吗?"

洛雷登打了个哈欠。"你想爬树就去爬,"他说,"如果还能找到树的话。我们今天应该已经把最后一棵给砍掉了。不管你睡哪儿,都该尽早睡下,明早还有很多活要干呢。"

男孩明显没有被说服。"好吧,至少应该有一个人守夜。"他说,"以防万一,对吧?"

"你自便,"洛雷登坐起来拿过工具包,垫在脑袋下面,闭上双眼,"晚安。"

他几乎立刻便睡着了。意识到这一点，是因为他发现自己正站在（已经不存在的）佩里美狄亚城门楼的防御墙上，目光越过城外草原人的帐篷，望向东边那条似乎一直延伸到天上的河流。一旁的走道上站着哥哥高戈斯，他们关系和平，差不多算得上是友好。高戈斯正在给他讲思科纳的战事，可他并没有认真听。别人讲的战争故事一般都很无聊。

"你应该来思科纳。"高戈斯在说，"这座城市大限已到，他们终究会赢，待在这里没好处。我在思科纳需要你这样有经验的人。"

洛雷登看着自己摇了摇头。"谢谢，不用了。"他说，"我为什么要奔波大半个世界去替你卖命？眼前不就有一场战争吗？我又不是雇佣兵。"

高戈斯冲他皱了皱眉头，似乎被冒犯了。"不是那样的，"他说，"你是我的家人。我们应该待在一起。"

"我要是你的话，就会避开这个话题。"另一个洛雷登回答，"就算离开城市，我也会去一个能靠正当劳动吃饭，没有人老想要我命的地方。"他耸耸肩，"我甚至可以做回农夫。"他停了停，"我说了什么好笑的吗？"

高戈斯咧嘴笑起来。"抱歉，"他说，"我不是故意没礼貌的，只是想到你要回农场就忍不住。连猫都会笑的。"

"好吧，"洛雷登说，"我可以靠一门手艺吃饭。我能干的可多了。"

"说三个看看？"

洛雷登想了想。"我可以当制轮工，"他说，"或者修桶匠。记得吗，以前家里的桶都是我修的。"

"修完还是漏水，"高戈斯说，"你从来都没法让新桶板严丝合缝。记得那年受潮的玉米种吗，盖子一打开，发现它们都在桶里发芽了。"

"好，不当修桶匠，还有很多其他选择。我可以当铜匠，那个我拿手。"

高戈斯咬了咬下唇，微笑起来，"想想你背着工具包，在村里走来走去修补锅子的样子。承认吧,弟弟,只要不是见血的营生,你就做不好。你应该继续做你擅长的事,和我一样。归根结底,什么工具干什么活。我生来是挣钱的,你生来是杀人的。这和对错无关。"

"见鬼去吧。"另一个洛雷登厌恶地说。旁观这一切的洛雷登全心感激这场对话从来没有发生过。现在城市已经毁灭,也不会再发生了。"你这话真讨人厌,而且根本不对。你说得好像我是一辆收尸人的马车一样,周围永远有一群石头砸不中的乌鸦。而且,不知道你中了什么邪,觉得自己是个生意人。"他恼火地说,"要说家里有谁靠杀人出人头地的话,那应该是你。"

高戈斯用手肘撑着护墙,看着远方的帐篷。"这一点我不否认。"他说,"这些年来,我做了很多后悔的事。但每次都是为了解决问题,我从来没有以此为生。如果摊开来说,"他慢慢转过身,看着弟弟的眼睛,"那我得强调,至少我出人头地了。你却一辈子都在狼狈挣扎,每天要面对新的血战。当然,你总是赢,另一个倒霉蛋总是会死。但你又得到了什么呢? 至少我每次杀人都有目的,都面临无法避免的情况。"他叹了口气,转开眼神。"我和你说实话,"他说,"如果我是你的话,晚上肯定睡不安稳。"

——而这显然是某种信号,因为巴达斯醒了过来,看见了第一缕天光,一轮冰冷虚弱的太阳正在灰色的云层中游走。男孩在几尺之外睡熟了。巴达斯微笑起来,用脚尖戳了戳他的肩膀。

"醒醒,"他说,"好消息,狼没把你吃掉。"

男孩哼哼着翻了个身,拽着毯子。洛雷登把它扯了过来。男孩嘟囔着坐起来,用指关节揉着眼睛。

"把楔子拿出来,"洛雷登说,"去呀,我们有很多活要干。你最好认真点,今天的活很关键。"

男孩咕哝一声,从地上爬起来。洛雷登没听清他在说什么,但大概猜得到。他在木材截断的一端坐下来，查看上面的年轮。

"我现在做什么？"男孩问。

"拿把锯子，"洛雷登回答，"我们得先把树枝修掉才能做其他的。"

修整完原木的时候，太阳已经高挂在空中了。四周无风，甚至还有一点暖意。"我们可以从这里削出四条木料。"他说，"如果谨慎一点的话，五条也有可能，取决于它断得干不干脆。好，你坐到原木上，我把第一个楔子敲进去。"

他把楔子的前端压在画好的一条线上，单手拿着斧子，轻柔稳健地用斧背敲击，直到确定楔子已经嵌入木头。然后后退一步，右手握住斧柄，左手扶着斧柄末端的圆头。他集中精神，目不斜视，挥起斧子向下砸去。斧背不偏不倚地击中了楔子，一条裂缝沿着他画出的线开始延伸。

"看明白了吗？"他直起背问。

"没，"男孩回答，"从我这儿啥都看不清。"

洛雷登叹了口气。"到这儿来看，"他回答，"看到这儿裂开了吗？"

又敲了十一二下之后，裂缝增加了五寸左右，可加塞一个楔子了。洛雷登从裂口上方小心翼翼地把它敲进去，每次敲击的力道都和斧头从手中自然落下差不多。"这很重要。"他停下来。挥几下斧子就累成这样，大概是懒了，或者老了。他趁着喘气的空当继续说："别忘了我教你的，让斧子本身的重量来完成工作。"

"没忘。"

又敲了两下，裂缝已经很宽了。第一个楔子掉了出来，洛雷登捡起来，将边缘压进裂缝最上端几寸的位置。"就这样继续敲。你在认真看吗？"

"当然了，"男孩底气不足地回答，"我在看呢，不骗人。"

洛雷登哼了一声。"你得仔细，"他责备道，"这比你想的复杂多了。不是劈开就完事，必须劈得利落笔直，不然我们的时间和这棵好树就都白费了。说起来，你弄丢的斧头找回来没有？"

"我一会儿会去找的，我保证。你继续吧，我在看呢。"

"你最好看仔细点，下一次就轮到你来了。"

洛雷登对工作进度感到很满意。每一个楔子都把裂缝撑得更开了一点，让木材沿着他选择的方向渐渐分开，也让一个个楔子逐渐松动，直到可以毫不费力地取出来。太神奇了，他想，这么多年来，我一直在享受机械带来的便利。换成其他人，很容易产生错觉，觉得自己要什么有什么。最后一个沿着对角线敲入的楔子切开了木材剩下的几寸。两半原木各自翻到一边，像代数命题一样整洁而协调。他点点头，把斧头交给男孩。"该你了，"他说，"把这两半各自劈开，搞砸的话，我让你走路回家。"

男孩气愤地看着他，弯腰去捡楔子。"我打赌你第一次的时候搞砸了。"他说。

洛雷登笑出了声。"事实上，我第一次做得很成功。"他说。男孩跪下去研究木料。"第二次却把木材毁了，砸烂了楔子，还弄坏了斧头。那之后我足足两天没敢在家里露面。"

"哈。"

男孩显示出年轻人特有的无法坚持太久的高度专注，认真查看着木纹，脸上褪去了笑容。洛雷登似乎在以局外人的视角观察曾经的自己，跟梦中一样。他还记得那种令人抓狂的犹豫，以及不允许自己寻求帮助而产生的挫败感。要找瑕疵，每块木坯里都有个弱点，重要的是找到它。但是他没有说出口。让男孩自己摸索，才永远都忘不掉。

"好了。"男孩抬起头，看见了树桩，然后把木料推过去，抵在上面。洛雷登赞许地点点头，但男孩没朝他看。这是个好现象。

"这一次，"他说，"看在老天的分上，别把斧子又砍坏了。如果我们得重新做斧柄的话，这一周都得耗在这里了。"

"知道啦，"男孩不耐烦地说，"别打搅我。"

"对不起，"洛雷登和善地说，"你继续。"

男孩深吸一口气，开始敲打楔子。斧头对他来说太大太重，单手用起来很不方便，楔子敲不进去。第三次尝试的时候，他敲到了自己的指关节，痛得骂了句粗话。

"要我帮你敲进去吗？"洛雷登问。

"没事，"男孩恼火地说，"我能行。"

洛雷登不说话了。在脑海深处，他能看到父亲演示的劈开裂缝的另一种方法：站直身子用一只脚固定楔子，一只手握着斧柄末端，让斧头像钟摆一样自然落下，这样微小而谨慎的力度刚好能把楔子敲进木头。他记得自己试了无数次仍然以失败告终，指节破皮出血，满脸通红，眼泪就要夺眶而出，还被父亲支到一边让他别挡路。的确，活是要干下去的，没时间让他做学术研究。"站直了，用脚把楔子固定住，"他说，"这样会轻松一点。"

男孩挺起身。洛雷登看向别处，接着又把目光集中到自己的手上。他看到了手掌边缘和前三根手指第一和第二关节之间的茧子，以及左手手腕内侧的那块紫色瘀血处没有汗毛的皮肤。这些都是这门手艺留下的特有而不可避免的伤痕。在过去的两年里，逐渐变成了他身体的一部分。世上每一份职业都会在身体上留下特定的损伤，茧子和瘀血已经算好的了。一个擅长观察的人能根据这些印记得知他曾经的身份和营生，或者至少能猜出他现在的工作。

斧头敲击楔子的脆响让他抬起头来。"它进去了。"男孩骄傲地说。洛雷登点点头。"稳着点，"他回应道，"别乱来。"男孩没有回答，他正专心致志地干活,不需要额外的提点。洛雷登转过身,从敲击声中辨别男孩做得是否正确。听起来不坏。

"好啦,成了。"男孩说,"你帮我看看合不合格。"

洛雷登严肃地察看着他的成果,就像一位上校在检阅军队。"不坏,"他说,"现在你可以敲另一个了。我去准备剥树皮。"

"噢。"男孩再次拿起斧子,这次不怎么兴奋了。洛雷登走到马车旁,从车厢里拿出刮刀。天上的云已经开始聚集,如果不想在瓢泼大雨中干活的话,最好现在就动手。他用拇指检查了一下刀刃,锋利得足够刮下大片树皮。其实对于这个用途来说,刀刃稍微钝一点更好。他转身往回走的时候,听见了斧头敲进楔子的声音。

"这就对了,"他大声说,"谁知道呢,说不定能把你磨炼成一个好弓匠。"

二

　　高戈斯·洛雷登的船在思科纳海湾落锚的时候，已经是傍晚了。他决定拖到明天再去做报告。毕竟这不是什么急事，死掉的敌人等到明天依旧是死的，后天也一样。没有理由现在就辛辛苦苦去爬那个陡峭的斜坡，然后在董事办公室外百无聊赖地等一个小时，直到他姐姐屈尊召见。他更想回家脱掉靴子，把脚搁到脚凳上，拿着一杯热香料红酒欣赏夕阳朝沙斯特的方向缓缓落下。

　　他下了船，沿着贸易码头一路踱步，暗自记下自己离开这段时间里靠岸的船舶，然后和脑子里的信息对照：两艘科里昂来的矿石货船（为什么铜料生意这么火？有人想垄断市场吗？）；一艘从南海岸来的大货船，载着三十根堆成金字塔形状、和船身几乎一样长的杉木；还有五六条从群岛那边来的轻盈独桅快艇，其中有三条他从来没有见过。码头这么繁忙是好事，意味着商人们有信心。

和平常一样, 傍晚在码头溜达的人都是想在晚餐前散个步的, 这似乎是思科纳岛居民生活的核心。开店摆摊的商贩每天这时候生意最好, 商人们也会在这会儿聚在酒馆的白色雨篷下谈生意, 或者一起哀叹谴责最近让他们赔了钱的事。手艺人和店铺老板在家人的簇拥下沿着码头边弧形的海堤漫步; 夫妻挽着手臂, 直视远方, 免得无意间和不喜欢的人对上眼神, 不得不停下来寒暄; 孩子们则在银行仓库外摆放的木桶和草捆之间相互偷袭打闹。愉快的谈话声弥漫在一起, 变成低沉的嗡嗡声。这声音总是让高戈斯想到天气炎热时慵懒的蜜蜂, 以及以前家里果园中的那七个蜂巢。那是他小时候怕极了的东西, 也许正因为这个联想, 傍晚的码头才让他觉得不舒服。他更喜欢去广场散步, 让孩子们围着雕有三头愁眉苦脸的狮子的喷泉周围玩耍。

他离开码头, 顺着海滨步道一路上坡走到广场, 路过左侧的新银行办公建筑。建筑的正面还被脚手架遮挡着, 像是覆盖了有三百年岁数的藤蔓一样。他一直不知道拆掉脚手架后是什么样子。由于它过于高大壮观, 反而不怎么引人瞩目, 不知情者可能从旁边经过也不会瞄上一眼。这部分是因为整座建筑都建在俯视着城镇的那座岩山中, 只有山侧一面临街, 就像采石坑垂直的陡壁一样。但最主要的原因是, 它没有浮夸的立柱和柱廊, 也没有建筑师特别喜欢的各种乱七八糟的装饰。没必要向思科纳的居民强调这座建筑的重要性。这点他们早已知道了。

思科纳银行的董事如此不屑于炫耀, 几乎到了傲慢的程度, 一心要证明自己没什么需要证明的。高戈斯在脑海中品味着这句话, 微笑起来。这话出自沙斯特学院那位自负的院长之笔, 他们一个月前在截获的信件中看到的。总体来说, 他承认, 比起他姐姐挑的这种平坦的墙壁加一张屋顶完事的风格, 他还是更喜欢沙斯特那边俗气的、乱糟糟的复杂建筑。但他并不确定自己的品位是否靠得住。他姐姐常常说, 沙斯特的每一块檐板、每一根楣梁都沾着血,是强迫劳役的压榨成果。每到这时他都选择闭上嘴。经过喷泉时,他脸上的微笑变成了苦笑,向左拐进了三狮街。他的住处就在那里。

刚转过街角,一个速度极快的小东西就猛冲过来,叫着:"爸爸!爸爸!"撞进他的怀里,把肺里的空气都撞了出去。他后退一步,放下行囊,将那东西抱起来,平视着她。

"你好呀。"他说。

"我脑袋撞到你的皮带扣上了,"他的女儿用责备的语气说,"撞得很痛。"

高戈斯郑重地察看她太阳穴处浅浅的红印。"这算得上是光荣负伤,"他说,"我们去问问妈妈该不该给你发奖章。"

小姑娘笑起来,眼神狡黠。"拜托了,给我发块奖章好吗?"她说,"我真的很想要一块。勇敢的人都能得奖章。"

"没错,"高戈斯一边回答一边把她放下,牵住她的手,"所以你要勇敢,不能因为撞到了脑袋就哭。"

"好的。这样就能得到奖章了吗?"

"还要把晚饭吃光。"

"噢。"小姑娘若有所思地皱起眉头。"其实我不是真的想要奖章,"她说,"我不太饿。"

"真的吗?"高戈斯假装生气,"这就是说,你一下午都在吃坚果和蜂巢蜜,根本没给正经食物留肚子。我太了解你了,我的姑娘。现在快回去告诉妈妈我到家了。"

他看着她一路跑进家门,心里不知第几次后悔当初同意用她姑姑的名字,给她取名叫尼莎。依他看来,这不是个好兆头,远不如用她母亲的名字合适,或者随便选一个别的也行。我不介意她拥有她姑姑的那份头脑,他对自己说。或者她的意志力,甚至她那种容易让人误认成冷漠和残酷的清晰思维。但其他的就算了。只能希望她这些方面随母亲吧。

以他的身家和地位来说，高戈斯的房子算比较低调的。但以思科纳的标准来看，它仍然很大，并且将主人的品位和阅历展露无遗。房子中心的天井和环绕四周的回廊是按照本地风格修建的，但和思科纳岛上其他造型封闭、有着四面冷峻的墙壁和狭窄窗孔的房屋不同，高戈斯在房子向海那一面修建了岛民风格的露台，可以眺望海峡对面的沙斯特和内陆的山脉。按照他的设想建造露台时，工人们很费解，坚持管它叫瞭望台，误以为这和他在银行的工作有关。也许在他们的想象里，他会拿着蜡板和笔坐在那里，记录驶进码头的船只，或者一边看着地图和军事教科书沉思，一边计划战争的下一个阶段。幸好露台够高，几乎无法被人俯视。于是，银行经理慵懒地坐在巨大杉木椅里的场景——身边是倚在一堆靠垫上的妻子，脚边是玩积木的孩子们——只有零星几个邻居看到过。

这还不是最让人非议的。室内装潢透出一股奢靡的佩里美狄亚风格。墙上是湿壁画；回廊边缘排列着长势繁盛又无法食用的盆栽植物；天井中央立着一座喷泉，以一眼自然温泉供水，据传一家人常常在其中洗浴。让邻居们十分恼火的是，高戈斯的仆人都是外邦人，而且极不情愿谈论主人家的怪癖。由于他们同时也是高戈斯的私人保镖，逼供是公认的不明智的做法。这样引人遐想的信息空白导致的后果之一就是，围绕着高戈斯产生了大量让人迷惑不解的谣言和猜测。有一则怪异传言称他曾经给自己的姐姐拉皮条，谋杀了父亲和一半的家人之后逃离了故土。不用说，没人真的相信这个天马行空的说法。但有不少比较理智的人认为无风不起浪，为了大家着想，最好让高戈斯过去的某些秘密继续长眠。

他在门房扔下行囊，径直走向天井。每天傍晚，妻子都在那里。她把书桌搬到了回廊的荫蔽下，刚好在喷泉溅水的范围之外。他在阴凉中站了一分钟左右，看着她用心抄写一份法律档案，每写完一行都停下来仔细阅读，逐词对照检查。一缕长长的黑发从她脑后扎紧的发髻中松下来，在离墨水瓶很近的地方危险地荡着。

"小心点，赫丽斯。"他轻声说，"你要把墨水弄到纸上了。"

她的手抖了一下，差点弄翻墨水瓶。"笨蛋，"她微笑着回应，"别这么吓我。看来你还没死。"

"如你所见，确实没有。"他穿过天井，轻柔地在她的脸颊上落下一吻，"一切都好吗？"

她点点头，"有几个人来找过你。昨天是个商人模样的中年人，今早是个老头。他们都说不是什么要紧事，可以等你回来再来见你。维多把北海岸的文件送来了，我正在誊写。卢哈在学校和人打架，被打发回来了。"她皱起眉头，"已经好几次了。噢，还有，她想让我们明天过去吃晚餐。"

他们两人之间，不需要明确说出"她"是谁。总体来说，赫丽斯已经出色地适应了她这位姑姐渗透一切的强烈存在感。早在与高戈斯结婚之前，她就知道自己无论在哪个方面都无法和尼莎·洛雷登竞争。尼莎一旦开口，高戈斯就会言听计从，而她只要下达命令，他一定从令如流。赫丽斯隐约知道，这和过去发生的一些不愉快的事情有关系，而她足够明事理，并没有追根究底。事实上，她就是靠明事理这一点立足的。如果她是童话故事里那个被禁止进入城堡中上锁密室的公主，那么她永远、永远都不会乱闯，而幸福快乐的结局会来得比计划早很多。制造事端和插足高戈斯与尼莎之间的关系不是她会做的事；正相反，对她而言重要的事情都属于尼莎没有参与或缺乏兴趣的领域。

这样的妥协既简单又有效，只有在高戈斯因为公务出远门时才暂时失去效力——更具体地说，是那种必须在外衣下穿上锁子甲、在背包里放上三天口粮的公务。以前她还能够不去想这些事，但自从他上次好不容易从被草原人攻陷的佩里美狄亚逃出来，她就无法继续保持完全超然的态度了。除此之外，她代表的是他在这栋房子里的那部分生活，所有不愉快的事物都不能进门。他在外界的一切行为，不论是工作，和姐姐的关系，甚至是偶尔的不忠（极少发生，至少没有给她怀疑的理由）都可以被看作另一个恰巧与他同名同姓的人所做之事。既不会引起她的兴趣，也和她毫不相干，就像他对持家和采购晚餐的蔬菜没有兴趣一样。

"明天。"高戈斯重复了一遍，在她身旁的椅子上坐了下来，越过她的肩膀瞧着正在誊写的抵押契据。"真烦人，本来想明天把我离开这阵子积攒下来的工作解决掉的。你知道吗，有时候我希望她能为别人考虑考虑。"

赫丽斯看着纸页，没有回应。很久之前她就弄明白了，尽管高戈斯经常说他姐姐的坏话，但这种特权是他独有的。好在她感觉尼莎喜欢自己，至少是认可。就像一位象棋棋手认可一颗乖乖待在原位、不在棋盘上乱窜的棋子一样。

"要誊写的还有很多吗？"高戈斯问，"我想在晚饭前绕着广场散散步。"

赫丽斯摇摇头，"今天是写不完了，实在长得要命，光是土地描述就有两页纸。"她犹豫了一下，皱起鼻子，"那块地很大，我们的客户里什么时候有这种地主乡绅了？"

高戈斯笑了起来。"你真该亲眼看看。"他说，"三平方里的岩石和灌木，半棵有用的树都没有，就算忙活一辈子也种不出庄稼。那对兄弟——两个人都快七十了——早就放弃务农了，只靠织鱼梁在西边那个小采石坑里捕鲑鱼过活。他俩死之前，我们别想看到半个子儿。但那两个自力更生的老头管这叫长期投资。"

"好吧，"赫丽斯说，"我相信你懂自己在干什么。好啦。"她在刚抄完的条款下面用乌木尺子画了一条直线，然后把墨水瓶的塞子塞好，"今天就到此为止吧。你帮我把桌子抬回去，我去叫卢哈和尼莎准备出门。"

他们走到广场上的时候，天已经差不多黑下来了，其他居民基本结束了晚间散步。围绕着喷泉的摊贩正在逐渐收摊。幸运的是，他们都认出了高戈斯·洛雷登，于是很快展开桌架，铺好台布，重新把货品摆出来。赫丽斯给尼莎和卢哈各买了一块蜂蜜蛋糕，为晚餐购置了奶酪和香肠，还买了一块钱的肉桂给红酒调味。高戈斯则忙着和一位老朋友讨价还价取乐，练习自己的砍价能力。最后由于砍得太成功，不得不买下了本来不想要的一支削笔刀和一块写字板。

"赫丽斯，"他冲广场另一边喊，"我出门没带钱，你身上有七块钱吗？"

摊主笑着说他的信用很好，可以赊账。高戈斯一脸羞愧地保证第二天一早就派儿子过来送钱。摊主执意把货品用一块上了蜡的方形丝绸仔细裹好，系上一根红线，然后很快收了摊，扛起桌台和打包好的货品，吹着快活的口哨离开了。

"又买了一支笔刀。"赫丽斯叹了口气，"家里有一整盒你看都不看一眼。从我认识你到现在，你从来都只用那把锅柄做的旧笔刀。"

高戈斯耸耸肩。"我怕把好的那些带出门就弄丢了。你知道我的德行。要是弄丢旧笔刀，或者衣兜破了洞掉出去了，反正是我自己做的，也不可惜。而且，"他补充道，"它也够用了。拿它削笔是没问题的。对笔刀还能有什么要求呢？"

"胡说，"他的妻子回答，"你就是乐意用又破又旧的东西。"

"又破又旧又好用的东西。"高戈斯一本正经地说。赫丽斯笑了起来，笑声有点尖锐——这就是为什么你还和我在一起，而不是和出远门勾搭上的那些女孩……她转而招呼孩子，"来呀，我们该回去了。"

不用说，尼莎抗议起来，提出想去喷泉里踩水，还有模有样地为此辩护了一番。她的父母明智地无视了她。卢哈咽下最后一点蜂蜜蛋糕，把手指上的蜂蜜和杏仁碎舔得干干净净。大家刚准备往回走，高戈斯却停了下来。

"我去去就来。"他说，"你们先走，我会赶上的。我看到了一个很久没见面的熟人。"

赫丽斯点点头，带着孩子走了。高戈斯在喷泉投下的阴影中站了一会儿，在阳光照不到的地方打量着唯一一个还没有收摊的摊位，有个老人正在那里买面包。距离高戈斯上次看见他已经过了两年，那是在佩里美狄亚，城市被草原人攻陷之前那晚。后来他听说老人逃出来了，仍然活着。但据谣言说，他住在岛上，靠一位年轻商人和他妹妹的资助生活。高戈斯皱起了眉头。他虽然不明白缘由，但知道前任教长亚历克修斯是位非常重要的人物，足够引起他姐姐的注意。既然他出现在思科纳，说明是她让人把他带过来的。如果是这样的话，他为什么要在广场上买打折的陈面包呢？

他安静而迅速地穿过广场，下意识地找到可供躲藏的阴影。但他还没来得及开口，老人就看见了他，并认了出来。

"高戈斯·洛雷登。"他说。

"教长，"高戈斯回应，礼貌地点了点头，"您看起来气色很好。"

亚历克修斯微笑起来。"你也一样，"他说，"不过这话由我说出来才是实话。"他犹豫了一下，想起学院里他房间中的那次交谈，没法继续寒暄了。

"您愿意和我们共进晚餐吗？"高戈斯问，"我家今天有扁豆汤和羊腿，刚才我妻子还买了一些挺好的香肠。我家离这里不远，就在拐角。"

亚历克修斯看着他。高戈斯想起了刚才和文具摊主讨价还价时对方的眼神。这是一笔交易，以妥协换妥协。"你真是太好心了，"他说，低头看了一眼手中那块硬邦邦的大麦面包，"但我想你妻子肯定不愿意招待我这个不速之客。"

"完全不是这样，"高戈斯回答，"我们喜欢招待客人，而且食物也足够吃。我家厨子总是多做一人份的食物，最后都进了他的肚子。他真该减肥了，不然不知哪天就会被餐具室的门给卡住。"

"既然如此，"亚历克修斯说，"那我就叨扰了。"

来到思科纳的短短时日里，亚历克修斯见到的都是高大的官方建筑，以及他用自己第二好的外套和鞋子做抵押才住下的那座便宜旅馆。到目前为止，他还没进过这里的普通房屋。他不得不承认自己有些好奇。至于为什么，他并不知道。自从离家加入学会，他的大半辈子都是在宿舍和单人寝室里度过的，真正见过的普通住所只有他自己的家，以及把他救出佩里美狄亚的商人——文纳德和他妹妹维特里丝的家。两者差异巨大，根本无法据此推断出一般房屋的内部构造。他想看看高戈斯·洛雷登的房子，仅此而已。

高戈斯的家和先前两个住宅完全不同。这屋子就像他自己的家被切开之后像翻兔子皮似的从内部翻出来一样，院子并不是环绕着房子外侧，而是建在房子中央。以他看来，再没有比这更不方便的设计了。如果想去对面的房间，要么得挨个儿经过许多房间，要么就得走过一片草地。如果碰上天黑或者下雨，就更麻烦了。而且，由于这一小块空地四面都被高墙围绕，所以不论什么时候采光都不好，显然无法种植蔬菜水果，这样一来，院子还有什么用呢。他猜想之所以产生这样的建筑风格，是出于这些人对防御和安全的需求。正因为如此，房子才会修得像一座被高墙防护的小镇。**真是奇怪的生活方式**，他想，**一点也不合他的品位**。

但另一方面，这里比他住的旅馆要好多了。尽管这也不是多高的赞美——任何带屋顶的建筑物都比那座旅馆强。洛雷登的妻子是个不到四十岁、容貌和善的女人，看起来真心因为来了客人而感到愉快。他们的小女儿以孩子特有的敏锐察觉到亚历克修斯是个没怎么和孩子接触过、对她的魅力毫无抵抗力的老人。总的来说，看起来是个优秀家庭的样板，适合带着正在学习人类关系的学生来实地考察参观。它几乎像是被特意设计出来的一样，每一个家庭附属成员都经过精挑细选。这么想是因为了解高戈斯曾经的生活、于是产生了偏见吗？很有可能。毕竟，他对家庭生活的了解程度和对住宅一样，实际上高戈斯的家完全有可能和外表看起来一样正常。

对于正常的家庭生活，有一点他倒是很确定：不幸福的家庭里，食物一般都很糟糕；幸福的则刚好相反。据此看来，高戈斯·洛雷登和他的家人确实是表里如一。由于下一顿饱饭还没有着落，亚历克修斯本着在学术生涯中磨炼出的精打细算的精神大吃了一顿，而洛雷登夫妻看起来既没有觉得受冒犯，也没有嘲笑的意思。如果高戈斯是有意想制造正常人的表象的话，那他确实做得很好，完全是个和身份相符、殷勤好客的好主人。

最后一个盘子撤下餐桌后，按照这里的传统，高戈斯的妻子带着孩子们安静地离开了，只留下他们两人。壁炉里火焰旺盛，水壶里烧着用来热香料红酒的水，座椅深而舒适，一边的红木台上便利地摆着一块精美的棋盘，不过亚历克修斯隐约觉得它从来没被使用过。通常，饱餐一顿又被火烤得遍体温暖之后，他会直接陷入梦乡，现在却一点困意都感受不到。高戈斯递给他一只杯子，他点头致谢，然后谨慎地啜了一口。杯中的酒很烫，颜色红得发黑，浓香馥郁，味道极甜。

"欢迎来到思科纳。"高戈斯笑道。

"谢谢你，"亚历克修斯又喝了一小口，回味起来，似乎有点年头了，"你是第二个对我这么说的人。也许你是我来到思科纳的原因。"

"我？抱歉，我不知道。"

"噢，好吧。因为把我带到这里的人是你姐姐，我还以为——"

高戈斯的嘴角维持着微笑的弧度，"我姐姐做的事，恐怕有一半我都不怎么清楚。我只能说，她把你带到这里肯定有很好的理由。当然，'很好'是对她和银行而言。我会尽我所能确保你在这里住得舒心。说到这个，你现在住哪里？尼莎把你安排到银行那边的住所了吗，还是说她让你自己找地方落脚？如果是后者的话，倒是个好兆头，你懂吧？从你的角度而言是件好事。"

亚历克修斯的嘴角抽了一下。"我拜托了那儿的一个文员给我推荐一家便宜实惠的旅馆。说句公道话，他推荐的地方确实很便宜。"

高戈斯大笑起来。"如果是猫街的野猫旅馆的话，倒是便宜又实惠。但你住的是老猫旅馆吧？那么，我希望你能在我们这儿住下。不要客气，"亚历克修斯正要说些表示礼貌推拒的话，他便补充道，"老猫旅馆是银行的资产，你不会想住那里的。我明天就让我儿子把你的行李拿过来。"

亚历克修斯决定不再拒绝。不知为什么，这座房子让他觉得不太舒服，但旅馆里让他不舒服的东西更多，比如跳蚤，还有这周过后的住宿费。精神上的不舒服虽然难受，但和思科纳一半的虫子同床更令人痛苦。相比之下，后者的威胁更具体一些。"谢谢你，"他说，"你真是太好心了。"

"这没什么。"高戈斯一边用一柄尖头小勺子仔细地往杯中洒肉桂粉，一边说，"遗憾的是，我没法说我弟弟的朋友就是我的朋友，尽管这份心我是有的。火还旺不旺？你暖和起来了吗？"

"我没事，真的。"亚历克修斯回答。好得很，他心里说。谢谢你没有指出我一直在打寒战，那不是因为我身上觉得冷，要解释起来可够难为情的。"原谅我无礼的问题，但是自从上次见面以来，你是不是稍微发福了一点？"

高戈斯佯装出不快之色。"您真是眼尖，教长。"他叹了口气，"事实上，我已经到了心宽体胖的年纪，听说这毛病无药可治。至于您，显然是被智慧腌透了，永远不会变质走形。大家都说学者只有两种体型，一种是又矮又胖，一种是又瘦又长，后者看起来常常很像长途旅行时带的干牛肉条。"

亚历克修斯假笑了一声。"你姐姐不久前才让我来了一次长途旅行，"他愉快地说，"我希望她不是想吃了我。"

"不是你想的那种吃法。"高戈斯一本正经地回答，然后身体前倾，将手肘撑在膝盖上，用手托着下巴。这人的手是我见过的最大的，亚历克修斯注意到。"要说你为什么被带到这里，我的猜测是，你那两位商人朋友——文纳德和另外一个叫什么的姑娘——一个劲儿散播他们那个了不起的法师朋友的事迹，最后传到了我姐姐耳中。她非常喜欢收集她觉得未来某个时候会有用处的东西，我想你就属于这类事物。"

亚历克修斯表情没有变化。"但我不是法师，"他说，"世界上根本没有法师。像你姐姐这样的……生意人，肯定会明白——"

高戈斯耸了耸肩。"尼莎懂很多神秘晦涩的东西。"他说，"无意冒犯，她很可能对你的了解比你自己还深，知道你究竟是什么、不是什么。又或者，她只是需要一个被广泛认为是法师的人。从实用角度来讲，这样的人的用处和真的法师一样大。不管怎么样，"他用手指尖揉搓着宽阔的脸颊，"据我对尼莎的了解，最坏情况不过是她把你留在这儿，或者拖欠你几周的生活费。毕竟，她是个银行家，不是什么女魔头。"

亚历克修斯点点头。"谢谢你的安慰，"他说，"先前我还有些担心。现在请给我讲讲思科纳和你们的银行吧，我对此几乎还一无所知呢——我一向觉得承认自己无知没什么。你姐姐之前和我提起了战争，我不知道原来银行也可以参战。"

高戈斯靠回椅子里，双手交叠垫在脑后。"那个啊，"他说，"说来话长了。

我很乐意现在讲给你听，但如果你想的话，等到明天早晨也行。"

"现在就行，"亚历克修斯回答，"如果不麻烦的话。"

"我的荣幸。"高戈斯露出微笑，"但首先，我猜你非常想知道我有没有我弟弟的消息，但不愿意问出口，以免——我说得对吗？"

亚历克修斯低下了头。"你说得对，我很想知道他怎么样了。我和他相识的时间不长，但是——"他犹豫了一下，闭上了嘴。高戈斯点了点头。

"确实，"他说，"好吧，听到这个应该会让你高兴。我弟弟还活着，健康得让人厌烦。而且据我所知，正从事着让他心满意足的新职业。你相信吗，居然是制弓这一行。"

"制弓？"亚历克修斯重复道。

"对。你知道的，弓箭的弓。显然他对此十分擅长，赚的钱也不少，现在正在思科纳的山里忙活得身上手上全是刨花胶水，不愿意和姐姐还有我扯上关系。非常高傲。不过我想他应该愿意见你，所以我会派人给他传个消息。或者，还有个更好的办法，你可以亲自给他写一封信。不然他可能会认为我想要什么花招。"

"谢谢你，"亚历克修斯说，"你不介意帮我传信的话，我十分感激。"

"我的荣幸。现在，我要开始讲历史课了。开课前要再喝一杯吗？这是个好选择，我也一样。好啦，我想最好还是从一切的开始讲起。"

起初，有一块很大的三角形半岛，它从大陆突出，伸入海洋。三角形底边的路程，骑马跑上十天才能跑完。那里的地势较为平缓，但整个半岛就只有这一块平原。其余的地方都布满山峦。有的山上一片荒芜，有的稍好一些。但凡是精神正常的人，都不想在那里定居。不幸的是，沙斯特住民的祖先被逼无奈，没有选择。某个野蛮而原始的部落——算是你们那儿草原人部族的表亲——把他们赶出了祖国。他们只好在山里住了下来,因为部落骑手上不了山。等到部落人离开,已经过去了一个世纪,所以他们就留在了沙斯特。

不得不说,世界的规律就是这样,有些人就是比其他人更有本事。几代之后,定居者中有几个家族过上了好生活,大多数人却没那么幸运。这也没什么不寻常的。但沙斯特的定居者与众不同的一点是,他们慢慢变得——该怎么形容呢?不能说是迷信。虔诚?不,这词会让人产生错误联想。也许可以说是有信仰吧。至少,他们都是道德感非常强的人,非常看重对错之分。辛苦劳作之外的时间,他们会一心思考精神层面的问题。不管怎样,那些过上了好生活的家族最后达成共识,认为他们生活殷实而其他同胞却捉襟见肘,这实在是大错特错。这不仅是糟糕、邪恶,还和他们最根本的哲学理念——平和均衡——相悖。啊,我怎么给你讲起这个了,你显然比我更懂。在你们的哲学体系里,这不就是对元理的研究的起源吗?总之,这些事我不大了解。他们的解决方法是,将富余资源集中起来,建立了一个杰出的基金会。他们想让它永远存在,用于他们最看重的两件事:救济穷人、编写一套自洽的伦理道德法则。

基金会被命名为伟大的慈善与哲思基金会,由沙斯特的二十个主要家族永久承担管理运营之责。他们在沙斯特山脚下的谷地修建了一处宏伟的安居所,足够安置五千个需要帮助的家庭和五千个学者。还有,它向所有人开放。没法填饱肚子的人和想投身学术的人可以径直走进大门,什么都不用做就能获得免费食宿,想住多久住多久。

"听起来是个好主意。"亚历克修斯嘟囔道。

"确实是个好极了的主意。"高戈斯回答,"这类主意一向如此。"

总之,基金会的慈善事业如日中天。富有家族继续向其中注入资源,很快,沙斯特就没有需要接受救济的贫困无助者了。但安居所里的居民却因为

47

整日只能和学者做伴，开始躁动不安。他们对基金会的援助表示感激，但他们想要的不是慈善，而是工作和出人头地的机会。所有人都认为，这听起来也是个好主意。

所以，基金会决定，最明智的做法是借给这些穷人足够的物资和工具，以便让他们回到高墙之外，自力更生。大家普遍认为，如果一个家庭被给予了足够养活他们五年的食物和基本的工具设备，他们就完全有可能通过开垦梯田、砍伐森林、排干沼泽、挖渠引水等方式把一片荒野变成肥沃多产的农耕地。毕竟，一开始他们就是这样怀着希望和善意，通过辛勤劳作在这片半岛上定居下来的。这个主意很不错，于是他们就这么办了。基金会变成了银行，把拓荒者需要的一切贷给他们——大家都认为直接赠送是不可取的。毕竟，如果把基金会的物资都给了这一代的穷人，谁来救济下一代和下下一代呢？于是，贷出的物资都以分配给各个拓荒者的土地作为抵押品。

当然，人们从一开始就知道，拓荒者要过很久才有能力偿还本金。但这不是什么急事，因为基金会仍然有足够的物资继续进行慈善事业，支持哲学研究。因此，他们无限推迟了偿还本金的限期，拓荒者需要支付的就只有利息而已了。为了让这一切更显公平，利息不是像普通情况下那样以资本的一定比例计算的，那样的话拓荒者仍然可能无法负担。取而代之的方案是，在最初的五年之后——被开垦的土地这时应该可以开始产出作物了——拓荒者需要向基金会支付一定比例的作物，比如一定量的谷子、红酒、羊毛，诸如此类。最终，支付的比例被确定为收获作物的七分之一，因为只要是稍微经营得当的土地就应该能产生这么多盈余作物。所有人都认为这是个好主意，很可能是世上最好的主意。

高戈斯停住话头，喝了一大口酒，然后擦了擦嘴，接着讲下去。

当然了，一百年之后，大家都意识到了这是个多么灾难性的决定。就算历经了三代人的劳作，还是没有一个拓荒者家族能够偿还哪怕是一丁点儿当初借贷的资本。不管作物有多少盈余，都被支付给基金会银行的那七分之一给抵消掉了。无论他们如何卖命劳作，所得的成果都只够维持生活而已，毫无任何改善自己处境的可能。与此同时，大量物资源源不断地流入安居所，不能任由它们被放置起来腐烂生霉，所以必须贷给穷人，否则基金会的初衷就没有意义了。于是，他们确实那么做了。所有不想借贷的人都被动之以情，晓之以理，直到他们屈服为止。毕竟基金会的账本必须做平，善事也必须要做。新的借贷现象也影响到了那些本来不是基金会的债务人，收成不好的年月只能自掏腰包购买种子、耗费自己的财力物力置办农具、垦梯田、挖水渠的沙斯特人。没过多久，半岛上几乎所有的土地都成了基金会银行的抵押品，而每年都有越来越多的资金流入银行，继续被用于慈善事业。

第一次债务人起义就是在这时候发生的。基金会的管理者对此全然无法理解，于是他们转而求助于那些有大把时间思考这些问题的学者和道德哲学家们，后者给出了答案：人类天性卑劣，不知感激，狭隘善妒，充满单纯而抽象的恶意。所以受到的帮助越多，越是满心怨恨和忘恩负义。哲学家说，发生了这种情况的话，该做的就是把这些人当成被宠坏了的坏孩子。为了他们好，理应痛打一顿。如果不这么做的话，哲学家们认为，基金会作为收养了这些人、该为他们的福祉负责的家长，就是彻底失职了。

这些债务人（那时他们被叫作希普特莫尔，在旧语言中是"七分者"的意思）数量众多，颇具理想主义特质，但手头没有发起战争所必需的武器和物资。当他们来到安居所的大门外时，发现基金会——这时候已经改名叫伟大的贫穷与学识基金会，简称伟大基金会——不知通过什么途径获得了大量武器和军备物资。原来高层学者们已经预料到了这样的事，所以早早地做好了准备。他们购买并制作了数量可观的武器和盔甲——尤其是盔甲，全都按照科学改良的形制打造——并且将"贫贱者"（也就是仍然住在安居所里的那些人，足有五千个家庭）训练成了一支常备军。所以，当七分者们拒绝就地解散、安静回家后，基金会本着为了他们好的目的，痛打了他们一顿。根据可信的情报，当时被杀的七分者有一千人左右，还有三千人负伤或被俘，而基金会一方的死伤可以忽略不计。看起来，硬要压制一个好主意是行不通的，尤其是当它已经生根发芽之后。

在那之后，有些事情当然得略做一些改变。旧安居所被拆除了，原先的石料被运到沙斯特山顶，建了一座庞大的城堡，足够驻扎一万守军，安置基金会的金库。这样的工程自然耗资巨大，所以基金会将从债务人那里收取的利息从七分之一提高到了六分之一。他们的绰号于是从希普特莫尔，变成了希克特莫尔，意思是"六分者"。念起来还真顺口了些。当然了，这些做法也一举解决了未来收入过剩的问题，因为现在基金会需要喂饱一支军队，并且向他们支付薪水、提供住宿。这成了基金会运转过程中一项合情合理的支出。于是也没有必要找来穷人向他们放贷了。在很长一段时间里，这支军队毫无疑问是世界上最好的军队，不论是训练还是装备都极为先进，由从小培训出来为基金会效劳的士兵组成。直到（高戈斯·洛雷登的脸上浮现出一个大大的热烈的笑容）我姐姐来到思科纳，改变了这一切。

亚历克修斯惊讶地坐了起来。

"你姐姐？"他问。

"我姐姐，"高戈斯回答，"一开始是孤身一人，然后我也加入了她的事业，我们就一路干了下去。但她是这一切的发起者，功劳都是她的。"

"我明白了。"亚历克修斯说，"她做了什么？"

"很简单，"高戈斯忍住一个哈欠，"她建立了另一座银行。"

"另一座银行?"

高戈斯点了点头。"洛雷登银行。她十五年前在思科纳岛上建的,那时候这儿还是一片荒无人烟的岛屿,只有一些农场的废墟,是基金会在处理一场小型叛乱后留下的。她的做法很聪明,这座岛是她向基金会买下的,同时还买了一份经商特许权,尽管她从没想使用它。这样表面上她就有了待在这里的理由,可以一面准备建立银行,一面派人混入六分者之中,向他们传播一些想法。接着,到了时机成熟的时候,她成功预料到了基金会的攻击,并和一些恰巧身为海盗的贸易伙伴结成了商业同盟,以阻止基金会的军队渡过海峡为条件,向他们提供思科纳岛作为安全港。他们做得好极了,毕竟是以正经战船迎战基金会的驳船和供给船。我记得那天大概有七百个沙斯特最好的士兵沉到了海底。谁叫他们穿着重甲呢。之后他们再也没有尝试过那一套。而尼莎集结起了自己的军队之后,立刻就除掉了那些海盗——"

"你姐姐有支军队?"亚历克修斯平和地问。

"确实有。不过,"高戈斯说,"负责管理军队的是我,我的主要工作就是这个。但军队还是属于她的,就像银行属于她一样。也可以说是家庭财产吧。"

亚历克修斯深吸了一口气,然后呼了出来,"那她到底做了什么呢?我是说,你们的这座银行究竟是怎么运行的?"

"这个其实很简单。"高戈斯回答,"六分者从我们这里贷款,支付他们欠基金会的借贷资本,然后再偿还我们这里的贷款。但我们只收取七分之一,就像他们当初的安排一样。而且,我们从来不像基金会一样,在沙斯特半岛由我们管理的那片区域耀武扬威。当然,"他继续道,"基金会没有平静地接受这一切。每当有人把抵押的房产在我们这里进行再次抵押的时候,他们就会派出突袭部队去烧毁房子,杀掉那些人。而我们也会派出突袭部队去阻止他们杀人放火。或者,如果我们没能及时赶到的话,至少杜绝了他们再次行凶的机会。六分者自然很拥护我们，我们的领地也在逐渐扩大，让越来越多的人加入我们。他们总是会选择我们这边。"他露出一个苦笑，"你可以说我们是一所慈善机构，就像当初的基金会一样。"

　　"我明白了，"亚历克修斯说，"听起来是个好主意。"

　　"噢，当然。"高戈斯说，"听起来总是很好的。"

三

　　在晴朗的日子里,透过沙斯特山城堡东翼十四层的房间窗户,玛基拉可以看到环礁湖对面那座小小的、布满岩石的思科纳岛。它看起来不怎么引人注目。视野最好的时候,也只是天际线上一个模糊的褐色小丘。一旦天空灰暗下来,布满雪云,它就几乎完全隐没,只有颜色和质感与背景略有不同。但她经常在窗前一坐就是几个小时,一边远眺一边思考,为什么思科纳岛上的人如此憎恨她和她的家人,以及美妙的、让自己为之努力一生的基金会。

　　这天午后,海上下了一阵小雪,思科纳岛与青灰色的环礁湖完全融为一体,无法辨识。这让她难以集中精神向那里传送自己的思想。她用手肘撑着石质窗台,眼皮低垂——闭上双眼,打开心灵的时候,她能看得更清楚(这是尼拉博士文集里提到过的悖论)。几片雪花飘进敞开的窗户,沾湿了她的脸颊,就像眼泪。

　　作为毕生致力于研习元理的学生,玛基拉学过多种有助于集中精神的技巧。其中的大多数都只能算是骗自己的小把戏，让她相信自己进入了更高的精神境界，对元理的感受比平常更敏锐。她讨厌这些技巧，因为自欺欺人显然是件蠢事。但其中有一种——简单的精神练习——有时候能起到作用。它其实只是一种清除杂思的方法，类似于整理房间的精神大扫除。尽管本质上平凡乏味，它仍然有效。

她用力闭上眼睛，像拧湿毛巾一样，想用合紧的眼皮把刚才看到的景象挤出去，将光线挡在外面，然后放松脸部肌肉。这个步骤总能让她感到宁静，对成功和失败也没那么在意了。她做了几次深呼吸，然后把精神集中到各个身体部位，逐一放松它们。几分钟后，她打了个哈欠，这意味着她这项练习做得很好。

她开始一件一件检查堆放在心里的想法和记忆。她想象自己身处一座图书馆中，周围的地面和桌子上都摊放着被遗弃的卷轴，而自己将它们挨个拿起，掸落灰尘，卷好之后放回各自的管筒中，然后插回书架上的正确位置。举例来说，这里放着的就是"琐碎杂事之书"：一双需要从鞋匠那里取回的凉鞋，手肘上被井口残缺处擦伤的皮肤，下雪天总会发作的轻微头痛，等等。她庄重地把它卷起来放到一边，然后拿起扰乱思维的"心事之书"。

在把它卷起来之前随机阅读一段内容：战争，敌人。为什么要有一场战争出现在我的人生里？为什么是现在？这真不公平。青春转瞬即逝，我有很多事情要做，很多东西要学习。为什么战争要降临在我身上，就像想一个人待着的时候偏偏有烦人的亲戚前来拜访，还拒绝离开？因为战争，很多事情都变得不再现实，不可能做到：无法旅行，无法去参观伟大的图书馆和其他的城市，无法学习。马泽亚斯参军服役去了，不在这里，我读到或者想到什么需要探讨的东西也没法和他交谈。把这书卷起来吧，它太让人分心了。

她挨个把它们卷好，放回书架，就连极度诱人的"推测之书"也是一样——那里面写满了她对于各项理论和阐述的想法, 还有她心目中的真理(特别是那一卷, 快点收好放到架子最顶上去)。最后, 桌面上干干净净, 而她的内心也做好了接受新书的准备。她想象着它躺在面前光滑的木质桌面上, 想象出锃亮的、贴着标识的黄铜管, 以及自己用食指和中指打开它, 取出书来。一只手握住细长的、粘着书卷一端的木棒; 另一只手轻轻展开书卷, 用沉重的木尺压好以防它重新卷曲, 然后开始读第一节。它总是不变的——

元理独一, 遍及万物。其概念朦胧隐晦, 足以让一切决心不坚者望而却步。元理之道, 有时极其宽广明晰, 以至于看似显而易见, 世俗平凡, 使人不屑研习; 有时则涓滴如细流, 使人误以为是自己过度痴心求知所致的妄想。在陈词滥调与泛泛之谈、疑行无成与自拟证据之间, 存在着折中的危险诱惑, 使人倾向于认为真理一定是所有选项的平均值。这就像是依据一众历史学家的投票结果来决定历史, 认为真理就是多数人的意见。但在对元理的追求途中, 并没有常识与民主制度的位置。元理无法被修正、简化或改进。元理即是元理本身。

这段干巴巴的生硬文字所有学生都必须熟记于心。并不是需要他们相信——因为相信这个行为本身就暗示了怀疑的存在——而是需要接受, 一如接受像死亡这样不需要被相信的事实。前言就到此为止吧。她想象出自己向一座拱门前的石像尴尬地屈膝行礼的样子, 不安地等了片刻, 然后得到了继续下去的许可。

她穿过大门, 进入一片空旷。四周没有拥挤的墙壁, 头上也没有房顶。在她的想象中, 对于元理的冥想就像是一座花园(外邦人多么喜欢嘲笑沙斯特人对整齐的小块自然景观的迷恋啊, 那是无数棵青草和训练有素的花朵组成的军队, 仿佛只要一声令下就会绽放), 她可以随心在其中闲坐、漫步、打理花草, 或者随心所欲地剪下她喜欢的花, 丝毫不用担心影响花园的整体外观。有时她来这里，除掉杂草般的谬误与错误结论，或者挖土、堆肥、清理石块、割草、修建灌木、剪去冗余问题的枯萎残花。其他时候，她挎着篮子来摘取想带回去的花草，尽管实行起来并不是那么简单——花园给予她的只是它想让她拥有的东西……

她睁开双眼，看见了一间作坊。它让她想起父亲曾经工作过的铜器作坊。这里有边上夹着沉重木头台钳的长工作桌，墙上挂满了眼熟的工具：刮刀、辐刨、黄杨木刨、工形弓锯、大锉刀、插入磨石片的木块、成捆的问荆草、凿子、圆凿、山核桃木槌和小铜锤。地面上铺满了打着卷的白色刨花。抵着橡木的房梁上放着一块块粗略锯开的新鲜木料，让空气中柔和的新锯杉木气息中又添了一份树汁的甜香。光线从一扇小窗里斜射进作坊，打横落在一个男人的背上，他正拿着一只大木刨，俯身在一块被台钳夹住的木料上忙活，肩膀和手臂以划桨般的韵律移动着。她只能看见他的后脑勺，但那个坐在光线之外的老人却正对着她，面容隐藏在阴影之中。

"之后发生了什么？"他问。

另一个人停下手中的工作，挺直身子，不舒服地低哼一声。"噢，之后就一点都不刺激了。"他说，"原来那条船是我那个讨厌的姐姐派来接我的。事先知道的话，我宁肯自己游泳。但我什么都不知道，他们像送包裹似的把我送到了这里，货到付款。然后我被押着上了山坡，去向我姐姐问安并且表示感激。"男人拿起木刨，拨弄了一会儿它的刀口，"还让我在那间该死的候客室里等了差不多一个小时，这当然没有改善我的想法。"

"是吗？"老人问，"我是说，你真的感激吗？"

"我觉得我们的老朋友总督大人不会认可我的态度，"工匠回答，"我没法说自己当时表现得好。而且，不，我不感激她。不过我离开那里之前倒是一个人都没揍。幸好没有。那里不仅有文员，还有不少佣兵。如果我当时没控制住脾气的话，可能会被装在麻袋里抬出去。"

"我也觉得那里不是个特别友好的地方，"老人说，"之后你做了什么？"

"我漫无目的地走到港口，就是那个所有人晚上都去散步的地方，卖掉了我的锁子甲。价钱还不错，足够用来买一些工具，再用剩下的钱喝到第二天早晨。我醒来之后就一直往前走，走到累了为止。等到我停下来的时候，就到了这里。"

老人点点头，把一只木制杯子举到唇边。他放下杯子后，工匠拿起陶土罐，帮他再次添满。陶土罐泡在地上的一个水桶里，保持清凉。"那个男孩，"老人接着说，"他是怎么回事？"

工匠笑了起来。"我和你说实话，"他说，"抵达思科纳、礼节性地拜访了我姐姐之后，我差不多把他给忘掉了。宠物、孤儿、流浪猫狗、需要帮助的可怜人，那一类东西我从来没空理会。我很愿意把零钱扔进某个可怜乞丐的帽子里，但我的个人准则是博爱止于家门①。如果流浪狗跟上了我的话，那是自找麻烦。我把那孩子从大火里救出来，我觉得已经仁至义尽了，剩下的就不能靠我了。"他叹了口气，"没那么好的事。"

"没有吗？"

他摇了摇头，"有天早晨他突然出现在这儿，一副可怜巴巴的迷茫样子，恰好我正在安装一根门柱，这活儿单手做起来很不方便，所以我没过脑子就对他说，'帮我把这个扶着。'他就在我把门柱砸进地里的时候帮我扶住了它，然后，我给另一根门柱挖坑的时候，他帮我扶了撬杆，接着帮我把过梁抬上去，又在我衔接楔形榫的时候帮我固定了过梁的另外一头。等到活儿干完了，我意识到他一直在帮我，但除了'这样吗？'和'你想把这个放在哪儿？'之类的话之外什么都没说。我不忍心叫他走开，所以他就留下来了。我正在教

---

① 原谚语为"博爱始于家门，施舍先及亲友"。

他这门手艺。总体来讲，他帮的忙比碍的事要多一些。挺有趣的。"工匠轻笑了一声，"有时候我想教他做一些事，但不知为什么他就是学不会。我会停下来审视一下自己，一开始说话既耐心又讲理，最后却开始发脾气，冲那可怜的孩子大喊大叫——就像听到我父亲在谷仓里骂我一样。总而言之，一想到这个，我就不再吼他了。那种情形我现在还记得很清楚。"

"啊，"老人大笑，"他就像你凭空冒出来的儿子。"

"我可不想要儿子。"工匠哼了一声，"只是不介意身边有人陪着，但从来没觉得我需要这个。不像有些人，离了别人就不能活。给这小子说句公道话，他干活很卖力，总是全力以赴，尽管整天说起话就停不了嘴。管他呢，我没什么可抱怨的。"

"看得出来。"老人微笑道，"要我说的话，你这是棱角慢慢磨平了。"

"我倒更愿意管这过程叫作风干，就像那上面放的木头一样。其实，我的行为举止开始符合年龄了。之前靠杀人过活的日子让我没法变成中年人。现在这种生活方式就完全不同了。"

"这样更好吗？"

工匠在回答前认真想了想。"这是苦活儿，"他说，"但比之前好多了。就算他们让我当皇帝，把整个上城都给我住，我也不愿意回去。这也许是我一直想过的生活，真是这样的话，下次见到小特姆莱的时候，我一定得请他喝一大杯。"

老人大笑起来，"我猜他一直都在为你的幸福生活着想。"

"朋友之间，只要能开心，烧座城市算得了什么？"工匠拿起刨子，推过木料表面，发出利落的切割声，"我一般尽量不去想那方面的事。如果你能做到不思考的话，生活会变得更好，好得让人吃惊。"

老人喝了几口，放下杯子，用帽子盖住杯口以防锯末飞进去。"生意好吗？"他问。

"挺好的。"工匠说，"这些人对制弓的知识少得惊人。我可以给你解释技术，让你听得无聊透顶，但那样太不友好了。所以这么说吧，对于一群据说全靠箭术才得以生存的家伙来说，这些思科纳人对他们的武器一无所知。现在他们知道了弓不仅仅是一根弯棍子系上绳子，简直像得到了神的启示一样。"他停下手，用手臂擦了擦额头，补充道，"实话说，生意有点太好了。你只要在周围走一圈，看看能不能找到一棵稍微直一点的白蜡树，就能猜出来了。压根儿找不到，因为它们都在这里了。"他指了指缘木之间堆放的木料，"这些也撑不了多长时间。军队又向我订了六打牛筋背的反曲弓，真去想这事儿的话，我准会失眠。如果你知道有谁收到医嘱，要过六个星期完全无聊的生活，就让他到我这儿来，帮我把牛筋撕成细丝。"

老人露出微笑。"这是个好现象。"他说，"你这么抱怨，肯定是因为日子过得不错。你听起来就像抱怨雨水太丰沛的农夫。"

"应该叫作回归老本行。好啦，"他把刨子放到一边，拿起一把卡钳，"看起来不坏。让我们瞧瞧它有没有……"他站了起来，转过身，就在玛基拉要看到他的脸的时候，她猛一抬头，眨了眨眼，然后看见了环礁湖对面的思科纳岛，和雪中盘旋的银鸥，还有一艘蓝色的帆船，正迎着风慢慢驶向思科纳港。

刚才是怎么回事？她极力重新想象出图书馆里的桌面，做到之后却只能看到堆得乱七八糟的铜管。有些是空的，有些塞着胡乱卷起来的卷轴。她闭紧双眼努力思考，但一阵猛烈的头痛在眼窝后面一寸的位置发作了，思考变得像试图看穿浓雾和雨幕一样困难。**哪个人才是我应该关注的？是那个老人，还是和他对话的男人？**她努力回想刚才的场景，但残留在记忆里的内容太少，不够重新唤起。按理说应该是那个老人。看到他的双眼时，她仿佛在其中认出了什么，如同见到朋友的祖父之后意识到，啊，原来他的鼻子遗传自这里。她猜，她看到的是注视元理后留下的疤痕或者印记，就像直视太阳太久之后眼前的光斑，一闭眼就浮现出来。但老人没说什么，只是一直在提问而已，所以重要的肯定是她有幸看到的另一个人。但他只是个手工匠人，和她父亲一样。一个木匠。这样的人怎么可能与元理或者沙斯特与基金会的存亡有关呢？一个强大的战士可能会起到一些作用，或者一个伟大的工程师，命中注定造出某种可以于弹指之间击败敌人的神奇武器。但他只是个小手艺人，就连六打弓的订单都让他伤脑筋。六打，七十二把弓，基金会的武器厂一天之内就能造那么多。如果她不懂事的话，可能会觉得元理在戏弄她。

记住，卡纳迪博士去年在书面考试之前告诉他们，**别去寻找你想看的东西，或者你觉得自己应该看到的东西，或者你预料将会看到的东西。要去看本来就在那里的，并且牢牢记住。你看到的永远是真相，错误和曲解在你去思考的时候才会发生。**

她皱起眉头。这个世界上没人比卡纳迪博士更了解元理。毕竟，他是唯一一个存活下来的佩里美狄亚学会成员。如果城市没有陷落，他本来是应该接替教长职位的。他来到沙斯特这件事对基金会士气的帮助远胜于打一百场胜仗。是卡纳迪博士识别出了她的特殊天赋，把她带到了只有十分之一的见习生可以进入的隐修所，也是他教给了她刚刚使用的技法。她意识到，明智的做法应该是停止擅自猜测——她只会把脑中的景象给弄混浊，甚至破坏掉——去找卡纳迪博士，让他来解读。这样才能好好利用这份重要的情报，也许还能帮助他们赢得战争……

也许这么想太夸张了。她毕竟什么也不知道。两人的对话中可能隐藏着某些关键细节，可以帮助他们理解重要的情报：侵略计划、采购原料的问题、有机会雇佣一个可能探取到机密的间谍，或者她无法想象的其他事情。

历史上充满琐事决定成败的先例。码头酒馆里无意中听到的醉话，爱人熟睡时的梦话，都曾经导致伟大帝国的灭亡和成千上万人丧命。可以确定的是，如果她不把这情报告诉他人，试图自己解谜，历史就可能发生重大转折：沙斯特没能及时得到关键线索，错过了从不可见的紧迫危险中拯救自己的机会……她跳了起来，用力关上窗板，尽量克制才没有一路狂奔过走廊和螺旋楼梯。当她赶到卡纳迪博士的办公室时，发现里面空无一人。

"显然，"中士低声嘟囔，"她是董事的外甥女。"

下士停住脚步，从门上的小孔朝里面偷看了一眼。"我听说她是董事的女儿。"他回应道。

"你不该相信那种传言，"中士说，"听信谣言会影响你升迁。"他用手在喉咙口比画了一下，"只是个亲戚。也就是说这不关我们的事。你给她送饭的时候要小心一点，她只能用左手抓人，但踢人倒是很厉害。"

下士郑重地点了点头。牢房里的那个女孩看起来确实不像能伤人的样子，一只手残缺不全，吃饭和换衣服都很勉强。但她尖声咒骂起来就是另外一回事了，那些话啤酒听了都会变质，隔着两寸厚的橡木门也一样。由于据说她是董事的家人，没有谁敢让她闭嘴。谁也不知道她是不是第二天就会被释放出来，坐在办公桌前在调令上盖章，让某个可怜的士兵去送死。最好还是不要冒险，能躲多远就躲多远。

"让人心里犯嘀咕。"中士又说，"伤成那副样子，关在牢房里，这还是他们自家人呢。天知道他们会怎么对待敌人。"

走廊里远远传来钥匙在锁孔里转动的声音，还有发号施令的声音。中士把窥视孔的盖子放回去，示意下士赶快回到自己的岗位。等来人走到最末端的牢房时，中士立正敬礼，像阅兵典礼一样精准地并拢靴跟。那个人没有注意到他。

"她在里面。"跟他来的卫队长说。这可是极少出现在地牢里的稀罕人物。"按照您的命令，我们把她和其他犯人分开关押。"

另一位来访者是个大个子的光头男人，身穿一件深色外套，不是军队制服。他哼了一声，"她不是犯人，只是拘留在这儿。你得知道两者的区别。好了，把门打开。我要出来时会用力敲门。"

中士像是机械钟里的发条人一样动了起来，用钥匙开门，然后退到离门很远的地方，仿佛怕被什么东西感染。卫队长恼火地瞪了他一眼，然后在他的椅子上坐下来。

"高戈斯舅舅。"女孩说。

"别来这一套。"高戈斯·洛雷登叹了口气。他一屁股坐在床上，把手肘撑在膝盖上，显得没精打采。

"你看起来累坏了。"伊苏斯说着，在他脚边的地上坐下。他往旁边挪了几寸。

"我很累，"高戈斯说，"而且心情不怎么样。要我看，你就该待在这儿，直到学会好好表现为止。但是你母亲——"伊苏斯冷哼一声，像一只被激怒的猫。高戈斯又叹了口气。"你母亲，"他重复道，"一直坚持让我和你讲道理。她说得倒是轻松，她又不用亲自到这个鬼地方来忍受你的表演。显然，她认为我没有正经事要做。"

"好吧，"伊苏斯嘟囔道，"你有吗？"

高戈斯冲她皱起眉毛。"当然有，谢谢关心。"他说，"我有几个星期都见不了一面的妻子和孩子，把我当跑腿使唤的姐姐，住在山里和我装腔作势的弟弟，剩下的时间还有一场仗要打。当然，还有你。众神啊，无聊的人生肯定不错。我真想体验一下无聊是什么感觉，哪怕一次也好。"

伊苏斯盯着他。"省省吧，"她说，"你为什么不干脆走掉？待在这儿只会浪费你的宝贵时间。"

高戈斯打了个哈欠，在床上伸了个懒腰，十指交叠在脑后。"别人家的外甥女，"他说，"都很乐意见到舅舅，会要求晚点上床睡觉，好和舅舅多待一会儿。讨人喜欢的外甥女还会得到很多小礼物。"

"别人家也不会谋杀亲兄弟。"伊苏斯甜甜地回答，"如果你没有把大半家人杀掉的话，本来可以有很多外甥女的。"

高戈斯从鼻子里呼出粗重的气来。"说得没错。"他说，"不过，要论事实的话，我一个兄弟都没杀，只杀了父亲和姐夫。总之，我得随遇而安，充分利用现有的东西。看在众神的分上，你这么折腾自己有什么意义？这个家里的殉道者还不够多吗？"

伊苏斯对他微笑，"你知道答案，高戈斯舅舅。另外，我没有折腾自己，把我拖到这里锁住的可不是我。"

"但你也清楚，只要你不摆这副荒唐的姿态，就会在一分钟内被放出去。如果说我们家的人受了什么诅咒，那就是都喜欢无病呻吟。"

她略微向一侧偏着头，仔细打量着他。"你确定吗，舅舅？"她说，"我还以为这个家的诅咒就是你。"

高戈斯叹了口气。"好吧，"他说，"我再说一遍。我年轻的时候做了一些可怕的事，你母亲也一样，行为非常恶劣。我们当时很**坏**，但现在不同了。我们在尽力弥补当年的错误，努力帮助一群不幸的人，努力补偿几个弟弟。在你反驳之前，请记住你才是那个发誓要杀了你舅舅巴达斯的人，而他可能是我们家唯一一个稍微像样点的人了。"

"稍微像样？"伊苏斯抗议道，"他以杀人为生。杀的还都是他根本不认识的人。"

"没错，"高戈斯回答，"但比起我们……"

女孩刚要说话，突然咯咯地笑了起来。"你知道吗，"她把胳膊肘撑在床脚上说，"仔细一想，我们都挺恶心的。这应该就是我恨母亲多过恨你，甚至多过巴达斯舅舅的原因。我无法原谅她让我变成这样。"

"噢，你爱怎样就怎样吧。"高戈斯说着下了床，站了起来，"也许你这么想是对的，但这不是我的看法。我不相信邪恶的人只能邪恶，永远不变。我是说，如果真是这样，这种指责不仅限于个人，得连坐整个国家了。如果我们的祖先屠杀了一个部落或者城市，那我们永远都是恶棍，世上就没有好人了。而且，想想吧，这不是双向的吗？就说特姆莱和草原人吧。他们攻陷了佩里美狄亚城，杀了所有人，好吧，他们都是混蛋。但是之所以那么做，是因为城里人以前经常屠杀他们——"

"——巴达斯舅舅以前经常屠杀他们。"

高戈斯第一次露出了类似恼火的表情。"是的，"他说，"他也救了你的命。在你尽一切努力杀他的时候，他放了你一马。然后他在明明应该自顾自逃命的时候救你出了城。可你还是觉得，不行，他必须去死。那好，假如你杀了他，你又成了什么呢？"

她想了想。"应该是成了和你们一样的人吧。"她说，举起那只被切掉了手指的手，"你瞧我这样子。我和你们一样糟糕，而且还无能。我是个连杀人都不成功的杀人犯。你想象不到又坏又没用多么让人骄傲。"

高戈斯举起拳头，在门上砸了两下。"无病呻吟，"他重复道，"高雅的悲剧，家庭诅咒，被污染的血统和众神的衰落……你玩够了记得告诉我一声，也许我可以带你看看现实世界是什么样的。在那之前，你尽可以待在这里编你的台词。我会确保没人听见它们。"

锁孔中响起钥匙转动的声音。他一把推开门，将中士搡到一边。门立刻关上了。

"好了，"高戈斯说，"带我出去。还有，看在老天的分上把牢房给我打扫干净，那里面脏得连猪都住不下去。我不管那房间是怎么变成这样的，你们没有理由不去清理。"

一回到地面上，他立刻感觉好多了。等到他远离了牢房、走到空气新鲜的天井时，挫败感和愤怒已经减弱到可以控制的范围。谢天谢地。高戈斯·洛雷登一生都坚信，积极的思考方式是成功的关键。他无法理解磐石般不可动摇的负面想法，总是能设法绕过去。他最喜欢的故事之一就是两个将军打围城战，对付一座坚不可摧的要塞。他们坐在帐篷里，伤感地盯着厚重的城墙，老将军叹口气说："我们永远没法攻陷。"年轻的将军微微一笑，说："所以得想一个用不着攻城的办法。"接着，他提议带领大军绕过城市，出其不意攻击敌人缺乏防护的领土，赢得战争，让无法攻克的障碍变得无关紧要。眼下他还想不出如何用这个道理来对付他那固执的外甥女，但他知道办法肯定是有的，因为一向如此。

这些年来对他帮助极大的另一个天赋，就是把困难置于脑后，全心处理可以解决的问题。他发现，一般来说，成功解决后者会为他赢得足够的信心和冲劲来战胜前者。幸运的是，下一个任务是完全可以完成的，他对此颇为期待。

他脚步轻快地走下山坡，到码头坐上小船，前往海港入口处的那座小岛。岛上有大片以木架和帆布建成的帐篷般的小棚屋，用来暂时安置沙斯特难民。要不是高戈斯对解决问题持乐观态度，难民营原本会十分凄惨，充满让人不适的破败感。毕竟，这里的人之所以成为难民，都是因为银行没能遵守诺言，保护他们免受基金会的报复。挤在这里的一个个家庭都亲眼看见了自己的家宅被烧毁，家畜被驱散，庄稼被践踏。他们来到这里，是因为实在无处可去。那些声称不会发生这些事情的人辜负了他们,现在不得不负担起照顾他们、安排新居住地的责任。

但在高戈斯·洛雷登眼里,这些人是天赐的礼物。最初,他来这里是为了征召士兵,因为那时他最需要的是兵力。但是难民中也有女人、孩子和老人,他们同样是不可浪费的资源。忽视他们,就像以不想犁田和没有种子为由而放弃一块上好的闲田。因此他承担起了管理难民营的责任,把一切可用的资源都列成清单,并找到了最好的利用之道。

他思路清晰,干活努力。现在的难民营已经成了一个激励人心的地方。他穿过大门(永久敞开,因为现在不需要操心安全问题,非得把满腹牢骚的饥民关起来了),走过左侧的训练场——他亲自挑选的几个教官正在把难民中的成年男子训练成纪律严明的优秀弓箭手——然后顺着工棚之间的窄路往前走。两侧长长的工棚里,女人和孩子正在制作银行的急需品。每片区域负责的东西不同。首先是衣物作坊,依照最高规格生产军装和军靴。接着是锁子甲作坊,几百个女人坐在桌前的长凳上,把千万个小钢环套在一起,拼接出不同样式的锁子甲。每个工人都有两把钳子,用来夹拧钢环。搬运工提着编织细密的柳条篮,整日往返于作坊与钢丝铸造厂,给她们运送材料。在铸造厂,一百台铁砧以巨大的火炉为中心排成圆形。每一台面前有两个工人,一个负责锻打烧红的钢条,拉成钢丝;另一个将钢丝绕着圆柱形心轴缠好,然后切断钢丝卷,做成一个个钢环。

铸造厂旁边是箭羽作坊。四百个女人和孩子正忙着按照尺寸大小分拣羽毛,用利刃将它们从中间割开,分成两半,修剪均匀,再用蘸了胶的牛筋丝将它们系在已经加工完毕的箭杆上。箭杆作坊就在旁边,工人坐在刻有三尺长的沟槽的桌子前,把用于制造箭杆的山茱萸苗和青篱竹苗放进槽中,每刨平一侧就略微转动一点,直到刨出完全平直圆润的箭杆,每一根的长度和直径都完全一样。难民营里总共有六十座作坊,以远低于市价的加工成本为银行提供必要的军备物资。工人则能免于饥饿和无所事事,食物、衣物和工作一样不少。高戈斯不得不说这是一项了不起的成就,全靠他从难题中看到了机会。

他今天要和箭尾工厂的主管见面。每支箭要配上一个手工雕刻的骨质箭尾,一头钻洞用于插入箭杆,另一头锯出沟槽用以夹住弓弦,而这次需要解决的是原材料问题。箭尾的原料来自小岛另一端的屠宰场。工人们在那里取出牲畜的骨头,漂白之后装上马车(箭尾厂每天要用掉六车骨头),运到工厂,按照种类和尺寸分拣,然后用锯床切成合适的大小。锯骨头的恶臭弥漫在整个难民营。最近几次的原材料据说没有清理干净,因此,箭尾厂主管投诉了屠宰场主。后者大受冒犯,反过来指控工厂的车夫不按时取货,还扯出了一些和他毫无关系的工厂事务。后果就是,两人的关系完全闹僵,运往工厂的材料大量减少,导致箭尾的生产几乎停滞,也影响到了另外四个作坊的生产效率。在高戈斯看来,这又是一起无病呻吟和乱使性子把事情搞砸的实例。不过,这次的麻烦必须处理好,不然他就要他们好看。

事实证明,高戈斯要来亲自处理的消息对两人产生了不可思议的影响。在他抵达之前,他们已经通过一场颇有成效的会议解决了所有问题。此时三辆马车装满仔细漂白过的骨头,正在前来难民营的路上。主管和场主已经彻底撤回了各自的控诉,互相感谢这次合作,十分夸张地表达友爱之情。高戈斯非常愉快,向所有人的出色表现表示了祝贺,并且借着这次机会进行了一次临时巡视检查。箭尾厂主管仓促地声称这是一份意料之外的荣幸。

"不过,产量还是会下降。"高戈斯从成排的长桌之间穿过,两边各坐着二十几个孩子,正在勤奋地给半成品箭尾磨出沟槽。"顺便一说,我们不能改善一下采光吗?在这里做精细活有点太暗了。"

主管立刻命令他的文书记录下来：*着手研究改善棚屋采光的方法*。文书用摊开的左手托着蜡板匆忙地书写。看到指尖上的老茧和不停屈伸手指的习惯，高戈斯一眼就看出他确实是书写员。

"我想，我们需要通过民间承包商来补上数目。"高戈斯继续说道，"向常用的供应商订货，让人把账单送到我的办公室，由我来处理。"他不需要回头就知道主管的脸上是什么表情。向外界订货一向是他少有的赚外快机会，但账单必须要内部处理才行得通。这个要求是一种惩罚，而高戈斯的语气明确暗示了主管，这已经是从轻处理了。"以后再遇到原料供应问题，直接告诉我就行，没有必要走程序。毕竟，我们是同一阵营的人。"

主管礼貌地向他道谢，高戈斯让他千万别客气。"对了，"他转过身面对主管，"还有一件事。你下订单的时候，可以顺便再向一个叫巴达斯·洛雷登的人订一批箭吗？十二打，就这么多。他住在山里。我手下的人会告诉你怎么找到他。他是我弟弟。"

主管点了两次头，把命令传给了文书，而后者已经写了下来。"当然可以，"他说，"完全不是问题。需要我把他加入常用供货商的名单吗？"

高戈斯思考了片刻，"先看看质量再说。帮助家人是好事，但也不等于做慈善。不过我觉得质量应该没问题，他是个好弓匠。"

主管对于银行经理的弟弟（也就是说，董事的弟弟）在山里靠双手干活这件事感到十分好奇，但没有表现出来。他是不久之前才坐着漏水的小船来到思科纳的，当时全身上下的财产只剩衣服和鞋子。在他看来，经理就是世界的中心。多亏高戈斯·洛雷登亲自签下一纸契据，让他得以付清自己对基金会的欠款。他踉跄着从小船登上码头时，高戈斯手下的一名文员已经等在那里，把他们一家从前往难民营的混乱人群中拉了出来，带他们走上山坡。高戈斯在自己的办公室里亲自接待了他们，宣布已经有一份好工作在等待着他。总管完全不明白为什么高戈斯选择了自己，或者是否需要在某一天报答这份恩情，他只知道自己有幸得到了经理的救济。而当错误出现时，经理责怪自己疏忽，反而感到自己也有一份责任。他被选中的原因不重要，重要的是，他可以每天坐在桌前办公，而和他一样、甚至比他更出色的人却忍受着粉尘和恶臭，痛苦咳嗽着在锯床前干活。

"好了，"高戈斯说，"就这样吧。如果还有其他问题，你可以来找我。"他停顿了一下，目光越过一行行长桌，倾听着四处传来的切割打磨骨头的声音。"你知道吗，"他说，"这里看起来很不错。你做得好极了。"

"谢谢您。"主管说。

"让我们思考一下构成所谓'元理'的两个对立面。"卡纳迪说，"我们可以把它们称之为——"他略做停顿，增添戏剧效果，"可以称之为同与异。对于同，没有什么需要解释的——它总是相同的，只有一种性质。人力无法使它改变，增强，或恶化。你们可能觉得这很不现实，比如一堵花岗石悬崖，哪怕看似一成不变，但早晚会出现海浪侵蚀或者人为开采、用推车运走的情景。又比如死亡，看似稳定，但它只是一个周期中的一环。已经死去的事物，曾经一定是活过的。同非常难以想象，所以你们必须信任它，将它看作它本身：两个对立面之一。"

他停住话头，环顾大厅，高兴地发现还有一百多名年轻人在认真听他这套如同日出一般千篇一律的老话。"现在来想一想异。"他继续说，"异很容易理解。正因为它太常见了，所以人们常常觉得它比同更重要、更真实。这是个愚蠢的想法，因为同即是世界，而异是元理。这些能听懂吗？还是说我讲得太快了？"

他象征性地停了停。不用说，没人能听懂，目前还没有。"我解释一下。"

他说,"请大家想一想产物这个概念。就拿热量来说吧,热是燃料与火的产物。如果放火烧掉一棵树,火就会把木头变成灰烬和烟雾。我们很容易看见其中的异,因为曾经的树现在变成了焦炭和一股烧焦的气味。这就是异的表现。但再让我们多想一想,试着观察另一个对立面。树消失了吗? 不,它还在那里,就在焦炭、烟雾和火的热量之中。换句话说,这其中也有同的表现,但它是通过产物为媒介达成的。同与异产生了冲突,发起了战争。异来了,又离开,而同留了下来,存在于行为的产物之中。烧树这个行为的产物就是灰烬、烟雾与热量。

"当然,这是个非常简单的例子,但它可能有助于你们认识到,异并不像原先想的那么重要。你们也许还会问自己,同是否永远相同,异是否永远不同。糊涂了吗? 现在你们已经比刚才懂得多一点了。再试着想想,每次烧掉一棵树,都会得到灰烬、烟雾和热量——变化永远是相同的。现在你们可以问问自己,异是否真的存在? 还是说,它只是另一种形式的同? 树变成灰烬,是否和生变成死、夜晚变成白昼是一个道理? 你们可以烧掉一棵树,然后得到花朵与牛奶吗? 那才真的叫异呢。"

不出意料,大厅里的每一个人都露出极度困惑的表情。卡纳迪知道,他们正在拼命思考讲话的究竟是个了不起的智者,还是满嘴胡话的疯子。好极了。

"好了,"他继续说,"看你们的样子,今天不能吸收更多知识了。我最后留一个问题给大家思考吧。假设同永远相同,异永远不同,破解这个谜题的关键一定和产物这个难以捉摸的第三要素有关。只要有产物,那一定就有过程。在树的例子中,过程就是燃烧。我们已经知道,产物可以同时是同和异的表现。灰烬、烟雾和热量都不同于树本身,但它们仍然是那棵树,是燃烧这个过程的产物。这可能会让人相信,导致异的是过程。但燃烧过程所得的产物永远相同。所以，现在不是两个难以理解的概念，而是四个。它们本质上是一样的，还是相互独立的？我希望你们在下次上课之前思考一下。如果到时候有谁能回答，请到讲台上来，这课就归你讲了。不过要解开这道题，你首先得弄清燃烧的木头是怎么变成奶和蜜的，这里面有一点帽子戏法①。"他露出一个坏笑，"下课。"

走回住处的路上，他感到有些内疚，像是做了什么亏心事——为了使学生们信服某种深奥晦涩的学说，他变了个戏法，而且还成功了。我故意让它听起来像魔法，他在心里承认，当然，它不是。只是偶尔事情出错的时候，会产生魔法一样的效果。说这是魔法，就好像是在说一袋面粉是一把剑，因为它从阁楼上掉下来的时候可能会出人命。不知为什么，他为此感到担忧。也许是负罪感吧——为了让这个课题变得有趣，他做了一些等同于骗人的事。

"卡纳迪博士！"那个声音。**喔，该死！**

"你叫玛基拉，是吗？"他边转身边问，尽力装出一副又虚弱又困惑的样子，"啊，对，当然是你。有什么可以帮到你吗？"

那个可怕的小姑娘冲他灿烂地笑着，椭圆形的小脸简直是一张以谦逊与热忱为主题的画作。**蠢蛋**，他努力控制着打寒战的欲望，这孩子的能力比我强二十倍，她真的是个魔法师。正因为如此她才该被立刻处决，这是为了大家好。

"我可以占用您几分钟吗？"她问，同时还轻快地倒退着走路，好在跟上他脚步的同时和他面对面说话。他真的不想被一场哲学辩论困在天井中间——这女孩可能确实是个天才，但她年龄太小，还根本无法理解"风湿病"这个词到底意味着什么。他知道，逃跑是不可能了，但能回到住处的话，他

①燃烧的木头变成奶和蜜：摩西在燃烧的荆棘丛中看见耶和华，然后带领以色列人前往应许之地，也就是流淌奶与蜜的地方。卡纳迪这句话是在暗示学生，他讲课半句真，半句假。要想不被糊弄，必须见识过真正的奇迹，又能搞懂"帽子戏法"这样的假奇迹。

至少可以坐下。那样甚至还有可能用装作打瞌睡来摆脱她。

"当然，当然，"卡纳迪回答，"跟我来吧。"这不是他第一次嫉妒老友兼同僚亚历克修斯的年纪和身体了，人们总会因此对他多加体贴。卡纳迪比他年轻不少，看起来又明显身体健旺，自然享受不到这种特权。"不过我时间不多，"他带着渺茫的希望补充，"我有一堆文书之类的东西要做。"

平心而论，玛基拉有了点进步。她这次足足等到他坐下来，脱掉了一只靴子，才开始喋喋不休。

"我觉得您在课上说得太精彩了，"她说，"而且非常实在。除了一点，"她的眼神飘忽起来，"我好像一直觉得它就像一棵倒下的大树。如果你找到裂痕，敲进去一个楔子，它就会突然裂开。"

"抱歉，"卡纳迪打断了她，"你觉得什么？"

"什么？"

"你说的那个'它'，"卡纳迪小心翼翼地说，"你觉得像是一棵树的东西，是指什么？"

"什么？噢，我明白了。我想应该是同吧，或者那个不是元理的东西——这一部分我不太懂。但元理就像是楔子，只要你找到裂痕，剩下的就简单了。那个专业词叫什么来着？对了，叫机械效益。"

找到裂缝，原来是这么回事。"确实可以这么说，"他警惕地回答，"事实上，这个类比不坏。但这和课上的内容关系有点远。"

女孩看起来迷惑不解。"没有呀，"她说，"课上的重点不就是说可以用元理把同变成异吗。我是说，当它不想变的时候。"

你说的很可能是对的，但我怎么知道？"某种意义上是这样，"他说，"但这就把事情过分简化了，如果你不介意我这么说的话。"他诚恳地、热切地希望她走开，这个甜美的小生物一谈起元理的使用，就无比欢快，就像一只老

鼠叽叽喳喳地讲着如何把几只猫套上缰绳，让它们去拉运奶酪的马车。不过不同的是，他知道她真的做得到。你问怎么把世界掰成两半？他可以想象她说，噢，简单得很。只要按住这里，然后用大拇指的指甲摁住这儿，像这样……

"抱歉，"她说，"我又夸夸其谈了，是吗？就像没学会走路就想跑步一样。我以前从没想到过您说的那些，但显然那才是正确的思路——当然，您都知道，"她自嘲地笑了笑，"我其实是想和您讲讲，我用您教我的方法做了一次投影。"

天哪，又来吗。我们俩还没把命玩掉真是个奇迹。"你又成功了吗？"他说，"那真是太——呃，我很吃惊。它是不是——？"

她对他笑了，"要不我直接展示给您看？"

——紧接着，没等他有机会说话，他突然和她并肩出现在一间像是木工作坊的地方，旁边是一张夹着沉重的木头台钳的长桌，墙上挂着许多奇形怪状的工具（不过，因为她在一旁，所以他知道自己目前是清醒的，可以认出挂着的是刮刀、锛子和木刨，而那些一节一节的绿色植物是问荆草。这种质地粗糙的东西经常用于磨掉木头上的工具加工痕迹）。光线从一扇小窗里斜射进作坊，打横落在一个男人的背上，他正拿着一只大木刨，俯身在一块被台钳夹住的木料上忙活——老天啊，那是巴达斯·洛雷登上校，那个法庭剑士——有个老人坐在一旁和他交谈，是卡纳迪再熟悉不过的人。

"亚历克修斯？"

教长抬起头，看见了他。"失陪一下。"他对洛雷登说。后者点了点头，继续干活。"你好，卡纳迪。"他说，"我前不久还在想你呢，都不知道你是不是还活着。"

"我也是。我是说，"卡纳迪更正道，"不知道你怎么样了。我听过一些谣言,但都不怎么可信。天啊,见到你真是太好了。"

亚历克修斯亲切地笑起来。"我同意,"他说,"虽然眼下的环境——"

"我知道,"卡纳迪匆忙表示同意,"不怎么理想。抱歉,这个问题可能很蠢:这是现在、未来,还是其他什么时候?"

亚历克修斯想了想,"我觉得这不是现在,我是说,现实中的我还没见到巴达斯,甚至还没弄清楚他住在哪儿,只是模糊听说他'住在山里'——也就是说哪儿都有可能。我认为这是未来。"

"我明白了。"卡纳迪说,"好吧,从某些角度来看,这是好事。至少我们是有未来的。你觉得呢?"

亚历克修斯点了点头,"我同意。我似乎总是碰上不确定、不舒服的事,要不就是被人烦着,没一刻安宁。如果我知道这是什么时候的话,肯定会轻松不少。你呢?"

"唔,还不坏,大概凑合吧。当然,"他补充,"除了眼下这个问题。"

"是吗?什么问题?"

天哪,他还没意识到。"这个嘛,"卡纳迪不安地说,"这种事情不太适合——呃——当着这位小姐讨论。我们另寻时间吧。"

"什么?噢,也是。那我们得尽量选在这个时间点之后,不然可就听不懂你在说什么了。"

"亚历克修斯!"

"对不起,我不是故意乱开玩笑。只不过,确实有点好笑,对吧?正常人都是互相写信。抱歉,我要去——"

——卡纳迪伸出双手,握住他的座椅扶手。他头疼得厉害,仿佛有人把他的脑袋当成了栅栏柱,往上面钉了一根横杆似的。"我得说,"他咕哝道,"刚才做得真不错。你是靠自己摸索出来的吗?"

玛基拉愉快地点了点头。"就是灵光一闪。"她说,"不过,我这次弄错了。"她突然记起了什么,沮丧起来,"也许是因为这次您也在——"

"我明白了,"卡纳迪努力保持冷静,"第一次的时候,对话内容不一样。"

"是的,是那个老人和另一个人在说话。"玛基拉简略地说了说对话内容,"对不起,这是不是意味着我……改变了一些事情?"

"肯定不是什么重要的事,"卡纳迪很清楚自己在撒谎,"刚刚和我说话的人叫亚历克修斯,他是我在佩里美狄亚时的朋友兼上司,也是佩里美狄亚学会的教长。"女孩露出了意料之中的敬畏神情。不知为何,卡纳迪又补充了一句,"而且,他应该是世上首屈一指的——呃——投影大师。我们曾经一起在这个领域做过很多研究。"

而且差点害得我们丧命,可能还以某种无法理解的恐怖方式导致了佩里美狄亚的陷落,天知道还有什么其他影响……

"真是太棒了,"女孩说,"噢,您觉得如果我和他说话,他会介意吗?我可以自己去找他,问他一些问题。"

卡纳迪觉得好像肚子被踢了一脚。"也许还是别去尝试为好。"他勉强辩驳,"他这个人,嗯,很内敛,而且——"

"我明白。我本来不该提出这种要求的,"女孩低头看着自己的鞋子,"我有时候会有点忘乎所以。这很不对,是吧?"

"这么说吧,对这类事情应该怀着尊重。"卡纳迪听到自己说,"当然,也应该谨慎。我不想吓着你,这个不用说,但这么做可能——好吧,我和你说实话,这么做可能很危险。如果行动仓促,不知道正式步骤之类的,可能对你不利。"

"我懂了。"女孩说,"噢,我真抱歉。我做事不过脑子,这是我的坏毛病。"

卡纳迪深呼吸了一次。他是看到了一丝曙光吗?还是说,那是天上的一个洞，而灾难马上就要倾泻而下？"没事，"他说，"你在学术方面进展不错，非常不错。既然已经这么超前了，也许你应该停止一个人的投影练习，你觉得呢？"

"噢，这是当然。"玛基拉很快回答，就像一个孩子，听到自己最喜欢的玩具马上要被没收，但又发现还有争取的机会，"我肯定不会做任性的事。不知道您介不介意帮帮忙，在我做投影的时候监督我？当然，前提是您方便，如果不行的话——"

卡纳迪勉强挤出个微笑。"这是我分内的事，不是吗？"他说。

四

但愿我今天别死掉。朱弗雷兹院士在登陆驳船上坐下,喃喃自语。他看了看船上其他人——基金会第五连的五十名斧枪手——暗暗疑惑有多少人此刻心里想着差不多的事。一个紧张、瘦削的年轻下士紧紧地抱着第五连的旗帜,上面写着:*俭朴与勤勉*。算不上人们愿意为之卖命的那种激励人心的口号,但大概也是件好事。朱弗雷兹院士不想让麾下的士兵为了任何事情去死。

为了转移注意力,不再被令人抑郁的思绪困扰,他解开了背包上的系带,打开那个装着三天份食物配给的亚麻布包裹。他不禁微笑起来。阿丽西娅在里面放了一大块他最喜欢的奶酪,一些加了胡椒的香肠(坚硬鲜红,他就爱吃这种),一块熟成黑麦面包,六个洋葱,一只冷鸡腿。他抬起头,发现士兵们都盯着他。他把亚麻布折好,然后重新系上背包。

他想说点什么——你们都带了什么吃的?——但这当然不行。他祖上十二代都是贫贱者，自己更是基金会的院士，拥有形而上学博士学位和文献学硕士学位，不应该问自己的士兵他们的妻子都往午餐盒里放了什么。这肯定是不对的，虽然不知道到底为什么。他露出一丝微笑，士兵们挪开了目光。真奇怪，他想。我们马上就要并肩作战，可能还会一起死去，但我和他们似乎完全没有共同点。不过再仔细一想，其实也没什么奇怪的。普通人平常都会聊什么呢？肯定不是马兹亚《顿悟》早期手抄本的文本差异、道德两面性之谬误、长期围困战中反向坑道战技术的最新发展、外邦国土持久战役中的粮草运输线、迪欧·科兹玛早期的纯器乐音乐、岛民联邦银行利率下降的可能性，或者接替比耶翰院士成为公众健康与水路航道部门的总行政官的人选。剔除了这些话题，那还有什么可聊的呢？天气吗？

　　波涛像个粗鲁的赶路人，猛地推动驳船，朱弗雷兹一把抓住头盔。它差点从脑袋上掉下来，落入海中。他突然想起，普通人会聊运动项目，以及他们在工作场所，也就是"工坊"的共同经历。但他对集体运动项目几乎一无所知，只知道理论上那是被禁止的，而且他觉得士兵们也不想和自己的指挥官聊工坊的事。至于天气——今天在下小雨。是啊，确实在下。他苦着脸，开始玩弄斧枪柄上一根松脱的缠线。真是不幸，士兵们似乎无法在他面前自在地聊天——大概是因为他们想聊聊这次任务多么荒唐，再议论一下指挥官的判断力。不过他也只能猜测。他和他们唯一稍稍相似的经历发生在多年以前，那时他还是个年轻新生，和六七个同学与导师共乘一艘渡船。学生们自然全部噤声，从沙斯特码头到思科纳岬，全程没有人说一句话。不过，那是因为他们都很害怕阴沉、乏味又闷闷不乐的尼哈尔博士……朱弗雷兹皱起眉头，不太喜欢接下来的想法。我是个阴沉、乏味又闷闷不乐的人吗？也许尼哈尔博士不是那样的，只不过因为他是另一个世界的人，我们全都先入为主了。我也变成另一个世界的了吗？是什么时候发生的？

没过多久，恶劣的海况和恼人的风浪就帮他清理了思绪，唯一留下的想法是：我恨坐船。就在下个不停的雨让他开始觉得上了四层羊毛脂的军用斗篷也不防水的时候，领航员叫道："洛哈岬！"他才猛地回过神来，重新进入军官的角色。

他望了望身后，但雨幕和海上的雾实在太厚，完全看不到其他两艘驳船。不过这不能说明什么。能见度顶多只有二十码。他眯起眼睛，试图眨出眼里的雨水，然后观察前方。还是没用。这家伙是怎么知道这里是洛哈岬的？明明哪里都有可能。朱弗雷兹院士意识到航海是自己最缺乏了解的领域之一。在大雾中确认方位的方法肯定是有的，不然海上交通就不存在了。

他听到船锚入水的声音，于是站起身来，身体无助地摇晃着，直到抓住船舷才稳住自己。根据传统规矩和军队礼仪，他应该第一个跳进隔在他们和海滩之间、深度未知的海水里。他笨手笨脚地越过长凳，骑到船舷上，然后把另一条腿也跨了出去，结果失去平衡，一屁股坐进了九寸深的水中。棒极了。他一边撑着斧枪站起来一边小声嘟囔。完美的示范。在他身后，士兵们正在有条不紊地以更合适的姿势下船（他们受过这方面的训练，而我没有。毕竟我只是个指挥官）。他举起左臂，挥手让他们快些，并给出列队集合的号令。士兵们后面，可以看见另外两群差不多的人，隐约的深色人影正在构成模模糊糊的队列。全体到齐，是时候前进了。

爬上山。在沙斯特相对温暖舒适的第五连营房里，侦察兵们是这么告诉他的：爬上山，顺着小路，走到一片废弃的建筑物，那是被弃置的锡矿矿场，叫维尔伊雷克。从那里向北行军一个小时，一路上坡，来到山脊，然后顺着山脊向东转，直到抵达一处陡峭的深谷，看起来像是地面被折起来了一样。那个村子就在谷底。

路线不难记。朱弗雷兹院士领着队伍前进，靴子发出恶心的呱唧声，雨水流入头盔卷边中间的接缝，变成一条小小的排水沟，浇在他的后颈上。这里总是下雨吗？地面完全湿透了，大团稀泥黏在他的脚上，重得难以抬腿。越是往山上爬，头顶低垂的云层就越是厚重。等到他被废弃矿场的仓库掉下来的石材绊倒、摔了一跤时，他已经确信自己走错了路，差点下令全体原路返回。

还真找对了，真不敢相信。他下令停下休息，看着士兵们散开，坐在矿场废墟上，个个满身泥泞，阴郁得像栖息在光秃秃的树枝上的一群乌鸦。有人在倒靴子里灌进的水，或者拧干兜帽和斗篷，但大多数都筋疲力尽，士气低落，一动不动地坐着。他体会了一会儿被雨淋透的布料有多么沉重，心里想着到底有没有可能让这些凄惨沮丧的士兵在最终遇上敌人的时候表现出哪怕是一点攻击性。**如果敌人有脑子的话，就该请我们进去坐在炉边喝杯热饮料，绝对不用担心安全问题。**

他感到蜷缩在斗篷里睡过去的欲望越来越强烈。必须上路了。再拖下去，士兵们就调动不起来了。他站起来挥手下令，一群梦游一样的人排好队列，连抱怨声都没有。这样子和"突袭部队"的名字是如此不协调，几乎有些可笑。突袭者应该雷厉风行，而不是像挖泥工一样消沉地拖着脚走路。也许他应该演说一番，振奋一下军心。他读过这类文章，但是决定不去尝试。这么多年来，基金会的军队从未发生过兵变，但要是此时来一篇演讲就难说了。

从维尔伊雷克向北行军，走上山脊。朱弗雷兹院士四下张望，寻找地标。**真蠢，他连来的方向都不记得了。**他知道往北是上坡，但面前能上的坡实在太多，现在该往哪里走呢？靠太阳辨别方向是绝无可能了（太阳是什么？）。一百五十多个以士兵为职业的成年男人竟然因为天阴下雨就在半山腰迷了路，简直荒唐。他集中精神，尽力回想最开始看到的锡矿废墟的样子。

好吧, 只要一路上山, 迟早会找到山脊, 到那时再右转就行了。就这么简单, 想迷路都不成。他下令前进, 拖着僵硬的双腿深一脚浅一脚在可怕的泥浆里蹒跚前行。他无数次感到, 为了争夺这讨厌的地方而让人丧命, 这实在太可笑了。一路走来, 他没看到任何庄稼和牛羊, 也不知道有什么人会对这片泥泞湿滑的鬼地方感兴趣。犁地和种植都行不通, 农作物只会腐烂。家畜在这里待不了一个季度就会因为腐蹄病和饥荒大批死去。除了一座废弃干涸的矿场, 什么都没有。只有疯子才想要这个地方。

抵达山脊的时候他们几乎没有意识到。前一刻, 他们还在努力用斧枪柄当作支撑, 拖拽着身体攀爬一座陡峭度逐渐增加的山坡。下一刻, 地面似乎从他们的脚下流失了, 朱弗雷兹只能踉跄着挥舞双臂保持平衡。他示意全体停止行军, 再次抹掉眼睛里的雨水, 然后试图看懂地形。

他们确实到了山脊。他能看见西边的山势陡降, 形成了一个和侦察兵的描述相同的山谷。这让人无比困惑, 因为村庄所在的山谷明明在东边, 大概三里远的位置。这要么是另外一座山谷, 要么就是他们斜着爬上了山, 无意中越过了目的地, 从另一侧爬了上来。云雾填满了谷底, 从山脊溢出来, 就像啤酒杯上的泡沫。他再次感到了荒唐, 但已经到了这一步, 必须做点什么。可以派侦察兵去看看下面是否真的有个村子, 但这个主意不太好。这些满身泥泞、神情沮丧的士兵几乎不可能安静地爬下陡坡而不被发现。能做的只有下令前进, 带着他们往下走, 祈祷他们来对了地方。**太荒唐了。啊, 该死……**

他举起斧枪, 指向云雾。眼下的问题不是他们能不能在敌人做好迎击准备之前快速下谷底, 而是能不能在肮脏滑腻的烂泥中及时停下。他脑中出现了一幅画面: 一百五十名重甲步兵屁股着地, 滑雪橇一般滑入战场, 发疯般撑着斧枪, 试图用枪柄末端调整方向。他不禁抽搐了一下。**俭朴与勤勉,** 他小声念叨, **胜利与死亡。** 如果敌人因为笑得太厉害而没法反击, 算不算

胜利?

带着极度的担忧与走错路的感觉,他领头前行。最好的,或者说唯一的办法,就是以"之"字形路线缓慢下坡。若是中途被发现的危险太大,就只能一路冲下去,把一切交给运气。如果这里有两处长得差不多的山谷,侦察兵应该会告诉他吧?也许他们说了,但他没认真听。另外,如果村子真的在底下,他们又该做什么?烧了它?在这种雨天?

也许他们已经在等我们了,张弓搭箭,只等号令;也许我们马上就要死了,死在雨水和泥巴里。当然,没法知道到底会怎样。但愿我今天别死掉。

下到谷底花了很久。也许距离并不远,难走的路让时间放慢了。周围没有生命的迹象,倒也合情合理。要么是走错了地方,这里根本没有村子,要么就是村里人都待在温暖安全的室内——在这种天气,脑子正常的人都会这么做。只有愚蠢的突袭部队才会在雨水和稀泥里蹚来蹚去。一群白痴,把自己搞得晕头转向……

朱弗雷兹猛地停下,直起身来,靴跟陷进了土里。透过一缕云雾,他看见了下方的茅草屋顶,就在一百码之外。该死,他举起手臂示意全体停止。他站了片刻,观察动静,倾听除了雨声之外的声音。雨水打在他的头盔上,如同一个百无聊赖的孩子在用手指敲课桌。士兵们站在他的周围,轮廓因为雨雾而显得模糊。他曾经见过一群野生小矮马,也是这么茫然地站着。区别只在于这会儿下着雨,大家浑身都在滴水。**凑合试试吧**,他自言自语,然后给出了快速前进的信号。

下一秒,他要顾及的事情就太多了。所谓的快速前进,只不过是跑得够快、少摔倒几次就行了,摔跤的危险就像一头紧跟在屁股后面的猛兽。第五连的三个排(俭朴与勤勉)像鲁莽又过度兴奋的孩子一样奔下山坡,跌跌撞撞,推推搡搡,一路滑行,同时所有人都保持着诡异的、令人不安的沉默。他们面对的危险是实实在在的。如果一个人突然停下（假设他停得下来），身后的人肯定会撞上去，手中的斧枪会把他戳个对穿。意识到了这一点，所有人都极力跑得更快，所以整个连都在不断加速，像山体滑坡的落石一样向前冲去。一百五十个人全都怕得要死，拼命逃离己方士兵，向敌人跑去。等到脚下的地面变得平缓，房舍出现在眼前时，他们已经达到了大多数运动员永远无法企及的速度，如同打水漂的石子一般跃过泥地。荒唐，朱弗雷兹心里想，太荒唐了……

有个东西在他面前拔地而起，让人想起带着敌意的野兽——一间木屋，几乎只能算个窝棚，而他正朝着它直冲过去。他努力避开，最后撞在了屋角上，冲击力遍及整个身体。他的双脚向前打滑，整个人背朝下摔在地上。脑袋撞到地面时他想大叫，肺里却根本没有足够的空气。前方的水雾里响起一个女人的尖叫，他看到他的士兵成群拥过来，从他身边经过，斧枪平举，脚下失控。更多的尖叫声传来，还有碰撞声，似乎是有人扔下大堆金属废料。然后他听到了第一声出于疼痛而不是恐惧的叫喊。可能是出了意外，某个斧枪手撞到人了，就像两驾马车在大雾弥漫的街角相撞。他努力呼吸的时候，能听见手下一名中士吼着指令——全体列队，全体整队，举起武器。又是一声尖叫，离他很近。看来是成功找到了敌人，打起来了。

他拖着身体坐起来，强迫自己呼吸。刚才一撞之下，呼吸的本能好像没了，得命令自己的身体吸气才行。斧枪不知道哪儿去了——啊，在这儿。沾满泥水的斧枪拿在手里，让人很不舒服，就像拿着河里捞上来的死鱼。他把斧枪拽到身边，撑着自己站起来。他膝盖发软，仍然喘不过气，暂时还没感到疼痛，但这只是因为惊吓过度，还没回过神来。正在专心呼吸的时候，一个人影突然从水雾中冲了出来。是个高个子男人，不是士兵，不是第五连的成员。他忘记了呼吸的本能，放平斧枪，冲了上去。那人站着没动。枪头直接刺了进去，直到斧刃阻碍了它继续刺入。

他看起来很惊讶，为什么？他不知道在打仗吗？

那人用双手环住斧枪柄，张开嘴正要说话，就断气了。他倒了下去，身体利索地滑下枪头。这时朱弗雷兹才发现，他似乎没拿武器。脑中出现了一个想法：**会不会搞错地方了……间谍口中驻扎了一个排的思科纳弓箭手、准备进攻布莱泽斯的村庄并不是这里。噢，这也太……**

一个女人从他身边跑过。却没看见他。朱弗雷兹伸手抓住她的手臂，把她扯得转过身，撞到自己的肩膀上。她表情困惑。

"这个村庄，"他问，"叫什么名字？"

她看着他，好像他是什么传说中的什么怪兽。"普利门，"她说，"这是普利门。"

朱弗雷兹的脸抽搐了一下，"你确定？"

"我当然确定，我就住在这儿。"

"该死。"朱弗雷兹放了手，她逃得比兔子还快。

见鬼，他低声自言自语，**找错村子了。这些是我们的人，基金会的忠诚属民。这怎么办。**他花了片刻让自己镇定下来，确保自己呼吸正常，站得够稳，然后深吸一口气，准备喊出停止进攻的命令。这时，雾中冲出来一个人，将一把凳子砸在他脑袋上。

他苏醒的时候听到了很多声音。尖叫，呼喊，咒骂，但和先前不一样。这是交战时的声音。**这不对，我们攻击了错误的村庄**，他对自己说。然后他认出了一个低沉卷舌的思科纳口音，有人在努力压过噪声发号施令。**他们没有走错吗？**他问自己。**不，不可能。**他用了好几秒才想明白发生了什么：有人不知怎么跑去了邻村，叫了那里的思科纳弓箭手来帮忙。**好极了**，朱弗雷兹院士哀叹着，难以置信地摇头，**现在我不仅屠错了村，还让他们投靠了敌**

人。回去之后该怎么解释？

有人向这边来了。朱弗雷兹院士忙像螃蟹似的侧着爬了两步，躲在被他杀掉的那个人的尸体下面，躲过了十几个从水雾里走出来的人。他只能从死人的胳膊底下偷看，所以看不清，但他认出了他们穿着锁子甲，戴着头盔，还有人拿着弓。在这种情况下，知道这些信息就够了。他一动不动地趴着，祈祷自己不会打喷嚏。

"……藏着，"其中一个人说，带着纯正的思科纳口音，"他们的人比我们多，四对一，而且我们看不清楚，没法放箭。老天，我们根本不该来这儿，趁早离开吧。"

"他妈的什么都看不清，"另一个人说，"完全是浪费时间。说起来，你怎么知道是四对一？"

"听人说的，"第一个声音回答，"他们说有四个排的重甲步兵，不知道从哪儿冒出来的。人数对等的仗我不介意打，但是四个排——"

"打不打由不得我们，"第三个人打断了他，"该做的显然是拉开距离，包围村子，等他们出来的时候再挨个放倒。"

"就让他们把村子烧了？"

"他们看起来像是要烧村子的样子吗？放清醒点。"

人声渐渐远去。确定他们走远之后，朱弗雷兹推开尸体，摇摇晃晃爬起来。他抽筋了，两腿像针刺一样又麻又痛，快速行动是不可能的了。如果因为抽筋跑不动而被杀掉，那就太可笑了。

他单腿站着，靠在木屋的门框上，意识到是时候振作起来了。毕竟他是指挥官，本该控制住局面的。就算做不到，也该和对手斗智斗勇，与敌方军官争夺控制权。他们冲到谷底之后，他做的只有撞在墙上、杀掉一位忠诚的平民、被人砸傻，以及躲避敌人。对于自己的狼狈，他倒不是很介意，但他确实有责任指挥一百五十个人。是时候做点什么了。

当然,还得找到手下才行。水雾比先前更浓了。他试图找回理智,但脑子里仿佛有个乱哄哄的议会,大声吵个不停。他想到的唯一能做的就是走进雾里,去找他的士兵。这几乎肯定会送命,但也想不出其他主意了。趴在地上一番摸索之后,他终于找到斧枪,撑着身体站了起来,嘟囔了一句,然后走进浓雾。

不知道是幸运眷顾勇者,还是傻瓜撞大运,总之是个天大的巧合。他一来就遇到一打斧枪手。他们面朝外站成一个有点走形的椭圆,组成了一个松散又移动不便的刺猬阵,一边的人只能倒着走。由于没人看路,雾又太浓,他们像一帮醉汉一样摇摇晃晃。阵型就像没经验的桨手逆流划动的小艇,一个不稳就撞到了旁边的谷仓上,末端的三个人几乎被压死在墙上,幸好其他士兵跟跟跄跄地退了一步。更麻烦的是,他们都戴着头盔,扣紧了护颊片,因此基本上什么声音都听不见。

不管怎么说,总是个开端。朱弗雷兹挥着手臂朝他们快步赶了过去。阵型立刻乱哄哄地停了下来,像一辆撞到树上的破马车似的哐啷作响。有人在冲他叫喊,应该是"走开"之类的话。"是我,"他叫道,"朱弗雷兹院长。停下别动。停下!"

他觉得这些人并不怎么乐意见到他。他们在原地站住了,但仍然坚决地举着斧枪对着他,好像把他当成了正在收紧包围圈的一队骑兵。"是谁?"其中一个紧张地叫道,"过来,亮明身份。"

"噢,看在……"朱弗雷兹说,"是我,朱弗雷兹院士,你们认不出我吗?"

"长官!"那个先前发问的人猛然立正,然后竟然敬了个礼。

"这就免了,给我让个地方。"朱弗雷兹气恼地说,然后挤进阵型的前部,"好了!"他吼道,"跟着我往前走。看在老天的分上,跟紧点。"

事实证明，他基本上只是帮了倒忙。长官一出现，士兵们立刻停止了寻找方向的努力。根据他们受到的训练以及他们学到的规矩，这当然是对的。问题是朱弗雷兹并不能比其他人看得更远。还有，阵型中有一半人都面朝其他方向，同时对所有人下达清晰的命令明显是不可能的。他突然想到，我们真的需要这样挤在一起吗？明明没人攻击我们，为什么不排成一队从这里走出去？

另一群人从雾中走了出来，双方还没反应过来就差点撞到了一起。相遇得太突然，大家都来不及举起斧枪。幸好如此，因为两拨人的武器都是斧枪……是自己人，朱弗雷兹意识到。"没事了，"他赶在有人被误伤之前喊，"是我们，沙斯特的。没事了。"

对面人群中传出一个他认识的声音，高声发号施令。是他手下的一个中士。"康诺特，"他叫道，"是我，朱弗雷兹。"

"长官！"士官回喊道。

朱弗雷兹短暂地闭上了眼睛。一种奇怪的感觉传遍他全身。他吃惊地意识到，竟然是长期恐惧结束后的宽慰。我吓坏了。他先前一直不允许自己害怕，但现在有了更多的士兵和一位经验丰富的士官，显然，一切都会没事的。"中士，让所有人列队。你那里有多少人？"

原来康诺特已经集合了第二排的大部分士兵，加上他这边，一共有五十余人，应该足够应对任何可能的情况。"好，"朱弗雷兹说，"现在要做的是找到我们剩下的人，然后一起离开这里。中士，让所有人排成并列纵队。我们要像赶鹌鹑一样搜索这个村庄。"

康诺特中士有史以来第一次明白了长官在说什么——他是个农夫的儿子，经常用长网抓鹌鹑。他咧嘴一笑表示收到了命令，然后用几句轻快的口令就让士兵们排好了二路纵队（为什么我就做不到？朱弗雷兹问自己）。他们要按照渐渐收紧的螺旋形路线穿过村子,一路上收集己方士兵,并把敌人和村民赶到自己前面,直到将他们困到村子中央。如果他们聪明的话,就会直接投降,这样大家就都能回家了。

其实这个点子还挺棒的,队伍前进时,朱弗雷兹心想。*也许我没那么差劲*。队伍一路缓慢平稳地向前推进,情况很不错。中士每隔一会儿就喊出口令,确保队伍紧凑笔直。队列最后的士兵则高声回应。这和赶鹧鸪一模一样,不过,由于危险依然存在,也许更像围猎野猪。对,这个类比更好。在密林中驱赶野猪会有一种可控的紧张感。只要把该做的做好就不会受伤,这一点也能帮士兵们加倍集中精神,而不是惊慌失措(因为你肯定清楚自己要干什么,糊涂蛋是没法加入狩猎队的。随便什么蠢蛋都能当兵,但猎野猪可是正经事)。

只要有人出现在队列前方,中士就大声喝问:"谁在那里?亮明身份!"己方士兵会报上姓名、军衔和编号,而敌人有足够的时间跑走。这也是朱弗雷兹想要的——先把敌人赶进围猎圈,然后再对付他们。没过多久,他们就集结了三分之二的兵力。只要保持队形,沉着冷静,这个计划就能成功。一切都会好起来的。

下一刻,一队人出现在前方的水雾中。有人喊了句什么。朱弗雷兹皱起眉头——他没听清——然后一支箭射中了身旁的士兵。他立刻停住脚步。另一支箭射中了他的右胸,就在锁骨和腋下之间的位置。他感觉到了冲击力,像是被人狠推了一把,却不觉得痛,只觉得身体像破了洞的水桶,力量在迅速流失。康诺特中士吼叫着指令——前排举起武器,准备迎敌——突然间没声了。朱弗雷兹意识到面前三十码外有两个排的弓箭手,正在全力进攻。*噢,该死,现在该做什么?找掩护?没有掩体,不能待在原地,只有一处可去了*。"前排举起武器,全体跑步走!"他喊道。两旁的士兵向前冲去,有人推着他的后背, 迫使他前进。最好跟着一起跑。但我不该这么做的, 我负伤了。是的, 这是个正当理由。不知道伤得有多重? 不怎么痛, 但我总觉得马上就要摔到地上了——最好还是不要, 现在不行。他拖着身体向前面那排模糊的人影靠近, 看见他们正在后退。箭雨仍在落下。不管怎样, 距离只有五六码了, 他们不会待着不动, 肯定会跑的。他又迈了一步, 然后看见土地朝他扑了过来, 有人的靴子踢到了他的肋骨。倒在地上时, 那根箭在伤口里移了位置, 带来一阵剧痛。有个沉重的东西落在他身上, 把他肺里的空气都压了出来。那东西在抽搐挣扎(大概是个垂死的人), 但他动弹不得, 无法推开。他完全不知道发生了什么。大概也没关系了。这么说我要死了。好吧。

他觉得自己一直没有失去意识, 只是一动不动躺着, 双眼紧闭, 不去听其他声音, 任由思绪飘飞。这是哲学上的实用主义。似乎只要他不集中精神, 让一切模糊远去, 伤口就不会疼了。当然, 疼痛没有消失。他把它想象成一张钉床, 只要放松身体, 纹丝不动地躺着, 钉子就不会刺痛他。一开始, 他还能努力呼吸, 有意识地将空气灌入肺部再努力排空。但渐渐的, 他开始觉得不值得费力去那么做了。死亡, 他糊里糊涂地想, 是一件非常自然的事情。没什么可怕的。如果你接受的话, 应该会对你大有好处。

接着, 有个东西落到了他的胸口。他和疼痛之间脆弱的休战协议瞬间破裂。他痛不欲生, 一点都不喜欢这样。有个混蛋踩到我身上了, 他想, 这让他第一次感到了愤怒。他睁开眼, 看见两个人俯身看着他, 恐惧的神情几乎有点好笑。接着他们抓住了他, 把他拉了起来(操, 好痛, 放开我), 像拖一大袋羊毛一样把他拖走了。他试图抗议, 但身体完全不听使唤, 所以他闭上双眼顺其自然, 集中精力对付疼痛。他能感到双脚拖在地上, 每次颠簸碰撞都震得生疼。拖拽持续了很长时间, 直到时间不复存在。

他们似乎一度停下了脚步。他睁开眼睛, 让脑袋借着重力转向一边, 直到脸离他右边的人只有几寸远。他不认识那人。

"我们全错了。"他说。那人张嘴回答,但他什么都没听清。他合上眼皮,疼痛像海潮一般涌了上来。嘿,他听见自己在想,如果能觉得痛,那我肯定还活着,这是好事。然后剧痛填满了他的脑子,再也塞不进其他东西了。

"你指望他们多能打呢。"高戈斯·洛雷登一边跪下来,拔出一具尸体上依然完好的箭,一边笑着说,"这支军队的指挥官可是通过考试当上军官的。"

"考试是啥?"他的同僚问道。

"就是坐在一间放了几张长桌子的大厅里,"高戈斯回答,"他们会给你一张上面写了问题的纸,你再把答案写在另一张纸上。谁写的答案最好,谁就赢。"

同僚皱起眉头。"他们肯定有很多纸。"他说。

"都是用芦苇木浆做的。"高戈斯说,"从萨利纳卢斯三角洲进口的芦苇,这在沙斯特是桩大生意。我们有机会也该考虑一下。"

"可我们又不需要。"同僚说,"我的意思是,除了他们,谁还用纸啊?"

高戈斯用死人袖子的一角裹住箭头,擦干净上面的血,然后把它放进箭筒。"我说了,"他说,"应该考虑一下。"他站了起来,因为膝盖发僵闷哼了一声,"估计我们已经解决了大部分人。"他说,"我还是没搞懂刚才是怎么回事,但结果还不坏。"

"他们帮的忙,"同僚咧嘴苦笑,"帮了大忙。"

"没他们还真不行。"高戈斯表示同意,"你知道吗,我也会对这场战争产生疑虑,不知道是不是揽上了超出了我们能力范围的事。每到这时,我就会想想敌人层出不穷、令人愉悦的愚蠢表现,然后我就安心了。我是说,"他一边缓步穿过满地尸体和垂死者一边说,"我真希望我能在某一天真正打赢一仗,体验一下那是什么感觉,而不是站在原地,看着他们自己一败涂地。但我没什么可抱怨的,这样已经很好了。"

他们结束了巡视,回到村子中央的长屋,勤务兵正在里面给伤员包扎。高戈斯注意到受伤的大多都是平民,再一次疑惑那些白痴到底为什么会在他的远征队刚到达、准备与村民交涉的时候冲出大雾,攻击忠于他们的村庄,杀了十六个自己人,还导致了两倍于此的人受伤。毫无疑问,这下全村都归顺思科纳了。但敌人这种无可救药的愚蠢让他觉得受了冒犯。局面很混乱,而他讨厌混乱。

"瞧瞧我们找到了什么。"哈兹欧中士挥着手叫他过去,他嘟囔了一声。此刻他正在往长屋走,准备与村子的重要人物愉快谈话,讨论转让条款,但他不太想那么做。"马上就来。"他说,然后转向他的同僚,"你不介意替我做动员演讲吧?"他问,"我没有那个心情,反正这一套你都懂。"

他的同僚点了点头。"我不介意被人奉承一下,"他说,"回头再聊。"

高戈斯走到哈兹欧所在的位置。脚边有三个人背靠谷仓坐着,双手双脚都被捆住了。其中一个完全失去了意识,脑袋垂在胸口。"你找到了什么,中士?"他问。

"他们的长官,"哈兹欧笑着回答,"叫朱弗雷兹·波瓦特院士。你认得吗?"

高戈斯抬起眉毛。波瓦特是贫贱者中的重要家族。"你找到好货了,中士。"他说,"哪一个是他?"

中士指向其中一个。"他会活下来的。"他说,"箭斜着穿过了肌肉,流了点血,但不是什么重伤。我们发现他们在那边摇摇晃晃地乱走,就像误入了关着的羊圈,不知道怎么走出来了。"他脸上笑开了花,"你觉得他值多少钱?"

高戈斯耸了耸肩。"现在还不清楚，"他回答，"毕竟是稀有货，不是每天都有的。不过，价格至少有四位数。"

哈兹欧吹了声口哨。"不赖呀，"他说，"小伙子们肯定高兴。这么看来，跑这一趟还是值当的。"

"不一定要拿他换赎金。"高戈斯说，中士的脸色立刻一沉。"噢，别担心，如果我们决定留下他，肯定不会让你受委屈。小伙子们也不会吃亏。其实那样对你更好。我会确保这一点的。"

中士开心地笑了。"和你做生意总是很愉快，经理。"他说，"你想让我们拿他干什么？我们已经止住血了，看样子不会有事。不过，既然他值大钱……"

高戈斯点了点头，"我明天一早派人把他运出去。"他在朱弗雷兹瘫软的身体旁边跪了下来，亲自检查了一番。"睡着了，"他说，"这是好事。他会活下来的。给他盖张毯子，搬到能遮雨的地方。安排一个卫兵以防万一。"

他站起来，打了个哈欠。现在要是能上床睡觉就太好了，但他没那么好的运气，要做的事情还有很多。他转身朝长屋走去，后面有人拉了拉他的袖子。

"伤亡报告，"那个士兵说，"我们尽量准确地做了统计。他们死了一百一十七人，被俘三十一人。我们损失了四人，重伤两人。"高戈斯问了死伤者的名字，没有他认识的，但仍然是场不幸。这场战斗本来没必要发生。虽然结果不坏，但杀了一百一十七个敌人的战果没有让他感到满意，恰恰相反。这样的大败仗会让基金会脸面尽失，这意味着他们会发起报复，很可能直接针对思科纳。那样对任何人来说都不是好事。他叹了口气，再次希望人们别来干扰他的正事。这个区域现在确实会归顺思科纳，但他们本来可以按部就班地做到这一点，因为思科纳银行的利率更低，作风也不那么专制强横。派人数较少的远征队前来就是为了避免冲突。现在他不得不派更多兵力驻守这里，以免基金会杀掉这片地区的所有活物以儆效尤。这不是他喜欢的办事方式。推开长屋的门时，有种让人不快的预感告诉他，他姐姐也会这么觉得。

"魔法？"亚历克修斯说。

尼莎·洛雷登轻快地点了点头。"不是哲学，"她头也不抬地回答，"不是以形而上的方式加强的非语言交流。不是用药物引发、让参与者以卓越但完全自然的潜意识洞察力分析已知的材料，并伪装成神秘体验的幻觉状态。我说的是魔法。"她打了个哈欠，伸手去拿一只青铜小剪刀，"魔法只是我们还不理解的科学，说不定从前还有人觉得弓箭是魔法呢，因为它们能制造出乎意料的战果，而且没多少人知道怎么操作。但弓箭是真实的，箭确实会从空中飞过，射中目标。同理，魔法也是真的。"

亚历克修斯等着她抬起头，但她没有。她正在制作的东西似乎占据了她全部的注意力。看起来像一条拼布被子。

"我没说它不是，"他说，"我只是想说，我研究这东西有六十个年头了，从来没看到过任何直接证据——"

"啊。"这次她抬头了，还傲慢地对他笑了笑，"你这么多年来研究的是科学、哲学和数学之类的东西，而不是魔法。你至多只是在研究其他学科的时候沾了魔法的边，就像铅管工需要懂一点木匠活，但是不需要知道怎么制作榫眼和榫头一样。你相当于在说，你觉得榫眼和榫头根本不起作用，因为你从小学的是做铅管，从来没用上过它们。

亚历克修斯思考了片刻，那位董事咬断了一截线，将它穿过骨针的针眼。他最后开口："告诉我，你总是这么喜欢与真理较劲吗？当你遇上一个事实, 一个明明白白直截了当的事实, 你是不是习惯于打压它, 或者把它歪曲到妥协让步为止？"

尼莎抬起脸对他微笑。"一直都是,"她说,"我最初到佩里美狄亚的时候, 那里的人有句谚语: 只要每天都吃得起鲜鱼, 你觉得什么是真理, 什么就是真理。现在,"她低头看着手里的活计,"我买得起想要的所有东西, 也买得起我还没来得及去想的。我觉得什么是真理, 什么就是真理, 其他一切都是可以谈的。"

亚历克修斯笑了起来,"很久没听到那个说法了。只不过在我们那儿, 说法变了一点: 如果你坐前三排, 你觉得什么是真理, 什么就是真理。"

"学术基金会参议的前三排,"尼莎接过他的话,"意味着你是四级或以上的成员。我讨厌那种地方。"亚历克修斯和她对上了眼神, 在她的眼中看见了先前没有的怒火,"你知道吗, 我讨厌基金会, 因为他们觉得自己知道得多, 高我们一等。其实他们非常无知。噢, 佩里美狄亚城里的人个个都有各种各样有用的知识: 制作机械, 从尿液里提取硝石, 不拔牙就治愈牙痛, 给钢材淬火, 制作透明的彩色玻璃, 不用算筹就解出乘除法算式……不管是什么, 肯定有人知道怎么做, 并且因此获得尊重。至于基金会——要是没有一本说明书、三篇评注和一张比例图, 他们连怎么把瓶塞从瓶子里拔出来都不会。我这么说吧, 教长。我对魔法的了解, 就算你再活一辈子也比不上, 理论和实践方面都是。但我不是在佩里美狄亚学的, 也不是在这里学的。除非你按照我说的做, 否则你什么也学不到。别指望我为了打消你的疑虑, 就事先让你学一点。"她吸了吸鼻子, 然后用左手背揉了揉,"不过这个算盘打得不错,"她说,"你是我见过的唯一一个有点生意头脑的学者。"

亚历克修斯点了点头, 接受她的称赞, 但心里还在疑惑——她有几句是真话？又有哪些是为了谈判而瞎编的？这个女人可以进入任何角色, 只要能让交易对她有利。瞧她现在这副模样，煞费苦心地把碎布料缝成拼布被，看起来完全是个朴素精明又务实的农妇，而这全是为了让我这种养尊处优的城里学者觉得底气不足。明天她就是银行董事，向平民代表解释为什么抵押贷款税又上涨了，后天她又会是另外的面貌。她有无数种样子，但其中没有哪个是真实形象。不过，已经对峙了一个半小时，我仍然没有做她想让我做的事。日程表排得满满的那个人是她。我这个不问世事的老书虫做得还不坏。

"而你是我见过的唯一能在一句话里引用三次阿卡狄乌斯假说的银行家，"他说，"不过，你说的'以形而上方式加强的非语言交流'是不是过度简化了《公理》第二册的内容？"

尼莎耸了耸肩，目光集中在手里的针线活上。"反正第二册也是建立在错误的假设之上，"她回答，"你对此应该很清楚。莫米塔斯早在一百年前就证明了这一点。而且，"她对着光检查缝线接口，漫不经心地补充道，"他的驳议根本就是个循环论证，所以整件事都是浪费时间。"

亚历克修斯没料到她会这么说，他忍不住请她详加阐述。

"噢，很简单，"尼莎回答，"他提出了彩虹光线折射的类比，又以它只是个类比为理由，把刚刚建立的假设推翻了。他的表述当然很有说服力，但其中的问题仍然像鸡舍里的公牛一样显而易见。如果他做布料生意的话，肯定会饿死的。"

她是对的，亚历克修斯恼火地想，她要不就是读过我们从来没读过的著作，要不就是自己想出来的。众神啊，如果我再年轻三十岁，肯定会放弃哲学，去给织麻布袋的工匠当学徒。"你的理论很有趣，"他听见自己说，"但不是还有贝伦尼亚斯和无规律变化理论吗？过去的五十年里，莫米塔斯定理一直被当作一个出发点，而不是结论。"

"管他呢。"尼莎·洛雷登挥了挥手里的针，就此终止了这个话题。他们二人都心知肚明,她没有继续辩论下去的必要,因为这一轮是她赢了。"你对这个领域的了解肯定比我多。说实话,如果你懂的还没我多,那才出奇呢。至于现在,"她仔细叠好拼花被子,放在膝盖上,"我们来谈正事吧。是时候施点魔法了。"

"怎么样?"男孩焦虑地问。

巴达斯·洛雷登抿紧了嘴唇。这很尴尬。

一方面,他父亲和他说话从来没体贴过。当初学这门手艺时,父亲指出他错误的方式是把半成品从台钳里扯出来,在膝盖上折成两半,同时用严厉的语言指责他浪费了上好的木材(有句形容东西珍贵的俗语是这么说的:又不是树上生的,你以为哪儿都有吗?在巴达斯的记忆里,虽然父亲从没用这句俗语形容木料之珍贵,但好几次只差一点就闹出了这种笑话)。另一方面,巴达斯·洛雷登不是他父亲。

"糟透了,"他说,"重做一遍。"

男孩的眼神好像他刚刚徒手捏死了自己的宠物麻雀。"噢,"他说,"我有哪里做错了吗?"

巴达斯叹了一口气。"你真的需要我告诉你?"他说,"我就知道你之前没听。好,那我再说一次。第一,弓腹应该是平滑的,你没做到。第二,修整弓背的时候应该顺着年轮的弧度,不然等于浪费时间。你看,"他指了指木料上被男孩削掉足足三层年轮的地方,"简直一团糟。第三,节疤要留着不能修掉,否则它们会成为脆弱点,弓就会断。而你直接把它们刨平了。第四——"

"好吧,"男孩说,"抱歉。"

巴达斯粗重地吐了口气。"不用抱歉,"他疲倦地说,"你又没有做什么坏事。只是没做对，仅此而已。虽然你确实糟蹋了一块上好的木材，但我们都会经历这种事。你……"他再次叹了口气，"到一边去重做一遍，这次要做对。你觉得能做到吗？还是说你想看我再做一次，这次——"

"我再做一次，"男孩立刻打断，"这次我会做对的，我保证。"

"好，"巴达斯说，"总之，尽你所能吧。做完后记得把这里打扫干净，刨花都快淹到膝盖了。"

男孩离开了，巴达斯在凳子上坐下来，左手托着下巴。他面前的台钳里是另一件做糟了的成品——可以说是失败品、差劲的活计、怪胎、垃圾、渣滓、废物，等等。它也是他几个星期的劳动成果，光是购买材料就花了二十块钱。他已经咒骂过了，但没什么用。

"全因为我犯蠢听了他的瞎话。"他抱怨着，松开台钳，拿出那东西。这一切的起因是那个偶尔来向他兜售南海岸稀有木料的人。他的货物全部产自巴达斯见都没见过、也不知道名字的树木。有一次，他提起一件事，说他见过一把水牛肋骨做的弓——

"你是说牛角，"巴达斯打断了他，"水牛角。你把它切成薄片，然后粘到——"

"是肋骨，"那人坚定地说，"真是件漂亮东西，不到一码长，弓柄有拇指宽，弓梢只有指尖那么粗。给我看弓的家伙说它拉力有五十磅[1]，射程两百二十码。"

"他说的肯定不是肋骨，"巴达斯坚持道，"他是在说牛角。"

"肋骨，"那人重复，"水牛肋骨。"

事情到这里本该就结束了，但他由于自己愚蠢的自尊心，以及恰好遇上了一个同意卖给他肋骨的皮革商……一个月后，他收到了油腻腻、臭烘烘的

---

[1] 1磅合0.454千克。

昂贵骨头，既然付了那么多钱，他不得不继续下去。

"真蠢，"他转动着那糟糕的东西低声嘟囔，"这把年纪了还做这种事。"

他花了大量时间用刮刀和辐刀把骨头削成平整均匀的长条，每削几下就用卡钳测量，确保骨条每隔四寸就契合在一起，宽度、厚度和轮廓都一模一样。等到骨条的厚度全部削到不多不少十六分之三寸，他把它们放到一边，用精心挑选的一块进口红杉木料做成弓坯。他小心翼翼地把弓坯放在大锅上熏蒸，还用厚皮革罩在上面以免蒸汽外泄，直到木料软化，两端可以被弯成反曲的波浪形，看起来像一条爬行的蛇，或者微笑的女孩的上唇。接下来，他煮了一锅黏性格外强的胶水，将小块皮革撒进锅里，一边搅拌一边加入开水，直到浓度变得和一年陈的蜂蜜一样。将骨片夹到弓坯上的过程完全是个噩梦，他用上了作坊里所有的夹钳，还不得不临时用木料和生牛皮又做了十几个才够用。胶水从连接处溢了出来，流得到处都是，让他根本没法碰那东西。胶水似乎永远也干不了——雨期的潮气渗入了胶里，让它无法硬化。虽然做其他活儿也需要夹钳，但他还是不敢把夹钳从胶滴未干的弓上取下来，唯恐承压的骨片剥落。

等到胶水终于变硬，夹钳可以取下来了。骨片和弓坯完全结合在一起，没有像葡萄皮一样剥落。他准备了一整锅胶水和大量最好的鹿腿筋，花了一整天时间给弓背涂胶，用木勺子柄把铺上的筋丝压平，确保每一束筋丝末端都互相重合，铺垫的筋层厚度均匀。这也花了很长时间才干。但最后，胶水变得和玻璃一样硬脆的那一天终于到来。他削掉多余的部分，将弓背修整光滑，用粗糙的芦苇打磨了整把弓。然后，他第一次拉弯了它，刚好到足够上弦的程度。那是他今天早晨做的第一件事。

"没用的、该死的废物。"他低声骂，手指抚摸着弓臂中段的弧度，感到弓腹和弓背都被打磨得极度光滑。它看上去无比赏心悦目，可能是他这辈子做过和见过的最优美讲究的弓。弓身的比例完美无缺，上弦之后呈现出反曲弓经典的双S形。问题是，它没法用。

把弓放在驯弓器上，试探性地撑开一寸的时候，那种混合了阻力和拉伸感，只有筋腱、木材和牛角相结合才能产生的感觉美妙极了。但这不是牛角做的，而是骨头，而骨头（他现在很清楚了）只能弯曲到一定程度，就不能继续弯了。按照这张弓的试验来看，弯曲的极限是十七寸，之后它就完全卡住，拒绝被拉得更开。木头和鹿筋使它免于折断，但无论他做什么，都无法将它再撑开哪怕一寸。于是，他得到了一把拉距只有十七寸的四十二磅弓，用来射三十寸长的箭显然没什么用处。噢，箭倒是能射出去——但你得把手臂和肩膀紧紧扭起来，好像要去钻一个比脑袋大不了多少的洞一样。瞄准目标是完全不可能的。从实用角度来看，它一点用处都没有，除非哪天他遇到一个手臂奇短、身材矮小、想买一把轻磅数的弓来猎松鼠的富翁。还得专挑双耳全聋的松鼠——拉弓会发出可怕的嘎吱声，足够把一平方里内所有的生物都吓跑。

他最后看了它一眼，把它放回了桌上，然后继续揉搓左侧手腕上被弓弦打出的那块黄色瘀血。不仅没用，他想，还咬人。好吧，大家都会犯错。我只是讨厌犯错的感觉。

外面又开始下雨了，他走到作坊另一头，关上了窗板。如果天色再暗一点的话就得点灯了，虽然现在还是午后。雨点落在茅草屋顶上，像往常一样让他的心情平和了些。雨声让他想起以前没法在外面干活的日子，父亲总会将他们都带进谷仓，到木工台前学一门新的手艺。那时候他觉得父亲什么都会做。只要雨下得够久，几兄弟又能说服他的话，世上就没有他做不出来或者修不好的东西。有时他会感到气恼，因为时间总是不够，外面总有累人的活儿在等着他，而父亲又要放慢速度，好让对制作东西不如他热衷、学起来也不如他快的兄弟跟上。他总是没耐心的那一个，在老爹努力教会高戈斯或者克利法斯的时候，已经自己琢磨出了下一步。他记得克利法斯学得最慢；高戈斯的理解能力没问题，只是懒得去学；尼莎可以本能地明白某些事情，但却完全弄不懂接着该怎么办。至于佐纳拉斯——老爹在佐纳拉斯十岁的时候就放弃在他身上浪费时间和耐心了。毫无疑问，巴达斯总是最擅长制作东西，而高戈斯总是最擅长使用别人做的东西。没人扎树篱比高戈斯扎得好，就连老爹也不行。没人像他那样擅长撒网或者下捕兽套子，或者在河堰扎鱼，或者拉弓射箭……

巴达斯想了很久，然后微笑起来。奇怪的是，在兄弟姐妹中，他才是那个靠敏捷灵巧谋生的人。他——而非高戈斯——曾是佩里美狄亚史上最成功的法庭剑士之一，而他用以战斗和杀人的是一把非常难使的剑。这一点众人皆知。真奇怪，以杀人为生的人是他，而不是高戈斯。这只能说明人们不常使用他们与生俱来的天赋。

他谨慎地将关于哥哥高戈斯的思绪推到一边，把没用的骨弓收到桌子底下，然后环视四周，寻找可干的活。要做的事从来不缺。他们在山里砍伐了白蜡树，最好赶在男孩把木材都用来练手、最后只能当柴火之前锯成木条。他爬到桌上，从房椽之间叠放的木料中取下一根，然后下了桌子，拿起刮刀，用拇指试了试刀刃。当然是钝的——他勤奋的年轻学徒用过它，然后像往常一样忘了把它磨利。巴达斯轻轻抱怨了一声，四处张望寻找磨刀石。

"我好像把磨刀石落在后门口了，"巴达斯说，"就在我们砍黑莓灌木的地方。你去看看它在不在，行吗？"

"外面在下雨。"男孩指出。

"又如何？你又不是盐做的。"

男孩嘟囔了几句关于劳动分配不公的话，然后垂头丧气地慢慢走向门口。"你确定它不在桌子底下？"他一边伸手拉门闩一边问。

"确定，"巴达斯回答，"我刚才找过了。"

"也有可能在其他地方啊。"

"说得没错。快去门口把它拿回来。"

男孩走后，巴达斯收拾了早晨用过的一些工具，在那堆东西底下，他找到了磨刀石。**该死**，他心想，然后开始磨刮刀。快磨好的时候，男孩冲了进来，头发像贴在礁石上的海草。

"对不起，"巴达斯说，"它其实一直在——"

"底下的小海湾里有两条船。"男孩打断了他，一口气说出来。

巴达斯皱起眉头。"奇怪，"他说，"得有多蠢才会在这种天气出海捕鱼？"

"不是渔船，"男孩的神情又害怕又兴奋，"是驳船。刚驶过牛角岩。"

"驳船。"巴达斯·洛雷登重复道，好像这个词没有意义一样。

"有两艘，里面坐满了人。我觉得是士兵，沙斯特来的。"

驳船……沙斯特来的士兵。这说不通。"你确定吗？"他说，"该死，我问你干吗！"他直起身，犹豫了一下。"你确定？"他又问了一遍。

"我当然确定，"男孩恼火地说，"真的，有两艘驳船，我停下来仔细看了。他们没看见我，因为我一看到就马上藏到一块大石头后面。但我确实看清了，里面坐满了人。看不清他们的样子，他们都戴着兜帽挡雨，不过，两艘坐满了人的驳船，不可能是别的什么。"

说得有理。"好，"巴达斯说，"你帮我做一件事。跑到下面的村子里，能跑多快就多快，到铁匠铺告诉利卓你看到了突袭队。他会告诉你怎么做的。"

"好的，"男孩说，"那你呢？你也来吗？"

巴达斯摇了摇头，"我过一会儿就去找你，但是得先出去看一看。拿着，"他补充，"带上我们昨天做完的四张平板弓和那捆穿甲箭。你拿得动吗？"

"当然了，"男孩回答，"这么说，我们要大战一场了？"

"别犯傻，"巴达斯说，"我们要尽量避免。打仗是军队的事。走吧，动作快点。你最好从矮树林穿过去，以防万一。小心点。"

他帮着男孩把弓和箭放到怀里，看着他跑走，接着关上作坊的门，快步走进主屋。他双膝跪地趴下来，总算够到了它——一个长条形的油布包裹，先前被他收到了床底下，眼不见为净。该死，他再次想，抖开包裹，拿出哥哥高戈斯在佩里美狄亚陷落之前送给他的古朗阔剑。剑的肩带有点发霉，柄头上有一抹轻微的锈迹，就像往玻璃上呵气之后留下的薄雾。他背上肩带，然后从墙上的钩子上取下他的弓和箭筒。绝对不是舍不得，他一边关房门一边对自己说，我只是觉得把剑留在那里太蠢了而已，它太值钱了。而且我也不想失去这张弓。他回头看了看房子，然后看向另一边的作坊，仿佛马上要踏上长途旅行，然后才迈着轻快的步子朝山坡上走去。

五

从山坡小径尽头的门栏处眺望，视线越过海崖上狭窄的放牧草场，就能将小海湾一览无余。巴达斯穿过草场，钻进了湾口正上方崖顶上的灌木丛。这是个不会被人发现的观察点。

下面碎石海滩上的士兵看起来不慌不忙。他们已经把又长又重的驳船拖上了岸，正在卸下装备：盔甲、斧枪、背袋和行囊，都用上了蜡的棉布罩住，但依然被淋得湿透了，泛着水光。他们看起来筋疲力尽。这很正常。在这种天气里，就算乘上好的船从沙斯特到思科纳岛，也会把人折腾得够呛，更别提沙斯特人造的那种劣质又落后的浅平底船了。*我无论如何也不会坐那种东西*，彻头彻尾的内陆人巴达斯打了个寒战，向自己保证，*只有白痴才会主动选择被水包围*。

他点清了人数：七十五名重甲步兵，大名鼎鼎的沙斯特斧枪手。他之前从未亲眼见过，而现在，他不得不承认，他们看起来和任何士兵一样：局促，蛮横，陌生，无论出现在哪里都显得格格不入。也许雨里的士兵都是一个样，他想，行军时总会下雨，迟早都会。幸好我已经不是他们的一员了。这是份糟糕的工作，而且永远有更好的选择。

一名士官开始高声发号施令，士兵们脚步沉重地列成纵队，脚下的碎石咯吱作响。一个看起来像军官的人正在研究一张被雨水淋得越来越湿、逐渐失去作用的羊皮地图。从他反复低头又抬头、观察四周岩壁的样子来看，地图要么拿错了，要么拿反了，要不就是不怎么准确。最后，军官像对待一张旧抹布似的胡乱把它塞进背袋，迈着笨重的步子走过碎石滩，脚底下直打滑。他真像一只母鸭，洛雷登看着他想，一只领着小鸭子摇摇晃晃往河边走的母鸭。他向四周最后看了一圈，好像想看到什么激发灵感的东西一样，然后领着队伍走向悬崖侧面的小路。那条路通往洛雷登住处附近的村庄。

啊，我的房子，洛雷登沮丧地想，好吧，至少它被淋湿了，火烧不旺。为了消磨时间，他考虑了一下战术方位。从海滩上山只有一条易守难攻的小路，只要有五个人把守，无论什么军队都打不上来，但前提是能在短时间内找到五个不要命的疯子。如果现实点的话，十几个训练有素的佩里美狄亚弓箭手也可以困住这些士兵，固守通往海边高地的小路。如果带着两打枪兵绕到草场后面，从另一边那条羊踩出来的小径下到海滩的话——但他根本没什么手下，这大概也是件好事。毕竟，这本来就跟他无关。士兵们可能会打砸他的房子，除非任务是烧掉村子。重要的是他不属于这里，所以不必参与进去。四处漂泊的最大好处就是这一点。

他保持安静，一动不动地等待士兵们离开。从逻辑上讲，如果他们的目标是村庄，那就没理由靠近他住的地方。毁掉他的房子只会浪费时间，还会让人趁机跑到村里甚至最近的哨所传话（巴达斯知道村里人已经接到了警告，而最近的哨所就在思科纳镇）。就算他们真的去了他的住处，又能造成多大损失呢？湿透的茅草烧不起来，也犯不着花时间用绳子和铁棍拆毁房子。再说哪个正常人会洗劫木工作坊？刨子、刮刀和辐刀对于掠夺者来说没什么诱惑力。只要确认了屋里没人，他们就会离开，去干正事。

确信他们走远之后，他仍然待在原地不动——既然走远了，再等一刻钟也无妨。他在外套里蜷起身体，躺在一丛挡雨效果出乎意料很不错的大灌木下。雨越下越大，海上刮起了风。其实，在这里待一整天也是没问题的，可能还是眼下最明智的做法。只不过，待在这里实在太无聊了。他站起来，扯下扎在腿上胳膊上的黑莓枝叶，小心翼翼地钻出树丛。

他一眼就看到住所的方向没有冒烟，这令他满意。啤酒桶，他突然想起来了，主屋里放着他们两天前才过滤装桶完毕、质量很不错的新啤酒。士兵们隔着老远就能闻到味道，就算逆着风也一样。事实上，他们做到这一点大概用的不是嗅觉，而是某种更深奥的方式，类似他的老朋友亚历克修斯倾心研究的那种形而上学。很可能得和他的啤酒说再见了。不过，如果他们忙着喝酒，至少没时间破坏其他的东西。

在雨水、泥浆和军靴的共同作用下，士兵们留下的足迹就连瞎子也能找到。巴达斯从悬崖小路上跟着它一路来到他的住所门口，发现它没有拐弯，而是一路下了山坡、向村庄方向延伸。也许那个军官终于看懂了地图，或者他们根本没意识到这里有什么建筑物。现在想来，他的房子被露出地表的岩石和他上个月就打算清理掉的荨麻丛挡得相当严实。还好没有清理，真应该庆幸他持家不力。

该回家了，他想，他们大概一会儿就会原路返回，那时候他们已经完成了任务，急着想走，不太可能中途停下。我应该回家，甚至干点活。我没有打扰任何人，又有谁会来打扰我呢？

他没有回家，而是抄近道从岩石边上那条危险难行的崎岖小路朝村庄方向走去。他已经很久没走这条路了，不得不踩过或者钻过一个季度没有修剪的荆棘和树枝。该死的大自然，你就不能让这些东西规矩点吗？他一边爬过一棵倒在路中间的山梨树，一边恶狠狠地想（山梨树？做不了弓，压根儿就不该长出来浪费砍树人的时间）。至少可以确定，今天除了他没人走过这里，而且由于小路位于山脊顶端，从主路上看不到它。逃到这里不如待在家里明智，不过好歹躲过了军队。

村子靠海一侧的正上方，有一块像教堂一样拔地而起的高大岩石。小路在岩石下陡然转弯。他刚走到拐角处，就发现了一具尸体。死者是个斧枪手，面朝下躺在一摊泥里，一支箭从耳朵射进了脑袋。是我做的箭，他意识到，是那批低价卖给村里人的劣质白鹅毛箭。死者的斧枪不见了，背上还被捅了好几次，但是没有出血。攻击者大概想确保他死透了，或者是在尸体上泄愤。后者意味着发生了什么值得愤怒的事。头盔也不见了，这倒不奇怪，如果他戴着头盔，就不会被射死了。

这么看来，村里有人组织了反抗。巴达斯皱起眉头。以他的经验，他们并不好战，更不可能喜欢和强盗搏斗、到海滩上伏击海盗。那样的人其实很少。他参军的那段日子曾经为了保护城市袭击过草原人，在他们的营地纵火。他充分了解人们在这种情况下会做出什么反应。一般来说是逃跑，偶尔会逃掉，但更多时候是绕着圈来回跑，就像鸭舍里进了狐狸之后惊慌失措的鸭子。没有跑的人会躲起来，但这个办法不一定管用。有的人只是站在那里瞪着眼睛，有的会大喊大叫，还有的会极力和你讲道理，说服你离开。但有件事他们很少做，那就是反抗。这大概是因为人类总算没有愚蠢到那种程度——就算反抗，某种生存本能也会让他们在弄死敌人之前停手。如果说有什么事能包管一支突袭队对你怒不可遏，那就是杀掉他们的战友了。

也许这些人根本不懂这些，洛雷登想。不论如何，现在最明智的做法就是回家，打包一些食物和干衣服，然后去山里那些他以前见过的废弃农舍，躲上一两天。

但他没有那么做。正相反，他走过转角，沿着小路走向村庄。那里一团糟。他看到了几具尸体，但破坏基本上只是普通程度——洪水和暴风雨做起这种事来比人类擅长得多。也许是出于不久前的航行经历，突袭者们冲着村里那些不畏风浪的白蜡木皮革小船发泄了许多怒火。这倒不难理解。不幸的是，袭击发生前，大多船只被拖到了广场，以便重新涂抹新羊毛制成的那种气味恶臭的厚重防水油。油经历了一个夏天的熟化，现在已经是最后阶段。每年到了这个时候，绵羊油和鞣革液的气味都像一群蚊蠓一样浮在思科纳岛上方。现在的广场上已经没有一条完整无损的船只了。木材和皮革碎片散落得到处都是，像落叶一样被踏入烂泥。

五六个渔民以活人绝对做不到的姿势垂挂在被毁的船上、倒在地上。洛雷登看到了散落在地上的箭。大概是有人发了火，跑回家里，拿出弓箭从窗口向外射击。这儿趴着个中年女人，身下压着半袋面粉，背上插着一支箭，旁边是个脑袋像核桃一样被砸开的老人。那里有个身上插着斧枪的年轻胖女人，几尺外还有一只从肘部断开的男人的胳膊——它被砍了大概两三次才彻底断掉。洛雷登想象得出胳膊的主人用自己身体上可以牺牲的一部分抵挡攻击，直到攻击者砍够了，决定任由他逃跑的情景。还有一只几乎被砍成两半的死鸡、一只肚子被撕裂开的狗，以及一只身体一侧被割开的羊，伤口顺着肋骨线条从肩部延伸到背部。洛雷登走近的时候，它抬了抬头，然后继续反刍。他还看到一个死掉的斧枪手——死得很彻底——看起来有两三个人用小刀和切肉刀攻击了他，躺在大泥水洼里的大概也是攻击者中的一个，手里拿着一把小斧头，胸前凝结着一片手掌大的血迹。比起战斗，看起来更像是街头斗殴，洛雷登暗暗摇头，失控到这个程度是军官的错。我们当年做这种事情做得好多了，不过草原人已经习惯被突袭，和我们一样清楚流程。

这儿有他们试图点火的痕迹，看起来试了好几次，而屡次失败让他们恼怒起来。一个己方士兵被一箭射死，这没能改善他们的情绪，因为他们把没有点燃的房子毁得一塌糊涂。房子里的两个人也一样。顺着街道走了一段，他发现了一个活人，不过也只剩一口气了。洛雷登根据头盔顶上一圈华丽的金边认出，这是在海滩上发布命令的那个士官。他已经背靠着一面墙壁把自己撑了起来，拔出了胸口的箭。看起来有人试过把他的喉咙割开，没怎么成功，之后弃他而去。在洛雷登打量着他、断定他已经没救的时候，他还想开口说话。洛雷登摇了摇头，像路过一个毫无说服力的街角乞丐一样走开了。他走到了村中主路的尽头。四周除了落雨声之外什么也听不见。他的鞋浸透了水，不禁厌恶地动了动湿漉漉的脚趾。现在该做的是回家换上干衣服，免得死于肺炎。

相反，他跟着突袭者留下的足迹，向山下的另一个村庄走去。

从沙斯特到思科纳的航程很短，但是颠簸得厉害，尤其是这样的天气。从小帆船"蝴蝶号"的跳板上走下来，满怀感激地踏上贸易码头时，一直是个好水手的高戈斯·洛雷登不得不承认自己有些脚步不稳，恶心反胃。

高戈斯·洛雷登一向很高兴回家，但只有这一次，他感到轻松感涌向全身，仿佛血液重新流入睡觉时被压得麻木的腿。他在七分者的土地上比以往多待了一段日子，打了一场意料之外的仗，还带回来了几个他估计会很棘手的问题。

这些问题中的一个昨晚还试图死在他手上。朱弗雷兹院士本来比较简单的伤势突然恶化了，倒霉的家伙矫情地发起了高烧，尽管野外手术、烈酒和面包霉保住了他的性命，但他对于生存的兴趣好像和高戈斯对于科里昂宗教诗歌的兴趣差不多。从某个层面上说,高戈斯能够理解他——一个把自己的人生和国家事务统统搞砸的人,想就此结束一切也是可以原谅的。但是没有哪个生意人乐意让自己的货物砸在手上,所以"蝴蝶号"一靠岸,他马上派了个传令兵去找医生。思科纳银行的囚犯无法拥有死亡这种奢侈品。

医生的助手们用门板抬着伤员离开了,高戈斯把背囊甩到肩上,向海滨步道走去。没走多远,一个信使就奔到他身边,拉住他的袖子。

"紧急消息,"那男孩气喘吁吁地说,"突袭队到了牛角岬附近的山里。他们已经烧了一座村子,杀了所有的人。董事让你赶快过去,越快越——"

"牛角岬,"高戈斯重复道,"你确定?"

男孩点了点头。"我表亲住在那里。"他说,仿佛那是什么决定性的证据一样,"他们袭击的村子应该是布利欧拉,就在海岬那边,牛角岩下面。我猜他们肯定是在小海湾那里登陆的。"

高戈斯皱起眉头。"我从没有去过那儿。"他说,"这消息是谁告诉你的?"

"有个孩子从那边跑过来报信,是他亲眼看到的。我来这儿之前和他说过话。他们本来要叫其他人过去,但是看到了你的船。"

"真是好运。那孩子说了敌人有多少吗?"

信使摇了摇头。"他只说有很多人,可能有一百个以上。"他伸手抹了抹从湿刘海上流进眼睛的雨水,"他说,都是真正的士兵,穿着盔甲。有些村民想反抗,他们就狂性大发,开始毁坏看到的一切东西。"

高戈斯深深吸了一口气。"好,"他说,"你照我说的做,去银行传个口信,让人告诉董事我这就带着第十连在码头营房的五个排赶过去。让她尽快召回第七连,派他们跟上我。你传完信后到码头营房的后门来找我。找得到吗?"男孩点了点头,"我需要一个向导,而你听起来对地形很熟悉。你愿不愿意?"

"那还用说。"男孩开心地笑了。

"那就好。你快去,别说错了。"

幸运的是,高戈斯手下和他一起坐"蝴蝶号"回来的人大多还在码头附近。他找到一个传令兵,派他去把大家召集回来,又让另一个传令兵去营房下动员令,告诉士兵们他马上就到。

布利欧拉村,牛角岬附近。他一边从码头走向营房,一边尽力不要胡思乱想,*我就知道,不该放任他到处乱跑。如果他出什么事的话……*理智告诉他,这么想完全是犯傻。牛角岬附近的山地从来不是什么危险的地方。再说巴达斯·洛雷登既然能从陷落的佩里美狄亚全身而退,沙斯特突袭军就更不成问题了。把巴达斯监禁在思科纳镇是行不通的——他不是囚犯,那么做只会让他躁动不安,乱惹麻烦。他已经为这个人做了他能做到的所有事。责怪自己是毫无意义的。但说是这么说,当家人遇险时,你没法不责怪自己。

卫队长在大门口和他碰面。"我们一个小时后就能出发。"他手忙脚乱地扣着锁子甲上的挂钩,头发没梳,护甲底下穿着袖口磨破了的旧衬衫——接到命令时他大概正在吃晚饭,高戈斯微笑着想,*食物,神啊,我还记得食物,那是一种只有别人有时间吃的东西。*"但我们没有船。你回来时坐的那条能用吗?"

"'蝴蝶号',"高戈斯说,"好主意。派一个传令兵去找船长,让他召集船员,做好在一小时内起航的准备。船上勉强能装三个连,选一个人负责另外两个连,让他自己去找艘船。"他抬头看了看天。对于绕岛航行来说,天气实在太恶劣了。他不知道牛角岬的具体情况,但单桅帆船应该很难在那儿靠岸。不过,"蝴蝶号"的船长一向靠得住。"好了,"他说,"顺便给我拿一张那个区域的地图,再看看你手下有没有人熟悉地形。我们不知道对方到底有多少人,不能浪费时间摸索着找路。"

该死的弟弟，他一边默念，一边在门口坐下平复呼吸，给自己腾出珍贵的几分钟以便清理思绪，为什么麻烦总是跟着你，就像猫跟着农夫的妻子？但是，他不得不承认，在脑子里某个隐蔽而不体面的角落，赶去拯救弟弟的想法让他兴奋，几乎到了愉快的程度。在良心受到谴责的时刻，他总是会想：什么人才会做下他这些年做过——不得不做——的那些事。为了摆脱这种想法，他会提醒自己，关心家人的人不可能真的坏到哪里去。从佩里美狄亚的混乱中救出巴达斯是件好事，现在他又在做同样的事了。这肯定是有意义的。拯救自己的兄弟差不多等于做平账目。

巴达斯可以自己照顾自己，他的理智坚持道，记得吗，他之前是个士兵，更别提还有那么多年的斗剑生涯。你应该希望他把敌人给你留下几个。这才是合理的，他承认。然后他想到了那个男孩的话：一些村民想反抗，事态才因此升级。他们会打什么仗，他苦涩地想，搞不定又来求救。噢，为什么人们就不能待在自己的位置上，好好听话呢？

要快，要准，要狠。俗务院院长是这么说的。一次快速行动，趁敌人毫无防备，从后面袭击，然后不等他们反应过来就撤退回家。听起来可行性很强，至少院长解释的时候是这样的，但是实行起来时好像哪里出了错。

思科纳特遣部队的指挥官伦瓦特院士坐在一棵倒在地上的树上，用斧枪刀刮掉鞋底干结的厚厚泥浆。也许问题出在恶劣的天气，也许是因为普利门灾难性的失败一传到基金会，他们就被仓促派了出去，连准备和计划的时间都没有。也许这一切都是他的错。这也无所谓了。现在唯一重要的是，在情况变得更糟前尽快脱身，以免把朱弗雷兹·波瓦特衬托得像个战术天才。

"九人死亡。"护旗士官向他报告，声音不带一丝起伏，"四人受伤，有一个人伤得很重，但另外三个不碍事。"

伦瓦特点了点头。伤亡情况比他预想的要好，他手下还有六十五个完好的士兵，可以继续行动。"让他们列队，"他说着站起身，疼得嘟囔了一声，"我受够了。我们撤退。"

雨已经停了，天上甚至露出了零星的几抹蓝色，像暴风雨后海滩上留下的漂流物。只需要一点暖意就可以烘干他们身上湿透的衣服，也许还能烘干地上的稀泥，让他们走起路来不那么艰难。只要一点点暖和的阳光，一切都会变好。他们仍然有可能从这个烂摊子中全身而退，明天这个时候回到沙斯特的家里。

当然，前提是他们的船还在原处，并且返途中不会沉到海底。唉，但人的生命不就是痛苦地栖息在由种种前提所构成的脆弱床榻上，像蒙在船架上的皮革一样置身于希望和恐惧之间吗？至少在隐修所的时候，他们是这么告诉他的。在这里，这句话听起来油滑讨厌，又准确得令人沮丧。一流教育的好处大概就是这样吧。

原路返回？他不喜欢这个主意。他十分清楚，由于这场雨，以及村民们出人意料的反抗，此刻他们已经落后于预定计划，而思科纳的武装力量主要由轻步兵和弓箭手构成，调动和行动起来速度很快。理论上说，这不是个问题，因为两个装备精良的重甲步兵连应该可以直接突破敌人的围堵。但今天不是个适合战斗的日子。出身于贫贱者中上层家庭、受过良好教育的他并不迷信运气。他学习过元理的基本运行方式，在他看来，那只不过是披上了花哨外壳的运气而已。也就是说，今天的元理不站在他这一边。从另一条路——地图上标注着"备用路线"的红线——回去是个更明智的选择。再说，拖着沉重的脚步穿过那些凄凉可怕的村庄，想起来就让人抑郁到极点。他在被雨水淋湿的挎包里摸索着地图，摸出一团湿冷粘手、已经开始发胀的皮革。趁着士兵们慢吞吞列队的工夫，他在倒地的树干上将地图铺开，努力辨认起来。

多亏了他的运气（或者元理），地图上的红墨水比黑墨水稍微更防水一点，他用指尖沿着备用路线描下去。如果此刻身处的位置和他的猜想一样的话（又加了一个前提），那么备用路线就在他们来时那条路的上方，山脊之下，绕着另一座微不足道的小村庄转了个圈，一直延伸到小海湾的滩头。他点了点头，面甲卷起的边缘处积攒的雨水落了下来，滴在地图上，洇出几片红色墨迹。幸好他也不迷信预兆这回事。

他的脚很疼，湿透的长袜把脚跟磨出了恼人的水泡。左边靴子的缝线绽开了，右侧面甲中了一箭，冲力让金属变了形，每次一转头，耳后的皮肤就会被刮到。雨水把木质的斧枪柄泡胀了，一根木刺扎进了他的指甲底下。他身上没有一处称心如意的地方。**不该是这样的**。他下令队伍前进。一只疯疯癫癫的老狗足足跟了他们二十分钟，一路狂吠，时而沿着队伍跑动，时而两耳平贴着逃开，似乎在躲避攻击，但没人有力气或者心情去踢它。最后它在一摊泥水里趴了下来，伸着舌头，拼命地摇动尾巴，好像看见了什么极其有趣的东西。

第二个村庄看起来和前一个很像，只是没有被破坏的船只。主路上散落的是被砸碎的柳编栅栏，一辆老旧的双轮马车的残骸，几个被扯破的装满玉米种子的麻袋，一些打碎的储物罐，还有更多的尸体。袭击者想毁掉一架犁，但它太结实了，框架和扶手上只留下了一些刀砍的痕迹。一辆装满海运煤的马车被掀翻了，几码之外躺着一个死掉的士兵，没戴头盔，头顶上有斧子或者鹤嘴锄留下的伤痕。

至少现在没下雨了。巴达斯把兜帽放下来，折叠到肩膀上，把打湿的袖子挽到肘部。继续跟踪足迹已经没意义了。他在一辆掀翻的马车上坐下，伸手从衣兜里拿出一个在路上捡的苹果。

没找到男孩的踪迹，但至少没看到他的尸体。洛雷登皱起眉头。他派男孩去村里报信，让他们避开敌人，但那些人显然没有那么做。好吧，既然他不是死人中的一员，那么就可以合理地猜测他还活着。他咬了几口那个又小又酸的苹果，把剩下的部分从一堵围墙上方扔了过去。

附近有什么东西在动。他静静地听了一会儿，从马车上跳了下来，走开几步，转回马车后面，弯腰往底下一抓。

"我正在想你去哪儿了。"他说。男孩认出了他，停止了挣扎。"显然，我这辈子的职责就是把你从屠杀现场的马车底下拉出来。"

"我还以为你是那些士兵。"男孩说着站了起来，浑身沾满了泥浆，"我和村民们讲了，但没人想躲起来。"

巴达斯·洛雷登摇了摇头，"好吧，"他说，"反正我待在这里也没什么好处。我们可以回家，也可以到山里去，以防万一。你怎么想？"

"我？"男孩耸了耸肩，"我不知道。"

"你还真会帮忙。好，我们回家。最好走大路到布利欧拉，再从那里抄近道，免得他们赶时间原路返回，跟我们碰上。说起来，你没事吧？"

"没事，"男孩回答，"我按你说的把弓和箭都给了他们——"

洛雷登皱起眉头。"我不该那么说，"他说，"坏主意。事态是在他们开始射箭之后才变糟的吧。"

"差不多。我是说，士兵们本来在砸东西和揍人，但村里人朝他们射箭之后，他们就发火了，开始杀人。有些村里的男人跑掉了，其他人试图阻止士兵，然后他们抓住一个小女孩，把她扔进了布利欧拉的井里。有个女人拉扯他们，他们把她的手砍断了，像修剪嫩枝一样。之后她就站在那儿，他们也走开了，似乎他们害怕她多过她害怕他们。"

"快走吧，"洛雷登说，"我刚才说了，我们最好不要在大路上多待。"

"我觉得军队马上就要来了，"他们踩着泥水走了半里路，男孩说，"然后就会好好打一仗。"

洛雷登耸了耸肩。"也许吧，"他说，"更可能的情况是，军队及时赶到，包围敌人，迫使他们投降。如果敌人是坐船来的，军队就会凿穿他们的驳船，让他们没法逃跑。"他微笑起来，"他们在布利欧拉砸毁那些渔船，相当于断了自己的退路。"

"如果他们投降，军队会对他们做什么？吊死他们吗？换我的话我就会那么干。"

洛雷登摇摇头。"应该不会。如果你把俘虏杀光，敌人就不会再投降了。那样你每次都得和他们死战到底。愚蠢极了。战争不是为了杀人，而是为了赢。"

男孩点了点头。"你当兵的时候，杀了很多人吗？"他问。

"不多。"

"那你赢了吗？"

"如你所见，没有。"

男孩沉思了一会儿。"城市陷落的那天晚上，你和那些人战斗的时候是赢了的。"他说，"我看到了。"

"没错，但我的职责是保卫城市，记得吗？所以我输得没法再输了。"

男孩又沉吟了片刻。"如果你手下有更多的人，城门又没有被人从里面打开，你肯定会赢。"他宣布，"所以当时根本不公平。"

"谢谢你，"洛雷登说，"你这么说真是让我如释重负。"

转过弯道走向布利欧拉村的时候，雨又下了起来。男孩没有兜帽，所以他们停了下来，找到了一顶合适的。"这是偷窃，"男孩一边把带子系在下巴底下，一边指出，"不是吗？"

"算掠夺吧，"洛雷登回答，"不过掠夺一般指黄金和宝石。如果只拿走有用的东西，我们以前管这叫征用。"

"噢。征用不是坏事吧？"

"只要没人看见就不是。哎，如果你受不了的话，把那倒霉玩意儿扔了就行。"

"但那样我会淋湿的。"男孩抗议道。

他们沿着村子外围走上了小路。那个死掉的斧枪手还在原位。雨水把山坡上的泥浆冲了下来，略微盖住了他的头发，好像群山急着要埋葬他似的。男孩一言不发地跨过尸体。

这条路分外难走，因为一路都是上坡，小径被雨淋了几个小时，变得更加湿滑了。走了一里路后，他们停下来休息。

"他们找到我们的房子了吗？"男孩问。

"从旁边过去了，"洛雷登回答，"算我们走运。"

男孩点点头，"如果他们要砸房子的话，你会和他们打起来吗？"

"绝对不会。"巴达斯·洛雷登回答，"七十五个人对我一个啊。"

"噢。你是因为这个才没有去帮助村民吗？你本来可以去告诉他们该怎么做的。"

洛雷登皱起眉头。"他们那么做是犯傻。"他说，"应该离开村子，等到突袭军走了之后再回去。话说回来，这些人和这场战争都不关我们的事。只有蠢蛋才插手别人的争斗。"

男孩看着他。"你以前就会插手。"他说，"在城里当律师的时候，你会为了别人的争端在法庭上打架。"

"那不一样，"洛雷登说，"那是我的工作。而且，那时候也不是七十五对一。"

"我明白了。"男孩满腹疑惑地说,"就是说,如果有报酬,又有胜算的话,就可以插手。"

"如果我是你的话,就不会继续谈这个话题。"洛雷登说,"事实上,你要是聪明就该乖乖闭嘴。"

"好吧,"男孩说。"我不是有意冒犯你。"

"继续走吧,"洛雷登说,"再走一会儿就到家了,没必要坐在这里淋雨。"

两人艰难地爬上坡顶,到了牛角岬上布满岩石的地方,草地没有延伸到这里。洛雷登让男孩待在原地,自己去前面探路。他一路小心地走到悬崖边的灌木丛,然后钻了进去,望向底下的海滩。

小海湾里有一条船,像是军队的单桅帆船,已经尽量驶到了离海滩较近的地方。水上有两艘坐满了人的大艇,正在划向海滩。军队到了。

洛雷登一动不动地向下看着。大艇里是思科纳的兵,他们背的不是斧枪,而是弓套和箭筒,或者盾牌和粗短的矛枪,头盔也是另一种样式。离岸较近的大艇的前端站着一个人,没戴头盔,雨水在他的光头上闪闪发亮。洛雷登皱紧了眉头,从灌木丛爬了出来,快步走回男孩那里。

"军队来了,"他说,"正在登陆,应该会顺着这条路上来去追击敌人。我们现在该到山里去,等一切结束了再出来。"

"可是……不下去汇报一下我们看见了什么吗?"男孩问,"我是说,我们知道敌人去过哪儿,这可能对他们有帮助。"

"不关我们的事。"洛雷登坚决地说,"别插手,让他们自己想办法。"

"因为那是他们的工作。"男孩说。

"对。我们最好一路上山,到上次赶马车经过的那些废弃农舍去。从今天待到明天早上,他们应该就完事了。"

"好吧，"男孩说，"不过，我还是想看他们打仗。"

"那是因为你是个残忍的小坏蛋。"洛雷登说，"不过，你这个年龄的孩子都这样。不管怎样，这次你没眼福了。我们快点动身吧，免得再出什么意外。"

通向深山的马车道在距离牛角岬两里地的位置从临海小路分岔出来，弯弯折折地一路攀上主山崖，偶尔隐入较小的岩群后面。一开始，山坡很陡，有了泥浆之后更是难以行走。但到了山坡上后，地面干燥了一些，坡度也平缓了。他们经过了一些树林（白蜡木和红豆杉只剩树桩了）、一些岔路，以及因为降雨而分外湍急的小溪。低垂的云层遮盖着上方的高地，但他们并不准备到那么高的地方去。他们在一座面向海边的农舍塔楼前停下。不同寻常的是，塔楼还保留着圆锥形的板岩尖顶，但农舍建筑的石材已经被拆走很久了。

"这里就行，"巴达斯宣布，"可以一眼看到山坡底下。砍一点金雀花挡住大门，从小路那边看过来，这地方就完全被植物覆盖了。"

坐在房子中央，看了一个小时残破的墙壁和楼梯之后，男孩彻底无聊透了。"我很冷，"他说，"我们不能生火吗？"

"别犯傻了。"洛雷登回答。

"我饿了，"男孩补充道，"可以出去下套子捉野兔吗？"

洛雷登皱起眉，"我们没带铁丝。"

"把你的弓弦解下来不行吗？我们可以拿它下套子。"

洛雷登很不高兴。"这条弓弦，"他冷冰冰地说，"是用二十四缕质量最好的亚麻线编成三股，两头绕成三叉套子，再缠三股护舷的丝线做成的。花了我四个小时，还不算纺线的时间。你一边去行吗？"

"好吧，"男孩说，"那我们干吗不拿弓箭出去打点东西吃呢？"

"因为我们应该好好藏着，"洛雷登烦躁地回答，"你只能饿一会儿了，不会太长时间的。"

"我好无聊。"

"你当然觉得无聊了,我们被卷入战争了。不论什么战争,其中五分之四的时间都是非常无聊的。剩下的五分之一会让你意识到无聊是多么美妙的事。还有,你说话小声点行不行? 待在这里并不意味着没人听见我们。"

男孩想了一会儿,"你编绳子很拿手吗? "

"那是弓匠必须会的手艺。我在你这个年纪的时候,家里农场上用的绳子和线都是我们自己做的。只要是有纤维的东西,基本都可以用来编绳子。"

男孩点了点头,"你会编绳子的话,可以从外衣上扯一些线下来,编成绳子拿去下套。"

洛雷登叹了一口气,"我再说最后一次,我们不能出去下套。如果敌人看见四处都是新下的套子,就会知道附近有人。我们就待在这里,别的什么都不做,明白吗? "

"好吧。"男孩打了个哈欠,"你会教我编绳子吗? "

"以后会的。我说过,这是你必须学的。"

"你为什么不能现在教我? "

"没有为什么。"

废弃的塔楼房顶基本上不漏水,但水还是从少数地方渗了进来。雨水流淌滴落的声音让洛雷登想起了他刚到佩里美狄亚时租的便宜公寓。像大多数被叫作"岛屿"的巨大建筑群一样,它属于某个手工艺行会,租金收入会补助给年老或生病的行会成员,以及他们的家人。这个值得称赞的计划的实行者,同时也是城里最臭名昭著的贫民窟房东,这一点总是让他费解。不过,在建筑密集繁复的佩里美狄亚,没人弄得懂复杂又古旧的地产法,而由于法庭剑士的剑是解决所有纠纷的办法,也没人需要弄懂。一个月十二块钱,这个地方不愁找不到租客，他仰头看着房顶破洞中的天空，想着，想租的人肯定会排成长队。

"他们为什么要修这种塔？"男孩问，"这里以前不是农舍吗？"

"确实是，"洛雷登回答，"但是从前的日子很不好过，成群的士兵四处转悠。所以人们都在旷野里而不是村里安家，每座农场外面都修了高墙和塔。如果局势再这样下去的话，也许一切又会变得和从前一样。"

男孩想了一会儿，"那我们是不是也该修一座？以防万一嘛。"

洛雷登摇摇头，"如果情况恶化，我们就离开。我一点都不想跟别人的战争挨得这么近。"

"别人的？"男孩看着他，"我不明白。"

洛雷登没有回答。

多亏了熟悉当地情况的信使，高戈斯·洛雷登对山顶小路有了充分了解。他决定兵分两路，人数较多的那部分顺着主路前行，他自己则带着四十个士兵沿着山顶小路迎击突袭队，阻止他们继续前进。如果幸运的话，他就能拖住敌人，直到另一队人马从后方绕过来完成包围圈。这样可以更省力地控制住敌人，等待思科纳的大部队从陆路赶来增援。

他带头越过湿泥和岩石向上攀登，心里知道这么快的前进速度无法保持太久。运气好的话，也没有保持的必要——这取决于敌方突袭队行进了多远。据信使说，这是条捷径。主路向西通往布利欧拉，从那里向北边延伸向下一个村庄佩纳，拐一个直角，又从佩纳转个急弯下了山坡，一直通向思科纳镇。连接两个村庄的山顶小路，就是这个直角三角形的斜边。

猝不及防遭遇迎面而来的敌人时，双方都吃了一惊。他意识到麻烦大了。对于半个连的弓箭手来说，和重甲步兵离得如此之近相当危险。后撤已经来不及了，敌人平举斧枪准备冲锋时，他不知道该做何反应。留给他思考的时间只有几秒，不过，这大概是一种幸运。

　　带领斧枪手的军官下令冲锋，但小径狭窄湿滑，又位于陡坡之上，这命令毫无意义。斧枪手们只能小心地向前挪动。战斗本身则像一场闹剧，让人想起集市上两个人踩着涂了油的木板，用塞满羽毛的布口袋打闹。小径窄得仅容一人，由于地形原因，无法从上方或者下方绕过去包抄。双方都在向前推进，高戈斯和他的对手挤在一起，两人都完全没有动用武器的空间。冲突变成了推搡比赛，人数众多的突袭者反而因为地势险恶吃了亏。让人极其不舒服的十五秒过去了，高戈斯面前的斧枪手脚下打滑向前扑去，试图抓住他的手保持平衡，导致他的双臂被按在身体两侧动弹不得。高戈斯拼命阻止自己被拉倒，因为此刻最大的危险显然是倒地后被拥过来的人踩扁。最后，他向后仰倒，却被身后的人抓住他的后颈，就像捉一个在果园里撒野的坏孩子一样。士兵们前进的势头把他推得重新站了起来，但是他仍然摆脱不了双臂的钳制，只能和几寸之外那个充满恐惧、圆睁着双眼的斧枪手对视。这是他一生中离自己试图伤害的人距离最近的一次。

　　接着，推搡比赛唐突地停下了。敌人不再试图前进，而是开始后退，高戈斯向前扑了过去，压着那个斧枪手，和他一起倒在地上。对手倒下时脑袋磕到了一块石头，松开了高戈斯的手臂。高戈斯想站起身来，但身后的人将他向前推去。这次他跪倒时膝盖压上了斧枪手的脸，那人的鼻骨发出清脆的断裂声。高戈斯想抓腰间的匕首，但够不到。

　　那个斧枪手不知怎么地带着他翻过身来，仓促地站起来，转头就跑。高戈斯想抓住他，但却脸朝下摔在了泥地里，被一块石头划破了前额。他听见身后某处响起开弓的声音，但箭射偏了。

　　有人抓住他的胳膊，一把将他拉起来。他这么做大概是出于好心，但成功地拉伤了高戈斯右肩的肌肉。他疼得喊了出来。

"放开我，你这蠢蛋。"他叫道，"你以为你在干什么？"

由于他已经知道答案，所以没有等待对方回答，而是有些徒劳地下令全员止步，观察敌人的动向。

敌人已经消失在转角后面了。*他们准是有什么计划*，高戈斯意识到，*我能猜到就好了*。他挥手让士兵前进，小心翼翼地走过小径的转角，这才看见斧枪手们在做什么。他们正沿着一条溪流连爬带走地向山崖上攀登。这个举动很奇怪，但高戈斯没有浪费时间猜测他们的动机，而是下令放箭。

但这一天并不适合射箭。雨水浸透了弓弦和弓身的木料，削减了弓箭的射程。第一轮箭不达目标就落了下去。弓箭手们试图加大射程，让第二轮箭大多越过了敌人。两个沙斯特士兵倒了下去，但又重新爬了起来。向陡坡上仰射也让弓箭手对距离的估算失了准头。等到他们搭上第三轮箭，斧枪手们已经到达了陡坡中段分布的巨岩之间，双方拉开了一百二十码以上的距离，四十张弓射出的箭无法有效覆盖敌人所在的区域。高戈斯恼火地带着手下追在他们后面向山崖上攀登，但沙斯特的士兵行动迅速，他们只能勉强跟上，没有时间排开阵型再进行一轮齐射。*他们逃不掉的*，他告诉自己，然后减慢了追赶的步伐。其实更糟糕的是真的追上了敌人。四十名弓箭手对六十五名重甲步兵，对方还占据着有利地形，这等于是邀请敌人向他们发动进攻。他派了两个人回去找大部队告知情况。运气好的话，思科纳镇来的主力部队可以绕到山崖的另一面，包围敌人。*不管他们跑到哪里，都无处可逃*，他提醒自己。如果他是敌方指挥官的话，此刻除了等待思科纳的增援人数达到可以光荣投降的地步之外，其他什么也做不了。

他们肯定把船毁了。这肯定是他们做的第一件事。而我们在一座海岛上。

在队伍的最前方（逃跑的时候，一定要以身作则），伦瓦特拖着身体努力爬上山脊顶端，却发现那不是真正的山顶，眼前是一片刚才由于角度问题无法看见的盲区——一片洼地，另一侧连接着一面不那么陡峭的坡地，一直延伸到大约四分之一里外真正的山顶。他示意全体止步。洼地中有一样东西也许能够解决他的问题，至少暂时解决。

又一座凄凉的小村庄。不过却很有看头。第一，整座村庄都被七尺高的石墙包围着，两扇厚重的大门还配有门楼。第二，没有河流或者溪流穿过村庄，这意味着村里一定有无法轻易从外界分流或者阻断的水源。第三，它看起来似乎被仓促地遗弃了。

"佩纳？"士官问。

"什么？"

"地图上说的，"士官说，"附近有座叫佩纳的村子。"

"嗯，但佩纳离我们应该有几里远，在那边的某个地方。"伦瓦特向他们来时的方向模糊地指了指，"不过，也可能是佩纳吧，或者我们以前破坏的村庄之一？这不重要。带一支先遣队进去看看。"

但佩纳这个名字唤起了他的回忆。他想起了基金会早期建造的佩纳隐修院，大概在七十年前被遗弃，后来改造成了一座村庄，像是顶着笠贝壳子的寄居蟹。这就解释了这里的石墙和门楼，还有墙内目力所及的几座很不错的石质房舍。这就更好了。防守一直是基金会建筑师优先考虑的功能。在最需要保护的时候，他们碰巧找到了一座为防守而建的要塞。运气还真是好过了头，他想。

"村里没人，"士官不久后向他报告，"但是有水、面粉和熏咸肉，四处都是乱跑的鹅和鸡，甚至还有两座鲤鱼池和一座鸽舍。我们要做什么？"

好问题。他们可以带上补给，继续向海岸艰难跋涉，也可以掘壕固守，等着被敌人围困。富有军人精神的勇敢选择应该是继续前进，充分利用他们领先敌人的这一段路程，同时相信驳船仍在原处等着他们。在属于敌方的海岛，藏身这座村庄有可能让他们获得一两天的安全，但长远来看，这等于自杀。进去之后，他们就再也没有办法自己出来了，唯一的希望只有沙斯特来的援军。作为一个忠诚信赖基金会的人，伦瓦特真诚地希望他们不会做那种蠢事。

"我们要做什么？"士官又问了一次，"不论怎样，都得抓紧时间。"

伦瓦特深吸了一口气。总有一天，整个沙斯特都可能沦落成这副模样，而基金会也会灭亡消失。

"我们待在这里，固守据点。"伦瓦特说。

六

"我好像有个毛病,"年轻的商人嘟囔道,"总是不小心搅进别人的战争。这是个坏习惯,应该改正它。"

他妹妹在一卷绳子上坐下,打开写字板。"换我的话就不会改。"她头也不抬地说,"战争一向是做生意的好机会。你可以把自己看成一头擅长嗅探松露的猪。"

"这一点都不——注意,他回来了。"看到士兵踏着沉重的脚步沿着码头向他走来,名叫文纳德的商人挺直了脊背,装出一副百无聊赖的表情。"结束了?"他问,"我们还有事要做呢,你知道的。我们还得卸货,而且——"

士兵看了他一眼,他闭嘴了。"看起来没问题。"士兵不情不愿地说。他打开手中的小木盒,拿出一根包在两层湿布里保持湿润、上面印了三行小字的黏土条,然后从挎包里拿出一只系在亚麻绳上的印章戒指,戳在黏土上,接着盖上盒子,把黏土条递给文纳德,"这是你的停泊许可和经商执照。"他说,"如果银行官员要求,你必须把它交出来接受检查。如果要换钱,或者和思科纳居民交接账单和档案,也需要出示它。必须在这上面盖上表明一切关税已经付清的税务印章,你才能离开思科纳。明白了吗?"

文纳德疲乏地点点头。"完全明白。"他说,"请问现在我们能开始卸货了吗?"

"可以。"士兵回答。他对手下的三个人下了一句命令,然后领着他们从步桥下船。

"你有没有发现,"商人的妹妹维特里丝说,"如果你对那人稍微礼貌点,他们就不会又戳麻袋又开木桶地查我们了。说真的,你为什么老是一副帝国使节的样子?"

"我没有,"文纳德似乎被戳到了痛处,"我只是讨厌穿着军装的粗人——"

"当然啦,"维特里丝用安抚的语气说,"你不明白这些恶棍为什么要对你这种诚实的生意人颐指气使。难怪我们得在码头上耗这么久,等着货物被彻底搜查。你是个商人呀,理当在他们面前畏畏缩缩,巴结讨好,亲吻他们的臭靴子。做生意就是这样,你没听说过吗?"

文纳德叹了口气。"我不喜欢这个地方,"他说,"从来就没喜欢过。这里有点——"他停了下来,仔细搜索词汇,"有点诡异。"他继续道,"这岛有种不好的感觉,我不知道到底是什么。"

"你不知道?你的洞察力真是太差劲了。来,咱们快点吧,不然拖到天黑才能结束。"

维特里丝站了起来,轻快地走开了,她哥哥一路小跑跟了上来。"那好,"他说,"你要是真聪明,就告诉我这地方到底有什么不对。"

"你觉得一个由前任奴隶贩子统治的国家能好到哪儿去?"维特里丝漫

不经心地说，"噢，别说你不知道，每个人都知道的。"

"我不知道。"

"好吧，那你现在知道了。银行的董事就是靠那个行当在佩里美狄亚发家的。她曾经经营过好几座妓院。"她停了停，露出一个甜美的微笑，"妓院是什么你总知道吧？"

"别这样讨人嫌，"文纳德恼火地说，"她是不是和我们见过的那个人有血缘关系？那个靠杀人为生的？"

"没错，"维特里丝回答，"她叫尼莎·洛雷登。总之，她从南海岸的海盗手里买女人和小孩，再在城里发卖或者出租，靠这个赚了大钱。至少一开始是这样。现在她管理着思科纳，这儿不是个特别好的地方，原因应该和她脱不了关系。"

文纳德沉思了一会儿。"唔，反正不管怎样，她是出人头地了。"他说，"你去把海运提货单的事情处理好，我去找管货仓的人。"

他们的货物大部分是装在木桶和麻袋里的葡萄干、胡椒和丁香，再让雨淋下去就不妙了。仓库管理员不在他的办公室，文纳德最后在港务长办公室里找到了他，发现他正在和三个文员一起抓羊拐玩。他看起来不怎么情愿离开游戏，但文纳德最终还是说服他打开了仓库门，并收下了钱。

"还有搬运工的酬金。"仓库管理员补充道。

"那个就不用了，"文纳德回答，"我们自己卸货。"

"在思科纳你可不能这么干，"仓库管理员笑道，"除非你想让自己的货物被人从仓库里拖出来扔进海里。"

"简直是骇人听闻。"文纳德抗议，"你们不能这样。"

"本地的风俗习惯嘛，"仓库管理员耸耸肩，"又不是我规定的。"

"根本不是什么风俗习惯，"文纳德坚持道，"三年前我来这里时还没有这种规矩。"

"这是个新的风俗,"仓库管理员说,"风俗总得有个开始啊。只要六十块钱,你就不会遇上麻烦了。"

文纳德瞪着他的眼睛。"我去和港务长说说这事如何?"他严肃地问。

"想去就去,"仓库管理员厌倦地说,"不过他是个大忙人,等你见到他,你的货估计都漂到沙斯特了。你自己选吧。"

文纳德付了他六十块钱,回到了船上。搬运工连影子都没有一个,但这完全在他的意料之内。他让自己的工人动手卸货。

"我按照提货单检查了一遍,一切都没问题。"维特里丝在他旁边的防波堤上坐下,"噢,顺便一提,记得别让他们骗你付搬运费。他们会要求初来乍到的外地人付钱,其实是诈骗。"

"我看起来像那么天真的人吗?"她哥哥回答,"我让马林和奥拉斯守着货物,我们去找个能躲雨吃饭的地方吧。"

"独角兽酒馆,离生人码头不远,"维特里丝说,"对于思科纳的消费水平来说不算贵。如果运气好的话,还可能活着从里面出来,不被割断喉咙。"

没必要问她到底是怎么得到的这些信息——有些事维特里丝就是知道。文纳德猜大概是因为她不介意问人吧。

"明早再开始,"他一边把背囊扔在房间角落,一边宣布,"我想这儿没人会在傍晚做生意。"

"其实,做生意的最佳时机正是在傍晚,就在海滨步道上。"维特里丝纠正,"食品批发商一般在码头另一边的三四家酒馆里聚会,我们需要带样品过去,而且按照惯例,喝了两杯酒之后才能谈正事。告诉他们我们有什么货之后,就要等他们内部进行非正式竞价。总而言之,我们不能主动报价,那会被人看作是软弱的表现。应该由他们出价，而我们要么接受要么拒绝。他们不怎么讨价还价。"

"这种事情你到底是怎么知道的？算了，"文纳德摇摇头，"你带路吧。"

"我不知道怎么走，"维特里丝回答，"我根本没来过这里啊。"

结果，批发商聚集的地方并不难找。他们探头查看的第五家酒馆里弥漫着强烈的豆蔻和茴香的气味，十一二个人垫着软垫席地而坐，传递着一只白镴酒罐，周围堆放着打开的包裹和麻袋，里面装满优质的货物。刚加入他们，两位岛民就收到了批发商们愉快而好奇的目光。有人呼叫店家拿来更多的软垫和杯子，并给他们腾出空位。两个男孩急匆匆地带来了软垫、杯子、另一只酒罐，以及两个装满了葡萄干、枣子和无花果干的大铜盘。文纳德惊讶地发现这一圈人中有三个是女性，和男人们一样穿着厚重的织锦外衣和长裤，绣花拖鞋，戴着软塌塌的大毛毡帽子。

略微寒暄过后，围坐成一圈的商人开始谈生意。文纳德拿出他的样品交给坐在身边的男人，由他传递给其他人看。他脸上挂着友善的笑容，决心一言不发，一旁饿着肚子的维特里丝则忙着吃盘子里的干果。正如预料的那样，批发商开始争执议价，仿佛两个陌生人根本不存在似的。一通挥手和怒气冲冲的言语之后，一个男人退出了谈判，向他们倾过身子，露出一个亲切友好的微笑："欢迎来到思科纳。"

"很荣幸来到这里。"文纳德不诚恳地说。

批发商略微颔首回应他的客套话。他是个上了年纪的男人，有着圆胖的脸，浅褐色的眼睛和四层没有胡子的下巴。"看得出来，你很熟悉我们做生意的方式。"他说，"所以，这应该不是你第一次来吧。"

"确实不是，"文纳德说，"但我妹妹以前没来过，她正在跟我学习经商。"

批发商点了几次头。"对于初来乍到的人来说，这里可能是个讨厌的地方。"他说，"等到习惯了这里，对码头装卸工的骗局和收税官的恐吓免疫之后，你就会发现这儿和其他地方的集市没什么不同。如果人们有意买你的货品，一切都很简单。但如果货品不是人们所需的那种，你就得多努力一把了。"

"那战争呢？"文纳德问，"战争会造成什么影响吗？"

批发商像条疲惫的狗一样咧嘴对他笑了笑。"战争？"他说，"什么战争？喔，我懂了，我们有个不成文的规矩，不那么称呼它。你应该说'我方和基金会之间的紧张局势'，或者'思科纳银行和本地竞争对手的激烈对抗'。"

维特里丝皱起眉头。"无意冒犯，"她说，"但干吗不管战争叫战争呢？这听起来——唔，有点傻。"

文纳德对她怒目而视，但维特里丝和批发商都没理会他。"这个问题非常有道理，但我恐怕不知道答案，"批发商说，"我们只是决定了这么做而已。举例来说吧，我们的军队最近在基金会的领地中心击溃了一股很大的武装力量，获得了那一片地区的控制权。接下来会发生的就是，思科纳在沙斯特的官方代表会联络基金会的责任机关，交给他们一份信用证。不用说，当然是在思科纳开出的。上面保证会向基金会付清贷款，抵押物正是我们刚刚占领的地区。而基金会则会交还抵押契据，承认所有到期的贷款已经付清。然后，只要他们一有机会，就会派出军队再次把我们赶走。如果他们成功了，基金会在思科纳的代理人就会交给我们一份信用证（不用说，当然是在沙斯特开出的），而我们则会再次把抵押契据交给基金会，就这样周而复始。不用说，双方都无法用对方的信用证提款。但据我所知，我们会郑重地将它们作为固定资产记入账上。如果他们那边也这么做的话，我一点都不觉得意外。"

维特里丝咬着嘴唇。"我明白了，"她说，"但这种做生意的方式看起来还是很怪。"

批发商耸了耸肩，"确实奇怪，但是，用我们最喜欢的话来说，这是风俗习惯嘛。而且，从某些角度看，这么做也不无道理——我们将战争看成贸易的诸多形式之一。要我说，同时经营生意和战争并不比一边打仗一边外交更愚蠢，而后者是所有的政府都在做的事。"

周围的人已经停止了争论，重新开始友好地互相交谈。文纳德注意到，除了谈判的时候，这些人说话都轻言细语。对面的一个中年女子起身走到他旁边坐下，开始和他谈生意。维特里丝在旁边听了一会儿，发觉内容不怎么有趣。尽管她决心学习经商，但还是无法对质量担保之类的东西燃起兴趣。她转向先前和他们说话的那个男人。

"我想问问，"她说，"你认识一个叫巴达斯·洛雷登的人吗？他应该是董事的弟弟。"

批发商挑起了两条眉毛。"我不认识他，"他说，"但当然听说过。为什么这么问？"

"噢，我在佩里美狄亚见过他，"她用有些夸张的漫不经心的语调说，"我们在城市陷落之前和他做过生意。"

"是吗。"批发商轻声地说。

"是的。我们从他那儿买了很多绳子。"

批发商缓慢地点了点头。"这样啊。"他说，"说实话，洛雷登上校——他的军衔是这个，对吧？——对我们来说是个谜团。城市陷落之后他就来了这里，但据我们所知，他不想和董事或者他哥哥有牵连——"

"他哥哥，"维特里丝重复道，"高戈斯·洛雷登？"

"没错。我们的银行经理。我猜你也认识他？"

"我们见过面，"维特里丝回答，她没有直视他，而是看向他身后，"我猜，他是在他姐姐手下工作？"

"高戈斯·洛雷登在思科纳是个极其重要的人物。"批发商一本正经地说，"如果你认识他的话，对于你在这里的生意大有帮助，因为军方的一切采购都由他负责。"

"哦，我想他大概已经不记得我了。"维特里丝很快地说，"有人知道为什么巴——为什么洛雷登上校和他哥哥的关系不好吗？"

批发商摇摇头，"谣言和推测有很多，"他说，"各式各样的说法都有。不过，兄弟阋墙并不是稀奇事。"他停了停，显然是在思考，然后继续说了下去，"你在佩里美狄亚被围困的时候认识了上校，那你认不认识一个叫亚历克修斯，身份是教长的人？"

维特里丝眨了几下眼睛，然后点了点头，"我确实认识他，我们也和他做过生意。事实上，城市陷落的时候，他是坐我们的船逃离的，之后他也和我们在岛上待了一段时间。"

"有意思。我问这个是因为他此刻也在思科纳，不久之前来的。我听说他也在打听洛雷登上校的住址。如果你想见上校的话，也许该问问他。"

"我明白了，"维特里丝说，"不过，我们时间太紧，可能来不及找老朋友叙旧。有空的话我会去的。你不会知道教长住在哪里吧？"

批发商微微一笑，"我还真的知道。他暂居在高戈斯·洛雷登家，我可以带你去。"

"噢，我真的不愿意麻烦你。"维特里丝立刻说。

"一点也不麻烦。"批发商坚持道。如果他有什么不良企图的话，他隐藏得很好。"刚好我回家顺路。今天晚上看样子没什么生意可做了，不如陪你走过去吧。"

"可我得等着哥哥，"维特里丝有点着急地说，"我压根儿不知道他要在这里耗多久。"

"我没什么急事,"批发商说,"不介意等你们。"

维特里丝在她的软垫上略微挪了一下。"你太客气了,"她说,"我真的不想耽误你的时间。"

"没有的事。"那人坚决地说,"趁我们等待的这段时间,也许你可以满足一下我的好奇心。你看,我对于佩里美狄亚最后那段日子非常感兴趣,而你是个亲历者——希望你不要介意我的问题。"

"噢,不介意,一点都不,"维特里丝兴致缺缺地说,"但是,我们其实没看到什么,而且城市陷落时我并不在场,是我哥哥——"

"传言说,城市陷落的真实原因是有人打开了城门,"批发商打断了她,"把草原人放了进去。我觉得这个说法不可信,不知道你对此有没有了解。"

维特里丝摇摇头,"我想我也只是听过谣言。"她说,"没错,这个说法我也知道,要我看,这更像是在努力找一个合理的解释——佩里美狄亚不可能落入草原人手中,除非有人背叛了城市。这样的逻辑变成了推测,推测又变成了谣言……"

"有道理,"批发商表示赞同,"谣言就是这么传开的,我父亲以前经常这么说。但我从几个不同的地方听说了这个说法,而他们似乎都提到了一些相同的细节,也许这其中有什么隐情也说不定。"他微笑着略微放松了一点,如同发现眼前的猎物太瘦小而不值得费力,于是缓慢放回弓弦的猎人。"那么,当时究竟是怎样的? 我以前有段时间常去佩里美狄亚,但那是,唔,大概十年前的事了。我完全不知道城市最后一段时间是怎样的。特姆莱族长是真的凭着他对军工厂的记忆,从头建造了几十上百座攻城机械吗? 如果是真的,那我觉得我们真是在太长时间里低估草原人了。和他们做生意的可能性——"

维特里丝一边努力寻找机智的回答,一边清楚地感觉到自己被放了一马——不，也不算，更像是被储存起来以便日后享用，就像一炉最好的蜂蜜蛋糕一样。不知为什么，文纳德做成生意之后，批发商没有坚持一起离开，他们得以脱身。

"真不赖，"他们刚走到外面，文纳德就说，"我以百分之二十五的利润脱手了所有的葡萄干，她还要买我们一半的丁香，利润是百分之三十。不过，他们似乎对胡椒不怎么感兴趣。她开的价是十五块一夸脱[①]，我拒绝了。如果坚定一点的话，我猜把利润抬到百分之十七也是有可能的。我是说，他们对那玩意儿的需求量肯定很大。我不信科里昂来的货船卖的胡椒比我们便宜。"

维特里丝装作认真地听着哥哥絮叨，心里想的却是别的事。亚历克修斯在思科纳这个消息让人有点担心，也令人十分困惑。如果那人说他在沙斯特的话，那还稍微合理些。毕竟沙斯特人对亚历克修斯熟知的那些神秘兮兮的魔法非常感兴趣。他们和佩里美狄亚的"魔法师"不是一个派别，但也喜欢谈论那个叫元理的古怪东西。所以，邀请还在世的元理权威去他们那里合情合理。可是，他却来到了他们的敌人的领地——

如果双方正计划着打一场法师战，准备让亚历克修斯和沙斯特学者隔着思科纳海峡互相发射咒语，那还能勉强解释眼下的情况。但事实上亚历克修斯根本不会魔法（世界上没人有那种能力），而且，就算他可以，他也不会像个摘棉花雇工一样去给别人干活。她想得太入神了，忘了每隔一会儿就回应"真不错"。文纳德停止了滔滔不绝，转而盯着她看。

"怎么了？"他问，"你好像走神了。"

"什么？噢，没事，你继续说。"

"那你得先重复一下我刚才在讲什么。那个商人和你说了什么事情吗？"

---

① 1 夸脱合 1.136 升。

维特里丝点点头，"他问我认不认识亚历克修斯教长。据说他现在就在思科纳岛上。"

文纳德抬了抬一边的眉毛，"人总得有个去处嘛。也许他在这儿找到工作了。别那么瞪着我，现实点看，他现在就是个佩里美狄亚难民，要和其他人一样挣钱填肚子。"

维特里丝没耐心地看了他一眼。"他那种行业的人不会这么做的。"她说，"毕竟，我从来没听说过为抽象哲学家办的年度招揽会，你也没有吧？我觉得……"

"你觉得什么？"

"我不知道，"维特里丝承认，"我就是有种感觉，仅此而已。你别在意。"

文纳德叹了口气，"上次你'有种感觉'的时候，我不得不把他从陷落的佩里美狄亚城里救出来。能不能拜托你，这次别对那种艰苦又刺激的事有感觉了？要不然，对能赚钱的事情有感觉也好啊。你以为我们还在过家家啊。"

"哈，"维特里丝把头发撩到耳朵后面，"如果没有我，你的生活肯定无聊得要命。你该感激我才对。"

"我敢肯定在哪儿见过你。"那个男人第三次这么说道。他提高了嗓门，以便压过旅店里的噪音。在房间的另一头，十几个士兵正在热火朝天地讨论给箭粘上羽毛的手艺。"你是佩里美狄亚人，对吧？"

亚历克修斯缓慢地点了点头，"其实我是在马塞拉出生的，但基本上一辈子都住在佩里美狄亚。"他微笑起来，像是讲了个只有自己懂的笑话。

"你看，"那人说着，又给自己倒了一杯苹果酒，"我以前在沙斯特读过书。当然，那是很多年前了，银行都还没建立呢。我上学的时候，作为拉德尔博士的侍从随他一起去过佩里美狄亚。你应该听过他的名字吧。"

控制住脾气，亚历克修斯命令自己，记住，你以前面对过比这个麻烦精难搞得多的人，那种情形下都能保持文明礼貌。再说他还请你吃了顿饭呢。

"拉德尔·波瓦特博士，我记得，见过好几次面。"亚历克修斯略微偏头，注视着积满烟垢的房椽，"他这人比较自负，特别固执，和基金会的大多数学者一样。杰出的见解他倒是有一些，但说不上透彻。因为他的行事作风太过令人反感，学院里没人愿意理会他。说实话，基金会学者多少都跟他一样。"

那人不太确定该做何反应。"不论如何，"他说，"现在我知道你是谁了。你是佩里美狄亚学会的人，级别很高。"

"事实上，我是教长，"亚历克修斯漫不经心地说，"当然，是最后一个，我死后就再也不会有了。"他皱起眉头。"说真的，不算什么损失。"他补充道，既是对自己，也是对那个人说，"虽然有过那么多人才和资源，但我们那点成就实在是……不过这样也好。不然的话，随着我的死亡，许多有价值的知识也会随我消失，那样就更遗憾了。"

"哦，我不觉得。"那人说。他仍然有些恼火，因为拉德尔博士被对方随随便便地带过了。但是，有机会和世上最伟大的元理权威谈话，这点烦恼值得忍受。亚历克修斯可以想象他日后一次次向朋友们复述今晚经历时的表情。"不论如何，"他继续说，"先说正经的，要不要再来杯酒？"他转头叫道，"喂，说你呢！醒醒，我们都要渴死了。"

亚历克修斯压根儿不想再来一杯。就在刚才，那人几乎是给他强灌了两杯烈性苹果酒，他已经头昏脑涨了。但要拒绝这种一意孤行的殷勤，简直比独自与特姆莱的大军对峙还困难。幸运的是，又喝下半杯后，他打起了瞌睡——

——紧接着，他坐在了一间旅店房间的床上。房间和他眼下住的颇为相似。文纳德脱掉了靴子，仰面躺在另一张床上。这是他在佩里美狄亚见过的那个年轻岛民商人。他已经睡着了，正轻轻打着呼噜，床边地上是从他手里落下去的厚厚的账本。世界真小，亚历克修斯想。门开了，维特里丝走了进来，动作小心，甚至有点鬼鬼祟祟，怀里抱着个帆布包裹。她小心地关上门，走到小桌前，打开包裹，里面是一卷看起来很昂贵的布料。确认了她哥哥仍然在熟睡后，维特里丝展开了布卷，裹在身上，伸长脖子低头观赏自己。大概是花了大价钱买了布料，不想让哥哥知道，亚历克修斯想，对于一位将不久于人世的智者来说，这幻象似乎太平凡了，完全看不出什么启示，我还以为幻象展示的都是决定未来的关键性转折、巨大暗涌改变方向之前的平衡点。女装的流行式样竟然如此重要吗？

摆了好几个姿势、想方设法看了效果之后，维特里丝重新卷起布料，放到床下，就在亚历克修斯脚下的位置。她离得很近，近得能让人看清她的每根发丝，以及长发和好看的刘海之间那条白色的头皮分界。这幻象比以前任何一次都更加清晰、真实，他突然意识到他是真的身在此处——

太荒唐了，我当然不在这儿。要是真的就好了。可我还在那家糟糕的旅店，被一个无聊的家伙纠缠得痛不欲生。太让人恼火了。

门又开了，一个男人走了进来，倚着一根拐杖，动作迟缓、吃力。那是我，这说不通，我已经在这里了呀。他开口想要抗议，却什么声音都发不出来。另一个亚历克修斯步履蹒跚地走到床前，在他旁边坐下。与此同时，维特里丝关上了房门，狠狠地推醒了她哥哥。

"醒醒，"她说，"看看是谁来了。亚历克修斯教长，这真是——"

"拜托了，"另一个亚历克修斯打断她的话，"我想请你帮个忙。当然，你没理由帮我，而且如果你出手，可能自己也会被卷进来。你能让我坐你的船离开这座岛吗？是这样的——"

——他睁开了双眼，看着那个殷勤的麻烦精的圆脸。对方眨巴着眼睛，正在问他身体如何。他试图回答，但困意又涌了上来，所以他闭上眼睛，又再次睁开——

——床上坐着另一个人，一个陌生人，是个年轻女孩，穿着一条粗糙的深褐色羊毛长袍，头发在颈后梳成一个紧紧的发髻。她看起来十八岁左右，漂亮的脸上有种局促尴尬的表情。

"你好，"她说，"我叫玛基拉。你能看见我吗？"

亚历克修斯点点头，"你在这儿吗？"他轻声问。女孩皱起眉头。

"我不确定，"她说，"感觉像是真的在这儿一样。但我很确定我正在宿舍寝室里做投影。你是谁？"

"我叫亚历克修斯。投影的意思，是不是用某种潜在的精神能力驾驭元理，用它制造这个幻象？说到这个，你能听懂我在说什么吗，还是完全不明白？"

"噢，我知道元理，"女孩回答，"显然你也知道。顺便一说，你脸色很差。"

"你真会说话。看你不以为意的样子，我猜你不是第一次做这种——怎么说的来着——这种投影了。对吗？"

"没错，已经做过很多次了。"哦，看在老天的分上，又是一个天赋者。我到底做了什么伤天害理的事，要受到这种惩罚？"但这是我第一次能在幻象里和其他人说话。我一般只是站在一旁倾听。"

亚历克修斯努力积攒起残留的力气，"造成这种情况的原因有好几个。我们可能共享了同一个幻象——以前遇到过几次，不过和现在完全不同。我能和你对话也可能是因为我对，呃，对投影有一定的经验。这也可能是我发烧产生的幻觉，而你是我想象出来的。"

"我确实在这儿啊。"女孩伸手去触碰亚历克修斯的手。不知为什么，她摸不到，尽管两人距离很近，"唉，好吧。我觉得我在这里，你也觉得你在，这不算证明吗？”

“不一定。”亚历克修斯摇摇头，然后意识到自己用的是以前辅导学生时的语气，“你看，你有可能是我的幻觉，我也有可能是你的幻觉。你所说的一切都有可能是我想象出来的。”

女孩看起来很失望。“所以你觉得我根本不存在？”她问，“说真的，我觉得我就在这里，但我的话什么也证明不了，是吗？”

“我相信你的话，”亚历克修斯说，“你在这里，大概是因为这是历史的轨迹中两条曲线交会的——”

“抱歉，请继续吧。”

“不，你刚刚好像有话要说，我想听。”

女孩犹豫了一下，“好吧。‘交会’这个词我导师经常使用，他叫卡纳迪博士。他总说——”

“卡纳迪！”

“他是我的导师。”女孩说，“怎么了，你听说过他吗？”

“卡纳迪。”亚历克修斯重复了一遍，“他是不是矮个子，圆脸，颜色非常浅的蓝眼睛，六十出头，头发是深棕色，刚开始谢顶？他以前是佩里美狄亚城邦学院的掌院。”

“没错，”女孩说，“你认识他？”

“他是你的导师，那这是在哪里？”他感觉脑袋一下子明朗了，“是沙斯特。你是基金会成员，卡纳迪在那里工作。我说对了吗？”

女孩点点头，“他是应用形而上学的高级导师。就是他教我做这个的——如何正确地投影。你也是佩里美狄亚人吗？”

亚历克修斯微笑起来，“为什么所有人都在这么问？我确实是。听我说，你能不能立刻去找卡纳迪，把你看见的一切告诉他？拜托你了，这可能很重要。”

“当然可以。”女孩说，“原谅我，但是，你是亚历克修斯教长吗？卡纳迪博士总是谈起你。他说你是最杰出的——”

“他说错了。这人特别容易轻信别人。现在，拜托了，你能按我说的做吗？”

“我会尽力的，我保证。”女孩说，“不过，你不该那么说卡纳迪博士，他在基金会内部很受尊敬。”

“真的吗？那可太好了。好吧，我很抱歉这么失礼，但如果你现在立刻去找卡纳迪，我会很感激的。能和你说话非常……有趣，但我只是想——”

——有人向他俯下身来，是那个该死的蠢蛋，手里拿着一陶罐苹果酒，一张脸又肥又大。“走之前再喝一杯？”他愉快地问，“要我倒多少？”

亚历克修斯回头去看那个女孩。“拜托。”他说，她点点头。殷勤的麻烦精没看见她，把目光转回亚历克修斯身上，茫然地摇了摇头。“我没有产生幻觉，”亚历克修斯说，“她不在这里，她是……”

“你当然没有。”那人说着，放下了酒罐，“你就是说梦话了而已。唔，也许再喝一杯不是个好主意。”他站了起来，动作快得有点可疑，“好了，和你说话真愉快，但是时间不早了，我得走了。再见，教长。”

亚历克修斯一动不动地坐了几分钟，确保那个麻烦精彻底离开了，心里（有点过度乐观地）盼望着头疼消失——并没有。当他艰难地起身离开，快走出门口时，旅店老板叫住了他，告诉他那位急匆匆离开的朋友忘记付他们的酒钱了。

“你看见了什么？”男孩叫道。

“一些士兵在走动，”巴达斯·洛雷登回答，“看不清到底是哪边的。”他小心地挪动位置, 把体重压在肘部。他在靠近屋顶破洞的房椽间找了一个栖身处, 不过他很清楚, 这个地方极不稳当。如果房梁有知觉, 意识到他在那里, 肯定有十足的理由坍塌下来, 让他摔到地上。"似乎在往那片洼地里的废墟前进。雨太大了, 我看不清楚。"

"我溜出去凑近些看看, 行吗?"

"闭嘴。"洛雷登回答。

男孩嘟囔了一句, 然后继续削一根木棍。洛雷登又挪了一点, 试图避开一直滴在他后颈上的雨水。他的左手已经压麻了。

"如果是我们的人," 男孩说, "就该下去把我们看见的东西告诉他们。我们提供的情报说不定有用。"

"我觉得你就算提供了也用不上。现在闭嘴, 让我集中精神。"

男孩扔下已经被削成细条的棍子, 开始用口袋里翻出来的一块油石打磨箭头。不用说, 钢铁缓慢刮擦石头的响动是世界上最让人烦躁的噪音之一。

"消停点," 洛雷登厉声说, "它们已经够锋利了, 再磨只会把刃给磨坏。"

"我好无聊。"

"那你该觉得自己非常幸运。看在众神的面上安静别动, 不然我就要发火了。"

"我还是觉得——"

"安静!" 洛雷登仔细向下看, 想让目光越过挡住视线的房椽末端。他瞥见两个人绕过山坡侧面, 向石塔底部走来。"躲到那边的阴影里去," 他轻声说, "我马上下来。如果这次能全身而退的话——"

他扭动身体, 撞到了脑袋, 滑倒之前在墙上找到了可以立足的位置, 但擦破了手掌上的皮肤。他姿势尴尬地落到地上, 拖着脚步走到房间另一边男孩藏身的地方, 顺便捡起了自己的剑。他左腿麻木刺痛得厉害, 偏偏这是随时都可能战斗的时候。"弓哪儿去了？"他悄声问。

"我还以为在你那里。"

"噢，看在——算了，只能凑合一下了。现在闭上嘴别动，祈祷他们走开。"

门口传来脚步声和踩泥浆的声音，接着，有什么东西挡住了照进来的稀薄光线。"喂，"有人叫道，"有人在这里吗？洛雷登上校？"

巴达斯·洛雷登屏住了呼吸，但男孩一下站起来，喊道："在这儿！"他补充道，"没事，是我们的人，都是弓箭手。"两个还没有适应光线的陌生人眯着眼睛环视四周，他重复了一遍，"在这儿，后墙这里。"

洛雷登疲乏地想站起身，但双腿拒绝合作。"您受伤了吗？"一个陌生人看见他摇晃了一下又坐回去，说道，"有个医生随同支援部队来了，他马上就到。"

"没事的，"洛雷登回答，"只是有点抽筋。你们是来找我的？"

两个人走近了一点。其中一个在窗边停下，拉开了窗板。"奉洛雷登经理的命令，"另一个说，"我们找了您好几个小时。"

"好吧，现在找到了。"洛雷登说，"现在是什么情况？"

"我们已经包围了突袭部队，"那个士兵说，他是个士官，看起来资历挺老，"就在山冈那边的佩纳。您知道那里吧？他们跑不掉了。您能行动吗？"

洛雷登摇摇头。"我们没事，"他说，"别担心我们。回去找你们的大部队吧，我们能照顾自己。"

士官摇了摇头。"奉洛雷登经理的命令，"他重复道，"他想确保您平安无事。"

"那好，你可以叫他放心了。谢谢你费心，但我们现在要回家了。不会有事的。"

士官深吸了一口气。洛雷登为他感到抱歉,他是个好兵,努力用得体的方式应对麻烦的平民,"请跟我们来,"他说,"我们是奉了洛雷登经理的命令。"

洛雷登闭眼片刻。这是个可笑的局面。他们来救他,而他拒绝被拯救。他明确感觉到,他们不会接受"不"这个答案。他一点也不想见他哥哥,现在的问题是值不值得为此和两个人动手。他思考了一会儿。

"我真的很抱歉,"他说,"但我不能和你们走。"

男孩看着他,好像他发了疯。洛雷登向前一步,站在士兵和男孩之间。他意识到自己手里拿着还插在剑鞘中的宽剑,这可能会被看作带有敌意。

"我很抱歉,"士官说,"但您必须跟我们来。"

"噢,那好吧,"洛雷登说。他小心地放下了剑,快速挥出一拳,正中士官脸部,然后跨过他倒下的身体,一脚踢中另一个士兵的裆部,在他倒下时狠击他的下颌。他感到那人头盔上锋利的边缘割破了他指关节的皮肤。

"你他妈的在干什么?"男孩问。

"别说脏话,"洛雷登回答,"来吧,我们回家。"

七

　　思科纳外交代办被召到了基金会办事处,后者礼貌地询问他思科纳银行到底在耍什么花招。代办回答,据他所知(他声称自己只听过沙斯特的官方说法),思科纳人只是在保护自己,防备无缘无故的进攻,和先前那一队银行顾问在沙斯特的村庄被基金会的武装无故袭击后所做的一样。他说,事实上,他本来想说的是,银行对于最近的事态进展持严肃看法。沙斯特的发言人回答,基金会对目前局势也持严肃看法,并且对最近的暴力事件和生命损失予以强烈谴责。代办回答,银行也一向对暴力和生命损失表示强烈谴责,不论客观环境为何。

　　就基本原则达成一致之后,双方开始交流具体事宜。思科纳代办表示,银行是一个纯粹的营利性机构,并没有任何军事或政治目的,其唯一诉求就是能够在雇员和客户不受到暴力对待的情况下正常进行业务活动,即以农业资产为抵押提供贷款。基金会发言人回答,他们虽然看起来不像是个营利性组织,但仍然要保护自己的债务人免受掠夺者、强盗、海盗及其他非法因素的困扰,并对此怀有强烈金钱上的兴趣。正因为此,基金会认为永久拥有武装力量是必要的。这一点银行方面一定比任何人都能够理解。

代办思考片刻,然后表示,尽管双方显然无法在短期内就某些问题达成共识,但可以肯定的是,武装冲突对于哪一方都没有好处,而眼下的第一要务应该是立刻停止双方的敌意活动,接着进行一段时间的重建与常规谈判,借此使双方在主要问题上达成和解。

"换句话说,"基金会发言人向他的上级报告,"他们想利用手头的人质狠狠地敲诈我们一笔,并且一点也不着急。这简直就是灾难。"

"真是见鬼了。"他的上级同意道。他是贫贱者中五位副院长之一,来自索福家族,拥有语言学和应用数学的两个博士学位。想到被一个佩里美狄亚的妓女贩子当人质换赎金,就不太舒服。但他也是个聪明人,而人质中有一个是波瓦特家族的。"我们得把人质弄回来,"他说,"同时也不能让六分者觉得我们失控或者放弃了。趁着现在还有选择,我得把这件事上报给基金会参议,看看他们想做什么。"

在这次会面之前,他和卡纳迪博士谈了谈。像他这样的佩里美狄亚人现在似乎四处都是。但这一次,博士说了些有趣的东西。当然了,要是按照一个外邦神秘主义者的言论来做政治决策,他就是个彻头彻尾的傻瓜。但从另一方面看,他自己也是个科学家和哲学家,对于不理解的事情能够保持开明态度。现在最重要的显然是维持一种平衡,既不鲁莽行动,也不轻易忽视任何可能性。至于人质们嘛,他希望他们有个温暖干燥的地方躲避这恶劣的天气,因为不管最终做了什么选择,都应该是很久之后的事情了。

"想到余生都要在这里度过,真让人难过。"年轻的士兵嘟囔着,抬头看屋顶漏洞处滴下来的雨水，"幸好我比较确定我的余生不会太长。"他打了个寒战，又往火堆里扔了一块木头，"从这个角度看，这里倒也不错。"

伦瓦特院士点了点头。"在我看来，我已经死了，"他说，"至少，我本来应该死掉的。但那个屠夫似的勤务兵给我的药实在太难喝了，喝下去之后难受得根本死不掉。"

"泡在蒜汁里的蓝色面包霉，"年轻士兵点点头，"肯定在伤口痛的基础上又添了一重可怕的体验。我猜死亡肯定不轻松，但味道总比那种药好。"他笑了起来，"你现在觉得好一些了吗？"

伦瓦特点点头，"大概是睡觉的时候出了一身汗，烧退了。我现在还是觉得乏力，一点食欲也没有。不过这应该是件幸运的事。"

"是啊，"年轻士兵闷闷不乐地同意，"剩下一个星期的食物，如果我们肯折磨自己的话，也许勉强能吃两个星期，再多就不可能了。至少不缺饮用水。"随着一滴雨水落进他的眼睛，他补充道。

"真是棒极了。"伦瓦特翻身仰躺，盯着茅草屋顶上那个漏水的黑点。"这是你的第一次任务吧？"

年轻士兵笑出了声。"恐怕是的，"他说，"我的学位课程上到第三年，然后像傻子一样选择了提早服六个月兵役，想体验一下行军打仗。"

"你很幸运。"伦瓦特哼哼了一声，"要我说，现在的状态就是行军打仗的本质精髓。我在你这个年纪的时候可是拼尽全力利用人脉，争取分配到秘书处。"

年轻士兵咧嘴笑着。"其实，"他说，"这个选择应该不错。毕竟，如果要指挥士兵打仗的话，这种经历至少能帮你更好地理解他们。"

"当然了，"伦瓦特说，"你的研究是什么领域？"

"噢，基本都是普通的东西，伦理学与经济理论，再加上一点文学和形而上学。之后我会选择专攻的领域，但现在还不确定要学什么。大概会选伦理学吧，因为我比较擅长。但我私下里其实更想试试贸易哲学。那肯定是理解基金会的关键。"

"是啊，没错，"伦瓦特一脸正经地说，"提醒你一下，那可是个很难的科目。"

"当然了，"年轻士兵回答，"但主要文献都是以沙斯特方言写成的，不需要花三个月学习古佩里美狄亚语、南部方言和巴苏语。我不擅长学语言。不需要语言基础的科目只有贸易哲学和军事理论，而且，"他苦笑了一下，"如果我这次能活着出去的话，军事理论可算是学够了。"

"军事理论的学生毕业之后一般都直接去教书。"伦瓦特打了个哈欠，"这就很能说明问题了，不是吗？"

年轻士兵摇了摇头。"我们社会很独特。"他说，"按理说，它应该制造理想的人才，集利他主义、学者、士兵和现实主义生意人的特质于一身。如果不是待在这个被敌人包围的小棚屋里，我对这个观念的态度应该会更乐观。"

伦瓦特耸耸肩，"只有当你无法控制等式中的人为因素时，问题才会出现。把科学方法应用到人性这样古怪又乖张的东西上是完全没意义的，尤其是对于一个集体。"

"你的意思是人类很麻烦？"年轻士兵问。

"这么说挺合适的。"伦瓦特赞同道。他又打了个哈欠，伸展身体，直到感到背部绷得有些疼痛，这才站起身来。因为发烧，他已经荒废了今天的大半时间，而除他之外没人能胜任的工作还有很多。他想，所谓职业军人，应该就是行政和管理能力不够好，因此只能和人命而不是金钱打交道吧。

"有什么新情况？"他问负责岗哨的士官。后者摇了摇头。"他们一直在山脊上徘徊，"士官说，"但那些人只是侦察兵。我猜他们是在等待什么。"

"增援部队。"

"或者包围战用的装备，"士官说，"投石机和攻城槌之类的。不过，要把太重的东西运上山很难，只能把军械拆开，运到这里再组装起来，太费工夫了。"

伦瓦特做了个苦脸。"更可能是增援部队，"他说，"取决于他们的计划。要我看，他们不会进攻。毕竟没这个必要。只要派足够的人围困这个地方，只用一个星期左右我们就只能投降，他们一个士兵也不会损失。而且，"他苦笑了一下，"我们活着对于他们更有价值，不论是作为人质还是作为普通的商品。"

士官耸耸肩，"听起来不错。"

"我也这么觉得，"伦瓦特透过窗板和窗框之间的缝隙盯着外面下个不停的雨，窗板是仓促拼凑出来的，据说可以防箭。"不幸的是，我上过的课程没有讲过被围困多久之后投降才算体面，不至于担心上军事法庭，或者被自己这边的人处死。我想大概食物耗尽之后就可以了。从逻辑上是说得通的，不是吗？"

士官没有就此发表看法的意思。伦瓦特把他留在岗位上，自己去处理等待他的一长串工作。*文明的营利性战争*，他想，*购买与售卖，贸易与谈判……不幸的是，他们把这些说辞理清楚之前，我们只能待在这个鬼地方。但是会没事的*，他提醒自己，*只要所有人保持冷静，不做蠢事——比如再派一支队伍来救我们。就算是我们的人也不会傻到那种程度吧。*

除了两人都不太喜欢的、有点过期的黑麦面包和残余的红奶酪之外，家里什么吃的都没有。男孩开口道："看起来我明天得去村里买——"然后沉默下来。洛雷登没有说话，继续嚼着恶心的食物。

"你觉得会惹上麻烦吗？"过了很久之后，男孩问道，"你打了那两个士兵。"

"我想不会。"洛雷登边吃边说，"仔细想想，我哥哥应该不会费心费力派人来救我，转头又以伤害罪把我扔进监狱。"他停顿了一下，皱起眉头，"不过也不一定。"他若有所思地说，"事实上，他还真做得出那种事。等我在监狱里熬上六个月，再向法官请求特赦，用他的人脉和影响力大张旗鼓地帮我出狱。然后还会指望我心怀感激。我哥哥这个人很奇怪。我不太喜欢他。"

男孩想了一会儿。"为什么不喜欢？"他问，"还是说我问得太无礼了？"

"没有为什么。"洛雷登回答，"还有，确实无礼。你要是不想吃，就把最后那一点奶酪给我。"

"不用，谢谢了。以前在城里的时候，我有个哥哥，我告诉过你吗？"

"没有。"

男孩低头看着面前的木碗，把碗的一侧抬起来了一点，又放回去。"有时候，"他说，"我会幻想他突然出现，一言不发地走进门，给我一个惊喜。他应该已经死了，但我不能完全确定。我知道我父母死了，我是亲眼看着他们被杀的，但我们从街上逃跑的时候，哥哥没有跟上，所以他可能——"男孩捡起面包皮，放进碗里，"我是说，这是个幻想。也许他会在几年后突然出现，而我一直以为他死了。"他站起来，开始收拾碗和切面包板，"你只有一个兄弟吗？"他问。

洛雷登摇了摇头，"我还有两个弟弟，现在应该还在中邦，就是我出生的地方。我已经——噢，记不清多久没见过了。反正据我所知，他们都还在我们小时候住的那个地方讨生活。"

"你也不喜欢他们吗？"

"我不讨厌，"洛雷登回答，"某种程度上，我是关心他们的。但他们过得挺好，因为有农场。可以说，他们过的是我本应该过的生活。"

"是你想要的生活吗？"

洛雷登皱起眉头。"我不确定，"他说，"这么说吧，如果我当初一直没有离开农场，没有离开中邦，就根本想象不出其他类型的生活，所以我大概会感到幸福或者满足之类的。我很可能永远不会去想别的生活方式。务农就是这样。你所有的精力都会被手头的工作占据，除了这一年的下一个阶段该做什么，其他事情都没有时间去想。有些人认为那样会拘束你的头脑，让心智萎缩，但我不太同意。对于一个农夫来说，唯一重要的只有农场上的工作，其他的和他毫无关系，因此也不会产生兴趣。人们总是取笑我们，聊天的时候只会抱怨天气糟糕，不是雨水太多就是日头太毒，不是泥泞得没法放牛，就是干旱得让羊没草吃——好吧，他们也没说错。但是，如果你卖力气劳作，天气又不是太糟，麦种又没有被白嘴鸦吃掉，就不会有什么问题，第二年又可以从头开始，然后是第三年。只要把自己分内的事做好，老天又不太混蛋的话，你就会得到不错的回报，一切就会正常运行，而你可以完全相信这一点。"洛雷登甩了甩头，"神啊，如果可以过那样的生活，我就没什么好抱怨的了。"

没怎么听明白的男孩揉搓着下巴沉思着。"你为什么不行动呢？"他问，"如果你觉得当农夫那么美好，干吗不买一片地？"

洛雷登笑起来。"我不知道，"他承认，"也许是因为我知道事情没那么简单吧，我永远没法信赖那种生活。你看，我了解得太多了。我知道某一天，你正挂着镰刀用油石打磨刀刃的时候，十几个骑手会突然出现，端着长矛策马向你冲过来。我知道连着遇上五年收成不好，你就会去别人门口乞讨，而他们会说，好，玉米种子想拿多少都行，但首先要在这张纸上画押。我知道某一天征兵官会带走你的儿子们，查封官会带走你盈余的粮食用来支付拖欠的什一税，而收税官会带走你剩下的财产，作为伟大君主的战争经费。之后你的犁铧断了，需要给铁匠付钱修理，你的女儿又生病了，要请医生。事情一件接着一件。然后，你从制桶工的铺子门口走过，看见他坐在阴凉处拿着小锤子敲敲打打，你会想，你这得意扬扬的混蛋，我要是有你一半的运气就好了。真希望我是个手艺人的儿子，而他也怀着和你一样的心情想当个农夫，王储的儿子则坐在塔里梦想着离家出走去当海盗。"洛雷登笑了，"要我说，统统都是白日梦。把四十磅的那把反曲弓拿来，我们出去打点好东西吃。"

走出后门，他们才意识到雨停了。空气闻上去很甜，傍晚阳光的照射下，潮湿的大地上已经升起了一阵薄雾。"你说的好东西就是指兔子吧。"男孩用责备的语气问。洛雷登耸了耸肩。

"我只会射兔子。"他说。

"可我吃腻兔子了。"男孩抗议，"就算炖的时候加一堆香料，尝起来还是一股兔子骨头的味道。"

"没错。可其他能吃的东西都不会蠢到让我近身。其实，加一点迷迭香来烤的话——"

"我们没有迷迭香。"

"没有的东西可不止迷迭香。要么吃兔子，要么饿着，怎么样？"

男孩还没来得及回答，一只肥大的野鸡从他们脚边的高草丛里逃了出来，发出惊慌的咯咯声。洛雷登已经搭箭上弦，目光锁定野鸡，以流畅的动作把弓弦拉到嘴角，然后松开手指。箭向左侧飞去，射进一丛高大的荨麻中消失了。

"我喜欢兔子还有一个原因。"片刻后，洛雷登一边搭上另一支箭，一边说，"就是它们不会飞。别管那支箭了，肯定折了。"

"我能试试吗？"男孩充满希望地问。

"想都别想。"洛雷登回答，"好啦，我们去橡树桩旁边的兔子洞看看。"

他们轻手轻脚地走到一处长着黑莓灌木和杂草的浅洼地。"那儿有一只，"男孩悄声说，"你从这里就能射中它。"

"安静，"洛雷登说，"我不想浪费箭。你别乱动。"

他小心地向前走去，步子迈得很小，身体保持挺直不动。他走到四十码的距离时，兔子停止了吃草，直起身来。洛雷登停在原地，一直等到它再次低下头，才继续屏住呼吸缓慢前进。走到三十码开外的时候，兔子再次直起身，他立刻停步，别扭地单腿保持平衡，而兔子连跑带跳地朝洞口移动了五码，再次停了下来。洛雷登等待着。兔子放下了前腿四肢着地，但并没有吃草，只是看着安全的洞口，像在考虑逃进去是不是个好主意。洛雷登又向前走了五码，确保每次落脚时都平贴地面，缓缓地压下自己的体重，以免不小心把树枝或者蓟草茎踩出声响。

离兔子二十五码的时候，他举起了弓，慢慢拉开弓弦，顺着箭杆看向前方，弓身呈四十五度角向下倾斜。拇指根部从嘴角擦过的同时，他调整瞄点，向右下方移了一码的距离后继续开弓，感觉指尖触到嘴唇才松手，看着箭飞向目标。如他所料，兔子看见了箭，开始逃向老窝，但他已经算好了。修长的破甲箭头射穿了兔子背部，将它钉在地上。洛雷登把弓扔在地上，向疯狂踢腾、试图挣脱箭杆的猎物跑去。赶到的时候它已经死了，眼睛睁得很大，还在反射性地抽搐。曾经杀人多过杀兔子的洛雷登一直等到它完全不动了才把箭拔出来，擦干净箭头，放回腰带上的箭筒。他抓住兔子的后腿提起来，用刀插入跗关节，在肌腱和骨骼之间划开一道口子，又割断左腿的肌腱，将它的左后脚插进那条刀口里，捡了根木棍把兔子挂在上面，然后走回去拾起他的弓。

"够吃两顿了。"他说。

男孩点了点头，毫无兴奋之情。"你又要用骨架煮汤了。"他丧气地说。

"上好的食物不能浪费，"洛雷登回答，"恶心的食物也不能。"他解开兔脚套子，左手托住兔子的身体，让它的头垂在自己手腕边，用拇指轻轻挤出它膀胱里的尿液，然后用刀尖小心地刺进兔子腹部的皮肤，直到刺穿，接着掉转刀刃，向上一直划到肋骨。男孩移开了眼神。洛雷登用两根手指分别环住兔子的颈部和后腿，将它翻过身来抖动，让内脏从刀口处垂下来，随后手腕一翻将它们甩掉。心脏和剩余的肠胃脏器也都被他用食指勾出来丢弃，只留下肝脏和肾脏。接着他再次拿起刀，从兔子腹部的刀口一路割到后腿关节，用一根手指插进兔皮和肉之间，将二者逐渐分开而不撕破，直到制造出足够的空隙，从后背处拉着皮毛把整条腿剥离出来。他对另一条后腿如法炮制之后让皮毛向前垂到地上，用脚踩住，提着兔子的后腿向上拉扯，将胸部以下大半个身体都拽出了皮毛，然后剥出前腿，割断兔子的脖颈。把兔皮绒毛朝外仔细叠好之后，他从关节处拧断四条腿的骨头，切断肌肉和筋腱，将兔脚扔到一旁。他手里提的兔子晃来晃去，如同初生婴儿一般赤身裸体，鲜血淋漓。

"你留着皮做什么？"男孩问。

"胶水，"洛雷登回答，"熬煮之后可以做成粘接底剂，用来给轻型弓的弓背贴牛皮。其实，几乎所有的活物都能用来做胶水，只是有些做出来的效果更好些。"他拿起那一小包皮毛，男孩则拿过弓，擦拭上面的潮气。"我说过，"洛雷登说，"什么都不会浪费。"

男孩不自然地笑了笑。"动物的各种部位都被我们拿来做东西了，"他说，"筋腱、皮革、角片和胶水，还有肠子拧的线和骨头做的小部件。"

"还有血，"洛雷登补充，"把血和锯末混在一起可以做成很好的上浆剂。

我有时候用它来密封端面木纹。"

"好吧，"男孩迟疑地说，"可你不觉得这样有点——唔，有点可怕吗？"

洛雷登点点头，"但是效果很好，不是吗？如果杀了之后直接扔掉，就太浪费了。我们只会对人做这种事情。"

卡纳迪局促地四处张望，心里希望自己当初没有多嘴（不是第一次这么想了）。就算你有一些明智又实用的意见，说出口也不一定是好事。事实上，大部分时候，闭嘴才是对的。这取决于具体情况。这次的情况是，一个五十九岁的哲学家有机会指出一个军事寡头政权所犯的明显错误。闭口不言置身事外无疑是聪明的选择。

基金会的参议礼堂很大，比佩里美狄亚的学院礼堂大四五倍，很可能比以前城里的议事厅还大，不过卡纳迪只去过几次，并没有确切的记忆。像基金会的大多数公共建筑一样，礼堂明亮通风，有着高高的穹顶和五扇大窗，每一扇都安装着几千块通透的浅蓝色玻璃。这颜色意味着它们产自佩里美狄亚，大概是在过去二十年里进口的。当然，现在买不到新的了。其他地方的人也能制造玻璃，但没人知道城里的行会守护了几个世纪的秘密配方。卡纳迪还小的时候，就听说行会刺客会无情地追踪并处决任何试图逃出城市、将秘方卖给外邦人的玻璃工。这样的故事让他觉得又刺激又可怕。后来，他知道了所谓的秘密其实不存在。他们的玻璃略微发蓝，只是因为作为原材料采自城市海边的沙子里有某种特殊物质。不过，故事仍然是好故事。

一个引座员碰了碰他的肩膀，指向最后一排的一个空位。它正对着演讲台和读经台，也就是院系委员会高级人员的位置。他向那人道谢，然后踏着大理石地面，开始了朝着座位的长途跋涉。路途中，他再次暗自惊奇于这里极佳的传声效果。在大厅中央，他就能清晰地听到他座位附近两个男人的谈话声。他微笑起来。这样一座能让所有窃窃私语无处遁形的建筑,会让政治变得要么无聊透顶,要么激动人心。

他不认识座位左边那个人,坐在他右边的是海默·莫格雷,应用形而上学与军事行政学的讲师。他们曾经在院系会议上聊过几句。据他所知,莫格雷来自贫贱者中一个位高权重的家族,姓氏的意思是"瘦"或者"饥饿"(这两点看样子没有遗传下来)。海默是同辈中最年轻的,这意味着他的职位是家族允许的范围内最卑微的——这实在恼人,因为他其实更适合去再低一等的院系,比如会计学或者诗歌。可惜他家里人不会同意。海默承认自己不擅长形而上学,更不擅长行政管理,但(他一有机会就指出)他在这两方面的能力远没有他哥哥胡伊差劲。后者比他年长一岁,在两个领域都是他的直接上级。

"太糟糕了。"海默走过来,在他耳边用几不可闻的声音说。大概是因为那该死的传声效果吧。"完全是一场灾难。"

卡纳迪满怀同情地点了点头。"我想是的,"他悄声地回答,尽管并不知道为什么需要弄得这么神秘,"连续两场败仗——"

海默·莫格雷像看白痴似的看着他。"我说的不是军事情况。"他回答,"要是没法从容接受几百人的阵亡,那就意味着我们该打包行李走人了。我指的是这件事对权力平衡造成的影响。我真的不知道这次该怎么办了。"

"啊,"卡纳迪说,"抱歉,我对基金会的内部政治不太了解。"

"好吧。"莫格雷深吸了一口气,然后开始解释。由于他声音极低,局势无比复杂,四个敌对派系中有三个都有德波福家族的成员,而这家人又习惯给所有男孩都取名叫哈因,卡纳迪理解起来颇为困难。不过他最终还是把碎片信息拼凑了出来,了解到第一支溃败部队的指挥官——此刻被银行俘虏的朱弗雷兹·波瓦特——属于回赎派(这一派最开始支持让七分者赎回抵押物，但现在极度反对当初的想法）。而分离派（支持让几个委员会管理财政和其他事务）正由于军事历史教学大纲的修改提案与回赎派剑拔弩张，因此才坚持推举伦瓦特·索福担任报复性袭击行动的指挥官。结果是，第二次败仗让异议派（因七十年前反对吞并多雷而得名）抓到了把柄，用来对付和他们争夺次级艺术院系教职员理事会空缺职位的分离派。而在这一争端中，异议派与传统派（支持传统，反对《基金会宪法》的三次修正）站在了同一阵线，条件是传统派和他们一起承认医学为独立的院系，而不是次级科学院系的分支。另外，哈因·多斯·德波福不负责任的行为让局势更复杂了。他不知犯了什么毛病，竟突然在吞并问题上转变立场——

（"他们还在争论那个？"卡纳迪打断了他，"都过去七十年了啊。"

"当然了。"莫格雷回答，"事实上，现在越来越有看头了。"）

——因此打破了平衡，使得收购委员会的掌控权危险地倾向了传统派。后者对吞并问题没有半点兴趣，但在处理这个问题的附属委员会中，他们的势力压过了回赎派。

"然后就变成这样了，"莫格雷继续说道（卡纳迪仍然完全不明白他支持的是哪一派），"你知道会发生什么吧？分离派会尽力忽视人质危机，把整件事都抛在一旁，因为这一切都是他们的错。异议派则肯定会要求组织救援，借此羞辱分离派和回赎派。这样一来，分离派就会想获得传统派的支持，而传统派则会趁此提出条件，迫使他们停止谴责《修正宣言》。一下子闹出这么多事，"他总结道，"本来我们在准则问题上都有些进展了呢，真让人想哭。"

卡纳迪还没来得及询问他《修正宣言》和准则问题是怎么回事，首席引座员就用黑檀木手杖敲了敲演讲台的地板。院系高层入场，众人起身致敬。他们年纪很大，其中有两个衰弱得需要引座员们搀扶着前进，像是被朋友架着往家走的醉汉。尽管如此，他们个个都穿着猩红色的长袍，外面披着镀金的无袖锁子甲，下襟一直垂到膝盖以下，看起来肯定有四十磅重。每人手里都拿着一把礼仪用剑和一根装着《宪法》抄本卷、长度与佩里美狄亚的标准排水管差不多的银管。他们落座之前，引座员们把银管收集到一起，在演讲台后面摆成整齐的一摞。*一群小丑*，卡纳迪心想，*就连我们当初也没穿成这副德行。瞧瞧我们的下场吧。*

激烈的辩论开始了，并且越来越炽烈。有三个人正在对吼（"那是谁？"卡纳迪指着一个冲演讲台挥舞拳头的高个子男人问。"哈因·德波福。"莫格雷回答他）。持续了数分钟后，演讲台上一个耄耋老人摇摇晃晃站了起来，拉开卡纳迪这辈子听过的最响亮的嗓门加入战局。这让前三个人住了嘴，但台上另一个老人又站了起来。大厅的传声效果卓越无比，他微弱低哑的声音就连最后一排的卡纳迪也能听见。由于他正在对另一名理事会成员（不是他打断的那个）进行残暴的人身攻击，卡纳迪听得再清楚也没什么意义。在这座设计精妙的宏伟建筑里，他能听见许多声音，听懂的却少之又少，这让他觉得有些讽刺。

在他快要打瞌睡的时候，突然听见有人提起自己的名字，接着发现大厅里几乎所有人都把目光转了过来。太可怕了。他双腿发软，一开始甚至没法站起来。

"我想说的只有一点，"他的声音在巨大的空间里回荡，像深谷里的隆隆雷声，"亚历克修斯，佩里美狄亚前任教长，在思科纳。"

他眨了眨眼，再次环顾四周。大家仍然在盯着他，而他想不出还能说什么其他的话。他强迫自己继续下去。

"我认为，这个事实可能非常重要。"他说，"我认识亚历克修斯很多年了，而我想象不出，如果不是他自己愿意，还有什么能让他去思科纳。我的猜测是，思科纳政府中有人把他劝到了那里。现在，"他逐渐找到了演讲节奏，"诸位应该在疑惑,思科纳银行要一位七十多岁的哲学家做什么。我先前也很困惑,直到我想起了关于洛雷登家族的传言。"

他略做停顿,制造点戏剧效果。果然,洛雷登这个姓氏引起了他们的注意。他深吸一口气,继续说下去,"诸位或许知道,尼莎和高戈斯·洛雷登的弟弟曾经住在佩里美狄亚。事实上,正是这位巴达斯·洛雷登在草原人袭击时领导了城市的保卫力量。我应该顺便提一下,事实和大家听闻的不同,尽管身处险境,敌人意志坚决,人数众多,城市防御力量衰弱,当局忙着搞分裂,几乎到了足以治罪的地步,但他还是出色地履行了自己的职责。在这之前,他从佩里美狄亚最杰出的将军、他的舅舅麦克森那里学到了行军打仗的本事。毫无疑问,巴达斯·洛雷登是个能力卓越,颇有天赋的军官。当战争发生时,我绝不想站在和他敌对的阵营。"

他再次停了一下,"不幸的是,这也许马上就要成为现实了。思科纳和沙斯特的居民都知道,巴达斯·洛雷登多年前就和他的哥哥姐姐决裂了。尽管城市陷落后他一直住在思科纳,但依然不想和他们扯上关系。你们大概不知道,巴达斯从前为数不多的朋友中就有亚历克修斯。如果世上有谁能让巴达斯·洛雷登和他的姐姐重归于好,那肯定就是这位前教长。当然,我是指普通的说服。我知道在座诸位中有很多不相信元理,也不认可那种据说是源于元理、能够改变未来、影响个人行为的深奥的形而上学。不过有一点,相信元理的人应该会感兴趣:我和亚历克修斯曾经卷入了一系列古怪的事,应该和巴达斯·洛雷登以及某种对元理的操控有关。在这些事件中,亚历克修斯是——怎么说呢——他是元理的主要载体。总而言之,我想强调的是,思科纳有可能获得巴达斯·洛雷登这个实力很强的军官。诸位在打算与他们冲突之前,应该仔细掂量。我不懂打仗,但就算是我也能看出,如果和思科纳开战,输则损失惨重,赢却没多少好处。巴达斯·洛雷登可以让本来就不乐观的形势变得更糟。所以, 用一句我们以前在佩里美狄亚常说的话: 动动脑子吧。"

发言结束后的死寂让人有些不安, 卡纳迪开始怀疑自己是不是说话太轻浮了(但是, 从来到这里开始, 他就对他们非常厌烦。也该让他们烦一次了)。有那么一会儿, 卡纳迪觉得自己出了个大洋相, 没人会在意这番话的意义。但随后, 第三排有个人站起来说: 这下明白了, 既然思科纳有了新的军事指挥官, 那他们绝不该继续派军队去冒险——思科纳一连两次击败基金会的精兵, 肯定是因为巴达斯·洛雷登在为银行效劳。他还没说完, 另一个人就跳了出来, 并表示正因为如此, 沙斯特才应该立刻派出大量人马, 在这个新来的洛雷登把整支军队训练得战无不胜之前, 扑灭这个威胁。很快, 大厅里出色的传声效果就起了作用, 一波接一波的愤怒叫喊轰击着卡纳迪的耳膜, 每句话都无比清晰。他闭上双眼, 向后靠在坚硬的椅背上, 发出一声呻吟。

他站在她身边, 神情困惑地俯视着她, 仿佛在努力记起她是谁。他的眉毛轻轻地抽了一下——想起来了。他开始思考为什么她在这儿, 这又是哪里。

"是我," 她试着说, "维特里丝。你记得吗, 我们是在佩里美狄亚认识的, 第一次见面是你那次在庭上意外打败了对手之后。在酒馆里, 我和哥哥坐在你后面讨论那场对决, 说了许多没礼貌的话。之后我们总是意外碰面。你负责城防的时候, 文纳德还从你那里买了绳子……" 她能听见自己的声音, 也清楚出于某种原因, 自己一个字都没能说出来。

因为她死了。

我不喜欢这个梦, 它糟透了。

"为什么觉得这是个梦呢? " 她身体没动——似乎动不了——但目光转到了另一个方向, 看见了高戈斯·洛雷登。又是一张熟悉的脸, 但她并不欢迎他入梦。之前哥哥出门在外的时候,她曾经一反常态,允许这个富有魅力却令人反感的男人亲近自己……现在他却在这里,告诉她,她已经死了。给我走开。

"我做不到,"他笑着回答,"我不在这儿。严格来说,你也不在。这只是你的尸体而已。你被淹死了。"

是吗?

高戈斯·洛雷登点了点头,"是海难。"她意识到,他弟弟巴达斯·洛雷登似乎没发现他的存在。"你们在这里做完生意,驾船回家。你哥哥误判了海流,船遇上了东北方向的气飑,被刮到了乌斯特岬。当时是夜里,又有许多岩礁,根本没机会脱身。真是不得了的死法。"他伤感地补充。

文纳德很擅长航海啊。虽然他不擅长的事很多,但是驾船很拿手。他绝对不会犯那种错误。

"他自己也许不会,"高戈斯·洛雷登亲切地微笑着,"但是,你不是唯一一个会做奇怪的梦的人。人在睡眠时很容易接受暗示,这是众所周知的。"

维特里丝恼怒地试图挪动身体。她此刻最想做的就是给高戈斯·洛雷登一记让他毕生难忘的耳光,其他形式的暴力谴责也行。不幸的是,一切努力似乎都没有效果,这感觉就像被锁在了门外一样。

"放心,"高戈斯带着可恨的笑容说,"就算我想也做不到。我真的不知道你哥哥平时完美的航海技术是怎么了。对于这种事的运行机制,我也只略知一二而已。"

在她脑子里还能运行的那部分,维特里丝感到有什么东西滑到了正确的位置,就像生锈的锁舌终于转了一圈。你是个——亚历克修斯怎么说的来着?——天赋者。你可以做那些不是魔法但看起来像魔法的事。

高戈斯郑重地点了点头。"基本正确。"他回答,"说实话,我仍然不太相信我能做……不，这个说法不恰当。应该说，只有一小部分的我能做那些事。遇见重要问题，不同角色的我开始商议对策时，那一部分总是被集体否决。如果我矫情一点，就会管它叫'藏在心里的恶魔'。但这么说也有误导性，好像我被某种外力控制了一样，事实并非如此。是的，我的一部分与元理极为合拍，这让我拥有在未来、现在或者过去某个时间停留片刻的奇怪能力。我能想到的唯一解释就是，这是对我长时间沉溺于过去的某种补偿，而我的过去可不是什么好东西。你能听懂吗？"

说实话，听不懂。

高戈斯叹了口气，"没人能完全懂，就算专家也不行，包括你的朋友亚历克修斯。他对此的了解已经比世上任何人都多了——我问过他。并且，在他不注意的时候，我又问了他一次。"

你是说你入侵了他的——

"入侵了他的思想？"高戈斯耸了耸肩，这时，巴达斯已经走开了。他在几码之外的海滩上，似乎正在查看另一具尸体。但她看不清楚，高戈斯的腿挡住了视线。"你说得好像我是什么玄学盗贼似的。他对元理的理解是……天啊，他说的实在太专业了，我完全听不明白。但他说过，他所知道的最有用的比喻，就是桌子上放着一杯水，同时有一辆沉重的牛车或者一队士兵从屋外经过。你看不见是什么在让桌子轻微震动，但杯中水起了涟漪，你看不清自己的倒影了。亚历克修斯认为元理就是牛车或者士兵，而水杯就是我们的心，能够模糊地感知到元理的存在，但无法理解它。我却不这么想。我认为我时不时看到的幻象，是牛车或士兵队伍停下的时刻。在我看来，它们只会在等待什么东西的时候才会停下——当元理到达了未来某个时刻，可能向任意方向发展时，我就会看见幻象。而在那一刻，未来的前进方向还没有决定，正在左右摇摆，像天秤一样维持着平衡。这时如果我抓住机会，踩到其中一侧秤盘上……但这些都是伪玄学的垃圾理论。我只知道，有一次，我看见亚历克修斯在法庭观众席上看我弟弟与人斗剑，试图对天秤做手脚，让局面对他不利，所以我只能插手，在另一侧秤盘上施力。我隐隐觉得，因为当时我并不知道自己在做什么，所以无意中也打破了许多其他事的平衡。我当时不知道究竟是哪些事，现在也不完全知道。现在你能听明白吗？"

和之前差不多。继续说吧，既然我死了，手头也没有其他事忙活了。

"确实没有，不是吗？还有一件怪事。"高戈斯继续道，"在这些诡异又晦涩的幻象里，我总是碰上你。记得吗？"

记得很清楚。

"啊，不过也不是有意的。我调查了你的背景，查得很彻底。"他得意地笑了，"奇怪的是，你完全是个庸庸碌碌又毫不起眼的小人物，整个人身上没有一处特别的地方。"

还真是谢谢你。

"不客气。在这种古怪的短暂旅行里，我遇见的人都不简单。有亚历克修斯、我那可怜又可恶的外甥女，以及我姐姐——遇见她让我吃惊不小，她看见我也不怎么高兴，还有巴达斯。不过他并不属于这个空间，似乎只是被我和尼莎牵扯了进来。还有聪明的卡纳迪博士，他的洞察力和才干比亚历克修斯强多了，但智慧却不如他。最近，我还看到了一个新来的，是沙斯特基金会的一个女学生。她确实很厉害，我瞥见了她在未来会做的事。毫无疑问，她很了不起。但是你这种人……让我搞不清。你现在身在此处，丢了性命，短暂又浅薄的人生中没有任何成就。我完全弄不懂为什么会这样。"

真的很对不起。请问我现在能醒了吗？

"噢，为什么不呢？"高戈斯说——

——她坐了起来，肩上挂着乱成一团的毯子，叫道："文！"

屋子另一边的那张床上,她哥哥哼哼着翻了个身。"快睡吧。"他含糊地嘟囔。

"文,"她焦虑地问,"你刚才做梦了吗?"

文纳德用一侧胳膊支起身体。"你说什么?"他糊里糊涂地问。

"你刚刚是不是做了一个梦,里面有个光头男人?想想,这很重要。"

"不知道。"文纳德双手握拳用力摩擦着脸部,"记不清楚了,我从来都记不起我做的梦。拜托,别闹了行吗?现在是半夜啊。"

维特里丝叹了口气。头疼得厉害。她下床给自己倒了杯水喝,然后又爬上了床。"抱歉,"她说,"我做噩梦了。"

"你吃太多血肠了。"文纳德困倦地说,"晚上吃这么多就是会不舒服,你早该知道的。快睡吧。"

维特里丝在床上躺好,但不想闭上眼睛。这和她小时候相信床下或者窗帘后藏着怪物时的感觉一样。她觉得气恼,有点羞愧,又有点担心。她没法重新睡着,就像没法刻意不去想猴子一样。

"文。"她说。

"闭嘴。"

"文,我们回家的时候,你会小心驾船的,对不对?"

"不,我会故意往我们遇到的第一块礁石上撞,就因为我乐意。行了吧。你以后绝对不准再吃血肠了。"

"好吧,"维特里丝说,"但你会小心的吧?保证?"

"我保证。我什么都保证,只要你闭嘴让我好好睡觉。"

她听见床垫上的绑带在他翻身时吱嘎作响,很快,床上就传来了他特有的低微鼾声。她闭上眼睛,想象一幅鸽子落在高枝上的画面。在以前,这总能让她昏昏欲睡。死了,她想,我当时就在那里,困在尸体里面。多恶心的想法啊。不过，大概我们都是寄居在肉体中的活物。但他说我庸庸碌碌又毫不起眼——噢，为什么不呢？肯定比做一个厉害人物来得容易些。无聊又满足地过一辈子然后死去也不错。

她试图欣赏脑海中鸽子收起翅膀滑翔而下，然后迎风展开船帆一样的翅膀，放缓速度，踩上树枝。但是这幅画面似乎泛着涟漪，像被扔了一颗石子的池塘水面。也许他们可以早一天起航，或者晚一天，但幻象里并没有明示意外发生在那一天。靠耍手段来躲避未来倒是不错，但故事里不是经常出现这样的情节吗——迟一天出发，反而遇上了风暴，按照原计划则不会。那么，在思科纳无限期留下去会怎样呢？在她看来，那样只会引发一系列更加恶劣的事，后果比淹死还可怕。比如说？一辈子都在思科纳度过肯定是其中之一。

也许（她困倦地想）这一切都是假的，是他植入她心中的图景，目的是阻止她离开。他为什么要这么做呢？是那个显而易见的原因吗？不太可能。是他的奇怪魔法阴谋？可魔法根本不存在啊。他没理由对她产生企图，毕竟，她这样庸庸碌碌又毫不起眼的人身上捞不到任何好处。她渐渐滑入梦乡，鸽子们开始小心地滑翔降落，收起翅膀，落在树上。不管她有没有做更多的梦，第二天早晨都没有留下记忆。

八

　　家人，高戈斯·洛雷登自言自语，家人是生活的意义，但有时他们会把人气得发疯。他躺在坚硬的石制长凳上，活动了一下肩膀，叹了口气。

　　门开了，一个职员走出来。鼻尖以下都被他怀里一大捧铜管装的档案书卷挡住了。"喂，你，"高戈斯叫他，"她到底在里面干什么？"

　　文员停下脚步转过身。"董事在参加一场会议，"铜管下面传出一个尖细而疲惫的声音，"结束之后她会通知你的。"

　　"好极了。"高戈斯回答，"我从佩纳一路赶回来是因为她要和我紧急会面，说得像是什么生死攸关的事一样。结果我现在像个延误了付款的客户，被晾在办公室外间，等得都快要生根了。我本来应该在处理**战事——**"

　　文员什么都没说，转身走了。过了大概一分钟，高戈斯冷静下来。虽然生他姐姐的气，但也没理由冲文员大喊大叫。如果不是因为他腰酸背痛，靴子由于先前涉水渡河湿透了的话，他是不会那么失控的。他伤感地摇了摇头，然后伸展身体，把脚架到长凳远端的扶手上，卷起外套枕在脑袋底下，尽量放松。不管你是谁，带着脾气去和尼莎·洛雷登见面都没有好处。

他努力将思绪转向佩纳村外的驻军。按理说，他应该利用这意外的珍贵闲暇来分析战局。在这安宁的、摆脱了指挥管理责任的环境中计划下一步行动。但对他来说，这总是行不通。他下不好象棋，连战场缩略图都不爱看。看到用涂了色的木块表示的敌方和己方部队、用轮廓线标出的山岭、用填满绿色和灰色斜线的方块表示的树林和房子，他的脑子就一片空白，仿佛有人邀他玩一场他不知道规则的游戏。他姐姐则刚好相反。他怀疑在尼莎眼中，整个世界都是一块棋盘，既可以用来下棋，也可以用算筹计算每一步。他一直认为她可以当一个好将军，只是想象不出她在布满灰色泥泞的战场上踏过死尸，或者缩在烧毁的马车底下躲雨，阅读急件、涂写命令的样子。在他看来，他们的分工很合适，因为尼莎觉得任何形式的军事行动都说明她做得不够好。她厌恶战斗，毫无疑问，这也影响了她对他的看法。但是，她一直认为他是不可或缺的必要之恶，不是吗？

门开了，高戈斯本能地把腿从长凳上放下，坐得笔直，就像小时候胡乱躺在家具上被母亲发现时一样。两个男人从房间里走出来。他认出他们是外交官，不是常驻思科纳的那一拨，而是本土来的代表。他们看起来和他一样疲累，外套和长裤也几乎和他一样潮湿泥泞——看来是带着新提案匆匆赶来的，难怪她让他等了这么久。

一个文员带他们离开。片刻后，尼莎出现在房间门口，示意他进去。

"这是怎么回事？"他问。

尼莎微微笑了笑，神情立刻变了。从那张让人一眼认出的强硬自信的谈判脸，变成了一个犯头疼的疲乏中年女人。高戈斯想起了多年前祖母给他讲的精灵的故事，它们能够改变外形，变成任何兽类、鸟类，或者人。尼莎似乎就有这样的能力，以至于他虽然认识了她一辈子，但如果需要从一大群人中找出她，他还是很难描述出她的长相。

"别问我，"她说，"是他们内部斗争的事。虽然基金会不少大人物都领着我的薪水，我都算是在管理那地方了，但我还是搞不懂他们是怎么回事。进来吧，"她补充道，仿佛这时才发现他的湿靴子和脏兮兮的双手，"我觉得我们都需要来点热苹果酒和煎饼。"

高戈斯忍住了一个微笑。他姐姐排解压力的方法有两个：吃东西和强迫别人吃。大量美味、富含淀粉的农家食物，配上热饮一起下肚。他看过她神情严峻地签发一摞死刑令，一只手拿着钢笔，另一只手拿着一块对折的煎饼，袖子里还塞着餐巾，以免羊皮纸染上油渍。他跟着她进了办公室，一屁股坐进来访者用的椅子。尼莎则招来一个文员，命令他准备食物。

"他们提出，"她一边坐进自己的椅子一边说，"如果你释放朱弗雷兹·波瓦特和那些被你困在——那地方叫什么来着？"

"佩纳。"

"对，佩纳。如果我们释放他们，他们就会正式承认银行是一个主权实体——"

"真慷慨。"高戈斯插话，"但他们的实际行动早就承认这一点了。"

"——然后正式允许六分者们在我们这里进行二次抵押。"尼莎继续道，"条件是支付代理费，撤走驻沙斯特本土的所有顾问，并且将活动严格限制在一定区域内。"她叹了口气，然后身体前倾，把重心压在手肘上，"你怎么想？"

高戈斯想了想，"有点太慷慨了。这么做的话，等于放弃抗争，把他们所有的客户拱手让给我们。那些条件毫无意义。我们都知道，到时候肯定不会兑现。毕竟，根本也没法兑现。"

尼莎若有所思地点了点头。"这是基金会的派系争端。"她说,"派系B利用影响力,让议会同意了军事行动,结果惨败。派系A通过夸大失利的影响让B大失颜面,声称只有用极端手段,才能补偿B的错误造成的后果。A刚刚占了上风,就立刻违背协定,擅自组织军事行动,幻想这一次能成功。这些人就是这一点特别恼火。"她的脸上突然出现了怒容,暴戾得有些扭曲,"他们把我们拖入战争,但根本不在意输赢。战争只是派系斗争的另一个角斗场。连对方想要什么都不知道,我该怎么打这场仗?"

高戈斯露出笑容,"幸好他们总是输。"

"这不是重点。"尼莎恼怒地回答,"他们输得起,我们却不同。即使一直打胜仗,也负担不起。每次击败他们的远征军,都会付出金钱和人力的代价。这样怎么做生意?我又不能把死掉的斧枪兵收集起来卖掉,也不能和平解决争端,因为和平解决的唯一办法就是我们彻底离开,永远不回来。"

"还有个办法,我们可以攻占沙斯特。"高戈斯平静地说,"你想过这点吗?"

尼莎轻蔑地看了他一眼。"别犯傻了,高戈斯。你以为我们是谁,佩里美狄亚的军官吗?他们的兵力是我们的十倍。我们没被打垮的唯一原因,就是他们不乐意坐船。而且,"她苦涩地补充,"现在的战局已经让我难以负担,更不用说主动进攻了。那样的胜仗会毁掉我们的。"

高戈斯愉快地笑起来。"不一定要那么大的消耗。"他低声说,"摧毁佩里美狄亚可没花费我们一分一毫。"

"那不一样,"尼莎说,"那次全靠运气。据我所知,并没有什么野蛮人部族打算从山里拥出来围困沙斯特——我们应该为此心怀感激。"

"好吧,"高戈斯说,"先来看看我们面对的是什么:一支由死读书的政客们指挥的脑满肠肥的常备军,成千上万个为军队掏腰包、永远不会反抗的死脑筋农夫,现在还有至少一个派系——很可能是两个——深陷麻烦,因为我们把六十多个斧枪兵困了一个村子里。你对此有什么想法吗?"

尼莎耸了耸肩。"你是想说,应该与那些派出突袭队的派系直接交易,给他们一点好处,借此换得真正的让步。那样会让他们在派系斗争中占据优势,激化局面,获胜的派系也会在我们的掌控之中。"她摇了摇头,"行不通。他们一得到想要的东西,就不会再给我们什么了。一个月内,一切就会恢复原样。"

高戈斯摇头。"你还没懂,"他说,"如果我们公开处决所有的俘虏,极尽侮辱之能,以此重创他们背后的派系呢? 我们可以把尸体吊在绞刑架上示众,或者砍下两个贫贱者家族出身的军官的脑袋,戳在矛尖上,立在生人码头示众。那些派系肯定会焦头烂额,不知怎么办才好,这样他们就完蛋了。到时候就可以开始谈判——找个黑漆漆的雨夜替我们打开大门,让我们帮你解决敌人,把你们的宝贝基金会还给你们,随便怎么玩都行,而我们只会在沙斯特留下一支低调又规矩的驻军,方便照顾你们,这是双方都受益的事。当然,他们也可以暗地里向我们付钱,那样的话就皆大欢喜了,至少他们会这么认为。"他止住话头,想读懂姐姐的表情,"你觉得如何?"

门开了,一个文员用托盘装着苹果酒和煎饼走进来。"总算来了。"尼莎说,"就放在桌上吧。"她站起来,用勺子给煎饼淋上蜂蜜,再把它们整齐地叠起来。文员很快离开了。

"你怎么说?"高戈斯问。

"假设我们这么做了,但是没成功。"他姐姐回答,"他们会杀掉或者俘虏我们的士兵,把和我们合作的派系打成叛国者,接着正式宣战。他们可以从岛民或者海盗那里雇佣船只——我之前说了,他们一早就可以这么做,只是不愿意而已。到那时,一切就结束了,我们会彻底完蛋。"

"确实。"高戈斯承认,"但我不准备打败仗。"

"那好,"尼莎嘴里塞着食物说,"假设成功,我们能在沙斯特驻扎一支军队,控制他们。有什么用呢?能帮到我们吗?管理这座小岛就够麻烦了,再接手一个国家怎么行。"

"还能接手他们的税收。"高戈斯指出。

尼莎摇了摇头。"没希望的。"她说,"你可能不知道,税款不是给政府随意花的。治理国家需要金钱,作为政府就得忍受这一点。我们不是政府,而是生意人,你得记好这点。当然,我们可以从总税收中捞走百分之十,甚至百分之十五。但那样的话,我猜是做不到收支平衡的。你这个建议会让我们在一年内破产。"她咽下食物,喝了一些热苹果酒,结果烫到了舌头,"高戈斯,如果你想当国王的话,大可以找个地方自己玩去。你被佩里美狄亚的事冲昏头了,这是你的错。攻打城池是富人的爱好。我建议你想清楚自己是谁。行为要符合身份。"

高戈斯缓慢地点了点头。"也许你是对的。"他说,"你把我召回来不是为了让我提供建议,那你想要什么?"

"是巴达斯的事。"她一边用袖子擦嘴一边回答,"你显然还没想过这点。如果我是他们的话,肯定会派二十个人——既能干又专业的人——把他绑上船,带去沙斯特,用他交换人质。所以,我想让你把他带回来,好好照顾。我们早该这么做了。我派你去佩里美狄亚,不是为了让你享受肆意破坏的乐趣,让他背着弓箭到山里乱转悠。他是我们的弟弟,也是个隐患,是时候着手处理了。他那个教士朋友已经在我这儿了,所以这方面没问题。我只需要你好好听话一次,把他带回来。你能做到吗?还是说你想让我派其他人过去?"

高戈斯盯着她看了很长时间,然后带着调笑地说:"老妈子,"他说,"你就是忍不住要扮演母亲,是吧?"

有那么一瞬间，他觉得自己这次过分了，不过这一刻他也不怎么在意。但尼莎只是瞧了他一眼。"这倒提醒了我，"她说，"你说过你会管管我那个愚蠢的女儿，可你什么都没做。高戈斯，我唯一的孩子被关在牢里，这太丢人了。我知道她很难对付，但你总得努力一下。在你回战场之前去看看她吧。"

男孩放下刮刀，认真观看。

巴达斯·洛雷登正在驯弓。他制作了一台颇为精密的驯弓器：一截三尺长的橡木门柱安装在沉重的锯木架上，一端装着绞盘，另一端刻着用来放弓把的槽沟，旁边还有固定用的夹钳。橡木柱被打磨得光滑平整，上面布满了以半寸为间隔的精确刻度。

"你最好看仔细了。"洛雷登头也不抬地说，"这是制弓过程中唯一有技术含量的部分。其他的都是基本的木工活，加入了一点糊弄顾客的戏法而已。"

男孩在一根原木上坐下，手臂交叉。"我看着呢。"他说。

"好，"洛雷登反转绞盘，"驯弓要从最原始的弓坯开始，也就是一根切割成弓的模样的木材。不用说，光有模样不算数。就像你一样，穿着围裙坐在那儿，身旁放着刮刀，头发里全是木屑，但也只是看起来懂行。"

男孩懒得和他顶嘴。洛雷登拂去驯弓器上的刨花，继续说："驯弓，就是教导弓如何弯曲。一根棍子和一张弓之间的区别就是，如果你掰弯一根棍子，它要么直接折断，要么变形，永远那么弯着。但如果你弯曲一张弓，它既能弯下去，又能恢复原本的样子，还能借此产生力量，把一支箭射到二百码外，穿透十六号钢板。区别大吗？"

"区别很大。"

"很高兴你在认真听，"他转动把手，绞紧绞盘，"要驯弓，先要用一根绳子系住切削好的弓坯的两端,绕上绞盘,把弓拉开半寸或者一寸,然后缓缓放开,这样反复下去,每多拉开一寸,最少要重复五十次。七十五次更好。这样它就能学会弯曲。弓坯外侧,我们叫作弓背的地方,能学会拉伸;而内侧,也就是弓腹,则能学会承压。拉伸和压缩结合起来就会产生力量。把一根木材弯曲成半圆,你只能得到两截折断的棍子,因为它背部的纤维会被拉伸力撕裂,腹部则会被压缩力压破。要是弯曲一张弓——一根被弯折过千万次的木棍——你就会得到一件能够杀掉世上任何活物的武器。"他笑起来,擦了擦额头,"一点点地折磨它,反反复复。觉得它无力抵抗的时候,就再多拉开半寸,增加张力和压缩力。弓会意识到自己还能继续承受拉力,并且因此变得更强了些。这样下去,你会突然发现目的达到了,弓的拉距已经到了一根箭杆的长度。这就是驯弓。"

"一点点地折磨,"男孩重复道,"这么说很奇怪。"

洛雷登耸耸肩。"这是事实。"他说,"毕竟,你要教导木材违反天性。它本该折断或者变形,但通过拉伸和压缩,它能做到在自然情况下绝对做不到的事。"他笑了笑,"从前有人告诉我,可以把这当作把木材逼疯的过程,折磨它——我应该是从他那里学到这个说法的——是为了让它变得暴虐。不是顺服,不是软弱,不是自然,而是充满暴力。"他继续转动绞盘,缓慢地拉开弓,然后反转绞盘,让它放松,像一个耐心的行刑者在对付肢解架上的犯人。"我像你这么大的时候觉得这个说法太夸张了,但它确实有道理。"

"就是不停地把它拉开和放松。"男孩说,"还有其他的吗?"

洛雷登摇摇头。"不止这样。"他说,"做一张弓的时候,需要确保两条弓臂能均匀对称地弯曲,不仅是末端,而是整体。比例也要合适。这样在拉弓的时候,它才能弯成圆弧。"

"该怎么做?"

"取决于具体情况。"洛雷登说，"有些弓拉开的时候应该形成完美的半圆，有些则要方正一点，靠近弓把的一尺左右的部分几乎完全不弯曲。所以，驯弓的时候，你要注意弓的弧度。如果一头的弯曲弧度不如另一头大，就要在合适的位置修掉木头，直到它和另一条弓臂对称。这是最难的地方。"

"啊。"男孩说。接下来的半个小时，他坐在原地，看着洛雷登一遍遍绞紧和放松绞盘，偶尔停下来固定绞盘，俯身用一把利刃以垂直角度削掉少许木料。他观察着，逐渐明白了洛雷登先前说的话——木料不再是一根棍子了，变成了一件完全不同的东西。

"当然，"洛雷登注视着弓，继续说道，"到了某个程度，它就无法继续弯曲了，否则就会折断。在达到这个程度之前，弓就做成了，可以用来射箭了。这很讽刺。在它最脆弱的时候，多一丁点张力和压缩力都会让它折成两段——但这也是它最强大的时刻，射出的箭力量最大，射程最远。这个时候，弓腹的纤维被压得极紧，无法继续压缩了，我们管这叫作满弓。一般来说，弓背能够伸展的程度比弓腹能被压缩的程度更大，因为我们会在弓背铺上黏筋层或者皮革，增加强度。做优质弓的时候，还会在弓腹贴上角片，那样一来，弓腹在断裂之前能够承担更多的压力。"他休息了片刻，挺直了腰背，"所以，最好的弓都是用死去动物的部分身体做的。动物比树木更能弯曲和承压。当然，我是说它们死了之后。"

是啊，没错，他突然想到，我们就是弓腹和弓背。"来，"他说，"你过来操纵绞盘。我想看看它侧面的轮廓。"

弓已经达到了他之前说的状态——不再是一块被折磨过的木头，而是一件武器。洛雷登看着两条弓臂在同样的拉力下弯曲成对称的弧度，已经接近机械效益变为断裂应力的那一刻了。两条弓臂需要极度相似，像一对兄弟一样，同时经历着施加到身上的力量，以同样的方式承受拉伸和挤压，将折磨储存起来，转化为暴力，就像蜜蜂将花粉酿成蜂蜜。

"看起来挺不错。"他说。

"你要在弓背上粘东西吗？"男孩问。洛雷登摇摇头，"这只是给军队做的垃圾货。"他回答，"是用一整块白蜡木料做的单体平板弓。也就是说它的剖面是矩形的，弓身没有反曲。对于军方任务已经够用了，没必要把它做得更好。"

"反曲就是被加热的位置，是吧？"男孩问。

"对。用蒸汽把木料蒸软，就可以让它永远保持弧度，朝着弓弦的反方向弯曲。"洛雷登打了个哈欠，"这样能增加弓的张力，提高力量的传递效率。那些筋丝铺背、角片贴腹的好弓，反曲弧度都很大，下弦之后弯得像马蹄铁，上弦拉开则会由里向外彻底翻转过来。"

"我明白了。"男孩说，"你做过那样的弓吗？"

洛雷登点点头。"很久之前，我做过一张很美的弓。它的拉力几乎有一百磅，射出的箭无人能挡。而且它能一直弯曲下去，你根本没法把它拉断。那之后我再也没做过那么好的弓了。"他补充道，"真可惜。"

"它还在你这儿吗？"

"不，那是我给我哥哥做的。我想给自己做一把更好的，结果折断了，刚好又用完了那种优质牛角，所以就没再费心了。这也不重要。我能做好弓，但箭术很普通，我哥哥却是个顶级弓箭手。好啦，说到哪儿了？再拉几寸，弓就驯好了。"

等到驯弓完毕，洛雷登用三股长度合适的火麻纤维编织线给弓上了弦，两人一起到院子里试射。男孩冲进柴棚，抱着一个沉重的稻草靶摇摇晃晃走出来。水井旁边那棵苹果树较低的树枝上钉着钉子，他用铁链套住靶子，挂在钉子上，然后让开。洛雷登站在二十码外，以平稳而流畅的动作拉弓放箭。

叶状破甲箭头像穿过低垂的云朵一样刺穿了稻草靶子，箭翎被靶子扯了下来，只有箭尾露在外面。

"不坏。"洛雷登说，"弓把有点上弹，但这我也没办法。试射完之后，再在弓上擦一层蜂蜡就完事了。"

他退到五十码外的距离，射完了一打箭。靶子上的箭杆集中在直径十八寸左右的圆圈里，向靶心的左下方偏离了一尺。接下来的一组更接近靶心，但没那么集中了。第三组更加散乱，其中有两支飞出了涂在靶子上的圆环，挂在最外侧的稻草中。

"我能试试吗？"男孩问。

洛雷登摇了摇头。"这是把八十五磅的弓，"他说，"你来拉会伤到自己。不过这在军用弓里算是磅数轻的。帮我把箭取回来，我要到七十五码的位置去。"

在七十五码外，射到靶子上的箭已经几乎看不出圆形的分布区域了。有一支彻底脱靶，穿过苹果树的枝叶和树篱，飞进了果园。洛雷登咒骂了一句。

"我们最好去把那一支找回来。"他踏进弓身和弓弦之间的空隙，抵着膝盖弯曲弓身，把绳圈从上弓臂末端的弦槽上褪出来。"先看看这东西变形了多少。"他把弓放在地上，后退一步。"半寸，"他说，"算好的了。"男孩看了看，这次他注意到弓不再笔直了，被弦带出了一点弧度。"等到这弓完全射熟，应该会增加到四分之三寸。"洛雷登说，"这会让磅数降低到八十磅左右，对此我也没什么办法。"

他们在进入果园一百码左右的地方找到了那支箭，它射中了一棵树，箭杆断裂了。洛雷登看了看破损的位置，确定已经无可补救，用拇指抵着断裂处将箭头折了下来。"你明天有活儿了。"他说，"把断杆从插孔里拔出来，回收箭翎和箭尾。我去取蜂蜡和油，你把炉子点上，我们给弓身打几层蜡，趁着晚上晾干。"

男孩注意到，洛雷登左臂内侧距离手腕三寸左右的地方正在形成一块很大的紫色瘀青，左手食指也被箭翎擦伤了。洛雷登似乎没有发现。那些伤被他彻底忽视了，就像女人忽视被爱猫的利爪挠出的爪痕一样——如果被人质疑，还会辩解那是猫表示友好的方式。*如果我成了一个制弓师傅，应该也会浑身是伤吧*，他想。

"你做这些被人用来互相残杀的武器，会觉得不安吗？"他问。

洛雷登摇了摇头。"一点都不。"他说，"比起我以前的职业，这已经非常清白了。就连以前，我也没有不安，至少不是你说的那种意思。大多数时候，我只担心能不能活过下一次战斗。"

"那更早的时候呢？"男孩锲而不舍地问，"在军队的时候，那种生活让你不安吗？"

"有时候吧，但不频繁。原因也是一样的。"他拾起刮刀，用拇指指肚试了试锋刃，"每次战斗时，不安都会减少一些。而且，军队生活并不是你想的那样。绝大多数时间都非常无聊——偶尔的极度恐惧让这种无聊变得可以忍受。你越是经常做一件事，做起来就越是容易，同时，也愈发容易出错。你看，这是个渐进的过程——每次只增加半寸，你不会意识到它把你越拉越开，直到拉满，而你突然发现自己再进一步就会折断。"

"高戈斯舅舅，真是稀客。我还以为你不会再费心管我了呢。"

高戈斯在床上坐下，忍住干呕的冲动。他以前也去过不少肮脏难闻的地方，但这里的味道简直无法忍受。"我从来没那么说过，"他说，"就算说了，那也只是你惹我发火了才说的气话。顺便一问，你喜欢这儿的生活吗？"

伊苏斯露出微笑。"不，"她回答，"我觉得这里很恶心，你不觉得吗？"

高戈斯叹了口气，"我让看守把这地方打扫干净，不管你愿不愿意。现在这样肯定有害健康。"

"可是舅舅，"她用受了委屈的语调说，"正因为恶心，我才想住在这儿呀。这样我就能染上可怕的疾病然后死掉，不给人添麻烦了。你看，我只是在为别人着想。"

高戈斯举起一只手。"今天别来这套，"他说，"我没心情。之前一直追着沙斯特的斧枪手满山跑，你母亲又对我颐指气使，我都记不起上次睡觉是什么时候了。解决了你的事，我又得回山里去找你舅舅巴达斯，把他带回城里，不管他愿不愿意。所以你最好别惹我。"

"否则呢？"伊苏斯在他对面的地板上坐下，认真打量着他，"否则怎么样？来呀，把威胁的话说出来听听。"

"你就——别来这套。"高戈斯闭上眼睛，深深吐出一口气，"你母亲给我的小任务之一就是处理你的事。你让她觉得丢人，你舅舅巴达斯也是。大概在她眼里，我也不是什么拿得出手的货色。"

"哦？为什么？"

"我做事不够讲求实际。"

女孩点了点头。"确实是这样。"她说，"你不懂得止损，常常把时间和精力投入无底洞。你不知道什么情况是得不偿失——"

高戈斯睁开眼睛。"好，够了，"他叹了口气，"你说得够清楚了。其实我不介意。你等于在说，我从不轻易放弃重要的东西。"

她注视着他，头微微偏向一侧。"没错，"她说，"不过，你说重要的东西，我不怎么确定。我不知道对你来说什么是重要的。但你确实从不轻易放弃。"

"谢谢你。"

"这可不是夸奖。还有，你完全不会被罪恶感和基本道德束缚，这点倒是值得认可。"

高戈斯打了个哈欠,"你知道吗,自从那该死的突袭部队登陆思科纳,这是我第一次有机会好好放松。住在这儿应该不错。既没有麻烦,也不用担忧,没有谁揪着我办事。说不定下次尼莎给我任务的时候,我会拒绝服从。除了臭气和污秽,你住的地方其实也不坏,至少比墙角的泥水沟好些。"

"真让人心酸,"伊苏斯说,"可你转移话题了。"

"那又怎样?你在侮辱我。"

她摇摇头,"不,我是在试图理解你啊。如果能理解你、我母亲,还有这个家里的其他人,也许我就能搞清为什么自己沦落成现在这样了。"

高戈斯点点头。"可能吧。"他说,"那么,你想说什么?"

"这个嘛,"伊苏斯思考了片刻,"确实,你这个人从不放弃。你安排别人强奸自己的姐姐,因为害怕家人发现,害怕被他们惩罚,就杀了父亲和姐夫,还试图杀死姐姐和弟弟——我没说漏什么吧?这么多事情真难记。"

"你继续。"高戈斯说。

"按常理说,这种人应该放弃家人才对。他会意识到,活下来的家人肯定不想和他扯上关系了。他应该一个人离开,去干别的事。但是你——高戈斯·洛雷登——没有。你把曾经的一切置诸脑后,说:别抱怨了,你这不是还活得好好的吗,咱们重归于好吧。"她笑了起来,"你知道吗,我真是不得不佩服你。"

"我说过,"高戈斯移开目光,"我从不轻易放弃对我来说重要的东西,比如家人。我会一直坚持,直到听见我想要的答案为止。你看,我已经证明了人是可以改变、可以原谅的。看看你母亲和我吧。如果我们能做到的话,你也能。说真的,生命只有一次,为什么要为了自己不能改变的事而毁掉它呢?"

"啊。"她摇了摇头，"对于我眼中重要的事，我和你一样坚持。比如说杀死巴达斯舅舅。像这样意义重大的事，没有做不到的。"

一只老鼠从墙上两块砖石之间露出脑袋，环视一圈后从地板上匆匆跑过。高戈斯从外衣口袋里拿出钱袋，用力掷出，动作敏捷流利。钱袋打中了老鼠的脑袋，立刻杀死了它。女孩对他怒目而视。

"你这是干什么？"她质问。

高戈斯耸耸肩。"那是只老鼠，"他说，"怎么了？"

"你不能毫无理由地杀生，"女孩愤怒地回答，"不能仅仅因为它是老鼠就杀掉。这是不对的。"

"这话从你口中说出来还真够善良的。你还想杀自己的亲舅舅呢。"

"没错，"伊苏斯说，"但我有理由。"她双膝着地爬过地板，捏着老鼠的尾巴将它提了起来，"非常正当的理由。而你这样的杀戮是一种浪费。"

高戈斯做了个怪相。"有什么大不了的。"他说，"浪费老鼠而已，又不是什么稀缺资源。"

"这是浪费生命，"她回答，"这样很糟。我本来感觉开始理解你了，但也许我错了。"她高高地提着老鼠，然后张嘴凑上去咬掉它的头，咽了下去，"为了食物而杀生是没错的。"

高戈斯看向一旁。"你真恶心，"他说，"前一秒还坐在那儿像个正常人似的说话，下一秒就做出这种事来。"

"亏你有脸说，"她回应，"杀它的人是你。吃它和杀它哪个更恶心？"

高戈斯吞咽了几次。他想呕吐，但不允许自己那么失态。"这么说，等你杀了巴达斯，你会把他吃掉？"他问，"剩下的皮肤和骨头呢？你也不会浪费吧？准备用它们做什么？"

伊苏斯想了一会儿。"这是个好问题，"她说，"我得仔细考虑一下。当然啦，"她补充，"我的手不怎么中用了，但应该还是能做点什么的。"她又拿起了那只老鼠，但没等她下口，高戈斯猛地站了起来，一巴掌把老鼠从她的手里拍了出去。伊苏斯向他吐了口唾沫，接着向后退缩，就像猎物被抢走的猫一样。

"你真恶心，"高戈斯重复道，"肯定是从你父亲那边遗传的。"

"谁知道呢，"她甜甜地回答，"我还没出生他就死了，记得吗？"

九

　　"能再捋一遍吗？"维特里丝耐心地问，"毕竟，这是我学做生意很重要的一部分。你说我们要去买咸鱼？"

　　"没错。"

　　"我们要去买咸鱼，"维特里丝重复道，"然后运到离这里半个世界那么远的老家，也就是一座小岛，四周被大海环绕——"

　　"没错。"

　　"海里满满的都是鱼和渔民，你甚至可以在水上铺满优质的金枪鱼、牙鳕鱼和鲭鱼，从一条渔船直接走到另一条——"

　　文纳德叹了口气。"你没抓住重点。"他说，"岛上的渔业确实很发达，新鲜的鱼确实既丰富又便宜。但是，如果你仔细听过我以前教给你的贸易知识，就会注意到我刚刚用了一个非常重要的词。"

　　"丰富？便宜？"

"新鲜。"文纳德回答,"鲜鱼多得白送都没人要。至于咸鱼,就完全不一样了。"

维特里丝停下脚步,查看商贩挂在摊上的毯子。它们都是外国货,说不准具体来自哪里。毯子的花纹很少见,比老家市场上卖高价的中邦毯子更细腻轻薄些。但她还没来得及开口询价,文纳德就把她拉走了。

"可是,"她说,"岛上没人卖咸鱼,肯定是有道理的。"

"你在犯蠢。"文纳德严厉地说,"鲜鱼市场已经成熟了,那玩意儿每个人都吃,但实在太常见了,完全没有新意。人们总会想尝试新奇事物的,只要不新奇过头就行。咸鱼可不就正合适吗。我们可能要赚大钱了。"

"或者像白痴似的出洋相。你考虑过吗?"

他们离开主路,穿过一扇低拱门,走上一条陡峭的上坡小路。光线突然暗了下来,路旁低垂的屋檐下一片漆黑。"相信我,"文纳德平静地说,"并不只是新奇,也有实际考虑。新鲜鱼必须立刻吃掉,没法保存。"

"本来就不需要保存,第二天买新的就行了。"

"而且,"文纳德一边低下身子躲开一排晾在房子外面的湿衣物,一边继续说,"咸鱼还有和新鲜鱼完全不同的风味。"

"是啊,就是咸味。非常咸。"

"也别忘了,"文纳德锲而不舍地说,"还得考虑性价比。如果能低价购入咸鱼,就能用和鲜鱼差不多的价格把它们卖出去,这一点非常重要。"

维特里丝叹了口气。让人恼火的是,文纳德很可能是对的。她想起了几年前风靡全岛的干牛肉。那段时间,从科里昂进口、在太阳底下晒干的上等牛肉条是唯一时髦的待客食物,尽管它尝起来像皮革,硬得能磕坏牙齿。同时,中邦的运牛货船则只能卖掉一半牛肉。同样流行过的还有进口饮用水、尼亚山羊奶酪,以及从瑞亚用大缸运来的活乌贼。本地的乌贼明明多得吃不完。如果你在奠基者码头不慎落水,上岸时衣兜准能兜住三只。

思科纳的咸鱼交易区位于一座不起眼的小旅馆的天井之中,而旅馆所在的小巷子从一条阴暗狭窄的街道分岔出去,寻找巷口就耽误了半天。它看起来和普通的门径差不多,而街上两侧的房门又大多敞开着。直到维特里丝执意停下来问路(她哥哥对此大为反感),才找到了正确的入口。小巷窄得像条走廊,两人不得不跨过好几个坐在地上聚精会神地织花边、对礼貌的让路请求毫无反应的老太婆。昏暗之中,维特里丝几乎看不清她们手上的活计,光是想象蹲坐在阴影中做精细复杂的针线活就让她不舒服——她昨天才在集市上买了三条精美的花边领圈,此刻都放在旅馆房间里。

他们总算找到了旅馆,但旅馆里又是纵横交错的走道。正当他们觉得走错了路、想掉头返回时,天井却蓦地出现在眼前。

首先映入眼中的是阳光,接着是草地中央那棵美丽的樱桃树。树下坐着一个很胖的男人,似乎根本没注意到环绕天井的回廊里坐着四十多个男男女女。他们大多一动不动,茫然地盯着天空或者地面。但也有几个人正在用成串的算珠做算术,或者忙着在杉木蜡板上写字。这些人丝毫没有挪出位置给新来者的意思。最后,文纳德和维特里丝只能局促地在一张石凳末端勉强坐下。

稀稀拉拉的几句交谈似乎和鱼一点关系也没有。一个年纪很大、瘦得可怕、从手腕到手肘戴满金手镯的老太婆正啰里啰唆地讲着她女儿生孩子时的惨痛经历,周围没有一个人在听她说话。两个结实的光头男人在下跳棋,小小的棋盘放在膝头,棋盘格子是青金石和象牙小方块镶嵌而成的,棋子是珊瑚和琥珀做的。一个一脸困惑、长头发打着结的年轻人正以很快的速度喝着盛在一只铜罐里的深红色葡萄酒。他伸直手臂把酒倒进嘴里,胡子和外袍都被淋湿了。一个样貌可亲、头发雪白、穿着崭新红靴子的老人低声弹奏曼陀林琴。这地方看起来像人间乐园和疯人院的混合体。

坐在天井中间的胖男人突然放下了手里的书,开始谈论鳕鱼。他说,由于最近的恶劣天气和贝尔马尔海峡的海盗活动,高质量的咸鳕鱼不久就要成为稀缺品了。周围一片沉默,似乎他说了什么难听的脏话。然后,一个脑袋像骷髅头、样子凶戾的大个子家伙回答说,他的货仓里放满了成桶的咸鳕鱼,全是优质货,但他很快就得把它们倒进海里,把地方腾给卖得出去的货物。一个漂亮的中年女人打断了他,用平实的语气说,由于她的仓库里塞满了卖不出去的大量鳕鱼,她马上就要破产,目前正在考虑自杀。一个留着短灰胡子、面目毫无特点的男人补充,他先前用女儿的嫁妆投资了鳕鱼,现在已经接受了那可怜的姑娘永远也嫁不出去的事实。

胖男人点点头,安静了片刻,然后宣布,既然现在需求陡增,在之后一段日子里,他恐怕都只能限量售卖鳕鱼,每个顾客最多购买五十厄米尔,而从现在开始,鳕鱼价钱应该定在一厄米尔十七块钱——

("厄米尔是什么?"维特里丝悄声问。

"完全不知道。"文纳德回答。)

——不可议价,先付钱后交货,不接受期票和信用证。角落里一个干瘪矮小的男人(他个子太小,维特里丝好不容易才看见他)叫道:"十五块。"胖男人没有理会,重复了一遍自己的卖价,然后继续埋头读书。中年女人开价十六块,交货时付一半,三十天后付剩下的一半。胖男人头也不抬地说:"十六块,现金。"然后所有人都开始插嘴、叫喊。一片嘈杂中,文纳德没听清收盘价是多少,但能看出竞价已经结束,因为胖男人站了起来,拍了拍屁股,摇摇晃晃地走到其中一个跳棋手旁边,开始和他激烈地交谈,但文纳德听不清。一个模样快活、留着鲜艳红头发的女人站起来,走到树旁坐下,拿出一个绣花绷子。

"如果不知道厄米尔是什么，"维特里丝气恼地小声说，"我们根本弄不清楚买了多少货。"

"打扰了。"有人说。文纳德看向身后。说话的是一个面容严肃的高个子男人，一头短短的灰发，壮观的胡子垂到胸口，简直像铁丝组成的瀑布。"你对我们的计量单位不熟悉吗？"

"不太熟悉。"文纳德承认。

"其实很简单，"男人说，"我们这儿的鳕鱼按科里昂厄米尔来算。一厄米尔大概等于两个思科纳猪头桶，而一思科纳猪头桶差不多是十九佩里美狄亚加仑。对于其他鱼——鲱鱼除外——我们用的计量单位都是沙斯特厄米尔，约等于一个思科纳猪头桶。要用重量单位的时候，我们用思科纳担，相当于佩里美狄亚担。不过为了记账方便，我们会把它换算成沙斯特担，也就是佩里美狄亚担。一思科纳猪头桶的鳕鱼比一沙斯特担要多一点，知道这个也许对你有帮助。当然，"他补充，"新鲜的鱼就不是这么算了。如果你要买鲜鱼来制作咸鱼的话，这点要记牢。"

文纳德绝望地点了点头，谢过了男人的提醒。这时，树下那个快活女人对着她手里的针线活宣布，她手头有四百维赞特高级金枪鱼，但要等有人出到和她进货时差不多的价格再出手。

（"维赞特又是什么？"文纳德悄悄问。

"就是科里昂厄米尔。"他旁边那人回答，"有些人觉得货物量大的时候用那个单位方便些。当然了，她在撒谎，但如果她能把手里的货都卖掉的话，下午就会进更多货来补上。"）

过了一小时左右（在这种情况下估算时间有些困难），文纳德终于加入了竞价，并且和那个拿铜酒罐的年轻人定了口头协议，用十四块钱一克里昂厄米尔的价格购买十二佩里美狄亚担的咸鲭鱼。他们动身离开时，所有人都抬起头来，庄重地祝福他们长命百岁，生意兴隆。

"总共七十二块。"他们出了巷子，重新走上吵嚷明亮的主街后，文纳德说，"要我说，这价钱不错。"

"七十六。"维特里丝纠正道，"十二佩里美狄亚担等于沙斯特担，约等于思科纳猪头桶，或者厄米尔。七十六块钱。据我所知，这比市价略微高一点。"

"哦，"文纳德说，"回旅馆去喝一杯庆祝一下吧。我觉得这是我们应得的，不是吗？"

回到旅馆的时候，四下里半个人影也没有。他们放弃了买酒的念头，在门厅里的两张旧椅子上瘫坐下来。文纳德拿出蜡板，开始努力算账。他抬起头的时候，看见面前站着一个穿着军服的男人。

"文纳德·奥泽尔？"那人问。

"是我。"

"你被逮捕了。"士兵说。

十

"好像断了，"文纳德一边用一块血迹斑斑、从袖子上扯下来的布料轻轻擦拭鼻子，一边悲哀地说，"事实上，我很确定。"

"别这么娇气，"维特里丝鄙视道，"真正断了才不是这样。再说这都是你的错。"

意识到没法从妹妹那里得到同情，文纳德只好转头打量他们身处的房间。这并不是地牢囚室之类的地方，而是位于思科纳银行的总部之中、极长的走廊末端的一间候见室。但这种没窗的房间，四面光秃秃的石墙，加上沉重紧闭的大门，不管它叫什么，只要你被困在其中，那就是一间牢房。

"你真是个白痴，文。"维特里丝继续说，"你到底为什么要和那个人那样说话？"

"我怎么知道会搞成这样？"文纳德苦涩地反驳，"自从到了这倒霉的岛上，所有人都告诉我，'别管那些兵痞，他们只是想吓唬你骗钱。'所以我当然——"

维特里丝叹了口气，"如果你连海关人员和官方警卫都分不清楚的话，那做商人活到现在还真是个奇迹。他明显不是普通——那个词怎么说的来着？"

"我看都一样，"文纳德怨怼地说，"都是穿着制服的大块头废物。他根本没理由打我，我只不过说我不会跟他走而已。"

"不是吧。"维特里丝指出，"你的语气相当无礼。他想抓你的胳膊时，你还推了一把——"

"我没推他，是他撞到我胳膊上了。"

维特里丝粗声粗气地哼了一声，双臂紧紧交叉抱在胸前。"你以前在这种地方待过吗？"她问，"我是说，你知不知道接下来会怎么样？"

文纳德耸耸肩。"不知道，"他说，"他们大概会把我们带去法官那儿受审，然后敲诈一大笔罚款。我猜，他们就是想分点我们的钱。"

维特里丝打了个冷战。"但愿你是对的。"她说，"但你攻击了一个执行公务的军官……他们不会把我们吊死吧？或者让我们蹲很多年监狱？"

文纳德皱起眉头。"可这是家银行呀。"他努力让自己听起来自信一点，"如果每次和异邦商人发生误会，就把人扔进监狱，他们还有什么生意可做？想继续和外地人打交道，就不会做这种事。"

"虽然有道理，"维特里丝根本没被他说服，"但是，现在都不知道我们是以什么罪名被捕的。可能是很严重的罪。"

"为什么这么说？你背着我做了什么坏事吗？"

"当然没有。但有可能是某种他们这里的人特别忌讳的事。"维特里丝沮丧地盯着房门。"这样太蠢了，"她说，"被困在这里，对情况一无所知。我们待了多久了？"

文纳德耸耸肩，"三个小时？我不知道，反正挺久了。我还需要看医生呢。"

"哦，别提你那愚蠢的鼻子了。你这人怎么老是只想着自己？"

"好吧，都是因为我之前给仓库管理员交了钱，你一直念叨我太好骗了——"

维特里丝叹了口气，"妙极了，那我们就来大吵一架，互相指责吧。好歹能消磨时间。待在这儿我很害怕。"

"我也不舒服。"文纳德承认，"要是有能够帮忙的熟人就好了。"

维特里丝张开嘴想说什么，然后又闭上了。片刻之后，门开了，一个士兵出现在门口。

"跟我来。"他说。

他们照做了，穿过一条无穷无尽的走廊，登上几级阶梯，走下几级阶梯，踏上一段楼梯，又走过一段同样漫长的走廊……一路上什么人都没看见，只有士兵的靴子踩出响亮的脚步声，回荡在石墙和天花板之间。文纳德开始怀疑他们是在绕圈子的时候，士兵突然停了下来，拉开一扇门。"进去。"他说。

这是另一个空荡荡的无窗小房间，摆放着两把几乎一模一样的椅子和一张桌子。文纳德和维特里丝被推了进去。门在他们身后关上了。

"好极了，"文纳德叹了口气，"也许这是一种特殊的刑罚，专门用来对付犯了重罪的人。我们可能余生都要——"

"闭嘴，文。"

十分钟后，门再次打开，另一个士兵把他们带了出来，领着他们穿过另一条无穷无尽的走廊，走上几级阶梯，进入另一个空旷凄凉的房间。但这一间又宽敞又高大，有着悬臂托梁式的屋顶和粗壮的花岗岩立柱。除了一张石制长凳之外，屋内空无一物。他们坐了下来，还没来得及习惯这稍有改善的环境,门又开了,一个文员走了进来。

"董事可以见你们了。"他说,"这边来。"

文纳德看了看妹妹,她耸了耸肩。文员把他们领到邻近的房间,和刚才待过的那间几乎完全一样,只是中央摆着一张桌子,桌子后面坐着一个女人。她身材偏矮胖,有一张宽脸,眼睛很大,发灰的褐色头发紧紧扎成一个发髻,身上穿着一件和平民罩袍样式差不多的暗绿色长袍,腰间系着一条没有装饰的绳子当腰带。她坐在一张没有扶手、又大又旧的木头椅子里。房间里没有其他坐的地方。

女人打量了一下他们。"文纳德和维特里丝·奥泽尔。"她说,用的是陈述事实的语气。

"对。"文纳德回答。女人的嗓音很低,佩里美狄亚通用语唱歌一般的语调中,带着一丝陌生的口音。"恕我冒昧,"他继续说道,"但是,为什么把我们带来这里?"

女人看着他。

"我是说,"文纳德接着说,"那个士兵拉我的时候,我确实推了他一把,但那只是本能反应,而且是他先动手的。再说,他揍我就根本没道理了,所以……"他的声音逐渐低了下去。女人仍然看着他。

"你还攻击了军官啊,"她说,"这我先前不知道。"文纳德刚想开口说话,又闭上了。她不再看他,注意力转向维特里丝。

"从佩里美狄亚营救亚历克修斯教长的事是你安排的。"她说。维特里丝点点头。"在他来到这里之前,还和你们一起住了一段时间。"她的语气仍然平静,讲的依然是无可争议的事实。

"没错,"她说完之后停了下来。为了打破沉默,维特里丝回答:"我们在城市陷落之前认识了他,成了朋友。他是个和善的老人,我们很喜欢他。"

"我是尼莎·洛雷登，"女人说，"你认识我的两个弟弟，高戈斯和巴达斯。"

维特里丝点了点头。

"你也听说过我。"

"是的。"维特里丝真正想说的是，我们是不是还见过一面？不是在这里，是在……另外一个地方。我确实怕你，但不如你想的那么怕。

尼莎·洛雷登的一侧嘴角轻轻抽动了一下。"你知道亚历克修斯现在在哪儿吗？"她问，"你到思科纳岛后，有没有和他见过面？"

"没有，"文纳德说，"他离岛之后就没见过他了。你是不是邀请他——"

"我想不是，"尼莎·洛雷登说，"我觉得他是来找你的，想请你把他带回岛上。你应该知道他在哪里。"

文纳德开始激动地反驳，两个女人对他毫不理会。事实上，在她们眼中，他已经不存在了——空洞的房间里只有尼莎和维特里丝两个人，隔着一张粗糙简单的桌子面对面站着。

"你知道我们来这儿之后没见过他。"维特里丝说。

"我知道，"尼莎回答，"至少，我现在知道了。真是可惜，要解决现在的混乱局面，我还得用上他。你知道现在的局面吗？"

"不太清楚，"维特里丝回答，"只是听过传言，关于突袭部队——"

尼莎耸耸肩，示意她不用说了，"不过，我想见你不是因为他。你爱上了我的弟弟。"

"没有！"维特里丝气冲冲地回答，"只是有过那么一次而已，第二天早上我就觉得糟糕极了——"

尼莎微笑了起来。"我说的不是高戈斯，"她说，"是巴达斯。对不对？"

维特里丝皱起眉，"我一点也没感觉到。如果有那种事情的话，我觉得自己还是会注意到的，不是吗？"

"不一定。好，那这么说吧，他把你迷住了。你第一次见到他，就被吸引了——那是看见他在法庭上和人斗剑的时候，是吧？接着，出于纯粹的巧合，庭审结束之后，你立刻在一家酒馆里见到了他，和他说上了话，你觉得——很感兴趣，是不是？"

维特里丝想了想。撒谎明显没有必要。

"可能吧，"她说，"但我经常看见长得讨我喜欢的男人，又由于各种原因没了下文。和他们发展下去……不妥当。"

尼莎又露出微笑，这种笑和大多数人笑起来的意思不同，"但你救了他的命，不是吗？你用了自己作为天赋者的能力，使用了元理，改变了结局，对不对？"

维特里丝摊开手。"说实话，"她说，"我不知道。高戈斯……他通过某种方式把这件事告诉了我，但即便真是我做的，我也没有意识到。天赋者不就是这样吗？这一点你应该和我一样清楚才对。"

"不一定，"尼莎把手指交织在一起，"我的天赋和你不太一样。我发现了一种有意识使用元理的方法。在我之前，应该没有人做到过。这意味着我的能力虽然有限，但能随心所欲地使用它。我本身不是个天赋者，但我能——该怎么说呢？就像水蛭，或者在别的鸟巢里下蛋的布谷鸟。"

"我觉得叫'寄生虫'比较合适，"维特里丝说，"你是个附在天赋者身上的寄生虫。"

"说得很好，"尼莎微笑着说，"我想知道更多关于亚历克修斯和卡纳迪的事情。他们应该学会了——或者摸索出来了怎么做我所做的事。而我没有用任何与生俱来的能力，只凭借后天习得的技术和知识就做到了。对他们来说，那只是纯粹的巧合而已，是他们在学术研究的过程中无意发现的。"听她的语气，好像学术研究完全没有意义。"不用说，我想知道他们所知的一切，因此我把亚历克修斯带到了这里。卡纳迪此刻正在基金会当导师，这实在可惜，但是等我有时间就会处理好那边的事。不管怎样，这都不是重点。重点是你对我弟弟的兴趣，你似乎能——唔，控制他。"

"噢，这不是真的。"维特里丝抗议，"你说得好像我能够操纵他做事一样。我很确定我不能。我从来没试过，但我知道——"

"你帮他避开了死亡，"尼莎打断了她，"或者说，有人借助你达到了那样的结果。我该告诉你一个秘密吗？好吧，为什么不呢？你不算太蠢，总会自己明白的。你的朋友亚历克修斯也是个天赋者，可笑的是，他并不知道。这么多年来他一直苦读不倦，喋喋不休地和那些愚蠢的学术界老头交流，却不知道自己有能力操纵元理。我觉得他应该想都没想过。也许是不感兴趣吧。这也有可能，不是吗？他告诉我元理——我当时为了气他，管它叫'魔法'——的实用效果纯粹是哲学研究过程中产生的不相干的副作用。你能想象他这种态度吗？举个例子吧，想象一下一个古代烧炭工，毕生的追求就是提升自己烧炭的技术。有一天，他发现火堆的灰烬里有一些小小的闪亮碎屑。他把它们捡了起来，但是对它们没兴趣，就随手扔掉了，下一次再看见的时候也毫不理会。这个人无意中发明了提炼铁矿的方法，但他只对木炭有兴趣，所以将提炼技术彻底忽视了。好了，说得够多了。亚历克修斯是个天赋者，这一点千真万确。"

维特里丝看着她，感觉就像看向城墙上的弓箭射击口。"你想从我们这里得到什么？"她问，"你是个生意人，我也是。你要做什么交易？"

"啊，"尼莎赞同地说，"你终于学会和我说话了。事实上，你有不错的生意头脑，比你那蠢货哥哥好多了。像我们这样有着商业嗅觉的女人，似乎都会被没用的兄弟拖累。你只有一个，也算运气好了。我就知道如果仔细找的话，肯定能找到我们的共同点。和你实话实说吧，有时候我能看见一个未来，看见我的一切努力和成就都被毁掉，所有事情都大错特错。而在这个时刻，我总能看见我弟弟巴达斯。我知道——别问我怎么知道的——他只要愿意，就能阻止灾难。但他偏不那么做。"她皱着眉头停顿了片刻，像是在为账本里怎么也做不平的账目烦心。"我当然尝试扭转那个未来，但我做不到，因为那个时刻的世界里没有我——那也是一股我怎么努力都解不开的丝线。我觉得那个局面跟巴达斯和亚历克修斯都有关系，或许还有你。"她叹了口气，"不瞒你说，这已经成了我的执念，连我真正该做的工作都会被它影响。我不喜欢这样，太烦人了，不知道你能不能明白。"

"我能想象。"维特里丝面无表情地说。

"你能吗？真有趣。按逻辑来讲，我有两个选择。我可以让亚历克修斯干涉那个未来，就像我那讨厌的女儿让他诅咒巴达斯时那样。但我对他没什么信心。我怀疑他的诅咒能够成功，很大程度上是运气使然，破解起来也不太难。另一个选择就是你。毕竟你也是个天赋者，大概能力还很强。你也被那股线缠住了。而且，"尼莎平静地补充，"你比那个看起来已经活腻了的老人更容易操控。毕竟，你年轻漂亮，有个感情很深的哥哥，也关心亚历克修斯和巴达斯。让你乖乖听话的方法实在太多了。唯一的小问题就是，我该先用什么手段。"她抱起手臂，"我说清楚了吗？"

维特里丝想要开口，但文纳德还在说话，说的是她和尼莎开始这场奇怪的对话之前，他没说完的那句。尼莎·洛雷登等着他说下去，然后弹了弹舌头。"如果你的撒谎技术真的这么差，"她尖锐地说，"我建议你别做生意了，找个其他营生吧。无论如何，"她做了个满不在乎的手势，"情况很不错。文纳德·奥泽尔先生，对你来说眼下最明智的做法，就是在——我想想，不能让你太难办——在四十八小时内离开这座岛。你妹妹会留在这里，和我一起。我们有事情要谈。"

有那么一会儿，维特里丝唯恐文纳德做出蠢事，比如拉上她往外逃，或者出手揍尼莎。她本能地抓住了他的手臂。他甩开了她的手。

"我不接受，"他的语气英勇而坚定，"如果你试图拘留一位岛屿居民——"

"没事，"维特里丝说，"我会没事的。你走吧。别担心我。"

文纳德看着她，好像有把椅子活过来咬了他一口似的。"不，怎么就没事了。"他急躁地说，困惑极了，"你肯定不想待在这里，和她一起——"

"我想。"维特里丝说。

"不，你不想——"

"你可以走了，"尼莎打断了他，"不然我就把你们两个都留下来。但是，如果你留下来，奥泽尔先生，你会经历很不愉快的事。别和你妹妹吵嘴了，处理你自己的事情去吧。"

文纳德看向她，然后看向维特里丝。他觉得眼前好像是两个伪装成人类的怪物。他想说点什么，却什么都想不出来。

"拜托了，"维特里丝说，"真的，我肯定会没事的。如果你闹起来，才会出事。"

文纳德深吸了一口气。"我不明白。"他真心实意地说。

"真是让人惊奇啊。"尼莎说，"军官会带你出去的。"

高戈斯其实想回家。但是，他只能脚步沉重地穿过走廊，沿着台阶上上下下，最终来到那间有着悬臂托梁式的屋顶和毫无品味的粉色立柱的大厅。他拦住一个文员，对方告诉他董事正在忙。

"不，她没有。"高戈斯回答，"如果她在接待其他人的话，让她把他们赶走。我有重要的事。"

文员恨恨地看了他很久，这才走进董事办公室。片刻后，他走了出来，几乎藏不住脸上得意的笑容。

"恐怕董事不在这里。"他说。

"别犯蠢了，"高戈斯说，"董事住在这儿。如果不在办公室，那肯定在卧房。去告诉她……算了，见鬼去吧，我自己去。"看到文员惊恐地试图阻止他，他补充道，"没事，我知道怎么走。"

他从文员身边走过，用肩膀把他撞到一边，走进办公室用力关上门，然后穿过房间，来到一面嵌在墙上、几乎看不见的门前，用拳头在门上砸了一下，猛地一把推开，大步走了进去。

"你他妈的这是干什么？"

"你好啊，尼莎。"高戈斯回答。

房间很小，比关押她女儿的牢房还要小，也更加干净，但家具更少。远端角落里有一张当作床铺的石制搁架，另一个角落放着一只简朴的橡木箱子，上着锁。床铺上方的墙壁里有一处凹槽，一盏油灯的火苗在短短的灯芯上摇曳。房间里没有壁炉，也没有窗户，低矮的天花板下只有一个被铁栅覆盖的通风口。尼莎·洛雷登躺在石架上，全身赤裸，正在织补一条已经布满补丁的长袜的后跟。

"出去。"

"好吧，"高戈斯说，"五分钟后办公室里见。"

不到五分钟后，尼莎就冲出了房间。她穿着一条紫色的丝质长袍，赤着脚。"你再敢那么做——"她说，但高戈斯打断了她的话。

"出问题了。"他说。

"是什么？"

他在给来访者用的椅子上坐下，跷起二郎腿。"人质都死了。"他说，声音平板，毫无起伏。"先前我在这儿和你闲聊的时候，我手下的人想用烟把他们熏出来。结果他们烧掉了整座村子。"他苦笑着补充，"还有阿比亚克种植园。真是太可惜了。我觉得你需要尽快知道这个消息，所以立刻赶过来了。"

尼莎盯着他看了一会儿，好像没听明白他在说什么，然后开始骂起了脏话。她说起脏话来像男人一样流利。骂完之后，她拿起装苹果酒的杯子，把里面剩余的酒一饮而尽，又往嘴里填了一块小蛋糕。

"怎么办？"高戈斯问。

"我还想问你呢。"尼莎边嚼边回答，"一开始想杀他们的不是你吗？"

高戈斯不耐烦地皱起眉头。"没错，确实是，"他说，"然后你和我解释了，那么做非常愚蠢。拜托，你冷静点，我真的得去补补觉了。"他说着，用一个长长的哈欠佐证自己的观点。

尼莎用两个掌心搓了搓脸。"好吧，"她说，"我们先用理智想一想。首先，你觉得有没有可能瞒住这件事？毕竟，又没有规定我们必须告诉他们人质死了。可以说他们投降了，然后被我们转移到了安全的地点，以防有人来营救。甚至可以说我们用船把他们无声无息地转移走了，离开了思科纳。这样短期内不会有麻烦。"

高戈斯摇了摇头。"第一，我们迟早得承认。"他说，"第二，我觉得不走漏风声是不可能的。天知道我们的人里有多少基金会间谍，我连笔记都不用查就能点出三十个。一个暴露的间谍背后肯定有至少三个隐藏身份的。我觉得还是别想了。"

"那好，"尼莎说，"还是再考虑一下你最初的主意吧。在我看来，我们有两个选择。其一，我们可以大肆宣扬一番，比如侵略者格杀勿论，然后等着基金会的派系内斗替我们做收尾工作。但我觉得这样行不通。原先反对远征袭击的派系这下会呼吁发动报复，而原先支持远征的派系也不敢表示异议。我猜，这些派系最后会像开竞价会一样，把行动权交给愿意派出最大的征讨部队的那一派。"

高戈斯点点头。"有道理。"他说，"另一个选择是什么？"

"那个嘛，"尼莎说着，拧着鼻尖，"就是你之前的主意了。一开始支持派出突袭部队的派系现在会进退两难。如果他们提议对我们发动报复，就等于支持敌对派系。如果反对他们，就会被视作懦弱无能。问题就在于，他们的意志是否足够坚定，能够挺过这阵风波，还是说我们能给他们制造恐慌，迫使他们与我们做一场交易。你怎么想？"

高戈斯思考了一会儿。"听了你昨天说的那些话——神啊，感觉是很久之前的事了——我现在的直觉是别走这条路。他们的派系中确实有几个足够疯狂，宁愿打开城门放敌人进来也不愿意让敌对方占上风。但这还不够。我们需要做长远打算。那些反对派肯定没有选择，只能同意发动报复，是吧？所以，他们唯一的希望，就是这次征讨比以前还要失败。而这一点我们可以帮他们实现，与他们谈条件。"

尼莎点点头。"这对他们来说同样是一步险棋。"她说，"暗中通敌确实比公开叛国好得多。但如果计划失败或者暴露的话，他们仍然会被处死。"

"没错，"高戈斯承认，"但是你再想想，按照我原先的主意，至少需要两个派系完全加入我们的计划，现在只需要几个人——几个派系中的疯子，可以这么说——向我们提供有用的信息，并且在物资供给和战略部署两方面进行破坏工作，以此帮助我们。合适的人选我大概知道十几个。"

尼莎摇了摇头，"这个计划默认了一点，就是我们只能凭借派系内斗击败基金会。我不喜欢这种没有定数的事。我认为，就算能得到内部情报，合作方也尽力妨碍了袭击行动，我们本身的实力仍然不够与倾巢而出的沙斯特军队抗衡。到最后，获胜的仍然会是人数占优的一方。就算击溃了一次进攻，甚至把他们的士兵屠杀殆尽，他们下次难道不会派一支更大、更精良的军队来吗？"

高戈斯又打了个哈欠。"好吧，"他说，"那换个角度试试呢？设想一下，六分者们突然意识到基金会并非坚不可摧，久负盛名的沙斯特斧枪手被思科纳的弓箭手狠狠羞辱了一番——"

尼莎刺耳地笑了起来。"纯属幻想。"她轻蔑地说，"他们是农夫，不会骤然聚众造反。就算那么干了，成功也得靠运气。需要一系列凑巧的事像滚雪球一样让他们越来越兴奋，直到所有人都疯狂起来，不论什么事都有胆子去做。这种事情确实有，但你不能指望它发生，也无法预先筹划。我的想法是做一场交易。"

高戈斯挑起眉毛。"我想不出怎么做。"他说，"记得吗，我们面对的不是理智的人，而是结党成派的恶棍。和他们在明面上交流等于自杀。"

"也许吧，"尼莎说，"除非我们能够提出他们无法拒绝的条件。要不这样，首先，我们宣称人质的死亡是一场不幸的意外——比如森林火灾——并对此表示真诚深切的惋惜。显然，"高戈斯试图插话，但她继续说了下去，"如果这场交易不是对他们足够有利，他们是不会同意的。我们还是正视事实吧——如果找不出避免全面战争的方法，我们会被彻底消灭。"

"我同意。"高戈斯说，"那我们怎么出价呢？"

尼莎拿起一支笔摆弄起来。高戈斯注意到，这玩意儿是典型的尼莎的东西——一根修剪过的普通鹅羽，安装着小巧的金制笔尖。"不能太低。"她说，"不用说，也不能多过必要的好处。"

"仅仅是金钱是没用的。"高戈斯说，"他们的资本已经足够庞大，钱对他们毫无意义。得给他们土地，很可能还要加上别的东西。"

"好吧。我提议，把我们在内陆持有的所有抵押债券转交给基金会。一项不剩。毕竟，那才是他们一直想要的，不妨给他们。如果能毫不费力地从我们手中得到那些土地，他们就不会再想要其他东西了。"

"那好。"高戈斯冷静地回答，"问题是，之后我们靠什么吃饭呢？"

"噢，到时候总有办法的。而且，这么和你说吧，我们要是死了的话，就连吃饭都不用担心了。"

高戈斯点点头。"好吧，"他说，"你说的有道理。长远来看，这些围绕六分者的争端并不会给我们带来什么好处。这么久以来，我一直在说我们应该注重商业和制造业，而不是一味守旧。当然，我们还没有完全准备好，但——"

尼莎笑了起来，"这就是你那个把思科纳打造成新的佩里美狄亚的计划，对吧？相信我，我不打算泼你冷水，这确实是我们努力了很久的目标，所以，这样也好。"

"没错，"高戈斯说，"而且，到时候我们仍然有船。"

尼莎摇摇头。"别这么想。"她说，"你别忘了，除了土地之外，很可能还要搭上别的东西。站在他们的角度看，如果把我们彻底消灭了，土地自然也归他们，还能洗清之前败仗的耻辱——要让他们把这件事置之脑后，非得给他们一些特别的利益才行。要记住，在他们的文化中，打仗是件好事。要让他们放弃一场上好的战争，以及肯定属于他们的最终胜利，我们必须给他们足够的好处。"

"所以？"高戈斯耸耸肩，"你的主意是？"

"把舰队送给他们。"尼莎回答，"这是他们极其渴求、又无法用武力夺走的东西。我们把船交给他们，提供人手帮忙训练，在训练完成之前帮他们驾驶船只。从他们的角度看，这样很合理。当然，我们得表现得像是不得已才做出这个让步。"

高戈斯皱起了眉头。"这就等于放弃了在这个地方谋生的所有希望。"他恼火地说,"好吧,也许我们可以给他们一些船和一些人手,但为什么要全部给他们?"

"你没抓住重点。"尼莎说,"成就佩里美狄亚繁荣商业的不是他们的船只,而是物美价廉的货品。我觉得未来发展的关键是你那些生产军队物资的作坊。让做箭尾的工人去做纽扣,做军械的工匠也一样转行。他们既然能生产头盔和剑,那肯定能生产铜罐和铁铲之类的东西。速度要快,造价要低。想想吧,到了世界上所有的纽扣都由思科纳生产的那一天,我们就该感谢现在放弃做抵押放款这一行的决定了。照我说,我们连军队都可以放弃,因为不再需要打仗了,沙斯特会为我们代劳的。"

高戈斯看着她。"抱歉,"他说,"我没听明白。"

"你想想,"他姐姐回答,"到时候沙斯特有了船队,却没有货物可卖。他们会开始用船装运我们的货物,开始依赖我们,因为这是个轻易赚钱的办法。"她展颜一笑,"最后,我们也许能不费一兵一卒就掌控沙斯特。"

高戈斯思考了片刻。"这也太他妈冒险了。"他说。

"我们当初来这里也是冒险之举。"尼莎心平气和地说,"和已经做成的事情相比,这个计划根本不算什么。而且,你一直说我们该往这个方向发展。这么做可以避免一场战争,也不会被杀掉,这才是最重要的。世上没有比战争更消耗金钱的东西了。就算我们和死神签下契约,确保获胜,我也绝不愿意打仗。你打几场小规模的战役作为兴趣爱好我不介意,但要是你觉得我会任由一场大战发生,你就错了。"

高戈斯一动不动坐了很长时间,安静地沉思着。"好,"他最后说,"如果他们不配合呢? 如果他们无论如何也不接受交易——"

"这个很可能。"尼莎打断了他的话,"毕竟他们就是那种人。"

"是吧，没错。那样我们该怎么办？"

尼莎做了个怪相。"很简单，"她说，"我们在几艘好船上装满财物，前往岛屿地区，把这儿扔给大举进攻的沙斯特人。毕竟，"她露出悲哀的微笑，"我们当年抛下一切离开了家，再来一次也经受得住。而且这次我们可比上次有钱多了。"

高戈斯站了起来。"我要回家睡觉了。"他说，"你仔细考虑一下，早晨再告诉我你的决定。不过，还有一件事。"

"什么？"

"巴达斯。我们拿他怎么办？"

尼莎耸耸肩，"当然要把他一起带走。说起来，我交给你的那个任务怎么样了？根本没开始吧？"

"尼莎，"高戈斯皱起眉头，"我最近很忙。"

"我注意到了。"尼莎回答，"好吧，别忘了就行，不然就只能我来做了。记住，"她补充，"我可不会和你一样。"

卡纳迪？

没有回答，什么都没有。这感觉像是他又回到了童年时代，站在一扇被别人的母亲挡住的门前：不行，卡纳迪今天不能出来玩了，他得帮他父亲照顾鸡群。他叹了口气，睁开双眼。理论上说，头疼意味着他和元理产生了接触。但实际上，亚历克修斯头疼的原因更可能是头部保持着别扭的角度，紧闭着双眼坐了太长时间。天赋者？这样也能管自己叫天赋者？说什么呢。

这一天格外漫长，因为尼莎给他上了第一堂"魔法课"。他试着运用新学到的技巧，结果彻底失败了。据董事所言，闭眼盘腿坐在地上，任由脑袋像绞刑架上的死人似的垂向肩膀，集中精神，让心灵变成一块沸腾的镜面，不断汇集蒲公英种子一样四处飘浮的丝丝缕缕的元理。不过到目前为止, 他一点迹象都没——

——他坐在一个木桶上, 这里是一艘船的甲板。大海风平浪静, 从太阳的位置和光线强度来看, 此刻正值清晨。天空布满一道道红色朝霞, 空气清新宜人, 但他觉得累极了, 好像为了等待黎明一夜没睡似的。甲板上只有他一个人, 这意味着船员们仍然身在梦乡。

他抬起头, 向陆地远眺。看到的景色和他初次被带到思科纳时从船上看到的一样。从这个角度看, 思科纳和佩里美狄亚略有些相似, 只是没有上城, 也没有引人瞩目的背景相衬。陆地像匆匆抹在天际线上的灰绿色污点, 还没有彻底干透。但是, 眼前的画面有些异样。不难看出到底是哪里不对。

思科纳镇成了一片废墟。一股股青烟从曾经伫立着建筑物的位置升起。港口空空荡荡, 码头周围的仓库都已经不复存在。映入眼帘的一件东西使他站了起来, 向船舷外看去。几码外的海水中, 他看见了一具尸体, 面朝下漂浮着。事实上, 尸体还不止这一具, 个个被海水泡得肿胀, 看不清民族身份, 甚至无法辨识性别。浮尸毫无生气, 除了血、骨头和肉之外的一切都已被夺走。将同类看作物品、看作单纯的肢体器官的机会并不多。就算失去了生命, 总的来说, 人仍然保留着曾经作为独立个体的特质。但如果隐藏了面孔、性别和可供分类、辨别的衣物和财产, 剩下的不过是些血、骨头和肉, 剩下的只是原材料。

看来那里发生过战斗, 亚历克修斯推测。海里的尸体意味着海战, 或者猛烈的风暴。港口没有船, 说明船只都被派去跟敌人作战了, 或者用于撤离镇中居民。要么是大风暴之后发生了一场灾难性的火灾——但风雨肯定会扑灭火焰——要么是海战之后敌人成功登陆, 攻击了城镇。如果是那样, 那敌人肯定是沙斯特。可沙斯特人并没有舰队呀。

"亚历克修斯，"有个声音在他后面问，"发生了什么？"

卡纳迪。我一直在找你。

"是吗？我都不知道……"

噢，真是太谢谢你了。别人说你是世界上最了解元理的人，这是怎么回事？

"你指的是玛基拉的话？仅仅因为她年龄太小了，特别喜欢搞英雄崇拜。"

这倒没错。眼下又是怎么回事？你在这里做什么？

卡纳迪在木桶上坐下，露出一个虚弱的笑容。"其实，"他说，"我经常来这里。我觉得这儿能让人心情平静。"

平静？看着被烧毁的城镇和这些尸体？你疯了？

"当然不是这个原因，"卡纳迪不耐烦地回答，"而且，和我最近遇到的事相比，这算好的了。这儿的战争已经结束了。当你被迫目睹肉搏恶战，看着手无寸铁的平民被屠杀之后，看看平静的大海和阳光挺舒服的。"

你目睹了战争？

卡纳迪悲伤地笑了。"目睹？我一直在编写它，就像平时在脑中想象出不同的未来一样。在你质问我为什么要做这种事之前，我得告诉你，罪魁祸首不是我。噢，我确实进行了粉饰和编排，但那只是职业使然。是我那该死的学生把未经雕琢的原坯构想了出来。"

那个女孩？她把整座岛都诅咒了？

"郁闷的是，好像确实如此。"卡纳迪回答，"是她独立完成的，没有凭借我的帮助。事实上，我一直在尽力破解，至少让最糟糕的部分变得温和一点。我觉得她没注意到，至少现在还没有。"他皱起眉头，"你要是看到这里之前是什么样的，那才难受。到处都是跑来跑去的人，乱劈乱砍，血喷得到处都

204

是。我猜，她那个年纪的人没见过真正的战争，只在书上读过、在歌里听过，所以才会想象成刀剑相击，人们乱跑，人头在水沟里乱滚，或者像我们小时候做的皮球似的在街上蹦来蹦去。实在可怕极了。"

你也想让这一切发生？

卡纳迪用力摇了摇头，接着又说："但我能做什么呢？"他说，"我一个人没办法，所以我才一直在找你。"

抱歉，别把我卷进来。以前破解一个人身上的诅咒就差点把我害死，这你没忘吧。给一整座岛解除诅咒肯定会让我没命的。不过，众神啊，这个玛基拉真是个残酷的小东西，有点像之前那个可恨的女孩。

"一点都不像！"卡纳迪叹了口气，"她腼腆、温和、礼貌又胆小，课后想问个问题都会紧张得要命。但她这样反而更吓人，你不觉得吗？"

亚历克修斯缓缓地点了点头。那告诉我发生了什么吧，他说，然后我们可以从头开始研究，看有没有阻止这一切的办法。

"很简单，"卡纳迪说，"沙斯特舰队从思科纳岛防守薄弱的那一面绕了过来——"

等等，说慢点。什么沙斯特舰队？

"我也不明白啊。可是，他们显然搞到了舰队，正把军队运过海峡。这时，思科纳的船出现了，好戏开场。他们击沉了十五艘沙斯特的船，上面载满了士兵，全都淹死了。接着又点燃了另外六艘。这以后，思科纳的船全部被击沉。"

都沉了，原来如此。你继续说。

"毕竟数量差距太大了。不管思科纳的船多么精良，也只有二十二艘，差得太远了。总之，沙斯特舰队在生人码头强行登陆。情况非常糟糕，他们损失惨重，但仍然凭借人数优势冲破了阻挡。接下来就是大规模的屠杀了，你可以看到结局。"

卡纳迪,这太可怕了。我们必须想办法阻止这个未来。

卡纳迪疲倦地看着他。"好吧,"他说,"请问到底怎么做?你来制订一个简明易懂的计划,我尽力帮助,如何?"

那好,阻止那个女孩。让她知道这是错的。告诉她别这么做了。你是她的导师,不是吗?你应该能控制一个年轻脑腆的学生才对。

"噢,对极了。"卡纳迪气冲冲地回答,"说得真轻巧。那样的话,她就会去院长那儿说,卡纳迪博士发现我可以帮我们在战争中获胜,却告诉我不要那么做。他们会把我吊在柠檬树上当标枪靶子的。这不行。我觉得唯一可能行得通的方法——注意,这只是猜测——就是杀了她,而我不能那么做。抱歉。"

思科纳被毁,双方死伤数千人,思科纳被烧成平地……难道说,被大火摧毁是镇子和城市不可避免的命运?还是有什么更精确的原因?比如说,只有和我扯上关系的城镇才会……

"而且,"卡纳迪继续说道,"我不觉得杀死她能解决问题。要阻止这一切,该找的不是她,而是另外的人。"

"比如说?"

"比如那个将要主导这场进攻、率领舰队的人。我想,这就需要你的帮助了。"

我?为什么?

一个热切的笑容在卡纳迪脸上蔓延开来。"就是你。"他说,"因为那个将军名叫巴达斯·洛雷登。"

十一

玛基拉从梦中醒来。这个梦她总是做完就忘，梦中有浓烟和屠杀，还有人在叫她的名字。记不起这个梦她一点也不介意，没有哪个心智正常的人愿意把那种东西留在脑子里。

她打了个哈欠，坐了起来。她是不小心睡着的，希劳德的《责任与意志》还有三分之一没读完，而第一次学位测验的时间已经近得让人心慌了。在应用科学和次级艺术方面，她的学习进度超过了所有人，但最近在投影练习上花了太多时间，阅读已经落后几个星期了，而测验中最先考的就是"精选作者"。如果不是那糟糕的头痛，功课其实还不算太重。驻校医生说，头痛应该是因为读书时光线太暗。真是这样的话，就只好把阅读时间挪到白天了。也许她应该停止投影练习，至少等测验结束后再来。毕竟，应用科学的成绩只占总成绩的百分之十五。

她抓着水罐朝自己的方向倾斜了一点，里面空空如也。她叹了口气拿起它，一路小跑下螺旋楼梯，到天井的蓄水池去打水。抱着装满水的罐子刚刚直起身子，背后就传来一个声音。

"你好呀。"那声音说，"原来你在这儿，过去几个星期你都躲到哪儿去了？"

她叹了口气。"你好，科托伊斯。"她回答，"我一直在用功学习，不过这种事你是不会懂的。"

"真幽默，"科托伊斯·索福说，"恰好，我最近也很用功。"

"真的？你在学双音节单词之类的吗？"

年轻人的表情一反常态地严肃起来。"当然不是，"他说，"我最近对学习产生了一种无法抗拒的渴望。卡纳迪博士因为我的次级艺术论文逾期未交，从思科纳突袭队名单中撤掉了我的名字。这件事让我意识到，自己内心深处其实是个好学的书呆子。就算把我锁进一座图书馆然后扔掉钥匙，我也愿意。"

玛基拉睁大了眼睛，"你本来该去突袭部队的？"

科托伊斯点点头。"伦瓦特叔叔本来动用了关系，安排我和他一起去，当他的副官或者随从。我高兴坏了，结果卡纳迪博士插了一脚。"他移开了眼神，"他们说反抗军已经把伦瓦特叔叔的脑袋挑在了杆子上，立在生人码头示众。据说从海滨步道往海关厅走的路上，看见的第一样东西就是伦瓦特叔叔。"

玛基拉打了个寒战。"应该不是真的，"她鼓起勇气说，"这种传言大多是乱编的。拉默说，反抗军的间谍会故意散播谣言，让我们担心，觉得我们会输掉战争。"

科托伊斯耸了耸肩，"好吧，如果那是他们的目的，我觉得他们做得很成功。那么多人啊，玛基拉。远征队里有不少我们的朋友：哈因·葛奇、米希尔·法伊姆，包括我——差一点也去了。米希尔比我还小呢，该死的，还在识字学校的时候，我就拿他比我小六个星期这件事开他的玩笑。比我还小的人怎么就死了呢？"

玛基拉想了想。"你表弟希罗不是十五岁死的吗。"她说，然后立刻后悔了，不知道自己为什么会说这种无礼的蠢话。毕竟，提起和他感情深厚的表弟没有任何安慰作用。

"没错，"科托伊斯平静地说，"但是他病了半年，我们至少知道他快死了，有机会习惯这个事实。但是哈因和米希尔没有生病。该死，哈因几个星期前还借了我的几何学笔记，要补抄他错过的部分。这下我还怎么在考试前把笔记拿回来？"

玛基拉正想责怪他太过自我中心，他突然哭了。这实在令人手足无措。科托伊斯是从来不哭的，认识他这么多年，她都没见过他掉眼泪。五岁那年，他在北蓄水池边上摔下阶梯，两个膝盖都磨破了皮，当时似乎马上就要哭了。她就站在那里，仔细打量着他，像观察有趣的天文现象一样等着他哭出来，可他没有。他遇到什么都不会哭，这是最令她恼火的一点。

"科托伊斯——"她说。

"噢，见鬼去吧。"他抽泣着嘟囔，"这样太蠢了，现在你会告诉所有人——"

"科托伊斯，我不会的。"

他耸了耸肩，用袖子擦着鼻涕。"无所谓了。"他说，"最让我难过的是，如果我按照原本的安排去了远征队，肯定会害怕逃跑，或者吓得动弹不得。战场上的愤怒和暴力，想想就很可怕。你知道我刚刚意识到了什么吗？我这辈子都是个懦夫。以前我还不知道这点。"

玛基拉非常希望可以换个地方待着，但不幸的是她没有选择。她一边因为科托伊斯选择在她面前崩溃而对他非常厌恶，一边想把他抱在怀里安慰，告诉他没关系。这很奇怪，因为她对他毫无好感。"瞎说。"她尽量轻快地说（就像亨提尔院士在形而上学辅导课上失去耐心时那样），"你不是懦夫。每个人都会害怕，觉得危险来临时肯定无法承受。这并不代表他们是懦夫。"

科托伊斯摇了摇头。"从现在开始，"他盯着他时髦的鞋尖说，"我要确保那种事永远不会发生。我不管别人怎么说，离战争越远，我就越高兴。"

玛基拉不禁笑了起来。"你可以建立一个新的派系，叫不想参战派。这肯定是你独家首创，我非常确信别人从来没想过。"

"那样我就出名了。"科托伊斯带着眼泪笑道，"那会是沙斯特五十年来第一个新派系。"

"为素福家的荣耀出一份力。"玛基拉补充。

"喔，那是当然。"科托伊斯回答，"伦瓦特叔叔若是还在，他会很骄傲的。"

高戈斯·洛雷登下了马，把缰绳交给护卫队的士官。"你们最好躲开点。"他低声说，"但也别太远了，免得万一有需要的时候听不见命令。不过应该没事。"

他从背面接近谷仓，每隔几步就停下观望、倾听，就像弓箭手在高草丛里接近一只野兔。没有动静。没有刨子削木头的嗞嗞声，没有锯子和锉刀的声音，也没有人声。按理说，巴达斯肯定在作坊。毕竟他是个需要挣钱糊口的工匠，肯定会趁着天光干活。吃苦卖力的人都是这样的。

除非他在外面伐木，或者已经死了，或者被突袭队吓坏了，逃进了山里。最后一个猜想让他皱起眉头。指挥过部队、当过职业剑士的人不会一看到斧枪手就像兔子似的匆匆逃跑。好吧，他可能出去送货或者买原材料了，甚至可能仅仅是去买日用品。

他走过谷仓转角，进入院子，略做停顿打量四周。作坊外面空荡荡的，他也没有那种隐隐约约的、被人注视的奇特感觉。直觉告诉他，确实没人在家。巴达斯不太可能突然一箭射中他的后背，或者拿着剑从蓄水桶后面跳出来。但这次行动的重点是跟踪猎物，而不是打草惊蛇。若是弄出响动让弟弟发现，成功把他提溜回思科纳镇的难度就大了。高戈斯露出一丝微笑，想起以前几兄弟被打发到池塘捉鸭子、把它们塞进柳条篮带回鸭舍的经历。这活儿讨厌极了，几乎不可能完成。世上再没有什么比受惊的鸭子速度更快、更难预测了。池塘里还剩十几只的时候，好戏才真正开场。那是高戈斯平生做过的最累的活儿。

他走上三级石制阶梯，来到谷仓门口，小心翼翼地探头查看。作坊里光线昏暗，窗板紧闭。理论上说，可以藏人的地方包括几垛修整过的木料，以及角落里那台由黏土、管子和砖石组成的设备（高戈斯认出那是蒸汽台，用来熏蒸弓臂，弯成反曲弧度。他的父亲从前很想做出这个装置，结果失败了）。但高戈斯只是粗略地扫视了一圈。这么近的距离上，他愿意相信直觉。如果巴达斯在这儿，他肯定会感觉到的，但他并不在。

高戈斯叹了口气，在凳子上坐下。**不算整洁**，他注意到，**工具到处都是，地上的木屑没到了脚踝。没有整洁怎么可能有效率呢。**他拾起一把刮刀，对着光验看。磨利的刀刃上已经出现了雨点般的锈痕。父亲看到的话准会大发脾气。

他将刮刀谨慎地放回原处，忍着打喷嚏的冲动拨开一小堆木屑。底下是一张被台钳夹住的军用平板弓，由整块木料制成，已经完成了四分之三。高戈斯用手指抚过弓腹，发现平整得惊人。有人费了大工夫才打磨得这么光滑，触感几乎像玻璃。但为什么呢？超出军队要求的质量标准有什么意义？没人会注意和欣赏它的——纠正一下，弟弟，除了你我之外没有别人会欣赏它的。好吧，要不就是你随着年龄增长变成了一个完美主义者，或者你的学徒没有其他活儿可干，只能做这个。无论如何，这么做生意不明智。幸好你有个负责军方采购的哥哥来确保别人付给你两倍的价钱，不然你肯定坚持不到现在。想到弟弟这么天真，高戈斯不禁笑了起来。巴达斯并不知道受了暗中帮助，否则准会大闹一场。巴达斯·洛雷登是个不错的人，就是有点不谙世事。

他离开谷仓，关上门，穿过院子前往主屋。那里也是空的，不仅没人，连东西都没有。这让他想起弟弟在佩里美狄亚的岛屿区租的那间空荡荡的糟糕的公寓。显然，巴达斯讨厌囤积东西，甚至有点心理障碍。这可不是他小时候的个性。但考虑到这中间发生的事，也可以理解。不过——他一边检视客厅一边想——能让房子同时具备空旷和邋遢两个特质，也是个本事。

他继续四处查看，直到找到了想找的东西——一个塞在床垫底下，用麻绳捆住的布包，里面是一把稀有而昂贵的古朗阔剑。巴达斯绝对不会留下这东西，自己远走高飞。它不仅价值高昂，而且是世上最好的剑之一。拥有过它的剑士绝不忍心主动与它分开。如果这把剑还在，巴达斯就一定会回来。高戈斯在屋里仅有的那把很不舒服的椅子上坐下——*作为一个弓匠，弟弟，你的木工活做得真够差劲的*——然后开始等待。

麻烦事一件接着一件，文纳德一点也没有做生意的心情。但是他别无选择。他需要向别人付钱，也需要从别人那里收款，还得监督工人往船上装载货物，阅读租船提单和运输提货单，还需要在离开思科纳之前批发采购杂货。如果他不做的话，不会有人帮他的。

一个人时间紧张的时候，每件简单平常的事都会变复杂，这是商贩的生活中永恒的法则。欠他钱的人都不在家。只有动作够快，才能在码头、黄金广场或者从银行回来的路上堵到这些人。他的债主们却都能轻易找到他，而且似乎不能理解这个道理: 他们越是拦着他说话, 他越是没时间去找别人要回钱来付给他们。搬运工也不好找, 他好不容易才聚集了一堆游手好闲的懒汉帮他干活。等他到了海关厅, 才得知港务长整个上午都不在。据说可能晚些时候会回来, 但也不一定, 取决于之后的情况。接着, 他又发现货物清单出了错, 必须重写一遍(但先前写清单的书记员不在办公室, 思科纳镇剩下的所有书记员似乎又都忙得接不了急活儿)。批发商那边的葡萄干全卖完了, 四股制帆绳的价格不知怎么一夜之间从一卷三块钱涨到了十块。总的来说, 这座镇子虽然不欢迎他, 但也不想让他轻松离开。

"羊毛脂?" 找遍镇上的杂货商后, 终于碰上一个没有直接拒绝的。他一边抚摸着下巴, 一边若有所思地嘟囔: "羊毛脂啊。我可能还有一些。这东西的需求量不大。"

文纳德等了好一会儿, 默默从一数到十。"那能不能麻烦你找一找?" 他建议道, "我至少需要两加仑。三加仑也行, 如果你有那么多的话。"

杂货商耸了耸肩。"如果有, 那应该是放在地窖里了。" 他回答。文纳德搞不懂他的语气, 究竟是在陈述事实, 还是在委婉地暗示地窖被堵死了, 或者他因为害怕蜘蛛而不敢下去?

"你能去一趟地窖吗? 拜托。" 文纳德问。

"行," 杂货商勉强同意, "你明天中午再过来行吗?"

文纳德叹了一口气, 缓解憋了二十分钟的郁闷。"算了," 他说, "我再去其他地方看看吧。" 他转身就走, 但刚要出门时, 杂货商突然说, "等等, 我一会儿就来。" 再看时, 人已经消失在地上的一个洞里了。

半个小时后, 他空着手上来了。"我有橄榄油膏," 他用有点惊讶的语气说, "有很多桶。你想买多少都行。"

文纳德解释说他要用羊毛脂涂船壳, 以免木头被船蛆蛀穿, 而橄榄油膏不仅没用,还会起到反作用。"你确定没有羊毛脂吗?"他问。

"阁楼上可能有一点。"杂货商回答。

文纳德深吸了一口气,刚要开口,就听见身后传来一个熟悉的声音。

"你愿意的话,我可以先借给你一点。"艾希莉说,"回去之后再还我。"

文纳德几天以来第一次感到了高兴,"太好了,"他说,"你在这里干什么?"

"你面前这个五尺三寸的人,"艾希莉微笑着回答,"就是佐希思商业银行。来吧,我去拿羊毛脂给你。你看起来需要喝一杯。"

"我还不知道你姓佐希思呢。"他们一起走向码头时,文纳德承认,"现在想来,之前我就没问过。"

艾希莉耸耸肩。"我们没谈起过这个话题。"她说,"你看起来很累。有什么不顺心的事吗?"

文纳德拉长了脸。"可以这么说。"他说,"但讲起来肯定没完,你还是别问了。你先前说的银行是怎么一回事?"

"我得到了沙斯特在岛屿地区的代理权。"艾希莉回答,"其实也是不久前的事。因为刚好路过思科纳,想着来看看这边的室内装潢市场。实话和你说,没什么看头。这儿的人都活得很凄凉。"

文纳德皱起眉头,"你也知道吧,思科纳和沙斯特之间正在打仗,你待在这儿可不是好主意。"

艾希莉又耸了耸肩。"似乎没人在意。"她说,"在我看来,并不是打仗了就得跑。严谨的说法其实不是'打仗',而是一系列不幸事件。双方代表正在积极研究对策,希望尽快达成和解。当然,这不过是故弄玄虚,事情的本质依然是战争。不过,对于富有想象力的生意人来说,这个局面带来了不少有趣的可能性。"

文纳德看着她,"是吗?"

"是啊。想想吧,文。没有那些富有想象力的生意人,他们就做不了战时生意了。"

"我觉得他们并不想做什么生意。"

艾希莉笑了,"这不是他们能选择的事。思科纳岛上至少有五个大型商户在和沙斯特的重要家族合资,而法伊姆家族——一个位高权重的贫贱者家族——把大多数运营资金都投资到思科纳了。"

"他们疯了。"文纳德难以置信。

"确实,"艾希莉表示同意,"但尼莎·洛雷登这边的利率更划算。"她补充道,"我就喜欢这一点: 这里的人不会因为战争而放弃上好的商机。"

文纳德想不出该怎么回应。他还没回过神,艾希莉就问起了维特里丝。他闭眼休整了一会儿。先前遇到的麻烦事有一个好处,就是能占据他的全部注意力,不让他胡思乱想。

"她惹上麻烦了,"他说,"非常大的麻烦。"

"哦,"艾希莉停下了脚步,"哪种麻烦?"

文纳德绝望地比画了一下,"我不知道,这差不多是整件事最糟糕的地方了。我唯一了解的就是,这事和亚历克修斯教长、魔法,还有洛雷登上校有关,但根本不懂——"

"洛雷登上校,"艾希莉打断了他,"你是说高戈斯·洛雷登?"

"不,我是说巴达斯——你那个巴达斯,你以前为他工作过的那个。你还记得吧? 他是银行董事的弟弟,但他们关系不好,大概和佩里美狄亚发生的一些事有关,我不清楚。"

"巴达斯·洛雷登和这件事情有什么关系?"艾希莉冷静地问。

"我说了,"文纳德回答,"我搞不懂。一开始,我以为维特里丝和我被逮捕了，然后董事似乎想让她帮什么忙。维特里丝告诉我她想留下来，做董事让她做的事。我现在担心得要命——你在听吗？"

"什么？啊，当然在听。要不我们先去喝一杯吧，你把这些事从头和我讲一遍。我能帮上忙也说不定。"

文纳德想了想。"好吧，"他说，"恐怕我现在头脑一片空白。如果你能提一些建议，或者帮我把事情捋清楚就太好了。神啊，我真希望我们没来过这里。"他恶狠狠地补了一句，"这是我这辈子来过的最糟糕的地方。如果可以成功离开，安全回到岛上——"

"的确。"艾希莉不耐烦地打断，"好了，你看，街角有一家红酒铺，我们过去吧。看在老天的分上，冷静一点，从最开头开始讲。"

"六块钱，"老头重复道，"爱买不买。"

巴达斯·洛雷登看了看那条鳗鱼，又看了看老头，然后又看向鳗鱼。去掉老头的手和脚，二者可以说十分相似。"谢谢，"他说，"我宁愿挨饿，至少饿肚子不会食物中毒。"

老头眨了眨眼。"随你便，"他说，"没有其他吃的了。"

"这是什么道理？"巴达斯说，"一群沙斯特士兵在岛上晃荡几天，打砸了几座村庄，现在整个思科纳就没东西吃了？"

"六块钱。爱买不买。"

"四块。"

老头什么都没说。他很擅长纹丝不动地坐着，像只蜥蜴。

"五块钱，"巴达斯说，"我只出这么多，是因为我不买的话，你可能会自己把它吃掉，把你吃死了我会良心不安。"

"六块钱。爱买不——"

"噢,看在众神的分上。"巴达斯在衣兜里摸索一番,拿出钱来。老头把鳗鱼夹在膝盖下面,对着光举起钱币验看。其中五块钱币通过了严格检查,他有些不甘心,把第六块放在旁边一块扁平的石头上,从口袋里拿出一支凿子和一把小锤,在钱币外沿上敲了一下。接着,他再次拿起钱币调整位置,直到阳光落在刚刚凿出来的那处缺口上,使它闪烁了一下。

"镀过的。"他说。

巴达斯看了一眼。"你是对的,"他说,"你到底怎么看出来的?"

老头盯着他。巴达斯拿出了另一块钱币。这次检验合格。老头从膝盖底下拿出鳗鱼,递给了他。

"和你做生意很愉快。"他声音嘶哑地说。

巴达斯在村中的广场上找到了坐在井边的男孩,他正在吃苹果。"哪儿来的?"他问。

"一个老太太给我的。"男孩边嚼边说,"你想吃点吗?"

"什么?噢,不了,你自己吃吧。"巴达斯惘怅地看着那个苹果,"我受不了这东西,吃了会觉得胀气。你看,这是我们的晚餐。"

男孩看了一眼鳗鱼,退缩了一点。"我才不吃呢,"他说,"恶心死了。"

"别犯傻了,这是条上好的鳗鱼。在我老家,这可是一种美食。"

"那你肯定很庆幸离开了那个地方。"

"你要么吃这个,"巴达斯带着最后一丝耐心说,"要么我给你一张弓和一支箭,自己打兔子去。你自己选,不用勉强。"

男孩看着鳗鱼,咽了口唾沫。"如果放点鼠尾草和小葱,再加很多胡椒,"他说,"也许不会太难吃。"

"没有鼠尾草,没有小葱,更没有胡椒。如果你想继续吃兔子的话,"他强调,"那我也没意见。我们还没做过炖兔子呢,是吧?"

"前天吃过了。"男孩闷闷不乐地回答,"好吧,那就吃你这条讨厌的鳗鱼好了。但是明天我们得去镇上买点面包,行不行?"

巴达斯摇了摇头,"不,我已经告诉你了,我不喜欢镇上。我们可以去苏萨那边看看,那里肯定有吃的卖。记得上次我们去那里送货时吃的炸面圈吗?"

男孩仔细地打量着他。"你为什么不想去思科纳镇?"他说,"那里比苏萨近多了,而且肯定有食物卖。那里的人也不会像村里一样要高价。"

"我不喜欢那里。"巴达斯重复道。

"为什么?"

"没有为什么。赶快上马车,我们要在天黑之前回家。"

巴达斯的想法过于乐观了。快到家的时候,四周已经一片漆黑,天上连一颗星星也没有,男孩不得不在马车前面提着灯,走完最后的两里路。等他们爬上小路的最高点,男孩突然停了下来。

"怎么了?"

"房子里有灯火。"男孩叫道。

巴达斯思考了片刻,然后跳下马车,把缰绳交给男孩。"在这里等着,"他说,"看到任何人从房子里出来,只要不是我,就赶快跑到我们之前待过的旧塔楼那里,等上一天。"他伸手从衣兜里掏出一个钱袋,"看在老天的分上,别把这个弄丢了。这里面的钱够你坐船去岛屿那边,到那儿之后去找一个叫艾希莉·佐希思的女人,告诉她是我让你过去的。懂了吗?"

男孩盯着他,圆睁的眼睛里满是恐惧。"这是怎么了?"他问,"如果是出了坏事,我们就不能一起藏起来等他们走掉吗?"

巴达斯耸了耸肩,"你记得之前我哥哥派了两个士兵来把我们带回去吗?"

男孩点点头，"你揍了他们。"

"没错。你自己琢磨琢磨。不管在房子里等我们的人是谁，他似乎不屑于躲起来。这就排除了盗贼，或者迷路的沙斯特斧枪手。同理，肯定也不是我哥哥的手下。所以，还能是谁呢？也许是一大群斧枪手。那样的话，我会去通报岗哨，然后很快回来。但我觉得这也不太可能。他们若是敢公然四处游荡、闯进别人屋里生火的话，我们去了这么多地方，早该听到风声了。我想我知道这是谁。"

"你哥哥本人？"

巴达斯点点头，"或者也可能是完全无害的路人，我也不确定。不论如何，你在这里等着——记住，艾希莉·佐希思，岛屿地区。记清楚了吗？"

"记清楚了，"男孩回答，"我可以和你一起过去吗？"

"不行。待在这里，注意观察。"他伸手从马车厢里拿出那把九十磅的反曲短弓，以及装着短芦苇箭的箭筒，看了看，又把它们放了回去。"见鬼去吧，"他说，"这把弓我大白天都射不好，更别说夜里了。算我活该。"

他悄无声息地顺着谷仓一侧走到柴棚。幸运的是，他对柴棚的门极为熟悉，知道怎样打开它才不会让铰链发出嘎吱声。院子里伸手不见五指，但他凭借触觉找到了他需要的东西：一把安着伐木柄的手斧，用一根带子挂在横梁的挂钩上。拿它做武器就像把兔子当食物一样，聊胜于无。

他不知道自己为什么会这么气愤。如果房子里的人真是高戈斯，那幸好他提前察觉到了。以他现在的感受来看，若是猝不及防地碰面，他会想都不想地直接发起攻击，而由于高戈斯身上几乎肯定带着更好的武器，那么做就会犯下大错。不过，提前得到警示也没有太大用处——他有了找武器的机会，短时间内却无法熄灭怒火。这很奇怪。这么多年来他一直靠杀人挣钱，以至于无法想象自己不收报酬白白杀人。刚来到思科纳岛上，见到高戈斯和尼莎的时候，他也没觉得生气。那时的他甚至以比较文明的方式说了一番话，告诉他们尽管这座小岛比较逼仄，他还是想离他们越远越好。那次会面并不愉快，光是和他们待在同一个地方就难以忍受了。但他并没有像现在这样，强烈地想要他们流血。

　　自那之后，再也没发生什么特别的事。他们没有干涉他，这正是他想要的。拒绝了几个信使带来的钱啊衣物啊之类的礼物之后，高戈斯也领会了他的意思，没有再尝试接近他。最近，巴达斯已经能连续几天在这座属于他们的小岛上忘记他们的存在。为了把他们关在脑海之外，他付出了极大的努力。尽管知道这一切都是假的，但他还是相信，他可以假装自己是一个靠辛勤劳动过上安稳日子的手艺人，假装自己的弓做得特别好，让军方采购官心甘情愿出高价。他以为这种幻想可以维持一段时间，甚至能够一直持续下去，直到他本人也随之固化，就像一张上了弦之后被放置一旁的弓——木材逐渐忘记弓背的张力，弓腹也顺着弓弦弯曲成永久的弧度。这现象背后的机制让他困惑，让他想起制弓这一行里的老话：一张拉满的弓已经折断了十分之九。他发现，自己现在唯一想做的就是折断，让周围的一切见鬼去，但搞不明白为什么会这么想。也许是因为他发现，打破这个浅薄幻觉是如此简单——高戈斯走进他的家里，在他的壁炉里生火。这就够了。在佩里美狄亚，时不时有失去主人的房子（户主死去时没有子嗣也没有家人，或者户主去了外邦，再也没回来）。根据法律，对无主房屋宣示所有权的方法就是做屋主才会做的事——搬入新家具、粉刷墙壁、清洗窗帘，甚至简单平常地给壁炉生火。如果这么做的是几个迷路的沙斯特斧枪兵，就算他们把整座房子烧成平地，他也会默默接受。因为他们只是过客，无意宣示所有权。高戈斯在他的壁炉里生火就完全不同了。这就成了法律问题，而他在佩里美狄亚的法庭里待得足够久，知道该怎么应对。

也可能只是几个强盗。神啊，但愿如此。

他知道有一根窗闩钉在腐烂的木料里，已经松了，用斧柄插入窗框和窗板之间当作杠杆，轻轻地持续用力，就可以无声无息地把窗闩从烂木头里撬出来。我倒是能当个好强盗，可以破窗入室。看来，我已经把这里当作别人的房子了。撬开窗板之后，他数到二十，然后小心地翻进去，踏进漆黑的食品储藏室。尽管小心又仔细，他还是忘了一件事——有个质感像干燥的皮肤一样的东西轻轻拍在脸上时，他及时想了起来。是那种无处不在的、天杀的兔子，一共两只，倒吊在这里放血，下方的石板上放着一只接血用的盆子。他缓缓地呼出一口气，让自己镇定下来，慢慢记起盆子和门闩的准确位置。在自己的房子里（是的，我的房子，该死的）把兔血脚印踩得到处都是，只会让情况变得更加麻烦。

又数了二十下之后，他把门打开了一寸左右。毫无疑问，浅橙色的火光来自最大的壁炉。他突然生出一种不适感，仿佛房子背叛了他——仿佛它从一开始就是高戈斯手下的间谍，而他刚刚意识到真相。他觉得仿佛在悄悄接近自己的妻子和她的情人，一边蹑手蹑脚穿过黑暗的走廊，一边倾听着响动。现在没必要尝试冷静了，他几乎可以闻到他哥哥的气息，就像枕头上陌生的头油味。他急迫地想挥动那把小斧子，像劈开一棵刚砍倒的树一样劈开骨头（只要知道从哪里下手，知道在哪里可以找到断层，就没有劈不开的树）。这种欲望在他脑子里挥之不去，像尿急或者腹痛一样持续不断，不想做又不得不做，令人厌恶。我们扯平了，他心想，我终于堕落到了他的层次，只不过我算是迫不得已。或者他会杀了我，离杀掉全家人又近了一大步。管他呢。最终结果无所谓，重要的是结束这一切。

确实如此。他放松下来，站直身体，深深地吸了一口气。他没有任何理由在自己的房子里偷偷摸摸。他将左手放在分隔房间的门上，用力一推。

高戈斯坐在炉火面前的凳子上，背对着他，只能看见略微弓起的宽阔肩膀和没有头发的后脑勺。他转身站起来，两个动作结合得优雅流畅——高戈斯从来没有显得笨拙或者局促过，就算小时候也没有——然后向侧面跨了一小步，让火光照在他的脸上。

"嗨，"他说，"我没听见你进来。"

"高戈斯。"巴达斯说。

"我路过，"高戈斯说，"在这里生了火，希望你不介意。"

在这一刻之前，他都觉得手中的斧子像是他手臂的延伸。但现在，手臂仿佛被压了太久，完全麻木了。他可以察觉到斧子在那里，却完全没感觉。他看着哥哥，什么都没说。

"希望我没有吓着你。"高戈斯继续说，"这个时候不适合在别人房子里晃荡。不过我比较确定，我们已经把他们都干掉了。就算有一两条漏网之鱼，我觉得也不太可能逃这么远。"

巴达斯迷惑地眯起眼睛，然后意识到他哥哥说的是沙斯特突袭部队的幸存者。他听见自己回答说，他不久之前在路上遇到过一个和大部队走散的斧枪兵。

"噢，"高戈斯说，"我猜，威胁又少了一个。"

他的话似乎在暗示，只要巴达斯·洛雷登在路上遇到了一个人，准会把他杀掉，因为那就是他做的事。木匠修整木材，泥炭工挖泥炭，烧炭人制木炭，而巴达斯·洛雷登杀人。有人逃了吗？不要紧，现在日短夜长，巴达斯刚好可以找点事情做。

"你的那个学徒和你在一起吗？该死的，我记不起他叫什么了。他还好吧？"

"他没事。"巴达斯回答。

高戈斯点了点头，"我想他就是那个在布里欧拉传递警报的男孩吧，他做得很好。"

向前一步，步子稍微偏左以防绊在凳子上；如果他来得及拔剑的话，双手持斧向右侧佯攻引他防御；然后松开左手，右手挥动斧子砍向他耳朵上方的位置。他在剑术学校教课的时候，曾经把这作为基本招数教给学生。这一招简单又明显，但在人类互相屠杀的几千年历史里，还没有人发明出对抗它的稳妥方法。以此对付一个手无寸铁的人，肯定会得到满意的结果，就像在十五码外射杀一只坐着不动的兔子。困难又考验技巧的是追踪猎物的过程，放箭只是个必然结局而已。以此对付一个手无寸铁、恰巧是你哥哥、又正在没话找话的人，完全是万无一失。

"你想要什么，高戈斯？"巴达斯问。

他哥哥难为情地笑了。"不是好事，"他说，"我不会说场面话，那等于是在侮辱你。尼莎让我把你带回思科纳镇。"

"我明白了。"

"其实，"高戈斯继续说，"她这样也有道理。战争正在升级，快要失控了。你是我们的弟弟，一个人住在海岸边，他们可以轻易派船驶到这儿，在我们反应之前把你抓走。那样的话，我永远不会原谅自己——"

巴达斯开口想要说话，又改变了主意。

"我知道你不想去镇上。"高戈斯说，"众神为证，我理解你的想法。尼莎只想确保你的安全，把你留在她能掌控的地方。这个安排不是永久的，只要等到一切平静下来、我们和沙斯特之间的烂摊子解决了就行。毕竟，这是我们搞出的麻烦，理应在不伤到你的情况下处理好。在这一切演变成全面战争之前，应该可以解决掉。没人想打仗，那是疯子才做的蠢事。到时候你就可以回到这儿，和现在一样——"

"我不去思科纳镇。"巴达斯说。

高戈斯深吸一口气，坐了下来。"我就知道你会这么说。"他说，"见鬼，你是我弟弟，我不会用绳子拴住你，像牵着走失的牛犊一样把你牵回去。好吧，要不这样，港口有一艘从岛屿地区来的船，你坐上它，爱去哪里就去哪里，只要是基金会无法轻易找到的地方就行。当然，把你的学徒也带上。钱之类的事不用担心，我们可以安排——"

"你开什么玩笑。"巴达斯说。他觉得天空似乎在他周围垮了下来，他和星辰之间不再有任何阻隔。"她会杀了你的。"他用二十多年前，年轻时的语气说。

高戈斯耸了耸肩。"必要的时候，我能应付尼莎。"他说，"窍门在于，不能老是这么做。让她见鬼去吧，小弟弟。这是你想要的，对吧？"

"你知道我根本不想来这儿。"巴达斯说，声音仿佛是从破洞的酒袋里流出来的。

高戈斯点点头。"那是因为我们太自私了。"他说，"我想，我和尼莎都自认为可以对你做出补偿，让一切回到正轨。"他用双手大幅度地比画了一下，"但根本不是那样。无论我们做什么，似乎都只会让事情变得更糟。也许唯一有用的就是停止尝试。大概是这样吧，至少我和尼莎不该只考虑我们想要的，却不照顾你的想法。"

巴达斯想不出任何回答。他在桌角坐了下来，看着高戈斯——他背朝着炉火，看起来掌控着一切，仿佛身处自己家中。他任由斧子从自己手中滑落下去。

斧枪兵打了个哈欠。他从海边一路行军，在村子里作战，后来又被困在那个屋顶漏水的糟糕地方，好不容易才逃过突然袭击和那场火灾。经历了这么多事情后，他只想睡一觉——如果真有人能在这个可怕的地方睡着的话。

幸存者只有他和拉默两人。他们逃出生天，其他人都死了。没有逻辑解释得通，这只能是某种随机事件，原因毫无意义。现在，一切又顺利起来，简直像在嘲讽他们之前吃的苦。他们碰巧找到了这座偏僻又空无一人的房子，屋里有几块冷掉的烤兔肉，主屋的桌上放着走气的啤酒。还有一座舒适的干草仓可供睡觉。在他俩养足力气和勇气去找人投降之前，待在这里会暂时安全。此时，他的同伴正在外面走来走去放哨（拉默执意要这么做，就像在军队里那样。也好，如果他宁愿扮哨兵玩也不睡觉，那就祝他好运吧）。

眼睛里落了沙子，疼得只能一直睁着。眼前是一片斑驳的红色朝霞。加入基金会的军队之前，他是个六分者的儿子，住在沙斯特半岛最西侧，守着山腰上的六十多亩地和一片沼泽过活。在天气炎热又要干农活的日子里，或者他父亲发怒时，干草仓一向是个藏身的好地方。不论在哪儿，干草仓都长得完全一样，这是世界的基本规则。眼下这一座就连气味和声响都和他多年前藏身的那一座一模一样。所以，尽管他疲惫不堪，心神不宁，饿得要命，这个地方还是让他多日以来第一次感到了些许安全。

但这是个错误。当他把斧枪靠在稻草堆上，把双手枕在脑后时，先前以为是头顶上老鼠跑动的声音突然变得更响了。他差点就抓住了斧枪，但时间终究不够。一个高个子男人从堆叠的稻草垛顶上跳下来，落在他身边，在他的指尖刚触到斧枪柄时一把抢了过去，把枪尖刺进了他的气管。

巴达斯·洛雷登扭转枪刃，将它抽出来，然后蹲伏下来，仔细倾听。什么声音也没有。他奢侈地休息了片刻，然后把尸体推到稻草垛的另一边，从门口看不见的地方。他拉下那死人的外套披在肩上，以防有人朝这个方向看，然后在斧枪兵之前的位置坐了下来。他的膝盖很痛，一边听着哨兵哼的无调曲子一边等待天亮。在自己的干草仓后面蹲了两个小时之后，这是应得的休息。

幸好他有足够的时间思考，想清楚了在他看来最好的计划。

他低头看看斧枪，不确定自己在安全离开之前是否还需要和其他人交手。不知道对方有多少人，也许只是突袭部队的幸存者，但这也仅仅是猜想而已。如果对方行事妥当，应该在门口安排了哨兵，说不定界墙那里也有人巡逻。如果他们发现了后院树篱里的那个洞，那就太不走运了。只要从那里溜出去，他很快就可以走上通往布里欧拉的主路。但那意味着需要穿过后院，从作坊的窗前经过。而如果他从这里下去，顺着谷仓一直走到前门，就可能在不被发现的情况下接近门口的哨兵，让他根本不知道自己是怎么死的。他掂量了一下手里的斧枪，然后将它靠在草垛上——赤手空拳行动反而比拿着那根长得过头的棍子更有胜算。

他将双腿垂到干草阁楼窗外，双手支撑着地板，身体向前滑，稳稳地落在软草地上。正如他希望的那样，周围一个人都没有。他冷静而缓慢地走向大门。那里确实有个哨兵，正靠在门上，低头看着山坡下的道路，提防着从那里出现的敌人。他甚至把头盔取了下来，仿佛是为了让洛雷登动手更方便些。在靠近他之前，洛雷登从地上拾起他用来抵门的石头。石头的形状和大小都十分称手。只听一声脆响，像有人踩穿了厚厚的冰层，哨兵向前撞在门上，然后滑了下去，四肢伸开瘫倒在地。洛雷登用他的脑袋当垫脚石，从大门上方翻了出去。

好吧，还挺容易的。比逃出佩里美狄亚容易多了，也许是熟能生巧。他脚步轻快，头也不回地沿着小径一路走到主路，那里有一块界碑，从树篱里支棱出来。他在界碑上坐下，深吸了一口气。他感觉很好，并没有颤抖或者打寒战。

人还活着，能走路，身上没有刀伤，肋骨没断，头部也没有受伤。他一样样数过来，发现没什么可抱怨的。这样的状态，后面那两个死人求之不得。他站了起来，开始沿路前行，仿佛只是要去村里买鱼一样。我的一切都随我离开了，他想，就像上次一样，只不过这次不用在冷水里游泳。上次我逃到了这个地方，这次不会再犯相同的错误了。

他边走边思考这两次逃跑能不能拿来比较。毕竟，高戈斯迟早会带着思科纳的军队回来，逼出藏在他房子里的突袭队幸存者，或者直接动手除掉。如果是后者，那他的房子肯定会被毁掉——他们会点燃茅草屋顶，等敌人像兔子一样仓皇逃出来，再一箭射死。但如果敌人和平投降，那就不会造成多少损失了。那样的话，如果还想要回房子，就得去礼貌地找他哥哥要——太费事了，根本不值得。如果能找到男孩的话，房子可以给他，但自从发现高戈斯来访之后，他就再也没见过他了。要么是被掉队的斧枪兵杀了，要么是跑到思科纳镇上，坐船去了岛屿地区（我真是个多事的蠢货，还专门告诉他该去哪儿。唉，管他呢）。如果他在全家被杀、好不容易逃离佩里美狄亚之后丢了性命，就太惨了。有那么一会儿，巴达斯开始相信男孩幸存下来是有原因的，耗费精力和运气把他带到这里也是有意义的。事实上，我上一次根本没有逃离，因为我来到了这儿。

他停下脚步，看向身后。离家和告别从来都不是洛雷登一家擅长的事。他们离去时总是仓促而忙乱，被烈火与刀剑环绕，还得冒着被抓住的危险。他挤进树篱隐藏自己，然后蹲了下来，琢磨着怎么告别才算正式。但由于完全没有参考的对象，很快就放弃了。这也不能怪他，每次离家总是和高戈斯有关，而且总是不太愉快。第一次是离开中邦；第二次是佩里美狄亚的最后一晚，高戈斯突然出现；现在，他又被驱赶到这湿漉漉的树篱里。高戈斯似乎能将所有地方都变得不适合居住，但他又总是会出现，像是集市上一次次驱赶小贩的治安官。

我该抓住机会，杀了他的。

这个想法在脑中不断回荡，巴达斯倾听着，然后笑了起来。确实，他几乎动手了，但那和真正走出无法挽回的一步仍旧大不相同。老家那次无疑是高戈斯的错——高戈斯像地主的管家一样把他赶出了中邦，直接导致他跑到麦克森舅舅身边，和草原部族作战。但链条在这里就断了，他可以责怪高戈斯害他去了草原，后面的事却是自己亲手做下的，后果也得自己承担。无论高戈斯做了什么，都没有导致佩里美狄亚的毁灭。为了他自己的暴行而惩罚高戈斯，岂不是和高戈斯·洛雷登一样恶劣？

链条断了，但高戈斯却再次出现，仿佛缺损的拼图或者丢失的书页。这是他没搞懂的地方。

不过，这一点是可以改变的。他清空脑子，就像在一天的工作结束后清理工具，然后开始思考接下来该去哪里。

他得考虑一些实际问题。离开思科纳需要找一艘船，还得想办法付路费。商船只会在思科纳镇入港，这意味着要去镇上待一段时间。要么找到赚钱的方法，要么遇上一个同意他在船上干活的船长（可能性很小，因为谁都看得出他对船上的工作一无所知），或者等到哪个商人给他一份差事，离开时把他一起带走。第三个选项似乎最有可能，他至少会两门能赚钱的手艺。但没有现成作品和专业工具，不知道能不能说服别人相信他。最实际的选项终究不够实际。不过，他欣然接受了这个困难。没有什么比艰巨的任务和饿扁的肚子更有利于转移注意力了。

还有，我现在相当愉快，好像得到了一个月的长假，而今天是第一天。克服困难就能帮助我离开思科纳，而我一来这儿就想离开了。

太阳已经升得很高了，他决定离开主路。思科纳的军队可能不久就会经过这条路，而他一点也不想和他们碰面。他走上了一条熟悉的小径——其实是一条小溪的河床, 现在涨了水, 他的旧靴子踩得直打滑。小径途经布利欧拉村, 一直通往乌斯特和思科纳镇之间的马车道。路况崎岖, 考虑到他不久前才在干草仓睁眼待了一夜, 继续耗费体力实在不怎么理想。但是, 深一脚浅一脚地跋涉了半个小时之后, 他开始庆幸自己选择了这条路。因为当他爬上一面陡坡, 从另一侧滑下去时, 差点踩上了一具尸体——一个背上插着一支箭的沙斯特士兵。他把尸体从烂泥中拖了出来, 翻了个身。这不是普通的斧枪兵, 而是个军官, 应该是在最近的军事行动中走散了。他穿着做工精良的锁子甲, 腰带扣是金质的, 手指上戴着一个镶宝石的戒指。在他躺着的地方, 洛雷登找到了一把埋进烂泥的剑, 质量上乘, 剑柄饰有花纹, 能值三十块。死者的钱袋里还有不少于二十块的现金, 靴子几乎是全新的, 垫上几块布之后还算合脚。

他脱下死者身上的锁子甲, 塞进死者的挎包, 结果发现包里有半块面包、一截香肠和一个洋葱。洛雷登在恩人旁边坐下, 边吃边郑重地向他致谢, 同时心算起来: 剑能卖三十块, 钱袋里有二十块, 锁子甲既然坏了, 就算三十吧, 戒指十块, 金腰带扣十块, 一共就是一百。足够他坐船的路费了。这还没算上卖了挎包能得到的三块钱, 他的旧靴子也值一块, 如果那支箭的箭头没有弯折, 也许也能卖一块钱。他重新在尸体上翻找起来, 以免漏掉什么。锁子甲下面那件非军用的棉衣仍然能穿。尽管染着血, 背后还有个破洞, 但依然比他身上的好, 所以他把棉衣也接手了。他又脱下那人的长裤, 两条裤腿的膝盖处都有破损, 沾满泥浆。另外还有沙斯特军队的统一长外套, 穿上它就不能在思科纳镇的大街上晃悠了。但外套口袋里有一把小折叠刀和一本书。书名叫《帕西卢斯论伦理》, 扉页上潦草地写着它的主人在变成任人取用的资源之前的名字: 伦瓦特·索福。书已经弄皱了, 有些地方的字迹被雨水和血液浸得无法辨认, 但挎包里还有多余的空间, 所以他把书也拿走了。离开那具赤裸的尸体时,他意识到,除了肉体之外,似乎什么都没有浪费。

玛基拉尖叫着从梦中惊醒,睁开双眼。

梦境退去,让她渐渐安下心来。梦中有人搏斗,有人被踩进烂泥之中。她的表哥拉默靠在一扇门上,瘦瘦的身体沾满泥污,怀里抱着一柄斧枪。人们从一座燃烧的房子里逃出来,又纷纷倒在地上。漫天的箭雨悬在空中,又向她倾泻而下。一个男人遇到一具尸体,剥光了它……还有许多她不愿去想的可怕景象。她飞快下了床,仿佛梦中的灾祸还潜伏在枕头底下一样。她抱起水罐,把冷水泼在脸上。脑子渐渐清醒,窗外,太阳升起来了。她叹了口气——已经连着两次睡过头,错过早餐了。

她匆匆穿上长袍和一只凉鞋,另一只不见踪影,她花了几分钟才在压书机后面找到。手忙脚乱地摸索鞋带时,钟声响了——肯定是吃不上早餐了,还得在一分钟之内跑下楼,穿过天井,爬上旧图书馆的台阶去小演讲厅。她冲出房间,用力关上门,意识到自己忘记了蜡板,又返回去取,发现尖头铁笔没插在蜡板背后的线圈里,又疯狂寻找了一番,最后在床下找到。这次她下了楼梯,跑进了天井,刚好和抱着一大堆书的初级舍监撞个满怀,书不可避免地散落了一地。她不敢直视对方的眼睛,只能跪下身拾起书,塞回对方怀中。等她归还了最后一根卷轴,刚想开口道歉,就看到初级舍监(时年八十二岁,刚好是四十一岁的高级舍监的两倍)愤怒地看着她,问她,"搞什么?"她决定在自己惹出更多祸之前尽快脱身。

现在去小演讲厅已经没有意义了。一旦授课开始,大门就会闩上,不许任何人进入。没人知道为什么有这个规矩。最广为接受的解释是,多年以前,常有并非基金会成员的人在授课途中溜进演讲厅,坐在最后排,学习他们不应该知道的知识。玛基拉转身走向通往她房间的楼梯，脑子被羞耻和内疚完全占据，没注意到一个年轻女子清了清嗓子对她说"打扰了"，差点直接撞上对方。幸运的是，她及时避免了第二次撞人。

"打扰了。"年轻女子重复道。

玛基拉敬畏地盯着她。像她这样的人物从来没有在基金会的领地上出现过。她身着深蓝色的硬麻布外套和同样颜色的马裤，穿着闪亮的黑靴子，头戴一顶黑色宽檐帽，腰上环绕着丝质腰带，上面挂着刺绣丝绸做的钱袋和装着蜡板的袋子。她的肩上用深蓝色饰带挂着一把细长的银柄剑，插在蓝色的丝质剑鞘里。对于岛民来说，这是小女孩出门闯荡的标准打扮，几乎算是女商人的制服了（维特里丝就有两套，都是绿色的，此次出门文纳德没准她那么穿）。但在玛基拉眼里，这是她这辈子见过的最奇特的装扮，她不确定该做何反应。

"你能帮我个忙吗？"年轻女子问，"我在找一个叫卡纳迪的人。"她的声音也给人一种外邦人的感觉。除了熟悉的佩里美狄亚口音，还夹杂了一些其他东西。也许是岛屿口音？玛基拉从来没见过那里的人，但听说岛屿区的女人像男人一样穿长裤、随身佩剑。然后她突然想起，这么穿的女人大多是海盗，大概眼前这个怪人也是？不过，海盗生涯似乎没对她漂亮的指甲造成什么影响。

"你是说卡纳迪博士吧。"玛基拉说，有些好奇卡纳迪和海盗有什么交集。也许他们想找他出手从南方商船上抢来的珍稀手抄本，或者西方丛林的废弃神庙里发现的铭文碎片。"如果他没在授课的话，应该就在住处。我带你过去。"

"谢谢你。"年轻女子跟在她后面庄重地说。玛基拉一边领路，一边不时紧张地四处张望，似乎在确认海盗女士还跟在身后，而不是溜去抢劫配膳室了。

"你以前来过这儿吗？"玛基拉问。

"没有。"年轻女人回答，"我知道，对于做我这一行的人来说很奇怪。"

"噢？"玛基拉说，马上后悔了。如果基金会真的和海盗有紧密联系，她可不想深究，"好吧，"她补救道，"祝你在这里过得愉快。"

年轻女人露出微笑。"这里确实有很多值得一看的东西，"她回答，"有些总让我想起过去。"

"抱歉，什么过去？"

"这里让我想起佩里美狄亚。"海盗女士解释道，"比如这些一个接一个的天井，还有喷泉。佩里美狄亚以前有很多喷泉。"

"啊，"玛基拉点点头，如同解开了一个大谜团，"好吧，穿过这里，上了楼梯之后左转，第一扇门那里就是卡纳迪博士的住处。"她犹豫了片刻，一方面对这个女子有强烈的兴趣，另一方面又想赶快离开，免得有人看见她与这怪人待在一起。"我可以带你过去。"她最后说。

"不用麻烦你了，"海盗女士微笑着，"我能找到路。谢谢你帮助我。"

"噢，这没什么。"玛基拉努力表现得随意些，仿佛经常带着穿长裤佩武器的女孩游览隐修所，"很高兴认识你。"

不知道她的佩剑会不会磕到其他东西。玛基拉一边走向自己的房间一边想。佩剑在她走动的时候有点碍事。在拥挤的街道上一定特别麻烦。

年轻女子找到了楼梯顶端左侧的第一扇门，敲了敲。片刻等待后，一个熟悉的声音说："请进。"她压下门闩，走了进去。

"你好，卡纳迪。"她说。

他变胖了。上次见面时，他正在岛屿区的海滨，忙着把一口沉重的行李箱朝一艘叫"松鼠号"的双层货船上面搬。他的头发也剪短了，大概正因为如此,看起来才比上次更多灰白。他身上的灰色长袍应该是这个地方的博士服,和他们第一次在佩里美狄亚见面时穿的褐色长袍没太大区别。现在,佩里美狄亚只存在于少数人的记忆之中了。

"艾希莉,"卡纳迪说,"神啊,你来这里做什么?"

艾希莉展颜一笑,取下饰带和佩剑,放在椅子上。"放心,"她说,"我不是来找你还钱的。你看起来很好。"

"谢谢你。"卡纳迪说着,打开红酒罐的塞子,"这么说很惭愧,但这糟糕的地方很适合我。我会马上还钱的。我本该一早就还给你,但是找不到可信的人——"

艾希莉挥挥手示意他不用说下去了。"别担心那个,"她说,"那些钱你帮我保管着吧,说不定以后会需要呢。工作还顺利吗?"

卡纳迪笑了起来。"比起室内装潢①,我更擅长这个行当,"他回答,"不过也差不了多少。你呢?你看起来挺好,但一般来说,岛民商人外表越风光,越是有可能欠了一屁股债。我希望你不是这样。"

艾希莉摇头,接过那杯酒。"而当商人说生意上一切顺利、好得不能再好的时候,你就知道他是要找你借钱了。不过说正经的,生意确实顺利。我已经有自己的船了,"她补充道,"钱款已经结清,还拓展了业务,不再做室内装潢的生意了。我现在是基金会在岛屿区的代理人,或者说,处理完一些琐事之后,我就是了。我来找你就是为了这个。卡纳迪,你能想到吗?一个佩里美狄亚的斗剑手助理,现在管理银行。"

卡纳迪看着她,郑重地说:"祝贺你。"

"我知道你在想什么。"她说,"但不论他们有什么缺点,他们所经营的都

---

① 不再担任巴达斯·洛雷登的法庭斗剑助理以后,艾希莉从事过室内装潢业,卡纳迪则帮她记账。

是一家无比成功的银行机构，获得他们的代理权甚至比在大街上捡钱还划算。而且，"她皱着眉补充，"你也在为他们工作，所以你没资格反对。"

卡纳迪耸耸肩，"他们给了我一份工作。我不能永远靠着你的善意过活啊。你得承认，我是个很没用的记账员。"

"没错，"艾希莉喝完杯子里的酒，"但记账员的职位仍然是你的，只要你决心——算了，"她笑着说，"我开个玩笑。这里怎么样？"

"就像回到了佩里美狄亚。"卡纳迪回答，"我把自己独创的一套胡话教给天真的年轻人，而他们执意相信这一切都和魔法有关。只要认真听讲写作业，就能把敌人变成青蛙。我心情好时仍然会做点研究，但主要是为了做个样子，而不是产出智慧。据我看，了解这个学科的人越少，我就越幸福。"

艾希莉点了几次头。"的确是这样。"她说，"不过，你知道我对这种事的看法，我觉得你还是回账房工作好些。当然，这到底是你的事，也幸好如此。不，我不喝了，"看到卡纳迪想给她添酒，她拒绝道，"再过一个小时，我就得去和那些精明的生意人谈生意了。如果口齿不清，满身酒气，会留下坏印象的。"

卡纳迪点点头。"他们只喜欢干面包和干净的泉水，过得特别惨。"他说，"在眼下的危机面前，他们也没有表现出哪怕一丁点儿幽默感——噢，最近的军情，你应该还不知道吧？"

艾希莉摇了摇头。"你是说思科纳的那回事吧。"她说，"怎么，又出了新状况？"

"可以这么说。"卡纳迪回答，"出事的是几百个我方士兵，外加几个贫贱者中的重要人物。他们要么是被杀了，要么还困在思科纳。大家都很沮丧。在我看来，这个挫折应该挺严重，未来也不容乐观——六分者大量叛变、报复性袭击、海上封锁，甚至侵略都是有可能的。消息刚传过来不久，他们还在努力封锁。但这件事显然打击了基金会成员的信心。你和他们讨论佣金比例和特许经营协议时，别忘了这些。你的谈判地位很可能比你想的要高。"

艾希莉挑起一根眉毛。"前提是，我仍然想要代理权。"她说，"这事严重吗？到底有什么影响？我最不想看到的就是基金会破产之后留下一堆还没兑现的信用证。"

"不用太担心。"卡纳迪回答，"长远来看，这肯定是一场拼财力的战争。基金会是座大银行，思科纳则很小。不是说基金会可以损失三百个斧枪兵而毫不在意，但如果最糟的情况发生了，我们和思科纳的兵力对比是五十比一。唯一让人头疼的是，他们有不少战船，我们却一艘都没有。事实上，基金会想在岛屿区设立代理机构，很可能就跟这个有关。毕竟，如果要租一支五十艘战船组成的舰队，毫无纠纷，一次性支付酬金，你还能去哪里呢？"

艾希莉露出微笑。"我也有过一样的想法。"她说，"在这之前，岛上所有船主都这么想过，而且讨论了很多年。大家都意识到，这笔生意耗资过大，思科纳带给基金会的烦恼还不值那么多钱。不管你那些穿麻布袋的朋友怎么看，我想现在的情况也没有太大变化。不过，谢谢你的建议，"她笑着说，"至少可以让他们伤脑筋，搞不懂我是从哪儿弄到的消息。我觉得他们对于保密和安全措施相当偏执。"

卡纳迪抿起嘴唇。"也许你是对的。"他说，"但是，一帮没礼貌的暴发户成功毁灭一个高尚又强大的城邦，这样的事也不是第一次发生了。这一点你我都知道。好了，国家大事和经济问题谈得够多了。文纳德和维特里丝怎么样？岛上布荣姐妹呢？我堆在你那里的紫红色花边饰带你有没有全卖掉？"

谈起不在场的岛民友人和旧时经历，艾希莉轻松地打发了一小时的空闲。动身去干正事的时候，她感到愉快而放松。但就在转身离开时，卡纳迪突然说："还有件事。"语气听起来让人有些不安。

"什么？"她问。

卡纳迪低头看着自己的脚，然后把目光投向墙壁，"我知道你怎么看我，唔，据我所知——"

"我确实会想到'哗众取宠的神棍'，或者'江湖骗子'，不过请继续。"

"那么想也没错，"卡纳迪说，"但是，我有个年轻学生，在所谓的哗众取宠和江湖骗术这一行，天赋卓绝到了让人郁闷的程度——"

"关键是'天赋'吧。"艾希莉平静地说，"你继续。"

"没错。之前有一天，她又看到了那种麻烦的幻象，并且一如既往地带来和我分享。我看见了。那幻象似乎没什么用，没能预知赛马赢家之类的东西。我见到了一位老熟人，你曾经的雇主。"

"洛雷登。"艾希莉面无表情地说，卡纳迪表情苦涩。

"在这里可不能大声提那个姓氏。"他说，"是的，她的幻象确实和巴达斯·洛雷登有关，所以我才冒着被你取笑的危险，告诉你这些。你想不想——？"

艾希莉点点头，"是怎么回事？"

卡纳迪闭眼片刻，"那女孩有个表兄，叫拉默还是什么的。他和突袭队一起去了思科纳。在幻象里，她看见他靠在一扇门上，似乎在放哨，时间是清晨，看起来又累又无聊。她就看到了这些——这个画面她应该看过很多次。理论上讲，这意味着它很重要。但当她把幻象给我看时，出现了新情况。我看见那个拉默表哥靠在门上，但也看见巴达斯从他背后出现，用一个东西敲了他的脑袋，然后翻过大门，快步沿着一条小径向前走。这还没有结束，她——我的学生——还看到一个男人在山坡上剥下一个死掉的沙斯特士兵身上的盔甲和衣服。当我看到那个画面时，发现那人是巴达斯·洛雷登。差不多就是这样了。"他迟疑地说，"我觉得应该告诉你，以免——"

"好，谢谢你。"艾希莉说，卡纳迪看到她的脸色变白了，"有没有办法——我是说，我能不能看看这个幻象？还是说不信这个的人是看不到的？"

卡纳迪摇头。"我知道那是巴达斯。"他说，"他看起来还行，没伤没病，但也说不上多好。他拿死人的靴子和衬衣换下了自己的，这说明他的处境比较窘迫。不知道幻象里的地方是不是思科纳，但拉默表哥在思科纳——或者说，死在思科纳。也因为这个，我认为这幻象要么是刚刚发生的事，要么即将发生。我知道巴达斯确实身在思科纳。事实上，他已经在那里待了很久了。"

艾希莉看向他的眼神变成了冷冷的愤怒，"我明白了，"她说，"而你之前没想过告诉我？"

"不是这样的，我也只是最近才第一次在幻象里看见他。我知道他在那里待了很久，是因为我看到他有一座房子和一间作坊，看着像是在做稳定营生，和木工有关。这就是说——"

"好，我知道了。"艾希莉打断了他，"抱歉，所以你是在说，他在思科纳，而且可能碰上了麻烦。"

卡纳迪点点头，"我是这么猜想的，所以我想，好吧，最好把这些告诉你。我知道你之前——"

"没错。"艾希莉说，"我得走了。谢谢你告诉我。我离开之前也许没法再来拜访你了，所以……保持联系吧。顺便问一下，文书办公室怎么走？"

她在身后带上了门。片刻之后，卡纳迪从窗户看见她快步穿过天井，向教务长的住处走去。他注意到她忘了带走她的剑，不知道该不该派人送过去。他把佩剑从剑鞘里抽出来，发现剑柄上只连着六寸长的断刃。

"你做了什么？"尼莎质问道。

"我放他走了。"高戈斯疲倦地重复。

"为什么？我告诉过你——"

"因为我当时只能这么做。"高戈斯有些恼怒地打断了她，"想想，尼莎！他站在我面前，手里拿着一把斧头。我发誓他差一点就要动手砍我了。"

"胡说。"

"你不在场，不知道当时的情况。"高戈斯打了个寒战，"拜托，想想其他办法吧。如果硬把他带回来，我和他必然会死一个。不管他杀了我，还是我杀了他，都达不到你的目的。这样没好处，你同意吗？"

尼莎皱了皱眉，"你带着护卫队的人。四对一——"

"噢，当然，"高戈斯叹了口气，"三个小兵加上我，对付佩里美狄亚历史上存活时间最长的法庭剑士，战场还是一间拥挤的小屋，人数优势根本没用。杀掉一两个小兵对他根本没难度。这不是军事行动，尼莎，是家务事。带兵去只会让事情恶化。"

"这是银行事务，"尼莎冷冷地说，"行动目标是为银行解决一个隐患。从这个角度来说，我宁愿你把他杀了。至少那样他不会四处晃荡，被抓走当人质。"

高戈斯强压怒火，散发出的压迫感几乎可以肉眼看到。"这话我会装作没听过，"他轻声说，"我知道你不是那个意思。你看，"他继续说着，放松了些，"我们的目标是让他免受伤害，是吧？我做到了这点。明天这个时候他就已经坐上船了，目的地离这里很远，那地方的人可能根本没听过思科纳。问题解决了，没有使用暴力，大家都开开心心。这样甚至还能让他觉得我们不是太坏。如果你违反他的意愿，把他强行抓过来，绝对不可能有这效果。"高戈斯前倾身体，"而且，还有一个好处，我打赌你想都没想过。"

"是吗？你说。"

"很简单，是我那讨厌的外甥女。如果巴达斯走了，我们就可以把她放出来了。既然他不在这儿，她就没法杀他了，是吧？"

尼莎的表情证明她确实没有考虑过这点，这一刻相当有趣。

"这就是我的长处，"高戈斯继续说，"我能把一个难题变成解决更多难题的机会。当然，这意味着需要看到全局，做长期打算。如果我的人生有什么意义的话，就是证明了世上没有解决不了的事。就算要花很长时间，只要不放弃就行。就像麦克森叔叔以前常说的那样：只要手下还有一个人就绝不能投降，因为你永远不知道会有什么变数。"

十二

"我讨厌海，"巴达斯·洛雷登两只手紧抓着"剑士号"的船舷，船正好驶进了一片不那么平静的水域，"至少讨厌坐船出海。大概因为我是个木匠吧。"

"真的吗？为什么这么说？"

"我了解木头的特性。"巴达斯回答，"它们容易腐烂、裂缝、弯曲、磨损、延展，或者直接变成碎木渣。一想到我和死亡之间仅仅隔着一寸厚的松木，很可能还是造船厂能弄到的最便宜的那种——"

"放松点，船不会沉的。这是艘好船。"

又一波细碎的浪头击中这艘好船，让它晃了一下。巴达斯的身体猛地一歪，差点滑倒。重新站直之后，木质船舷上留下了他的指甲印。"我觉得我们应该掉头回去，"他说，"趁现在还能回头。"

"别犯傻了，如果你一路都要这样——"

"你倒是轻松。"巴达斯闭着眼睛抱怨道，"但仔细一想，你其实没资格居高临下地说我。你对船又有多了解？你就是个卖地毯和坐垫的商人，在这之前，不过是个律师助理。我能想象你第一次见到海的样子：瞧不上，因为海水的颜色跟石头搭配得不好。"

"好吧，那你呢？先是农夫，然后是士兵、律师和弓匠，都是需要对航海高度了解的职业呢。"艾希莉讽刺地说，"巴达斯·洛雷登，水上好手。"她打了个哈欠，伸展开双臂，"当然，我们确实接过不少海运案子，但你又不用读那些诉状，不用去查那些可恨难懂的航海词。艏斜桅、四角纵帆船、后桅帆……天知道还有什么。真不明白他们为什么不能像正常人一样说话，比如'挂在中间杆子上的那块飘来飘去的布'之类的。"

巴达斯点点头。"说到这个，"他说，"有件事我不太清楚，一直没好意思问——那些无休无止的文书工作到底有必要吗？毕竟，官司是用三分钟的暴力解决的。你费时费力，谨慎措辞，但那些申诉、陈述、答辩状和抗辩状有什么用？你不觉得在做无用功吗？"

艾希莉吃惊地看着他。"你开玩笑吧。"她说，"你明明干这一行挺久的，打过那么多场官司，你是真的不知道吗？"

"如果我知道就不会问了。"巴达斯恼火地回答，"你到底告不告诉我？"

艾希莉笑了起来。"抱歉，我只是觉得——"她说，"好吧。做这些工作是因为，在一个案子获得庭审许可之前，双方需要对审判方——意思是法官，你知道法官吧？就是穿着黑色袍子坐在法庭上面的人。"

"偶尔注意过一两次，"巴达斯说，"我以为他是个裁判之类的，防止作弊犯规呢。"

"他也有那个责任，另一项职责是审视诉讼程序，判定被告有没有抗辩的必要。没有这个程序，法律系统就会崩溃，人们就会把法庭当作解决个人恩怨的决斗场，无法在法庭上处理严肃的商业和刑事问题了。"

"好吧。"巴达斯说,"那么,在我们合作的那几年,有没有发生过法官因为——怎么说来着——被告不必抗辩而拒绝受理某个案子?"

"没发生过,"艾希莉承认,"这证明了这套系统非常有效。"她执着地补充。

"效果拔群。"巴达斯笑出了声,"不过说实话,我对此一无所知。你的工作辛苦吗?"

艾希莉点点头。"非常辛苦,"她说,"费时费力,又很枯燥。你以为我每天都在忙什么,闲坐着梳头吗?"

"我从没意识到你有那么多活儿,"巴达斯说,"却只拿百分之五的报酬。感觉不太合理。"

艾希莉看着他。"我不用面对被杀的危险,"她说,"对酬金分配的方式也没有异议。看来你确实从没想过这个问题。事实上,如果没有杀人和被杀的决心,在这个残酷的世界上讨生活是很辛苦的。"

"我干不了这种工作。"巴达斯摇了摇头,"其实在离开农场之后,我就没有踏踏实实地劳作过了。当兵很辛苦,但那不能叫劳作。军旅生涯又危险又无聊,随时让人送命,但它不能产出任何东西,也无法造福任何人。至于斗剑——那等于是当兵,少了无聊,但风险高得让人极度不适。而制弓——"

"怎么?制弓总是靠劳动挣钱了吧。"

巴达斯摇了摇头。"并不是,"他说,"我哥哥一直利用军方采购预算给我丰厚的补助。这件事我怀疑了很久,最近才确认了。他们付的钱比正常价格高很多,远超我的劳动价值。这意味着我做弓只不过是消遣,顶多算个爱好。"他闭上眼睛,"换句话说,我完全是在消磨时间,和思科纳镇上瞎了眼乱逛的老狗没什么区别。这就是他们想要的结果。"

艾希莉什么都没说,他们沉默地站了一会儿,注视着远方的思科纳。此时，小岛已经变成海天之间的一个小黑点。艾希莉低声说她有些事要做，走开了。巴达斯待在原地。

我应该高兴才对，他在心里责怪自己，*按理说，应该大大地高兴一场。*毕竟，他得到了他想要的，或者说早就该去争取的东西：一个斩断过去、从头来过的机会。现在，他可以彻底摆脱家人和曾经的身份。和过去有关联的，只剩男孩和艾希莉，而这两个人都帮了他大忙。

他垂下头。在这之前，他本以为已经永远失去这个老朋友了。再次见到她时，他又惊讶又尴尬。她的成就给了他很大冲击，特别是意识到两人分开之后她立刻就开始发迹了。但在各种情绪退去之后，两人之间那种轻松自在的感觉就回来了，似乎他们从来没分开过。现在想来，这是他在佩里美狄亚那几年里少有的美好回忆之一，他以前从没珍惜过。她是他唯一的朋友，但她好到让他不需要其他朋友。她的行为屡次证明了这一点。就在最近，男孩到她家门口说了一通疯话，宣布巴达斯·洛雷登要把自己送给她保管（就像银行存款一样，多贴切啊），而她却收留了他，好像那是再自然不过的事情一样。不知为什么，以前和她在一起的时候，他不介意接受自己的过去。这感觉还没有回归——这大概是时间问题，只不过和高戈斯见过面之后，不会恢复得这么快。也许这就是他离开思科纳去找她的原因，他需要忘记自己是洛雷登家的一员，以自由人和避难者的身份走出第一步……

*既然如此，你为什么在干蠢事？*脑子里的声音质问道，*这条船开往哪儿都可以，世界这么大，你又不缺钱，可以选择任何地方。结果，看看你选的目的地吧。*他不知道该怎么回答。

"我可以问你一件事吗？"

不知道男孩是什么时候走到身边的。海浪声很大，船上也很吵。他转过身，看见男孩一副忧心忡忡的样子——他有烦心事的时候总是会抓挠脖子，让人一眼就能看出来。"说吧。"巴达斯说。

"我们要去的这个地方,"男孩说,"我们会住下吗? 我的意思是一直好好地住下去。"

住下,没错。至于好不好,我还不确定。"是的,就是这个打算。"他说,"在思科纳住下去没好处,再说当初也不是我们愿意来的,是有艘船把我们从水里捞起来,带到了思科纳,这你记得吧? "

"嗯,知道。"男孩说,"我没意见,只是问问而已。"他靠在船舷上,身高刚好和船舷一样,"中邦是什么样的? 是不是总下雨? "

巴达斯摇了摇头,"当然不是。事实上,降雨量对于种地的来说远远不够。不过每次下雨都是瓢泼大雨,会让道路变成烂泥。"

男孩点点头,然后继续提问:"也就是说那里很热吗? "

巴达斯想了想。"是闷热。"他说,"佩里美狄亚也很热,但那是太阳晒的。中邦的温度没那么高,给人的感觉却更热,你懂吧,特别是夏天。冬天会下雪。"

"我还没见过雪呢。"男孩说,"那里的山多吗? 地势怎么样? "

"靠近海岸线的地方比较平坦,适合放牧。内陆是低矮的丘陵,没有佩里美狄亚城外那种大山。也不像思科纳那么陡峭。"他笑起来,"我一直觉得思科纳是个破地方,因为总可以看到露出草地的岩石,就像老头子的破棉袄,肘部被磨出了破洞。中邦没有那么些扎眼的岩石——事实上,什么扎眼的东西都没有。和你习惯的景色比起来,那里挺乏味的。我们要去的那一带山势低矮,土地贫瘠,不适合种植谷物;还有大片林地,不值得费时间砍伐开垦。不过气候比沿海和高山地区要好些。草木没有沿海那么整齐,山势更高一点的地方就是高沼地,只能用来放羊和采泥炭。"

"这样啊,"男孩说,"那里人多吗? "

"取决于区域。"巴达斯望着地平线,"住在平原的人多些,高沼地人少。中间部分的人口稍微超过思科纳。那里没有村落,人们都住在自己的农场上,所以视线之内总会有房子。看上去没有思科纳那么荒凉。"

"真奇怪。"男孩说,"到处都有房子,每一座都孤孤单单。"

巴达斯点点头。"你会经常见到邻居,但除此之外很少见到其他人。"他说,"其实也无所谓,因为中邦人都差不多,干的活都一样。外地人很少,大家甚至长得都差不多。"

"都长你这样?"男孩问。

"大概是吧。"巴达斯想了想,回答道,"我们的个头普遍高过思科纳人和佩里美狄亚人,大多数是深棕色头发。口音不难听懂,但平板乏味。对我们来说,佩里美狄亚口音就像唱歌,听着很烦人,不过远不如羊叫一样的思科纳口音难听。中邦口音没什么特点——中邦的一切都是如此。"

男孩听完想了想,"听起来不坏。"

"是这样的,"巴达斯说,"普普通通,不坏也不好。那地方就像是用剩菜煮的汤一样,什么都有一点,但味道一般。人也是这样。因为没有村落,没有擅长特定行当的手艺人,所以什么事都得自己做。打铁、织布、修房子、木工和陶器我们都会一点,和你一样大的男孩都会做不错的弓,足够用来射兔子——"

"中邦有兔子?"

"要多少有多少,实在不幸。"

"噢。"

"如我所说,"巴达斯继续道,"我们什么都会一点,能满足日常需要,但并不专精。没人擅长做任何事,因为那等于是白费精力和物资。相比之下,样样都能胜任更有意义,因为你并不需要一张好弓,一架好犁,或者一只好桶。而且一般来说时间很紧。做完一件活儿就得接着做下一件，下一件做完之后又有其他事情要忙。所以，如果能用绳子把门拴上就没必要装门闩了，一根弯钉子能够起到和榫卯一样的作用，那就用弯钉子。"他瞥见男孩的表情，笑了起来，"其实没那么差，我是说，这样的生活也有优点。中邦已经两百年没有打过仗了，而且人们晚上都不锁门。"

"是吗？也就是说没人偷东西？"

"确实没有。偷东西有什么意义呢，大家拥有的东西都差不多。而且，你不论做什么都会被至少两个人看见。大家互相知根知底，至于陌生人——就算吐一口唾沫，消息都会传到方圆五个农场开外。"

"好吧，"男孩说，"等到了中邦，我们做什么？"

"剑士号"在托诺斯靠了岸。在那里，艾希莉为了用商业价值证明这次远航的正当性，以略高于思科纳和科里昂市价的价格买了四捆质量不错的当地产的精纺毛纱，和两打装在笼子里的歌鸫鸟。

"你买这些干什么？"巴达斯看着人们把装着疯狂鸣叫的鸫鸟的柳条筐运上船，问道。

"现在岛上流行养。"艾希莉回答，"无所事事的主妇们会一边学它们叫，一边拿银镊子喂它们吃面包渣。而且我知道哪里可以买到便宜又可爱的铜制小笼子。"

"啊，"巴达斯点点头回答，"它们在中邦是用来炖的。"

艾希莉低价买下了一驾马车和两匹好马。一行人走海边的道路来到利洪——中邦唯一凑合像样的城市——接着走上主马车道。说是主道，其实是一条由马车和牛车压出来的小径，漫无目的地从一座农场延伸到另一座。倒霉的是，他们迎面遇到了提前一周来利洪赶集的车马。一群群绵羊、山羊和猪被驱赶着往南走, 仿佛要推着他们原路返回。第二天傍晚, 巴达斯指着远处覆盖着树林的山丘, 告诉大家那里再往前就是他们要去的小山谷。到了第三天傍晚, 山丘似乎还是那么远, 只是换了个方位。

"无意冒犯," 艾希莉说, "但我们还要赶多久的路?"

巴达斯耸耸肩。"说实话我不知道," 他回答, "这条路我只走过一次, 而且当时还是从家里往海边走的。嗯……好像也不是这条路, 要不就是路的位置变了。我记得上次花了五天时间。"

第四天, 他们终于走出平原, 眼前出现一条笔直但遍布车辙的大路, 沿着他们前进的方向攀上山丘。"这是老查封官牛道。"巴达斯解释道, "我还小的时候, 城里的大家族掌管着这里的大部分地方, 租给我父亲那样的佃农。替大家族做事的查封官铺了这条路, 好把牛群从集合站直接赶到海边。他们觉得只要能管理好这里的土地, 确保供应链不断, 就可以在城里大量发卖自家出产的便宜牛羊肉。但这事最后没成, 无法和沿海地区的农夫就通行权条款达成一致。原计划中赶畜群的大路只延伸到这里, 接下来就只能和我们先前一样走小路了。最后, 他们因为成本太高而放弃了这门生意, 像以前一样把田地租出去或者卖给佃农。我们就是在那时买下了我家的地。"

艾希莉点点头。渐渐远离海边后, 巴达斯就开始用"我们"而不是"他们"来称呼中邦人了。尽管他总是调侃这儿的人效率低下、发展停滞, 彻头彻尾的乡下思维, 但她从没见过他精神这么好。她其实喜欢这样。以她对巴达斯的了解来看, 这是他最接近快乐的样子——至少兴致很高。但她并不喜欢中邦, 原因正是巴达斯说过的那些。她郁闷地感觉到, 这个地方对于农耕之外的一切事物都不关心。离开利洪之后, 她再也没见到一扇涂了漆的大门, 沿途劳作的男人们也穿着几乎一模一样的衣服: 没染过色的浅浅的羊毛罩衣, 结实但笨拙的木底靴子。有一次她以为自己看到了花园, 但指给巴达斯看之后,他却告诉她那些黄色和紫色的鲜亮花朵是本地一种亚麻植物,用来做牛饲料的。他还说,这是他记忆中第一次有人注意到那些花的颜色。艾希莉想起在佩里美狄亚的时候,她因为在意物品的颜色,总是被巴达斯取笑——灰色和绿色的衬衣有什么分别?用蓝珐琅墨水瓶写出来的字和用普通铜墨水瓶写出来的字有什么不同?等等等等。当时她觉得这种缺乏品位的表现还颇为可爱。现在才知道,中邦人都是这德行。他似乎并不比她更喜欢这个地方,但却表现出一种态度,觉得一切就该这样,这才是对的。要是接受不了,那一定是自己错了,不存在不同意见。待上五年,他就又会变成农夫了,想到这个有点难受,不知道为什么。她心想。也当不了特别好的农夫,她带着一点恶意又想道。

佩里美狄亚陷落之前,扭捏地跟他道别时,她觉得自己有十分之三已经爱上了他。后来,当她发现那个在思科纳码头轻拍她肩膀的人是巴达斯·洛雷登时,她告诉自己,是的,我确实对他抱有那种感情。而现在到了中邦,她又不确定了。他身上的变化既隐蔽,又矛盾。一方面,他看起来更年轻了,头抬得更高,说话更多,愿意主动给出信息而不是等着被人提问,向朋友介绍家乡的模样几乎有些孩子气。同时,他又似乎变成了另一个人——他说话方式和以前一样,用着惯常的语调和措辞,但所有关于中邦和中邦人的言论中都潜藏着一种不自觉甚至不自愿的尊重。每次表达出一点批判的意思,他都会承认自己的做法是错误的,意见也毫无价值,仿佛在说:这里的规矩就是这样,我没有这么做,肯定是我不对。艾希莉觉得这让人既担心又反感,因此顺理成章地开始质疑自己到底了不了解他,那个她自以为爱上了的男人到底有没有存在过。她意识到,想起巴达斯的时候,自己在心里看到的是法庭上侧身站立、持剑的手臂前伸、摆出老派剑术防守姿势的身影,或者是那个轻易取胜之后消沉地坐在酒馆里酗酒的迷茫又愤怒的男人。当然,她从未看过他当兵的样子,更没有见过身为弓匠和乡下男孩时的他。法庭剑士不过是他人生中的一小段插曲,很可能误导了她。也许中邦根本没有爱情,就像没有窗帘和装饰性陶器一样,所以爱一个中邦人是不可能的。毕竟,爱情有什么好处呢?既不能从布满石头的田地里多割出四斗大麦,也不能磨利一把回火失败的镰刀。

"他们真的会吃鸫鸟?"她问。

巴达斯点点头。"我们会在树枝和灌木上抹粘鸟胶,"他说,"它们一降落就会被粘住,只要扯下来放进篮子里盖好就行了,烤熟之后味道不坏。而且,"他看了男孩一眼,补充道,"吃腻了兔子之后换换口味也不错。"

男孩呻吟了一声,巴达斯笑了。像父亲和儿子开玩笑,艾希莉心想,她猜想这可能是他回中邦的原因之一——如果要为男孩负责任,就要按照中邦的方式把他好好养大。相识的这么多年里,家乡和父亲他只提起过三四次。现在她获得了足够的信息,可以想象出克利达斯·洛雷登的形象了:一个典型的中邦父亲,明智、严苛、坏脾气、对失败没耐心、什么活都会干、注重现实,而且(她带着恶意的笑容想)注定不幸。中邦的有些事让她觉得相当好笑,不过她知道巴达斯肯定不这么觉得。

好吧,如果他坚持要追求不幸,大可自己一个人追求去。这个地方糟透了,我想回去,回到人们不介意为好看的衣服付钱的地方。要在这里住下的话,我会发疯的。不过这儿的人应该还是有救。如果都是他这副德行,肯定早就死绝了。

在第四天日落之前爬上山丘、抵达前面的山谷似乎不成问题。但在这一天就快结束的时候,大家发现查封官牛道不见了。取而代之的是一条杂草丛生的小径,马车无法通过。

巴达斯骂了一句。空间不够掉头,只能驱马后退,一直退到之前经过的最后一个岔道口。这条岔路带着他们一路向东，爬上另一座小山丘。日落时，他们给马车盖上顶篷，准备过夜。方位又有一些变化，但目标丘陵看起来和中午时一样远。

"明天就能到了。"巴达斯一边生火一边愉快地说。这天晚上比前一天更冷，艾希莉后悔自己没有多带一条毛毯。"我知道这个地方，我们家的表亲以前在这里当佃农，不过现在已经放弃搬走了。东家执意要让他们在山丘那边的山坡上搭一座葡萄园，当然了，什么收获都没有，浪费了很多时间。据说他是读了一本关于葡萄栽培学的书，确信可以在这些山丘上种满葡萄，大赚一笔。不幸的是，他没把书读完，所以不知道葡萄必须长在干燥且排水良好的土壤上。最后他允许我们把葡萄藤全部拔出来，我记得葡萄藤木还挺适合做工具手柄的。"

艾希莉抬起头，"你对一切事物的认知，都仅限于它们能做成什么东西吗？这儿的人都这样？"

巴达斯奇怪地看着她。"到处的人都这样啊。"他回答，"过去这段时间，我每次在思科纳看到一棵树，都会说'行'或者'不行'，取决于我能不能用它来做弓。这应该是一种本能吧——这件东西对我有用吗？它可以做成什么？你也一样。在市场上看见布料卷，你就会想，我能用多少钱买下来？又能在岛上卖什么价？这是人的本性。"

艾希莉摇摇头。"在市场上是这样，"她说，"因为市场就是做买卖的。但我不会像个拍卖商的助理一样，把看到的所有东西都当作潜在的盈利资源来评估，或者给所有东西定价格。"

巴达斯耸耸肩。"看你把注意力放在哪儿而已，"他回答，"把一块木头、几团铁矿石这样的垃圾变成有用的好东西，这是人人都会做的事。"

"但有时候，它们本身就足够好了啊，"艾希莉问，"就像那些鸫鸟。"

巴达斯笑出了声。"也许吧，但是它们四处飞来飞去啾啾叫不会给我带来任何好处。生活中最重要的是改变——我们改变事物，也被它们改变。不然就只能天天吃草，站着睡觉了。变化一直是佩里美狄亚的风气。"他转过头看向山坡，"城里每个人都以不同形式参与了生产制造。他们原本住在海中央的一块石头上，却把触及的一切都变成了有用或者有价值的东西。当然，有用是指对他们而言——用不上的，一般被他们当作垃圾和麻烦，因此才惹上了特姆莱和他的族人。在中邦，我们的做法也差不多，只不过不会胡乱摆弄人类，只针对物品。所以这里没有战争。"

艾希莉不想再继续这个话题了。"有一样东西这里的人造不出来，"她说，"就是一条像样的路。不过，如果哪儿都不去的话，要路干什么呢？请把面包袋给我吧，我有点饿了。"

"别再吃兔子了，"男孩说，"拜托。"

"也不要鸲鸟，"艾希莉说，"或者松鼠、鼯鼠、青蛙之类的。拒绝大自然食物柜的免费美食，我只要面包和奶酪，再来点苹果酸辣酱就行了。"

"你确定？"巴达斯一脸忧虑地说，"我打赌，我只要一分钟就能从附近给你找点配菜——几只甲虫，或者一把潮虫。不过我个人喜欢蜜渍过的潮虫，只用放一点香葱调味——"

"噢，闭嘴吧。"艾希莉说。

"又是你。"

"没错，"高戈斯兴致勃勃地说，"又是我。"看见狱卒想要关门，他补充道，"不，别关。她被释放了。"

狱卒什么都没说，却表现出了从苦难中解脱出来的宽慰。这让高戈斯想起佩里美狄亚建筑师用来装饰拱门的那种充满戏剧感的浅浮雕——表情强烈，动作夸张。狱卒此时的模样，可以摆在城里的任何一座拱顶上。高戈斯忍住了没笑。

"开什么玩笑，"伊苏斯说，"她要放我走？"

"是啊。我一般会让囚犯把个人物品收好带走，但你应该不想把这里的任何东西带出去，除非是为了烧掉它们。"他露出笑容，"当然，你本人除外。"

"真风趣，高戈斯舅舅。想到你在沙斯特大街上当乞丐的时候能靠这样的宝贵天赋糊口，我挺欣慰的。"

高戈斯一本正经地点了点头。"很明显，这天赋是家族遗传的。"他说，"好啦，你还在等什么？你现在可以走了。"

她摇摇头。"在知道发生了什么之前我是不会走的。"她说，"要说你和我母亲突然洗心革面，痛改前非，你也不指望我相信吧？这是场游戏，对不对？"

"看在老天的面上，在我改变主意之前快点出去。"

伊苏斯对他笑了笑，背靠着墙滑下去，蹲在地上。"高戈斯舅舅，你越是想让我做一件事，我就越不会去做。你说，我会不会是历史上第一个被踢出监狱的人？"

高戈斯叹了口气，在床上舒服地躺下，双手垫在脑后。"说实话，这地方确实有种吸引力，"他说，"你喜欢上这里是有道理的。人很容易耽溺于'最坏的情况已经发生了'这种想法，因为这意味着不需要害怕任何事了。这感觉一定很美妙。"他打了个哈欠，"乖侄女，出去的时候把门带上。"

伊苏斯从地上爬起来，双臂交叠，站到他面前。"噢，需要害怕的东西多的是。"她说，"想到永远出不去，想到他们可能会把我埋在这里，或者扔进抛尸的深坑……有时我想到这些，就会跑去砸门，大叫着让他们放我出去，直到手腕流血。我不喜欢这里，舅舅，一点都不喜欢。但在你告诉我原因之前，我是不会离开的。"

"你自便吧，"高戈斯困倦地嘟囔，"又不是什么大秘密。自从尼莎把你关进这里，我就一直在要求她放你出来。现在，感谢上天，她同意了。就这么简单。我想她应该是听腻了我的声音，就像我听腻了你的声音一样。"

她一动不动，继续俯视着他，"这么说我可以走了？想去哪里就去哪里？"

"嗯哼。"

"那好，"她说，"如果我告诉你，我要直接去布里欧拉——那村子是叫这个名字吧？——找到巴达斯舅舅，然后杀了他呢？"

"你大可以试试。"

"真的？"她皱起眉，"你不会阻止我？"

"你愿意的话可以努力一下。不会有结果的，但那是你自己的事。你想去就去。"

她在他旁边跪下来，高戈斯注意到她的动作十分优雅。"拜托，高戈斯舅舅，有点风度行不行？告诉我你们想干什么吧，求你了。"她把脸颊枕到交叠的手臂上，莞尔一笑。

"看在老天的分上，"高戈斯厉声地说，"你别这样行吗？"看到她露出这个年龄的普通女孩常有的表情，他觉得浑身不对劲。她模样很可怕，杂乱的头发纠结在一起，手臂瘦骨嶙峋，双手大得不正常，手掌外侧布满白色的疤痕，从小指根部一直延伸到骨节突出的手腕。"离我远点行吗？你真恶心。"

"谢谢表扬，"她庄重地说，"告诉我发生了什么。"

"我最后再说一次，什么都没发生。"

"那你们为什么要放我走，我要做的第一件事就是……"

"不，你做不了，"高戈斯恼怒地说，"因为他已经走了，离开思科纳了。

你不用问，我不知道他去了哪里，这是实话。"

"我明白了。"她平稳地注视着他，睁着蓝色的大眼睛，然后冲他脸上吐了口唾沫。高戈斯哆嗦一下，扇了她一耳光。手掌重重地落在她坚硬无肉的颧骨上，她失去平衡，向后倒了下去。

"对不起，"高戈斯立刻说，"我不是有意的，只是你……"

"你被激怒了，"她一边从地上爬起来一边说，"这是我的错。高戈斯舅舅，我一点也不怪你，真的。但你为什么把他放走了？"

高戈斯耸了耸肩，"他想离开，我无法阻止，就这么简单。"

"现在轮到我了。小鸡仔一个个飞出窝了，高戈斯舅舅，母亲一定气极了吧。"

"她确实不怎么高兴。"他站起身，"我说，你没事吧？我不是有意下重手的，只是——好吧，有些事情让我心烦，我就发泄到你身上了。我不该那么做。"

"没事，真的。"伊苏斯微笑着说，但高戈斯注意到她的眼睛周围已经肿起来了，"你知道吗，你有很正派的一面，这点很奇怪。尽管做了那么多可怕的事，你仍然不是个彻头彻尾的恶人。我之前常常躺在这里，琢磨这件事——到底什么样的人会毫不犹豫地杀掉自己的父亲？我当时觉得，这显然是恶魔才会做的事，但现在不这么想了。"

高戈斯靠着墙滑坐下去，手掌揉搓着脸颊。"那是个错误，我做错了。"他说，"人都会犯错的，对吧？最愚蠢的是，整件事只花了——多少来着？三分钟——最多四分钟。没错，之前还有尼莎和城里几个男孩的事，但那又怎样？在中邦，给自己的姐姐拉皮条没什么，不过是年轻人赚外快的活计，和驱赶乌鸦、到荒地上摘蓝莓之类的没区别。理智看待的话，真正犯罪的过程只有几分钟，还不够烧开一壶水。我这辈子做的其他坏事都是正常业务中的小插曲。说句真心话，并不会给我负罪感。但所有人看我时都只会看到那次杀人，看到弑父者高戈斯。人们谈起我的时候，好像我以此为生似的，好像我每天早晨吻别了妻儿之后就出门花一整天屠杀家庭成员。这么说等于把我和无端杀人的疯子、为钱杀人的刺客混为一谈。"他停下来摇了摇头，"天知道我为什么要告诉你这些。"他说，"认识我的人都知道，对于曾经发生的事我从不撒谎，但也不会随便坦白。"

"这不奇怪。"伊苏斯安慰道，"对其他人说不出口的事，你能对我说，是因为我们非常相似，对吗？"

高戈斯看向她。"无意冒犯，但我不这么觉得。"他说，"除了我杀了我父亲，而你想杀你舅舅之外，我们哪里像了？"

"你忘了，"她说，"我们还有一个共同点：我母亲。"

"这算什么共同点。"高戈斯打了个哈欠，"我认识她几十年了，而你基本对她一无所知。你待在这儿的这段时间大概把她想象成怪物了吧。你要是真的了解尼莎，我才会吃惊呢。"

她皱起眉头，"但你恨她，不是吗？因为她利用你，逼你做你不想做的事，毁了你的人生——"

"别说这种话，"高戈斯打断了她，"我爱我姐姐。天知道没有她我会沦落到什么地步。这么多年来她一直都是我唯一的依靠。只要看看她的成就——"

伊苏斯笑了起来。"这是真心话？"她说，"你还真相信这种事儿，真是太稀奇了。"

高戈斯向前倾了倾，然后坐直身体。"什么稀奇不稀奇的，"他说，"我自己的感情总不能是假的吧？这次你过于油嘴滑舌了。"

"随你怎么说吧。"她两只手背在身后，踮起脚尖，像个等着吃点心或者出门玩耍的小姑娘，"那么，现在我该去哪儿？"

"你想去哪里都行,我已经说了——"

"我的意思是,讲点实际的。我没有钱,没有肯收留我的地方,也没法赚钱谋生。我是和母亲住呢,还是被送走,离开这座岛?或者有别的什么安排?我以为你都考虑好了。"

高戈斯摇摇头,"你觉得我们会把你软禁在家?你会在母亲身边扮演好女儿,乖乖做家务,在客人面前卖力表演吗?我不指望。"

"为什么不呢?"她露出一个狡诈的笑容,"正常女儿都会这么做啊。"

高戈斯思考了片刻。"好,"他说,"这样吧。如果你愿意的话,可以来我家住。不管你想住多久,我都希望你把我家当成自己的地方。世界上没什么比有家可回更重要的了,你觉得呢?"

她盯着他,差点笑出声。"老天啊,"她说,"你真的相信这一套,相信家庭生活的愉悦,被至亲环绕的幸福。你活在一个古怪的世界里,高戈斯舅舅。就像佩里美狄亚那些产自科里昂、却被当作本地制品的黄铜碗。记得吗?初看之下,你以为碗侧刻的是通常的那些文字——工匠名字、产地和座右铭之类的。但仔细一看,就会发现它们并不是文字,而是看起来像文字的图形,因为科里昂的工匠根本不会读写。我觉得你就像那些工匠,高戈斯舅舅,明明没有经历过正常生活,却又想依样画葫芦打造一番。"

高戈斯叹了口气。"这算是同意还是不同意?"他问,"跟你拌嘴虽然挺有趣,但我还有其他事情要做,比如筹划一场战争。"

"不同意还能怎样?"她耸耸肩,"我又没有别的选择。是啊,你这个邀请真是太体贴了,不管背后有什么原因。当然了,"她补充,"这对你来说不算什么,因为你应该不常回家,需要忍受我这个疯女人的是你的妻子和孩子们。不过,我猜你压根儿就没想过这些。"

"确实没有想过,"高戈斯承认,"但他们不会有意见的。毕竟,你是自家人。"

"我属于洛雷登家族。"伊苏斯微笑着说,"单凭这一点,任何精神正常的人都会把我锁起来连着房子一起烧了。我们这伙人坏透了,不是吗?"

"可能是吧,"高戈斯回答,"但再坏也是一家人。"

"不是囚犯,"亚历克修斯严肃地说,"是客人。受尊敬的重要客人。"他不自在地在石凳上挪了挪位置,"如果是六十年前,我肯定会在这张凳子上刻下自己的名字,当初在导师房间外的凳子上就这么干的——每次惹了麻烦,都会被叫去坐在那里等训话。我在那张凳子上度过了许多时间,那个房间和这里很像,那种茫然又恐惧的感觉更是一模一样。本以为到了这个年纪就不用再经历这种事了,看来我错了。"

维特里丝微笑起来。"有点像我们小时候,"她说,"母亲总说,'等父亲回家了有你们好看的'。他大部分时间在外经商,在家的时候我们都规矩极了。有时,在他外出几个月之后,我们突然听说有人看见了他的船,当天就要到家——那段时间就难受了,因为他一到家就会知道我们犯下的一大堆错。可怜的父亲只来得及脱下帽子,母亲就会把我们推到他面前,他一脸'就不能等等吗'的表情……当然了,"她笑了笑,"我总能逃脱惩罚,因为我是个女孩,只要露出难过的表情,再抽泣两声,父亲就会相信我说的任何话。我总是把责任推给可怜的文,而他一直接受不了这一点,坚决不认错,最后为了我干的坏事而受罚。这让他非常恼火,想不通为什么说了实话却讨不回公道。你知道吗?我觉得直到今天,他内心深处还是相信诚实是有用的。"

亚历克修斯思考了一会儿。"这挺好的,你不觉得吗?"他说,"对一个商人来说,这种思维方式可能不太合适,但某种意义上仍然值得欣赏。"他叹了口气,又挪了一下,"你有关于打仗的新消息吗?"他问,"卖给我早餐的人信誓旦旦地说，沙斯特在和一个庞大的海盗联盟谈生意，准备把斧枪兵用船运到思科纳岛。作为报酬，他们会让海盗洗劫思科纳镇。不过他的看法是，如果沙斯特人真这么干，高戈斯·洛雷登会把斧枪兵赶回海里，尼莎·洛雷登则会命令她驯养的法师召唤暴雨，打沉那些海盗船。所以他的消息可能不太可信。"

维特里丝耸耸单薄的肩膀。"这场战争有点像我以前见过的一次争斗。"她说，"在一场婚礼的舞会上，有两个年轻人喝多了——这也是常事——为一个姑娘还是其他什么事起了争执。所有人都觉得他们会打起来，我猜他们也不想让大家失望，所以开始跳上跳下挥舞拳头。结果，其中一个人意外打翻了一座铁质灯台——你知道那种大灯台吧？——灯台重重砸在另一个人的肩膀上。被砸中的那个一屁股坐在地上，骂骂咧咧地揉着肩膀，说对方是个蠢货。第一个人连声道歉。他以为另一个人的锁骨被他砸断了，激动地大喊着'叫医生来，叫医生来'。旁人想让他闭嘴，被他一拳打在鼻子上。这下完蛋了，那人的鼻子开始流血，只能用手帕按在脸上，跌跌撞撞地四处跑。当然啰，所有人都笑疯了。新娘号啕大哭，因为这下子婚礼舞会被毁了。新郎则对这一切的罪魁祸首发了火，亲自上前揍他，结果当然是没打中，一拳砸在墙上，导致手部骨折——"

亚历克修斯点了点头。"大多数战争的起因都是一个小错误。而大多数战役中，战败方之所以失败都是因为自己犯错，而不是实力不如别人。如果有人觉得愚蠢总比恶意好，这个结论倒是挺合胃口的。"他揉了揉麻木的左侧小腿肚，"她可能已经彻底忘记我们了。"他说，"你说，如果我们直接站起来走掉，真的会被人拦住吗？"

"可以试试——"维特里丝刚开口，董事办公室的门就打开了，一个文员匆匆走出来，怀里抱着一大捧地图卷轴。"她现在可以见你们了。"他说，"我要是你们的话，会加倍小心，今天她心情不好。"

亚历克修斯站起身，踉跄了一下，抓住维特里丝的手臂。"腿坐麻了。"他解释，"喔，真该死，我只能摇摇晃晃地走进去了，她肯定以为我喝醉了。"

董事的办公室里添了一件新家具：一张三条腿的小圆桌，摆在两把来访者用的椅子中间。小圆桌上放着一罐酒性不烈的甜葡萄酒和两只做工精美的酒杯。杯子是用动物的角制成的，杯沿和杯底包了银，还配了精巧的银制小支架，让杯子直立起来。维特里丝认出它们产自佩里美狄亚，已经有些年头了。她意识到这里大概藏有成箱的这类物品。有的来自外邦统治者，想要巴结奉承，有的来自有钱人，想得到某些私人特许权；有贿赂，有讨好，有笼络，更别提战利品了。它们和这间办公室刻意营造的冷峻氛围格格不入。*不知道她为什么要这么做*，她心想，*也许只是为了让我们不安。谈判的第三条法则：让人混乱，借此征服。*她坐了下来，假装没有注意到杯子。

"我弟弟巴达斯离开了思科纳，"尼莎·洛雷登说，"不知道去哪儿了。我不想让他走。这件事你们知道吗？"

维特里丝看向亚历克修斯，后者摇了摇头。"我一无所知。"他说。

"我相信你。"尼莎站起来，走到小桌前，将酒倒进两只杯子里。"加了蜂蜜和肉桂，"她对维特里丝说，"我想你应该喜欢吧？"

维特里丝微微笑了笑。"你真是太体贴了。"她说着拿起杯子，但没有凑到嘴边，"无意冒犯，但如果他已经走了，你还需要我们吗？我是说，我们在这儿似乎没意义了——"

"正相反。"尼莎说。她拿起一口陶罐，往一只普通的木质杯子里倒了些水，"我留住你们正是因为这类意外情况。你们不会不配合吧？"

"你想让我们做什么？"亚历克修斯问。

尼莎坐了下来，双手交叠。"首先，"她说，"弄清楚他去了哪儿，正在做什么。然后把他带回来。没事，到时候我会告诉你们怎么做的。很简单，就像这样——"

——瞬间，他们三人就站在了一条河边，眼前是两个年轻男人和一个女孩。女孩提着一只装满衣物的大柳条篮，两个男人正在试图抓住她。她一边躲开，一边尽量护住篮子，直到篮子被其中一个人拽过去，扔进水中。女孩高声地骂他，而他笑了起来，一把抓住她肩膀处的衣料。

"我都把这忘了。"尼莎说。

衣服被撕烂了，女孩向后跌倒，用手撑住身体。另一个男人从她身后靠近，向她伸出手，她转身捡起石头砸过去，他的鼻梁发出了响亮的断裂声。

"看，"尼莎指向一边，"那是高戈斯，就在那边。"

那是一个高大的年轻人，站在一棵孤零零的柏树后面，一手抓着两匹马的缰绳。他没有看河边发生的事，而是望向身后，神情惊慌。因为山坡的遮挡，维特里丝不知道他看到了什么。他从马鞍上的弓鞘中抽出一张反曲短弓，蹲下身，把下弓臂弯曲的末端抵在右脚脚踝外侧，左腿前跨一步，将弓固定在两腿之间，左膝内侧抵住弓柄偏下的位置，施加压力使弓弯曲，直到能把弓弦套进上弓臂的弦槽内。整套动作从容而优雅，就像练习过无数遍、能够不加思考就完美完成的舞步。

"我经常重现这一幕，"尼莎漫不经心地说，"但每次都会发现新的东西。你们看见了吗？他一次都没有低头看就上好了弦。"

他从挂在马颈边的箭袋里拿出一把箭，低头躲过一根低垂的树枝，然后挤进两块岩石之间的空隙。他搭箭上弦，只发出了极其轻微的声响。

"他对那张弓很有感情，那是巴达斯给他做的。"尼莎说，"我没想到他会借给那个费里安家的男孩。他对它珍爱极了，之前从没借给过任何人。"

此时，维特里丝知道他之前在看什么了：三个拿着十字镐的人。

应该叫十字镐吧。亚历克修斯心想，以前的老家管那叫翻啄镐，但这种叫法似乎只有我家乡才有。高戈斯告诉我这个故事的时候，我听到十字镐，还以为是锄头一样的东西。

河边的女孩正在尖叫。两个男人惊慌失措，不停地道歉，又对她大喊大叫，想让她闭嘴。其中一个人大声说他很抱歉，他不是故意的，只是取乐而已；另一个则狠狠给了她一耳光，响声连三个奔跑的人都听见了。最年轻的那个脚下踉跄，接着重重摔在地上。他试图站起来，结果抽搐了一下就不动了。年长的男人似乎没注意到，但第三个人猛地躲开，几乎在碎石嶙峋的地面上滑倒，他抬头看向接连射过来的箭，喊了句什么，接着也向后摔去，像是被人推了一把。年长的男人停下脚步，片刻之后，倒在了地上。一支箭刺进了他心脏上方，斜着刺穿他的身体，箭头从右侧肩胛骨偏下的地方露了出来。

"要我说，有四十码远。"尼莎评价，"三个人里有两个都是一击毙命，利落极了。在箭术比赛里，这算是两个靶心，一个内环。非常厉害，足以得银奖了。不过在实战中，射偏了就是射偏了。"

高戈斯站了起来，从箭袋里又抽出一支箭，走到河岸边的山坡上。两个男人已经没有管那个女孩了，只是盯着地上的尸体。女孩用拳头捶打着其中一个的后背，被打的甚至没有注意到。他们看着树下的人拉开弓，短暂地瞄准，箭尖稍稍向下调整。下一刻，其中一个男人像一块石头一样掉进河里，弓箭手则摸到皮带处去取下一支箭。另一个人头也不回地飞奔。女孩正要开口，箭就射中了她。她倒了下去——

"我一直希望能把这段场景放慢。"尼莎说，"不幸的是，一切都发生得太快了，我什么都看不清。他放箭的时候手抖了吗？还是他刻意射低了那一箭？不管你们相不相信，其实并不是很疼。"

"我们一定得看完吗？"亚历克修斯插话道。

"好吧，"尼莎有些失望地说，"其实接下来也没什么可看的了。他去追赶那个赫丁家的男孩——克利拉斯·赫丁，他的眼睛挺好看，但牙齿糟糕极了。好笑的是，在这件事发生之前，我们俩已经亲热好几天了——当然，金钱交易是有的，但完全是你情我愿——所以他根本没有卷进来的必要，我只是不愿意亲近小费里安而已。但高戈斯不知道这些。"他们现在回到董事的办公室里了，维特里丝手里的酒仍然保留着让人愉快的暖意。"总之，他最后会抓住赫丁，打得他脑浆四溅。等到他回来，就会发现克利法斯和佐纳拉斯正急匆匆地赶过来，而我和巴达斯并没有死。他会放弃努力，接受自己搞砸了的事实，然后逃走。剩下的就只有大喊、尖叫、不知所措……佐纳拉斯一看到血就吐了，幸好克利法斯比较镇定，不然我们俩就都死定了。克利法斯肩膀以上的部分都和砖头似的，什么事情都不会影响到他。典型的农夫。"

房间里出现了片刻沉默，然后亚历克修斯清了清嗓子。

"对不起，"他说，"我还是不懂。你为什么要让我们看这些？"

尼莎露出一个迷人的微笑。"我没有，"她回答，"你们只是回答了我的问题。现在我知道巴达斯在哪儿了——他回家了。事实上，"她说着，倒满了亚历克修斯的酒杯，"我想我知道他现在的准确位置了。"

"这条河以前是一条分界线。"巴达斯说，"我们家的土地在那一边，从这里一直延伸到那一丛冷杉树那儿。转弯的位置就是浅滩。"

他勒马止步。河对岸有两个男人，正从一棵高大的柏树的阴影中走出来。他们戴着普通的宽檐帽，肩上扛着十字镐。

"好了，"巴达斯从马车上跳下来，"真是碰巧。"他举起双手朝对岸挥了挥，两个男人转过身，看向他。"我总算回家了。"他说。

十三

"巴达斯。"矮个子喊了一声。

"你好，克利法斯，"巴达斯回答，"还有佐纳拉斯。能再见到你们真好。"那两人平静地打量着他，脸上什么表情都没有。*中邦人应该就是这么打招呼的吧，艾希莉猜想，我才不会大惊小怪呢。* 她仔细看了一眼巴达斯的两个多年未见的弟弟，努力藏起自己的想法。他们确实长得像一家人，特别是颌骨和下巴。两人中个子较高的佐纳拉斯还长着和巴达斯一样的眼睛。不过，在这两个普通中年农夫的脸上看到和巴达斯一模一样的面部特征，还是有些难以置信。这就像你去了伊纳葛阿、西兹玛之类拿贝壳当钱币的穷乡僻壤，集市上看到的都是盘筑法制成的不对称的陶壶和粗制滥造的木碗，却在一堆破烂中发现显然是被岛民海盗抢来的珍奇货品，比如一只珐琅银水罐、一面象牙框的镜子。矮个子克利法斯有着发福的肚子、圆胖的脸。他的脖子特别粗，样子比巴达斯年长十岁，但艾希莉知道他是兄弟中最年轻的。佐纳拉斯看起来比实际身高要矮,因为他是个罗圈腿,而且已经开始谢顶了。他的耳朵很醒目,下巴上杂乱的胡须很稀疏,两侧却浓密得很夸张。两人都有着发红的大手和被咬秃的手指甲。

"这是艾希莉·佐希思,"巴达斯继续说道,"我的朋友。从岛上来的,她是个商人。"

两兄弟看着她,仿佛她是木偶戏里的提线木偶。两人都没开口,但神情明显是在说,她的名字和我们有什么关系?艾希莉这辈子第一次这么不舒服。一分钟过去了,除了克利法斯先前敷衍的问候,两人什么话都没说。她用余光瞟了巴达斯一眼,宽慰又好笑地发现他和自己一样窘迫,不知道该怎么办。她想起巴达斯根本没介绍男孩,但这似乎也是这里的风俗。孩子就像狗一样,每个人都有一两只,在大人谈话——或者一动不动对视的时候,要么挤在脚边,要么跑来跑去打闹惹事,根本没人注意他们的存在。

就在艾希莉快要忍不住尖叫起来,或者原地站着睡着的时候,克利法斯小声叹了口气,"你要长住吗?"

巴达斯眨巴着眼睛。"我还不确定,"他说,"我没什么计划。"

"你最好还是进屋吧。"佐纳拉斯嘟囔道,语气像是在最不方便的时刻遇到了路边重伤的陌生人。他先前空洞的神情产生了细微的变化,变成了带着敌意和怀疑的注视,仿佛在担心什么坏事。真奇怪,艾希莉心想,在这堆疯子之间,我才是不正常的那个啊。

回屋的路程不远。这是座茅草顶的长条形屋子,屋顶很高,窗户极小。前门宽大,结实的橡木上布满了方形钉头。旁边还有一扇没有门的门框,只用一块木板挡住,避免小母鸡走失。前院堆满废品——布满苔藓、缝隙里长出了蕨类植物的破木桶,看起来完好但被花藤完全包裹的链耙,锈迹斑斑、不知破了多少个洞的铁桶……还有一架已经变成苔绿色、被卸走了木板和配件的马车残骸，就像搁浅之后被人割了肉拿去腌制的鲸鱼；一只侧面漏水的大号雨水桶，苔藓沿着雨水流淌的踪迹一路长到地上；室外厕所的墙边堆了一堆骨头，乍看以为是木柴；柴房的墙上钉着一只大老鼠，已经只剩皮和骨头了，由于长期风吹日晒，似乎一碰就会碎掉；木杆上插着一个绵羊头骨，天知道当了多久的弹弓靶子，虽然缺损得厉害，但居然还没有散架；墙头松动的石头之间，插着一片锈得和叶子一样薄的镰刀刃。一头胖乎乎的瞎眼老母羊正在吃垫脚台上的地衣。**看在老天的分上，**艾希莉穿过院子时小声地抱怨，**每隔几十年整理一下院子很难吗？**

"真够温馨的。"她在巴达斯耳边悄声说。佐纳拉斯拿开挡门的木板，费力地赶走门前的小母鸡。

"我喜欢院子邋邋遢遢的样子。"巴达斯说，"进门前记得擦擦鞋底。"

由于屋里实在是太暗了，艾希莉的第一印象是它的气味——混合了奶酪、烟雾和苹果，强烈、浓郁、令人垂涎，完全出乎她的意料。由于有厚实的石墙和石板地面，室内凉爽惬意。习惯了昏暗的光线之后，她看见了一个长条形的空旷房间，一端是壁炉，被结构复杂的铁烤架挡在后面，旁边还有一个墙洞似的面包炉。房间两侧的凹室里都有向下的楼梯，中央摆着一张硕大的桌子，几乎和房间一样长，两边放着低矮的长凳。横梁上吊着成串的洋葱——垂得很低，巴达斯和佐纳拉斯不得不低头躲避——还挂着让人眼花缭乱的各种工具，其中有些看起来起码有一百五十年没被人碰过了。

"父亲的椅子呢？"巴达斯问。

"坏了，"克利法斯回答，"放在干草阁楼里。"

"真可惜，"巴达斯说，"我一会儿看看能不能修好。"他在长凳上坐下，手肘支在桌子上。"还有吊锅的钩子，"他补充道，"看起来我离开之后就没有修理过了。"

　　克利法斯和佐纳拉斯互相看了一眼，然后在他对面坐下。这让艾希莉想起了冗长的生意谈判中最紧张的时刻：双方都停止了拐弯抹角，决定切入要点。她在远端的桌沿坐下，男孩拉过一张三条腿的小凳子，蹲坐在上面。

　　克利法斯深深吸了口气。"如果你是来要钱的，"他说，"那就不走运了。"

　　巴达斯皱起了眉。"我不是，"他说，"我寄钱就是给你们用的，不过看起来也没派上用场。"

　　"都没了。"佐纳拉斯说。

　　这似乎让巴达斯大惑不解。"你说没了是什么意思？"他说，"别这样，说明白点。"

　　佐纳拉斯耸耸肩。"就是没了，"他说，"不在我们手上了。就这么简单。"

　　艾希莉认识这个表情——巴达斯在努力压制火气。"别说傻话了，"他飞快地说，"我寄给你们的钱足够买下整个该死的山谷。你们确实那么干了，是吧？"

　　克利法斯和佐纳拉斯互相看了一眼。"我们买了农场，"他说，"就是这里。"

　　"还有呢？"巴达斯向桌对面探过身子，"我第一年寄给你们的钱就足够买下这里了。你们拿剩下的干了什么？"

　　原来是这样，艾希莉想，*原来他把钱都寄回家了*。在城里那段日子，他当法庭剑士能得到极高的报酬，却几乎连一个铜币都不花，住在"岛屿"区一间凄凉寒碜的小公寓里，吃干面包和劣质便宜奶酪，原来是把钱寄给中邦的弟弟了。她意识到自己惊讶地张开了嘴，因为她大致知道那是多大一笔钱。作为他的助理，拿着百分之五的薪酬就能过上舒适宽裕的生活。那些钱确实足够买下这荒凉的山谷了。两个弟弟甚至能住进人工湖中央的城堡，把道路两旁都种满枫树，再供养远处供仆从居住的小村庄。每一场战斗，每一次缥

纱的胜算下的苦苦支撑,每一滴他流下的血,每一天透过小窗户,看着第二天可能就见不到了的太阳——都白费了。弟弟们仍然生活在贫困之中,那么多钱究竟去了哪儿?

"我们买下了磨坊,"过了一会儿,佐纳拉斯说,"但被火烧毁了。"

"我们重建了一座,"克利法斯补充,"但是琉卡斯·梅兹因在雷迪伍德那里又建了一座磨坊,收费比我们低,所以我们放弃了。"

"好,"巴达斯说,"你们犯了一个错误,损失的钱只能算大海里的一滴水。剩下的呢?"

就这样,两人念起了冗长枯燥的失败清单,简直像一场滑稽至极的朗诵会。艾希莉想放声大笑——如果回到岛上之后还记得这一切就好了。两兄弟像那些常年讲古的人一样不停打断彼此,加上古怪的口音,一定是极佳的酒馆笑料。有一条运牛船,每月开往佩里美狄亚一次,本该轻轻松松地带回丰厚的报酬,但第一次出海就沉了。还有黑水河上用来捕鲑鱼的鱼梁,本来花一个月就该建成的,但却花了一年,还使用了大量用特殊改装的船从贝斯林恩运来的石材。第一年的捕鱼效果好极了,导致黑水河的鲑鱼完全绝迹。之后鱼梁堵塞引发河水泛滥,他们不得不赔偿邻居们,给泛滥的田地排水,负担花销。之后他们又投资了高沼地的纯锡矿脉,怎么看都是一笔亟待开采的巨大的财富;以及托诺斯城外沙丘里的细腻白沙,只要稍加运作,就能变成无可匹敌的玻璃制造业。除此之外,还有海岸边的盐田和牡蛎场、利洪的马车、钻石矿、地毯织造联合会、杉木种植园……当然了,还有中邦银行——

"不应该啊。"巴达斯打断了他们,"看在老天的分上,克利法斯,我不是告诉你直接买土地吗?"

克利法斯愤怒地看着他。"我们不想继续当农夫了。"他说,"我们以为……能赚钱成为富人。"

"你们想变成尼莎那样。"巴达斯轻声说,"你们想,如果她能做到的话,你们也能。"

佐纳拉斯用宽大的手掌拍了一下桌子。"这不公平。"他说,"她开着银行,大把地赚钱。但她明明嫁给了格拉斯,按理说应该只是个普通人。如果她能有那些成就,我们也可以。我想我们只是没她那么幸运。现在佩里美狄亚陷落了,"他苦涩地补充了一句,"你也没法寄钱了,我们他妈的只能这样了。"

这一刻,艾希莉最想看到的就是巴达斯把佐纳拉斯从桌子对面拽过来,猛揍他的脸。但他没有动。过了很长时间,他把垂到前额的头发顺了回去,然后问:"你们现在还剩多少?有没有剩下的?"

克利法斯点点头。"我说了,还有这座农场。帕拉斯·拉芬因死了之后,我们也买了他的田地,有三十亩。还有高沼地那块本来要开锡矿的地方,我们把那里按一年九块钱的价格租给了图法斯·特隆。当然,还有那座玫瑰木种植园,但是五十年之内都不会有什么价值——"

"一点不剩,"巴达斯说,"都没了。妙极了,这么多年来我养肥了中邦所有的诈骗犯和投机者,我自己的弟弟却还在赶绵羊,挖洋葱。"他十指摸过脸颊,一直滑到下巴位置,"你们两个该死的蠢蛋,我本来想照顾你们,照顾我们一家,不用再为生计发愁。结果就像你说的那样,佐纳拉斯,我们他妈的只能这样了,直接回到了原点。"

"赫丽斯,"高戈斯·洛雷登叫道,"我回家了。"

"我们在回廊里。"妻子回答。他微笑起来,把沉重的包袱扔在地上,漫步穿过阴凉的前厅,走进天井。

映入眼帘的是一幅无比动人的景象。他的妻子坐在心爱的雪松木椅子上做针线活,女儿小尼莎在母亲脚边玩带轮子的小木马玩具。在她身后,儿子卢哈趴在草地上，手肘支着上身，正在读一本书。卢哈右边一张乌木小凳子上，坐着这个家庭新添的成员——他的外甥女——正在让女仆梳理头发。清洗得这么彻底，真是让人满意。她的样子绝对不算美丽，最多也只能算普通，由于瘦骨嶙峋，眼窝深陷，看起来还有些奇怪。但现在她至少干干净净，体面地穿着赫丽斯的旧亚麻罩衫和一双朴素的凉鞋。"你们好啊，"他说，"看到你们个个都精神，我最喜欢了。有什么消息吗？"

赫丽斯低头看了看椅子扶手上的一块蜡板。"维多把货物税的账目拿来了，就在你桌上。一个叫贝蒙德·格拉斯的男人想和你谈谈五百双靴子的生意，"海鹰号"要求船上交货，不知道是什么意思。她派了人来，看你到没到家就走了，没留下口信。哦，我把转让契约都誊写完了，除了需要彩色图样的那份。"

"你写完了？棒极了。"高戈斯回答，但完全记不起她说的是哪一份了。他很久没过安稳日子了，很难适应把文书工作当成紧要事。能感到无聊应该挺美妙的，他想。

他从坐垫堆里拿出一个坐垫，扔在草地上，伸展身体，就像辛苦地驱赶了一整天羊群的牧羊犬。"我离开的这段时间都有些什么新鲜事？"他问，"卢哈，你的诗歌写作考试怎么样？"

"九分，父亲，满分是十分。"男孩看着书，头也不抬地回答。

"不坏嘛，"高戈斯说，"有人得了十分吗？"

"没有……唔，有的，茹安·阿切尔。但他的爸爸是个诗人，所以——"

高戈斯皱起眉头。"这不重要，"他说，"九分很好，只不过十分就更好了。如果茹安·阿切尔可以做到，那你也可以。"

"是的，父亲。但是诗歌写作这种东西，"男孩说，"我以后能靠写诗干什么呢？根本没用啊。"

高戈斯的脸沉了下来。"别再让我听到这种话，"他说，"也别用不良态度糟蹋优秀成果。晚餐之后我要看看你的功课，我们从头梳理一遍，也许能找出你犯的错误。尼莎，"他转过头，直直地看着她，"你有没有说话算话，好好练习吹笛子？"

"有啊，爸爸。"小姑娘骄傲地说，"尼尔库斯博士说，我比班上其他几个超前了一个级别。我能去拿笛子吹给你听吗，爸爸？"

"那很好，"高戈斯说，"你去吧。"

尼莎蹦蹦跳跳地跑走了。高戈斯抬起一侧手肘。

"你呢，伊苏斯？"他问，"习惯了吗？"

外甥女看着他，一侧的嘴角抽搐了一下。"那是当然，高戈斯舅舅。"她说，"昨天处理了我的牙齿，今天是头发，明天就该轮到指甲了，不过可能花不了一整天。如果我们提前结束的话，我下午能休息吗？"

高戈斯不满地嘟哝了一声。"这意味着你还没去见你母亲吧？"他说，"你知道的，早做早了结。"

"但是舅舅，"她回答，声音里似乎有一丝恐惧，"你不能指望我在收拾好之前去见母亲啊。那可不对。"

高戈斯耸了耸肩。"随你，"他说，"别期望我能一直在你们之间说和。你在这里待多久我都欢迎，但——"

"那就需要提前修整我的趾甲了，"她说，"也许该加一次夜班。"

赫丽斯转过头看了她一眼，眼神锐利，但什么都没说。有那么一会儿，女孩似乎不太自在，然后她说，"不论怎样，我真的已经很努力了。如果我能做针线活的话，我会做的，但我不行。我不想去见母亲，因为很可能一开口就会让我们的关系糟糕十倍。"

"我不信。"高戈斯说。

"而且，"她忽视了他，继续说下去，"你怎么会觉得她想见我？如果真想的话，她为什么不来这里？或者至少该派个信使来。"

"她很忙——"高戈斯开口说。

"确实，"女孩打断了他，"我知道，这没事。她可以忙，我也可以坐在这里，慢悠悠地被人修补，就像修补被猫打破的东西一样。这样所有人都会高兴。拜托，舅舅，到底是什么让你觉得我们会主动靠近彼此？"

天井里沉寂了一会儿，然后赫丽斯利索地收拾起了她的针线活，匆匆离开了。高戈斯缓慢地站起来，走过去坐在她旁边。她身体不动，但头部无法控制地微微畏缩了一下。

"这没事，"高戈斯说，声音很轻，她几乎听不清楚，"这不要紧，你就这么放弃吧。毕竟，你在监狱里就证明了你的观点，在那之前，在城里也是一样。你本来有美好的生活，像正常人一样准备结婚。但是突然来了个巴达斯·洛雷登，把你要嫁的那个人杀了，你的完美生活就没了。所以你当场决定：你不要妥协，绝不退让。你想要公正，或者复仇——或者不管你管这叫什么，反正也没什么意义。你知道吗？你失败了。完全是浪费时间心血，就为了一份固执。"他已经贴近了她的耳朵，像个婚礼上窘迫的男孩，紧张地沿着长凳靠近自己没胆量搭话的女孩，"看看你，你一团糟，简直是一摊烂泥。但这里有我，还有你的母亲，而我们永远不会放弃任何东西，即使不可能做到，即使面临军队，面临海上的暴风雨、瘟疫、烈火，或者大地崩陷，吞没整座城市。当然更不会因为你固执而放弃。我不在意你想要什么，有什么感想，甚至不在意你是个浪费上好的食物和水的彻头彻尾烂摊子。这个家族没人会放弃，因为外面的敌人不计其数，比沙斯特人和特姆莱的族人加在一起还要多，而我们这一方只有我们。懂了吗？"

"就这些？我们得彼此相爱，因为没有其他人能爱我们了？"

高戈斯脸色缓和，露出一个热烈的笑容，"你说对了。毕竟这个家里有我——好吧，这不需要再解释了——有你那靠杀人为生，并且导致草原人围攻佩里美狄亚的巴达斯舅舅。还有你，还有你母亲。"

伊苏斯缓缓地点了点头。"好吧，"她说，"我就好奇问一问，她做了什么坏事？"

"噢，她是我们中最拔尖的，"高戈斯轻声说，"我为了自保而杀人，巴达斯为了别人而杀人，你是想要复仇——或者其他的什么在你可怜的小脑袋里钻洞的念头。但你母亲屠杀了一整座城市，你想知道为什么吗？不是为了复仇——尽管她有十足的理由——也不是因为她非做不可。她为了省钱而毁灭了佩里美狄亚。"他突然咧嘴笑了，像是想起了一个不错的笑话，"不是为了赚钱，你要明白，是为了省钱。当初为了建立这座愚蠢的银行，她在佩里美狄亚贷了款，受够了利息的压榨——完全是浪费钱，她是这么说的，怎么也还不完——所以她派我去打开城门，杀死了城里所有人。是不是很精彩？我觉得挺精彩的。你可以说她是个邪恶的婊子，但你不得不佩服她的果断。"

伊苏斯稍微挪动了一下脑袋，注视着他。"是你打开了城门。"她说。

"是我。主意是你母亲的，事是我做的。"

"我明白了，"伊苏斯点点头，"是你做的。"

"刚好也符合我的个人利益，"高戈斯说，"但做决定的人不是我。她提出了建议，而我同意了。"

伊苏斯看了他很长时间。"高戈斯舅舅，"她说，"你比我还恨自己的家人，为什么还要装作爱他们呢？"

高戈斯思考了片刻。"你搞混淆了，"他说，"恨和承认邪恶是两回事。"他转开目光，像个欣赏自家花园的普通人，"发现对方有一点邪恶，就没法去爱他们了吗？我以为你没这么幼稚呢。我的妻子不会因为我干了坏事就不爱我。我也当然爱巴达斯、尼莎,还有你。"他靠在椅子上,"这感觉很奇怪,我很少这么坦白,大概因为我们俩十分相似吧。"

"是吗?"

"别回嘴。我喜欢你,我闷在心里很多年的想法,只有在你面前才能畅快说出来。来吧,"他重新坐直身体,"告诉我你怎么看我,我不介意。"

伊苏斯认真地想了想,像个接受辅导的学生。"你刚刚告诉我的事,"她说,"我根本无法理解。当然,从技术层面来看,这种事是可能的。一个人要打开一扇门,只用拉开几个插销,抽出门闩。而门被打开了,城市就会陷落,许多人就会送命。我想不明白的是,你为什么要这么做。"她用断指的残端抚摸着下唇。"很享受吗?"她问,"你喜欢吗?"

"我需要回答吗?"高戈斯问。

她摇摇头,"不,这是个蠢问题。如果把这一切归结于某种精神失常,把你当成在树林里杀小孩的疯子,那就太简单了。那么,答案是什么呢?疯子无法用常理揣度,你也是,对吗?"

高戈斯抿住嘴唇,"你离答案很近了。对我来说,我们一家就是一小队士兵,有点像那些沙斯特派来的突袭者。我们深入敌人领土,孤身作战,每一个人都与我们为敌,无法指望援军。于是,有些事情不得不咬牙去做。而因为他们人数太多,我们太少,所以不会良心不安。他们是敌人,而我们有生存的权利,就像突袭队拿走生存所需的物品,做需要做的事情,然后继续前进。而当你得知敌人不留活口,你就不会投降了。把敌人换成其他物种更容易理解。杀死动物是很正常的。你要填饱肚子,要制作衣服,要防止它们在你的屋顶上筑巢,避免进出门的时候遭到叮咬……不,这个比喻也不恰当。并不是说我们比他们高等,只是不同而已。有些人你可以杀,有些人则不行。这就是为什么我能原谅巴达斯,而你,也应该原谅他。"

伊苏斯耸了耸肩，"的确，他大概是我们当中心肠最好的，但同时也是伤害了我的那个人，所以我只恨他。其他事情我不愿去想。"

高戈斯点了点头。"没必要强求。"他说，"我其实也没为这些事情费神，只不过对人命的看法不同。在我眼里，'邪恶'这个词并不正确。每一条生命都有一个价，不受主观感受影响。"他站起身来，"很高兴能和你谈这些。现在你搞清楚了，不用胡思乱想了。"

伊苏斯模糊地打了个手势，"你真的打开城门让敌人进去了？"

高戈斯摊手。"一群敌人杀了另一群敌人。"他说，"争端不是我挑起的。我一个佩里美狄亚人都没杀。就像你说的一样，我只是打开插销拔出门闩而已。城里人和草原人迟早会打一仗，这怪不了巴达斯舅舅，怪不了特姆莱，也怪不了你舅公麦克森。"

"哦，"伊苏斯说，"我都忘了那个人了。"

"再告诉你一件事。"高戈斯俯身捡起一只空盘子，"你父亲没有强暴你母亲，在当时，那只是一桩回报丰厚的生意。"他皱了皱眉，"好了，能说的我全说了。如果你觉得不好听，至少是实话。坦诚是我唯一比较自豪的品质。就像谚语说的那样，你可以选择朋友，但不能选择家人。"

"卡纳迪博士！"

要是我像我现在的心情一样老，那早该聋了，什么都听不见。卡纳迪加快了脚步。

"卡纳迪博士！等等！"

没希望了，卡纳迪悲伤地想。就算他双耳全聋或者干脆是个死人，也没法忽略这么大的嗓门。他转过身，看见沃尔科·波瓦特像一座山一样靠过来。

"波瓦特院士。"他礼貌地问候道。

"找到你真不容易，博士。"波瓦特一边平复呼吸一边说。他是个大个子，身上的肥肉实在太多了，只有闹饥荒的时候才能体现用处。这有些讽刺，因为他的正式头衔是贫民护民官。"我想，是时候认真谈谈思科纳问题了。"

"荣幸之至！"卡纳迪叹了口气。他和护民官沃尔科只在院系接待会上说过几次话，但已经见识过他那无比讨厌的毛病——把世上的一切都简化为商业问题。对他而言，一切和思科纳的摩擦都是"思科纳问题"，一切基金会盈利相关都是"收支平衡问题"，而人类知识的总和，以及一切求知和探索行为都被他归为"教学大纲争议"。不用说，他能在沙斯特高层赢得这么高的地位，正是因为他思路简洁，拥有万事不理、只管要点的能力（以及他是波瓦特家族第五顺位继承人）。*我老家有个词专门形容这种人*，卡纳迪想，*呆瓜*。

护民官巨大的身躯将他逼到了隐修院围墙边一处突出的壁架前，他在低处一只石狮子脑袋上勉强坐了下来，沃尔科则舒舒服服地坐进一把宽阔的石椅子。"感谢你抽出时间。"沃尔科说，"好了，关于思科纳，我们需要你做一些事。"

卡纳迪愣了一会儿。他唯一能想到的是，他们复杂的派系之争产生了某种荒唐的结论，让他当下一支突袭队的指挥官。他不想接这个活。就在他越来越确信自己的猜测时，沃尔科继续说了下去，"是这样的，"他做出悄悄说话的样子，但声音在一里之外都能听到，"我们相信，常规军事行动解决不了眼下的问题，是时候探索其他途径了。"

*众神啊。*卡纳迪又是好笑又是惊恐地想，*这头肥猪是在说魔法。他想让我把反抗军咒死。他真的相信——*

那个幻象……庞大的舰队和远处的思科纳镇废墟，还有率军打仗的巴达斯·洛雷登。

他忍不住哆嗦了一下，就像从河里爬上岸的狗。"恕我直言，"他说，"我研究的是抽象哲学,没法给你这样的实干者提供建议——"

"其他途径。"沃尔科强调了一遍,"听说,你和亚历克修斯教长为了佩里美狄亚,曾经做出过了不起的尝试。虽然最后没有成功,但我们认为那是佩里美狄亚的问题。在那个处境下,不论构思多么精妙,执行得多么漂亮,都是注定要失败的。但是思科纳——"

卡纳迪注视着护民官。毫无疑问,这人诚心相信魔法——当然相信了,对他所属的派系和波瓦特家族而言,魔法能完美解决目前的困境,所以它肯定有效。就算仅仅是因为沃尔科·波瓦特有这个需要,它也会起效。

所以你要怎么办呢? 拒绝? 不合适,你在这里的地位完全来自一系列误导,让人相信魔法真的有效。你是靠骗人过活的,真是活该。

"我懂你的意思,"卡纳迪突然有了灵感,打断了他,"这个可能性我已经思考了一阵子了。但是很抱歉,我遇到了一个困难。"

"困难……"听沃尔科的语气,似乎卡纳迪遇到的是魔法生物,或者纹章图案里的怪兽,"什么困难?"

"很简单,"卡纳迪说,"基金会有我,但思科纳有亚历克修斯教长。恐怕我们的能力会互相抵消,这意味着,"他极度看不起自己,费了很大的劲才能平静说话,"我在抵挡他的诅咒,而他在抵挡我的。这样一来,除了确保对方无法使用魔法之外,我们什么都做不了。"

听到卡纳迪说出"魔法"这个要命的词,沃尔科的鼻孔抽搐了一下。要不是这个大块头把他逼到了角落,无法仔细措辞,卡纳迪是绝不会犯这种错误的。这个词一出口,沃尔科的神态就完全变了,活像一头看见猪圈门打开、听到铰链嘎吱作响的猪。

"有意思,"他说,"但是我们决不能轻易放弃,呃,玄学方案。如果你资源不足——"

啊, 是的, 又来这一套了。造更多船, 招募更多士兵, 收买更强大的魔法。"是啊, 资源," 卡纳迪说, "但遗憾的是, 并没有现成资源。简单来说, 要击败他的魔法, 需要更多更强的魔法师, 但我们的魔法师队伍就你面前这一个人。"

沃尔科眨了眨眼, 仿佛有匹马刚从他身边疾驰而过, 踏过他脚边的水坑溅了他一身泥。"这样啊。"他说, "那反叛军呢? 他们那边有更好的魔法师吗?"

"据我所知, 没有。"卡纳迪谨慎地回答, "但其实我说不准, 这是个大难题。在他们打来之前, 无法确切知道他们都有什么武器。"

沃尔科思考了片刻。"那个亚历克修斯," 他说, "你能不能把他处理了, 让他无力为害?"这话不太好听, "然后你就能——"

"护民官大人," 卡纳迪努力露出一个安抚的微笑, "如果能做到, 我肯定会去做的, 但是不行。十分抱歉, 但我必须告诉你, 魔法是没用的。我不想让你费时费力走上一条死路。"

沃尔科站了起来。"谢谢你这么坦白, 博士。"他说, "如果情况有变, 你会告诉我吧?"

棒极了, 卡纳迪看着护民官沿着回廊快步离开, 现在我冒犯了一个连把钉子敲歪了都会记恨锤子的人。他站起来, 发了一会儿呆, 然后顺着回廊朝杂务文书办公室走去。

和沙斯特所有文职一样, 杂务文书这个职位纯属摆设。不过文书本人并不清闲, 很可能是个大忙人, 但实际工作和头衔没什么关系。就像这里的装饰管理员, 名义上管理战争纪念碑的鲜花供应, 实际上却要负责建筑的全面保养。

杂务文书的工作还要复杂些。在从前, 文书只负责在各个组织开例会时分配会议厅，现在已经演变成监督派系活动的半正式仲裁者。在参议会的正式辩论中，文书还要监督辩论者，确保他们遵守章程。而在参议礼堂之外，他是唯一可以调停派系争端的人。由于文书必须是个无可挑剔的中立者，派系之间争得如狼似虎，都想把己方重要成员送上这个位置。眼下的胜者是分离派，任职的是乔弗雷兹·莫格雷。

"你好，博士。"正在阅读的莫格雷抬起头，"真是稀客，你是来我这政治阴沟里踩水的吗？"

这就是他喜欢莫格雷的原因。在卡纳迪接触过的所有派系成员中，只有莫格雷坦然承认他的毕生事业只是一个危险又可笑的游戏。"是的，毫无意义，而且还可能引发灾难性后果，几乎和抽象哲学一样糟糕。"在一个漫长而颓唐的夜晚，卡纳迪喝着货真价实的科里昂苹果酒，吐露了自己对基金会事务的真实看法，莫格雷则愉快地承认了，"区别是，我们不会假装能把敌人变成青蛙。这酒不错，再来一杯吧。"

"乔弗雷兹，我有件事要告诉你，"卡纳迪坐了下来，若有所思地看着一旁桌上的酒罐，"你记不记得，之前聊天的时候，我承认了我不会施魔法？"

"是的，我记得。"

"那个，"卡纳迪难为情地笑着说，"我说谎了。"

乔弗雷兹倒了两杯马沃森梨酒，神情专注，小心地让苦涩的沉淀物留在罐子里。"是吗？"他说，"有意思。"

"是真的，乔弗雷兹。不是你想的那种……事实上不能叫作魔法，但是也，呃……不算正常。大概介于两者之间吧。"

"我相信你，"莫格雷把一只杯子推到卡纳迪面前，"别以为我不了解那东西，事实上正因为了解，我才一直觉得你是个危险的家伙。我知道你有时候能做这档子事，但又不懂是怎么做到的。而且，你没法随心所欲控制它。"

他把酒杯凑到嘴边，笑了笑，"你以为我不会看情报吗？你们相信草原人绝对攻不下佩里美狄亚的时候，我就知道这玩意儿了。"

"噢，"卡纳迪说，"你要是早告诉我就好了。"

乔弗雷兹耸耸肩。"我以为你知道。好吧，最好还是把你不知道的都告诉你。尼莎·洛雷登，"他用袖子擦了擦嘴，"是个女巫。"

"尼莎·洛雷登？"

乔弗雷兹点点头。"千真万确，她远比你更了解元理。至于证据，"他苦笑了一下，"你亲身经历过。"

卡纳迪皱起眉头，"什么意思？"

"仔细想想，"乔弗雷兹突然严肃起来，"最初的那个诅咒你知道吧？你不用怀疑，都是那婊子亲口承认的，消息来自我们在思科纳最珍贵的线人，所以这件事你谁都不准说，没有我的允许连想也不准想。亚历克修斯在尼莎的女儿伊苏斯·赫丁的指使下，诅咒了巴达斯·洛雷登。然后你们俩试遍了各种办法，想收回那个该死的东西。这时，诅咒已经和佩里美狄亚的命运彻底纠缠在一起，因为巴达斯·洛雷登成了上校，担任起保卫城市的重任。最后不用说，巴达斯没有被伊苏斯杀掉，城市陷落了。这里面的因果关系你似乎还没察觉：正因为巴达斯没有被杀，城市才会陷落。你意识到了这一点了吗？"

卡纳迪安静地坐了片刻，"为什么？"

"因为尼莎·洛雷登是个女巫。"乔弗雷兹回答，"很简单，她让两个毫无察觉的人走到了一起。一个是她女儿，一个是有能力操纵元理的人——你们管这叫天赋者吧——亚历克修斯教长。"

"什么？"卡纳迪在座位上猛地一震，弄洒了手里的酒，"亚历克修斯？"

"你不知道吗？真有趣。"乔弗雷兹点点头，"这和洛雷登家族古怪的过去有关——这个你知道吧？那就好。尼莎想让佩里美狄亚陷落，也想让巴达斯和她女儿回到自己身边。理论方面我就不提了，都是方程式、奇怪的符号和一连串单词。就说事实吧，巴达斯和麦克森将军肆虐草原多年，佩里美狄亚的陷落是巴达斯的错。尼莎意识到了这一点，她知道草原人迟早会攻入佩里美狄亚，只要在元理的杠杆和滑轮上施加合适的影响，这一切就会提前发生。她要想办法救出巴达斯和伊苏斯——别忘了，她也被卷入了洛雷登家族的可怕命运，因为她母亲是麦克森将军的侄女，正如巴达斯是麦克森的侄子——同时又不愿妨碍城市的陷落。那个诅咒的目的就是要让亚历克修斯扭转它，保住巴达斯的命。这样一来，由于围绕他的诅咒被各种防护措施隔开，巴达斯就算穿着铅制的靴子跳海也不会溺死，没有什么能杀死他。"

卡纳迪让自己慢慢镇静下来，这可不容易。"但这不能解释你之前说的，城市陷落是因为巴达斯没有死。"

"我的朋友，你再仔细想想。巴达斯背负着麦克森对草原人犯下的罪孽，理所应当的结果是，城市受到惩罚，巴达斯也会死掉。别问我具体是怎么计算的，但尼莎推算出了元理偏移的方向：巴达斯会为了保卫城市而死，佩里美狄亚则会幸存下来。这不是她想要的结局。但是，"他补充道，"只用洗洗牌，让两个老糊涂胡乱鼓捣他们不懂的危险事物——无意冒犯——一切就都顺了尼莎的心意。城里还有另一个天赋者帮助巴达斯，这是出乎意料的好运。但除此之外，都是按照计划发展的。所以，魔法和尼莎是女巫这些事才让我感到担忧。而且，"他死死盯着卡纳迪的双眼，"正因如此，我们才抢在她之前招募了你，这件事是我亲自安排的。我犯的最大的错误就是认为亚历克修斯年老体衰，熬不过长途旅行，或者就算活下来也在她那里派不上用场。这是个糟糕的判断。我早该知道围城时期他差点丧命是因为元理反噬，而不是因为他自己身体不好。但是，"他叹了口气，"当你手上千头万绪的时候，你就会犯懒，妄下结论。抱歉，我唠叨太久了。你来这里是想告诉我什么？"

卡纳迪沉默了很长时间。"我觉得我欠你一个道歉。"他说，"我以为你和其他派系成员一样，只是丑角而已。但其实你才是这里管事的人。"

乔弗雷兹看上去很受冒犯。"我？"他说，"根本不是。基金会的参议员依据先辈定下的道德准则管理着沙斯特，如果你觉得我不这么想，你就真的是在侮辱我了。"他放松下来，露出微笑，"卡纳迪，我亲爱的老朋友，你觉得我们这些年都在做什么？伟大的贫穷与学识基金会是世上最了不起的知识与智慧储藏库，早在你们的教长还在学除法运算的时候，我们就已经了解元理了。我们的问题和尼莎很像：虽然了解它，但没法操纵它。我们这里天赋者的比例出奇地低，大概是因为我们一直在潜心研究元理——不知为何，似乎一个群体对它越是感兴趣，就越是难以产生那些危险的怪胎。所以你和小玛基拉才这么振奋人心。当然，另一个原因是你和亚历克修斯之间还有联结——"他笑得更开心了，"哦，拜托，不然我们怎么会雇佣你这样的老骗子，到世界上最伟大的学术机构当哲学博士？给你擦靴子的那个男孩对哲学的了解都比你深刻。不过，当然了，"他打了个哈欠，"他没法把人变成青蛙。"

卡纳迪花了一分钟才找回自己的声音。"沃尔科·波瓦特呢？"他说。

"他是我研究超自然物力论时的导师，《通用评注》的作者之一。"乔弗雷兹回答，"怎么啦？"

卡纳迪舔了舔嘴唇才能开口。"他知道我是个骗子吗？"他问。

"其实你不是，"乔弗雷兹耐心地说，"噢，你可能觉得自己是个骗子，但你不是。你是个极为少见的特例：生来并非天赋者，但是和天赋者接触太久，导致自己也沾染上了能力。所以，眼下战事对我们不利，需要你的帮助。"

卡纳迪长长地呼出一口气，他没有意识到自己一直在屏息。"这么说，"他说，"你们就是一帮子巫师。"

乔弗雷兹摇摇头，"业余爱好而已。"

十四

第二天早晨,巴达斯·洛雷登在日出前出了屋子。他带着一把伐木斧、四个装在皮革包里的楔子,还有一夸脱苹果酒。

他走了大概二十分钟,找到了他要找的东西,然后动手干活。没过多久他就看见艾希莉向他走来,踏着她那双时髦的靴子,吃力地穿过高高的湿润草丛。

"你在这儿,"她说,"我跟着斧子的声音找过来的。"

"真聪明。"巴达斯倚着斧柄站了片刻,"我身体不行了,"他恼火地说,"年纪大了,长了点肥肉,人也变懒了。你来干什么?"

"出来透透气。"

"好吧。"巴达斯拿起斧子,对准他正在砍伐的树。树干两侧已经留下了对称的斧痕,非常规整。"我的曾祖父小时候种下了这棵树,"他说,"这是我们家的传统——种一棵树留给长子,等长子自己修房子的时候,就可以砍下来做栋梁。不知道为什么,我祖父一直没机会用上这一棵,它就变成了家族吉祥物。"他抬头看了看树枝,"爬上去可以看到哲奥斯灯塔,如果不下雨的话。"

"而你现在要砍它。"艾希莉说。

"是的。"

"好吧。"

巴达斯往一旁走了两步,调整握斧的姿势,砍了下去。"砍掉树干上三边的木头,"精确落下的斧子一次次打断他的话,"它就会朝着第四边倒下。"他轻快地挥着斧子,看起来并不费力,只是举起斧头,借着它自身的重量落下,每一斧都落在恰到好处的位置。"我想要这棵树往那边倒——事实上就是你现在站的位置——这样,一会儿我去剖开树干的时候,那个小土丘就可以做支撑。缺口大小要一致,这点很重要。时机合适了,它就会倒下,就这么简单。"

艾希莉看了一会儿,思索着可说的话。"这是什么树?"她问。

"桑橙树,"巴达斯回答,"这儿附近已经没剩多少了,人们总喜欢砍伐它们。"

"为什么?"

洛雷登朝对面挪了一点。"这是做弓的最佳木材,"他注视着落斧的位置,"木质比紫杉木、山核桃木、白蜡木和榆木都好。但如果长得不好,还是只能当柴烧。当然了,只有砍了才知道木头好不好。加工起来也难得要命,如果破坏了年轮,就完蛋了。"

艾希莉看着他砍完第三边,绕回来准备最后一击。"年轮是什么?"她问。

"锯开的树干有很多同心圆,你看到过吧?那就是年轮。如果把树看作一个家族,每一轮就是一代人。新的一代是树皮,那是整个树干唯一活着的部分。"

"我大概懂了，"她抬头看着树冠，"我应该站到哪里？"

"我要是你的话，就会站到我背后。"

接下来的进展很迅速，每挥出一斧，树枝都会颤抖。"这么说，你打算在中邦做制弓的生意？但你之前告诉我，这里的人都是自给自足的。"

"确实，"他放慢了速度，每砍一斧都会停下查看斧痕的位置，"我准备给自己做一把弓，所以才选这种木材。"

几斧子过后，耳边响起尖锐的断裂声，树似乎点了点头，赞同他的话。"就快好了。"他喘着气，又砍了两下，树干再次呻吟起来，然后缓慢地前倾，倒在他先前提到的小土丘上。"来看看木头怎么样。"

他沿着树干走了几个来回，砍下小树枝，查看树皮，然后从包里翻出楔子，在树干上选了个位置，跪在一边，握住斧柄根部。"如果运气好的话，"他说，"它就会沿着这条线分开，像打开的书页一样。"他用斧背当锤子，轻轻地敲了一下，让楔子浅浅地插进树干，然后起身挥动斧子，砸在楔子上。锐利清脆的响声让艾希莉畏缩了一下。几次重击之后，他拿出另一个楔子，敲进离第一个有一段距离的地方，重复先前的动作。插入四个楔子后，他沿着树干来回走动，时不时敲一下，裂缝渐渐连成一条线，一条巨大的裂口出现在树皮上。"挺神奇的，"他说，"只用了五块金属和一根棍子，就能把这么大的东西拆成两半。你有没有想起什么？"

"并没有，"艾希莉冷得微微哆嗦，"怎么样？"

"现在还看不出来。"巴达斯回答。他开始小心地轮换敲打楔子的两面，让它们慢慢脱落。"现在轮到无聊的部分了。"他从最粗的树枝开始，一根根砍下树枝。这是一项枯燥的工作，让人觉得时间都放慢了。

"你为什么不先清理树枝？"艾希莉发问。

"树干必须像刚才那样裂开，才说明木材能用。这时砍树枝才不会浪费力气。伐木最重要的就是分辨好材和废品，不在没用的东西上费工夫。现在我得把它翻过来，再敲一行楔子进去。"他蹲下身，用尽全力推着树干转了三分之一圈。"找到从里到外贯穿所有年轮的缺陷，"他说，"就是切入点。"

"一代一代传下去，就像家族诅咒，挺诗意的。"

"没错，砍树是个古老的行当。树是大多数人有机会杀掉的年纪最大的生命。我之前说了，树更像是一个家族，而不是单独的个体。"他敲进第一根楔子，比起另一侧，楔子插入树干似乎要容易得多。当四个楔子都无法敲得更深时，清脆的断裂声又响了起来，木料像巨大的奶酪切块一样分成两半，剩下少许连着的部分可以轻易撬断。他放下斧头，查看砍下来的部分。

"这块应该能用。"他说，"木纹并不完美，但比较直，这些木节可以通过蒸馏和弯曲处理掉。"他回到剩下的树干旁，再次推动它并敲入楔子，不一会儿就又切下了两块奶酪。"好吧，这一块完全没用，木纹弯曲得太厉害，简直像溪流一样。"他看着另一块，"这块大的还行，这里笔直的部分非常不错，是吧？"

"噢，是的。"艾希莉瞄了一眼，敷衍道。

"答错了。这里有个疤，看，它把整块木材都毁了。节疤有时候能避开，但这一个太大了。"

"真可惜。"艾希莉说。

"浪费了。不过，至少可以当柴火。"他抬起头对她笑了一下，她转开了目光。"这么大一棵树，如果连一段能用的木材都没有就太好笑了，你不觉得吗？这么多年白白浪费，全部打了水漂。"

"确实。"

他把三段木料推到一起并排放好，仔细观察了大约一刻钟。"没用，"他最后宣布,"就算我分别切割两条弓臂,在弓把处拼接起来也不行。太绝了,是不是?"他在草地上坐下来,把脸埋进双手。

"巴达斯?"没有回答。

艾希莉不动声色地打量着他,搜寻着记忆。他一团糟的样子她见多了,但记不起具体是怎么个糟法。没碰苹果酒,这是个新鲜事。在城里的时候,只要心情不好他就会喝酒。她想多回忆起一些细节,但那段日子似乎已经过去了很久,早就被她甩在身后了,而他还留在原地。在某种意义上,这棵破树的断桩很适合他,他看上去仿佛在这儿蹲了一辈子。

"等太阳升起来,我可能会去海边,"她说,"逛逛托诺斯的集市。也许有值得买的货物。"

他点点头,没有转过来看她。"纺织品,还有一些本地产的瓷器和黄铜器。"他说,"质量不怎么样,但是便宜。他们一直想开工厂,好好利用我们这些离不开家乡的人。"他抬起目光,但仍然没有看她,"可惜不能像砍树一样对待人类,"他说,"否则把他们顺着木纹劈开,就能看到他们是怎样说谎骗人的。会浪费一些好人,但是能少犯许多错误,况且人多得是呢。一个人生长二十年就可以砍了,一棵好树可是要经历几代人时间的,而且还没法知道……"

不知为什么,看到他这副样子,她突然觉得自己接下来打算做的事没那么难了。这样的他只是废料而已,就像那棵变成木块的树一样。中邦的废料很多。

"我会偶尔回来看看你。"她很庆幸他没有看着自己,"你要照顾好自己,知道吗?"

"谢谢你让我搭船,再次见到你真好。"他回答,"对了,艾希莉。"

这语气就像在说,帮我拿一下帽子(或者剑袋、酒瓶)好吗?

"什么?"她问。

"你能帮我个忙,把那男孩一起带走吗? 我私下里告诉你吧,我觉得他不适合种地。"

艾希莉想了想,"我现在不缺人手。"

"算是帮我一个大忙吧。"巴达斯叹了口气,拾起一小块碎木片看了看,然后扔到一边,"那孩子在这儿是没有未来的。而且,他毕竟是佩里美狄亚人。中邦不适合城里孩子。"

"恐怕我帮不了你。"她回答,"我同情他,但他和我没关系。"

他闭上眼睛,"我再求你一次,请把他带走吧。这个地方糟透了,连树都长不直。"

艾希莉叹了口气。"那这样吧。"她说,"我会把他带到岛上,给他找个地方。我会尽量照顾他,直到他安顿下来。就这些了,巴达斯,别再给我塞纪念品了。现在我的船上只能装有价值的货物。"

"谢谢,"巴达斯说,"叫他把贵重物品都带上吧。他肯定不情愿,觉得那些东西来路不正。"他露出微笑,"那傻孩子不愿意捡死人的东西。他还不懂,它们就是让人捡的。哦,最好把我那把旧剑也带上,那个值钱。"

"古朗剑?"

巴达斯点点头,"现存于世的不多了。"

"我知道,"艾希莉说,"越是珍贵,越是有人想毁掉,你明白吧。"

"没错。"巴达斯转头看着她,仿佛她是一棵劈开之后发现不适用的树,"糟糕的浪费,但世界就是这样。"

"重点很简单。"分离派的临时代言人阿维德·索福说,"我们的所作所为把问题搞复杂了。这样很蠢,让我们承认它很简单,然后试着解决吧。重点就是,在这场战事中,我们只有两个选择:全力以赴,或者就此退出。没有第三条路。所以,选什么呢?"

参议大厅安静得不正常。卡纳迪身上发冷,感觉自己格格不入,只能努力保持不动。这感觉就像小时候家里来了客人后,他执意要求晚点上床,结果大人开始谈论他不明白的事,气氛又奇怪又吓人,他却没法溜回去睡觉了。坐在他身边的乔弗雷兹·莫格雷专注地听着辩论,仿佛卡纳迪根本不存在。

"我们可以停战,这个选择是有道理的。大家都知道,分离派很早就持这种看法。事实上,我们从一开始就反对这一鲁莽的军事行动。在参议会上,我们从来都不惧表明立场。但是,'当初不该发起战争'和'结束它吧'有极大的区别。假如我们就此退出,接受失败——因为确实打了败仗,败得极其惨烈,牺牲了许多好友和同僚——那就是在对世界、对我们自己说谎,相当于大声宣布:沙斯特完蛋了,被高戈斯和尼莎打了几巴掌,就狼狈地撤军了,没人需要再和我们扯上关系。我不喜欢说谎,先生们,我不想干这种违背个人准则的事。所以我们的选择只剩下一个,就是全力以赴。"他环顾四周。所有人都专心听着。他略做停顿,"我要说的就是这些。"他说完便坐下了。

"这是个错误。"乔弗雷兹在卡纳迪耳边悄悄地说,"真遗憾。"

卡纳迪还没来得及回应,参议大厅另一侧就有个人站了起来。"这是斯滕·莫格雷,"乔弗雷兹低声说,"回赎派的。这下有好戏看了。"

斯滕·莫格雷清了清嗓子。他是个矮胖的秃头男人,留着一点白胡子,声音低沉。"我最为享受的事情之一,"他说,"就是与一位分离派成员达成一致。就像一切真正的快事一样,这种情况非常罕见。所以当它发生的时候,我喜欢和尽量多的友人一起分享。所以,朋友们,来享受这一刻吧。"

卡纳迪听见乔弗雷兹轻轻呻吟了一声。莫格雷四周望了望,然后接着说下去。

"的确,"他说,"不该因为几次挫折就放弃这场战争。迄今为止,我们发起战争的理由也和当初一样正当。和那个婊子签订和平条约是不诚实、不光彩的举动。所以,我自然同意我的朋友阿维德刚才的提议——全力以赴。现在我们彼此认同,就像朋友一样,唯一需要讨论的就是行动细节。"

议会大厅里紧张的气氛微微波动了一下,让人想起曾经的佩里美狄亚法庭,台下的期待之情在第一滴鲜血落地时泛起的涟漪。乔弗雷兹向后靠近椅背,双手交叠在腿上,闭上了眼睛。

"关于这个,我想说的第一点是,"斯滕·莫格雷说,"既然现在是朋友了,就得做朋友该做的事,抛开分歧,团结起来。在和战事相关的问题上,我们回赎派一向愿意和议会中的不同观点协调——看在老天的分上,这才是明智之举,对吧?——但出于各种原因,一直没有成功。这是个谜,我没搞懂为什么。幸运的是,不用再管这个谜团了。让我们把这些没用的东西撇开,集中精力把事情办好,诸位同意吗?当然了,谁会反对这么基本的道理呢?正如我的朋友阿维德所说:这很简单。"

"这混蛋,"乔弗雷兹嘟囔,"有话直说啊。"

斯滕·莫格雷把双手背到身后,略微抬起下巴,就像决胜关头瞄准目标的弓箭手,精确而谨慎地调整着站姿和体态。"这样吧,"他说,"回赎派愿意承认,一开始的时候,我们做得不怎么好。事实上,我们把事情搞得一团糟。幸运的是,局势并不是太严重,损失也还能接受,但正如我的朋友刚才所说,对于强大而影响力广泛的基金会而言,一切无法挽回的损失都是灾难性的。所以我提议,把主导这场战争的责任交给一个能做得比我们更好的人。在听了刚刚那番鼓舞人心的演讲之后,大家应该都同意,最适合这项工作的人就是我这位好朋友——阿维德·索福吧?"

显然，大厅里的每一个人都料到了他这一手，就像观赏一场从远方山头逐渐靠近的雷雨。然而卡纳迪还是大吃一惊，拼命忍住才没有笑出声。

"我还认为，"斯滕·莫格雷说，"我们应该给阿维德·索福提供足够的人力物力，便于他顺利完成任务。我提议给他两千名士兵的指挥权，外加四万枚城市金币的预算。"他停了一下，宽脸上露出一个灿烂的微笑，"有这样的资源在手，"他补充，"获胜一定是理所当然的。"

他一坐下，参议大厅里就热闹了起来，像发酵冒泡的酒。乔弗雷兹的脸色差极了，他用胳膊肘捅了捅坐在他另一边的人，"做点什么啊。"那人点点头站了起来。

"你说得倒容易，斯滕，"他说，"但有一件事我不太同意。没错，如你所说，在资源充足的条件下，我们确实能比你们当初做得更好。我也同意，如果有了这些资源，我们还是失败了，那确实是一桩耻辱。我不同意的是你对'充足'的定义。两千士兵和四万枚金币？吝啬过头了吧。你仔细考虑过吗？"

乔弗雷兹不自在地挪了挪位置，恼火地低声说，"小心点，你这白痴。"那人难以觉察地微微点头，然后继续说了下去。"我是这么想的，"他说，"如果兵力少于四千人，预算低于十万枚金币，就无法对思科纳发起全面进攻。我知道这要求很高，"全场哗然，他举起一只手示意大家安静下来，"但也是实际的考虑。我不会发表花哨的演讲，夸赞我们的士兵有多么精锐，或者声称敌人一遇到抵抗就会落荒而逃。在我看来，如果不以压倒性的兵力进攻，那么还不如不进攻。我认为应该就此进行一轮投票，再继续探讨这个问题。"

卡纳迪不禁点头同意，尽管他不属于任何派系，也不知道自己为什么要在参议会事宜上支持任何一方。也许是因为那人救场的风范和水平吧：这个匪夷所思的提议需要调用沙斯特一半的军力和巨额应急资金。在此时发起投票实属妙计，因为投反对票就等于反对整个计划。这样一来，分离派就能逃过斯滕·莫格雷绕在他们脖子上的绞索。至于惨败给高戈斯的弓箭手，也不用他们负责了。

但争论还没有结束。"真是美妙的一天，"斯滕·莫格雷说，"区区一个早晨我就与两位分离派成员达成了共识。我完全同意我亲爱的朋友哈因·加恩，两千名士兵和四万金币确实太吝啬了。事实上，四千名士兵和十万金币也好不到哪儿去。我提议派出六千名士兵，拨出十三万城市金币做预算，现在投票吧。"

高明。卡纳迪边想边打了个寒战，有这样的强大的兵力和预算在手，即便分离派打了胜仗，也拿不到功劳。不但不能输，还必须大胜，否则浪费时间、浪费资源的指责就会铺天盖地。而一旦输了……我也不在乎这帮人会死多少。妙极了，真是一群疯子。而且好像这还不算完。

他的感觉是正确的。事务长还没来得及组织投票，阿维德·索福就又站了起来，神情怪异，仿佛这个人即将坠下悬崖，却在最后一刻抓住了死敌的脚踝，决心将对方一起拉下去。

"真是太好了。"他说，"只要放下争端，像成年人一样处事，就能取得这样的成果。先生们，不怕你们笑话，我从没想过自己能活着看到派系之间冰释前嫌、齐心合作的这一天。　但它实现了，太好了。不论战事如何发展，即便这一仗打败了——不过有了莫格雷极其合理又富有政治智慧的提议，失败是不可能的——我们都会是最后的赢家。因为我们已经从这场战争中得到了最有价值的东西，也就是诸位刚刚见到的一切。"他环顾参议大厅，以便让所有人都看见他热烈真挚的笑容，"作为诚意的象征，也是为大局着想，我想对提议进行最后一次修正。我的好朋友斯滕推选我当远征队的指挥官，这让我比较困惑，因为我对行军打仗一无所知，上天可以作证。我不会拒绝这样一个被载入史书的机会，但我还是得说，除非诸位赞成让我这位挚友兼同僚和我一起出征，担任联合指挥官，我是不会接受这个任务的。毕竟，两个头脑比一个好太多了。如果其中一个是斯滕·莫格雷的话，取得胜利肯定易如反掌。"

乔弗雷兹一直弓着身子双手抱头，此时猛地抬起头来，大厅里其他人也是同样的反应——除了斯滕·莫格雷，他看上去好像突然忘记了如何呼吸。有那么一阵，卡纳迪确信那可怜的家伙马上就要癫痫发作了。接着，他停止了颤抖，一动不动地坐着，带着一种难以形容的表情。

投票的结果不难预料：派阿维德·索福和斯滕·莫格雷以十三万金币的预算带着六千斧枪兵进攻思科纳，终结这场战争。绝大多数投了赞成票，没有投票资格的卡纳迪在投票厅外等着乔弗雷兹。

"好险啊，"乔弗雷兹说，"我差点以为我们完蛋了，结果现在一切回到原点，两边都没得到半点优势。不过，我早该知道阿维德会出人意料，多亏他把那一招留到了最后。"

卡纳迪等着他说完才开口。"你是不是漏掉了什么？"他说，"你们的宝贝基金会现在准备倾尽全力与思科纳一战，如果输了——"

乔弗雷兹耸了耸肩。"如果输了，伟大的贫穷与学识基金会就将不复存在。但至少我们会一起灭亡。说到底，这才是唯一重要的。而且，"他愉快地补充，"我们不会输的，没这个可能。"

卡纳迪摇头，"这我说不准，真的。历史上以少胜多的例子数不胜数。甚至有一派学术观点认为，在兵力悬殊的战役中，规模超出一定程度的军队反而会处于劣势。所以——"

乔弗雷兹点了点头，好像卡纳迪告诉他火是热的一样。"当然了，"他说，"看在老天的分上，你在教导一个军事理论博士。我说我们不会输，是因为有一件强力秘密武器，就算不派出一兵一卒也能获胜。"他咧嘴笑了，用结实的手拍了一下卡纳迪的肩膀，"我们有你啊。"

辩论结束大约一小时后，一名基金会资深成员出现在沙斯特集市上，在一家鱼摊前停下脚步，经过几分钟的议价，花两铜币买下了一条比目鱼。他提着鱼走远后，鱼贩年轻的儿子离开摊位，快步穿过集市来到马房，跨上一匹栗色母马，一路疾驰出了沙斯特城，顺着海滨路来到海边，与家里的一个老朋友待了一段时间。这位朋友是这里的渔夫，与他的父亲和叔叔做了三十余年生意。他骑马离开后，渔夫向正在码头边修补渔网的三个儿子吹了一声口哨。他们放下渔网，走到他身边。不久之后，两个年长的男孩驾着家里较小的那艘快船出海了，尽管这时候离夜渔的时间还有好几个小时。

他们驾船绕过思科纳岛，在天色刚刚变暗时，遇到了一艘从布鲁提尔浅滩的牡蛎床回港的牡蛎船。两个沙斯特男孩招呼了采牡蛎的人，问他有没有什么东西可卖，采牡蛎的人回答说他有，然后顶着风浪停下船，一边交谈，一边把牡蛎搬到小船上，然后各自离开了。男孩们在暮色中缓慢而谨慎地驾船返回沙斯特，采牡蛎的人则赶着时间以便在天光完全消失之前抵达思科纳。一靠岸，他就把船拴在生人码头，急匆匆地一路跑上山坡，来到银行。他横冲直撞地越过卫兵（他们都认得他，因此没有阻拦），像钻进洞里的鼬鼠一样穿过走廊，冲向董事办公室。

尼莎·洛雷登听完消息之后向他道了谢，付了酬劳，在他身后关上了门。她叫来一个文员，派他捎带几条口信。文员穿过走廊，走下阶梯，来到信使办公室，那里有五六个正在玩掷羊拐的男孩，年龄在十二到十六岁之间。他交代了任务，男孩们便匆匆走下后门楼梯，进入城镇。其中一个跑下山坡，凭借灵活的身手和高超的眼力，穿过晚间散步的行人，抵达位于三狮街的高戈斯·洛雷登的住所。砸响大门时，他已经气喘吁吁、大汗淋漓。门房穿着里衣，赤着脚走到门口，拉开门闩，看清来者后，让他站着别走，自己则一路狂奔着冲过柱廊和过道来到餐厅。高戈斯一家正准备吃晚餐。

"尤多？"高戈斯抬起头，餐桌上的闲聊声消失了。

"来了个信使。"这回答让人立刻会意，不必再问其他问题。高戈斯站了起来，把餐巾放在椅子上。"来我书房。"门房点点头，快步跑回门口，男孩正坐在台阶上喘气。

"谢谢，"男孩说，"我认识路。"

另一个信使跑上山坡，穿过雨水池和牛圈，进入被称为"饮酒区"的杂乱街区。如果不熟悉这一片，就只能走赶牛街，围着广场绕一大圈。但他知道捷径，径直来到一家叫作"白色胜利"的便宜而整洁的小旅店。找店主浪费了一些时间，但当他拿出信使徽章，在那人鼻子底下晃了晃之后，进展就迅速得多了。店主大声地叫来大儿子。一个男孩出现在厨房门口，端着一托盘的面包坯，正准备送进烤炉，为第二天早晨准备食物。

"别管那个了，"店主说，"去把岛民女孩和那个外邦老讨厌鬼叫来。是银行的事。"

店主的儿子盯着信使看了一秒左右，把托盘往父亲手里一塞，像参加接力比赛一样全力奔跑。他找到了两个外邦人的房间，但没见到人。他折返回来查看公共休息室，又去了小客厅。

"你们在这儿啊。"他说，"赶快跟我来，董事办公室给你们带了口信。"

维特里丝和亚历克修斯正在下棋，亚历克修斯拿着白皇后，悬在空中。

"你觉得她想要什么？"维特里丝问。

"你问错人了。"亚历克修斯回答。他把棋子放回先前的位置，"算打了个平局，好吗？"

"不好，"维特里丝反对，"别让人碰这张棋盘，"她对店主的儿子说，"这局棋非常重要，思科纳安全全系于此。明白吗？"

男孩像看疯子似的看着她——当然，他看所有外邦人都是这个眼神——然后带着他们下了楼梯，穿过天井，走进长长的厨房。信使正在这里喝一杯从店主妻子那里骗来的热鸡汤。

"你们需要立刻去见董事，"他背诵道，放下杯子擦了擦嘴，"我会给你们带路。"

"不用，"维特里丝回答，"我们认识路。"

"我会给你们带路。"男孩坚决地说。

维特里丝摇了摇头。"不，你得征用一辆干净舒适的马车和两匹驯良的马，还有，"她郑重其事地说，"一些软垫。你可以亮出信使徽章，反正你肯定有办法弄到。等有了马车，你才能陪我们去董事办公室。懂了吗？"

"可是……"

维特里丝表情非常严厉。"除非你想向董事报告，"她说，"亚历克修斯教长为了跟上一个在黑暗中狂奔几条街的十五岁男孩，心力衰竭而死。她听了你的解释后一定会理解的。"

十多分钟后，男孩带着一辆小马车和一个困惑的马夫回来了。马夫穿着里衣和长袜，披着马毯。"现在可以走了吗？"男孩可怜巴巴地问，维特里丝点点头。

"谢谢你。"马车摇摇晃晃、叮叮当当穿过赶牛街时，亚历克修斯说，"我今晚确实承受不了急行军。"

维特里丝点点头。"头很痛吗？"她问。

"没错。"

"我也是。"

他们对视了一眼。

"你看到什么了？"维特里丝问。

亚历克修斯皱起眉头。"很难讲清楚，"他说，"我看到一座很大的建筑，不知道是会议厅还是礼堂，里面空无一人，除了我的老朋友卡纳迪——我跟你提到过他，是吧？噢，你当然认识他，我给忘了。总之，他坐在我正前方，盯着我看不见的什么东西。我一个劲拍他肩膀，但是没法让他转过来。这一切只持续了几秒，完全不懂是怎么回事。"

维特里丝耸耸肩。"我也不懂，"她说，"我看见的是——怎么说呢，如果我没经验的话，会以为它是个白日梦，因为它太正常了——当然，头疼不正常，不过睡觉的时候头没摆对位置也会头疼。"

"那么，你看到的又是什么？"

维特里丝皱了皱鼻子，"唔，听起来挺傻的。有点……太私人了。里面有我，有巴达斯·洛雷登，而我好像不是我自己了，这么说你明白吧？真可惜。"

亚历克修斯一脸严肃。"在我听来，"他说，"你似乎把你美妙的天赐用在了一些轻浮又无意义的事情上。你有空一定要告诉我是怎么做到的。"

维特里丝耸耸肩。"不值得的，头疼太难受了。"她回答，"天哪，但愿一会儿不需要一五一十地讲给她听，太尴尬了。"

"我觉得大致讲讲就够了，"亚历克修斯说，"她午夜召唤我们，还这么紧急，难道是想知道你对她弟弟有没有不正派的想法？"

维特里丝哼了一声，"下一次，你自个儿走路。"

最后一个信使来到生人码头的海关厅，负责税务的副长官和当值守卫正烧着火，一边煮没收来的科里昂蜂蜜酒，一边烤奶酪。副长官听了信使的话，穿上大衣和靴子出了门，一边低声嘟囔一边顺着码头来到希望与决心酒馆。这是个朴实的地方，所谓的夜间住宿，就是允许客人在醉倒的地方睡上一晚。他要找的人就在这儿，名叫帕特拉斯·艾基涅格，是个佩里美狄亚难民, 也是 "慈善号" 的船主。这是一艘总是停靠在码头最远端, 装配好了船帆和索具, 满载补给, 却似乎从不出海的丑陋的独桅小快艇。帕特拉斯·艾基涅格这个人非常奇怪, 尽管他大部分时间都待在*希望与决心*, 却从没有付过钱, 也从没喝醉过。看到副长官进门, 他立刻站起来, 两人交谈了一分钟左右, 副长官便离开了。帕特拉斯·艾基涅格则走出酒馆, 快步走上山坡, 来到镇子中心。他拜访了一些旅店和酒馆, 在极短的时间内集结了一帮还算清醒的人当 "慈善号" 的船员。一小时后, 小船已经漂在海上, 船上的灯火慢慢消失在像是某种保护一样环绕着思科纳岛的海雾里。

"我受够这张凳子了," 维特里丝说, "硌得屁股生疼。"

亚历克修斯点点头。"我受够和董事聊天了," 他回答, "永远被蒙在鼓里, 完事了还会头疼, 而且我从来都记不起我们到底说过什么。不知道牛被挤了奶之后是不是也有这种感觉。"

维特里丝看着他。"感觉每次都在同时进行两场交谈, 一场发生在这里, 一场在别的地方。恼火的是, 地方一变, 说谎和伪装就不起作用了。但我们从来没谈过什么重要的事……等等, 你这么一提, 我好像也想不起之前说过什么了。我们可能真的被当成了被挤奶的牛。" 她打了个寒噤, "不过我觉得苍蝇和蜘蛛的比喻更准确。"

亚历克修斯叹了口气。"对我来说, 最难忍的还是那种耻辱。" 他补充道, "我本该是最了解元理的人。结果, 年高德劭的奶业学者发现自己是头奶牛。"

门开了。("还不赖," 维特里丝悄声说, "这次没到一小时。") 领他们进门的依然是那个面无表情的文员。董事的椅子后面站着一个男人, 维特里丝上次见到他时, 他似乎没这么苍老, 而且稍胖些。但现在的他更高更壮, 好像长个子了一样。真奇怪。

"你好。"高戈斯说。

维特里丝点点头表示问候，然后看向尼莎。尼莎的样子很糟糕，脸颊陷了下去，头发似乎也稀疏了。*也许她病了。*

"不是，"尼莎说，"只是担忧过度。看在老天的分上，坐下吧。听好了，今天在参议大厅里，基金会投票决定派六千名斧枪兵进攻思科纳。我们不可能抵挡这种程度的攻击——闭嘴，高戈斯——就算可以，需要付出的代价也会毁掉我们。你们明白我在说什么吗？"

亚历克修斯点点头，"你想换个战场。"

"当然。最省力的办法是改变他们的想法。"她停下来，闭了一会儿眼睛，"不幸的是，"她继续道，"我没意识到这件事有多难。"

高戈斯向前走了一步，坐在她的桌沿上。"她的意思是，"他说，"迎战反而要简单些。"

"我叫你闭嘴，"尼莎说，"不过我弟弟说得也差不多。用元理击退他们远没有想象中那么容易。当然也有胜算，但他们对此有所防范，大大增加了难度。这是我没预料到的。"她补充道，"我原以为自己垄断了魔法，但我错了。犯下这么愚蠢的错误，对我来说比失去银行还要难受。"

"等等，"亚历克修斯插话道，"你是说基金会的人——抱歉——有魔法？"

尼莎不耐烦地摇摇头。"我现在没心情纠结术语。"她说，"听到参议会的消息后，我用——该死的，又是术语——连接，渠道，纽带……管它叫什么，反正就是我一直在制造的，就是你和你的朋友卡纳迪之间的那个东西。我试图通过你来接触他，让他去说服基金会的人，但我进不去。你记不记得看见他坐在你面前，却没法让他注意到你，也看不见他注视的东西？"

亚历克修斯盯着她，什么都没说。

"不知道他们是怎么瞒住我的。"尼莎说，"但现在他们把通道关上了。

我进不去,又怎么在那边进行有效的活动?好像这还不够糟糕似的。"她接着说,"现在,他们又在攻击我。"她愤怒地看着维特里丝,"通过巴达斯攻击我们。"

维特里丝觉得身上突然变冷了,好像不小心深深割了自己一刀,只能回答:"噢。"尼莎不快地看着她,维特里丝想起了亚历克修斯关于不正派想法的玩笑话。

"当然,"她继续说道,"我已经采取了一些行动。巴达斯还有一天左右就会回来,这是他的家。"说到这儿,她狠狠地瞪了高戈斯一眼。高戈斯把头转到一边,"现在,你们突然变得无比重要,这是我之前没想到的。这又是一个难以忍受的错误。说实在的,"她补充道,"我之前把你们留下,只是为了不让你们乱跑。感谢众神,我明智地保留了一点乡下人的美德。"

高戈斯听到这里,微笑起来。她无视了他。"就是这样,"她叹了口气,"保卫领土就靠你们三个了!高戈斯负责抵挡六千名斧枪兵,可以象征性地尝试一下。亚历克修斯——好吧,我得想想拿你怎么办。我有种不祥的预感,由于他们控制住了你可怜的朋友,你唯一的作用就是防守,做不了更有用的事了。至于你,"她露出目前为止最恶毒的眼神,维特里丝想要笑出声,但幸运地忍住了,"你去照顾我们那个天杀的累赘弟弟,祝你好运。过去近二十年我们一直在努力,你可以自己看看结果如何。"

十五

　　"睡觉，"高戈斯·洛雷登说，"是错误的，我不赞成它。如果一个收税员来到你家门口，要求你上缴三分之一的财产，你肯定会割断他的喉咙，然后发起暴动。但睡眠大驾光临，要求你上缴三分之一的生命，你却把脸埋进枕头，任由自己被它抢劫。唔，你愿意这样，但我不行。"他打了个哈欠，用拳头遮住嘴，"我还小的时候，就下定决心不受那混蛋的欺压。我开始循序渐进地减少睡眠，每年减少半小时。现在我每晚只睡四个小时也能生活如常，需要的话，我还能连续三四天不睡觉。所以等我到了你这个年纪，我就会比你多活整整八年——也就是连续四十八年，每天多四个小时。不信的话你可以拿算筹算一算。想想吧，多活八年。这就像商贩剪银币一样，你见过吧？他们从每块经手的银币上剪下一丁点儿，一段时间过后，就能攒满一罐银屑，可以带去铸币厂换新钱币。"

　　中士微笑起来。"好吧。"他说，"既然你们洛雷登家能欺骗所有人，那为什么不欺骗死亡呢？这样听起来才公平嘛。"

高戈斯摇了摇头，"只是我而已，我们家没有都这样。要说不睡觉强撑着，尼莎撑的时间还不如最便宜的兽脂蜡烛。到了晚上，我准备开始工作的时候，她已经半死不活，梦游一样地准备上床了。巴达斯比她好一点，但也不是夜猫子。"他叹了口气，把手伸到船舷外，让手指滑过海水。"告诉你啊，"他说，"如果能发明一种装在瓶子里的药剂，喝下去保证能多活八年，无效退还全款，我肯定会富得流油，足够买下沙斯特，不用打仗了。但如果你去说服别人每天少睡几小时，他们看你的眼神就像你杀了他们的孩子一样。不可理喻。"

中士哼哼了一声。"你和我的小儿子肯定合得来，"他伤感地说，"他才四岁，从来不在他母亲上床之前睡觉。如果强迫他去睡，他只会等到大家都睡着之后再爬起来。之前有天晚上他试图点燃油灯，被我抓了个现行——这事发生在午夜过后，他差点儿点燃整座房子。才四岁啊。"他摇着头重复了一遍，"按你的说法，如果他继续这样的话，等他三十岁的时候就活得比我还久了。"

高戈斯笑了起来。"等他到了十二岁，你把他送到我这里来，我会让他当我的夜间文书。"他说，"没道理让那些多出来的时间白白浪费。"

"你这话我记下了。"中士回答。

工厂区小岛的码头比平时还要繁忙。战争的消息传出去后，高戈斯立刻命令各个工厂把囤积的武器和原材料转移到思科纳镇。此刻每一艘能用的帆船和驳船都停靠了过来，等着装载木桶、麻袋、板条箱、罐子和盒子。"这个开局不错。"高戈斯下船时说，"但需要再安排一两个班次，也就是说需要更多劳工，更别提原材料了。还要考虑运输和储存的问题。如果没有驳船把物资运送到几百码之外的镇上，就算把成桶的箭塞满地窖也没用。"

"那就要造更多驳船了，"中士说，"或者也可以征用一些运牛船。"

高戈斯摇摇头。"不行。"他说，"运牛船都去了科里昂和南方大陆，忙着运木材和生铁回来。另外，造船厂没有多余的产能。我得在几个月内造出十艘商路破袭船，所以造驳船的事就别想了。"

中士挑起眉毛，"商路破袭船？"

高戈斯点了点头，"这是我唯一能想到的破敌方式。不过，他们很可能自己给自己惹了些应付不了的麻烦。你想过沙斯特本土的农田能够养活多少人吗？如果运粮船无法抵达，住在那块光秃秃石头上的两万人就要饿肚子了。"

"有道理。"中士说。

高戈斯停下步伐，给一辆装满牛皮的手推车让路。"他们选的时间也不怎么明智，"他接着说，"居然在大麦收割季节刚到的时候宣战。相信我，这段时间很容易发生火灾。我是在农场上长大的，特别清楚这种事情。我的朋友，我们离完蛋还早着呢。也许这次，那些住在城堡里的混蛋能够从书本之外的地方认识一下战争。"

日程的第一站是伐木厂。高戈斯当初执意要在思科纳建一座一流的伐木厂，哄骗他姐姐拨了些资金，如今看来是天大的幸运。伐木场是他照着佩里美狄亚的海上锯木厂设计的，但占地更大，也更高效。他在工厂岛和思科纳之间那条狭窄的海峡上修建了闸坝系统，闸坝拦截海水，推动五个巨大的水轮，水轮又通过一系列无比复杂的齿轮传动，给占据了伐木厂大部分面积的飞轮送去动力。那是十座巨大的圆形锯，跟成人差不多高，在锯木坑里日夜不息地运作着。另有一套机械负责将木材运送到锯刃下。工人一共有三班，包括男人、女人和小孩，负责装备运送带，摆放切好的木材，清理堆成小山的木屑，以及确保伐木厂持续工作。甚至还有两名医务员随时待命，负责照顾那些在旋转的刃片下一时疏忽或动作太慢的工人，给他们包扎伤口，清除木刺。

"我可以站在这儿看一整天！"高戈斯在震耳欲聋的噪声里喊道，"想一想小时候用锤子和楔子劈分木头要花多少工夫，我就知道我这辈子确实有点成就。"

锯木厂的工头表现出一副格外荣幸的样子，但高戈斯无视了他，立刻开始商量增加劳工班次的事情。工头快活而谄媚表情立刻消失了，如同被生醋侵蚀的珍珠。

"人手真的不够。"他不断强调，"十个锯子都在一刻不停地运作，每晚只会停工一小时进行护理打磨。这是非做不可的，否则不出一星期锯刃就磨坏了。"

高戈斯摇摇头，"那是你的问题，"他说，"我要在三周内看到生产力提高十分之一。具体怎么做是你的事。不过，"他继续道，"我可以给你点提议。我发现你们每切割一段时间就要让锯子停转十分钟，这是为什么？"

"为了上油，"工头回答。"避免锯刃卡死，减少需要打磨锯子的次数。"

"行吧，"高戈斯说道，"但为什么不能在它们运行时上油？反正抹油就花那么几秒钟，其他的时间都浪费在关闭和重启齿轮组上了。"

"为了安全，"工头答道，"我可不敢给运行中的锯刃抹油，您觉得呢？"

高戈斯点点头，"我知道你更愿意坐办公室，毕竟里头又安静又安全。所以，我建议你最好让我看到那十分之一的额外产能。不然你就得提着油桶和抹布棍子出去干活了，懂吗？"

随后他们去了抛光车间，这里的两个巨大的圆形抹布也是靠水力带动的。兵器和盔甲都由它们做最后抛光。十个女人和十六个儿童在这儿工作，给等待抛光的物件抹上混合了黏土和泥水的磨料，随后固定在底轮上。空气里充斥着磨料和灰尘的味道，高戈斯敷衍地检视了一番，眼睛就开始疼痛流泪。抛光车间的工人一般都干不了太久。

"可以把这个车间关掉。"那名中士提议道，"反正抛光只是为了把东西弄得好看点。"

高戈斯摇摇头，"这是什么话？亏你还是中士呢。要是头盔本来就灰不溜秋的，你要怎么拿它们照不见人影做借口去吼你的士兵？这是涉及整个军队纪律的问题。"

之后他们又去了皮革厂，这也是高戈斯在佩里美狄亚皮革厂的基础上改造而成的。四个主缸足有小屋那么大，旁边的脚手架支撑着吊机，将一捆捆皮料浸进缸里再提起来。老实说，这里的情况比抛光车间还要惨，所有工人都用布片蒙着脸抵挡恶臭。这里的人常说，你一眼就能辨认出广场对面的皮革厂工人，因为他的整个前臂都是黑的。当然，皮革厂工人不会出现在思科纳广场上，更不会让那些快乐的摊贩、悠闲的散步者撞上。

"主要问题是原料。"工头说，"每个月要是再增加十吨橡树皮，出产率就能提高四分之一。用其他原料代替的话一开始倒是能省钱，但是之后会得不偿失。"

高戈斯挠挠头。"那样得剥秃很多树。"他承认道，"不过这是我的事，你不用担心。我现在需要你生产覆盖船架的材料，基本上都是驳船，还有给水兵登陆浅滩用的登陆艇。记得去找船厂主，问问他尺寸。这件事很快就会成为你的第一要务，你得准备好。"

高戈斯继续巡视了黄铜铸造厂、盔甲厂、箭羽作坊、弓匠作坊（他和那里的工头开玩笑说，自己有个弟弟需要工作，如果有空位的话再好不过），还有制绳街。回镇上与库务员们会面的时间到了。这些家伙和他预想的一样阴沉难缠，个个都领了尼莎的命令，确保他不多花一分钱，还从他那里学到了以攻为守的战术。他还没提到制造商路破袭船所需的资金，他们就开始对他最近一次的账目提出质疑。如果不解决目前的浪费问题，就拒绝给他的新计划拨款。高戈斯的处理方法是一拳揍在首席库务员的脸上，打断了他的鼻梁。接着他把对方扶起来，给了他一块破布用来止血，然后继续进行刚才的讨论。库务员们的态度立刻出现了极大改善。

"事情不是问题，"高戈斯和中士一起穿过镇子前往军营时解释道，"人才是问题。把人的问题解决了，他们自然会解决事情。就这么简单。"

正如他所料，军营里的气氛颇为矛盾，混合了热忱与恐惧。战争动员总会给常备军队带来这样的影响。射箭场里挤满了人，每个箭靶前都有五六个人在练习，而平常一般只有两个。靶子上的红环和黄环被插得满满当当，已经没法再塞进一支箭了。高戈斯停步观看，首席箭术指导命人清理出一张靶子，专门供他使用。

"我得借一张弓。"他说，"说来惭愧，我最喜欢的那把坏掉之后，就没有好弓了。"

话一出口，立刻有大量的弓被捧过来供他选择，但他故意选了一把最平凡的标准军用白蜡木弓，又从桶里拿了一打常规破甲箭。人群很快聚了过来，密集得让他怀疑这些人还能不能喘过气来。

"试射三发，然后直接起射。"他一边用小腿肚抵住弓给它上弦，一边宣布，"你们觉得公平吧？"

人群齐声给出了肯定的回答。他拿起第一支箭，流利地拉开弓直到手指触到嘴角，向低处瞄准，又向右边挪了挪，放出一箭，射中了高出靶心一掌处的分环线。作为用陌生的弓射出的第一箭，成绩不差。高戈斯很清楚自己神箭手的名声必须保住。他清理思绪，集中精神，检查了站姿和弓的拉距，并计算了裕量。但第二支箭仅仅是擦过靶子的左下方边缘。他改变了主意——

毕竟, 他一向是借着冲动射箭的, 从童年时期就一直放任双眼和双手替大脑思考。第三次试射时, 他只是拉开弓, 然后凝视着靶心松手放箭, 脑子完全放空。这次稳稳射中了靶心的左上方。接着, 他以最快的速度连射九箭, 解下弓弦, 一言不发将它交给箭术指导。士兵们欢呼雀跃, 喊得嗓子都哑了。

"好啦," 他说, "不是难事。现在要是有人觉得军队配发的弓射不准, 尽管来找我。没有吗? 也好。"他咧嘴笑了, 仿佛讲了个外人听不懂的笑话, "我来这里就是想告诉你们, 咱们思科纳岛生产的弓好极了。

"首先需要处理的," 阿维德·索福说, "就是船只问题。诸位同意吗? "

长桌的另一端, 有人打了个哈欠。桌子右侧坐着一个通常会被会议记录员省掉名字的秃头男人, 正在大声地吃一只鸡腿。

"不," 斯滕·莫格雷回答, "绝对不同意。我们的第一要务是制订总体战略, 也就是行动计划。这一步完成之后, 才能考虑船只之类的细节。"

索福对他怒目而视。"船只原来是细节啊," 他说, "我明白了。你是准备徒步走到思科纳? "

莫格雷宽容地微笑起来, 两只手叠放在圆润光滑的肚子上。"这种话留到参议会上说吧," 他叹了口气, "眼下不适合展现索福家族著名的幽默感。多亏了你, 我们俩才会陷入这场麻烦。如果你还想平安回来的话, 我建议你别搞争强好胜的那一套, 多想想怎么合作。显然, 船只是个比较重要的细节, 但补给线、通信和战术策略也同样重要——战争中的一切都很重要。我的意思是, 应该一样一样来。我们从头说起吧, 怎么样? "

阿维德·索福迟疑片刻, 然后点了点头。"行," 他说, "船只的重要性不用我说了, 来听听你的提议吧。"

"谢谢你。"莫格雷倾身向前, 拉过桌上巨大的图纸, "这是思科纳岛。"他用香肠一样的胖手指戳着地图一角,"这里是思科纳镇。记住,这是唯一能停泊较多船只的避风锚地,从这个角度米说,它很适合登陆。当然了,这一定是整座岛防守最严密的地方。不过另一方面,如果要赢得这场战争,攻占思科纳镇是迟早的事,要么通过攻击,要么通过围困。而除非我们能长期维持有效的封锁线,否则围困不在考虑范围之内。"

瑞哈蒙·法伊姆用力地点头同意。这是一个身材高大、肩膀宽阔、四十岁出头的男人。他接过话来,"正是这样,我们迟早得攻打他们防守最严密的位置,早些下手有何不可? 在我看来,这场战争的关键在于'压倒性的武力'。不管是什么战役,如果你的兵力超过敌方一定比例,就可以进行势不可当的猛攻,而对方无从反抗。换句话说,可以碾死那些混蛋。而且,这样还能把己方的损失降到最小。反正,"他补充道,"我是这么想的。"

阿维德·索福摇了摇头。"我和你读过一样的书,瑞哈蒙。"他说,"你理解得不太对。如果是在开阔平坦的地方打陆战,那我同意你的说法。但对于生人码头这种防守坚固的地方,强行登陆是自找麻烦。如果你读完了那本书,就会读到在瓶颈区或者布防的堤道作战的部分。在这些战场上,兵力过多比兵力不足还糟。我认为如果从海上进攻思科纳,这样的情况就会发生。"

先前忙着给自己倒酒的斯滕·莫格雷敲了敲桌面。"你们俩扯得太远了,"他说,"思科纳镇确实是战争的关键,但它绝对不是唯一可行的登陆点。如果你们看看地图,就会看见红圈内其他可登陆的位置。"

众人纷纷挪近椅子,弓起脊背,开始研究地图。"你是不是太乐观了点儿?"临时财务员米希尔·波瓦特说,"有些圈起来的地方只是小海湾而已,供一条以上的渔船登陆都很困难。"

"我会说到这个的。"莫格雷耐心地回答,"在我说出想法之前先声明,这不是建议或者提案,不需要对我进行激烈的批判。我只想讲一个浅显的问题:

在一处地方强行登陆,和在岛上各地多次登陆哪个更好?

索福耸耸肩。"斯滕,你明显对此颇有研究。"他说,"告诉我们吧。"

"那好。"莫格雷恢复了舒适懒散的坐姿,"先来想想反抗军是如何作战的。玩个词语联想游戏吧:说到'沙斯特',你会想起'斧枪兵';说到'思科纳',就是'弓箭手',对不对?既然大家都同意这一点,那接下来就需要让斧枪兵在战场上发挥出比弓箭手更大的优势。弓箭手最擅长什么?书上说——不是我的意见,是书上写的,作者都有真才实学——弓箭手在优势位置,防御开阔地带的大批敌军时战斗力最强。"

"这些我们都知道,"米希尔·波瓦特插嘴,"快讲重点。"

"没问题,"斯滕·莫格雷愉快地点头,"首先要避免的,就是在开阔地带大举进攻。也因为如此,我得强调阿维德说的'人数太多反而不利'。很简单,冲击弓箭手防线的人越多,中箭的概率就越大。更聪明的做法是用分散的人员、灵活的阵型从多个方向围击,让他们无法统一瞄准。大家都知道,弓箭手和敌军数量之间存在一个临界比例,大概在1:10到1:13之间,具体看弓箭手的实力和两军之间的距离。如果弓箭手数量太少,低于这个比例,就无论如何也抵挡不了重型步兵了。因此我们的目标,就是通过分散己方兵力,将他们分割成数量不够的零散小队。"他停顿了一下,环视四周,"怎么样?诸位都同意吗?"

阿维德·索福努力装出百无聊赖的样子。"你说了,斯滕。"他说,"这些都是书上写的,我们都读过。你的提议不过是基础的包围战术,常识而已。"

莫格雷冲他微笑,"确实,但你看看地图就不会这么想了。你看见边缘那些褐色的东西了吗?那是山。思科纳岛可以说是一座大山,上面散落着小块平地。上学第一年那会儿,老师让我写了上百遍:有山的地方就有麻烦。你们也知道——伏击,补给,信息传递,左翼不知道右翼到底跑哪儿去了……

确实都是常识。如果真的把六千人分成几百个人的小分队, 像是撒玉米种子一样送进思科纳山里, 那我们肯定会遭殃。你们都听明白了吗, 还要我重新说一遍? "

阿维德·索福不耐烦地皱起眉头。"你到底想说什么? "他叹了口气, "一开始让我们分散兵力, 现在又说我们不能分开。你能不能拿定主意? "

"别激动, 阿维德, "莫格雷回答, "没人针对你。我只想指出一个显而易见的事实: 这场战争没有简单的解决方法。我们必须自己动脑子, 不能从教科书里找出几段话, 然后逐字逐句照搬。现在搞清了敌人的优势, 也初步思考了如何避开它们, 现在让我们考虑一下地形吧。"

委员会中最年轻的成员佩尔·埃派兹举起了手, "我刚好在研究这个。我是教产权法的, 我的二年级学生正在查阅地产契据, 找出思科纳所有土地交易的抵押合同和租契抄本, 关联起来看。等结果出来, 我们会结合旧制什一税地图和人口统计汇报, 应该能制作一张比主资料库的地图细致得多的测绘图。也就是说, "他紧张地笑了笑, "如果我们做得好, 就能弄出一张可靠的、能让人真正看懂的地图。"

"这是目前为止最有用的——"阿维德·索福刚刚开口, 莫格雷就打断了他。

"重点是, "他说, "你知道大概要花多久吗? "

佩尔·埃派兹想了想。"最多六个月, "他说, "不过。如果能从其他班分派更多学生来, 很可能四个月就能做完。事实上——"

"四个月, "莫格雷重复道, "你是在建议我们把战事推迟四个月, 等着你的学生把旧地契看完。"他摇摇头, "要能在四个星期内改进现有地图, 才算有意义。否则我们只能用什一税地图凑合了。如果我没记错的话, "他补充道, "法律课上讲过, 你那些地契里的示意图本来就是照着什一税地图画出

309

来的。"

"是的,但文字内容通常会有更多细节——"埃派兹试图解释,但大家都瞪着他,他只能坐了下来,把椅子向后挪了一点。

"好了,"莫格雷接着说,"这个提议其实也有道理。地理学就是对地形的了解,至于地图——当我们安排两支或以上的部队进行协作时,必须确保他们用的是同一张地图的副本,比例也必须相同。别笑,"他补充,"以前出过这种岔子。一个指挥官用卡尺测量了地图,算出离抵达城市还有两天的路程。身处城市另一侧的同僚用的是不同比例的地图,因此估算的时间不同。结果,其中一个人提前到了,只能孤身对敌,最后一败涂地。我需要你做的是,"他看向桌子另一边的佩尔·埃派兹,"让你的绘图班照着什一税地图画出一模一样的军事地图,第一批先制作二十张,做完也不要停下,直到我说够了为止。行吗?"

埃派兹默默地点头。

"太好了,"斯滕·莫格雷说,"现在有进展了,让我们再接再厉吧。佩尔负责绘制地图,除此之外还有什么准备要做?厄尔南,你能帮我做一些统计吗?首先计算一下需要多少补给物资——斧枪、靴子扣、咸肉……所有方面都要考虑到——然后是现有物资,最后算算需要补充多少。列出具体需要些什么、从哪里采购最划算,以及会花费多少时间和金钱。你能行吗?"

身材瘦小的数学系副主任厄尔南·米纳斯紧张地点了几次头。"那就好。"莫格雷说着转向坐在他左边的高个子灰发男人,"希欧尔斯,你可以让你的历史学生调查反抗军的简要情况,人数、所受的训练、装备,以及你能搞到的一切信息。要抓紧时间,多找一些收集信息的人:商人,渔民,间谍,只要是可能提供有用情报的就行。再调查一下最近运输的军用物资、后备军的大致数量、人口方面的数据,还有军事急件档案库里关于先前交战的记录。

最好能找到一些反抗军的武器和装备,这样才能知道我们面对的是什么。"

他停了下来,深吸一口气,然后向前略微倾了倾,盯着阿维德·索福。"至于我想要你做的,阿维德。"他丝毫不理会这位同僚脸上的表情,"既然你提出了这个问题,那么我想让你分析总结一下我们需要什么种类的船只,需要多少,在哪里能租到它们,开销大概会是多少。最好和希欧尔斯保持交流,他可以告诉你反抗军会用什么方式对抗敌船。做好准备,等到登陆的时候,别给敌人靠近我们的机会。好了,诸位,我有漏掉什么吗?"他等了两秒钟,"没人发言吗? 好吧,如果大家在散会后有了新想法,请务必告诉我。至于现在,我建议我们两天后再次会面,看看取得了什么成果。同意吗? 好极了。"他站起身来,"今天还真做了些有价值的工作,所以,谢谢在座所有人。只要我们继续这样努力,说不定就能活到明年的这个时候。"

众人排成一列走了出去,只留下阿维德和米希尔·波瓦特。

"我知道,"没等阿维德开口,波瓦特就说,"简直是一场灾难。"

"你这么想吗?"索福心情愉快地微笑起来,"我可不觉得。应该说,事情越来越有意思了。"

波瓦特盯着他,"真的吗? 回赎派的混蛋主导会议,操纵了整场该死的战争,让我们显得像一群蠢猪——"

"放松点。"阿维德·索福在桌子的边缘靠坐下来,把一张地图拉向自己,"仔细想想。现在斯滕占据了主导,而我们本就不想亲身参与这场战争,这点你不会忘了吧? 假如这次行动彻底失败,我们可以置身事外,告诉别人这和我们没关系,全是斯滕·莫格雷的责任。"

波瓦特轻快地点了点头,表示同意。"那如果很成功呢?"他又问。

"那样的话,我们平分功劳,谁也不会吃亏。再说时间还早着呢。我的猜测是,由于斯滕万事都想亲力亲为,最后肯定会为了这场战争而忙得不可开交,却没时间去想我们为什么会走到这一步。"

"你准备住多久?"早餐时佐纳拉斯说,"别多想,我就是问问。"

早餐是前一天剩下的面包,一块几乎透明的陈奶酪和一罐急需被喝掉的苹果酒。大家似乎都不饿。

"我不知道,"巴达斯回答,"老实说,我还没想过。为什么这么问?你们想我走吗?"

佐纳拉斯和克利法斯对视了一眼。"这也是你的家,你知道的,"克利法斯说,"但我们得实际一点。"

巴达斯抬起眉毛。"实际一点。"他重复道。

"没错,"佐纳拉斯说,"面对事实吧,巴达斯。我们生产的食物只勉强够我们俩吃,三个人就吃不饱了。"

巴达斯在座位上挪了挪。"不一定,"他说,"如果是三个像你们一样没用的废物,那确实不够。闭嘴,克利法斯,我想听你发言的时候会告诉你的。这是座好农场,父亲还在的时候就很好。虽然我们并不富裕,但也丰衣足食,付得起地租,谁也没有饿肚子或者没鞋穿。"

佐纳拉斯的脸涨得通红。"我们干活很勤快,巴达斯。"他说,"我们天不亮就起来放羊,而你还在窝里睡觉。你别来对我们指手画脚。"

"总得有人来说这些话。"巴达斯平静地回答,"噢,我并不是说你们懒,"他继续道,"你们一点都不懒。你们只是没用而已,而且愚蠢。不论做什么都会搞砸。如果做一件事有九十九种正确方法和一种错误方法,你们准会每次都选错误的。知道为什么吗?"

克利法斯站了起来,犹豫了一下,又坐下了。"我想你是要告诉我们吧。"他说。

"当然了。因为你们是废物，就这么简单。这不是你们的错，"他说，"你们俩是小儿子，从小到大没人教你们动脑筋。正常情况下，你们一辈子都只需要听别人指示，知道该做什么，该怎么做。最开始是听从父亲，后来是高戈斯或者我，再之后是高戈斯的儿子或者我的儿子。你们本应该一直被照顾着，只要卖力干活就够了，别人对你们的期望就只有这些。但现在你们要自力更生，能力又不够。对不对？你们不会说我错了吧？"

一阵漫长而沉重的沉默。

"好吧，"佐纳拉斯说，"这又怪谁呢？是谁因为在这里待不下去就跑路了？如果你留下来，如果你有骨气留在你该待的地方，而不是丢下我们跑掉——"

"看在众神的分上，我为你们拼尽了全力。"巴达斯恼怒地回答，"这么多年我一直冒着生命危险，住在比猪圈还差的地方，都是为了照顾你们——"

克利法斯又跳了起来。"噢，没错，好得很，"他叫道，"只用给我们寄钱就成了，好像那样就能解决一切问题，好像我们是残废，或者脑子有问题一样！我们只是想撞一次好运，让你能把那些该死的钱自己留着。如果你觉得过了这么多年之后可以突然跑回来当一家之主，假装什么都没发生过，那你真是比你那副样子还蠢。"

巴达斯冷冷地看了他一眼。"坐下，你这白痴，"他说，"你们俩别上蹿下跳了，看得我头疼。不管怎样，只要我接手了农场，一年之内就能让大家过得舒舒服服，手头宽松，这是事实。要是你们一直这样过下去，到老也只能靠干苦活勉强填肚子。何苦呢？还放不下愚蠢的自尊心，简直跟闹脾气的小孩一样。"

"是吗？"佐纳拉斯说，"行啊，哥，这么大的口气，你倒是说说你准备怎么办。"

巴达斯耸耸肩。"从哪儿开始说呢?"他说,"好吧,我随便就能列出十件你们做错了的事。从那边窗子看出去,能看到十排葡萄架,全都是叶子,一串该死的葡萄都没有。想知道为什么吗?因为你们修枝过度,浇水过量,施肥过量,葡萄架搭得太密,剪果剪得太多。旁边种的十行豆子施肥太多,已经被活活烧死了。枯萎的豆苗旁边,是死掉的李子树,死因是你们环剥树皮时切得太深。李子树后面是你们引以为傲的橄榄树苗,肯定是劳累了几个星期才整整齐齐全部种好的,但它们全都会死,因为它们正中间有两棵大橡树,傻瓜都知道橡树的根会把橄榄毒死。再说你们的洋葱——"

"行了,"佐纳拉斯嘟囔,"说得够多了。每个人都会犯错。"

"是啊,"巴达斯叹了口气,"但别人不会每件事都犯错。把所有事情都给搞砸还真需要点天赋。你知道最可悲的是什么吗?"他闭上眼,揉了揉,又重新睁开,"这些不幸大多都是因为你们太努力而造成的。说真的,如果你们只干最低限度的活,剩下的时间都坐在树下嚼草叶,情况会比现在好很多。这实在是太好笑了。"

"行了。"佐纳拉斯已经愤怒到了极点,巴达斯看出他随时都可能动手,因此做好了准备。"我们就是干不好农活。"佐纳拉斯继续说,"这又怎样?从来没人教过我们这些。父亲没有教过我们——噢,他倒是教了你和高戈斯。确保你们每件事都知道得他妈的一清二楚,而如果我们停下来提问,脑袋上就会挨一巴掌,被命令继续干活。父亲总是说,你们不需要知道这个,因为巴达斯知道。听话就行,动脑筋的事留给长辈去做。我们听话了,现在为什么是这个下场?我们只知道卖力干活,从没学过到底要干什么。这么长的时间里,你又到哪儿去了?你在那座该死的城里杀人。"

巴达斯感到呼吸变得急促起来。他不习惯愤怒,一个靠杀人赚钱的人几乎不会碰到需要发怒的场合。"我要是你的话,就不会再提这个。"他说。弟弟们轻蔑地看着他。

"这是威胁，是不是？"克利法斯说，"我就知道迟早会这样。厉害的打手巴达斯，了不起的剑士巴达斯，谁不服从就要揍他一顿狠揍。好啊，你要动手吗？因为我说了你不爱听的话就要揍我？"他放松下来，恶毒地咧嘴笑着，"我告诉你，巴达斯，我一直觉得你和高戈斯一模一样。"

"这话——"巴达斯开口，然后停住了。他强迫自己冷静下来，"这话真不好听，克利法斯。我确实做了很多不光彩的事，但拿我和他比较——"

克利法斯奇怪地看着他。"这里的所有人都这么说，"他说，"为什么我们不能？"

巴达斯盯着他，"你说所有人是什么意思？"

"我们为你们两个感到羞耻，哥哥。"佐纳拉斯插嘴道，"你之前寄来的钱体面人碰都不愿意碰，就算我们提出加倍付钱也不行。他们会说，我们都知道那钱是哪儿来的。那三姐弟都一样坏——说是三姐弟，其实他们想说的是整个家族，就好像我们也是那一路货色。但我们俩除了留在家里，试图填饱肚子之外做了什么伤天害理的事？"他笑了起来，"谋生我们不擅长，所以现在就待在这里，什么都不想管了。你把这弄明白行吗，巴达斯？我们不想你回来，就算你能让粮食产量翻两三倍也不行，因为我们受够你了，受够你们三个了。你能不能赶快离开，别再打扰我们？"

"佐纳拉斯？"巴达斯抬眼看向他的另一个弟弟。

"我和克利法斯一样，"他回答，"我们不欢迎你，这里不再是你的家了。回去吧，管你打算去哪儿，别再来打扰我们就行。"

巴达斯点了点头。"那好，"他说，"我也看不出待下去有什么意义。那么，你们觉得我该回哪里去？"

两个弟弟都一言不发。他等了一会儿，然后说："我没法回城里，因为有个混蛋把它给烧了。我这么大年纪，就算有人肯让我入伍，我也不想再去当兵胡闹了。你倒是告诉我，我该回哪里去？"

克利法斯耸耸肩。"不关我们的事，"他说，"哪儿来的回哪儿去。你在那儿待了两年，肯定不至于太差。而且，"他补充，"如果你要过温馨的家庭生活，为什么不去找高戈斯和尼莎重归于好呢？要我看，你们般配得很。"

巴达斯盯着他看了很长时间。"你说得就像你真心这么想一样。"他说，"如果真是这样，那你说得没错，这里确实不是我的家了。真遗憾。"

佐纳拉斯摇摇头。"你也许是个厉害的打手，巴达斯。"他说，"但你对自己的家人一无所知。面对事实吧，哥哥。洛雷登家的男孩就是人见人嫌，做一样搞砸一样。这里所有人都这么说。"

"是吗？"巴达斯微笑起来，"如果所有人都这么说，那肯定是真的了。"他站了起来，走向门口，"你们不知道我曾经多么想念这里。在骑兵队的时候是这样，之后当剑士也是这样。我那时想，好吧，我这辈子没什么价值了，但至少我在给我的家人赚钱，照顾他们，承担作为兄长的责任。看在老天的分上，我在意的从来只有这个。所以我之前才没有回来，我知道自己在这里没法为你们做什么，只有在外面赚钱寄回家才有用。我做的一切都只是为了家人。"

克利法斯注视着他的双眼，"那你就是浪费时间了。"

巴达斯点点头，然后走出了门。院子里很暖和，阳光刚开始烤热空气，前一夜的雨水闻起来有股甜味。出于一时冲动，巴达斯蹲下身捡起一颗石子，扔向那只破旧的绵羊头骨。石子刚好打在正中间，清脆的响声传到屋子的后墙，变成回音，但头骨一动不动。他耸了耸肩，散漫地走向那扇通向屋后果园的大门。他正要解开那根用来代替早已锈蚀的门闩的绳子，身后突然传来靴子踩出的脚步声。

四个人站在他和房屋之间,都是思科纳弓箭手,一个中士和三个士兵。"巴达斯·洛雷登?"中士问。

巴达斯点点头,"是我。"

中士犹豫了一秒钟,然后向前一步,"你得跟我们走。"他眼中充满无比真切的恐惧,巴达斯看得出这是他第一次出任务。

"好的。"他说,

"但是,"中士似乎没听懂,"我得奉命行事。"

"好的,"巴达斯重复了一遍,"我没什么需要带走的东西,直接走吧。"

他走到士兵中间,四人全部向后退缩——他们怕极了,他饶有兴致地想,是害怕我对他们动手,还是害怕自己不得不和我动手?说到这个,他们要是早来一个小时的话,确实有理由害怕。如果有必要,我会把他们四个都杀掉。

他考虑了一下要不要说出来,让他们知道自己运气多好。但最后什么都没说,而是伸手拿过离他最近那人手里的弓。他的动作很快,没有给对方防御的机会。

"别担心,"可怜的护送者还没来得及做出反应,他赶紧说道,"只是专业兴趣而已。他们现在给你们发的就是这种装备吗?"

弓箭手点点头,想取回自己的弓。洛雷登把弓举到他够不着的地方,仔细查看起来。他把拇指指甲抵进弓背上一条很小的裂缝,那里有一根微微翘起的木刺。"幸好你最近没有开过这张烂弓,"他说,"不然的话,上弓臂会当场打到你脸上,下弓臂则会击中你胯下,你的朋友只能用门板把你抬回去。真是垃圾。"他补了一句,将弓的一端插进松软的土地,用力压住那根开裂的弓臂,直到它突然折断——断口呈现出参差不齐的斜面,全是长长的碎片和木刺。士兵无声而痛苦地注视着他。洛雷登意识到了什么。**噢,天哪,这损**

失得从他的薪水里扣，我没想到这个，这规矩只有尼莎才想得出来，"我帮了你个忙，对不对，小伙子？"

弓箭手看着他，"是，长官。"

"你不用叫我长官，我只是个平民。"

"不，长官。"

"随你便吧。"他把两截断弓还给弓箭手，感觉自己像是个授予军功章的将军。"我以前是做这个的，"他说，"靠做弓赚钱。幸好这把不是我做的。"

"不是，长官。"

"不是说我做的就不会断，"他继续念叨，只为了听到自己的声音，"但不会断成这样。出现这种断面是因为有个蠢蛋做弓的时候直接削穿了年轮。这样的弓很容易拉断，而且没法补救。"他想回头再看一眼大屋，但忍住了，"摆弄这些利器，一点小小的疏忽就会酿成大祸，让你瞬间傻眼。"

十六

　　战争降临得有些早。如同许多早产儿一样，在降生之初，它前途未卜，性命岌岌可危。

　　第一场冲突发生在一艘科里昂货船的甲板上，当时正锚泊在琉卡斯海湾。交战的不是思科纳人，也不是沙斯特人。船主的名字没有留下记录，他本来准备驶往沙斯特，把自己的船租给基金会当运兵船。为了不白跑一趟，他装载了一百〇六桶上等科里昂葡萄干，这东西向来能在沙斯特的集市上卖个好价钱。在码头旅店谈论船上的货物时，一艘琉卡斯沿海船的船长凑巧听到了，决定把它们据为己有。为了给自己的行为赋予正当性，他决定利用琉卡斯著名的中立法令——元老院和人民不会介入在其领土或海域上发生的任何军事活动——升起几个小时前颇有远见地从洛雷登银行代理那儿买来的银行船旗，宣布这是一艘思科纳私掠船。为了确保海岸巡防队绝对不会干预，他将自己的意图告知了距离最近的国家官员，也就是海关督察员。后者刚刚从科里昂货船船主那儿得了一笔丰厚的贿赂，作为一次马虎的货物检查的报酬（货物清单上写着船上无货），于是他认为自己有义务派一名海关文员去通风报信。因此，当沿海船以骚扰敌军海运的名义靠近货船，宣布要没收葡萄干时，发现货船船体已经被松垮的油布保护了起来，以便防御抓钩。船员们全部站到了甲板上，拿着能找到的一切武器准备拼死一搏。

理智而善于投机的船长不愿意做这种生意，下令终止对峙，就此撤退。不知出于什么原因，货船追了上来。货船上有四个桑提亚船员，热爱十字弩，乐于远距离射击后撤的沿海船。一发弩箭射中了大副的腿，导致他翻过船舷栽进海里。为了救他，沿海船停了下来。货船乘机驶到它旁边，降下油布，做好了强行登船的准备。沿海船船长见状，立刻也组织了一支登船队，想着就算打起来，也得在别人的船上打。最后，一个叫瑟普伦·欧喀思的水手率先登上货船，用一把弯刀砍中了警卫的后肩，思科纳-沙斯特战争正式拉开序幕。

战斗没持续太久。琉卡斯人的武器更好，经验也更丰富，但人数只有对方的三分之一。因此夺船几乎是不可能的。狠揍一通，确保对手没心思考虑强登沿海船后，琉卡斯人便退了回去，降下洛雷登船旗，返回港口。双方都没有死人，唯一的重伤是个意外——一名货船船员看到对方登船了，慌忙躲进索具里，结果滑了一跤，摔在甲板上，磕到了后脑勺，最终失去了一只眼睛。在不同版本的记录中，这个人分别是科里昂的霍格·皮隆波、佩里美狄亚的米亚斯·科诺丁，以及岛民胡伊尔·拉芬。

一句话，这属于让严肃正统的战争背上恶名的那种乱斗。无组织，没目的，而且基本上毫无意义。消息传到沙斯特基金会后，他们立刻公告声明：不经过沙斯特航海与贸易院的批准，不得自称基金会下属船只。这么做不仅是为了防止琉卡斯事件重演，保障正常贸易，更是为了保护自己的名声。毕竟,这场战斗会被人们视作战争的开端,他们不想让这么愚蠢的行为和隐修院的毕业生扯上关系。

长凳很不舒服,一向痛恨闲坐的巴达斯·洛雷登感到又累又无聊,并且非常想脱掉湿衣服烤火取暖。起身离开的欲望很强烈,但他没有这么做的力气,而且身无分文,无处可去。

最终,一个文员找到了他——他脑袋垂在胸前,像个在睡梦中死掉的人——并把他叫醒了。

"她可以见你了。"他说。

"哦,"巴达斯睡意蒙眬地回答,"好吧,走。"他站起身,跟着文员进了尼莎的办公室,里面只有她一个人。

"你好,巴达斯。"她说。

"你好,尼莎。我能坐下吗?"

"当然可以,你不用问我。要喝点热汤吗?"

这么说,姐姐躲在房间里煮汤,却把我关在门外。但他饥肠辘辘,于是回答:"好的,谢谢。"尼莎提起长柄汤勺,往一只木碗里装满热汤端给他。他倾斜碗沿,喝了一大口。是浓郁辛辣的鱼汤,味道不错。

"真好喝。"他说。

"食谱是沙斯特的,"她说,"他们那儿的人对一切都有研究。"

他点点头,又喝了一口。

"来点苹果酒如何?"她问。

"好,"他回答,"但我更想喝淡啤酒,如果你有的话。我刚才睡得不规矩,现在正头疼呢。"

尼莎微微一笑,给他倒了一杯淡啤酒。"做了好梦吗?"她问。

"不知道，"巴达斯回答，"我不记得了。只是睡觉姿势不对才头疼的，这我能肯定。"

"当然，这是你的事。"她说着在桌子后面坐了下来，十指对齐呈宝塔状，"这次我们要拿你怎么办呢，巴达斯？"

他看着她。"别问我，"他说，"如果你不介意的话，别弄得太让人紧张就好了。你派的那艘船糟透了。"他打了个喷嚏。

"你得待在镇上。"尼莎说，"上次你差点出事，这次我不会允许你一个人四处乱逛了。免得你被一队斧枪兵抓住，带到沙斯特当人质。"

巴达斯缓缓地点头，然后喝掉了剩余的汤。"这就是官方说辞？"他说，"好吧，也有道理。"

"还好我抢在他们前面想到了。"尼莎说，"毕竟，如果我这么容易就能找到你，他们也能。要找你的话，老家是个很明显的目标。"

巴达斯叹了口气。"和我讲讲你的这场战争吧。"他说，"照船上那些人的说法，你似乎十分重视。我猜这不仅仅是我之前卷进的冲突升级了那么简单。"

"对方要派六千个斧枪兵，"尼莎回答，"高戈斯坚持认为我们可以一战，我只能一直提醒他，那不是我们的目的。你记得父亲以前讲的那个故事吧，关于老头和一桶梨子的？"

巴达斯想了想，"老实说，不记得了。"

"噢。"尼莎看起来有些吃惊，"这么说，也许不是父亲讲的。不管怎样，是个好故事。从前有个老头，他有一棵好梨树，有一年，他收获了有史以来最好的梨子。'我不会把它们浪费在村里的集市上，'他对自己说，'我要把它们带进城里，那里的人愿意为了好货出大价钱。'于是他把梨子放进桶里，把桶装进手推车，然后出发了。但他从来没进过城，低估了路上会花的时间，所以他只带了够吃三天的食物。五天后，食物吃完了，但他连一半的路程都没走完。他饿极了，周围的沙漠里一个人影都没有，所以他打开桶盖，开始挑最小最酸的梨子吃。长话短说，他最后进了城，但是梨子都在路上吃完了。怎么样？"

"还不错，"巴达斯回答，"但不是父亲讲的。"

"也许吧，"尼莎回答。"总之，我不想让高戈斯为了赢得一场战争而耗尽我们所有的资源，就像老头吃梨子一样。再说最近的业务只能算凑合，并不是特别好。除非有明确的目标，否则参战没有意义。"

"这句我记得，"巴达斯说，"这是麦克森舅舅以前常说的话。"

尼莎摇摇头，"他确实经常说，但这句话是我小时候编的。你还记得他来家里做客吗？啊，你当然记得，你就是在那时告诉父亲你要离开家，加入麦克森舅舅的骑兵团的。"

"不过我没去，一直留在家里。"巴达斯回答，"直到父亲死去。"他突然不说话了，等了一会儿才开口，"原来他是从你那里学的。无论如何，仍然是句不错的格言。"

"谢谢你。"尼莎打量了他片刻，头略微偏向一侧，仿佛他是个字谜，而她马上就要解开。"你要么是成熟了，要么就是丧失目标了，"她说，"我希望是前者，但看着不像。看样子家里的情况和你想的不太一样。"

巴达斯耸耸肩。"告诉你一声，"他说，"克利法斯和佐纳拉斯都挺好。你还记得他们俩吧？你的弟弟。"

尼莎皱起眉头。"谢谢你，"她说，"不过我早就知道了。我花了大价钱让人每个月向我报告他们的情况。你要是早点来问我，我就可以告诉你的，省得你回去一趟。"

巴达斯抬起头。"有意思，"他说，"你的探子是谁？"

"什么探子？这是关心家人。既然你问了我就告诉你吧，是米哈斯·休旦——你记得吧？推着小车挨户挨户补锅卖杂货的那个人。"

"神啊，他还活着？他肯定有一百岁了。"

"七十七岁，"尼莎回答，"每个月他都去托诺斯的真现酒馆向店主报告，我的信使从西拉因返回经过那里时，店主就会把报告转交给他。为了确保他们不受伤害，我已经关注他们很多年了。"

"明白了，"巴达斯思考了片刻，"也就是说，你知道我给他们寄钱的事。"

尼莎点点头。"你从来都不擅长理财，巴达斯。"她说，"总是把钱往无底洞里扔。母亲以前也说过，你总喜欢用水去修补水壶上的漏洞。"

巴达斯摇了摇头。"这是我活该，"他说，"谁叫我盲目乐观，相信他们不会搞砸收钱这么简单的事情呢。"他懊悔地笑起来，"你记得住在哲奥斯灯塔那边的窝棚里的'女巫'吗？她儿子常年给她寄钱，而她小心翼翼地把钱埋在地板底下，自己只吃萝卜和捡来的麦穗，穿着破麻袋。她觉得把钱存起来的话，以后遇到困难可以救急。等到她死了，人们把钱挖出来，发现起码有三百枚金币，足够买下一整座山谷。我在想，挥金如土是不是也比这强些？"

尼莎弹了弹舌头，"农夫拿着钱就像猴子拿着十字弓一样——肯定干不出好事来，而且很可能会惹来巨大的损失。对了，说到家里人，你还没问高戈斯怎么样呢。"

"嗯，"巴达斯说，"我没有。"

"他走了差不多一天了，去采购做桅杆的木料。他在制造商路破袭船，天知道我为什么允许他这么胡闹。我们根本负担不起，造出来其实也没什么用处。他应该后天就会回来。他回家的时候你不许离开。我受够你们俩之间剑拔弩张的状态了，现在已经有很多事情要忙。不是说你非得爱他不可，别惹出麻烦就行。我就这点要求。"

巴达斯微笑起来。"我吗?"他说,"正如你刚才所说,我觉得我已经无所谓了。这样好了,他不来烦我,我也不会去烦他,这样就没人会受伤了,行了吧?"

"不行,"尼莎看他的眼神像是他任性不肯吃饭一样,"他要是心烦意乱,闷闷不乐,我可承担不起后果。他还得打仗呢。不过这个我们以后再说。这么说来,还有另一件事。我女儿,她现在和高戈斯住在一起。我们正尽量不走漏风声,但她早晚会知道你回来了,到时候会更麻烦。噢,高戈斯说他现在能控制住她了,比以前好了很多。但我是她母亲,我了解她,知道她早就过了能够被改造的阶段。我不想把她关回监狱,但是也想不出其他方法了。我得承认,她极其执着。"

巴达斯揉着下巴。"你会把她关起来,"他说,"有意思。关多久? 永远吗?"

尼莎不耐烦地看着他。"暂时而已,"她说,"我只是接受了事实,她不适合放出来自由行动。这次我会安排得更妥善一点。我承认当初把她关进监狱是个错误,等同于给猫喂奶油。我认为她需要住到一个安静的地方去,配备看护,确保她被照料妥帖、会好好吃饭,至少我们住在这里的这段时间需要这么做。至于之后我们搬走,我会再想更合适的方法。总之,只要你离她远点,就没什么值得担心的了。"

巴达斯点点头。"一切都在控制之下,"他说,"那就没事了。请问我可以走了吗?"

"我想可以。"尼莎说,"目前我需要你留在银行大楼里——文员会给你带路的,你得花一段时间才能摸熟这里。我不知道你有什么打算,那完全取决于你。你已经到了能够自娱自乐的年龄了。但我不允许你不带护卫就悄悄溜出去。明白了吗? 我的要求不多,"她补充,"你我都清楚,这是为了你好,也是为了我们大家好。"

巴达斯叹了口气。"随便吧，"他说，"不过，如果方便的话，我想要个能够干活的地方，还有一些工具和材料之类的。你知道的，我需要做点有用的事情，哪怕是错觉。"

"没问题。"尼莎回答，"高戈斯肯定会感激你为战争做出的贡献。他似乎对你的作品评价甚高，但我觉得他有点偏心。"

"我知道，"巴达斯说，"他一向心软过头。"

建立世界上最宏伟华丽的会堂，却将在这里举行的集会称为镇民会议，这是典型的岛民行事风格。

会堂是七十年前建成的，岛民们一向非常自豪，因为建造它所用的每一分钱都来自自愿捐款。不过，在这个将无法与邻居统一步调视为最大耻辱的社会里，所谓自愿捐款到底有多自愿，就完全是另一回事了。事实上，工程一经开始、没办法停止之后，岛民们就以对待持续性问题的一贯方式对待它了：充分享受这件事。

很大程度上说，正是岛民将义务和责任转化为乐趣的能力造就了他们的独特之处，也给他们带来了独特的成功。这基本上是他们竞争欲的延续——如果有一个人给会堂工程基金捐献了二十枚金币，下一个肯定会捐献二十五枚金币，再下一个就是三十枚。商人们的荣誉便是每次远行经商归来都给会堂工程带去一份贡献：一桶彩色的马赛克锦砖，一匹红天鹅绒布，一支银烛台，一捆拥有美丽纹理的杉木板，一万根科里昂产的钢钉，一个佩里美狄亚来的石匠……当会堂终于宣告落成的时候，没来得及赶超死对头最近一次贡献的商人们纷纷发出愤怒而痛苦的号叫。据谣言说，会堂底下的地窖里塞满了一沓沓金箔、一包包发霉的金银线绣花布料，还有干结得如同石头一般坚硬的石膏粉,全都没来得及打开。如果把壁画从墙上铲下来装进板条箱,可以铺满整条商路。在这之后,人们的乐趣便转向了别处,捐献物逐渐变少,最终停止了。如今,人们再也没有心情观赏那些让人目眩神迷的马赛克砖,或者去注意那开阔得惊人的屋顶了。会堂已经成为日常生活的一部分,仿佛它一直都伫立在那里一样。人们只是将它看作举行会议的地方。与在露天场地举行会议相比是个进步,但除此之外也没什么可说的了。

文纳德·奥泽尔在镇民会议开始前一小时到达会堂,但差点儿没找到座位。沙斯特希望能租下七十条配备船员的船,用以和思科纳作战。消息已经传遍了全岛,就像关于免费啤酒的谣言一样,一开始近似真相,最后发展成了只要你拥有比汤碗更大的容器,就能从基金会金库大捞一笔。最后,他总算在第七排一个肥胖的油灯批发商和一群大概同属鲱鱼商联合会的愁苦老人之间找到了位置。

过了很长时间(坐在鲱鱼商旁边,时间流逝得很慢),会议发起者走上演讲台,做了自我介绍,并说明了这次会议的目的。是的,沙斯特方面确实有意租用船只,主要是需要可以用来运兵的大型运输船,但也想要几艘轻快的独桅纵帆船用于护送。作为岛上的基金会官方代表,会议发起者有权接受来自个人、商会和公司的投标。有意者需要撰写投标书,送到位于小市场的基金会总办公室,招标结果会在三天之内公示在广场上。还有什么疑问吗?

文纳德深吸一口气,猛地站了起来。"我有话要说。"由于低估了会堂的传声效果,这句话说得很大声。所有人都盯着他。

"我有话要说,请听一听。"他用小声重复道,"我叫文纳德·奥泽尔,你们可能认识我的父亲胡伊·奥泽尔。我要说的是,我有个妹妹,她正被洛雷登家族的人拘禁在思科纳岛上。我不知道原因。不久之前,管理洛雷登银行的那个婊子把我们俩召了过去,扣留了我妹妹,命令我在两天之内离开思科

纳。这件事对大家的影响不用我说了吧。如果不能自由决定去留，还要被人
欺侮，我们的生计就岌岌可危了。显然，我的想法不够冷静，毕竟被扣留的
是我妹妹，我都快急疯了——你们也想象得到。但是，在你们说'真不幸，但
是这和我有什么关系？'之前，我希望你们想一想：如果听任事情发展，就等
于告诉世界上所有的盗贼和恶棍：我们无法自保。如果你们觉得这是经商之道
的话，我得告诉你，我不同意。总之，"他补充道，"我说得够多了。总之除了
钱之外，我们还有其他帮助沙斯特的理由。既然我们打算这么做，就应该要
求沙斯特在与思科纳议和时把释放我妹妹当作基础条款。"

文纳德坐了下来，会堂里出现了一阵短暂的沉默，似乎一半是怜悯，一
半是难堪。最后，第十一排有个人站了起来。文纳德不认识他。

"其实，"那人说，"刚刚的发言者——我恐怕没记住他的名字——所持的
观点也有道理，或者说至少有一定道理，我不太清楚他想要说明什么。事实
上，我很确定他本来想说的和这个观点没关系，但它仍然有价值：我们都是
商人，生意人，这就是我们的本职工作。我们如此出色的原因之一，就是我
们都住在这座小岛上，因为有大量优良船只，外界没人敢找麻烦，在岛上也
没有人对我们发号施令。因为在过去的两百年间，我们已经证明了这样的社
会既不想要、也不需要任何形式的政府。这样好极了。"他愉快地说，"就算
能随心所欲，到世界上的任何地方定居，我们仍然会选择在岛上做商人，因
为其他生活远不如这样好。想想吧，邻居们。仔细想想。"

他停顿了片刻。四周鸦雀无声。

"而现在，"他接着说，"沙斯特的朋友来了，提出要用大笔的钱租用我们
的船只。这听起来很棒，不是吗？和你们说吧，我一听到传言，就像松鼠蹿
上树一样飞快地赶了过来。我有两艘船，一艘是巨大的木材货船。假如哪天
我能找到一块够大的礁石把它撞沉的话，就能提出巨额保险索赔，但除此之

外它没什么用处。另一艘是航行起来和打水漂一样轻快的小独桅帆船,载货量和我衣兜的容量差不多。这些好心人每个月愿意付给我的钱,比我一个季度的收入都多。但是,我思考了一下,想和大家分享我的看法。我关注的重点是,沙斯特要租我的船去打仗。

"别误会,如果沙斯特和思科纳想要互相伤害,我一点意见都没有。如果他们需要购买货物,比如木材或者铁矿之类的,我会很乐意卖给任何一方,同时做两方的生意也行。稍微看长远一点,如果思科纳被狠狠教训一通,我会非常高兴,因为洛雷登银行的经营方针是分散投资与扩张发展——朋友们,让我为你们翻译一下吧,这就意味着干涉我们的生意,生产低价货物,供应给他们自己的贸易联合会成员,以此削弱我们的竞争力。我不喜欢这种局面,政府插手商业就像是狐狸开养鸡场一样。所以,如果思科纳遭了殃,你们肯定会看到我帽子上插着石南花喜气洋洋地走来走去。"

人群发出一阵笑声。发言者等到笑声消失,继续说了下去。

"但是,"他换了一个强硬的语气,"我认为这就是问题所在。假如我们插足这场战争,而沙斯特输了,这样对生意有好处吗?我不觉得。那样我们就再也无法踏上思科纳岛半步了。好吧,也许你会说,这不太可能发生,有什么可担心的呢?这也没错,可要是插足了这场战争,然后沙斯特赢了呢?情况会变好吗?拜托各位想想吧。要是那样的话,人家会怎么看待我们?在别人眼中,我们岛民和沙斯特结成了联盟,一起对抗了思科纳。迄今为止,我们不论去哪里,都是独立身份,所以没人找我们的麻烦。我们是优秀的交易对象,做生意公平可靠,货物最为低廉,欺压我们没有任何好处,只会导致失去日后做生意的机会,差不多等于把钱放到麻袋里直接往海里扔。想象一下,如果我们开始像一个国家或者一个政府一样行动,接下来会怎样呢?岛国加入沙斯特一起对抗思科纳。岛国要求思科纳释放人质。我不用明说了,邻居们，我想你们不需要我解释就能理解。

"行啊，你可能会说。那我们该干什么？抵制沙斯特的提议？因为对别人看待我们的方式抱有不明不白的恐惧，就拒绝一笔高利润的生意？听起来不像个好办法，是吧？假如你乖乖抵制了提议，却看到隔壁邻居没有因为政治因素而耽误生意，和沙斯特签了长期合同，你又会怎么想？

"所以就这么办吧。我要感谢艾希莉，她姓什么来着——佐希思，没错，艾希莉·佐希思——以及沙斯特银行财团的其他成员，各位如果想把船租给他们也尽可去租，没有问题。但我希望通过这次会议向基金会示威，让他们知道，我们不会选择阵营，不会向外界求助或者求和，因为我们不是一个国家，只是刚好住在同一个地方，又大多做着同样营生而已。不管做什么，我们都不能提起这个人的妹妹，一个字都不能提，尤其是不能干涉其他政府的内务。抱歉，邻居，我真的很同情你，但我的看法就是这样。不冒险外交，不选择阵营，不进行道德支持，什么都不做。那些都不关我们的事。"

文纳德愤怒又困惑地离开了会议。在议程最初，除了和思科纳有大量生意往来的小部分商人之外，似乎所有人都赞成与沙斯特做生意（后来他发现那个发言者也是其中之一，其他参会者在他开口之后就猜出来了）。会议结果是，沙斯特的代理人得到了一番颇有侮辱性质的说教，以及大量签好的租船合同，之后会一起转交给总部。在那个发言人的鼓动下，没人提到个名叫维特里丝·奥泽尔的女孩。

文纳德回到家，摔上门，走进账房。文员们正在誊写信函，用方格棋盘算账。他心情差极了，对两个文员骂了脏话，其中一个的罪过是不等天黑就点灯照明；另一个则是放着仔细削削还能再用一小时的旧笔不用，反而去罐子里拿新的。房间里鸦雀无声，气氛绷得紧紧的。这时，看门人进来报告艾希莉·佐希思前来拜访，要见老板。

"你放心,"艾希莉说,文纳德给她倒了一杯加了薄荷和碎肉桂的蜂蜜热酒,"我会尽一切努力帮忙的。你知道尼莎想干什么吗?"

文纳德摇摇头。"但也不是完全不知道。"他更正道,"我隐约知道这一切和我们上次在城里涉足的所谓的魔法有关,牵涉到老亚历克修斯和巴达斯·洛雷登。也就是说,"他长长地叹了口气,"即使有人告诉我这是怎么回事,我也不可能听懂。"

艾希莉点点头。"我懂,"她说,"我也不确定自己相不相信那种东西。我肯定会尽我所能让维特里丝得到释放。我可以给总部写一份报告,在里面强烈暗示:只要如此这般一番,岛民就会坚定地站在我们这一边。要他们上钩应该不难。他们完全无法理解岛上没有政府这回事,宁愿相信这里有一个暗中操控一切的秘密阶级,而这个阶级表面上公开中立,其实暗中希望人质获释。这一套很符合他们虚构出来的那种阴谋论。但就算沙斯特相信了这一切,我也说不准事情会怎么发展。显而易见的是,他们想全力一战,彻底除掉思科纳,所以没人会对和谈产生太多兴趣——除非高戈斯·洛雷登让他们吃几场大败仗。很抱歉说这种悲观的话,但如果让你期望过高就太残忍了。"

"请尽力而为吧。"文纳德一边给自己杯中加满酒,一边说,"我只能指望意外得到什么重要的军事情报,以此和尼莎·洛雷登交换人质了。除此之外我真的不知道能做什么。但要找到她不知道的信息,可能性实在太低了。那女人真难办,艾希莉。我觉得她为了自己的利益,没有什么做不出来的事。"

"我会努力的。"艾希莉拒绝了他再次给自己倒酒,"至少,如果你需要的话,我应该能想办法给维特里丝送信。"

文纳德终于露出了微笑,这是许久以来的第一次。"谢谢你,"他说,"我今晚就写信,明天一早交给你。至少可以让她知道,我没有把她忘了。总之,"他勉强地说,"这件事就说到这里吧。你对这场战争有什么看法? 思科纳真的像大家说的一样败局已定吗？"

艾希莉打了个含糊的手势。"你自己算算就知道，结果一定是那样。"她说，"六千个斧枪兵对抗——多少来着，七百个正规军弓箭手，再加上高戈斯能强征到的士兵。就算不是管账员也能看出这种兵力差距。不过另一方面，"她看向窗外，"从之前的情况看，也许人数并不是那么重要。高戈斯击败沙斯特突袭队太多次了。倒不是说他是什么军事奇才，只是突袭队犯了太多愚蠢的错误。"她微微一笑，"我们佩里美狄亚有句老话，据说出自巴达斯的舅舅麦克森将军：一百场决定性的战争中，九十九场都是输家打了败仗，而非赢家靠自己的能力取胜。战略之道只是设法让敌人自掘坟墓的同时，尽量避免己方犯错。到目前为止高戈斯一直是这么做的，效果相当好。不过胜仗打得太多导致敌人发动全面战争，这或许是个错误。我觉得高戈斯可能会取得一两次大胜，杀死大量斧枪兵，但这样只会引来沙斯特更猛烈的反扑。"她摇了摇头，"这是一场好戏。我认为他唯一的胜算就是用一场胜仗让沙斯特派系局势大乱，但对他来说，那很可能也是自取灭亡。"

墨水里又落满了灰，水笔用旧了，四处溅墨。羊皮纸碎片已经被重复使用了太多次，刮出了破洞，有些地方被墨水洇透了，导致字母看上去就像一棵棵覆盖着苔藓和藤蔓的树。油灯的灯芯也该换了。但玛基拉仍在坚持书写，因为书法测验的分值是七十分（不管内容如何，只要字迹好看就能拿分）。这个高分也许可以抵消必然会惨不忍睹的应用几何考试。而只有在学位测验里拿到好成绩，她才能进入三年级的一等线……

水笔的笔身上破了个口子，边缘将她中指的第一个关节和指甲侧边磨破了皮，疼极了。不知道有没有办法让皮肤变得坚韧一点。也许可以抹点什么药膏。好像生谷物酒挺管用，之前在哪儿读到过来着。不过知道这个也没什么用,因为她手头没有生谷物酒。她记得自然哲学课①的实验上用过这玩意儿,那个总是在储藏室里"一不小心"撞到她的圆脸男孩(他叫什么来着?不记得了)不就是自然哲学系的二年级学生吗?

她眯起眼睛,看着正在摘抄的这一页。正文十分清晰,使用的是约一百二十年前的粗体连写字,出自佩里美狄亚的商业誉写店里某个懂得如何排版的抄写员。书里的评注才是问题所在。它被潦草地写在正文的空隙里,有时从右往左,有时从左往右,其中布满用来节省空间的学术缩写,写字用的笔尖已经被削得细如发丝。**马克罗认文有误,对比优西《论哲》23章34-60行。但《概括》9章17行及后注对赛伦相反,最好不同抄本**——这些字全部挤在同一行正文上方的空隙里,最后几个词由于位置不够,写到了纸页边缘,就像一排花梗上的蚂蚁似的顺着句子末尾一路向上爬去。这还不是最糟糕的,至少没有在空隙里塞进三四代学者的不同评注,让正文也变得难以辨识,叫人读起来就像刚识字的小孩读字帖一样既缓慢又痛苦。

*马克罗比乌斯认为此段文字内容错误百出,她谨慎地转写,对比优西比乌斯的《论哲学》,23章34-60行。但是也要注意《概括综述》9章17行以及其后的评注里对赛伦提乌斯的相反观点,最好阅读不同版本的抄本。*好吧,她想,这样有意义吗?饱受关注的正文只不过是两个死了四百多年的学者之间的斗嘴罢了,争论内容还是关于某个很早就被公认的、既怪异又粗糙的理论中一个很小的细节。大概有意义吧,否则她为何要坐在这里,把内容逐字摘抄到从风箱修理铺那里搜刮来的羊皮纸上,隐隐盼望着这样就能加强记忆呢?它有意义是因为那些制定考试的人认为它有意义,而他们这么想是因为他们在她这个年纪的时候,也一样坐在这座图书馆里,盯着这本书。这似乎

---

① 自然哲学即我们今天的科学。在古代西方,哲学和科学不分家。亚力克修斯之所以自称"哲学家",也是因为他坚信自己研究的是科学。

是评判一切的唯一标准。不过她还是好奇，上一次有人不是为了二年级学位测验来借阅这本书是什么时候。两百年前？还是三百？

她看着面前的纸页，思考着正文里的下一行内容。又是那个愚蠢又偏激的文员，在断言同样的本质在同样的时刻同属有形和无形的时候，犯下了一个致命错误；没错，他的无知与愚蠢让任何学者都不屑于理会他的意见。因此——

玛基拉打了个哈欠，抬起头来，直到窗外的景色映入眼帘。外面天气晴朗，空气清新，在深蓝色天空的衬托下，思科纳岛慑人的轮廓显得十分清晰。敌人显然就潜藏在那里，他们是黑暗和邪恶的最新化身，永远等待着弱者、无助者与不乖乖吃饭的坏孩子。敌人的距离如此之近，和她只隔着一条狭窄的海峡，这让她觉得不安。她常常花好几个小时凝视海水，想象影子般的柳条艇掠过暗色水面，矛尖和头盔边沿在孤星的微光下发出闪闪寒光——这样下去她的学位测验肯定不及格，只能回家去了。噢，让思科纳见鬼去吧，谁让它既和基金会打仗，又干扰她复习！

她没有抬眼，因为她知道站在自己身边的那个人不是真的，她又进入了那种非自愿的课外幻象之中。（要是能把它们算进年终成绩里就好了——可惜不行，而且，要是现在头疼起来的话，就太不方便了……）

"玛基拉，"亚历克修斯说，"抱歉，我打扰你了吗？"

"有点。"她回答道，尽力掩饰自己的愤慨。毕竟，亚历克修斯教长是世界上最伟大的学者之一，她应该感到骄傲——

"你学习太辛苦了，"他说，"而且睡眠不足。如果考试的时候睡着了就有意思了。别笑，我有个朋友就这么干过。为了应对那一门科目，他勤学苦读了一整年，最后只来得及在试卷上写完自己的名字就睡了过去，直到监考官摇醒他，拿走白卷。之后他就放弃哲学做起了红酒生意，收入颇丰。要是他没有在城市陷落的时候死掉，现在还可以过上更好的生活。他大概在破城的时候就死了，这很有可能。你在读什么？"

"维特西斯的《论朦胧》，"玛基拉回答，"卡纳迪博士说这是理解新书册主义的关键所在。"

"他说的没错。"亚历克修斯说，"可我恰好知道他从没读过那本书。噢，他读过《节录》和《汇编》，它们包含了你需要知道的一切，但他亲口告诉过我，人生苦短，何必浪费时间去读《论朦胧》那倒霉玩意儿呢。我以前倒是读过——当然，是很久之前的事了——说实话，我半点儿也没读懂，所以重新回去读了《汇编》，但又觉得《汇编》条目里提到的要点在原书里根本没出现过，所以又从头读了一遍《论朦胧》，结果发现我的感觉是对的。书里所有极具突破性的重要观点都是某个编撰《汇编》条目的小文员编造的，根本不是出自维特西斯之手。"

"噢，"玛基拉大惊失色，"但《评注》里说——"

"哎呀，"亚历克修斯微笑起来，"《评注》是在二百年后成书的，目的是在承认《汇编》里的结论的基础上，从原文里找出晦涩不明的部分，解读成《汇编》的灵感来源。作为学术著作来说，颇有想象力和创造力。侧面证明了只要下定决心，就什么都能做到。"

"噢。"

"但是，看在老天的分上，考试的时候可别这么写。"亚历克修斯说，"不然他们会当场判你不及格。"

"噢……"

"这么做也是应该的，"亚历克修斯继续说道，"因为你在课上学到的是，维特西斯提出了维特西斯的朦胧法则。考试就是为了测验你是否掌握了课上的知识，而不是你自己在梦里构想出来的理论。毕竟，《汇编》作者得出的结论既正确又重要，何必在乎它们具体出自谁手呢？"

"大概是这样吧，"玛基拉皱着眉头回答，"但是这样好像不公平。"

"是吗？"亚历克修斯耸耸肩，"这本来就不是什么公平的事。不过如果我是你的话，我就会跳过书里剩下的部分，直接去读《汇编》。毕竟，像卡纳迪博士那样卓越的学者，意见总不会错的。"

玛基拉看了看他，然后顺从地点点头。"我听你的，"她说，"但我还是觉得——"

"再过三十年它就会被消耗殆尽了，"亚历克修斯打断了她，"我指的是你的独立思考能力。这种东西就像年轻人油腻的皮肤和痤疮一样，长大了就没了。而且，无意冒犯，我这次来并不是想和你讨论维特西斯和学术造假问题的。顺便一问，你不介意我坐下吧？我知道这不是我的实体，但是在幻象里腿抽筋仍然很疼。"

"噢，抱歉。可以的，请坐下吧。"

亚历克修斯在桌子边缘靠坐下来。"这样好多了，"他说，"现在，谈谈正事吧。我们是死敌。"

玛基拉吃了一惊。"但这不可能，"她说，"真的，我绝对不会——"

亚历克修斯举起一只手，手心对着她。"我知道，我知道，"他说，"但这不是由我们决定的。你瞧，这都是因为战争啊。我们俩就像——哦，怎么说呢——就像两座高塔上的攻城炮，隔着海峡遥遥相对，随时准备着轰击对方，将对方的城市变为废墟。相信我，真的是这样。我是被强行带到这里的——我是指思科纳——而你则受到了含蓄的鼓励。在正常情况下，你要么会被恐吓，以至于再也不敢使用天赋，要么被直接勒死。这都是为了这场战争。"

玛基拉凝重地看着他。"我不太喜欢你这么说，"她说，"不过我觉得关于我的事情是你弄错了。我们明明有卡纳迪博士这样的人，为什么还需要我呢？"

亚历克修斯轻笑出声。"卡纳迪是个挺好的人，也相当聪明，但让他操纵元理等于让我长出翅膀飞上天。他要那么做，只能通过一个天赋者来达到目的，就像尼莎·洛雷登利用我一样。"

"噢。"

"因此我就想，"亚历克修斯说，"我们俩为什么不达成协议，也就是私下签订和平条约呢？因为很快就会有一天，你会进入一场幻象，来到战争的决定性转折点，看着两个不同的未来。我想不出具体情景，也许是一个士兵站在门口，也许是一个工程师正在调整投石机，或者是一个将军把头探出战壕查看外面的情况。这些都有可能。到那时，你就需要做出决定，选择接下来该发生什么。举例说吧，你决定让门口的士兵一看到敌人就逃之夭夭，而不是坚守阵地等待增援；或者让工程师在瞄准时考虑风速，额外预留两度的提前量；或者让将军改变念头，免得他被敌方弓箭手射死。当这一刻到来时，我希望你有意识地不去做任何选择。关闭你的头脑，大声地说，"'我不知道接下来会发生什么。'如果我们都这么做的话——"

"抱歉。"玛基拉说。

"什么？"

"抱歉。"她重复道，"请你别误会，但如果我们属于对立阵营，而我不做选择，我怎么确保你也不会呢？我知道这话听起来很糟糕，"她可怜巴巴地说，"如果我按照你说的去做了，不就是在伤害己方的同时帮助了你们吗？而且，我确实想让沙斯特赢得这场战争，这么想没有错吧？我是说，在战争时期，不是该尽力帮助自己一方获胜吗？"

亚历克修斯眯起了眼睛。"但他们在利用你，"他说，"就像尼莎在利用我一样。你肯定知道这么做是不对的。”

“我不介意的话就没事。”玛基拉回答，“是的，战争确实可怕极了，我真希望不用打仗，因为我有很多朋友都会参军，其中有些会死掉，或者受重伤，后者可能更糟一些，因为他们只能缺眼睛少胳膊度过余生了。但就算我不帮忙，战争也不会消失，只会减少我们的赢面。如果我遵守约定，你却食言了呢？那样我真的会伤害到自己一方——”

亚历克修斯恼火地看了她片刻，然后站起身，扬起手，狠狠地拍在她的脑袋侧面。这时他不再是亚历克修斯了，而是一个矮胖的中年女人。玛基拉虽然从未见过她，却知道她是尼莎·洛雷登。她试图躲避，但尼莎紧追上来，手里多了一把刀。在她身后，玛基拉看到了亚历克修斯教长。他满脸惊恐，但是一动不动。她只来得及逃到门口，尼莎就伸手抓住了她的头发。她尖叫起来，试图用手挡开向她劈来的刀。她感到刀刃划伤了手指和手掌，割开了她右手的指关节，但那感觉并不是疼痛。更像是某种可以通过身体和头脑同时感受到的恐惧。她又开始尖叫。尼莎避开她胡乱挥动的双手，刺进了她肋骨下面。她的父亲在山上果园里抓住兔子、给它们剥皮的时候，也是从这个位置下手的。刀子嵌在体内，让她有一种被侵略的感觉，一件不该出现在那里的东西——

她坐在凳子上，看着窗外远方的思科纳岛，双手紧捂着腹部，仿佛想堵住肠子，免得它们掉出来似的。碎羊皮纸散落得四处都是，墨水瓶也弄倒了。

“你在干什么？”后面传来一个声音，图书馆员敏捷地上前几步，在不断扩大的墨水渍染到那本《论朦胧》之前把它抢救了下来，“看在老天的分上，小心点，这本书是无价的。”他对她怒目而视（不久前有人也这么瞪过她，但她记不得是谁了，现在头很疼），然后叹了口气。“你睡着了，”他说，语气缓和了些，“然后打翻了墨水瓶。我猜你是二年级学生吧？”

玛基拉点了点头。

"为了学位测验埋头苦读,睡眠不足。"图书馆员继续说,"好吧,你不是第一个。走吧,我要把这里打扫干净。上床睡觉去吧。你这样会威胁到无辜的书本。"

亚历克修斯猛然惊醒,睁开双眼。

"你睡着了,"尼莎·洛雷登像个贴心的女儿一样宽容地笑着,"话还没说完呢。你正要和我解释帕拉泽加斯的同时位移论,就突然睡着了,像一根被人吹灭的蜡烛。"

"是吗?"亚历克修斯伸手捂住脑袋一侧,那里砰砰作响,就像铸造厂里不停敲打的杵锤。"我真是太失礼了。"他说,"我向你道歉。肯定是因为年纪大了。"

"没事的,"尼莎说,"这里很暖和,你又吃了四块肉桂蛋糕,难免的。"她站起身,拿起刀来。"我再给你切一块。"她说。

十七

　　思科纳深山中的村庄都是这副样子:红砂岩房子,生满苔藓的灰色茅草屋顶,遍布车辙的泥泞街道,敞开的房门,无处不在的鸡和小孩……不同的是,这里距离沙斯特城不到十二里,村民都是被基金会压榨的农奴,而不是洛雷登银行幸福的客户。此时,他们还没想过扔下镣铐,加入这场能解放自己的伟大战争,但似乎也快了。当然,前提是他们清楚做什么才对自己有好处。

　　带来解放的是莫罕·巴尔中士,军龄三十年。进入思科纳弓箭手队当教练员之前,曾在无数正规和非正规军中服过役。他对组织一场革命没什么经验,脾气也不太适合这种工作——太多烦琐的交涉,太少下令和遵命的机会了。事实上,他有种不妙的感觉:这些即将扔掉镣铐、奋起反抗的农奴其实只希望他赶紧滚。但这是不可能的。

　　村民又在开会了。村口有一家破旧不堪的无名小旅店,巴尔中士坐在旅店门外的长凳上。

手里的苹果酒是店主赠送的（不知道这么理解对不对，至少在跟店主的短暂交流中，对方不曾提过价格的事情）。天气比平时要暖和舒适些，他也没什么别的事要做。服役中的士兵总能抓住机会，尽可能享受难得的安宁。

"道理很简单。"一名村里长者说，"他们来了，基金会肯定是知道的。无论我们怎么想，在基金会眼里都洗不脱卖国贼的罪名了。所以为什么不照他说的做呢？反正也没什么可失去的了。而且说实话，我们别无选择。"

人群发出一阵嘟囔，这是直面残酷真相的反应。

"我们可以澄清啊。"一个站在最后面的人回答，"把这些家伙抓住捆起来，送到基金会去，告诉他们这里发生了什么，请求基金会尽快派押送队把他们带走。这样做的话，他们怎么可能指控我们叛国？"

先前的发言者摇了摇头，"没有说服力的。"他说，"他们觉得这就像传染病一样，一旦你接触了敌方，就可以认定你已经叛变了。对于基金会来说，我们已经是死人了。所以，我们要么反抗，要么顺从地被抓去当苦力，或者被吊死在路边的树上。哦，对了，还有一件事你可能没想到。抓住那些人说起来轻松，你要真去试试，我倒想看看你能做到什么程度。你没发现他们都是全副武装的士兵，不是偷你家苹果的小孩吗？"

"太好了，"又有人说，"无论怎么选，我们都死定了。还不如去山里躲起来，等这群疯子自相残杀完之后，再下山偷他们的靴子。"

巴尔中士微笑起来，喝完了剩余的酒，起身打算活动一下腿脚。他禁不住想，自己是不是没能好好利用这次任务带来的大好机会：远离军营，随心所欲，不受上级军官的管束，没有争斗，身处一个有酒也有女人（应该有的吧，虽然还没见到）的村子里。但不知道为什么，他就是轻松不起来。

他走到山坡顶，俯瞰村庄，朝沙斯特城的方向望去。他和城墙之间还隔着一座更高的山，倒是正好眼不见为净。能看到的只有附近唯一一条大路，外来军队要是不想在沼泽和石崖地带跋涉，就只能通过那条路进入村子。出于本能习惯，他开始构思防御计划。他有十二名弓箭手，应该在他下方大路两侧的树林里各安排六名，那些本地征来的士兵（简直是个笑话！）埋伏在用马车和木桶制造的路障后面。另有一队预备队藏在半山腰的岩石后面，可以闪电般地冲下来，突袭敌人后方，结束战斗。就算他此刻是在营房地板上用卷起的毯子当山头、水壶当树、腰带当路模拟作战，也设计不出比眼下更适合以少胜多、易守难攻的地形了。

他皱起眉头，打了个冷战。盼望打仗挺不吉利的。明智一点的话，应该多想想撤退方案才对，比如如何迅速返回他们的船所在的水湾。所幸的是，撤退路线很简单。只要及时动身，他们就可以绕过远处的山脊原路返回，在敌军抵达村庄前就能完全撤走。巴尔中士摇了摇头。不如就在这座山上安置一名哨兵，再派一个人在村子里等信号。这样一来就没什么可担心的了。绝对保险。

弓箭手维宁和布欧对分派给他们的任务不太满意。但巴尔解释，之所以选他们就是因为他看他们不顺眼，存心想让他们到山坡上傻坐着，没法在村里放松休息。于是他们认命地站岗放哨去了。巴尔则坐回旅馆门口，查看村民会议的进展。他们当然还是在绕着圈讨论同样的悲惨事实。巴尔打了个哈欠。他现在真的无事可做了。他的任务是在珊特因组织反抗军，给那些所谓好战的起义村民提供二十来把质量稍逊的白蜡木平板弓和少许的箭，授予他们射箭及打仗的技巧，激励他们求胜的士气，然后打道回府。现在第一阶段都还没完成，他怀疑已经落后于预定进度了。

早晨变成午后，暖和的太阳和不算难喝的苹果酒加在一起，令他昏昏欲睡。他正要把脸埋到臂弯里做美梦时，却听到有人叫他的名字，于是抬起了头。

"布欧？"他嘟囔着，"我不是叫你——"

"他们来了。"布欧打断了他，"四十个人，刚出现在大路上。"

巴尔花了一秒左右才听懂布欧的话。"好，"他说，"没事。给维宁打信号让他回来，我去集合其他人，我们立刻动身。"

维宁赶到时风尘仆仆，喘着粗气。巴尔朝远处的山坡望了望，下令撤离。这时，他意识到对面开会的村民不知何时安静了下来，所有人都盯着他。

"他们是不是来了？"有人问。

巴尔不太自在地回答："没错。"

"而你们要走了。"

巴尔皱起眉，"是的，我们要走了。"

先前那个发言理智的人猛地站起来，走到巴尔面前挡住去路。他的表情混合了生气和害怕，"你们不能就这么一走了之。"他说，"他们会把我们杀光的，我们根本不是对手。"

巴尔想了想。"抱歉，"他说，"现在说这个太晚了。你们四小时前就该听我的话，而不是坐在那里吵架。"

四五个村民簇拥过来。"你们不能扔下我们，"其中一人抗议道，"出这种事情都是你们害的，得救救我们啊。"

"算了，"另一个人说，"就算他们留下来打败了那些人又能如何？他们走了之后，明天又会有一波人顺着大路过来，我们还不是会被杀光。要我说，趁现在还有时间，我们赶紧进山。"

"他们不是有船吗？"有人插嘴，"干脆去思科纳算了。喂，那边的，你们的船能装下我们吗？"

巴尔扬起手示意众人安静，但毫无用处，于是他扇了离他最近的人一巴掌。那人失去平衡，坐倒在地。这让所有人闭嘴了。

"都听着，"他说，"谁也不能上船。你们要做什么跟我没关系。爱打就打，不打就投降，或者逃跑。我们要走了，你们想怎样都行。"他突然想起这次任务是有外交性质的，在最后加了一句，"祝好运！"

四下安静了一会儿，随后，最先开口的那人把双手抱在胸前，"我们要打，告诉我们该怎么做吧。"

"别碍我的事，"巴尔回答，"这是最后一次警告。"

出于某种原因，这句话起到了和期望相反的效果。村民们围住了他，一边愤怒地叫骂，一边挥舞胳膊。现在可好了，他脑子深处一个微小的声音说，第一阶段完成了，第二阶段是什么来着？ "好好好，"他听到自己说，"我们留下，你们散开点，免得我手下的人和你们动手。"情绪高昂的村民们退后了些，死死地盯着他，眼巴巴等着下一句话。一打弓箭手加上一群傻子，要对阵四十名斧枪兵，后果简直不敢想。

"好。"他又重复了一遍，"第一件事，武器。哪些人有武器？"他等待着，没有人动，"行吧。那先去找些尖锐的、称手的东西来。动作快点，给你们两分钟，快去。"

这句话至少让人群散开了。巴尔回到自己的士兵面前。"听我说，"他说，"这群人一点用处都没有，我们还是得靠自己。赢面不大，但我们占据地理优势，还能打他们一个措手不及。维宁，你记得之前放哨的位置吗？带五个人跟你一起去，等我的信号放箭。布欧，带人跟着他走，到路边的林子里。每个人只能放三四次箭，不可能更多了。这是你们全身而退的唯一机会，所以看在老天的分上，一定要打起精神。前三轮射箭必须要放倒他们至少一半的人，以你们的能力来说不难。好了，去吧。"

他们沉默地散开了，留他一个人站在村子中央。真他妈棒，他恼怒地自言自语，现在真的要开打了。之前不该想那些不吉利的东西的。不过打就打吧，反正我们占了地利。

他审视了一下村里提供的兵力。二十六个村民，七把伐木斧，一把真材实料的沙斯特军用斧枪，十二把干草叉——对偷人家一打洋葱塞进衣服里，然后拼命奔逃的十三岁小孩来说，世界上没有比干草叉更可怕的武器了——六把十字镐，还有一把铁锹。这些破烂加在一起，简直是给敌人送上一场屠杀。不过，先看看有没有希望吧。"拿斧子的，拿斧枪的，还有你，那个拿叉子的大块头，你们知道哨兵在哪儿吧？从那里往坡下再走几百码，有一大片岩石。你们赶快过去躲起来，别被路上的人看见。能做到吗？"

拿斧子的点点头，"没问题。"

"很好，"巴尔说，"既然如此，就由你带头。听好了，等我的信号，以最快的速度下山，从背后包抄敌军。信号就是这把号角三声短鸣。"他说着，拍了拍别在腰间的铜号，"打起精神来，切记，没听到信号不要轻举妄动，照我说的做就不会有事。"

突击队（这就是我的精兵，哦，老天爷啊）轻快地出发了，剩下巴尔和十八个农民。其中有三个是不超过十七岁的男孩，还有四个是头发灰白或根本没有头发的老人（但感觉他们可能是这堆人中战力最强的）。其余人的年龄难以判断，这是只有农夫才能达到的境界。对他们来说，一旦童年和求偶期结束，之后的生命就只剩下工作和死亡。他们吃苦耐劳、身强体壮、意志坚定，但根本无法与训练有素、顶盔贯甲的斧枪兵匹敌。噢，好吧。他们只是装饰而已，唯一的作用，就是把斧枪兵吸引到十几个思科纳弓箭手的射程内，也就是七十五码或者更近一些。运气好的话，战斗开始时刚刚煮沸的热汤，在他们凯旋时还能是温热的。

没时间设置路障，这意味着中军毫无掩护，敌人可以数清他们的人数。

如果对方够聪明，还会注意到这队人中没有弓箭手。他一边布好阵线，推搡着吓坏了的农夫，让他们尽量组成阵型，一边努力规划出一条逃生路线——没规划出什么名堂，只能径直沿路回村，或者往山谷逃，祈求敌人不会追击。那些该死的吝啬鬼，这次任务应该派一个军官的，而不是中士。

斧枪兵很快就出现了。起初只是远处的斑点，接着变成一个个人影，到最后每个人的面容都清晰可辨。在他身边，村民们一动不动，盯着迎面而来的敌人，仿佛在看一群从海里走上沙滩的怪物。但在巴尔眼里，斧枪兵没什么特别的。在军队里待久了，就会觉得所有的士兵都是一样的，行为举止也没区别。这么近的距离，犯下把敌人当成人类的错误是情有可原的，但依然很愚蠢。当一个人披上用钢铁、皮革或厚棉垫制成的第二层皮肤，他就不再是人了。人类的特质、寻常的规则也不再适用于他。巴尔调整了弓的弦高，检查了弓弦位置，从腰带上的箭袋里取出一支箭，小心架在箭台另一侧的搭箭点上。他在弓上加了几磅的力气，检查了一下双脚站位，然后扫视敌人寻找目标。最前排正中有一个高个子，比两边的人都高出一个头，显然是今天第一箭的最佳人选。巴尔眯起眼睛，试图估算距离。他一向不擅长这个。唯一能让他有点把握的测距办法就是反复估算：在树林和田野找个合适的靶点，后退五十或一百步，想想在这个距离上的人脑袋和身体会有多大，然后反复试射，摸索着调整仰角和风力偏差（预留误差量），直到四箭中能有三箭中靶为止。拿不准的时候就射高一点，这样就算没命中目标，仍然有机会射中目标后面的人。他平常就靠教授这些基础知识为生，应该不会有问题。

高个子离他大约九十码的时候，巴尔以四十五度角抬起弓，左手前推，右手后拉，直到右手食指尖擦到嘴角。他略微调整了开弓的高度，目光顺着箭杆越过破甲箭头，瞄准目标，再将箭头抬高一寸，左手又向前推了一点，直到他感到肩胛骨夹紧了脊梁处的皮肤。随着手指自然放松，箭疾飞而出，弓弦则猛地弹在左手护腕上。他保持姿势静立了半秒钟,然后一边伸手去拿下一支箭,一边去看自己的成果。

高个子男人还在,但他后面那排出现了一些骚动,因为大家不得不绕开一具倒下的尸体。射成这样就不错了,就像工程师们常说的那样:做政府的活儿,差不多就行啦。在向树林里的弓箭手发出信号之前,他还有时间再放一箭——

伴随着飞溅的泥水和滚动的石块,他的突击队、他的奇兵从山坡上冲了下来。早得过头了。 他们脚下不稳,打着滑冲过最后几码的距离,想减慢速度,却让步伐更加不稳了。斧枪兵及时看到了他们,立刻全体停步,重整阵型,侧翼和后方做好了承受冲击的准备。巨大的冲力破坏了斧枪兵的阵线,村民们散落进敌方队伍,导致树林里的弓箭手不敢放箭,免得误伤村民。巴尔瞠目结舌,他发誓自己绝对想不到会搞成这样。他还特意叮嘱过呢。他怔了好一会儿,不知道下一步怎么办。但斧枪兵没给他太多发愣的时间,很快就占了上风。村民们不过是拿起武器的普通人,战斗时只顾自己;斧枪兵却是以士兵的方式在战斗,他们攻击的是面向自己右侧战友的对手,全心信任左侧的战友会掩护好自己,以此让手中的斧枪发挥最大的优势。对于业余战士来说,最恐慌的莫过于眼看着对手冲了过来,却无视了你;而原本以为会刺向战友的斧枪,却在最后一秒落在了你身上。在这样的战斗中,大多数人根本撑不到第二次恐慌。

汤还是热的,巴尔心想,*撤退的话,现在就是好时机*。用农夫吸引火力是完全没问题的做法,敌人甚至意识不到树林里还埋伏着十几个人。他们可以一动不动地安静等待,谨慎地撤离,回到船上,然后安全返回。但他没这么做,而是拉弓射出另一支箭,这一次把瞄准高度降低了四分之一寸。运气不错。他扯过腰带上的军号吹了一声,给树林里的弓箭手的下令。

结果证明他们是因祸得福。村民们不合时宜的进攻让敌人停在了离弓箭手七十五码左右的位置，距离非常合适。弓箭手有足够时间瞄准目标，连射三轮。第一轮齐射让斧枪兵措手不及，更幸运的是，倒下的八个人中有一个是指挥官。其他士兵正准备散开找掩护，第二轮齐射降临了——这次有七人倒下，阵亡人数达到了十七人，四十人中只有二十三个幸存下来。沙斯特的军事数学系学者很可能会使用公式，规定死亡人数达到一定比例，幸存者就该放弃战斗逃之夭夭。根据巴尔的经验，这个比例大概在三分之一左右，意味着这群人马上就要溃散了。但事实正好相反，他们发动了冲锋。

该死，巴尔想。没办法进行第三轮齐射了。如果射得过高，就有可能伤到自己人。在巴尔看来，这风险不值得。他只来得及快速放了一箭（完全没射中，往左偏得太远了），斧枪手就冲到了阵线跟前。村民和弓箭手四散奔逃，只留下他一个人站在原地。但也没站太久。

斧枪兵烧毁了村庄，将所有男性幸存者集中起来，然后把巴尔从泥里捞了出来——巴尔已经快断气了，腹部有两处刺伤，头骨破裂——砍下他的头插在一根柱子上，把躯干扔进了井里。这行为是可以理解的，毕竟己方总共阵亡二十一人，思科纳弓箭手却只死了一个。巴尔手下的士兵全都撤回了船上，在斧枪兵追上之前就远走高飞了。

珊特因战役的重要之处，不仅在于它是正式开战后第一场真正的军事冲突，还在于它是回赎派的第一次大胜。思科纳弓箭手并非不可战胜，只要严格运用传统斧枪兵战术，就一定能够打赢——这是回赎派长期以来坚持的观点。这场战役发生的时间巧妙极了，恰好碰上基金会五个关键职位的选举。这下所有的职位都落入了回赎派的手中。三个小组委员会之间的权力平衡被打破了，其影响像滚雪球一样越来越大，导致回赎派在筹款与编制委员会中也得到了一个额外席位，严重影响了参议会上的投票模式。为了扳回一场本来会落败的研究资金投票，回赎派领导人巧妙地操纵议程，把投票时间安排在另一项动议之后。这项动议是：带回思科纳弓箭手的头颅，挂在城堡的主瞭望塔上示众。最终，回赎派以出人意料的优势两次赢得票选，莫罕·巴尔中士的头则被挂在了塔楼上，空洞的眼睛望着海峡对面的故乡。头颅在那里待了一段时间，后来由于军事地理学院院长的窗户正对塔楼，发起投诉才被移走。

至于幸存下来的村民，他们在露天栅栏里被关押了两个星期，期间有四个人死于伤势恶化或发烧，剩下的被押回了家，重获自由。同时，基金会在他们的债务之外添加了大笔损失赔偿。没有记录表明沙斯特的六分者们在这之后发起过叛乱。

在思科纳，由于计算得失的基准有些不同，珊特因事件被公认为一次相当成功的行动。普遍的看法是，伤亡人数本身就够有说服力了——敌方有二十多个斧枪兵阵亡，思科纳只损失了一个弓箭手，资本回报率颇为可观。更不用说农夫们蹩脚的进攻扰乱了战局，这更说明弓箭手的表现显然远胜斧枪兵。

"有一点不容争辩。"高戈斯在战争委员会上说，"我们失利是因为弓箭手缺乏后援，这个问题是不会消失的。敌人一定会从自己的错误中吸取教训，不能指望他们下次也这样莽撞地对弓箭手发动冲锋。"

"那你有什么建议？"有人问。高戈斯喝了一口水，用麻布手帕擦了擦嘴。

"用雇佣军，"他说，"至少一百名重步兵。要职业士兵，能在战局不利的时候坚守阵线、保持冷静，而不是逃跑保命。如果当时珊特因的战场上有六个长枪兵，局势会完全不同。中军不会溃散，六分者农夫不会逃跑，斧枪兵最终会在箭雨中撤退，而沙斯特领土上一半的平民都会拿起武器加入我们。

同样的道理，请你们想象一下，如果一场重大战役不是发生在沙斯特，而是在思科纳岛上，结果会怎么样？"

房间里安静了片刻，委员们等着尼莎发言。

"我明白你的意思，"在蜡板上做笔记的尼莎抬起头，"那我们一起分析一遍吧。从你说的最后一点开始：大规模的六分者起义。现实情况是，我们根本不可能给太多叛军提供武器和物资，正是由于这个原因，珊特因的策反行动才特意安排成那样。我没指望大规模的叛乱，只想制造一些让他们困扰和担忧的小暴动，不能更进一步了。任何规模稍大的事件都会让基金会认为自己的根基受到了威胁，到时候就再也没有和解的机会了。不止这样，支持一场大规模叛乱的成本十分高昂，会大量消耗我们的资源，损失比打败仗还大。所以，"她尖锐地说，"我们差点造成了一场灾难，但所幸躲过一劫。这里面的教训是，今后不能在沙斯特领土上惹是生非。你不能再像士兵一样思考问题了，高戈斯。我们不是士兵，而是银行家。我们关心的是利润、损失和投资回报率。从这个角度来看，战事没有升级是件好事。"

桌边的与会者全部低声表示赞同。高戈斯似乎想说点什么，但是没有开口。

"下一个问题，"尼莎轻快地接着说，"请雇佣兵恐怕不现实。不需要探讨可行性：如何招募信得过的士兵，怎样把他们运送到这里……这些细节都无关紧要。不能雇用雇佣兵的原因很简单：我们负担不起。这刚好也是今天的讨论主题，也就是预算问题。事实很简单，要是我们继续像赶集的农夫一样胡乱花钱，不削减手头项目的预算，几个月内就会破产。很明显，"她补充，"我们必须解决这个问题。"

"那你说怎么办吧。"桌子末端的一个人说。

"我已经终止了下面这些项目。"尼莎说，"佛尔卡，我很抱歉，但你的粮库只能以后再说了。高戈斯, 商路破袭船。勒欣, 新手岬建的护墙计划。萨尼斯, 我们得推迟偿还无担保债券, 让我们祈祷这不会影响其余的债券吧。只要削减这些开支, 把各自的浪费程度压到最低, 就能至少撑到这个季度结束。很明显, 在可预见的未来里, 我们的股票都不会有收益, 这意味着我们的许多债券将在外邦廉价出售。我别无选择, 只能买入至少一部分, 以免市场对我们失去信心。我可以利用延期付款选择权和名义股东把结算推迟到下个季度, 但这意味着到时候需要再削减百分之十的开支, 所以你们最好提前计划。"

"这太简单了。"高戈斯低声说, "本季度预算削减会让一些人死在战场上, 他们的薪资节省下来, 开支不就减下来了吗? 只要我们的士兵遭遇一场大屠杀, 就能扭亏为盈。"他身体前倾, 手掌撑着桌面, "尼莎, 难道你完全看不懂这场战争? 还是说你故意无视现实, 希望它会消失? 请你从这些方面来考虑一下: 每一次战败都会使我们更加虚弱。我们越弱, 商业活动就越困难, 而这意味着收入减少, 需要进一步削减开支, 导致我们变得更弱。我们不能按照账本上最合算的方式来打仗, 尼莎。这规则在战场上行不通。"

"胡说, "尼莎回答, "我们所做的一切都是不同形式的战争, 我们在与世界上所有大型银行交战。眼下这场战争只不过碰巧是立体的, 而非平面的账本。"

率先从岛国来到沙斯特的船是一艘叫 "报复号" 的私掠船, 这多少有些讽刺。几天后, 又有五艘船抵达码头。它们分别是 "蝴蝶号" "真实美德号" "梅里兹机会号" "回报号" 和 "平等号"。船员由下层岛民和外邦杂工组成, 靠岸后做的第一件事, 就是带着传说中的海盗的饥渴, 前往通常安静又昏暗的沙斯特码头酒馆。

唯一的例外是"回报号"上的候补军官。他从码头上了山,一直走到中门,左转之后爬上一百一十五级的隐修院台阶,停下来询问应用哲学院怎么走。他穿着脏兮兮的、不知转手多少次的硬皮甲,一头整洁的白色短发,操着有教养的佩里美狄亚口音,刚刚走完沙斯特最陡的阶梯却完全没有气喘吁吁。这怪异的搭配让给他指路的研究员大为困惑,但她不想和对方扯上关系,所以没有发表任何评论。陌生人礼貌地向她道谢,然后轻快地走开了,留下研究员一个人暗自猜测。

在院系大门口,这个佩里美狄亚人又停了下来,向看门人询问在哪里可以找到卡纳迪博士。

"看情况。"看门人回答。和大多数沙斯特的看门人一样,他是个退伍中士,一眼就能认出谁是海盗。那把靠在门房角落里的斧枪也绝对不仅仅是一件纪念品。"你先告诉我你找他有什么事,再说其他的。"

佩里美狄亚人微微一笑。"没问题,"他说,"我是他的堂弟。当然了,"看门人没来得及插嘴,他就接着说了下去,"口说无凭,所以这样吧。我待在这儿,你守着我,派个跑腿的孩子去找那位好心的博士,看能不能抽出一分钟来见见奥利布拉斯·莫罗辛。"

跑腿的小子跑出了学院有史以来最快的速度。几分钟后他就回来了,跟在卡纳迪博士后面。

"奥利布拉斯,"他靠在门口的柱子上气喘吁吁,"真的是你吗,怎么穿成这样?"

"你好,忒乌达斯。"那人说,"你发福了吧?不过,距离我上次见你已经过了三十年了。"

"我——"卡纳迪停了下来,深深地吸了一口气,"你还活着。"他说。

"明显啊。看来你也一样。我以前总说,只要活得足够久,总有一天能找到我们之间的共同点。果然应验了。看在老天的分上,忒乌达斯。"他皱起眉头,"要么请我进去,要么在你的看门人瞪死我之前叫我走开。"

"我——哦,请进,跟我来。"卡纳迪向看门人点点头,看门人点头回应,像一只被主人呵斥,不能咬客人的狗一样退回了屋里。"这边走,奥利布拉斯,这真是——唔,见到你真好。"

"真的吗?"奥利布拉斯耸耸肩,"看来你的爱好变了,我可不记得我们以前关系有多好。"

卡纳迪的嘴角微微抽动。"好吧,"他说,"主要我今天早上还坚定地相信,我在这世界上已经没有亲人了。"

"这倒是。"奥利布拉斯回答,"真可惜,最后剩下的是我们俩。但总的来说是件好事。顺便问一下,你这奇怪的名字是怎么回事?上次见到你的时候,你还是普普通通的忒乌达斯·莫罗辛。我猜这大概和魔法那档子事有关吧?"

"跟魔法没关系。"卡纳迪恼火地否认,然后又深吸一口气,调整语调,"我们学会有个惯例,一个人达到一定地位之后,就要继承一位先哲的名字。卡纳迪是佩里美狄亚的第二位教长,我一直很钦佩他,所以——"

"我懂了,"奥利布拉斯打断了他,"摆架子罢了,换句话说,就是装腔作势。好吧,你运气真不赖。这种事对你来说一直很重要,很高兴知道你在一切失去意义之前,几乎爬到了那根杆子的顶端。"

卡纳迪停了下来,对他怒目而视,但这没有任何效果。"那你呢,奥利布拉斯?"他和蔼地问,"你过得还不错,对吧?"

奥利布拉斯哈哈大笑,摇了摇头。"显然不是。"他说,"我这人仅有的特长就是能优雅地倚靠在困境之上,不显狼狈。去年的这个时候我还拥有自己的运煤小船,但它散架了,毫无良心地寿终正寝,害得我成了现在这副德行,一把年纪了还在岛民的私掠船上当兵头子。唯一让我感到安慰的是,我从来没有任何天赋可供挥霍，也没有做过任何无法实现的承诺。"

卡纳迪推开自己住处的门，走了进去。"好吧，"他说，"你过得似乎挺惬意的，身子也健壮得令人作呕。"

"噢，确实，"奥利布拉斯说，"这是为了生计奔波的好处之一。大量的劳动，勉强果腹的食物，再加上海上要多少有多少的新鲜空气。"他环顾四周，选了一把最舒服的椅子坐了下来，"你这儿有什么喝的吗？"

"葡萄酒或者苹果酒。"卡纳迪说。

"哦，我要葡萄酒，如果你有的话，再加一点蜂蜜和肉桂。上个月我们搞到一桶加雷克产的烈酒，到现在才只喝掉了半桶。那玩意儿喝了之后会让你的牙齿疼上好几天。"

卡纳迪叹了口气，磨碎最后半寸的肉桂，"这么说，你现在就做这个？四处'搞到'东西？"

"干吗这么别扭，"奥利布拉斯说，"你可以说那个'海'字开头的词，我不介意。"

"可能从某种意义上说，海盗也是一种值得尊敬的职业。取决于你抢劫的对象。"

奥利布拉斯摇了摇头。"任何来不及逃跑的人都会被我们抢。"他伤感地回答，"还记得我们以前玩的海盗游戏吗，忒乌达斯？我好像记得你一直坚持要当船长，让我当那个倒霉的商人。当然，小时候你的个子比我大，左勾拳很厉害。"

卡纳迪的脸抽搐了一下。"对，"他说，"可惜你小时候从没表现出任何思辨哲学方面的天赋，否则对我们两兄弟来说都是讽刺了。不过，你那时确实是个书呆子。你喜欢的是诗歌，对吧？还是韵文故事？"

奥利布拉斯笑了。"在公海上冒险逞英雄的故事，"他说，"和制革业没有任何关系。我比较倒霉，现在只能穿这身臭烘烘的皮甲。我猜，父亲看到我现在这样会很骄傲的。"他懒洋洋地靠在椅子上，小口地喝着葡萄酒。"对了，"他说，"制革厂后来怎么样了？我和家里消息不通。"

"帕拉斯堂兄从你父亲那里接手了制革厂，"卡纳迪严肃地说，"他死之后——"

"帕拉斯死了？"奥利布拉斯皱起眉头，"好吧，死是肯定死了，但我本以为他是在城市陷落时死的。不知道为什么，这么想没那么难过。他是什么时候死的？"

"哦，那是十二年前的事了。"卡纳迪说，"制革用的一种药物损害了他的身体，最终把他给毒死了。"

奥利布拉斯摇了摇头。"他和我很像，"他说，"从来不想和制革生意扯上关系。他应该和我一样离开家的。和我们俩一样，"他补充道，"别忘记这点，忒乌达斯。你没有逃去做海盗，而是成了个受尊重的体面人。除了可怜的帕拉斯，我们谁也没有留下来。抱歉打断你了，你刚才想说什么？"

"他死之后，"卡纳迪继续说，"他的女儿接管了制革厂。你不知道帕拉斯有个女儿吧？"

奥利布拉斯放下杯子。"其实我知道，"他说，"记得叫艾斯贝莉。但我从没见过她。她应该也在城破的时候——"

"据我所知，确实是的。"卡纳迪说，"我之前说了，今天之前，我一直以为我是我们家唯一活下来的人。我以为你是在别处出事死掉的，毕竟很久没听到你的消息了。"

"没必要和家里保持联系。"奥利布拉斯嘟囔，"实际上，有那么一段时间，我算得上是打拼出成果了。当时一切似乎都在慢慢变好，我还有了个妻子。事实上，"他补充，"我那时有两个妻子，但娶第二个纯粹是为了在莫阿做生意的时候方便些。在莫阿，人人都有两个妻子，他们的社会就是那样的。她是几年前去世的。我在佩里美狄亚还有一个真正的妻子，和一个儿子。"

卡纳迪抬起头来。"你有个儿子？"他说，"祝贺你啊。"

"啊，"奥利布拉斯看了他一眼，"别忙着祝贺。实际上，我这次来就是想让你帮我这个忙。"

"帮忙？"卡纳迪皱起眉，"你是什么意思？"

"我是说，你也许可以帮我看看，我的儿子是否还活着。"他站起身来，给自己添了些酒，"没有肉桂了吗？算了，没关系。我一会儿从船上给你拿一点，那里有五箱肉桂。言归正传，我确实有个儿子，尽管我没有担起父亲的责任。我离开了他们母子俩，坐"白玫瑰号"去做生意，却失去了那艘船——已经是第四艘，还是第五艘了？不管怎样，船沉了之后，我一直没机会回家。后来我听说梅希莉和别人在一起了，也算她走运。还有忒乌达斯——我给我儿子取了你的名字，我跟你说过吗？——那时他多大来着，应该只有四岁。不跟着我，他们日子会过得更好。总之，我之前自然而然地认为，他们在破城时和其他人一样遭遇了不幸，因此强迫自己接受了现实。"

奥利布拉斯安静下来，一动不动地坐着，摇晃着杯里的残酒。卡纳迪等着他重新开口。

"然后，"他继续说，"由于沙斯特和思科纳之间的战事，我接到了这份活儿。我参加了岛上的集会，之后在一家葡萄酒铺子里听到不少佩里美狄亚口音的人在说话，就进去看了看。我不知道沙斯特这边有多少城里人，但在岛上数量不少，平时都喜欢待在一起——总之，只要你听到城里口音，肯定会过去自我介绍，因为他们说不定有你关心的人的消息。我和一个有共同朋友的人聊了起来。闲聊了半个小时后我突然意识到，他口中走运的城里人当中，那个沙斯特的卡纳迪博士，实际上就是我顶着愚蠢化名的堂兄忒乌达斯·莫罗辛。我当然觉得这消息有点意思，于是听他说话时更上心了些。幸好如此，因为接下来就更有意思了。是这样的，他谈到你，就自然提到了你最开始到岛上工作时的雇主——另一个城里人艾希莉·佐希思。一说到她，就得讲讲洛雷登家族。这时，那个人问了个至关重要的问题：'你刚才说你叫什么来着？'我告诉了他。他想了想，又说，'你说你有一个表兄弟，叫忒乌达斯·莫罗辛？'我说没错。他说，'真奇怪，我最近听过这个名字，但那人不是我们这个年纪，而是个小孩，大概十二三岁的样子。'我差点当场失去理智，强作冷静问他：'那么梅希莉·莫罗辛呢？'但他没听说过这个人，只知道男孩。长话短说，我问了他一些细节，他告诉我男孩住在思科纳岛上，在洛雷登家其中一个兄弟那里当学徒。就是躲在荒山野岭里制作家具之类的东西的那个疯子。他说在思科纳，那是众所周知的事情，因为他是个生面孔，又是大老板的弟弟。"

"你是说巴达斯·洛雷登吧。"卡纳迪担心地小声说。

"就是他，"奥利布拉斯说，"他说巴达斯·洛雷登是在城市陷落时带着那个男孩离开的。我试图专心听下去，但是不怎么成功。当时不让自己从椅子上摔下来，就得耗费全部精力了。"

"巴达斯·洛雷登的学徒是你儿子？"卡纳迪打断了他。

"是的，也是你的表侄，还是应该叫堂侄？鬼才知道。总而言之，我从那个傻瓜那里尽可能套了些信息，就到码头去找前往思科纳岛的船只，想搞到一个铺位。就在那时，我突然意识到一件可怕又讽刺的事：由于这场战争，还有岛民和沙斯特谈好的那桩大生意，我是无论如何也找不到前往思科纳的船只的。告诉你吧，我当时几乎要哭出来了，接受不了这个事实。但我振作起来，继续寻访。后来又听到传闻，说上校和他的学徒已经被洛雷登家族的人送走了，根本不在思科纳岛上。"

卡纳迪点点头。"这个传闻应该是真的。"他说,"我这么肯定,是因为巴达斯·洛雷登实际上是我的一个朋友亚历克修斯教长的朋友。他们应该在这场战争中重逢了。"

"我听说的也是这样,"奥利布拉斯说,"但除此之外,没有别的消息了,谁也不知道他去了哪里,身边是否带着一个男孩。而且,我刚才说了,我压根儿去不了思科纳,所以决定退而求其次,来了这里。现在我就想问你,你知道巴达斯·洛雷登去哪里了吗?如果不知道,那你会的那种魔法有没有什么实际用处,比如找人之类的?传言似乎都说它很有用。"他把杯子放在桌子上,倾身过来,"你不用解释,我知道世上没有魔法,只有应用哲学。所以我希望你应用你的哲学去找到我的儿子、你的堂侄。帮助家人不是什么过分的要求吧,毕竟你已经为陌生人做过这类事了。"

"你怎么——"卡纳迪刚要开口,就靠回了椅背上,觉得浑身不舒服,"该死,堂弟。"他说,"你该不会也是吧?"

奥利布拉斯笑了。"我想应该是家族遗传吧。"他摇了摇头,"我有一点微弱的能力,仅此而已。我曾经以为自己只是偶尔好运,但其实我还是霉运多一些,而且来得相当稳定。我基本可以肯定,只要我的人生到达一个十字路口、未来可以向好坏两个方向发展时,事情肯定会变坏。有些时候,我可以看见那个路口,或者叫转折点也行。就像做梦一样。如果我极其小心,动作迅速,就能抓住我的运气,把它扳到我面前,像弯折烧红的钢铁。当然,如果搞砸了,它就会直接折断。每次我想把未来掰到对我有利的方向,都会出问题,让一切变得更糟。这种梦境极少出现,而且似乎没有规律可循。有时看到的是大事,比如一场恶劣的海上风暴、一次海盗袭击,但也可能看到一些细枝末节,比如弄丢一个船锚。我从来没细想过这件事,直到有一天,我和"白玫瑰号"上的厨师聊起来。他是城里人——他的经历很有意思,有时间我跟你说——在学院里上了两年学,但后来惹上麻烦,辍学了。他给我讲的只是一些元理的基本规律,其他知识都是我自己摸索的。不过,他教会了我如何偷听那些时不时出现在睡梦中的声音。"

卡纳迪眨了眨眼,"你能在梦中听到声音?"

"哦,是啊。"奥利布拉斯漫不经心地回答,"感觉就像待在一座墙壁很薄的房子里,可以听到隔壁房间的交谈,但是如果注意力不够集中,就听不清具体内容。据我所知,我听到的就是那些真正会魔法的人的声音。这大概算偷听吧,但我不是有意的,而且这样的事只是偶尔发生。 所以我才知道,沙斯特人在利用你对付思科纳的法师——尼莎、亚历克修斯和那个姓奥泽尔的女孩……"

"你到底在说什么?"卡纳迪问,"我没——"

"噢,当然了,"奥利布拉斯笑了,"这些事你基本上一无所知。我猜,你有时候跟人说着话,突然就会打瞌睡,过一会儿才会醒来,并且觉得有些头痛。告诉你吧,你脑子里在进行一场战争,我只见识到一些破碎的片段,但也颇为惊人,都是真刀真枪的交战。有弓箭手、斧枪兵、船只、攻城机械,有时还有骑兵,这一点有些奇怪,因为双方阵营都没有骑兵。也许这是个——怎么说来着,隐喻?"

"哦,看在老天的分上,"卡纳迪不耐烦地说,"照你这么说,人人都能窥探我的脑子,我自己却不行?"

——然后他向前跌进了泥里。恶心黏稠的污泥上覆盖着一层薄薄的腐叶。他感到双腿陷了进去,一直没到膝盖,没法拔腿脱困,但还是徒劳地尝试着,结果把一只脚从靴子里抽了出来。泥浆包裹在赤脚上,触感令人反胃。

"坚持住,"他身后有人说(陷得太深了,转不了身),"别乱动,不然会陷得更深。"

有人抓住他的胳膊向上提，这人十分强壮，力气比他大得多。他动了动另一只脚，不想把另一只靴子也丢了。

"这就好啦。"那个声音说。他能转过头了。眼前是一个年轻人，不超过十八岁，但长得高大极了，肩膀很宽，有着一张看起来有点傻气的宽脸，发际线已经开始后退，稀疏的头发是浅金色的，鼻子又小又扁，眼睛是浅蓝色的。"你真该好好看路。"他说，"来吧，我们该离开这儿了。"

卡纳迪想问他发生了什么，但发不出声音。大个子脚步笨拙地穿过灌木丛——他这才注意到，他们身处一片茂密的森林之中，四周荆棘丛生，地面泥泞潮湿。他不得不赶紧跟上，踩着大个子的脚印在灌木中穿行。

"我感觉不妙。"大个子说。片刻之后，几个人从荆棘和藤蔓丛中挣扎着钻了出来，跌跌撞撞地摔倒在泥浆里，外套和裤子都被荆棘扯破了。要不是考虑到这些人显然是想跨越万难杀掉他和大个子，这个场景其实相当好笑。而且，不同于赤手空拳的他们二人，来者身上都穿着盔甲，还带着武器。

"该死。"大个子说着，低头避开一把挥舞过来的斧枪。他直起身子，夺过斧枪，用枪柄猛击那人的脸部。另一个袭击者靴子里灌满了泥巴，踉踉跄跄地朝他冲来。他拿着一把巨大的战斧，但挥出去时被一丛荆棘钩住了。不等他扯出战斧，大个子就用刚刚得到的斧枪刺进他的肚子。他摇晃了一下，松开战斧，挥动着双臂，然后向后倒去。他和刚才的卡纳迪一样陷进了泥里，只能无助地躺在湿滑的泥泞上，等待死亡。这时，失去斧枪的人已经掏出了钩镰。"快走，"大个子一手抓住卡纳迪的手腕，一手举起斧枪，以套接处抵挡钩镰，"该死，要不是看在你是我——"

——卡纳迪从椅子上跳起来，太阳穴砰砰作响。

"哎呀，"奥利布拉斯说，"这可太有意思了。当然了，也很叫人高兴，因为他明显是一个勇敢又善良的小伙子，有能力照顾好自己。不过我当然更希望他压根儿没被卷进这种事。下次你能不能找个更早的时间点？比如往前六年行吗？"

卡纳迪盯着他。阳光从奥利布拉斯身后的窗户照进来，刺痛了他的双眼，但他没有理会。"你知道他是谁？"他问。

"噢，没错。"奥利布拉斯回答，"不知怎么的，我立刻就认出他来了。那是我儿子。"

十八

"我会小心的，我保证。"挥手告别时，他是这么说的。但现在想来，他不记得任何一个人说过"注意安全"或者"照顾好自己，舅舅"，也没人说过"早点回家呀，爸爸"之类的话。小尼莎向他挥过手，或者说至少伸手上下摆动了一下，但卢哈仅仅是站在原地，就像在观看广场上的无聊庆典一样。赫丽斯只是浅浅地微笑着。至于他的外甥女——她到底来参加送别了吗？他不记得了。这样不对，这让他十分难过。

"就是那里了，"中士指了指，"当然，那是他们六个小时之前的位置，现在就是另一回事了。"

巴达斯当时也不在场，但他本就没指望他来。想到巴达斯正安安静静、规规矩矩地住在银行总部，他就恼火极了。每次他向尼莎提出去拜访一下弟弟，她都只会瞪他一眼，然后转移话题。现在他带着银行的军队，马上就要和兵力六倍于自己的大军开战，他的家人却好像完全没意识到他很可能没机会回家了。告别的情景简直就像赫丽斯一边做针线活,一边头也不抬地说"祝你工作愉快",而孩子们自顾自地准备出门上课。对高戈斯来说,最高贵的行为莫过于为家庭和亲人战死,他们如此无动于衷多少有些动摇他的想法。

"会找到他们的。"他冷静地回答,"你别担心这个,藏好我们自己更重要,你懂吗?"

中士耸耸肩。"不太懂,"他说,"我想不出怎么才能既和他们交战,又不暴露我们。"

"啊,"高戈斯微笑着说,"这话挺有意思。"

军事后勤学院下级院长、院系军团前锋副指挥官波尔·阿芬姆很清楚恐惧的意义,但那是因为他在字典中查过这个词。他的父亲卢哈·阿芬姆在他六岁时死于弗勒维三角洲的海岛战役。他的祖父是七十年前在嘉恩高山堡垒战中第一个牺牲的人。对于阿芬姆家族来说,战死沙场早已成了传统的一部分,以至于波尔无法想象以其他方式死去。如果非要说他害怕什么的话,那就是外面战斗正酣的时候被医生围绕着,躺在床上等着咽气。

不过,眼前的风景仍然让他略感不安。这不是恐惧,因为他知道恐惧是一种毫无用处的负面情绪。这种不安则是发现了潜在的威胁,本能变得更加敏锐、思维也更加迅捷的体现。当潜意识察觉到危险的时候,这是一种颇有用处的正常反应。

他叫停队伍。等士兵们放下斧枪和行囊后,他独自来到断崖边缘。乍一看,前面已经没有路了。如果他领着部队沿山脊绕路,他们的方位就会暴露,也就不可能使用偷袭战术了。而到目前为止,他还没看到任何探子或者尖兵,说明敌方不知道他们的位置。但如果继续沿着这条路穿过乱石嶙峋的峡谷，就很有可能走进教科书式的包围圈，遭到反抗军的弓箭手居高临下的攻击。权衡之后，他认为稍微暴露一下不会有大碍。就让反抗军知道他们来了吧——毕竟有人数优势，能够借此令敌军感到恐惧和绝望。就让他们瞧瞧他的军队有多强大吧。

他放下自己的包裹，坐在上面，解开正面的包襟拿出水壶。水壶已经空了三分之一。这不要紧，但也提醒他不能疏忽，之后可能会出现水源短缺问题。他从口袋里摸出地图仔细研究起来。蓝色波浪线标示出了一条水路，画在山谷边缘的山脊上，但没有标明是小溪还是大河。他收起地图，抬头望天，天空依旧湛蓝无云。对于全速行军的队伍来说，现在的气温略高了点，但这不一定是坏事。**让你的军队在打仗前先行军一天**，他曾祖父曾在《标准评述》里这么写道（这本书到现在都还是一年级战略课的必读书目），**行军锻炼虚弱的体格，整顿缺乏纪律的军心**。对于刚离开舒适军营的士兵来说，一次强行军比得上一整周的训练。

他叫来他的中士——一个优秀的士兵，在护旗队干了有二十年了。"我们沿着山脊走，"他说，"然后下到谷里，沿着那条平坦的路前进。之后我们会渡过一条河或者小溪，叫他们趁机把水壶灌满。"

大约一小时后，波尔·阿芬姆正思考着如果无法从河里取水该怎么办，敌军出现了。这一幕非常吓人：他们从山谷最陡峭的北侧爬上了山脊，慢吞吞地在他面前排成散漫的两排。对方不超过五十人，全是弓箭手，其中只有不到十二个戴头盔、穿锁子甲。比起军队，他们看起来更像一群没规矩的孩子，站在村子的路边准备惹是生非。波尔·阿芬姆下令停止前进，静观其变。这明显是诱饵，引他们走进某个陷阱。他不禁疑惑，对方难道真的觉得正经军人会上这种当？另外，陷阱在哪儿呢？难道大部队在山坡下面，等他们进攻挡路的弓箭手时上来围剿？肯定不可能，在陡峭的上坡路上冲锋与自杀无异。但除此之外,他们也不可能藏在其他地方。如果这就是反抗军所谓的埋伏,那他可要好好玩一把了。

就在他站在原地深思熟虑的时候,弓箭手们取下了背在肩上的弓,以悠闲得有些侮辱人的动作搭箭上弦,仔细瞄准,然后放箭。队伍第一排有七个士兵倒了下去,第二排也倒下了两个。弓箭手们再次搭箭,精心瞄准,射出第二轮。阿芬姆可以看见射中目标的在互相祝贺,射偏了的在表达惋惜。

不论战局怎么变化,在任何情况下,一名训练有素的军人都没有动怒的理由。波尔·阿芬姆的祖父写道。这是一篇每个沙斯特男孩从小熟记于心的文章。他用手掌揉了揉脸,心下承认,自孩提时期到现在,他第一次像现在这样举棋不定。这肯定是个陷阱,但他无论如何也想不出陷阱是怎么构成的。明明不可能有陷阱啊。这真是……

一支箭射中了他左后方的士兵,从右上臂的骨头和肌肉之间穿了过去。阿芬姆看见他皱起了脸,但是一声不吭,纹丝不动。作为一个优秀的士兵,他知道不能在敌人面前乱了阵型。阿芬姆感到骄傲,但也觉得荒唐——到底为什么要站着不动,像集市上的稻草靶子一样看着敌人称赞或嘲笑彼此的箭术、互相指点站位和动作呢?实在可笑……

"中士,"他说,"带前三排的人去把这些无赖解决了。"

这是一次出色的冲锋。士兵们步调完全一致,平举的斧枪尖端形成了一条精确的直线。弓箭手们胡乱放了几箭,便散开了。(尽管如此,还是有两个士兵倒下了,再也没爬起来。在这么近的距离上,伤亡是不可避免的。)零零散散地顺着山脊两侧爬了下去,瞬间逃远了。自然,中士没有率人追击,而是下令全体停步掉头,带着分遣队重新加入了大部队。

"干得好,中士。"阿芬姆说,"尽快让人替伤者处理伤口,我们不能在这里浪费时间。

半个小时后，同样的事又发生了一次。

这次，反抗军弓箭手只来得及放出一轮箭，就被冲锋的士兵驱散了。但是有四个斧枪手中箭倒地，其中三个当场毙命，还有一个被射中了膝盖，动弹不得。波尔·阿芬姆低声咒骂了一句，开始想象如果俘获了敌军，他会怎么教训这些懦夫。

半个小时之后，他们又遇到了一轮攻击。紧接着又是一轮。四十分钟后，同样的戏码再次上演——这次，驱赶他们的分遣队刚一掉头，十几个弓箭手就重新从山脊上冒了出来，射倒了两个士兵。分遣队剩下的人转身重新向他们发起冲锋，中士正命令他们停止追击，一个弓箭手不知怎么出现在离他几码远的地方，一箭射穿了他的腹股沟。在敌人发动下一轮攻击之前，他就因失血过多而死了。接下来的攻击仅仅发生在十五分钟后。这次弓箭手甚至没有躲到山坡下面。他们一次次闪避、挑逗，让分遣队和大部队拉开距离。接着，就在斧枪兵们犹豫着要不要追击时；另一队弓箭手突然从大部队后方冒了出来，在射杀了六个士兵后撤离了。

重要的是比例，波尔·阿芬姆对自己强调，现在的伤亡人数有些耻辱，但是相对于整支部队来说，比例不值一提。如果我们提高行军速度，就能快些抵达村庄。到时候他们要么正面交战，在我们手下一败涂地，要么就只能看着我们杀光村里的一切活物。等我屠完村，他们会后悔自己的挑衅的。

下午时分，他们终于抓住一个滑倒在地、没来得及爬起来逃跑的弓箭手。五分钟后，他骨头上剩下的肉就连喂狗都不够了。但阿芬姆注意到，前来袭扰的反抗军小队一直在壮大，一开始只有五十人左右，现在已经超过七十五人了。提高行军速度也成了不现实的事，每当他下令加速，反抗军就提高攻击的频率，使他们不得不再次慢下来。他本来满怀信心，预计部队在天黑前就能走下山脊，但事实证明那是不可能的，他们只能在夜色中继续前进。沿着陡峭的山脊顶端摸黑行军的感觉糟透了，但是他别无选择，因为弓箭手们无法在黑暗中放箭。如果不能在天亮前到达河边，缺水问题就会变得很严重。他命令士兵们只能在指定的休息时间饮水，然后继续赶路。

黎明到来了，他们却仍然看不到山脊的尽头。而且，天色刚刚变亮，弓箭手们就再次出现了。他们仍然懒懒散散，完全没有士兵的样子，放箭时活像是在婚礼上射鹅。只要他派人去追，他们就立刻像被吓坏的孩子一样四散奔逃。根据最新一次计数，阵亡人数达到了八十二人，另外还有二十六个因重伤而无法行军，伤亡人员中包括三十一个中士。由于没人传递命令、规范纪律，军队变得越来越难以管理。

到快中午的时候，他们才前进了不到两里路。阿芬姆看见了山脊下一片突出的岩石地带，于是领着部队下到那里。只要所有人蹲伏在地，一动不动，就能勉强得到掩护。天气很热，但没人想脱下头盔或者胸甲。到了下午，最后的水也被喝光了。弓箭手又射杀了十六人，弄伤了二十一人，伤者大多是手臂和腿中箭，因为这些部位无法靠岩石掩护。士兵们挨挤在一起，不远处的半打弓箭手则用他们暴露在外的手臂或腿脚磨炼箭术，甚至赌起了谁会最先射中最小、最困难的目标。这情景让人心碎。两个斧枪兵最终情绪失控，跑出了掩护，挥着斧枪大喊大叫。第二个人跑出了十码远。

那天晚上，弓箭手们带来了提灯，但因为灯光不够亮，最终放弃了尝试。部队于是有机会继续前进。午夜刚过，脚下的路就变成了陡峭的下坡。黎明快到的时候，他们终于踏上了谷底的平地，来到河边。天亮时他们仍然在给水壶灌水，一直埋伏在岩石和树木后面的弓箭手在被赶走之前射杀了二十一个人。

不知为什么，波尔·阿芬姆本来认为只要一抵达平地，他的麻烦就会消失。当然了，事实并非如此。和先前唯一不同的是，弓箭手们不再毫无预兆地突然冒出来了，而是光明正大地跟在军队后面，就像乡村道路上跟随行人的野狗。他们和部队保持着至少九十码的距离，但人数已经接近两百了。到了中午，他们又杀掉了二十人，迫使部队只能以极慢的速度前进。经历了两个晚上的行军，在太阳底下蹲伏了半天后，士兵们已经筋疲力尽。所幸的是，由于配给严格，他们还有足够的水。但阿芬姆的原计划是一天抵达村庄，所以食物已经不够了。傍晚的时候，他的左小腿肚中了一箭。这支箭干净利落地射穿肌肉，没有刺破血管，他一开始还能用斧枪当拐杖一瘸一拐地前进，但到了午夜就不得不靠在别人肩膀上了。尽管如此，他仍然强迫自己继续行军，因为他知道破晓时分就能抵达村庄。

他们确实坚持到了村庄。找到它很容易，因为在黎明前最后一小时的黑暗里，有一团明亮的橙色火光给他们指引方向。到了黎明，火已经差不多熄灭了，同时箭雨再次飞来。等到阿芬姆终于在两个人的搀扶下，拖着伤腿踏上已经是一片废墟的村庄主路时，整座村庄已经被烧成平地，只剩灰烬和焦黑的木材。水井被堵上了，用的是第一天死去的斧枪兵的尸体。没有食物，也没有掩护。因此，除了前往四里之外的下一座村庄之外别无他法。

"不知道你是什么感觉，"高戈斯嘴里塞满奶酪，边嚼边说，"反正我可是累坏了，不战而胜真是个体力活。"

他身后的远方，一根烟柱徐徐升上无风的天空。高戈斯不太想看它。那是燃烧的兰拜村，而放火的命令是他下达的。一想到他派士兵烧毁了己方的村庄，他就怒火中烧。据他所知，这是打赢这场战役的唯一方法。至于尼莎发现之后会说什么，他想都不敢想。

"村子离河有多远？"中士问。高戈斯低头看了看摊在腿上的地图，扫去落在折痕里的面包渣。

"按照他们现在的速度, 大概四小时路程。"他回答,"可能有一小时左右的误差。平心而论, 他们的毅力比我预想的要强多了。"

"因为训练得好。"中士说,"纪律严明。这就是正经士兵和土匪无赖之间的区别。"

"我觉得你是对的。"高戈斯说着, 给自己又切了一片奶酪,"这就是为什么他们会死。"

刚离开第一座村庄, 他们就看到了第二座村庄燃烧的浓烟。

"完蛋了,"掌旗中士停下脚步远眺,"接下来一路都会这样。没有食物也没有掩护。我们根本没希望。"

"那为什么不去跟他们打?"他左边的年轻士兵恼怒地低声说,"为什么不去干掉那些混蛋? 再坏的结果也比现在好, 不是吗? 如果我们发动冲锋, 所有人都——"

没人听他说话, 他也没再说下去。过去的十八个小时里, 缺水问题变得越来越难以忽视。在这之前, 行军途中其他的麻烦还能分散他的注意力: 饥饿、疲倦, 还有弓箭手们无休无止的滋扰。现在他几乎没精力去想这些琐事了。*这样很好*, 他尽力自我安抚, *没有什么比口渴更能让人忘记忧虑了*。他扭了一下肩膀, 背囊的重量把锁子甲的铁环压进鹿皮上衣, 陷入皮肤。他的靴子后部摩擦着跟腱, 脚后跟上起了水泡。他努力不去想水。

"还有一条路我们没试过。"后排有人低声说。

"嗯? 是什么?"

"投降。"

有几个人以为他在开玩笑, 于是笑了起来。"他说得有道理,"年轻士兵说,"我们为什么不投降?"

"哦,下地狱去吧,"有人嘲笑,"我们不想听这种话。"

年轻士兵皱起眉头。"你什么毛病?"他说,"面对现实吧,我们不投降就会死。"

"中士,让他闭嘴。"有人叹了口气,"判他违反军法吧。"

掌旗中士摇摇头。"我们不会投降的。"他说,"我们人数比他们多五倍还是几倍来着,现在仍然有很大优势。再说也没机会投降。因为没法拉近距离和他们交战,行军速度也越来越慢。再过几个小时,那些混蛋不用动一根手指,就能看着我们纷纷倒地死掉。他们赢了,赢得不可思议。这会成为历史上最辉煌、最精彩的胜利。接下来的几千年,学校里都会讲授这一战。只可惜我们被分到了战败的一方。"

被两个士兵驾着艰难前行的波尔·阿芬姆想法也差不多。了不起的创新,他想,我还以为前人已经把所有可能的战术都尝试了一遍,不存在新的东西。这一战过后,他们得把图书馆里所有的教科书和专著都重写一遍——当然,除非我们打赢,就可以忘掉这件事,当它从未发生过,然后继续按照教学大纲里的正经方法打仗。他不停地闭上双眼,再睁开,想保持清醒。思考这一切实在是太耗费精力了。他此时被拖行着,不用努力迈步,渐渐感到自己置身事外,成了一个旁观者、局外人。这感觉就像回到了童年,被父亲背在肩上。因为年幼,他帮不了任何忙,也不足以惹什么麻烦。他不再感到饥饿或干渴,小腿仍然痛,但就连疼痛似乎也没关系了。最重要的是,他不再恐惧死亡。恐惧是愚蠢的,毫无意义。就像他小时候害怕参加儿童聚会。没事的,他母亲常说,你到了就喜欢了。

"他们又来了。"旁边有人干巴巴地说,大家都没什么反应。阿芬姆抬起头,看见不远处有一排弓箭手从容地向他们走来,就像一队出远门的商贩。他看见自己的士兵疲倦地收紧队形,就像衰老的僧侣在举行一场他们早已不再相信的仪式。他任由自己垂下了头。

大家已经在某个时刻丧失了求生欲,但他记不起那是什么时候了。绝望是逐渐降临的,温柔而和缓,是缓慢的察觉和最终的接受。由于已经不再在意,所以它来得格外容易。水、荫凉处、避难所、食物——给他们任何一项,他们都会停止前进,留在原地。他无法想象被拯救之后等待他们的是什么。而且,干吗费心期望那种事呢?很明显,这次行军永远都不会结束。这片遍布岩石的荒野会一直延伸下去,直至永恒。如果时间足够,一个人可能可以顺着梯子爬到月亮上,但没人能走到这片土地的边缘。

我们可以投降。

波尔·阿芬姆笑了起来。是啊,有什么不行呢?如果换一场战争,他也许早就投降了。等到下次,下一支军队被困在这场没有城市的围城战、没有墙壁的监狱之中时,投降是个不错选择。但我们还有上千人,他们只有几百。此刻绝不能投降,因为我们随时都可能抵达水源、荫凉处、避难所,或者找到食物。到时候会发生战斗,而只要能战斗,我们就会赢。否则,我们现在就可以投降,拒绝再走一步,这也很容易做到。

发生了什么事。

阿芬姆再次抬头,看见队伍前端的人正在加快脚步,没精打采的步伐加快了,开始奔跑。他试图看清这场骚动由何而起。肯定不是敌人,他们几个小时前就放弃追击了。而且,他可以看见两侧都有弓箭手接近队伍,开弓放箭,射倒成打的士兵,却没人理会。

"怎么回事?"他问。

"不知道,"有个士兵说,"嘿,"他叫道,"急着跑什么?"

"水。"有人喊着,"他妈的,前面有条河。"

一开始，高戈斯有些担忧。他认为打仗和现实生活一样，即使付出了所有努力、每一步都顺利完成，最后关头犯一个小错仍然会满盘皆输，将胜利变成惨败。挡住水源、缩短敌我距离，让斧枪兵可以发动攻击就是一个错误。由于双方兵力依然悬殊，他的士兵很可能在几分钟内被全歼。

看见敌人一窝蜂冲下陡峭的山谷，扔下背囊和武器扎进水里，他立刻就不担心了，稳步走进弓箭手的队列。趁他们喝水的时候，有条不紊地挨个射杀。

他们似乎没有注意到，好像根本不知道我们在这里。

他搭箭上弦，拉弓瞄准，左手前推，让弦上的重量自行离开手指。箭向上飞升，然后呼啸而下，射中目标。技术不错，已经连续七发击中了。脑子还没反应过来，弦上就又搭了一支箭。远距离射箭一直是他的强项。

先前赶到水边的只是队伍前端的士兵，现在大部队跟了上来，像泥石流一样冲下山坡。争先恐后，让人想起羊群被赶进狭窄的小路，或者水从满溢的水桶里漫出来。他们彼此踩踏，互相推搡，摔倒在地，又拉着别人一起摔倒。他们屁股着地，从干燥的山坡上一路滑下，就像玩草垫滑坡的小孩子。除了前面有水，他们什么都忘了。高戈斯射中了一个人时，看到他在垂死之际仍然大口吞咽河水。

"可怕，"中士厌恶地说，"这辈子都没见过这种场面。"

"你马上就要同情他们了。"有人评论道，中士摇了摇头。

"不至于，"他边拉弓边说，"没人会为他们难过。"

他说的没错，高戈斯想。眼前的景象让人反感，那一片匆匆爬动、不似人类的生物——看起来更像蚂蚁或者马蜂，或者掀开石头之后暴露出来的一窝潮虫。他的唯一感受就是厌恶，迫切地想要踩在他们身上，让他们不再动弹，消灭这一幅让人难堪的画面。问题就在这儿，他想，我们要花多久才能做到？有足够的箭吗？我可不想明天再回来处理他们。

河面上已经有许多浮尸，就像暴雨之后被冲进水道的碎枝和枯叶，被树根或岩石拦住，最终形成堵塞溪流的水坝。"你觉得我们现在干掉了多少？"有人问，"三百人？"

"没那么多，"有人回答，"大概两百。"

"不止，至少两百五十。"

"停手。"高戈斯说。

他们遵从了命令，但似乎个个都觉得他疯了。他毫不在意。已经足够了，再杀下去只是浪费。

"你们俩，"他说，"去告诉他们扔下武器，双手抱头，这样就能活命。把他们的指挥军官给我找来。"

他们注意到射击停止了吗？看不出来。大多数跑到水边的人看起来都死了，但这不对，他们不可能射死这么多。他仔细看了看，发现有人只是躺在河里漂浮着，肚子里灌满了水，不知道在等待什么。那些还在奋力爬下山壁的人似乎只剩下前往水边这一个念头。向他们喊话，让他们抛下武器完全是浪费时间——他们已经那么做了。"好了，剩下的人，"高戈斯说，"把箭囊里装满箭，事情可能还没结束。那些运箭的推车呢？拜托，我们要赢了是没错，但这不是停下来休息的理由。"

不久之后，那两个人回来了。他们带回了三名敌人：两个人架着第三个，浑身湿透，衣服、手臂和腿上都染上了一层玫瑰色。他们在下面喝的就是这种水，高戈斯觉得一阵反胃。

"这是波尔·阿芬姆院士，"一个斧枪兵说，"他是管事的，但我不知道他能不能听见你说话。"

"不太可能，"高戈斯说，"他已经死了。"

"噢。"斧枪兵松开手，尸体像一袋面粉一样砸到地上，"那现在怎么办？"

高戈斯用鞋尖抵住阿芬姆的下巴，将他翻转过来，以便看清他的面容。他阴森地笑了笑，"你们俩现在是代理将军了。投降，否则我就把你们全部杀光。"

"我们投降，"其中一个斧枪兵立刻回答，"现在干什么？"

问得好。除了死亡之外，没有任何外力能让斧枪兵们在喝够水之前离开河水。他能想到的，只有制造正式投降的假象，祈祷沙斯特方面相信这是真的。对于人性的了解告诉他，他们会相信的。"到山坡下面去，"他命令，"在四十码外组成包围圈，慢慢收拢，把他们赶到一起。然后，我们就可以把他们分成三十人的小组，分批押出去。我们还得给这些家伙准备食物，最好现在就开始建围栏。你们三个去组织看守俘虏的小队。老天作证，我绝对想不到这种情况，完全不知道该怎么办。"

"等等，"一个中士说，"上面离这儿一里开外的地方是不是有个板岩开采坑？可以暂时把他们放在那里。"

高戈斯耸耸肩。"依你，"他说，"如果行得通，就这么办。这真是太难办了。"他突然笑了起来。

"有什么好笑的？"中士问。

"哦，没什么。"高戈斯笑着回答，"我只是想象了一下如果我告诉姐姐我带了点客人回家吃饭，她会是什么反应。"

"我们不用等阿芬姆的部队。"斯滕·莫格雷说，"高戈斯和他的军队不在这儿。我们可以继续前进，这周结束前就能抵达思科纳镇。"

阿维德·索福隔着酒罐对他怒目而视。"好吧，"他说，"那派他出去有什么意义？"

"意义，"莫格雷得意地回答，"就是在我们赶往思科纳镇的时候尽量引开高戈斯，让他白费力气。我从来不相信他会蠢到真的吃那一套。但我想，管他呢，反正不需要阿芬姆的部队，额外的人数只会妨碍我们，让后勤工作变得更复杂。再说攻打思科纳的时候，有一支军队在他们后方徘徊也是件好事。我没想到他真的咬了饵，我绝不会让这个机会溜走。"

索福思考了片刻，他看不出莫格雷这个做法背后是否暗藏个人目的。"那好吧，"他说，"但我们还是应该兵分两路，从两个方向进攻思科纳镇。四千个人在同一条路上行军，我可不想这么干。"

"有道理，"桌子远端有个人说，"这和你刚才说的是一个原理。军队里人数过多往往比人数过少更糟糕。"

斯滕·莫格雷皱起眉头，倾斜酒罐给自己倒酒。罐子已经空了，他舔了舔手指。"不用说，我考虑过这点。"他说，"但事实是，前往思科纳镇只有一条陆路可走：顺着山脉前进，然后下到北边的大路上。按你的想法，另一支军队该走哪里呢？穿过西边的乱石吗？还是说你想让他们蹚过南边的沼泽？"

阿维德·索福没想到这点。"你这有点胡搅蛮缠了吧？"为了给自己争取一点思考的时间，他说，"关于南边的情况我们知道多少？"

莫格雷微笑起来。"我去过那里。"他说，"不是说我对那里了如指掌，但当时我不得不花钱雇了两个农夫，才把我的马车从泥沼里拉出来。除非你熟悉那种地形，否则就是在自讨苦吃。"

索福点点头。"没错，"他说，"我猜他们也是这么想的，所以不会在南边布下完善的防守。我们应该派一支军队从那里走。当然，还要找几个当地人当向导。你肯定没忘记古尔伦兹的书吧？"

"你说说呢？"斯滕心平气和地问。

"古尔伦兹，第七章，第四还是第五小节，我一时记不清了。避开敌人的弱点，他会在那里加强防守，使其坚不可摧。进攻敌人实力强盛之处，因为自满会使其脆弱。这是我最喜欢的一段。"

莫格雷叹了口气。"我不想和古尔伦兹起争论，"他说，"但我们真的需要在意这个吗？古尔伦兹还有一段话是怎么说的？用大军发动奇袭是唯一的战略，其他一切都是对现实的妥协。这本书不是什么教条。"他说着靠在椅背上，双手交叠垫在脑后，"只是寻常的道理而已。"

"先别急着这么说，"另一个人开口道，"之前我一直同意你的所有意见，但对于这件事，我觉得阿维德说得有道理。假如高戈斯率军返回，在镇外易守难攻的小路上和我们交战，我们只好付出惨重的代价强行突围，否则可能会被困上好几天。你得记住，我们离本土太远，后勤已经吃不消了。而且我听说，敌人正在烧毁这里和波尔密斯之间的村庄。但假如我们有另一支军队用于进攻，就可以多花点时间和高戈斯玩游戏了。与此同时，第二部队会进入思科纳镇，结束这场战争。到时候，就算高戈斯撤退回思科纳封锁城墙，也不会有什么好结果。"

桌子中央一根巨大的蜡烛闪烁了一下，然后熄灭了。勤务兵很快换上了一根新的。"好吧，我同意。"斯滕·莫格雷说，"其实，这是个好主意，不过还没人说出它真正好在哪里。这次行动的目的不仅仅是烧毁思科纳镇，还要消灭反抗军，俘虏或者杀死洛雷登家的人。高戈斯在我们设想的那条道路上作战时，第二部队可以从思科纳镇里出来攻击他。这个计划我喜欢。"

阿维德·索福上床睡觉时心情极差。他确实达到了目的，得到了自己的军队，但那个该死的胖子又一次从他鼻子底下抢走了全部功劳。率军穿过沼泽也许并不像他想出这个主意时所认为的那么简单，莫格雷优雅地做出让步时，肯定对此心知肚明。回想起来，他本该执意让莫格雷指挥南面的军队——是啊，但那样的话莫格雷就会成为攻陷思科纳镇、抓住高戈斯的功臣，而他则会困在某座山谷里，为补给分配和可接受的伤亡比例大伤脑筋。

真见鬼，战争怎么就这么麻烦？

"高戈斯舅舅会没事的，"伊苏斯胸有成竹地说，"他那种人从来不会出事。厄运只会从他们身上擦过，击中旁边的人。"

赫丽斯·洛雷登控制住舌头，没有回话。考虑到她的人生经历，这孩子这么难以相处也是意料之中。高戈斯似乎很宠爱她，和她发生冲突不太明智。"我也希望这样，"她嘟囔，"我想他应该能照顾好自己。"她塞上墨水瓶瓶塞，拿起刚才誊写的文件，在上面撒上吸墨的沙子，"你没有披肩，坐在那里不冷吗？"

伊苏斯摇了摇头。"我已经感觉不到冷了，"她说，"至少不会像你们一样怕冷。你忘啦，牢房里特别冷。"

赫丽斯觉得自己再也受不了丈夫的外甥女了，再待下去恐怕会一时冲动，做出让自己后悔的事情。于是她拿起文件原稿和誊写稿，返回了屋子里。被那个糟糕又可悲的家伙赶走真是让人恼火，现在不得不告别回廊上自己最喜欢的位置了。但和高戈斯的婚姻教会了她战略撤退和避免冲突的重要性。她撤回了办公室，开始处理积压的工作。

赫丽斯离开后，伊苏斯拿起书读了一会儿。这是一本佩里美狄亚的应用冶金学专著，里面讲了如何提炼水银、提纯贵重金属。不知为何，她对这题材很有兴趣。在她身后，卢哈（像一棵树一样老实、无趣、不起眼）正在乖巧地做功课。幸好，小尼莎到其他地方去烦人了。在她的哄骗下，小尼莎坚信她是个爱吃猫和老鼠、能把小女孩变成虫子的女巫，从此便老实了。现在小尼莎只要有机会就会躲开她。每次需要和她待在同一间屋里时，总会担心地从家具后面探出头来向她偷瞄。另一方面，如果想让赫丽斯从自己面前走开，只用惹她生气就行了。至于卢哈，他是最容易对付的一个，只需要把残废的手伸到他面前晃晃，他就会像一只受惊的鹧鸪一样逃走。而高戈斯舅舅——好吧，她不讨厌他。只不过他出门的时候，对周围环境获得一定程度的掌控对她来说是非常重要的。

"打扰了，小姐。"伊苏斯抬起头，说话的是那个该死的阿谀奉承的门房，"夫人在房里吗？"

"在，"伊苏斯回答，"什么事？"

门房看了看她，"是这样的，小姐，门口有个男人。他说他是先生的弟弟。巴达斯·洛雷登。"

伊苏斯纹丝不动。"没事，"她说，"请他进来吧，我来接待他。"

门房刚一离开，她就跳了起来，发疯般环顾四周。但这里完全没有像样的武器。这一点也不意外，高戈斯·洛雷登这样的文明人是不会把致命武器摆得满屋都是的。不过，总会有一件沉重的钝器可用，比如一条椅子腿，要不然她也可以藏在门径处，用裙带把他勒死。这两个主意都有点好笑。她待在了原地。

"你好，巴达斯舅舅。"她说。

他的反应相当有趣。公平地来讲，他并没有闪避或者惊叫，但他明显吓了一跳。

"你好。"他说。

伊苏斯微微一笑，示意他到椅子上坐下。"你来这里干什么？"她说，"我以为这是你最不可能自愿出现的地方。"

巴达斯点点头，坐了下来，目光全程都停留在她身上。"通常是这样的，"他说，"但我知道高戈斯现在不在——"

"你不知道我在这里？还是忘记了？不管怎样，你这情报工作都做得太差了，上校。你要喝点葡萄酒吗？味道不坏，而且我还没来得及下毒。"

他摇摇头。"我不渴，"他说，"而且现在我也不怎么喝酒了。"

"真是大变样了，"伊苏斯说，"你以前教我剑术的时候嘴里总有酒味。"

"我洗心革面了。"巴达斯说。

"那是当然，你来这里做什么？"

巴达斯虚弱地笑了笑，"实话和你说吧，我是来看我侄子的。角落里那个就是他吗？"

"就是他。"伊苏斯回答，"卢哈，过来见见你叔叔巴达斯。他可是个了不起的人。卢哈，他做过士兵、剑士、手艺人，天知道他还会什么。"

男孩谨慎地打量着巴达斯。认识洛雷登家族的新成员。*挺聪明的*，巴达斯想，*更聪明的做法应该是转身就逃。*

"你好，卢哈。"他说，"你在做什么呢？"

"几何，"卢哈回答，"我不太擅长这个。"

巴达斯微笑起来，"我也是。我在军队里被逼着学了几何，因为瞄准投石机时需要计算角度，不过我总是算不好。"

卢哈茫然地看着他，什么都没说。

"别担心，"伊苏斯愉快地说，"他总是这样的，不是对你有意见。对吧，卢哈？你一向很安静。"

"是的，"卢哈说，"我能回去做功课了吗？"

巴达斯点了点头，"你想让我帮忙吗？"

卢哈皱起眉头，"你说过你不擅长几何。"

"确实，"巴达斯回答，"但可能比你强一点。"

卢哈想了想。这个男孩思考的时候，旁人总能一眼看出他在盘算什么。

"你愿意就行，"他说，"但我无所谓。我从来都自己做功课。父亲说这是应该的。"

"那你继续做吧，"巴达斯说，"我就坐在这儿和我外甥女说话。"

卢哈点了点头，回到了他的角落。巴达斯仰头靠在椅背上，双手垂在两边抚摸青草。

"真惬意。"伊苏斯说，"你愿意的话，我可以让他去把赫丽斯和小尼莎叫来。"

"别为了我支使他，"巴达斯回答，"不过，谢谢你这么得体。"他补充，"我得承认，我以为我们再次见面时场面会极度混乱。"

伊苏斯耸耸肩。"等着瞧吧，"她说，"但我完全没想到你会来，你肯定受了什么打击。"

巴达斯点了点头。"判断很准。"他说，"不过，我来这儿主要还是病态的好奇心作祟。不管怎样，我都想象不出高戈斯有一个家，简直就像死神给活人做晚餐。但显然，我错了。"

伊苏斯微笑着。"别被骗了，"她说，"这里就像外面卖的那种给小姑娘的玩具屋。看着完美无瑕，栩栩如生，所有的门窗都可以打开，只不过完全是大人从商品目录上随便买的。当然，玩具屋里的小人不包括我。我正在被这个家慢慢同化，再过几年，我大概会被训练得规规矩矩的。嘿，假如我特别听话，说不定手指会重新长回来。"

"我觉得你是配套赠送的。"巴达斯说，"你有点像碗橱里的那具骷髅，看起来逼真极了，但是是蜡做的，只有三寸高。你这就生气啦，"他笑着补充，"我以前不是老教你要随时保持防守姿态吗？"

她点了点头。"好，"她说，"你知道我要做什么吗？我本来只想耐心等待时机，一有机会就杀了你。但那样太便宜你了，所以我现在要伤害你。"

巴达斯抬起眉毛。"是吗？"他说，"你打算怎么做？"

伊苏斯莞尔一笑。如果换个场合，她的笑容应该很好看。"我要告诉你一件你不知道的事，这是高戈斯舅舅告诉我的。我猜你听了会相当愤怒。"她耸了耸瘦骨嶙峋的肩膀，"如果这个不行的话，我可以再去找其他的秘密。但这件事应该能起到作用。"

巴达斯假装打了个哈欠。"我听着呢，"他说，"这个你知道，但是我不知道的大秘密是什么？"

伊苏斯别过头，撩开盖在眼睛上的刘海，然后转头看着他，像个在调情的年轻女孩。"我要告诉你打开佩里美狄亚城门的人究竟是谁。"她说。

那天傍晚，巴达斯·洛雷登回到了银行。现在他可以自由进出了，只要事先告诉姐姐要去哪里就好。一名后勤部门的小个子文员随时跟在他后面，把他去了哪里、做过什么汇报给尼莎。这他是知道的，但无所谓。

他有两个房间，一个用来睡觉，另一个用来自娱自乐。第二个房间宽敞通风，有一扇离地七尺高的大窗户，窗外是一条小巷和一个粪堆。房间里有一把椅子、一张凳子，还有一张可以用作工作台的结实长桌，除此之外空空荡荡。还有满满两箱他的工具，他一直没有精力取出来。直到现在。

他取出一件件工具，按照他想要的顺序精心摆放在桌上或者桌下，用箱子里的稻草擦掉锋刃上的防锈油脂。三把锯子，一直一弯两把刮刀，五只尺寸各异的刨子——有又长又笨重的黄杨木槽刨，也有小巧的黄铜端面刨——四把辐刀，有直有弯；许多锉子、粗锉刀、凿子和圆凿；三把用来切削和刮擦的短刀刃；粗糙的芦苇秆，成罐的细沙和粗沙，以及用来把沙子粘到木块上的树脂；各式各样的木质、黄铜和铁制的夹钳；壶装和罐装的胶水和石膏，以及捣锤和研钵；蜂蜡、漆和抛光油；一只煮胶壶；钢制和黄铜制的锤子，包括羊角锤、圆头锤、平锤和扁头锤；冲头和打孔器；铜制、皮革制、铅制和愈创木制的槌子；磨石、油石，还有滑石；一把弓钻，一把手摇钻，一把螺丝钻，全都配有盒装的各式筒夹，以及装在玫瑰木浅箱里的精钢钻头；三把乌木直尺和两把角尺，分别由黄杨木和黄铜制成；木炭和石灰；卡钳、两脚规和轮廓规；一把锥子，一把线锯，还有两件看起来很称手的小工具，就连巴达斯一时间也认不出来是什么。所有物件都崭新干净，质量上乘，锋刃被打磨得光可鉴人，表面平滑，毫无损伤。这么多工具，足够他造出一个世界。

取出所有工具后，他拿起一根木炭，开始在桌面上绘制草稿。

十九

高戈斯严重低估了弓箭手的箭术。河里漂浮着三百五十多具尸体，堵塞了河道，像一批从森林漂向锯木厂的原木一样，在河水里轻柔地上下起伏。

好消息是，他们取得了军事史上最非凡的成就之一：在己方损失极小、时间极短的情况下彻底击败一支占压倒性优势的军队。坏消息是，他们现在得到了接近五百名俘虏，全都饱受饥饿和劳顿的折磨，奄奄一息，急需食物和安全的营地。那个被弃用的采石坑里勉强够大，陡峭的四壁无法攀爬，只有一条容易守卫的小路下到坑底，但俘虏们在那里承受着烈日的暴晒，当然也没水可喝。如果按每人每天最少一品脱[①]半饮用水、半块军队配给面包来算，就得从河里汲取将近一百大罐水，在崎岖的道路上跋涉四里路，把水运送到采石坑，再通过陡峭的小路运到坑底，一天一次。此外，还需要六十筐面包（看在老天的分上，从哪儿弄来这么多？喂饱他自己的部队就够让他伤

[①] 1 品脱合 0.5683 升。

脑筋的了）。两班守卫，每班四十人，也就是他部队人数的三分之一。这还不算最糟的。一条主要河道被尸体堵了个结实，下游四个村庄的人都只能喝恶臭的红水。他得命令疲劳的士兵下到齐胸的恶心河水里，把肿胀湿透的尸体全部拉出来，像泥炭砖一样摞在一起，然后在布满石头的土地上挖三个大坑。不做完这些工作压根儿没法休息，也没时间修补受损的装备、医治弓箭手身上的小伤——当然，还得假定他们不需要彻夜行军，赶去和岛上另外两支敌军作战。有人曾说过，比打败仗更糟的事只有一件，那就是打胜仗。这话虽然不中听，但千真万确。

快速视察了一番俘虏营后，他的心情更加低落了。他自己的部队都没有足够的军医，更别说分派一些给他们了。但这里的人正在因为相对轻微的伤势死去，这太浪费了。就算他不是医生，也知道如果不尽快转移这些俘虏，他们中很多人就会死于伤口感染、腹泻、营养不良，以及由于天气炎热和环境肮脏而恶化的其他身体状况。在一般情况下，他绝不允许这样可怕的事情发生。但他现在什么也做不了。如果俘虏中有人活了下来并且回到了沙斯特，他们所受的待遇就会传遍军营，让敌人拼尽全力，决心彻底消灭思科纳。反正换作是他，他就会这么做。

他痛苦地向俘虏们看了最后一眼。他们的身上和衣服上沾满干结的血液和泥浆，像坐在干草车上的孩子一样紧紧挤在一起。但他还要操持一场战争，处理胜利带来的可悲后果，能为他们做的事情都做了。他把他们从脑子里抹去，然后离开。

他回到那座烧毁的村庄——更多混乱，更多狼藉。现在这里成了临时作战基地。军需官及时赶了过来，向他报告更多令人沮丧的消息。是的，箭、弓、鞋子、食物……他急需的物资全都够用，但能够运输它们的马车只有七辆，路上还要花一天半的时间。或许不太急需的物资可以缓缓。箭？没有箭他的士兵就无法战斗。鞋子? 没有鞋子就没法行军, 除非让他打了胜仗的部队穿着在泥浆和水里泡坏了的鞋, 深一脚浅一脚地穿过思科纳。那食物呢? 全看他选什么了。噢, 顺便一提, 斯滕·莫格雷正率军前往思科纳镇, 如果动作够快的话, 也许能在他把那里烧成平地之前赶回去。

弄到原材料之后, 巴达斯开始制弓。

首先, 他把新鲜的筋腱晾在窗台上晒干, 调好施胶用的胶水(幸好他有足量的锯末, 可以用来增加稠度), 然后把皮革钉在木板上晾晒。虽然天气炎热, 但这三种材料需要放置几天才能开始下一步工序。幸运的是, 他还有很多其他的事可做。

他先做了弓坯, 之后会在正反两面粘上弓背和弓腹。在提供给他的原材料中(都是从银行的制弓厂直接运来, 由工厂主管亲手挑选的。只有上等货才配得上洛雷登家的人), 有一块质量上乘、纹路笔直, 取自一颗粗壮老桑树的木材。他用刮刀和刨子把它修成了一块半寸厚、五十五寸长的木条。满意之后, 他做了用于弯曲木料的夹具, 那是一件由木板、木块和夹钳构成的复杂装置。上蒸馏法的时候, 这东西能把木材固定成他想要的形状, 使木材产生弓所需的夸张且永远不变的曲线。轮廓是传统的嘴唇形, 如同女人丰满的上唇。被均匀蒸馏了整整一小时后, 木材失去了反抗的欲望, 像个瘫坐下来的胖子一样在夹钳中软了下来。

趁冷却定型的时间, 他清理掉了一根肋骨上的最后几缕肉——这是做弓腹的材料——将碎肉扫进胶水罐, 给胶水增加黏性。

("你要这些玩意儿干什么?"尼莎充满怀疑地问过他。

"我想给高戈斯做一张弓。"他回答。

这让她吃了一惊，"我以为你很讨厌他。"

"我已经改过自新了。"他当时回答，"从现在开始，我既往不咎，原谅他以前的事。毕竟，家人还是家人，不管我们愿不愿意，都属于同一阵营。"

她不知怎么回应。"你会给他制造陷阱，是吧？"她说，"要么是在弓把上涂抹毒药，要么把弓锯断，让它在战场上坏掉。"

这话让他皱起眉头。"别把我当这种人。"他说，"我可能没什么本事，但还是很为自己的手艺骄傲的。如果我给高戈斯做了一把弓，那它肯定是世界上最好的弓。而且，说到底，这是我欠他的。佩里美狄亚陷落的时候，他送了我那把古朗剑防身。我想给他一张上好的弓，"他继续道，"等基金会攻陷思科纳的时候能派上用场。"）

把肋骨削得只剩坚实的部分后，他拿起用质量最好的线锯和剃刀片磨制而成的刮刀，在上面切出接头部位，以便之后拼接骨片。在每块骨片上切割出双鱼尾形的接头是一项漫长艰难又让人头疼的工作，必须做得精确无误。这花了他大半天的时间。也就是在这一天，高戈斯打了河床上的那一仗。

瑟尔·拜斯是两个星期前晋升为中士的。在此之前，他是思科纳第二大面粉磨坊的总管，手下管着六十个人，他喜欢他的工作，也做得好极了。高戈斯·洛雷登认为他拥有战争中急需的领导力和管理能力，因此在十四天前把他征召进了后备部队。他刚刚掌握了箭术的基础技能，比如如何给弓上弦，如何把箭搭在弦上而不至于一拿开手箭就掉了。后备部队成了思科纳镇的守备队，而瑟尔·拜斯则成了高戈斯离镇期间负责思科纳镇的防御的人。

斯滕·莫格雷和两千名斧枪兵离镇门还有十五里。这个消息像一堵倒塌的墙一样击中了拜斯中士。

"如果高戈斯接到了我们的消息，"一个年轻鲁莽的队长说，"他最可能走这条路。"他指向地图上一条歪歪扭扭的线，拜斯先前还在想那是河流还是村庄边界，"如果他动作快的话，可能明天中午就能到这儿——"年轻的队长又用手指戳了戳地图，"——到那时候，斯滕就到我们大门外了。所以我们只有一个选择。"

拜斯从来没有自命不凡的坏毛病。"你最好解释一下，"他说，"我不想会错意。"

年轻的队长点点头，"这里的山——"

"噢，原来这里画的是山。抱歉。"

"这里的山，"年轻队长重复道，"是我们唯一的机会。斯滕会穿过这里，"他手指戳着地图，"或者这里，"又戳了戳另一处，"我猜他应该会选择这条岔道，虽然那样要多绕三里路，因为他知道如果走另一条路，我们会让他们大吃苦头。我们应该出镇拦截——这在他们的预料之中，但依然能给他们造成伤害——然后祈祷高戈斯及时赶到，狠揍他们一顿。如果一切顺利——如果高戈斯能赶到的话——我们也许能捞点儿好处。如果不走运，那就……"

拜斯中士盯着地图——他从来都看不懂——然后试着像军人一样思考，这对他来说就像在水银里潜泳一样困难。他脑子里想的是，为什么这里的人说到敌方将军的时候都直接叫名字，好像他们是老朋友似的？

"我认为我们应该防守另一条路。"他说。

年轻的队长看着他，"但那样等于是自找麻烦。"他说，"斯滕太聪明了，不会中招的。"

拜斯摇摇头。"对于正规军人来说，这大概是基础知识吧，可我还是想问问，"他说，"如果显而易见的选择是走这条路，他走另一条路避开我们不是更明智吗？再说另一条路更短。"

队长耸耸肩，"你这么想下去会发疯的。我也可以说，'他预料到我们预料到他会走那条路，所以会做出乎我们预料的事。'谁知道这样能绕多少圈啊。"

拜斯渐渐失去了耐心。"那好，"他说，"我们抛硬币决定吧。"

"这样也挺好。"队长笑着说，"你是管事的，这事由你决定，感谢众神。"

这不是拜斯想听的话，但如果他是个士兵，而不是颇具天赋的磨坊主管，他肯定会选择更短的那条路。"我们在这条路上设防，"他说，"你觉得多久能走过去？"

年轻的队长在地图上用手指模仿着走路的样子。"四个小时。"他说，"假如你是对的，我猜斯滕应该会在八个小时以内赶到。"

实际上，拜斯和他的三百个弓箭手花了三个半小时就到了。幸好如此，因为出发耽误了两个小时，他象征性地派了五十个士兵去查探另一条路，因为年轻的队长向他保证，在马上要发生的战役中（叫什么类型来着？），超过二百五十人的军队只会拖他们的后腿。如果斯滕·莫格雷选了另一条路，五十个人除了惹他恼火之外并不能造成实质伤害，但这已经不重要了。

一小时后，敌军出现了。穿着盔甲的士兵像洪水一样挤进砂岩岩壁之间的狭窄通道，拜斯能听见盾牌和臂甲刮擦岩石的声音。这很好，但不如他预想的那么好。在他本来计划的部署中，每个弓箭手都有射击的机会，但他无论如何也无法排布一条超过六十人的火力线。而且这条道路极为曲折，敌军完全出现在他们视野中的路段，最长也不超过一百码。

"运气好的话，最多能放五轮箭，"队长阴郁地说，"然后他们就会像狗撵耗子一样冲过来了。当然了，他们不适合在这种地形下近距离作战。"

拜斯皱起眉头，极力集中精神。五六三十，也就是三百发，但肯定不是每支箭都能射中目标。那有多少能射中呢，一半吗？他毫无头绪。就算三分之一吧。在双方近距离接触之前，他们能射倒一百个敌方士兵。这够不够摧毁对方的士气呢？还是说反而会让他们勃然大怒，更加勇猛？

真是一场愚蠢的战争。一座银行在一个烘焙师的带领下和一所大学打仗。在这种战场上，无疑会两败俱伤。

"他们来了。"年轻的队长说，他的声音因为恐惧而变得虚弱。出乎意料的是，拜斯意识到，他在见到莫格雷的军队之后一直努力克服的那种恐惧神奇地消失了。理性思考后他得出结论：因为现在已经无能为力，除了把自己的选择坚持到底之外，没有第二条路。没必要再为送不送命提心吊胆了，他手下都是正经士兵，肯定知道怎么应对眼下的情况。

"大家都知道要做什么吗？"他问。年轻的队长点了点头。**当然，什么都不懂的只有我一个。**他再次疑惑，高戈斯到底中了什么邪才会委任一个平民，担任的还是他指挥系统中最有可能率军参战的职位。他问过高戈斯，得到了简短的回答：因为军队里一般只有十个中士，其中有四个连用短绳子牵山羊的差事都难以胜任。"没事的，"高戈斯当时开朗地笑着对他说，"我们谁也没有干过这种事，我也没有。你有这方面的能力，你能行的。"

"听我指令，"年轻的队长声音尖锐，但仍然很清晰，"拉弓，瞄准，放箭。"

拜斯一生中从未见过这样的景象。他能想到的最贴切的比喻，就是一片高大的蓟草——在生长过度的草场上，能长到一人高的那种——被镰刀割断后一起倒伏下去的样子。前排的斧枪兵倒下后，后面的人踩过他们的身体继续前进。不是因为他们冷酷无情、训练有素，而是没有时间放慢脚步或转向避让。前进的队伍中有人喊了一句命令，于是行军速度从快步走变成了小跑，就像中年文员追逐被风吹走的帽子一样。第二轮箭射倒了整整两排士兵，也打乱了第三排，这次有人绊倒摔跤了。小跑的斧枪兵中，有的勉强跳过倒地的人，有的则跟着摔了下去。后排士兵撞上了绊倒的人，将他们向前推去，导致更多的人倒下，加入了地上抽搐扭动的人堆。士兵们在支棱出的手臂和腿脚中艰难跋涉，仿佛穿行在荒废了十年、长满荆棘的马道上。年轻的队长双眼紧闭，第三次下令放箭。

他们还在前进，拜斯暗暗惊奇。当然了，前进才更安全。要是回头撤退，就必须穿过那无法形容的尸堆和被踩伤的人。现在阵型散开了，他们跑了起来。不是先前的小跑，而是拼命狂奔着逃离尸堆，低头躲开箭雨，向危险最小的方向前进。射出第三轮箭时，距离只剩下三十码。又有几排斧枪兵猛然摔倒，本来激烈的奔跑瞬间停止，如同有人用力泼出一桶水，结果水撞在了石墙上。躲过箭雨的人还有五个左右，冲向弓箭手时，阵线自动分开让他们通过（这是标准的演习动作，拜斯八天之前学到的）。等他们打着滑放慢脚步，后备队立刻抓住了他们，像是惹是生非的醉汉被朋友们拦腰抱起，省得他们再搞破坏一样。冲锋的敌人中就只有这些人幸存了下来，还有一支分遣队留在后面，根本没来得及参战。

赢了，拜斯想，好吧，天啊。

"整装！"队长叫道。拜斯不知道这口令是什么意思，由于弓箭手们似乎都没反应，他仍然没有弄懂，"报告伤亡。"

"无人伤亡。"有人喊了一声，几个激动的家伙欢呼起来。

拜斯努力不去看那些尸体，以及尸堆里还活着的那些人。又是炎热的一天，如果他活过今天的话，就会有幸看着他们慢慢死去。

他们等待了很久，但什么也没发生。高戈斯·洛雷登哪儿去了？他不是应该带着他的正规军接管局面吗？否则，这不就成了一场毫无意义的屠杀？拜斯已经完成了自己的任务，他获得了胜利，应该可以回家了吧？

"侦察兵回来了。"说话的又是那个年轻队长，看起来有点精神错乱，像个骷髅一样咧嘴笑着，"你猜怎么着？"

"你说啊。"拜斯说。

"这边没有两千个敌人，"他说，"只有四百个左右。斯滕的大部队肯定走了另一条路。我们上当了。"

"他们好像是从那个方向来的。"有人说。

高戈斯走到队伍最前方。几具斧枪兵的尸体散落在岩石间，就像匆忙扔在卧室地上的衣物。不远处还躺着一大堆弓箭手，是被逼进一条死路之后遭到屠杀的。在这样狭小拥挤的空间里，沙斯特制式斧枪长达六寸的枪刃派不上用场，斧枪兵只能把斧枪举过头顶，用弧形斧刃瞄准敌人的喉咙、面部和肩膀。岩石上留下了斧枪兵离开时血淋淋的脚印。

"这种事避免不了的。"高戈斯弯腰用手指蘸了蘸一摊黏稠的棕色液体，"他们没走多久，"他补充，"我们追得上。"

"队伍里其他的人呢？"有人问，"这里只有五十来个弓箭手啊。"

"可能逃跑了。"另一个人回答。

高戈斯摇头。"我觉得不是，"他说，"我猜他们只是想做个守卫的样子，象征性地派了几十个人。大部队肯定守在另一条路上。也就是说，"他叹了口气，"我们只能独自对付斯滕·莫格雷了。走吧。"

从河边战役前夜到现在，这群士兵一直没机会好好进食和休息。他们的鞋子破得不成样子，但行军速度依然令人敬佩。他们已经学会拖着脚跟快步走，接受了任务完成之前连喊累都没时间的事实。他们的许多举止都让高戈斯想起麦克森舅舅那支传奇的军队。据说，他们就是以这种状态在一场场战役之间周旋了七年。光是想想就让他受不了。

尽管如此，当他们下了山，来一片较为平缓的草场时，天已经快全黑了。这片草场一路延伸到思科纳镇。从这里开始，道路笔直向前，除了一条浅浅的河流和一片小森林，没有什么能阻挡莫格雷的军队。高戈斯派出了几个侦察兵，但他相当肯定，自己猜得到敌人正在干什么。如果他是斯滕·莫格雷，他会把军队藏在洛克斯森林里过夜，等第二天天色变亮出发去思科纳镇。在这种情况下，高戈斯只有两个选择。第一，抢在莫格雷之前到达思科纳，关上镇门，强迫他们打围城战，然后耗到他们放弃为止。如果思科纳没丢掉海上控制权，这个计划倒是不错，但这么做意味着放弃岛上其他地方。第二，拦在洛克斯森林和思科纳镇之间，阻击莫格雷，冒着巨大的危险在开阔地带与他们交战。无论他怎么选，都意味着再一次整夜行军。他的士兵到了明早还能站直就已经是奢望了，更不用说战斗。另外还有一个小问题：箭有些不够了。

对于第二个选择，他能找到充分的反对理由。而且，在他姐姐看来，思科纳仅仅意味着思科纳镇，更准确地说，银行。岛上剩下的地方只是办公室窗外的风景。她这段时间给高戈斯下的命令就很能说明问题。战事刚开始升级，她就接受了很快会被敌军围困的事实，他苦苦恳求才得到了出镇打仗的许可。在高戈斯看来，尼莎是错的。思科纳岛上的人是他们的人民，他们有保护的义务。他见过斧枪兵在布利欧拉屠村的惨状，如果思科纳岛上的每一个村庄都遭此毒手，他会永远良心不安。如果现在撤回镇里，他会觉得自己像个狠心把孩子关在门外的父亲。况且，洛雷登这个姓氏在思科纳意义非凡，它曾引领这些村民反抗基金会，摆脱被压迫的命运。这是他们的义务。

侦察兵证实了他的猜测：斯滕·莫格雷的军队进了森林。最近，高戈斯刚刚让人砍了一批长得笔直的松树，在林子里留下了一片不小的空地，正适合用来扎营。莫格雷非常谨慎，在森林边缘安排了警哨，空地外围每隔五十码的位置也站着哨兵。这样一来，夜间偷袭的希望微乎其微。如果冲进森林交战，弓箭手没有足够的距离优势，密集的矮树丛对莫格雷更为有利。最好的情况也顶多变成一场乱斗。尽管胜率极为难看，但绕过树林、在平缓的草场上阻拦莫格雷依然是目前最好的策略。他下达了命令，士兵们顺从地接受了，仿佛睡眠和休整只是政客的诺言。

斯滕·莫格雷一向能在任何地方安然入睡，但这一次他发现自己睡不着了。在黑暗的帐篷里睁着眼睛躺了两个小时后，他终于放弃努力，点亮了油灯，召开军事会议。其实也没什么好探讨的，只不过既然要清醒一晚上，拉上点儿人作陪也无妨。

"哈因·艾尔的支援部队到现在还没出现。"有人报告，"看起来我们得自己打了。"

莫格雷耸耸肩。只要艾尔的四百个士兵能在他发动进攻的时候引开守军主力，这损失就是值得的。而且，艾尔是分离派的，还是阿维德·索福的妹夫——正由于这层关系，他才给他安排了这个任务。他只担心高戈斯无法及时赶到思科纳镇。如果要站在镇外百无聊赖等他追上来，那就太委屈人了。

"今晚没必要一直谈工作，"他说，"看在老天的分上，咱们说点别的吧。有了——这儿有人读过艾拉尔德·多斯上个月写的那东西吗？"

有人笑了起来，还有两三个人低声嘟囔。"其实我挺喜欢那篇的，"有人说，"尤其是讲分岔后果的那一段。这家伙应该当诗人，而不是哲学家。"

莫格雷微微一笑。"我记得那一段。"他说，"公平来讲，里面其实有一丁点儿道理，只不过没表达清楚，被塞进了黑暗的犄角旮旯。"

好几个人发出质疑。"你这么想吗？"有人说，"我怎么觉得那只是矫饰一番的老旧朦胧主义理论？"

"噢，这毫无疑问。"莫格雷回答，"但朦胧主义者也有道理——不，别笑，他们全都疯得一塌糊涂，但确实发明了可能性守恒定律，而那时候多曼德还在学二加二等于四呢。"

"但那个定律建立在完全错误的假设之上，"另一个人指出，"而且因果颠倒。要不是多曼德把它给倒转过来，谁也不会看上一眼的。"

"实际上，"坐在帐篷门帘处的一个瘦削的男人插话道，"不久之前，我听到那个叫卡纳迪的佩里美狄亚人说了句有意思的话。他基本上认同多曼德——"

"那他还真是了不得。"有人插嘴。

"但他指出，多曼德的结论是不合逻辑的。想想吧，"瘦削的男人继续说下去，"假设有几种不同的可能性，全部取决于一瞬间的抉择。好吧，暂且假设你是高戈斯，此刻正坐在自己的帐篷里思考接下来干什么。可以赶回思科纳镇关上大门，可以在战场上冒险一搏，也可以溜进山里。多曼德认为后果是有定数的。以他的逻辑，这三个选项都可能导致思科纳镇被攻陷。"

"可能这个词，"有人打断了他，"用在这种情况下……"

"闭嘴，马林。"莫格雷说，"你继续说，挺有意思的。"

"同理，"瘦削的男人接着说，"正面交锋和被围困这两个选项也可能共享部分结局。换句话说，从选择点分岔出去的可能性会在前方不断靠近，最终重新汇合，就像选择从未发生一样。朦胧主义者——好吧，他们的德行不怎么样，但也该有发言权——所谓的"朦胧设计"，就是某种能压倒个体选择的力量。多曼德认为并不存在命运这种东西，只有一条自然法则，让无法汇合的分岔保持尽可能少的数量。而卡纳迪的意见是，我们得算上人的影响。通过干涉元理，人类也可以在事物发展和分岔的过程中插一脚。这话由他说出来，值得好好想想。"

"换句话说，"有人说，"这不就是魔法嘛。那位博士是不是还能从耳朵里扯出一只蛤蟆、扔进尖帽子里？反正我不怎么相信。"

"确实跳了一大步，"莫格雷说道，"但还是有一定道理。"

"你是说蛤蟆跳吧。"

"是的。蛤蟆跳，这说法我喜欢。我们暂且假设世上真的有魔法，卡纳迪博士和他那些虐待蛤蟆的狐朋狗友也确实能随意操纵元理。多曼德会说，不管他们怎么操纵，都仍然是个体做出的随机选择，只不过换了个媒介而已——不管是自己穿过一扇门，还是别人通过元理影响你，让你穿过了那扇门，门都会被人穿过，选择都会发生。"

"这样的话，"瘦削的男人说，"卡纳迪就会说，受魔法干扰的事件是有迹可循的。战争，城市的命运，血脉的诅咒，家族宿怨……人们大多在这些情况下使用魔法，而这会渐渐变成一种趋势，让纯粹随机的发展方向变得不那么随机。换句话说，朦胧设计确实存在，但朦胧主义者的定义不太对。就算真的存在自然法则，也早就被一次又一次人为选择污染了。再考虑一下连锁反应，你应该知道结论是什么了吧？"

"胡说八道。"有人回答，"要说一样东西被玷污了，言下之意就是这东西可以被污染——在这里指朦胧设计法则。但就算人为选择能形成趋势，那也只是人性的正常趋势，就像斯滕刚刚说的一样。"

"啊，话倒没错，"另一个人说道，"但这种趋势远比平常的做事动机更强大，因为它能挟裹人群，迫使他们做一些普通情况下不会做的事。"

"换句话说，"莫格雷说，"就是进一步节省了可能性的数量，和多曼德思想没区别。没必要再说了。"

"说到这个，"一名参会者站了起来，忍住哈欠，"既然没必要再说，我也该回去了。你们可以熬一晚上，第二天还能上战场，但我得睡足八小时。噢，温馨建议：一定要让斯滕赢得辩论，除非你们明天想被放到阵型最前排。"

"真巧，你把我的话给抢了。"莫格雷说。

准备离开的参会者看着他，眼里闪烁着恐惧。"你在开玩笑对吗？"他说，"斯滕，这不好笑。"

帐篷里沉默了很久，然后，莫格雷微笑起来，"我当然在开玩笑了，哈因。明早再见。"围在铜制小火盆旁边的人变得相当安静，但莫格雷似乎没有注意到气氛的变化。"好了，"他说，"他刚才说到哪儿了？啊，想起来了——"

复习。唉。

玛基拉抬头看了看流淌着烛泪的蜡烛，目光转回书页。有时候，短暂地从书上挪开眼能帮助她清醒，但这次没什么效果。她已经把同样的二十行字反复读了至少五遍，但还是不解其意。

她又试了一次。

尽管在对马蒂安努斯和他的支持者关于所谓的朦胧设计论学说的愚蠢而轻薄的言论进行的驳斥中，我为了否决以下观念进行了一定的努力：可能性的数量受到一种未知且无法察觉的并发性外界力量的限制，并随此力量不可预测的变化而改变——

玛基拉垂下头，打起了呼噜——

——她发现自己坐在黑暗之中，俯视着一圈亮光。准确来说，身下是一张摇摇欲坠的折叠小凳，只要稍微挪动重心就晃个不停。凳子上绷着的帆布已经塌陷了一角。她试图挪得离塌陷处远一些，却感到布料又撕裂了一点。她一动不动地坐着，试图观察四周环境。

这里似乎坐着两圈人，内圈围着一只发光的铜火盆，光线和热量几乎完全被挡在了圈内。外圈的人只能看见脑袋和肩膀的模糊轮廓，靠着帐篷布坐着（我在一顶帐篷里，玛基拉意识到。我七岁之后就没进过帐篷了，这种帐篷更是第一次见）。她坐的地方正是外圈。内圈中有个人正对着她，是一张熟悉的面孔，从背对她的两个脑袋之间透过来。每个参加了军队送别式的人都能认出那张脸，那是莫格雷将军。由此推测，她应该是在偷听一场军事会议。她努力向前倾身，想听清这位大人物在说什么，但又害怕弄响破凳子。

"都是多曼德理论中的内容，"莫格雷将军说，"多翻翻多曼德的书吧。你想知道的一切问题都有答案。"

（胡说，玛基拉说，但在这里，她说的话只有自己能听见。我可清楚了，我正在读那讨厌的玩意儿呢。）

"希望高戈斯没有那本书。"背朝她的一个人说，"当然，他如果不识字就不用担心了。"

"我敢打赌尼莎读过，"有个她看不见的人说，"不过我觉得她更像圣马蒂安努斯的门徒。事实上，她就是个彻头彻尾的女巫。"

斯滕·莫格雷咧嘴笑了。"也许正因如此，她才绑架了亚历克修斯教长。"他说，"为了让他给自己解释那些长单词。"

"想想她翻书寻找爱情魔药配方和海上风暴的简易召唤指南，"另一个人说，"这画面不错。"

"她肯定以为多曼德的书是用暗语写的，"另一个人说，"每六个单词圈出一个之类的。"

（我得试试，玛基拉对自己说。

已经有人试过了，坐在她旁边的人说，没用，得到的信息和原文一样难懂。但这也说明不了什么。

你是谁？玛基拉问。

亚历克修斯。你是卡纳迪的得意门生，对吧？

我——玛基拉不知道该说什么。再次见到你真好。她说。

你真这么想？好吧。对了，卡纳迪应该也在。你好啊，卡纳迪。

你也好。玛基拉，你不是该复习多曼德吗？不过我想这也算复习了。亚历克修斯，我们到底为什么在这儿？我不明白。这不可能是什么关键的转折点。他们聊的都是些抽象哲学的废话。）

"言归正传，"一个瘦削的男人说，"你们该读读卡纳迪那家伙写的东西。真的很有道理。"

（废话？亚历克修斯问。

噢，别挑刺。其实真的是废话。从头到尾都在胡扯。你也不想我把真相告诉这些疯子吧？

安静，第四个人说。）

"在我看来，"内圈的一个人说，"问题的核心就是识别关键时刻。那么，该怎么识别呢？好，我们假设这边这位胡伊克会在这里继续待半个小时，然后返回他的帐篷。在他回去的路上，他被帐篷的固定绳绊倒，导致肌肉拉伤。明天的战斗中，拉伤的肌肉在关键时刻拖累了他，他的部队没有及时完成任务，结果我们输了一场战役。而如果他早离开或者晚离开五分钟，我们是能赢的。再假设我们中有个人说了关于元理运行方式的话，深深刻进了斯滕的脑海里，稍稍影响了他明天做的决策。再比如我两分钟后去外面撒尿，刚好撞破高戈斯对我们的袭击，其实我只是听见了一声咳嗽的模糊回音，或者看见了某人腰带扣上反射的月光。听起来没问题吧？很好。现在，假设我是个巫师或者女巫，想要找到关键时刻，以便将它撬开，改变事情发生的方式。我该怎么知道哪一刻最关键呢？我可能会在高戈斯准备做决定时到他身边晃悠，或者直接到战场上去。当然了，我会找到一大堆关键时刻，因为每一刻都他妈的很关键，或者至少代表着一些关键的可能性。在这一刻，也许高戈斯那边刚好出现了一个关键时刻，一大群巫师和女巫正围着他玩拔河。但如果他们改变了这个关键时刻，谁又能说我的关键时刻依然关键呢？比如他们要是让高戈斯在森林里走另一条路,我出帐篷之后就不会看见他了。"

斯滕·莫格雷点点头。"你的意思是,"他说,"要么魔法无用,因为不存在真正的可能性,也不存在节省可能性的方法,多曼德写的东西全都是胡扯;要么每一刻都是关键时刻,巫师和女巫们的切入点就完全不重要了,因为他们总会找到能改变一切的节点。阿佛特,你应该当律师,而不是军人。"

"我不是这个意思,"名叫阿佛特的男人说,"我只是指出了要相信魔法就必须正视的事。"

"你应该不信吧。"

"其实,我一直尽量持开放态度。"

(如果他再叫我一次女巫,我就扇他一巴掌,哪怕我并不是真的在这儿。

真正的女巫只有尼莎·洛雷登,亚历克修斯小声说。玛基拉打了个寒战,他继续道,不知为什么,我们在这种情况下都很礼貌,没人去捅别人,也不会强迫别人泄露机密。这真是最和谐、最友善的战争了。对吧,卡纳迪?你看,卡纳迪和我可是敌对阵营呢。

噢,玛基拉说,你们不是朋友吗?这样会不会尴尬?

确实是朋友,卡纳迪说,但又不是真正的面对面,所以无所谓。

我可不觉得,先前叫大家安静的声音说,对了,我是维特里丝·奥泽尔。我绝对是真的在这儿。

如果我们真的在这儿,玛基拉说,那你们谁知道到底是为什么吗?)

斯滕·莫格雷突然打了个哈欠,然后伸了个懒腰。"今晚聊得差不多了,"他说,"我们明天去思科纳镇继续讨论吧。大家都清楚自己的职责吗?"

"其实——"有人回答。

(我觉得我们刚刚定下了战争的结局。卡纳迪说,谁知道哪边赢了?)

——卡纳迪在床上坐得笔直，太阳穴的剧痛而让他忍不住叫出了声。不知为什么，他觉得浑身发冷，惊魂未定，就像刚刚在街上目睹了一场悲惨的意外。"玛基拉?!"他大喊，但却搞不懂自己为什么要喊。

他慢慢下了床，看向窗外。外面仍然一片漆黑，夜灯的灯油烧完了一半多。他一屁股坐进椅子里，伸手去拿酒罐。

魔法，他想，**有人在强迫我使用魔法**。他觉得反胃。喝下三大口葡萄酒后，他又站了起来，在窗边的石质大水盆中仔细清洗了脸和双手。他迫切地需要照明。除了夜灯之外，房间里还有三支蜡烛和一盏油灯，他全部点亮了。这让他感觉好了些。

有人敲门，他打开了门。

"玛基拉?"他问，"什么事?"

她抬头用那双傻乎乎的年轻的眼睛看着他。"对不起，"她说，"我做了个梦——"

卡纳迪走进门外的过道里，左右看了看。中年教师凌晨时分在自己住处和年轻女学生见面，这太不妥当了。"我知道，"他说着把她拉进屋关上门，"你记得梦的内容吗?"

她点点头，"记得，"她说，然后啃着指甲边缘加了一句，"但也不确定。"

"噢，看在老天的分上，你先坐下。"卡纳迪找到自己的拖鞋穿上，在她对面坐了下来。他给自己又倒了一杯酒，没有问她要不要来一杯。"我只记得快醒的时候听见你问了一个问题，"他说，"对了，你头疼吗?"

她点点头。"有一点。"

"只有一点，还不错。告诉我你的梦是怎样的。"

讲述完毕后，她发现他闭上眼睛别过了脸，"是件重要的事吗?"她问。

"我想是的，"他回答，"我们刚刚将上千人送上了死路，而我连他们是谁都不知道。”

还有一个小时，第一缕曙光才会出现。夜视能力一向出众的高戈斯·洛雷登此刻连凑到面前的手都看不见。经过森林时，他通过数步数估算了双方的距离，但完全有可能算错。他知道自己想去哪里，却不知道自己身在何处。

这是最重要的一战，用这种方法选择战场真够滑稽。如果思科纳因为他错估了自己的步长而被攻陷，那就太悲情了。

“好了，”他说，希望旁边的人离他够近，能听见他的声音，“散开，整队，但愿我们没搞错方向。”

这是我的决定，他不断告诉自己，我一个人的决定。尼莎不想我打仗。我相信岛上的居民信赖我，需要我的保护。但这只是猜测，他们完全有可能欢迎斧枪兵，把他们看作解放自己的救星。我做这个决定，靠的仅仅是我自己的判断。老天啊，这真是太荒唐了。

他闭上眼睛。这是为了巴达斯，为了尼莎，为了卢哈和小尼莎，伊苏斯和赫丽斯，不管他们想不想要我的帮助。这是为了我们所有人，以及属于我们的一切，不论对错。我对做过的事情从不后悔。它们是我的信念的体现，而现在必须接受考验了。胜利会证明我一直以来所做的事情是正当的。等着瞧吧。

初升的太阳照亮了斯滕·莫格雷的大军。

二十

    天刚亮,巴达斯·洛雷登就开始了下一阶段的工作。

    昨天晚上,他取回了在太阳下晒干的筋腱,放在橡木板上,用皮革槌子捶打成纤维状,然后用一把特制的象牙梳子慢条斯理、小心翼翼地将它们梳开,把一条条粗糙的黄色半透明纤维分成不同长度,分别束好,按照尺寸排放在桌面上。现在,材料准备工序只剩下清理肋骨和熬胶了。

    骨片由于自身的油脂而触感滑腻。他用滚烫的碱水把每一片都洗了一遍,尤其仔细地擦洗了接口处内部。趁着把它们放到一边冷却的时间,他制作了接下来会用到的几种胶水。

    他用凝结的血调和锯末做成了上浆剂,固定胶则是把碎皮和肌腱废料放进水中、大火熬煮一个小时制成的,期间需要偶尔搅动并撇去浮渣。他把粘合力最强的头道胶水分装到别处,余下的残渣重新放回火上炖了一整天。那气味恶心极了,但他几乎没有注意到。

他用血胶仔细地给骨片和木坯上浆，然后把它小心翼翼地侧放在木块上，稳稳地摆在从窗户灌入室内的阳光里。等待上浆剂硬化的时候，他又把更多的筋捶打成纤维，还做了一张用来把肠子拧成弓弦的木质绕弦架。最后，他把浸泡过的皮革块扯开，准备包裹弓把。

（"如果是关于战争的事情，"小卢哈当时说，"我当然愿意帮忙。你想让我做什么？"

"噢，一些基本工作，一点也不难。我本来不想麻烦你，但我已经习惯有学徒在身边了，而且我也不知道还有谁能帮我这个忙。"

卢哈微笑起来。"我一直想学一门手艺。"他说，"用自己的双手干活，而不是读书或者打仗。我想做东西，当一个手艺人。"

"这肯定是家族遗传。"他鼓励道，"相信我，我们两个能做出中邦之外最好的弓。"

卢哈的笑容更加灿烂了。和许多表面上阴沉内向的孩子一样，他笑起很好看。

"父亲会很高兴的。"他说。

"希望如此吧。"他回答。）

差不多在洛克斯森林战役最激烈的时候，他完成了材料的预备工序，开始制弓。

"谨小慎微是失败者的作风。"斯滕·莫格雷说，"但另一方面，我们实在不能把这一仗搞砸，所以还是稍微稳妥些吧。"

这是一个炎热晴朗的早晨，一丝风也没有。亮得难以直视的阳光在东方的海面上闪耀着，也将银行的镀铜屋顶照得熠熠生辉，像着火了一样。在他身后，洛克斯森林和思科纳镇之间只有开阔的丘陵地，以柔和的起伏向海湾两侧的悬崖延伸。对于步兵冲锋来说，这样的地形再合适不过了。下坡的坡度能提供可观的动力，又并不过分陡峭，所以非常安全。在他下方，高戈斯的那支小小的军队横在大路上，像搭在铁砧上的细钢条，正等着被锤打成型。"谁要是带回高戈斯的脑袋，谁就有三十个金币。"他高声说，"如果脑袋还连在身子上，还能喘气，就再加二十个金币。除了他之外，剩下的人对我们没用处，所以尽情大开杀戒吧。保持阵型，不要磨蹭，这应该会像踩死甲虫一样容易。"

他将三百个士兵排成两排作为中军，剩下的分成人数相等的两批作为侧翼，每侧各六百五十人排成两条长长的阵线。他的计划是展开侧翼向前推进，让高戈斯以为他们是要从他两侧冲过去，完全避开他，直接进攻思科纳镇。如果他上钩，要么会分散兵力阻拦大军，然后被迅速包围，要么会阵脚大乱，试图撤回镇内。如果情况属于后者，中军就会发动冲锋，攻击他的后方，同时侧翼将赶到高戈斯前方，合在一起，组成一条截断退路的套索。不管怎样，只要他的军队铺散开来，保持移动，弓箭手就会丧失侥幸得胜的机会，因为不论何时，战场上的斧枪兵都是散开的，他们射箭也就没有意义了。尽管开战后，他对高戈斯的好感与日俱增——你很难不对自己深入研究的对象产生感情——他还是想不通在这样的地形带着二百五十名弓箭手，要怎么与一千六百名斧枪兵抗衡。他短暂地考虑了一下议和，但没怎么犹豫就否决了这个点子。严格来说，他这是在镇压一场叛乱，算不上真正的战争。他只需要按照镇压叛乱的规程走就行了。

高戈斯看着斧枪兵从两侧向他接近，意识到自己完全不知道应该如何应对。

愚蠢，真是愚蠢。不知为什么，他以为敌人会用一支庞大而密集的中军向他发动冲锋。之所以产生这个荒诞的想法，是因为只有在这种情况下他才有获胜的可能。而现在，他们似乎完全忽视了他的军队，像避开一个倒在大街中央的醉汉。

"现在怎么办？"有人问。

高戈斯耸耸肩，"我想是上去和敌人打吧，我们来这儿就是为了这个。"

"和哪些敌人？"

高戈斯想了想。"他们，"他指了指敌方中军，"就是那些站着不动的混蛋。他们容易射中。好，所有人排成两排，轮流上前放箭。"

第一轮箭雨腾空而起，像一片新麦茬地里惊飞的白嘴鸦群。他们和目标之间隔着二百多码——远地靶就是这个距离，而他最近半年一直都在让士兵练习远地靶。离敌人还剩一半距离时，箭停止了爬升，在空中悬停了一刹那——

（极短的一瞬间，天平的两臂在薄如刀片的支轴上维持着平衡。）

——然后开始下落，力量和速度渐渐积攒。它们下落的位置总比预期的靠前，达到最高点后，下降速度会比爬升时快得多，势头也更猛。箭雨直接落在了中军的两排阵列上。第二排弓箭手越过第一排，前进五步之后开弓放箭。第一轮箭射中目标时，第二轮已经离弦。接着轮到第一排向前五步，箭雨飞向空中时，第二排再次前进并开弓。这次，第一排弓箭手停在了原地，因为已经没有站着的目标了。

（我没想到他会这么干，斯滕·莫格雷死的时候想。）

敌军侧翼正在快速接近，完全不明白发生了什么。高戈斯深吸了一口气，下令军队组成密集方阵。如果他们有脑子的话，肯定会直奔思科纳镇，他一边想一边伸手取箭。如果冲着我们来，就要看箭够不够用了。最终成败还是取决于物资供应，取决于经济。

前进的敌军在两侧伸展队列，准备合在一起形成包围圈。他对此毫不担心。他已经将自己的方阵收束到了最小，如果要交战，他们必须收紧包围圈，缩短士兵和士兵之间的距离，成为弓箭手最好的目标，就像他之前在河岸看到的一样。"等敌人进到八十五码之内，"他用响亮清晰的声音叫道，"前排，开弓。"

第一轮齐射让他们散开了一些，但是空隙很快就被填满了，因此并不妨事。横排交错前进的效果和他预想的完全一致：一排放箭时另一排已经拉开了弓，空中的箭雨一刻不断。敌军阵脚大乱，仿佛地上有绳子绊倒了他们。离方阵还有四十码时，他们已经乱作一团，来不及越过堆积的死尸和伤员就纷纷中箭。尸堆越来越高，像是积聚在沙漏底部的小沙丘，或者涌上海滩那一瞬间的海浪。在四十码的距离上，决定胜负的关键时刻已经触手可及，不过从应用哲学的角度来看，这个问题并不稀奇。两军交战本来就没什么晦涩深奥的东西，一切都取决于基础算术——最先耗尽的是高戈斯的箭，还是敌人的士兵？两者的数量非常接近。敌军究竟会终止进攻撤离战场，还是越过尸堆向前奋进，也许要看最后一支箭、最后一名士兵、某个弓箭手的剑法、某个斧枪兵穿胸甲的方式、某把弓的准头、某支箭的笔直程度，或者某个人的脑袋在关键时刻转向左边还是右边。

高戈斯看也不看地摸到了最后一支箭的箭羽。他左手推弓，右手拉弦，勾弦指的第一和第二关节之间已经血肉模糊，开弓时背上的肌肉痛得厉害。左臂伸直时，弓发出了刺耳的断裂声，断裂的上弓臂猛撞在他的嘴上，如同老道的拳击手打了一拳，下弓臂则狠狠抽打在他的膝侧。他呆立了片刻，身上挂着损坏的弓，样子很好笑——这该死的垃圾，白蜡木弓坯没有铺筋，此时终于承受不住弓背的拉伸与弓腹的压缩，让他在决定一切的关键时刻失去了自保之力。除了扔下那两根柴火棍站在原地之外，他突然间什么都做不了了。

"去他妈的!"有人喊道(是胡伊克·波瓦特,昨晚夜谈结束后,他在回去的路上被一根固定帐篷的绳子绊了一跤,扭伤的脚踝就像水桶上的破洞,让他的体力不断流失),"后退! 整队! 看在老天的分上,都给我往后退。"斧枪兵开始往后撤,由于地上的尸体太多,撤退的动作很慢。箭雨仍然不断落下,倒地的人并没有比之前少。撤到七十五码外的时候,他们集合整队,这才意识到幸存者少得可怜。"去他妈的!"胡伊克·波瓦特又骂了一声,接着不情愿地下令退兵。他满心愧疚,一瘸一拐地走在队伍最后,仿佛抛弃了自己不再爱的女子。宽阔的后背成了显眼的目标,胡伊克·波瓦特是最后一个倒下的人,挣扎了几个小时才死去。

"难以置信。"高戈斯说。

"不信也得信,"他旁边的人说,"确实是险胜,不过总比输掉好。"

残余的敌军里有人担负起了指挥的责任,他们排成纵列,越走越远。"剩下不超过七百人,"有人说,"大概更接近六百。"

高戈斯迫使自己回过神来。"我们呢?"他问,"伤亡情况如何?"

"他们根本没进入近战距离。"另一个人回答,"要是每个人的箭再少三支,肯定会被他们杀光,但我们逃过了这一劫。看起来无人伤亡。"

到了下午,高戈斯把镇民们划分成几组,分别负责回收箭支、剥掉死尸的衣物盔甲和埋葬尸体。一个拜斯中士的信使前来报告喜讯。拜斯带兵在山里伏击了撤退中的敌军残部,大约七百个斧枪兵中只有九十人逃脱了。他想知道接下来应该追击逃亡者还是回思科纳镇。

高戈斯觉得反胃。他告诉信使让拜斯回镇,放过那些可怜的家伙,然后走上山坡去见他姐姐。

银行里几乎空了。没有文员在走廊里匆匆穿行，或者从桌前抬起头偷瞄他。没人坐在尼莎的办公室门外的石凳上等待召见。他推开门走进去。里面空无一人。

他最后在金库里找到了一个文员，那人正忙着把算板上的银算筹往一只叮当作响的大口袋里放。

"嘿，"他说，"董事哪去了？"

文员盯着他，好像他长了两个脑袋。高戈斯低头看了看自己染血的衣服和伤痕累累的手。"没事，"他说，"我们赢了。你看到我姐姐了吗？"

文员露出一副不知道该傻笑还是该逃跑的样子。"你不知道吗？"他说，"她跑了，已经不在思科纳了。她带着所有的现款和最好的船离开了。"

你说阿维德·索福那家伙？阿维德·索福想，是啊，我记得他，他不就是那个比另外两支军队迟了三天才到思科纳镇，浑身湿透沾满烂泥和松针的蠢蛋吗？真是个笑话！

据当地人说，由于最近丰沛的雨水已经流入大海，过去几天炎热的天气又烘干了大片常年被水淹没的湿地，思科纳南角那片地面被沼泽覆盖的森林比平时干燥多了，往常齐腰深的泥潭现在只淹到人的膝盖。

穿过沼泽的过程又痛苦又悲惨，每一步都万分艰难。本来能供五个人和一头骡子通行的小道被两千个士兵踩成了粘鸟胶一样黏稠的泥泞。裹满泥浆、吸饱了水的靴子沉重得几乎无法抬脚，赤脚走路反而会让脚干燥些。不断有人被大丛的茅草绊倒，扭伤脚踝。森林里昏暗不堪，一切都被瘦高的冷杉树和歪歪扭扭的山毛榉树冠笼罩着，气味恶心。军队不得不穿过齐腰高的荆棘和黑莓灌木，在垂到地面的树枝与树根之间钻进钻出。在自然的折磨下，什么敌人都是多余的。

敌人根本不会进森林,他们没那么蠢。

尽管如此,索福还是知道,如果他不派出侦察兵和先遣队,就肯定会遭到伏击,遇上路障、泥石流、敌人的岗哨和弓箭手。一个自以为不用守规矩的将军可能会害了整支军队,遭遇猝不及防的歼灭。思科纳应该已经被攻陷了——毕竟,他们该怎么抵挡四千人的大军? 肯定有从镇上逃出来的反抗军余党,如果遇上了,他们会继续逃跑,还是背水一战? 在阴暗的树木之间、恶臭的污泥之中交战,对双方来说都糟透了。他们肯定不会那么蠢的。(啊,但如果他们不蠢,就不会进沼泽地了。)

"他们说前面有块空地。"掌旗中士说。

"希望他们这次是对的。"索福说,"之前我还以为他们是故意带我们走错路——这也正常,因为我们是敌人——但现在我不那么想了。我觉得他们和我们一样不认识路。毕竟,谁有事没事往这里跑? "

掌旗中士点点头。"还是有几个认识路的猎人。"他说,"据说这里有鹿和野猪,大概我们弄出的响动把它们惊走了。还有几个老头会带着家里的猪来这里找松露。"

"我从来不懂为什么有那么多人喜欢吃松露。好像要加蜂蜜,或者切成——我的天啊,他们是对的。那儿确实有片空地。"

"不止有空地。你看。"

空地上有人正在搭帐篷,有人徒劳地用受潮的木头和湿透的引火棒生火,有人正把弓堆叠在一起,还有人在树枝上晾衣服。索福花了五秒钟才意识到眼前这一切意味着什么。这期间,空地上有些人试图去拿武器,但大多数只是站在原地愣神。仿佛他们本来坐在家里,却有神话中的野兽撞破墙壁冲了进来。

"前三排。"索福叫道，但晚了一步，他周围的士兵已经不等命令就冲向了前方，急着要把一周以来在森林里积攒的怨气发泄在敌人身上。没过多久，空地上的两百五十名反抗军的一半逃进了森林，没来得及拿上武器，有些人还光着脚，身上只穿着里衣。剩下的人很快就被砍倒，如同那些给军队带来极大痛苦和愤怒的黑莓灌木、荆棘、蕨类、树苗和森林里的其他植物。这是一次迅速高效的砍伐，敌人暴露的肢体像树枝一样被挨个切断。斧枪兵们基本上只用斧刃劈砍，极少用到枪刃。索福没有干涉，毕竟他先前也没让士兵们考虑茅草和羊胡子草的感受。而且，他并不想阻止他们。在森林里度过的这一周让他也颇有怨气。

军队丧失兴趣的时候，还有大约五十名敌人活着。他们大多都负了伤，有些人被砍掉了手指或者手，有些人被削掉了耳朵。整个过程就像一群恶毒的孩子漫无目的地猛砸树干，折断树枝，划破树皮直到树汁流淌出来。几乎没有敌人做出反抗。

"够了，"索福叫道，"别再浪费精力了。控制好俘虏，我们修整一个小时后出发。找找附近有没有干净的水源，再看一下反抗军的帐篷里有没有食物。别浪费了好东西，我们还不知道下次获得补给是什么时候呢。"

没错，说不定我们应该把敌人的尸体也吃掉。

俘虏的供词让他愉快起来。他们试图追踪和伏击斧枪兵，结果迷了路，在灌木和烂泥中跋涉了三天，已经准备放弃原计划，撤出森林了。本来打算在森林边缘等待沙斯特的军队，要么打一仗，要么学高戈斯消灭敌军的第一部队的办法，跟着他们前往思科纳，一路骚扰——

"你什么意思？"索福打断了他。

俘虏看起来十分吃惊。"你不知道？"他说，"我们出发之前听到了消息，洛雷登将军打败了你们的第一部队，抓到了几百个战俘。"

索福皱起眉头。"是莫格雷将军的军队吗？"他问，"还是阿芬姆将军的？"

"不知道。"战俘说，"高戈斯当时还没到思科纳，我们只接到了急报和守卫森林的命令。在林子里遇到平民之后，才听说你们在这里。"

"高戈斯真的击败了一整支军队？"索福问。俘虏紧张地点了点头。"那他应该会返回思科纳镇吧？"

"我想是的。"俘虏抹掉从头皮上的伤口淌到眼睛里的血。他的头发也浸了血，血液像树叶上的雨水一样，沿着长得过头的刘海滴落。"我们得到的消息里没提到这个，只是说我们打了一场大胜仗，命令我们守好这里。"

"你确定你不知道是哪支军队？如果你在撒谎，我就吊死你。"

"我确定，"俘虏疲乏地说，"我连战场在哪里都不知道，也不知道高戈斯传信的时候在什么地方。我们的中士应该知道，如果他还活着的话。"

阿维德·索福抬头看了看护旗中士，后者摇了摇头。"好吧，"他说，"中士，让俘虏列队，我们得带上他们一起走。这样吧，让他们带我们原路返回。他们看起来不像是在泥浆里跋涉过的样子。"

俘虏摇了摇头，"这片空地的另一边地势更高，非常干燥，但我没法带你们原路返回。我说过，我们也迷路了，足足有半天时间都在绕圈子。"

斯滕·莫格雷的军队有可能被击溃了。对此，阿维德·索福的担忧程度超出了他的想象。他极度讨厌莫格雷，并且知道莫格雷对他也持相同态度，还要加上一份鄙夷。但是自从到达思科纳，莫格雷一直是掌控全局的人。因为他的存在，索福没怎么思考过整体战略，把心思都花在了羞辱莫格雷和他的同党上。如果莫格雷的军队真的遭遇不幸，那么他可能要花几天、甚至一整周的时间来整顿士兵，担起指挥战争的重任。这意味着索福会成为远征军的领袖。接下来无论发生什么都是他的责任。

*该死的战争，*他怨怼地想，*就算一切顺利，到头来也全是白忙活。*

"你说她离开了是什么意思？"高戈斯问。

"就是离开了。"文员无助地重复道，"她还辞掉了董事的职务，把所有银器和大部分贵重家具之类的东西都带走了。账簿倒是都留了下来。"

高戈斯深吸了一口气，然后缓慢地呼出来。"好吧，"他说，"她的女儿和她一起走的吗？"

文员一脸困惑，"什么？"

"她女儿。伊苏斯小姐。"

"噢，应该没有。她好像谁也没带走，除了几个护卫和船员。"

高戈斯靠在墙上，用指尖揉搓着脸颊。"好吧，"他又说了一遍，"没时间说这个了。现在总部的职员都由谁管理？"

文员耸了耸肩。"没人管那些了，"他说，"我想大多数也都，唔，准备离开。"

高戈斯皱起眉头，从文员的手里夺过那袋算筹，把它们撒得满地都是。"我猜也是，"他说，"不过这样可不成。所有试图离开岗位的人一经发现，必须亲自来向我解释清楚。你负责传达给所有同僚，如果出了差错，我就追究你的责任。你叫什么来着？"

文员叹了口气。"利尔特·瓦里尔，"他说，"誊写处副主管。"

"好。传信下去，然后回到你的岗位。不，算了。去看看是否有新消息，弄清楚南边的守卫部队到哪里去了。我得知道还有没有剩下的敌人。"

"噢，我觉得应该没有了吧，"文员说，"你不是已经把他们全歼了吗？"

"有消息了立刻来找我，我待在董事的办公室。"

是真的。高戈斯把脚搭在办公桌上，想道，她真的走了，不然她那只苹果木的小杯子去哪儿了？那是巴达斯用厨房里的树桩做给她的。它不在，所以她肯定离开了。他注意到房间里还有许多东西都不见了，除了不值钱的和被固定在墙上、无法轻易取下的。当他把脚放在她的桌子上、却不担心她突然推门而入时，他就知道她已经离开了。这座建筑里已经感觉不到她的存在。都是因为她不相信他能赶跑敌人、保护家人。这已经不是第一次了。

那个文员又出现了，看起来相当紧张。"没有消息，董事。"他说，"我和其他几个主管沟通过了——"

"董事？"高戈斯重复了一遍，"好，你继续说。"

"我和其他主管沟通了，职员们已经重新开始工作。格雷兹中士和南部卫队按照你的命令去了沼泽地，但没有送回任何关于敌军的消息。"文员犹豫了一下，"战争似乎已经结束了，"他说，"还有什么吩咐吗？"

高戈斯看了他一会儿。"有人知道她为什么离开吗？"他问，"她说过什么没有？"

文员点了点头。"我觉得是因为战争的代价已经过于高昂，没有继续的必要了。"他说。

"过于高昂。"

"我是这么想的。她认为是时候止损了，所以停掉了这里，去寻找别的有利可图的生意了。"

高戈斯盯着他。"什么生意？"他质问。

"你不知道？"

"噢，看在众神的分上，"高戈斯恼怒地说，"我当然不知道，什么别的生意？"

文员告诉了他：科里昂风险投资公司的一半股份、加赛尔的制革厂、维桑萨的锯木厂、拜舍斯特的葡萄园、达卡斯铜矿联合会的股本、岛上的制绳厂——

"出去。"高戈斯说。

巴达斯拿起了弓。

如果条件理想,他会让胶水硬化至少一周时间。一周以上更好。但时间是件奢侈品,而且,这批昂贵的进口生皮熬制的胶水在酷烈的阳光下干得快极了。他拿起弓弦,把它的一端套进下弓臂的弦槽里,然后犹豫了一下。这把弓很可能在他第一次弯动弓稍、给它上弦时折成两段,所有劳动成果和珍贵的材料就全白费了。

第一步是修整刻有接口的骨片,并把它们固定在木坯的弓腹上。现在,他知道自己必须尽快做好,这就变成了一桩漫长又煎熬的活儿。但这一步必须精确无误,如果骨片不能完美契合,弓腹就会不结实。可怕的压缩力会找到位于骨片衔接处的弱点,把弓撕成碎片。所以他必须反复锉磨、刮擦、抛光,用手指在衔接处的一面抹上煤灰,反复组合、拆开,直到两面的煤灰均匀平坦,衔接处紧得连一根头发丝也进不去。确定了每片骨片的位置并给它们上浆编号之后,他给弓坯抹上胶,将骨片挨个拼好,然后用结实的绳子缠绕固定,每隔八分之一寸就绕一圈。为了保险,他又加上了夹钳,并垫上从多余的骨头上削下来的细长骨片,使夹钳的力量均匀分散。等待胶水固化的时候,他再次梳理筋腱,然后编好了弓弦,缠上护弦绳。

胶水刚刚变硬,他就取下了夹钳和绳子。他又熬好了一锅胶,开始给弓背铺筋。这是个枯燥的脏活。他用先前剩下的牛皮胶水再次涂抹弓背,然后把它架在工作台前。工作台上放着四十束整理好的筋腱纤维,间隔着便于取用的距离。胶水很合适——还是温热的,黏稠程度如同新蜂蜜。他把用来压平纤维的长骨片放进一只装满水的小陶杯里。

他选了第一束、也是最长的一束筋丝,把它浸进锅里,直到它吸饱胶水,变得柔软。然后由上而下开始挤压，让多余的胶水从末端流出，同时也压平筋束。接着，他小心地将筋束铺在弓坯背部、弓把上方的位置，用浸湿的骨片从中间开始把它展开，直到宽度达到半寸以上。他把第二束筋腱放在第一束末端，头尾相接，用骨片将纤维微微刮得长了些，然后重复相同的步骤，直到弓背中央的筋束从上弦槽一路伸展到下弦槽。完成这一步之后，他停工片刻，洗掉沾在手上的胶水。

在第一列筋束左边铺第二列时，为了避免两列筋束的头尾接缝对齐形成弱点，他像砌砖一样错开排列，然后用骨片分别抹平，直到每一束都与上下和侧面的筋束融为一体。他重复着相同的动作，直到弓坯背部和侧面完全被一层浸透胶水的筋丝铺满，形成一条长而扁平的人造肌腱，干燥之后不论怎样用力伸展都极难断裂。第一层刚铺好，他立刻铺上了第二层。趁着胶水仍然黏稠柔软，让每一束纤维都完美融合，不留下任何弱点。终于，他用仅剩的筋丝包裹好弓腹处骨片的接缝，抹掉弓背上的所有余胶。最后一根筋腱纤维和最后一滴胶水都用光了，什么也没有浪费。

因为时间紧迫，他用耐火砖搭了一座烘干炉，把砖块烤到烫手的程度，然后围绕放着弓的台子摆了一圈。阳光直射在砖块上，让它们在火的热量消散后依然温热。他从来没用过这个方法，唯恐热量会弄弯或弄坏弓，或者让胶水干得太快，变得易碎，又或者把筋丝烤得过猛，以至于冷却后从弓背上分离下来。这还只是他能轻易想到的问题，意料之外的灾难无疑会更糟糕。

现在，大功告成。弓被他拿在手中，等待着上弦、驯弓、修整、打磨、抛光，以及被裹上最后一层薄如纸张的牛皮。

手里的弓丑陋肮脏，如同一个新生的婴儿，一条人造的肢体，由骨头、筋腱、血液和皮肤组成。所有身体部位都经过改进和纠正，被取出之后又以更好、更有效率的方式重组在一起。弓背上的筋腱等着被拉伸，弓腹的骨头等着被挤压。二者被一条木材分隔开来，血液、皮肤和骨末又让它们亲密无间。这是一条被拉伸和挤压到崩溃边缘时，比任何血肉之躯都更强壮的手臂。以暴力制成，为暴行而生。它包含了躯体、热量、空气和人的手艺，美妙得无法用语言来描述。死去的肌肉还有生前的记忆，死去的骨骼能承受巨大的压力，死去的肢体可以夺去生命，而血液和皮肤碎屑，则能在已死的躯体部件用尽力量、挣脱彼此的时候将它们紧紧束缚在一起——

就像洛雷登家族一样，巴达斯微笑着想，有人弯折舒展，有人挤压并遭到挤压，但我们都无助地被一点血液和锯末，以及一张共同的皮肤黏结在一起。如果一同运作，我们在崩溃前的那一刻拥有无限的破坏力。我在这个家的背部待了很多年，现在我身处弓腹。压缩力即将在这里变成伸展力，积蓄的力量即将转化为暴力。而这把弓是我做给哥哥高戈斯的。

他抬起左腿跨过弓把，用右脚卡住下弓臂末端，把弓内侧抵住左膝窝，左手握住上弓臂全力内弯，直到能将弓弦上端套进弦槽。弯动很困难，得用上全身力气。他感觉到骨片无比希望碎裂——但没有碎裂的余地，因为它对抗着弓背筋丝中同样难以忍受的张力。两股力量互相制约，就像剑拔弩张的家庭成员，被永远无法逃脱、永远把他们推向极限的力量羁绊束缚在一起。正当他觉得自己永远无法上好弦的时候，肠线打成的线圈成功滑进了弦槽。弓弦承受住了拉力，线圈和护弦绳也保持完好。巴达斯单手托住弓，寻找着能让它保持平衡的重心。驯弓意外地很成功：下凹的弓把两侧是两条向上凸起、美丽匀称的曲线，弓身完全对称。反曲弧度的末端又再度反向弯曲，形成另一股张力。他屏住呼吸，拿起弓——它轻极了——用手指勾住缠着护弦绳的弓弦中段，左手前推，右手后拉（又是两股对立的力量，因为背道而驰而产生暴力）。他的手臂、后背和肩膀的肌腱骨骼开始发力。他谨慎地实验着，每次用力时都只多拉开一寸，直到拇指底部触到下颌，弓再也无法被拉得更开。

他休息了片刻,活动着酸痛的肌肉。这讨厌的东西拉距不大,每多拉开一寸都需要大得多的力量。一百磅的弓只能拉开二十五寸,准头不好,但力量很足。总之,它不适合我。但是高戈斯从来都是家里最强壮的人,能轻易拉开一百磅的弓,而且小拉距适合凭本能快速射箭。高戈斯从小就是凭本能射箭的。他从靠在门框上的箭囊里拿出一支箭,搭上弦,瞄准房间另一端一块三寸厚的橡木板,然后开弓放箭,由着弓本身的力量把弦带离手指。箭射得偏高,箭杆裂开了,破甲箭头直接射穿了木板。这力量让人恐惧。巴达斯站在原地注视了一会儿,然后给弓下了弦,小心地放在桌上。

之后,他用刮刀、粗糙的芦苇秆和沙子对弓进行了修整,又用优质的生皮裹住弓把,精心打蜡防潮,最后刷上厚厚两层纯正的、贵得吓人的科里昂防水漆。漆干得很快,防水效果很好。弓看起来漂亮了些,除了木制弓坯露出一条黑线之外通体奶白,熠熠生辉。

他拿过最后一块好牛皮——用它写字就和用最好的羊皮纸一样——写下"给高戈斯,来自巴达斯,致以爱意"。然后他开门叫了一声。很快,一个文员匆匆赶了过来。

"高戈斯·洛雷登还在银行里吗?"巴达斯问。

"应该是的,"文员回答,"但他不会待多久了。有消息说阿维德·索福和第三支部队刚刚出现在南边。他正准备离开。"

巴达斯微微一笑。"时机正好。"他说,"把这把弓给他,快一些,这很重要。"

文员点点头,"我马上就去。"

"好伙计。这是他一直想要的,所以他应该会很高兴。"

文员离开后,巴达斯关上房门,在地板上坐了下来,把头埋在手中,努力不去想自己做了什么。

　　高戈斯用左手握住弓把，破皮结痂的右手拉弦指搭在弓弦中段。这把弓完美极了，就像他身体的一部分，就像他的手臂，但强壮得多。他觉得这把弓已经跟了自己很多年，他了解它，熟悉它，就和熟悉家人一样自然。

　　"它真美，"他说，"而且，它是巴达斯为我做的。"

　　中士用脚尖敲着地面。"确实不错，"他说，"但我们还有仗要打，所以你玩够它之后——"

　　高戈斯没有抬头。"我得去向他道谢。"他说，"你不明白。我失去了我的姐姐，但重新得到了我的弟弟。我们又是一家人了。"

　　中士从鼻子里呼出气来。"高戈斯，我们得出发了。"他说，"如果不能在天黑前赶到山里，就没法找到有利地形。我们可能会输掉这场战争——"

　　"你说得对，"高戈斯说，"巴达斯给我做弓不是为了让我拿着它打败仗的。道谢的事情只能等到我回来再说了。"他不情愿地把弓放进弓囊，手指抚过刷了漆的弓背。"真有意思，"他说，"我用他上次给我做的那把弓干了一些很糟糕的事。我有个预感，这次一切都会大不相同，就像一个崭新的开始。"

　　"真的吗，"中士说，"你是想说，你用这把弓可能会射偏？"

二十一

"斯滕·莫格雷死了。"卡纳迪说。

其他人看他的眼神就像他当众脱了衣服一样。"抱歉,你说什么?"其中一个人问。

"斯滕·莫格雷,"卡纳迪重复道,"他死了。他的军队也被歼灭了。事实上,我们一共损失了四千多人,却什么也没做到。当然了,阿维德·索福还活着。"

米希尔·波瓦特的妻子端着一盘熏肉油浸鸽子走了进来。"大家趁热吃。"她说,"哎呀,怎么一个个都拉长了脸。没出什么事吧?"

一阵尴尬的沉默后,比蒙德·法伊姆说:"据我们这位神秘主义朋友所言,我们的军队在外面被打得落花流水。"

"噢,"米希尔·波瓦特的妻子说,"哪支军队?你是说和那些讨厌的造反者打仗的大军吗?"

"没错,"米希尔·波瓦特嘟囔,"就是我们儿子参加的那支。卡纳迪博士,你自己说说，你是疯了，还是得到了神灵启发……还是单纯的不会说话？"

"对不起。"卡纳迪说，"我——好像突然被控制了一样。"

"是啊，"比蒙德·法伊姆从盘子里拿起一只鸽子，"又是圣灵感召那一套。除了你内心那个神秘的声音，你还有什么证据可以支持这番耸人听闻的言论？"

"没有，"卡纳迪说，"请原谅，真的很对不起，就当我什么也没说吧，真的——"

晚宴的客人中，有个高大的灰胡子男人摇了摇头。"要忘记可没那么容易。"他说，"很简单的道理，你不能雇来一个货真价实的佩里美狄亚法师，然后又忽视他的神秘发言。和我们说实话吧，博士，我们到底该不该重视你的话？我想你以前应该也经历过这种事。"

卡纳迪点点头。"恐怕是的，"他说，"至少经历过类似的事。"

"那么，以前出现这种情况时，你脑子里的小天使是说对了还是说错了呢？还是说都有可能？"

"很难说。"卡纳迪充满戒备地回答。米希尔·波瓦特的妻子离开了房间，片刻之后又带着一只装酱汁的银制船型碗回来了。"是这样的，我只是在把别人告诉我的事转告给你们。"

"不过这个别人是在思科纳岛上吧，"桌子另一端的一个矮小的胖女人说，"你的灵魂导师之类的——还是说有其他什么叫法？"

卡纳迪没有纠正她的用词。他已经开始头疼了，所以愈发难以集中精神。"这个人确实在思科纳。实际上，他就是亚历克修斯教长。他不会对我说谎，所以我知道亚历克修斯确实相信斯滕·莫格雷已经死了，他的军队也被击溃了。不过，我能确定的只有这一点。"

坐在他对面的一个发福的光头中年男人皱起了眉头。"其实这一点你也不能确定。"他说，"我们从科学的角度看看行吗？毕竟我们都是相信科学的人。以前，当你有这些——"他犹豫了一下。

"失神发作。"比蒙德·法伊姆建议道。

"——有这些体验的时候，"光头男人说，"你能用哲学家的身份担保，你充分验证了这些意见的真实性，并证实你确实在和身在远方的人交流吗？"

卡纳迪点了点头。"我和那些人交谈过——我是说，以正常面对面的方式——他们也有相同的或类似的体验，并且复述出了我听到的话。尤其是亚历克修斯。来到沙斯特后，我和他交流过好几次，仿佛我们之间有某种联系一样。当然，这也不一定解释得通。"他补充，"两个背景高度相似、彼此非常熟悉的人在同一时间思考同一个问题，完全有可能产生相同的见解，以至于看起来就像他们交流过一样。"

"确实有可能。"比蒙德·法伊姆边嚼黑麦面包边说。

"我也是这么想的。"卡纳迪说，"事实上，我认为这种个体之间的联系有一定的运行规律，会让思想相似的头脑产生交集。不过这只是个理论。我知道亚历克修斯也认同我刚才说的这些。"

接下来是一阵让人相当不自在的沉默。

"好吧，"米希尔·波瓦特皱起两条粗眉毛，"作为科学家和哲学家，我们暂且相信你以适当的方法验证了你的发现。那么显然，接下来就该谈谈采取什么对策了。"

埋头进餐的法伊姆抬起了头，"噢，看在老天的分上，米希尔，你该不会真的让我们根据这种神秘兮兮的疯话来制定策略吧？"

波瓦特摇了摇头。"这不是我们能决定的，"他说，"决策权在于众议会。如果你问，我们该不该告诉众议会这件事，那我的意见是，应该的。"

"别把我扯进去，拜托。"另一个人急忙说，"如果我们尊敬的分离派同僚得知,我们因为某个——原谅我,博士——某个自命不凡的异邦法师出现幻听就重新考虑战争决策,我都能想象他们会怎么挖苦了。"

"那样的话,我们的信誉会炸得粉碎,碎片多得能从这儿一直洒落到托诺斯。"比蒙德·法伊姆恼怒地说,"到时候,我们中间还有哪怕一个评得上中级职称的,都是奇迹。"

波瓦特微笑起来。"做事要讲究手段。"他说着转向坐在他右边的年轻人,"乔福雷,你平常会和阿纳奥特·莫格雷的儿子下棋,对吧?"

"偶尔会。"

"棒极了。你现在就过去,编个由头,就说你和你叔叔或者和我彻底闹翻了,想狠狠报复我们。然后你告诉小莫格雷,我们得到了关于战争的重要情报,但由于派系争端所以守口如瓶。就说你不了解具体情况,只知道它极度重要,我们已经开了几个小时的秘密会议了。如果你动作快的话,再过一个半小时的样子,我们就会接到前往参议会的传唤。趁现在吃完晚餐吧,还能消化一会儿。"

波瓦特的预测比较准确。两个小时后,他在人满为患、气氛恶劣的参议会大厅里站起身来。

"阿纳奥特·莫格雷说的没错,"他说,"我确实得到了可能很重要的战争情报,没有及时公之于众。但原因是,我压根儿不相信。"

分离派座席上的阿纳奥特·莫格雷似乎没有意识到自己离陷阱入口有多近。"也许该由在座诸位来判断可不可信。"他说,"和我们分享一下你的消息吧。"

米希尔·波瓦特愉快地照办了。

"说到底,"他在结束报告之后说,"这就是一个基于魔法和神秘主义的荒唐故事,我真的觉得没有必要打扰大家,尤其连法师本人都拿不准。"回赎派成员大笑起来，分离派座席的区域却只有尴尬的沉默。现在他们必须公开支持卡纳迪博士的预言——总好过承认浪费了大家的时间——并要求采取相应的行动。如果这次危机到头来只是一场虚惊，他们就会因为相信魔法而遭到嘲笑奚落。即便危机是真的，回赎派也能轻易把派出增援部队的功劳夺走，毕竟是他们的人在他们的晚餐会上获取了关键信息。

"我是个科学家，"阿纳奥特·莫格雷说，"而最重要的科学素养之一，就是承认自己的无知。的确，我不知道该不该相信这个魔法故事。它既可能是胡话，也可能是货真价实的预言，或者处于两者之间。我个人喜欢以开放的眼光看待应用哲学问题，去年毕业典礼上听过我致辞的各位可以证明这一点。但我想让大家考虑的是，如果危机并不存在，加派军队最坏会导致什么结果呢？我们会被人当成白痴——特别是我，坐在会议厅这一侧的同僚也一样——军队则会毫发无伤地返回。但是，假设我们忽视这个预言，岛上的军队却真的遇到问题了呢？最坏结果：我们会输掉战争。同僚们，我宁愿被羞辱，也不愿预言属实。我真心希望这一切只是个骗局或者误会，而我的表哥斯滕能带着军队完成任务，平安回家。但哪怕这预言有一丝成真的可能，我都主张加派军队，不管别人怎么想。"

会议结束后，天井中的闲聊者达成了共识：让阿纳奥特·莫格雷带三千士兵去思科纳。这个惩罚对他来说非常合适，谁让他没察觉到这么明显的陷阱呢？如果他真是分离派最强力的成员，那么派系之间的权力图景很快就会剧变。但对于战争本身，不管阿纳奥特·莫格雷蠢不蠢，再派一支军队都不是坏事。毕竟，兵力多点总是好的。凑巧的话说不定还能帮上忙。

波瓦特和他的同僚们回到家后，对卡纳迪的态度友善多了，一个劲给他倒他不想喝的酒。之所以这么热情，是因为他们已经确信，预言是个巨大的骗局，是他胡乱编造的。他们向他解释，他们不介意先知，只要预言一定是错的就行。

激烈的战斗中，高戈斯忍不住露出了笑容。中士问他，在不利地形中被压倒性兵力三面夹击有什么好笑？他只摇摇头说那是他的私事。

他们不幸在阿维德·索福的军队刚刚走出保德尔沼泽的时候碰上了。索福的士兵精疲力竭，队形散乱，裹满烂泥的靴子沉重得几乎抬不起脚，因此他们原地不前，拒绝进攻。对于高戈斯来说，这是个严重的问题。即便已经和拜斯中士的连队会合，他手下仍然只有不到四百人，而索福有两千人。所以，他没有主动进攻的底气，但又非常不想待在原地，因为这里地势开阔，前方是保德尔沼泽，后方是保德尔河。如果再出现一支两千多人的军队，就会切断他的退路。他唯一能想到的，就是尝试之前在山里的骚扰战术，看能不能引诱索福追着他进入西边或北边危险的湿地。问题是，要想成功，他自己的士兵也必须涉险，而沼泽里的烂泥会让他们不再灵活机动，而这是他们最厉害的优势。在保德尔平原，他们至少比斧枪兵跑得快，可以一直跑到河边。他决定引诱对方主动进攻。

然而索福对他的挑衅没有兴趣。第一排稀稀拉拉、脚步悠闲的弓箭手刚开始靠近，他就下令全体撤退，一直退到一条叫绵羊岭的乱石嶙峋的山脊后面，利用这天然的掩体隐蔽起来。高戈斯的弓箭手要想射中他们，必须走到二十码之内。在这个距离下，即使是用轻装弓箭手对付疲惫不堪的斧枪兵也太冒险了。

计划受挫的高戈斯带领部队撤回先前的位置，下令挖战壕，并制作木桩钉进地里。他认为到了这一步，胜负完全取决于胆量和耐心。索福是侵略者，任务是寻找并消灭敌人。因此他早晚得发起进攻，不管他愿不愿意。斧枪兵的食物迟早会耗尽，局势会演变成一场没有城墙的围城战。至于害怕突然出现另一支沙斯特军队，这是毫无道理的。之前没意识到这一支军队的存在，并不意味着有无穷无尽的敌军在岛上游荡。他打算耐心等待。而且，由于索福撤退到了山脊那边，最终进攻时，就必须迎着高戈斯的弓箭手多冲刺一百一十码。他不介意等下去。

他不确定自己是高估还是低估了自己的敌人。他们在半夜突然出现在他的军营右侧四十码的地方。冲进高戈斯的营地之前，除了几声叫喊之外没有引起任何警觉。而且夜色漆黑，无法射箭。不管这些人是夜袭勇士，还是找食物时迷了路，把他的哨兵当成了自己人的征粮队，这都够可怕的。高戈斯从一个记不起来的梦里突然惊醒，脖子痉挛，脑袋生疼，已经发现了事态不对。他把脚塞进靴子（不知道是他的脚变大了，还是靴子缩小了，总之他从未在做这么简单的事情时遇到过这么多困难），抓起外衣、箭囊和那张崭新的美妙的弓，撞开帐篷门帘冲了出去。

他和一个斧枪兵撞了个满怀。幸运的是，那人和他贴得太紧，斧枪横在胸口动弹不得。斧枪兵用尽全力推开了他，这让高戈斯得以从箭囊里取出一支箭握在身前，让冲上来的斧枪兵自己撞在箭上。那人在震惊中扑通倒地，没料到这一招的眼神比任何语言都更有说服力。

营火像一座座发光的小岛，在它们照不到的地方，除了嘈杂声和影影绰绰的人影之外什么都没有。高戈斯搭箭上弦，紧张地走出火光照亮的范围，犹豫着该干什么。四周有许多人在一对一肉搏，场面混乱。任何声响、人影和动静都会引得士兵又推又踢又砍。有人从距离他五码远的位置冲了过来，脑子还没来得及反应，他就举起了弓，左手前推，松弦。他完全不知道那一箭是否射中，或者目标到底是谁，全凭本能反应——熟悉可靠、比脑子更快、总能帮助他从麻烦中脱身、陪伴了他一生的本能。他正准备再搭一支箭，有个人从后面撞倒了他，踩住他的膝窝。所幸弓没有被身子压坏，但却脱手了。

他翻滚一圈，猛地跳起来。撞他的人来不及站直。眼前似乎是一个四肢着地的人影，高戈斯估摸了一下脑袋的位置，大力踢上去。尽管鞋头厚实，他的脚趾还是被坚硬的盔甲震得生疼，那人一把抓住他的脚踝，拉得他失去平衡。他左肩着地，摔在地上。挣扎乱踢的左腿踢中了一个软不拉几的东西，可能是一张人脸。紧箍他脚踝的手松开了，他摸索着地面，用双手撑起身体，然后意识到左手摸到了什么东西，可能是弓的弓把，也可能是斧枪柄。人影正试图爬起来，于是他翻身仰躺，双脚朝上蹬了一脚。这一招似乎有用，人影向后瘫倒，让他有了匆匆爬起来的时间（斧枪意味着他是敌人，真叫人宽慰）。他拿着斧枪朝那人的方向猛冲过去，却发现前方空无一物。

他呆立了片刻，然后意识到自己是想看清楚发生了什么。坏主意，坏主意。他还意识到，刚才混乱狼狈、不分高下的战斗把他吓得够呛，远胜于他这一生其他的经历。这可不好，他想。得赶快做点什么，不然会变成一场灾难，一场大屠杀。

做点什么，要快。做什么呢？

远处有灯火在靠近——那是绵羊岭的方向吗？他已经失去方位感了——一排一排的，像是拿着火把或者风灯的军队。最有可能的解释就是阿维德和他剩下的士兵来收割他们了。那样的话，唯一明智的选择就是扭头就跑，祈祷不要有人故意或者不小心把他杀掉。有一件事他很确定：那些灯火绝对不是好兆头。最好趁自己还有手臂、腿和眼睛这些从中邦带出来的打拼资本，快些逃走。尼莎的判断是对的，他没有任何理由待在这里。

军号响了起来。**我们平时用军号传信吗？我记不得了。不，我们不用。那是阿维德·索福在下达命令。**

他周围一片混乱，但也能看出整体规律。士兵们正在撤离军营，向灯火和嘈杂的地方拥去。阿维德·索福在召回他的士兵。"坚守阵地！"他听见自己喊道——应该是对自己这边喊的, 而不是对敌人吧? 见鬼, 反正他们也不听我指令了。阿维德·索福明明马上就要打赢这一仗, 甚至有希望赢下整个战争, 为什么要在这时候撤军? 也许他不知道自己要赢了。也许他以为他的士兵正在遭到屠杀, 而带着灯火行军和吹号是他束手无策之下救出他们的唯一方式。这个想法太有创意, 他不禁笑出了声。

"前往营地中心," 他喊道, "排好队列, 不要动!" 他觉得这至少值得一试, 但完全不知道手下还剩多少人, 可能有四百, 也可能是二十人。该死, 没有光线的环境把我们从半神变成了一帮小丑。黑暗变成了交战双方共同的敌人。

幸好, 有人在营地中间生了火, 借着火光可以看清楚几码之外。他命令中士清点人数, 有三十个士兵下落不明, 应该已经死了, 还有十六个受了或轻或重的伤。远处的灯火没有消失。阿维德·索福正在四处部署士兵, 不知道打算干什么。他可以听见号角声、喊叫声和发号施令声, 但听不清具体内容。灯火缓慢地绕着营地打圈, 高戈斯坐在地上, 握着他夺来的斧枪一言不发, 几乎无法思考。

这一夜漫长而难熬。第一缕昏暗的曙光出现时, 他就让大家回收散落的弓、箭、武器和头盔。中士负责了大部分组织工作, 他第一次不想掌管全局。对于索福在黑暗中的行动, 他有个推测——也只是推测而已——他是在布置包围圈, 将兵力转移到优势位置, 布置一个和前夜一样致命、一样胜券在握的陷阱。高戈斯下令士兵们组成方阵。然后有人拿来了他的弓。

他在距离几码远的时候就认出来了, 白色的弓臂在晨光中熠熠生辉。再次将它拿到手里时, 他感到了愚蠢而毫无逻辑的强烈的宽慰, 像是兄弟、父亲或者儿子站到了他的身边, 对他快活地笑着, 伸手搭上他的肩膀说, 没事的, 我来了。他担心地意识到, 这可怜的东西一整晚都上着弦, 还躺在露水里。他极度仔细地检查了一遍，弓似乎没有受到损伤，可以放心了。

阿维德·索福在日出半小时后发动了进攻。斧枪兵们脚步轻快，仿佛睡过一觉，吃过早餐赶去上工。高戈斯这边则不同，他们仍然没走出昨夜的噩梦，被困惑和恐惧牢牢攥住，像被拉开了一半的弓。

从战术上来讲，他们的位置并不理想。不知怎么的，索福没有围住军营的东侧，而是从其他三个方向匀速向前推进，也就意味着他的两千名士兵——昨夜只阵亡了不到十个人——分成的三支队伍，每一支都只面对着大约一百个排成两道五十人横列的弓箭手，而方阵东侧的弓箭手则无事可做。高戈斯快速心算了一下。要射杀两千人的话，每个弓箭手需要在敌人近身前成功地射出七箭。如果要迫使敌人停止前进，将他们赶回去，也需要四到五箭。在射箭场上训练时，从一百码到十五码的距离范围，面对持续前进的目标，可接受的命中率是五分之三。高戈斯皱着眉头，烦躁地计算着——大概八到九轮齐射。理论上讲时间足够，但前提是敌人会在箭雨中慢吞吞地前进。

不用想了，拉弓吧。巴达斯给你这把弓，是知道你准能赢。

他搭上第一支箭，开弓时听见了嘎吱声。对于新的复合弓来说，这是常有的事，筋丝和弓腹部的材料还不太习惯受力。他的箭对于这把弓来说太长了，因为拉开二十五寸之后磅数剧增，无法拉得更满，挠度也不对劲，第一支箭摆着箭尾飞向左侧，并且飞得太远了。所幸阿维德·索福把士兵排得够紧，他射中了队伍末尾。高戈斯看不见具体是哪一个，只看见阵型乱了，有什么东西摔到了地上，摩肩接踵的斧枪兵之中，出现了一个勉强可以辨识出的小空缺。他忽视了手指的疼痛，搭上第二支箭时全力将弓多拉开了一寸，留出误差量。这一箭正中目标：另一个队列末端的士兵。他看见那人跪了下去，他身后的人想从他身上跳过去，结果被他的肩膀绊住，挥舞着四肢摔倒在地。高戈斯再次开弓，拉满二十五寸，对着敌军中部的褐色人潮瞄低了半寸。

他还没准备好,弓弦就擦过破皮的手指滑开了,箭被高高射向空中,接着如同俯冲捕鱼的鹗鸟一样落入队伍中的某处。那里倒下了一片士兵,但他不确定有没有人中箭。射出第四箭之后,他才抓住时机观察了一下敌情。他们仍然在前进,但速度极慢,需要艰难地越过死尸和伤员,如同穿过黑莓灌木时,不断停步摘下勾住衣物和皮肤的尖刺。现在他们本该跑步前进,但脚下的死尸和抽搐的伤员就像黏稠的沼泽。他们已经逼得很近,可以发起冲锋,一鼓作气赢得战争,死去的战友却像大块烂泥一样黏在靴子上,拖慢了他们的脚步,慢慢消耗着他们的体力。

一张弓,七支箭,六支命中,一支无法确定。

这时,高戈斯看见了阿维德·索福。

那个人,他想,**那个人看上去像高戈斯·洛雷登。**

索福家族流传着一则老故事,讲的是米罕·索福在战争出现关键转折点时发起冲锋,亲手杀死敌军将领,为基金会带来一场著名的胜利。据索福家族史记载,在那之前,战况不容乐观——当时的将领是个敌对派系的废物,所以肯定快要输了。故事里说,米罕·索福逆转了战局,后来当上了军事几何学院院长,成了家族第一个分院主管——这倒不是真的。只要去沙斯特礼堂,看看那块石头上的铭文就知道了。米罕·索福的名字上方还刻着十几个索福家族成员,四周布满积灰的蜘蛛网——但没人在乎,因为那是索福家族自己的历史,和外人没有关系,他们可以随心所欲地篡改。

当然,故事里米罕·索福的做法太荒诞了。谁要是敢在他手下干这种事,不管最后赢没赢,肯定都会上军事法庭。

真希望搞懂现在是什么状况,阿维德·索福一边跨过一个死人一边想,**距离不远了。但我们几乎完全停了下来,感觉好像一切都静止了,只能一动**

不动地等待战局突变。

一支箭朝他右侧肋骨飞了过来。他知道这不要紧，因为胸甲能防箭，至少也能阻止它扎进肉里。他松开一只握着斧枪柄的手，试图拔箭，但完全拔不动。而且，他突然觉得疼得要命，无法集中精神看路了。脚下被不知什么东西绊了一下，草地扑面而来。额头狠撞在地上。箭在体内猛地移位，剧痛难当。有人从他的背上踩过，把胸腔里的空气挤了出来。呼吸带着哨音，他立刻明白肺部被射穿了。很快——但也不是特别快——那一侧肺叶就会被血灌满（基础军事医学，第二学年的荣誉学位考试题目），然后就是死亡。一只靴子猛地踢中了他脑袋的侧面，接着有什么沉重的东西压到了背上。他眼前全是别人的脚，视野越来越暗，就像快速落山的太阳。**等一会儿就好了**，他想。

中了，高戈斯想，然后选好了下一个目标。

他还剩六支箭，如果运气好的话，还来得及再射出其中两支。他觉得自己像个考试时把简单的题目留到最后，却突然发现已经没有答题时间的小孩。四支被浪费的箭，四个擦肩而过的机会。骨片在巨大的压力之后反弹，筋腱如同挥拳的手臂一样猛然伸缩，肠线刮过他血淋淋的手指，再次擦伤裂开的血肉。他没有去看离弦的箭（没有看的必要，距离只有三十码，连敌人的脸和眼睛都能看清，射中是必然的），而是集中精神，再次干净利落地搭箭，迅速开弓。敌军几乎停止了推进，待在原地等着箭雨来临。他必须尽力拉得开一些，才能让筋腱与骨骼发挥出可怕的力量。肌肉酸痛不堪，骨头被震得发麻。这怪物一般的百磅反曲复合弓正在折磨他的身体，剥去他手指上的皮肤。

他把手伸进箭囊。它已经空了。

高戈斯缓缓放低了弓，让筋骨松弛下来，站在原地等着敌人冲到面前。

离弓箭手阵线还有十五码的时候，敌人的阵型溃散了，斧枪兵开始逃命。在十七到十五码这段距离内，二百七十四名斧枪兵死在箭下，耗时只有短短三秒。

"我觉得我们赢了，"中士低声说，"又赢了。"

高戈斯睁开双眼。"好。"他说。

弓箭手们一动不动。他们都注视着那一小队敌人，大概有一百来个，正在小心翼翼地后退，渐渐退远。"妈的，"有人说，"我们的人比这群混蛋多了，我们居然有了人数优势。"

"就当换换口味吧。"另一个人回答，"我们能回家了吗？"

有人大笑起来，"怎么可能。高戈斯会让我们先把那些家伙埋了。"

"见鬼，让其他可怜虫去埋吧。我受够了打完一仗就得掩埋这些该死的斧枪兵。"

除了说话声以外，四周相当安静。厚实的尸堆里没传出多少声音——偶尔有几声哼唧，一阵抽泣，但比他们预想中的少得多。"可惜拿他们没用。"有人说，"如果这些死掉的斧枪兵能派上什么用场，我们就发大财了。"

另一个人紧张地笑出了声。"你知道吗，"他说，"我现在的感觉还是不像打了一场仗。我是说，正经打仗应该不是这样的吧？"

高戈斯意识到自己正跪在地上，于是站了起来。这并不容易，背上扭伤的肌肉拧成了紧紧的一团，让他疼得难以呼吸。用一百磅的弓快速射出三十箭，当然把身体弄得一团糟。

还能感到疼痛，这说明他应该还活着。疼痛是测试生命迹象最有用的方法。

"好了,"他说,"扎营,组成埋尸小队。清理完战场之后我们就回家。"

他想着自己做下的事。

他曾对自己的家人使用暴力,夺走生命,留下创伤。他曾为了保全自身和解决难题,不惜让亲人流血。他爱自己的家人,因为这份爱而干了坏事。他也曾怀着邪恶的目的,利用过他们。但是,最初的他并不想作恶。

作为士兵,他杀死过——有多少呢,几百人?作为军官,他的筹划导致了几千人的死亡。他挑起战争,让嗜血的敌人屠戮他的同胞,同时也参与其中,背负数千条性命。他为了满足个人的目的而做出背叛,丝毫不顾自己的行为会给一整个城市带去灾难。

总体来说,他做了他认为正确的事。

他曾觉得自己是个好人,是个善良的人。除了对家人犯下的暴行之外(那也是事出有因),他只在履行职责时使用过暴力,为的是帮助和保护他的同胞。

他耗费了大半个人生帮助自己的血亲,而最终,所有努力都被扔在一旁,付之东流。他曾试图做一个善良的人,但不知为什么,因为善意,他总是会干坏事。

每到一个关键时刻、支点、转折点——或者说箭支离弦的瞬间——恶行和恶果都会接踵而至。用熟悉的比喻来说,这就像拉开一张弓。由于受力,他表面上伸展开来,逆来顺受,内里则饱受压迫,巨力加身。有句格言说,一张拉满的弓已经折断了十分之九。而弓注定要到达自我毁灭的临界点,才能最出色地行使它的本职。

他曾信任过他的家人,之后离开故乡,来到一座陌生的小岛,自愿担起护卫的责任。他将自己的信任交给了这座岛。因为这份信任，他杀人无数。

到目前为止，他没有为自己所做的事后悔过。总体来说，他做了他认为正确的事。

他就是弓之腹。

漫长的一天过去了，他浑身疼痛不堪，盼望着回家见到自己的妻子和孩子，还有失散多年的外甥女。但他首先要做一件非做不可的事——他得去道谢。

自从小屋里的那晚过后，他再也没有和巴达斯单独见过面。他感到紧张，如同在心上人的门前踌躇的小伙子。但巴达斯给他做了那张弓，就算不是表示原谅，也至少意味着愿意与他和平相处。他准备拜访这个弟弟，向他道谢，说几句话，然后离开。他要告诉巴达斯，尼莎已经走了，再没有人约束他的行动。只要他开口，无论什么事情都会为他做，无论什么东西都会给他，不求回报。说完这些就可以回家了。

"请进。"巴达斯说。

房间里臭气熏天。巴达斯注意到了高戈斯反胃的表情，笑了起来，"那是胶水的味道。制弓是件恶心活儿，但我们都习惯了。"

"也是，"高戈斯说，"听着，我只是想来向你道谢。我——"

"没关系，"巴达斯回答，"和你为我做的事情相比，我做的这些算不了什么。"

高戈斯不知道怎么回应。"坐吧，别客气，就当是在自己家里。"巴达斯说，"你不急着走吧？"

"不，"高戈斯说，"顺带一提，我们打赢了那一仗，应该也赢了战争。"

"真好。"巴达斯说，"我以前也打赢过一场战争，敌方是草原人。只不过赢得太彻底了，所以他们回来烧掉了我的城市。当然，是有人在帮他们。"

高戈斯等着他说下去，但他没有说下去的意思。"那张弓好极了，"高戈斯说，"我从没见过那样的弓。你是用什么做的？"

"等一下告诉你。"巴达斯回答，"我本来还担心它有点僵硬，你能用上它真好。"

高戈斯苦笑起来。"可不只是有点，"他说，"我的后背、手和胳膊都可作证。不过，当时我并不觉得有问题。"

巴达斯点点头。"力量大吗？"他问，"穿透力强吗？"

"当然，射穿盔甲轻而易举。"

"那就好，"巴达斯说，"算是为战争做出的小贡献吧。弓是我做的，但用它射箭的人是你。你用我做给你的弓一向都射得很准。"

"确实。"

巴达斯耸耸肩。"而且，我的箭术总是配不上我做的弓，真讽刺。比如你用来射死爸爸的那张弓。"高戈斯绷直了身体，腹部的肌肉缩在了一起。但巴达斯神色如常地说了下去，"那张弓本来是想我自己用的，但我拿它连谷仓门都射不中。至于新的这把——我拉开它都有点勉强。"

"这是个本事。"高戈斯低声说。

"不过，真讽刺啊。如果我是你的话，当时肯定没法用那张旧弓射中那么远的移动目标。"

"你当然不是我。"

"但我可能是。见鬼，我们当时那么年轻，和现在完全不同。我完全有可能遇到变故，陷入和你那天一样的境地，做下你做的那些事。只是，"他微笑着补充，"我会射偏。"

高戈斯沉默了片刻，"不过，后来你的剑术远比我的箭术高明了。"

"谢谢你这么说，"巴达斯郑重地说，"这话由你说出来很荣幸。我能问你件事吗？"

他的语调让高戈斯感到异样，但他还是说："行，随便问。"

巴达斯点点头，略微放松坐姿。"你打开佩里美狄亚城门的时候，"他说，"真正的动机是什么？伊苏斯说是因为尼莎的命令，但我有些怀疑。"

"我是被尼莎派过去的。"他说，"但她的动机对我也有好处，记得吗。"

巴达斯做了个手势表示了解。"但我敢说我知道你的真实想法。"他说，"你有两个目的：第一，你一直憎恨佩里美狄亚，因为赫丁和另外那个小伙子就是从那里来的。那两个地主的儿子有钱有势，高人一等，如果没有他们，你就不会做下那件事。这么看，佩里美狄亚毁了你的人生，就和它毁了特姆莱的人生是一个道理。你觉得呢？"

"你说对了一部分。"

"我就知道。但还有另一个目的，"他继续说道，"就是你的私心。当然，你应该不会单单为了这个就去打开城门。但尼莎给你下了命令，你就顺势同意了她，让她分担一半的责任。你帮助草原人攻陷佩里美狄亚，是因为我住在那里，而你想让我出来，再次满世界流浪，那样你就可以关心我，照顾我，为了以前的事情补偿我。你送了我古朗剑，差不多等于预先告诉我之后会发生什么。混战的时候你冒险来找我，还准备了一艘船想带我走。你这么费心费力，为的只是和弟弟和好。你知道吗，从某种意义上来说，你做得很贴心。"

高戈斯看着他，但是他毫无表情。

"那是真正的手足之情。"巴达斯继续道，"我想不到还有谁会做那样的事，会深情到那个地步。说真的，给你做一张弓根本算不上像样的回报。"

"但你的弓是我唯一想要的东西。"高戈斯说。

"请别客气。不过，我觉得我该说明一下。单凭你当年对爸爸和我们做下的事,我是绝不会给你做弓的。但是,当我得知打开城门的人是你,我就开始思考了——就在你来之前的几分钟,我依然在想。高戈斯,你知道吗?我的每一次行动,起因都在你。可以说,是你制造了我,就像我制造那张弓一样。唯一的区别是,我做弓用的是已经死了的材料,但你利用我的时候我还活着。"

巴达斯站了起来,走到较小的卧室的门口。"你之前问我那张弓是什么做的。"他说。

"这个待会儿再说。"高戈斯打断道,"巴达斯,你说你每次行动都因我而起,这是什么意思?"

巴达斯倚在门框上。"我前不久见到了你的儿子,"他说,"他叫什么来着?卢哈?我觉得他是个好孩子。我喜欢他。"

"他还凑合。"高戈斯说。

"我说我准备给你做一张弓,他就想帮忙。他也确实帮了很大的忙。你最近回过家吗?"

高戈斯站了起来。"巴达斯,"他说,"你说这些干什么?"

巴达斯站在门口,做手势示意他过来。"你问我那张弓是用什么做的,"他说,"你自己来看吧。"

卧室里放着一张低矮的木床,床上有一具残缺的尸体,已经严重腐败。约有一半的皮肤都从肌肉上剥了下来,胸腔暴露在外,正面所有的肋骨都被整整齐齐地锯掉,肠子也不见了。双臂和双腿、胸口和颈侧布满了整齐狭长的伤口,所有肌腱都被仔细地取走,头发也被剃掉了一半。除了地上一只黄铜小碟子里有一些褐色残余物之外,房间里看不到半点血迹。

"真是奇妙。"巴达斯说,"除了一根细细的木条,一张完美的弓所需的一切材料都在那里面。我许多年前就听说了用肋骨做弓的方法,甚至还尝试了一次，但没有成功。那次我用的是水牛肋骨，可能它们没有人的肋骨那么柔韧吧。人类的肌腱也妙极了，远远胜过鹿筋和牛筋。皮肤可以做成生皮和胶水，血液也是胶水的原料之一。肠子用来做弓弦——浪费了一些，但也不太多。甚至脂肪也可以用来打蜡防水，头发则编成护弦绳。书里说人的头发可以做成很好的弓弦，但还是肠线稳妥些。"他把手搭在高戈斯的肩膀上，"我敢说，你肯定时不时嫌弃卢哈，觉得他将来不会有什么出息。但是，你瞧，他帮你赢得了这场战争。"

高戈斯安静地站在原地。巴达斯在床脚处坐了下来，等着他开口。"我的计划很成功，对吧？"高戈斯一言不发，所以他继续说道，"你的妻子以为卢哈在我这儿，跟着巴达斯叔叔学制弓。当然，他确实在这儿。但他也和他的父亲一起上了战场。这样真不错，他从你那里学会了行军打仗，又从我这里学会了制弓。这是我们俩最擅长的事。"

"没关系。"高戈斯说。

巴达斯看着他，"你说什么？"

"没关系。"高戈斯缓慢地重复道，"不要紧。"

巴达斯跳起来一把抓住他，他没有反抗。"你他妈的什么意思？什么叫没关系，不要紧？高戈斯，我杀了你的儿子！不仅杀了，还把他做成了一张弓，你还告诉我没关系。你这人到底是什么毛病？"

高戈斯紧闭着双眼。"木已成舟，"他坚决地说，"卢哈已经死了，我们没法让他活过来。我失去了一个儿子，但我可以再生一个。儿子可以再有，弟弟却不行。如果我——如果你出事的话，你就会永远消失。那样毫无意义，纯粹是浪费生命。"

巴达斯松手放开他，顺着墙滑到地上。"我不信，"他说，"你竟然要原谅我。高戈斯，我一直知道你很坏，但我从来没想到你这人这么糟糕。"

高戈斯摇了摇头。"不是坏,"他说,"是不走运。邪恶根本不存在,巴达斯,那是个误解,一种懒惰又毫无意义的思考方式。人都努力想做最好的事,迫使我们作恶的仅仅是坏运气而已。你没法反抗坏运气,只能接受它,就像我——"

"就像你杀死我们的父亲时那样。"

高戈斯点点头,"那就是坏运气的结果。但我很实际,我知道自己做了件坏事,但也知道只要努力就可以弥补它。所以我们两个做了什么都不要紧,巴达斯。我仍然是你的哥哥。"

巴达斯走了出去,回到主屋坐下。"好吧,"他说,"难以置信。我要怎么做才能让你不管我,高戈斯? 肯定有办法的,比如把你杀掉。但我不能杀你,高戈斯,那样你就赢了,逃脱了,反而免受惩罚。"

高戈斯走出卧室,坐到他的对面。"你现在准备干什么? "他问。

"我? 天知道,我根本没想过。我以为给你看了屋里那东西之后,我会在两分钟内死掉。"

"那你还是太不了解我,是吧?"

"显然是的,"巴达斯回答,"我错就错在以为你会做出正常人的反应,忘了你是洛雷登家的人。"

高戈斯对他咧嘴笑了,他的脸和另一个房间里的那张脸很像。"我们家真不得了,"他说,"总的来说,洛雷登家人丁单薄是件好事。"

二十二

阿纳奥特·莫格雷站在军队的最前面,目光越过草场,看向思科纳镇南门,后悔自己没把嘴闭牢。

可怕的事实是,他手下的三千多名士兵差不多是基金会仅剩的兵力了。如果他也和斯滕·莫格雷、阿维德·索福,以及那个忘了叫什么的人落得一样下场,那基金会够格当高级参谋官的人会比斧枪兵还多。不同于那三路先锋,他不准备凭着人数优势在开阔地带开战,而是打算围住这座易守难攻的城镇。对于一个三十二年没离开过基金会城堡的人来说,直接开战太吓人了。

"侦察兵回来了。"一个中士走到他旁边报告,"没有发现任何活动迹象。镇门紧闭,但围墙上的哨兵似乎并不比平时多,好像他们根本没兴趣一样。"

莫格雷什么也没说。如果消息准确的话,到目前为止,莫格雷家族已经有二十六人死于这场战争,或是在战斗中下落不明。其中两人——朱伊克·莫格雷和他的儿子艾默雷克——几天前刚刚被人从山里那个废弃的采石坑中拉出来,两个都已经饿死了。据他所知,敌人不是故意这么做的,只是把他们遗忘了而已。斯滕表哥的军队只有十二个幸存者。

他还没碰上过任何反抗。分遣队去了前三次战斗发生的地点,搜集能反映当时情形的一切蛛丝马迹。他的行进速度很慢,但是一个弓箭手都没出现。这一路就像是长途跋涉拜访亲友,却发现来的日子错了,所有人都不在家。

"好吧,"他说,"思科纳镇就在那里。如果有人对于下一步行动有什么想法,我洗耳恭听。"

漫长的沉默之后,有人说,"为什么不试试和他们对话呢?"

阿纳奥特·莫格雷想了想。"这个建议很有创意,"他说,"你觉得怎么实施比较好?"

半小时后,他带着一小支护卫队到门楼下面,所有人都明显没带武器,一个紧张的一等兵拿着一面颠倒的旗帜,努力把身体藏在后面。他之前问了一圈,发现没人知道思科纳约定俗成的休战旗长什么样,只好命他们按照沙斯特的规矩做了一面,并诚心祈祷敌人在情报搜集方面比他强些。从军营到镇门的路途又长又吓人,但致命箭雨并没有出现。事实上,似乎没人注意到他们的到来。

"太荒唐了,"他抬头看向上方无人值守的护墙,"我们怎么办,拉门铃吗?"

"这门没有门铃。"有人指出。

阿纳奥特·莫格雷稍稍退后一步,然后仰起头来。他想捡一块石头往上扔,或者大喊。他上一次干这种事还是学生时代。那时他会趁着女孩的父亲睡熟时,往她们的窗户上扔卵石。

"看上面,"后面有人说,"有动静。"

一个人出现在护墙上。他的脸有些熟悉,或者至少让莫格雷想起了他认识的两张面孔。"你好啊。"那人叫道。

"你好。"莫格雷局促地回应。

"抱歉让你们久等了,"那人说,"你是沙斯特军队的指挥官吗?"

"是的。"莫格雷叫道,他的脖子很疼,"我叫阿纳奥特·莫格雷。"

"我叫巴达斯·洛雷登,"那人回答,"你是来要求思科纳镇投降的吗?"

"是的。"

"那就成了。"有个物件划过空气,落在尘土里时发出了金属的响声。包括莫格雷在内的所有人都猛地向后退避,仿佛那是某种可怕的武器,比如一罐燃烧的沥青,或者一把烧得白热的铁蒺藜。事实上,那是一枚很大的钢制钥匙。

莫格雷再次抬起头,"你是谁?"

那人微笑起来。"我想我应该是思科纳银行的董事。"他回答,"你是想继续这么说话,还是想进来找个更舒服的地方?"

莫格雷犹豫了一下。"请解释你的话,"他叫道,"然后我们再进去。"

"也行。"那人说,"尼莎·洛雷登走了,高戈斯·洛雷登也是。他们俩带着这里所有的钱财和一切可以搬动的贵重物品离开了。由于我是他们的弟弟,所以我大概继承了银行。更重要的是,我在尼莎的办公室里找到了这把钥匙。如果我没想错的话,你们是在和银行打仗,而不是和思科纳岛本身,是吗?"

莫格雷想了想才回答:"是的。"

"我想也是。"那人做了个"果然如此"的手势,"那好,不用打仗了,杀来杀去的浪费太大。最简单的解决方式,就是我把银行交给你们——当然,现在和空壳差不多了。尼莎和高戈斯带走了所有能带走的东西,但不动产和抵押合同还在。这样银行变成你们的了,就没理由和它打仗了,对不对?"

一个中士捡起钥匙，把它递给莫格雷。他看也不看地接过。"你的军队呢？"他问。

"问得好。"那人回答，"说实话，我也不知道。我没和军队接触过。实际上，我继承了银行之后做的最官方的事就是走进我姐姐的办公室，找到那把钥匙。据我所知，尼莎和高戈斯跑路的消息一传开，军队就自行解散了。我觉得没人想在你们来的时候和银行扯上关系。"

"军队逃跑了？"

"逃得很仓促。"巴达斯回答，"类似于一路跑一路扔掉武器和装备，然后回家去了。你觉得我的提议怎么样？"

莫格雷揉着后颈最疼的地方，"如果这是无条件投降，我接受。"

"随你怎么说。"巴达斯说，"如果你不放心单独进来，就带上整支军队吧。我能做的只有向你保证这不是陷阱。"

"你也可以把门打开。"

"我不能，钥匙在你那里。"

莫格雷挠着脑袋，"你怎么知道我们不会冲进来烧杀抢掠？"

"你们爱干啥都行。"巴达斯说，"但基于我对你们的了解，你们不会干破坏自己的财产、屠杀自己的人民这种事。而且说实话，考虑到之前的战况，我觉得这里的人力对你们来说很重要。"

"我直说吧，"莫格雷说，"我不知道这是怎么回事。就算你说的都是实话，我还是很难相信你们在杀了我们几千人之后突然停手，连城镇都不保卫了。"

"跟你说了，我没和任何官员说过话。我觉得这儿已经不存在任何官方了，除了我。高戈斯是军队的指挥官，他逃走了，军队要为谁而战呢？"

"这么说，打了三场大胜仗之后，你们同意我们进来占领城镇？"莫格雷摇摇头,"我不相信。"

"随你的便,"巴达斯·洛雷登耸了耸宽阔的肩膀,"反正你们拿到钥匙了。恕我失礼,我已经收拾好东西准备走了。"

"等等。"

巴达斯·洛雷登迟疑了一下,转过身来,"怎么?"

"这么办吧,"莫格雷说,"只要我们不遇到反抗,就不会伤害任何人,也不会抢掠破坏。但是,只要有一点出乱子的迹象,我们就会把这座城镇烧成焦土。"

"你告诉我干吗?"巴达斯说,"这儿都是你的了,你爱对它做什么就做什么。发布公告的事情就交给你了。"

"你要去哪儿?"

"还没决定,"巴达斯回答,"不好意思,我得走了,我得赶去码头,趁着离岛的船上还有空位。"

事实证明,坐不上船的担心是多余的。文纳德·奥泽尔的"松鼠号"为他留了一个铺位。现在是战争时期,海峡里到处都是沙斯特私掠船。文纳德也搞不懂自己为什么要冒着这么大的危险回到思科纳。但私掠船都挂着岛民的船旗,对他毫不理会。思科纳镇民撤离的消息一传开,他们就纷纷在生人码头靠了岸,搭载愿意付钱的乘客。到了中午时分,岛民的船只全部满载乘客,向外海驶去。除了几艘破旧缓慢的驳船,沙斯特军队连一艘能把士兵运回本土的船都找不到了。

更多的镇民选择走陆路,而不是水路。他们轻装简行,只带着能抱在手中,或背在背上的行李。他们中有些准备去岛中央投奔亲戚,有的则打算去中部和西部那些被烧毁的空村。但总体来说,离开的人并不多,十万余人中只有不到五百个这么做了。有些镇民十分欢迎斧枪兵，认为他们会带来解放，这部分人大多是在高戈斯的工厂里干活的。其余工人就没这么热情了。他们有的悄无声息地回了家，有的待在作坊大门口，等着有人来下达新任务，好继续工作。阿纳奥特·莫格雷发布了公告之后，没有出现任何阻止他入镇的活动。整个思科纳镇都屏息等待着，似乎想说明这里压根儿没人认识洛雷登家族的人。

"你讲的这些都挺有意思，"文纳德·奥泽尔再次打岔，"但还是没讲清楚她为什么要找上你。"

维特里丝在一个板条箱上坐下，箱子里装的是托诺斯产的陶制油灯。"我自己也不确定，"她说，"我只知道跟魔法有关，除此之外的都记不得了——唔，记不得我使用魔法的时候是怎么回事。不管她的目的是什么，肯定都没达到，不然就不会输掉战争了。"

文纳德叹了口气，在她旁边坐了下来。"你没事就好，"他说，"这是最重要的。"

"没事吧，我觉得。"维特里丝移开目光，看着背对她坐在尾舷上的巴达斯·洛雷登，"我好像做了很多关于他的梦，或者应该叫作幻象之类的。可惜记不清了。我好像见到过一些很有趣的……噢，别做那副表情，文，只是梦或者幻觉而已。我打赌你也会做那种梦。"

文纳德皱了皱眉。"不，"他说，"我才不会。"

"真的？行吧。不知道那些东西是尼莎用魔法造成的，还是本来就在我脑袋里，可能二者兼有吧。"

"维特里丝，"文纳德说，"有时候我——怎么说呢？的确，如果你在史上最血腥的战争里被抓走当人质，还能毫发无伤地脱险，我想你应该能照顾好自己。但我还是担心。"

维特里丝笑起来。"我也是。我是说，我担心你。我之前有个可怕的预感，觉得你会来救我，导致我们俩都被杀掉或者坐牢。"她抬头看着她哥哥，"你去看过亚历克修斯了吗？他没事吧？"

"噢，应该没事，只是有点晕船而已。"

"文！他是个老人，需要有人照顾。"

"他就跟老靴子一样结实。"文纳德说着站起来，"不过，我知道你想问什么。好吧，他可以来和我们住，直到他找到想做的工作为止。岛上不是有他所属的那玩意儿的分支吗，叫学会还是什么来着？他可以去那儿当老大。"

维特里丝点点头。"其实，"她说，"那地方应该是个佩里美狄亚的贸易站，已经开始破败了。不过我会和他说说的。"

"好主意，"文纳德皱起眉，下巴朝船尾指了指，"他怎么办？"

"我不知道，"她说，"启程之后我一句话都没和他说过。"

"我猜你也想让我照顾他吧，给他找个工作之类的。"

维特里丝笑了起来，"文，他只擅长制弓和杀人。我不觉得他会安顿下来学管账。而且，艾希莉应该会帮他的。"

"艾希莉·佐希思？噢，我都忘了，她以前是替他工作的。"他思考了片刻，"他们俩以前……是不是……？"

"应该不是，她太正经太体面了，不合他的口味。不过，我猜主要原因是他没那个心思。"她压低了声音，"我觉得他离开之前和他哥哥发生了冲突，至少有传言说他们闹翻了，所以高戈斯才突然离开。"

文纳德摇了摇头。"我倒觉得，"他说，"高戈斯意识到长远来看自己是没法赢的，所以终于做了件像样的事：离开思科纳，结束战争。更有可能的情况是，大姐一跑路他就慌了手脚，所以逃走了。大家都知道她才是有脑子的那个。"

"真的吗？"维特里丝皱起鼻子，"文，他几乎不费一兵一卒就屠杀了六千名斧枪兵。阿纳奥特·莫格雷的军队差不多是基金会仅剩的兵力了。他已经赢了，所以突然离开才很奇怪。我得去问问卡纳迪，看他知不知道发生了什么。"

"你是说曾经在我们这儿工作的那个卡纳迪博士？维特里丝，要是你觉得我会带你去沙斯特，仅仅为了——"

"当我没说。"维特里丝说，"快去忙你的事吧。"

亚历克修斯？

"走开，"亚历克修斯回答，"我在睡觉。"

你当然在睡觉了，不然怎么听得见我说话。你看起来身体不错，真好。

"我从来没这么舒坦过。"亚历克修斯嘟囔，"离开思科纳真是太有益健康了。"

你这句话不是真心的，毕竟，我遵守了承诺。我教了你魔法。

"你没有，"亚历克修斯硬邦邦地说，"噢，你倒是把我当成一把魔法长柄钳，需要的时候就拿来用。我猜你把楔子钉进木头里，也会说你教会了它木工。"

它就在那里，你想学就能学到。如果你选择了不去学，那是你的错，不是我的。

亚历克修斯叹了口气，"我不想学你教给我的那玩意儿。"

真的？太不领情了。我已经赠予了你理解元理本质的关键。没有我，就算你活到一百岁，也绝不可能通过哲学思辨领悟到。

"确实，"亚历克修斯承认，"我以前怎么会对这么……这么无聊的东西感兴趣呢？我真是个怪人。我现在知道自己毕生的研究都是白搭，感觉很奇妙。"

亚历克修斯，亚历克修斯。你说话的口气和我弟弟一模一样。

"哪一个？"

两个。

"我有什么能帮你的吗？"亚历克修斯问，"还是说这个噩梦只是为了联络感情？"

一个小忙。你记得我女儿吗？她叫伊苏斯·赫丁，曾经是你的学生，不过时间很短。

"我不会这么快就忘记她的。"

太好了。记得你帮她下的那个咒吗？针对巴达斯的那个？

"就像一个断腿的人牢牢记着撞他的马车，怎么了？"

我想要你回到过去，取消那个诅咒。别找借口，你现在就能做到，我已经教会你怎么做了。

"我——好吧，"亚历克修斯想了想，"你确实——"

——下一秒，他就站在了佩里美狄亚法庭高高的拱顶下，奇怪的传声效果会让剑身相击的清脆声响产生悠远的回音。单薄的鞋底踩在洒满沙粒的地上，随着他的动作咯吱作响。正前方有个男人背对着他，是穿着剑士白衬衫的巴达斯·洛雷登。越过巴达斯的肩膀，他看到了那个女孩——伊苏斯·赫丁——正用暂时完好的手指握着一把剑。

"那个没法改变，"他旁边矮胖的女人说，"真可惜。我最需要的是个能干的文员，但惯用手上没了手指，她对我来说也就没用了。"

巨大的玫瑰花窗透出红色和蓝色的光，在伊苏斯手中的剑上灼灼欲燃。那是一条又长又直的金属薄片，从他的角度看过去显得有些短，像是她的手的一部分，一根直指前方的手指。

"除非，"尼莎继续说道，"她能学会用左手写字，其实很多人都能学会。看仔细了，亚历克修斯，她马上要杀死他了。"

亚历克修斯看见巴达斯向前进攻，伊苏斯反手高位格挡，接着动作流利地转守为攻，越过了巴达斯的手臂——

——然后被巴达斯高超的防守技巧挡了下来，剑也被挑向一边。她踉跄着向前一步，抓住他的肩膀保持平衡。

"该死。"

"没关系，"巴达斯说，"你已经快掌握了。我们再试一次，这次注意预判。"

"噢，做得很好。"尼莎说。亚历克修斯抬起头，看见的不是法庭的穹顶，而是剑术学校的悬臂托梁式屋顶，"非常利落，甚至可以说优雅。"

"谢谢夸奖，"亚历克修斯回答，"我到底做了什么？"

尼莎拍了拍他的手臂。"让我想想，"她说，"从你没做的说起吧。你没有改变已经发生的事：伊苏斯仍然和巴达斯斗剑了，并被砍掉了手指；她的确试图杀死他，又通过告诉他打开城门的是高戈斯，对他进行了颇为恶毒的复仇。你所做的，就是让她安下了心，觉得这样比杀掉他好太多了。因为——唔，我觉得他不是很介意被杀，现在却不得不痛苦地活着。在她看来，报复巴达斯的同时也报复了我和高戈斯，所以她会很高兴。结果就是，她不会再那么恨我，转而开始帮我的忙。我说了，我真的需要一个助手——我差点想说左右手，但这个词不太适合伊苏斯。"

亚历克修斯想了想，"你的意思是，高戈斯当不了你的助手？"

尼莎点点头，"他简直无药可救。我犯了个错，把家人摆在生意之上。结果他荒唐的战争毁掉了一门成功的生意，浪费了多年来的辛苦经营。但他一直想做个士兵，像巴达斯和麦克森舅舅那样，老天保佑他吧。"

亚历克修斯看了一会儿剑术课程。"对于失去银行的事，"他说，"你看起来不太难过。"

"做人要讲求实际。"尼莎回答，"当事情混乱到无可挽回的地步时，你要做的就是转身走开。"

"就像高戈斯那样？"

"没错。这话我只告诉你：我的损失没有你们想的那么严重。银行自身的麻烦加上来自沙斯特的敌意，未来并不乐观。通过及时脱身，我至少抢救出了现金和可转让资产。而且，"她继续道，"说得直白点吧，我除掉了一个严重的累赘，也就是高戈斯。现在是时候去做更有意义的事了。"

"尼莎——"亚历克修斯说——

——然后睁开了眼睛。

"亚历克修斯，"巴达斯·洛雷登说，"你没事吧？"

亚历克修斯皱起了眉头。"我不确定，"他说，"怎么了？"

巴达斯在床沿上坐下。"没什么，"他说，"你现在在'松鼠号'主舱，这是维特里丝·奥泽尔的船，我们要去岛上。你在甲板上失去意识了，现在感觉怎么样？"

亚历克修斯微笑起来，"头有点疼。"

"这样啊。是普通头疼，还是你的那种工伤？"

"应该是真正的头疼吧。"亚历克修斯回答，"发生了什么？阿纳奥特·莫格雷和他的军队呢？"

巴达斯耸了耸肩。"我们离开那会儿没出什么乱子。"他说，"如果一切顺利，应该会一直平静下去。"

亚历克修斯点点头。"那就好，"他说，"这件事你救了很多人的命。"

"是吗？"巴达斯摇了摇头，"那我还真了不起。说实话，我只是觉得避免冲突比较有道理，但真的打起来我也不在乎。"

亚历克修斯伸出手，搭在巴达斯的手腕上。"告诉我，"他说，"你和高戈斯之间到底发生了什么？他为什么匆匆逃走？"

"我不太想谈这个。"巴达斯说。

"也行。你了结了这场战争，所以不管做了什么都是值得的。"

巴达斯笑出了声。"是啊，我想是的，"他说，"大概可以说是因恶生善。但是我当时完全没这么想，所以不算数。"

亚历克修斯面无表情地看着他，"你有没有想过接下来做些什么？"

巴达斯摇了摇头，"和木工活没关系的事情都行，我好像突然开始讨厌胶水的气味了。"

一个男人和一个孩子，一起逃离陷落的城市——

想到这里，高大的光头男人笑了起来。又一座陷落的城市，他从中看出了规律：城门总是被兄弟打开的——船在保尔码头靠岸时，他听到了这个消息。巴达斯做得很好。

"尼莎。"

他膝上的小女孩睁开眼睛，抬头看他。

"怎么啦？我好困。"

"尼莎，妈妈不会和我们一起来了。她要留在家里。"

"噢。"尼莎看起来若有所思，"为什么？"

高戈斯咬了咬下唇，"妈妈和爸爸不想住在一起了，所以你要跟我去农场住。那里有牛，有羊，有马……动物很多，很好玩的。"

"噢。"尼莎思考了一会儿，"我能在笼子里养一只兔子吗？"

"当然可以。"高戈斯说，"你的尼莎姑姑小时候就有只兔子，那个兔子笼应该还在呢。"

小女孩点了点头，"然后我们就会回家看妈妈，是不是？"

"这个到时候再说，"高戈斯回答，"继续睡吧。"

她睡熟之后，高戈斯把她抱到床上，然后上了甲板。"还有多久？"他问舵手。

"照这个速度，再过两个小时就能看见托诺斯岬了。"他回答。

高戈斯点了点头，"很好，"然后转头看向船尾后面紧紧跟随的两艘帆船，"士官长呢？"

舵手指了指，高戈斯跳到了主甲板上。还有一些琐事需要处理——不管是五十人还是五百人的军队，琐事都一样多。随便犯下一个小错，后果都有可能像一场箭雨一样轻易毁掉所有人。

"应该没什么难度。"他对士官长说，"毕竟，他们没有常备军，没有政府，大多数人甚至连武器也没有。那里也不存在城镇和村庄，所以没有地方可供躲藏，也没法聚集起来反抗我们。"

士官长咧嘴笑了，"一群农夫有胆子反抗歼灭了沙斯特军队的人？我可不这么想。"

高戈斯礼貌地点头接受恭维。这些士兵对他的信任和忠诚无比坚定。他们选择离开故乡和家人追随他，这令他动容。现在军队就是他们的家了，也是他的。

"确实，"高戈斯说，"所以我才觉得一百五十个人足够了。只要我们行事稳妥，不引起不必要的敌意，他们应该就会放弃反抗，向我们投降。这儿的人都是这德行。"

"你最清楚了。"士官长回答，"不过，侵略这种地方挺奇怪的。"

高戈斯对他露出微笑。"别把这当成侵略，"他说，"这词不太好。"他转过头看向大海，向托诺斯岬的方向眺望，那里是中邦的门户，"你应该想成，小男孩在外面出人头地了，现在衣锦还乡。"